O ENGENHO DA NARRATIVA E SUA ÁRVORE GENEALÓGICA

FUNDAÇÃO EDITORA DA UNESP

Presidente do Conselho Curador
Mário Sérgio Vasconcelos

Diretor-Presidente
José Castilho Marques Neto

Editor-Executivo
Jézio Hernani Bomfim Gutierre

Conselho Editorial Acadêmico
Alberto Tsuyoshi Ikeda
Áureo Busetto
Célia Aparecida Ferreira Tolentino
Eda Maria Góes
Elisabete Maniglia
Elisabeth Criscuolo Urbinati
Ildeberto Muniz de Almeida
Maria de Lourdes Ortiz Gandini Baldan
Nilson Ghirardello
Vicente Pleitez

Editores-Assistentes
Anderson Nobara
Fabiana Mioto
Jorge Pereira Filho

SÉRGIO VICENTE MOTTA

O ENGENHO DA NARRATIVA E SUA ÁRVORE GENEALÓGICA
DAS ORIGENS A GRACILIANO RAMOS E GUIMARÃES ROSA

© 2006 Editora Unesp

Direitos de publicação reservados à:
Fundação Editora da Unesp (FEU)
Praça da Sé, 108
01001-900 – São Paulo – SP
Tel.: (0xx11) 3242-7171
Fax: (0xx11) 3242-7172
www.editoraunesp.com.br
www.livrariaunesp.com.br
feu@editora.unesp.br

CIP – Brasil. Catalogação na fonte
Sindicato Nacional dos Editores de Livros, RJ

M876e

Motta, Sérgio Vicente
O engenho da narrativa e sua árvore genealógica: das origens a Graciliano Ramos e Guimarães Rosa / Sérgio Vicente Motta. São Paulo: Editora Unesp, 2006.

Inclui bibliografia
ISBN 85-7139-685-X

1. Literatura - História e crítica. 2. Narrativa (Retórica). 3. Análise"do discurso narrativo. I. Título.

06-4211.
CDD 801.95
CDU 82.09

Este livro é publicado pelo projeto *Edição de Textos de Docentes e Pós-Graduados da Unesp* – Pró-Reitoria de Pós-Graduação da Unesp (PROPG) / Fundação Editora da Unesp (FEU)

Editora afiliada:

Asociación de Editoriales Universitarias de América Latina y el Caribe

Associação Brasileira de Editoras Universitárias

Para
Elenice, Maiara e Maria

SUMÁRIO

Prefácio   9
Apresentação   17
Introdução   19

DO CULTO AO MODELO À SAGRAÇÃO DA DIFERENÇA
(A árvore da narrativa no Jardim das Musas)

Parte I
A narrativa em verso: o império da tradição

1   Culto ao modelo: tradição, imitação e perfeição   39

Parte II
A narrativa em prosa: o reino da invenção

1   Celebração da diferença: do ingênuo ao engenho   99
2   A sagração da diferença: o engenho da sátira   161

RITO DE PASSAGEM:
DA TRADIÇÃO ÉPICA À INVENÇÃO ROMANESCA
(A árvore da narrativa no "Jardim do Éden")

1   A árvore do bem e do mal   297

DA SAGRAÇÃO DA DIFERENÇA
AO REENCONTRO DO MODELO
(A árvore da narrativa no jardim das nossas letras: Ramos e Rosa)

1 Graciliano Ramos: a reinvenção do real (Os sete círculos do inferno: a construção de *Vidas secas*)   355
2 Guimarães Rosa: a reinvenção do ideal   425

Referências bibliográficas   497

Prefácio

Ao ler o texto de Sérgio Vicente Motta e imaginar o esboço de um prefácio, não consegui me livrar de alguns vultos que passaram a visitar meu espírito. Dentre eles, três se aproximaram com maior intensidade sem que pudesse deles me livrar sob pena de forjar um caminho diferente para o meu juízo crítico. Paul Valéry foi, sem dúvida, o primeiro; Roland Barthes, o segundo; e Northrop Frye, o terceiro. Em se tratando de um livro sobre narrativa, sobre a gênese da narrativa e sua evolução, há que se questionar a associação da obra com os três críticos citados. Na verdade, a multiplicidade de feições do livro em questão, bem como a paixão crítica que o conduz, tanto no estilo quanto no viés com que perpassa as obras que escolhe para delas extrair seus juízos, fazem que a gama de nossos valores estéticos e de nossas obsessões teóricas se eleve. Do alto, buscamos naqueles que foram determinantes na formação de nosso gosto, o êmbolo propulsor de nosso querer, como se a eles pudéssemos ofertar este presente: *O engenho da narrativa e sua árvore genealógica: das origens a Graciliano Ramos e Guimarães Rosa*. A Valéry, gostaria de mostrar a feição poética da narrativa e de sua história, de que maneira podemos também correlacionar a dança com os meandros divagantes de um Graciliano Ramos ou de Guimarães Rosa. A Roland Barthes, gostaria de apresentar o método crítico de Sérgio Motta, seus movimentos de drible em relação aos procedimentos construtivos de obras antigas e modernas, extraindo delas semioses ilimitadas sem que isso possa "preencher os vazios do texto", para lembrar os fundamentos de Wolfgang Iser. Os três pensadores me fizeram refletir sobre o papel da crítica e consequentemente sobre as artes em geral e a literatura em particular, e os caminhos e descaminhos dos estudos literários nos dias atuais em que tudo parece tangenciar o limite do provável e muitas vezes o desconforto do incompreensível.

A imediata relação da obra de Sérgio Motta com o pensamento de Frye ocorre em vários planos. Afora a grande influência do autor no presente trabalho, destaco a conjunção entre o postulado ensaístico de *O engenho da narrativa* e a obra *Anatomia da crítica*. Desse livro de Frye destaco a "Introdução polêmica" em sua totalidade, em que se argumenta de maneira louvável a necessidade da função crítica e a relevância do crítico como mediador entre o leitor comum e a obra, pensamento esse que vai ao encontro daquele de Roland Barthes que considera o crítico como o demiurgo entre a obra e o leitor. Nessa discussão sobre a necessidade da existência da crítica, assim se manifesta Frye:

> Há outra razão pela qual a crítica tem de existir. Ela pode falar, e todas as artes são mudas. Na pintura, na escultura, na música, é muito fácil ver que a arte se exibe, mas não pode *dizer* coisa alguma. E por mais que isto soe como chamar o poeta de mudo ou sem fala, há um sentido importantíssimo no qual os poemas são tão silenciosos como as estátuas.

Iríamos mais longe nessas fundamentais considerações de Frye, no que diz respeito à arte narrativa. Mediante as características macroestruturais da prosa narrativa, confere-se a essa arte um dizer, um falar por meio de uma língua que também não existe. Nesse sentido, a função da crítica e, especificamente, a função da crítica de Sérgio Vicente Motta são decisivas. Na verdade, creio que o que me levou a sentir a presença desses fantásticos vultos foi a obrigatoriedade crítica que o texto de Sérgio impõe confirmando a noção moderna do discurso crítico como um gênero da modernidade. É certo que o longo ensaio apresenta pelo menos dois filões discursivos: um deles se volta criticamente para a história da narrativa e com vertentes teóricas desconstrói e reconstrói sua "árvore genealógica"; o outro – e aí se acentua o teor poético – analisa grandes obras da literatura brasileira à luz das estruturas narrativas da literatura ocidental com feições criativas em que o *prazer do texto* permanece no centro da moldura do texto crítico.

Ao introduzir seu trabalho, Sérgio Vicente Motta afirma tratar-se de "uma história concisa do gênero narrativo, por meio do esboço da árvore genealógica de suas principais formas". Mas, ao penetrarmos na obra, vamos nos enredando numa anti-história concisa que nos toma para um movimento permanente de relações não apenas intertextuais, como também intersemióticas ou de semioses ilimitadas no espaço da linguagem. É certo que o livro cumpre exemplarmente os passos mais "didáticos" a que se propõe realizar: caracterizar os elementos fundamentais e os princípios gerais de um sistema de representação literário e da sua linguagem artística. Porém, mais além dessa caracterização de elementos e de princípios de um sistema de representação literária, estão as maravilhosas contribuições do crítico Sérgio Vicente Motta ao revisitar obras fundamentais da literatura brasileira – Machado de Assis, Graciliano Ramos e Guimarães Rosa, para citar três grandes exemplos. Na verdade, os meandros desta obra envolvem-se com uma questão que independe dos gêneros ou das categorias narrativas: trata-se de um "enfrentamento" da literatura com seu próprio estatuto. Trata-se de declarar a natureza da literatura como *procedimento*. O aparente caráter intransitivo da palavra revela as vertentes do objeto que oculta:

compreender os princípios que regem a matéria simbólica e os elementos de construção de sua estrutura poética. Determinando os fios simbólicos e o processo de tessitura de um tecido ficcional, [o estudo] especifica as linhas de dois paradigmas de representação – o ideal e o real – a partir dos quais o tear da narrativa arma um simulacro para construir uma alegoria utópica da vida ou representar a condição trágica da existência, de acordo com o engenho que o homem inventou e aperfeiçoou para fabricar a arte de tecer sonhos e pesadelos.

O trajeto evolutivo das formas narrativas é recortado no trabalho em três momentos fundamentais: aspectos da história antiga, o início da história moderna e um percurso de retorno na modernidade. Valendo-se de uma imagem alegórica da árvore, relacionando suas partes aos vários filamentos dos gêneros e de seu desenvolvimento, esse trabalho deita luz sobre a poética da narrativa por meio de um verdadeiro entrecruzar da tradição e da modernidade. Refiro-me aqui a uma modernidade eterna (penso em Baudelaire), a um comportamento movediço que se dá no interior das obras gerando um eterno presente na sua face e nos seus gestos. Essa visão dinâmica da modernidade é tão essencial quanto a visão dinâmica da tradição. T.S. Eliot, no seu conhecido ensaio "Tradição e talento individual", ainda prima pelas considerações inteligentes que faz sobre o assunto. Para o poeta e ensaísta,

A tradição implica um significado muito mais amplo. Ela não pode ser herdada, e se alguém a deseja, deve conquistá-la através de um grande esforço. Ela envolve, em primeiro lugar, o sentido histórico, que podemos considerar quase indispensável a alguém que pretenda continuar poeta depois dos vinte e cinco anos; e o sentido histórico implica a percepção, não apenas da caducidade do passado, mas de sua presença; o sentido histórico leva um homem a escrever não somente com a própria geração a que pertence em seus ossos, mas com um sentimento de que toda a literatura europeia desde Homero e, nela incluída, toda a literatura de seu próprio país têm uma existência simultânea e constituem uma ordem simultânea.

O livro de Sérgio Vicente Motta constrói *monumentos* que formam uma ordem ideal entre si. Trata-se de um caminhar espiraloide de formas integradas pelo cerne de sua especificidade: a literatura.

Dentre os universos criados pela obra, sobretudo o estudo das formas narrativas em sua gênese e em sua evolução, destacaremos neste prefácio um aspecto crítico que julgamos conduzir de forma determinante as contribuições deste livro para os estudos literários, mais especificamente para os estudos críticos da literatura brasileira: o movimento das obras, o procedimento construtivo das obras narrativas, tendo como fio de prumo o que poderíamos denominar *paródia da retórica*. Trata-se de um movimento interno das obras ao longo da história do homem e, consequentemente, da história da literatura e das artes. Dir-se-ia que o livro de Sérgio Motta lida com a história dos paradigmas decisivos das obras *clássicas* da literatura ocidental. Essa afirmação carece de duas elucidações: a primeira diz respeito à palavra "história", e a segunda, ao conceito de "clássico". Não desconsiderando a diacronia como elemento necessário para os estudos da literatura, este livro desenvolve um trabalho mais difícil, mais intenso – desenvolve uma história sem história dos eixos tensivos das formas ao longo da história literária. O trabalho é feito de bifurcações dos jardins – penso em Borges – compostos de canteiros floridos (o ideal) ou de ramagens espessas (o real). A segunda elucidação diz respeito ao conceito de *clássico*. Dentre as várias maneiras de se entender uma obra clássica, elegemos uma bem menos usual, para nós decisiva para este livro: trata-se do conceito de Paul Valéry ao falar da obra de Baudelaire. *Clássica* para ele é a *obra que traz em si um crítico*. Eis o ponto para onde convergem as questões determinantes do trabalho de Sérgio Motta – não se trata de uma história da narrativa, mas uma história do *engenho da narrativa*. O próprio título aponta para a questão do procedimento de construção do gênero narrativo e de sua materialidade ficcional ao longo da história. Ligando uma coisa com outra, temos: se clássica consiste na obra que tem em si um crítico, independentemente da época, toda obra clássica permanece para sempre comprometida com o movimento das formas em que se insere. Para que isso seja possível, a obra deve ter como atributo construtivo a marca da consciência metalinguística que a norteia. Ao dizer Roland Barthes que durante séculos nossos escritores não imaginavam que fosse possível considerar a literatura como uma linguagem, submetida, como qualquer outra linguagem, à distinção lógica por não refletir sobre si mesma, entendemos que não quer dizer de uma falta de consciência do fazer, mesmo que de maneira indireta, valendo-se de procedimentos intertextuais ou paródicos. Desde os antigos, o caráter tensivo da linguagem sempre compôs as obras mais representativas. Por isso se pode dizer de uma "história das formas" ou, para lembrar Tynianov, a história das séries literárias.

O livro de Sérgio Vicente Motta consiste num exercício teórico-crítico de um ensaísta, de um artista, mas, acima de tudo, de um excelente professor de Teoria da Narrativa que faz de seu ofício um laboratório para seu pensamento sobre literatura e as demais artes. Da conjunção desses três seres nasceu esta obra que, segundo meu juízo crítico, é inaugural no Brasil.

Segundo o autor,

> A origem da narrativa situa-se num cenário nebuloso. Antes de se divisar a natureza concreta de algumas de suas formas mais conhecidas, é necessário revolver a terra da história em busca de suas raízes soterradas. Essas raízes são reveladas por Scholes e Kellogg, ampliando, nesse sentido, o estudo de Northrop Frye, no seu livro *Anatomia da crítica* (1973), que já parte do meio do processo, considerando a herança clássica e a influência do cristianismo na ficção ocidental.

Sobretudo no primeiro capítulo, o autor discute essas duas obras fundamentais sobre natureza e evolução da narrativa: *A natureza da narrativa*, de Robert Scholes e Robert Kellogg, e *Anatomia da crítica*, de Northrop Frye. Destaca a relevância das obras, principalmente por terem encontrado as linhas mestras da evolução do gênero narrativo e, segundo o autor, "juntar, por meio das sugestões das peças esparsas, uma parte do processo da genealogia das formas narrativas na imagem simplificada de uma árvore".

A obra que ora se apresenta já teria cumprido uma nobre função por ter desenvolvido e apresentado estudo tão intenso sobre as obras anteriormente referidas. Porém, esse estudo apenas atuou como ponto de partida para que tudo se desenvolvesse neste excelente trabalho sobre narrativa, sua gênese e evolução. Muito bem distribuído nas partes, a própria estrutura dos capítulos denuncia o desenho movimentado das ideias.

Considerando que estilo, como nos assinala Marcel Proust, compreende muito menos técnica e muito mais *visão*, dir-se-ia que o discurso crítico de Sérgio Vicente Motta tem estilo. Seu discurso denuncia a trama de um dizer com um fazer, cumprindo antes de tudo uma missão: desvelar um olhar consciente sobre uma questão das mais relevantes da literatura e de sua história. Dentre as linhas de força que impulsionaram esse crítico a iniciar sua viagem, Antonio Candido foi uma das mais decisivas. A sua reconhecida ideia de que a nossa literatura é galho secundário da portuguesa e que por sua vez é "arbusto de segunda ordem no Jardim das Musas" é citada pelo autor do presente livro, que assim prossegue: "Mas adverte o mestre: 'é ela, não outra, que nos exprime. Se não for amada, não revelará a sua mensagem; e se não a amarmos, ninguém a fará por nós'". Com destreza crítica, Sérgio Vicente Motta compreende com sabedoria a metáfora e a corajosa atitude crítica de Antonio Candido e responde ou busca dar continuidade à sua reflexão sobre o lugar e as condições da literatura brasileira no painel da literatura ocidental. E isso, como salienta o autor de *O engenho da narrativa*, "por amor à literatura brasileira". E, por amor, o crítico vai reconstruir o esboço da árvore da narrativa, *redesenhando* o Jardim das Musas, e a partir daí vai compor outros jardins. Mesmo que os canteiros mais antigos, ao serem construídos, estivessem tão distantes no tempo e no espaço da cultura brasileira, bem como de sua literatura que na verdade nem existia, um outro tempo ou um outro espaço (o da linguagem) acabou por aproximá-los. Os limites ou as cercanias que emolduravam aqueles jardins foram rompidos pela tensão entre tradição e modernidade ou pela dialética entre obras precursoras ou sucessoras no mágico dínamo da invenção. Dentro desses novos limites, a literatura brasileira pôde compor alguns dos mais formosos e férteis canteiros já plantados nesses Jardins. Como diz Sérgio, buscou-se "a integração do arbusto secundário ao corpo unitário da mãe". Tendo como direção formal a triangulação *obra, linguagem e gêneros narrativos*, e se valendo da metáfora da árvore e de suas vertentes sinedóticas, nasce um dos

O ENGENHO DA NARRATIVA E SUA ÁRVORE GENEALÓGICA 15

mais bem articulados ensaios sobre narrativa e/ou sobre poética da narrativa nos estudos literários brasileiros. A tessitura do que o autor denomina "engenho da narrativa" se realiza de modo a plasmar num único tecido crítico os ingredientes de várias épocas por meio de um palimpsesto crispado de resíduos de uma tradição que volta e se restaura diante das reescrituras de uma nova ordem. Trata-se de um ziguezaguear de linguagens postas em condição de realização, composição e de *modulação* dos gêneros narrativos para se elevar a uma dimensão de uma *poética da narrativa.*

Assim sendo, a grande contribuição da obra que se apresenta é nos reconduzir para os lugares certos dos estudos literários; para as instâncias onde a literatura é apenas *literatura* e não falsa consciência. A obra atua no leitor como uma forma intempestiva de o envolver com remissões a grandes obras que se intertextualizam ao longo da história, incluindo desde as grandes criações da literatura greco-romana até as obras da modernidade europeia e as obras da literatura brasileira. Acaba sendo uma *renga* crítico- -inventiva do gênero que se embate e se intensifica na construção de formas mais evoluídas. O processo lembra aquele utilizado por certos pintores como Jeronimus Boch na passagem da Idade Média para o Renascimento ou, no século XX, Joan Miró, cujos quadros se reportam uns aos outros como se um surgisse do outro, em desdobramentos ou redescobertas de procedimentos mais interessantes ou mais significativos. Entretanto, no caso desses pintores, o processo se dá na obra do mesmo artista, o que não acontece com esse procedimento intertextual da literatura que se dá entre obras de autores diferentes e de diferentes épocas. Uma obra puxa outra obra, infiltrando-se no cerne da obra precedente e se fazendo construto da obra subsequente. A propósito de pintura, resta dizer que ela se faz presente no livro de maneira altamente significativa. Mas não vamos adiantar nada. Deixemos que o leitor depare com essa e outras pérolas no desenrolar de sua leitura deste magnífico trabalho.

Aguinaldo José Gonçalves

Apresentação

O livro realiza uma história concisa do gênero narrativo, por meio do esboço da genealogia de suas principais formas, com a finalidade de caracterizar os elementos fundamentais e os princípios gerais de um sistema de representação literária e da sua linguagem artística. Traz uma reflexão sobre a arte narrativa, empreendendo uma travessia pelas veredas do gênero, ao revisitar o arcabouço de obras prototípicas para se compreender os princípios que regem a matéria simbólica e os elementos de construção de sua estrutura poética. Determinando os fios simbólicos e o processo de tessitura ficcional, especifica as linhas de dois paradigmas de representação – o ideal e o real –, a partir dos quais o tear da narrativa arma um simulacro para construir uma alegoria utópica da vida ou representar a condição trágica da existência, de acordo com o engenho que o homem inventou e aperfeiçoou para fabricar a arte de tecer sonhos e pesadelos.

O trajeto evolutivo do gênero é recortado em três momentos fundamentais: a história antiga, o início da história moderna e um percurso de retorno na Modernidade. No primeiro segmento, são levantadas as raízes da árvore genealógica cujas formas e matérias originaram a síntese épica – o tronco em que se formalizou a primeira poética da narrativa, tendo como base um modelo tradicional. Seguindo o percurso da oralidade à escrita e do verso à prosa, quando o tronco épico se bifurca nos ramos histórico e ficcional, o trabalho acompanha a evolução do ramo artístico, priorizando a sua natureza simbólica e o domínio da função estética. Tomando-se como fonte matricial o núcleo clássico da ficção grega e da sátira latina, os paradigmas idealista e realista são propostos como matrizes geradoras das duas principais diretrizes do processo alegórico de representação ficcional, cuja alternância, até o fim do século XIX, caracterizou o período de invenção da narrativa. Os dois paradigmas são apresentados no arcabouço construtivo de obras prototípicas da tradição e exemplificados com projeções em resoluções criativas do repertório da literatura brasileira. Nessa articulação entre o antigo e o moderno, determinam-se, dentro do quadro de cada modelo, os fundamentos e os movimentos gerais da enunciação, do enredo, da construção das personagens e das coordenadas espaciotemporais.

Estabelecendo uma ponte sobre o período medieval, por meio de diretrizes históricas e estéticas, a árvore da narrativa é retomada, no pós-Renascimento, com o nó do reencontro dos ramos histórico e ficcional, marcando o nascimento da forma do romance. Como uma espécie de desdobramento da forma épica, o romance configura a fase adulta da árvore e inicia a história moderna da narrativa, com os novos frutos inventivos, acoplando-se à copa da árvore-mãe. Permutando-se o sistema mitológico clássico pelo mito judaico-cristão e trocando-se o domínio da aristocracia pela consolidação da burguesia, com a intervenção do popular no erudito, a árvore da narrativa reconfigura-se como uma alegoria da "Árvore da Vida e do Bem e do Mal" e é transportada do Jardim das Musas da tradição para ser plantada no "Jardim do Éden", o jardim das delícias, a partir do qual os impulsos do ideal e do real ganharam soluções cada vez mais criativas e originais.

Na Modernidade, descrevendo uma trajetória cíclica, a narrativa empreende um percurso de retorno às fontes matriciais da tradição, buscando a infância perdida da semente mítica e das formas prototípicas em que foram gestados a gramática de suas leis e o código de convenções do seu sistema de representação. Esse percurso de reinvenção é descrito por meio de estudos sobre obras de Graciliano Ramos e de Guimarães Rosa, como uma maneira de focalizar uma ramificação da literatura brasileira, denominada "Ramos e Rosa", e integrar essa literatura aos braços acolhedores da árvore-mãe da narrativa ocidental.

INTRODUÇÃO

> *"A literatura configura-se a si mesma, não se configura*
> *do exterior: as formas literárias não podem existir fora da*
> *literatura, mais do que as formas da sonata, da fuga ou do*
> *rondó podem existir fora da música."*
> Northrop Frye

A árvore da narrativa

Na memória de todo estudioso da literatura brasileira ecoa a metáfora emblemática semeada por José Veríssimo (1976-1977, p.12): "Esta nossa literatura que, como ramo da portuguesa, já tem perto de quatro séculos de existência, não possui a continuidade perfeita, a coesão, a unidade das grandes literaturas, da mesma portuguesa, por exemplo". Resgatada com um viço arquetípico por Antonio Candido (1981, p.9), a metáfora expressa a condição de estarmos fadados a depender da experiência de outras letras, pois, comparada às grandes literaturas, a nossa é pobre e fraca: "A nossa literatura é galho secundário da portuguesa, por sua vez arbusto de segunda ordem no Jardim das Musas...". Mas, adverte o mestre: "É ela, não outra, que nos exprime. Se não for amada, não revelará a sua mensagem; e se não a amarmos, ninguém o fará por nós" (ibidem, p.10).

Redesenhando o Jardim das Musas, com a integração do arbusto secundário ao corpo unitário da mãe, este trabalho mostra, nesse processo, que o galho da literatura brasileira, por meio de seus ramos, faz parte da vida e da totalidade da grande árvore da literatura ocidental. Os críticos, quando avaliam o papel secundário do galho de nossas letras, diante da unidade, riqueza e expressividade das grandes literaturas, utilizam como parâmetro o peso da tradição de um contexto histórico-cultural. Esses fatores não estão em discussão. O nosso estudo segue uma direção formal, apoiado na seguinte triangulação: a obra, a linguagem e o gênero narrativos.

Valendo-nos da metáfora da árvore, procuramos repensá-la do ponto de vista formal, a partir da relação entre os três elementos referidos. Na sua realização, a obra ficcional materializa as potencialidades artísticas da linguagem da narrativa, determinando os ramos e rumos do gênero literário. O gênero, colocado em ação, expande-se pelo movimento dessa linguagem que, por sua vez, é embalada pela força inventiva da obra de criação. Por esse ângulo relacional e formal, é possível reconstruir uma árvore-matriz do gênero literário e verificar como uma obra narrativa, exercitando os mecanismos de sua linguagem artística, reencontra os elos aproximativos dos veios prototípicos da árvore-mãe.

A árvore da narrativa no Jardim das Musas

Formada pela evolução de uma linguagem artística, com a contribuição das obras de muitas línguas, a imagem da árvore da narrativa ajuda acompanharmos alguns aspectos da trajetória dessa linguagem, cuja especificidade conduziu a seiva da arte aos embriões que constituíram e mobilizaram os traços de seus paradigmas formais. Capazes de encurtar as distâncias e reduzir os tempos, mas deixando sempre uma abertura para as diferenças histórico-culturais, esses indicadores formais, ao mesmo tempo que permitem redesenhar a árvore, recuperando o seu perfil genealógico, possibilitam reencontrar os elos e os nutrientes básicos de um parentesco formal nas obras que seguiram destinos próprios no processo de construção de um paisagismo nacional e local. É essa mobilidade dialética que propicia à árvore da narrativa enriquecer-se, por exemplo, com detalhes da vegetação do agreste e do sertão brasileiros, como os que serão estudados nas obras de Graciliano Ramos e de Guimarães Rosa.

A conversão dos traços de parentescos formais em ramos que são acoplados aos seus braços matriciais é uma maneira de a árvore da narrativa acolher os novos espécimes de frutos pelos vínculos antigos de filiação. Reconhecendo a proximidade na distância, as reminiscências de um padrão nos lances de originalidade e a indiferença da convenção na diferenciação inventiva, a árvore-mãe da narrativa eterniza-se na dinâmica da contribuição desses frutos de várias partes da terra. Sem essas contribuições, ela não se totaliza, pois é o esqueleto de um gênero artístico, cuja memória se exercita no corpo de cada uma de suas criações.

O criador de uma obra literária revive o mito paradisíaco de retirar do esqueleto da árvore-mãe uma costela para a formação de sua criatura, dando-lhe vida ao dotá-la de parte da memória do gênero artístico com o sopro da invenção. Por isso, é uma tarefa instigante caminhar junto a essa obra em busca de uma parte da sua infância, mesmo como forma de compreendê-la melhor. Cada obra revive o seu passado perdido no jardim de sua infância. Tanto esse passado como esse jardim podem ser recuperados num espelho que reflete, arquetipicamente, a sua imagem infantil na árvore adulta da narrativa. A lâmina do espelho em questão é formada pelo uso de uma linguagem artística, gerada no útero do gênero e elaborada a partir do desenvolvimento das formas narrativas. Nesse espelho, quando uma obra específica busca o seu passado e o jardim da sua infância perdidos, ela os reencontra refletidos em partes da imagem da árvore projetada no cenário do Jardim das Musas.

Regida por dois movimentos essenciais – de expansão e retração –, na dialética do localismo e do universalismo, a árvore da narrativa adquire uma configuração esquemática que segue o jogo dessas relações. Seu gesto expansivo e mobilizador das formas narrativas é visto de uma perspectiva matricial, o que permite fixar os traços originários do processo evolutivo e reorganizar as formas-fonte em paradigmas. O seu lado materno, de acolhimento, só permite reatar, nos liames de seus braços abertos, as diferenças da expansão, pelo fato de elas conservarem, sempre, as cicatrizes da indiferenciação como lastros remanescentes de um vínculo de parentesco com as matrizes prototípicas. No cruzamento desses dois impulsos obtém-se um tipo de fidelidade relacional: a de não ver apenas as obras de uma literatura como parte de um processo local, mas, também, como componente de uma rede interativa, dentro da expansão das malhas de um gênero artístico universal.

Caminhando por dentro das trilhas da linguagem da narrativa, objetiva-se, no final do percurso, indicar, na realização moderna de uma obra, a projeção da sombra ancestral da tradição. Esse mecanismo aproximativo permite descortinar, no paisagismo regional e local, aspectos narrativos da árvore universal, reconhecendo-se, no corpo jovem da criação, fragmentos da memória formal de seu gênero de gestação.

A tarefa que se impõe é dupla: reconstruir um esboço genealógico da árvore da narrativa, nas suas principais partes, raízes, tronco e galhos, para se reconhecerem, no traçado de suas ramificações, aspectos presentes nas novas realizações. Numa perspectiva de retorno, interagindo tais obras com os veios que edificaram os galhos da árvore-mãe, elas despontam, na contemporaneidade, como folhas de uma frondosa copa, que a ela se acoplam por vínculos de parentesco formal. Por isso, a nossa tarefa justifica-se, também, duplamente. Primeiro, porque a travessia pelo interior das formas e da linguagem da arte narrativa redime, de certo modo, a condição secundária de nossas letras, relativizando-se o peso da tradição histórico-cultural para se eleger, como mecanismo de aferição, as relações formais: por esse prisma, as nossas obras fazem parte da totalidade e instauram relações de parentesco com partes da grande árvore do Jardim das Musas. Segundo, essas obras compõem os ramos que integram o galho da literatura brasileira, e o estudo desses ramos aponta os traços de singularidade, a distinção que lhe dá expressividade, como uma condição para a continuidade da árvore do Jardim das Musas reduplicar-se, como manancial de matrizes formais.

A árvore da narrativa no jardim de nossas letras

O estudo das nossas obras particulares projeta a originalidade do jardim de nossas letras e, dentro dele, dos ramos que compõem o galho da narrativa brasileira. Essa originalidade só se revela mais completa quando a sua luminosidade, no ímpeto de revelar as particularidades de nossa história e cultura, deixa flagrar, também, no nosso jardim, a sombra da tradição fornecendo-lhe o suporte para que ele mesmo se veja refletido na sua verdadeira dimensão, à medida que o seu ramo narrativo é um reflexo diminuído, projetado a partir da sombra da grande árvore do jardim originário.

Para poder revelar, a partir do espectro da árvore-mãe, aspectos projetados no galho da narrativa brasileira, é preciso caminhar antes pela linha evolutiva das formas narrativas. Primeiramente, buscamos uma localização e descrição das formas históricas da narrativa, para destacar, nos traços evolutivos, aqueles que desenharam um exemplário mínimo, configurador de algumas características dessa linguagem artística, cujas obras ficcionais colocaram em prática com a originalidade de suas invenções, demarcando, assim, a expansão da rede do gênero narrativo.

A configuração desse inventário reduz-se a um repertório das trilhas formais mais simples, codificadas como elementos essenciais da linguagem da ficção, fazendo do repertório o reduto de conformação mais abstrata da simbologia da linguagem da narrativa e, ao mesmo tempo, o fulcro a partir do qual as obras de invenção ainda geram os seus percursos simbólicos de significação. Concluída a linha mestra do percurso, colocamo-nos diante das particularidades de uma paisagem brasileira – o sol e o céu do sertão – para reencontrar não só vestígios formais da árvore matricial, mas, principalmente, um pouco da pulsação originária de sua conformação simbólica e abstrata.

A árvore geradora das formas narrativas

Para descrever o percurso da árvore geradora das principais formas narrativas baseamo-nos no estudo *A natureza da narrativa*, de Robert Scholes e Robert Kellogg. O percurso de retorno dos tempos modernos a essa base matricial teve o apoio da obra *Anatomia da crítica*, de Northrop Frye. A escolha dessas direções significa uma opção pela forma: seguindo-se o primeiro caminho, a forma leva ao desenho da árvore; seguindo-se o segundo, a árvore conforma-se no desenho de um círculo e o trabalho ganha, também, uma configuração circular.

Essa estrutura apoia-se em três partes. A primeira caracteriza a história antiga da narrativa, acompanha o percurso evolutivo da oralidade à escrita, desentranhando as raízes por meio das quais despontaram as formas originárias do gênero: o mito sacro e os rituais de fertilidade; as lendas; o conto ficcional e folclórico. Dessas raízes surgiram os três fios principais com que se tece o tecido narrativo: o mítico, o mimético e o ficcional. O amálgama desses materiais diversos formalizou a síntese épica, originando o tronco da árvore genealógica, cuja bifurcação gerou o ramo da narrativa histórica e abriu os caminhos para a prosa desenvolver, nos rumos do ramo ficcional, um sistema artístico de representação caracterizado por uma natureza imaginativa com uma função predominantemente estética. Coroando essa etapa, analisamos um poema de Fernando Pessoa, "Ulysses", que faz parte de uma obra (*Mensagem*) de substância épica, mas de conformação poética moderna.

Na margem do ramo artístico da narrativa, intercambiando os reflexos dos formatos biográfico e autobiográfico da vertente histórica, estabelecemos uma parada nos padrões da "biografia-busca" e da "autobiografia-viagem", que se materializaram na inventividade da ficção grega e da sátira latina. Nessas paragens, com a abordagem de um texto em prosa grego (*Dáfnis e Cloé*) e outro latino (*O asno de ouro*), demonstrando como a sistematização dos recursos formais prototípicos da gramática artística da narrativa repercute na esfera criativa e mais recentemente dos textos da literatura brasileira, erigimos as bases dos paradigmas do ideal e do real, a partir dos quais a arte ficcional desenvolveu os dois rumos norteadores do seu sistema de representação.

A segunda parte realiza a travessia do núcleo clássico da prosa ficcional greco-latina, passa pelo final da Idade Média, para se concentrar no pós-Renascimento, quando se dá o início da forma do romance. Com o nó do reencontro dos ramos histórico e ficcional, a árvore reintegra o fio mítico diluído, mas nunca perdido, aos fios mimético e ficcional para tecer a nova forma narrativa: o romance, que substitui o amálgama épico e suas implicações histórico-culturais, inaugurando a história moderna do gênero. Tornando-se o veículo de expressão da burguesia emergente, o romance permuta o sistema mitológico clássico pela base bíblica do mito judaico-cristão. Por caracterizar uma etapa fundamental dessa travessia, analisamos a obra *Lazarillo de Tormes*, estabelecendo os traços embrionários do romance. No final da travessia, a árvore da narrativa adquire o seu formato adulto, configurando, no reencontro dos ramos histórico e estético, sob a regência do fio mitológico cristão, a alegoria da "Árvore do Bem e do Mal", que passa a indicar as possibilidades de representação do ideal e do real.

A terceira parte caracteriza o modernismo do século XX como um período de reinvenção da linguagem da narrativa a partir das convenções da tradição, descrevendo o arco por meio do qual a arte ficcional parte em busca de sua origem mítica. Nesse sentido, analisamos a obra *Vidas secas*, de Graciliano Ramos, destacando os recursos construtivos de uma proposta narrativa considerada do ponto de vista da reinvenção do real. Contrapondo-se à perspectiva do realismo artístico de Graciliano Ramos, focalizamos aspectos da poética de Guimarães Rosa ligados a um projeto narrativo inscrito nas voltas do círculo mítico, sistematizado no corpo de alguns contos dos livros *Primeiras estórias, Tutameia: terceiras estórias* e *Ave, palavra*. Unindo as personagens desses contos em uma ciranda de meninas, demonstramos como o autor mineiro surpreende a tendência moderna de perspectiva realista com uma proposta poética de reinvenção do ideal, movimentando a direção de seus textos para o retorno primordial às raízes pré-históricas da oralidade com que a arte narrativa gerou a sua base mítica e simbólica de representação.

Antes, porém, de trazermos, por meio desse galho sugestivo, a projeção da árvore da narrativa no jardim de nossas letras, indicamos, por meio de exemplos, diálogos de soluções formais entre obras prototípicas da tradição do gênero e recriações nacionais. Esse diálogo deu-se, especialmente, durante os estudos das narrativas grega e latina, quando se estabeleceu o perfil desse código mínimo com a formação dos dois grandes paradigmas de representação da narrativa. Essas obras fazem parte do romantismo e do realismo brasileiros, do século XIX, e também do modernismo, no século XX, momentos em que esses paradigmas continuam revisitados e recriados em suas direções idealistas e realistas.

O esboço da árvore: as obras-guia

As linhas básicas do esboço da árvore foram traçadas a partir da obra de Robert Scholes e Robert Kellogg, pelo fato de o estudo sugerir um desenho esquemático e possibilitar sua visualização, do tronco aos ramos, cuja ligação descreve a trajetória compreendida pela evolução da narrativa, da poesia épica ao nascimento do romance, os dois marcos formais da história antiga e moderna do gênero. A narrativa épica, em versos, consolidou o ponto mais alto da tradição oral e iniciou o processo de expansão da escrita. O romance, em prosa escrita, constituiu-se na forma dominante com que a narrativa atingiu o seu círculo de divulgação e expressão mais altos, a ponto de tornar-se quase sinônimo de narrativa. Neste trabalho, as duas formas têm a função de caracterizar os dois marcos principais atingidos pelas formas narrativas: a poesia épica é referência obrigatória em qualquer estudo dessa natureza pela importância do seu momento histórico de definição, dominação e expansão; o romance, por colocar-se como uma espécie de continuidade daquela forma, transmudada quando não mais correspondia às exigências de um outro tempo, tornou-se o veículo mais adequado para as expectativas de expressão desse novo tempo.

Assim, o longo e sinuoso trajeto da evolução das formas narrativas, num percurso da oralidade à escrita, é solucionado por meio da sua divisão em três macrossegmentos, correspondentes à formação da síntese épica, ao processo de sua desagregação e à formação de uma nova síntese resultante. Historicamente e em linhas gerais, os três momentos distribuem-se pelos períodos respectivos: apogeu da epopeia grega; durante o desenvolvimento da narrativa greco-latina até o período vernacular do final da Idade Média e o Renascimento; e início da forma do romance, no pós-Renascimento. A base propulsora do mecanismo evolutivo assenta-se no conceito de *tradição*, herdado pela primitiva narrativa escrita da oral, e no seu vínculo indissolúvel com a palavra mito (*mythos*), no sentido grego de um enredo tradicional que pode ser transmitido e como sinônimo de narrativa tradicional, na concepção de Aristóteles.

Unindo o percurso evolutivo e o seu mecanismo gerador, pode-se traçar uma reta perfazendo os três macrossegmentos e, na sua extensão, percorrer a trajetória da evolução das principais formas narrativas, das origens à epopeia e da epopeia ao início do romance. À medida que o impulso tradicional perde a sua força nuclear, a literatura narrativa desenvolve-se em dois sentidos antitéticos emergentes da síntese épica: o *empírico* e o *ficcional*.

Depois da divisão dos ramos empírico e ficcional, a convergência dos dois componentes antitéticos formalizou uma nova síntese, considerada por Scholes & Kellogg como o principal progresso na literatura narrativa pós-renascentista. Embora iniciado pela época de Boccaccio e tornado mais discernível, na Europa, durante os séculos XVII e XVIII, o processo gradativo de aproximação dos dois veios teve, em Cervantes, o seu ponto de demarcação, lançando a pedra fundamental do romance: "A nova síntese pode ser encontrada nitidamente num escritor como Cervantes, cuja obra é uma tentativa no sentido de reconciliar poderosos impulsos empíricos e ficcionais. Da síntese que efetuou, o romance surge como uma forma literária" (Scholes & Kellogg 1977, p.9). Neste livro, essa reintegração dos componentes histórico e ficcional inicia a história moderna da narrativa, com a abordagem da obra *Lazarillo de Tormes* funcionando como o elemento catalisador do processo embrionário da forma do romance.

Seguindo o percurso com que os críticos sistematizaram um perfil histórico da narrativa a partir do núcleo clássico, valemo-nos de três movimentos recorrentes. O primeiro deles, do qual derivam os outros, está ligado ao afastamento do impulso mítico de se contar uma história. Esse movimento destaca-se por marcar, reiteradamente, um esgarçamento no percurso das formas narrativas, interferindo na integridade do modelo, representado pela poesia épica, para consagrá-lo, depois, em um novo parâmetro. Nessa nova situação, as invariantes passam a ser decantadas em um sistema mais aberto de experimentações estéticas, provocadas pela busca da originalidade e das diferenças em relação aos modelos.

Como decorrência do primeiro movimento, um segundo, situado no ponto de desagregação da síntese épica, imprime um ritmo crescente de diferenciação entre as ordens factuais e ficcionais, originando a narrativa histórica e a ficcional. Ambas serviram à história do gênero narrativo e da sua linguagem específica, fornecendo recursos e protótipos formais. Mas duas direções diferentes de percursos marcaram, definitivamente, um distanciamento fundamental de seus propósitos: a narrativa histórica buscou um cunho de veracidade, enquanto a narrativa ficcional fez a sua opção pelo teor estético, originando-se a colocação, em primeiro plano, da natureza estética e artística da ficção. Dessa maneira, a narrativa adquire o conceito específico de arte e, dentro dele, as duas ordens não são tão irreconciliáveis, como o romance provou, ao concretizar-se, como forma, justamente a partir da tensão desses dois impulsos, mas com a determinante da natureza ficcional, que se vale dos efeitos de verdade do primeiro para temperar a lógica imaginativa sempre prevalecente do segundo. Caso contrário, a narrativa deixa o sítio maior da arte para emprestar as suas formas aos interesses da História.

Um terceiro movimento instaura um paralelo com o segmento prototípico do período clássico, que reduplica a linha evolutiva por toda a Idade Média, até o momento, no pós-Renascimento, quando a sua outra ponta ata o início da forma do romance. As variações dentro dessa repetição do padrão de desenvolvimento podem ser atribuídas a duas causas principais: influências do cristianismo e da cultura mais desenvolvida dos tempos clássicos. Esse é o ponto de partida para uma aproximação do estudo de Scholes & Kellogg com o de Northrop Frye. Acrescido, tanto quanto possível, de um outro divisor de águas – o movimento da narrativa em verso para a narrativa em prosa –, o trabalho apoiou-se na pesquisa desses autores para privilegiar o impulso ficcional em detrimento do empírico. Nesse sentido, também privilegiamos uma área estética de atuação circunscrita à prosa ficcional. Dentro dos limites do campo ficcional e simbólico, empreendemos uma caminhada do mimético para o abstrato, à procura dos elementos essenciais que fazem do gênero narrativo uma linguagem artística específica, que o representa e constitui a sua forma de expressão.

A narrativa como libertação de dois jugos tirânicos

O esboço evolutivo da narrativa, priorizando os trabalhos citados, foi uma forma encontrada para se concentrar a extensão do assunto em uma solução simples, amarrando a abrangência do percurso e dos aspectos históricos envolvidos em dois nós de jugos tirânicos, concentrados em momentos essenciais: um, que, inscrito no processo de desagregação da tradição épica, representa a transição do culto à profanação do modelo; o outro, situado na modernidade, descreve um percurso de retorno. Nesse giro cíclico, a narrativa, depois de consagrada como uma invenção da diferença, guiada pelos preceitos de originalidade e imitação mimética da realidade, passa a tecer a sua criatividade numa solução estético-imaginativa mais estilizada e abstrata, reatando, nessa rede de variação, alguns fios invariantes que a levam a reencontrar parte do passado de uma tradição simbólica.

O primeiro momento, caracterizado como *a tirania da tradição* por Scholes & Kellogg, teve início na oralidade das formas narrativas primitivas – o mito sacro, a lenda e o conto popular – que se amalgamaram, juntamente com a história e a ficção, para dar forma à síntese épica, o ponto culminante da convenção e do império da tradição. Antes do despontar da síntese épica, num período pré-histórico, essas formas narrativas – ritualísticas, lendárias e imaginativas –, numa correspondência com a pintura rupestre, mantinham uma ligação mágica com a vida, equivalente àquela que fazia dos traços essenciais dos desenhos das cavernas uma forma de aprisionamento da caça real.

De uma maneira similar ao salto que se verifica entre a pintura rupestre e a forma grega de representação pictórica, geométrica e estilizada, a narrativa primitiva deixa o seu período pré-histórico para ser reconhecida na cultura grega como uma manifestação literária. A síntese épica, como uma das formas de expressão dessa representação, nutriu-se das leis e das convenções do período, enformando-as num processo de maturação e cristalização da tradição: maturação porque as perpetuou em uma forma nova, tecendo o fio mítico em uma nova matéria, com o acréscimo dos veios histórico e ficcional; cristalização porque sedimentou, na congruência de todos esses veios, um modelo formal tradicional, lapidado e eternizado como um modelo a ser seguido. No seu conjunto, a síntese épica possibilitou a união da esfera da existência à esfera da arte, juntando, na textura da teia de convenções em que era urdida, os fios da realidade com que era consumida, constituindo--se numa forma inteiriça que não distinguia vida, arte, religião, história e ficção. Presa às amarras da convenção, a síntese épica prolongou os elos da tradição até o momento em que foi por ela envolvida em seu jugo tirânico. A sua libertação deu-se com o rompimento das vertentes empírica e ficcional, originando novas formas narrativas que, impulsionadas pela prosa e fixadas pela escrita, acabaram engendrando, no nó do reencontro das vertentes bifurcadas, o nascimento do romance.

Com o romance já formalizado e atingindo o ápice de sua importância e influência, no fim do século XIX, Frye postula um segundo momento na história da ficção, marcado pela *tirania da falácia representativa*. As consequências da libertação do princípio imitativo da representação realista, ao mesmo tempo que abrem os caminhos da modernidade para a narrativa ficcional, fazem que ela reencontre, na aventura desses caminhos, os laços antigos e arquetípicos de sua ancestralidade, curvando a linha histórica de sua evolução – das origens ao abstracionismo – no fecho da figura mítica de um círculo.

Ao configurar o círculo como uma forma emblemática na história da narrativa, Frye flexibiliza a linha da evolução, instaurando, nesse movimento de retorno, uma relação dialética entre componentes aparentemente distantes como *tradição e modernidade, originalidade e convenção, mudança e permanência*. Esse processo caracteriza um fenômeno explicado como uma causa formal situada e engendrada dentro do organismo de cada sistema artístico, como mecanismo de renovação.

Tendo como parâmetro a recorrência de modelos e convenções, seguindo o percurso cíclico da narrativa, desenhamos o esboço dos dois paradigmas de representação que a arte ficcional parece ter formulado e dilatado durante todo um período de invenção, passando a revisitá-los, na Modernidade, como propostas de reinvenções.

A linguagem redescoberta:
a narrativa em busca de sua origem mítica

Diante de uma obra ficcional, que se apresenta como um objeto de linguagem, com o seu universo interno de relações e entendida a sua configuração estética como uma forma de compor o fenômeno literário a partir da linguagem artística modelada no interior de seu sistema de representação, a obra referida de Northrop Frye torna-se um suporte fundamental. Assim, as linhas mestras do trabalho do autor foram canalizadas no sentido de se tentar uma caracterização do funcionamento dos elementos estruturais da narrativa, com a finalidade de entendê-los e descrevê-los como mecanismos geradores de significados dentro de um sistema artístico mobilizador de duas direções principais de representação: uma, idealista ou apocalíptica, gerando uma alegoria utópica da vida; outra, realista ou demoníaca, que engendra os artifícios simbólicos de um simulacro antiutópico com a função de retratar os aspectos trágicos do mundo real.

Na lógica interna de uma representação realista, permutando-se a direção de uma mimese externa pelas relações simbólicas de uma mimese ficcional, um outro tipo de verossimilhança garante a coesão de uma estrutura imaginativa mais abstrata, ao instaurar um processo mimético interno movimentado pelas leis paradoxais do fantástico. Da mesma maneira, uma configuração mais abstrata de uma representação idealista continua sendo exercitada, na modernidade da arte ficcional, como uma forma de se criar um simulacro do real, não pela postura ingênua de uma visão romântica ou utópica da vida, mas como um exercício de expressão artística em que o impulso romântico resgata o universo mágico do mundo maravilhoso e simbólico das leis que deram origem e fundamentaram o gênero literário acolhedor das estruturas ficcionais expressas pela arte narrativa.

Nas voltas do círculo mítico: um exemplário arquetípico

Nas voltas de um círculo mítico apocalíptico ou demoníaco, Frye esboça um quadro de imagens literárias que funciona como um exemplário arquetípico. A partir desse inventário, procuramos sistematizar os dois paradigmas referidos, operacionalizando um circuito que perfaz os reinos mitológico, lendário, humano, animal, vegetal e mineral, de acordo com o movimento que esse circuito adquire com o trabalho estruturador dos componentes formais da narrativa cuja inter-relação dirige os efeitos de sentidos numa obra ficcional. Na correlação dessa estrutura, o desenho do simulacro narrativo articula o seu jogo de imagens a partir do repertório prototípico, configurando uma das duas direções representativas. No percurso entre o repertório e a prática discursiva, apesar da pressuposição de algumas disposições preestabelecidas, é no corpo do texto ficcional que o jogo das imagens ganha a vivacidade da invenção, adquirindo, na prática da atualização, os contornos de uma criação original. Por isso, no lugar de privilegiarmos a disposição do quadro originário da gramática arquetípica, preferimos acompanhar as imagens em movimento, exemplificando, no organismo vivo de alguns textos literários, como os paradigmas idealista e realista adquirem resoluções específicas nos seus desenhos inventivos.

O engenho de sonhos e pesadelos

Fazendo do espelho das obras modernas um modo de olhar o passado formal do gênero literário, podemos ver como os lances criativos se movimentam pelos arcabouços dos paradigmas, afirmando e alargando as malhas de um sistema artístico. Esse método também possibilitou a utilização dos textos literários como fontes de teorização.

A narrativa ficcional é um sistema artístico que desempenha funções específicas e caracteriza-se, no campo literário, como um gênero autônomo. Nesse universo, compõe, com a lírica e o drama, os formatos de três vias de representação, cuja peculiaridade, na distinção formulada por Roland Barthes, é fazer do sistema semiótico principal das línguas naturais o caminho para a construção de uma semiótica secundária e conotativa, que funciona como a base artística do sistema retórico de representação. Separado do drama e da lírica, mas sempre com eles dialogando e franqueando suas fronteiras, o gênero narrativo é visto numa perspectiva evolutiva que passa da oralidade à escrita e da forma versificada para a prosa escrita contínua, à medida que atravessa uma fase de formação e se consolida num percurso de expansão.

O engenho da narrativa, de ritualístico e mítico, conquistou uma matriz retórica na tradição oral: a poesia épica, que codificou uma poética narrativa ao desenvolver um tipo de enredo catalisador das relações de enunciação, personagens, espaço e tempo. A partir dessa matriz, tendo como fonte as ficções grega e latina, a narrativa escrita patenteou o domínio estético e formalizou as conformações gerais de um sistema básico, como matéria, linguagem e formas de representação. Das engrenagens desse engenho mínimo partiram as direções formais que levaram a narrativa a conquistar o seu espaço na história moderna das artes, com a invenção de uma nova forma, o romance, e com as invenções com que essa e as demais formas geraram na história da humanidade. O que pretendemos foi conhecer um pouco dos mecanismos desse engenho e verificar como o funcionamento de suas principais engrenagens – a enunciação, o enredo, personagens, o espaço e o tempo – opera na fabricação desse artefato de linguagem: a narrativa de ficção.

Consideramos, durante todo o percurso, que as relações entre forma e conteúdo são geradas no interior de um sistema de representação, de acordo com o funcionamento das partes do seu engenho artístico, cujas engrenagens tecem as diferenciações do material simbólico no artefato ficcional de um tecido narrativo. Esse objeto de linguagem ganha expressão e arte pelos efeitos de sentidos e pelo convencimento do trabalho retórico de uma linguagem que se totaliza na junção das implicações do conteúdo de suas diversas matérias com as direções formais de seu aparato artístico.

Como uma arte fabricada a partir da linguagem verbal escrita, a narrativa literária condicionou a estrutura sequencial de sua natureza temporal na linearidade da prosa, que passou a funcionar como um suporte de expressão na configuração de um texto, que lhe serve como veículo de divulgação. Seguindo a linha da escrita, a narrativa instaura uma analogia implícita com o *texto* em que se fixa e recupera, da origem etimológica latina *textu*, a ideia de "tecido", pressupondo, em sua arte, o ato e os efeitos de um "tecer". Nessa analogia, o "tear" emerge como uma metáfora apropriada para alojar as características do "tecer" e do "tecido", que permeiam o fazer inventivo do texto narrativo.

Tentando compreender o funcionamento do mágico tear do sistema narrativo, procuramos desvendar alguns mecanismos desse engenho, acompanhando o trançado das linhas de uma história, a partir do aparelho enunciativo movimentado pela agulha do artista tecelão. O narrador, como parte do processo, tece a trama da intriga, manipulando os cordões de atuação das personagens, cujos atos são ligados às engrenagens das coordenadas espaciotemporais. Como resultado dos padrões seguidos pelo tecido narrativo, emerge uma "intriga fingida" na estampa do bordado, como um produto original materializado pelos lances inventivos, executados no interior do código e da gramática que regem a linguagem desse sistema de representação. Acompanhando as direções principais das articulações dos fios na fabricação de um tecido narrativo, revelamos como o funcionamento da engrenagem desse engenho produz um artefato de linguagem caracterizado como uma arte de tecer sonhos e pesadelos

Ao empreender uma travessia pelas veredas do gênero e revisitar o arcabouço do sistema artístico da narrativa, tentando compreender as leis que regem a matéria simbólica de sua estrutura poética, iluminamos um pouco os bastidores de uma forma de representação, por meio da qual o homem projeta os simulacros de seus sonhos e pesadelos. Nesse jogo de luz e sombra, que constitui a atmosfera de um palco narrativo movimentando as possibilidades representativas de um simbolismo idealista ou realista, buscamos uma melhor compreensão dos mistérios que governam as estruturas imaginativas da arte ficcional, procurando fazer do posicionamento metodológico e teórico adotados os caminhos para uma contribuição original.

DO CULTO AO MODELO
À SAGRAÇÃO DA DIFERENÇA
A ÁRVORE DA NARRATIVA NO JARDIM DAS MUSAS

"Quero falar das formas mudadas em novos corpos."
Ovídio

PARTE I
A NARRATIVA EM VERSO
O IMPÉRIO DA TRADIÇÃO

1
CULTO AO MODELO
TRADIÇÃO, IMITAÇÃO E PERFEIÇÃO

"Cantando espalharei por toda parte,
Se a tanto me ajudar o engenho e arte."
Camões

Breviário de nascimento, vida, morte e ressurreição do gênero épico

No princípio era o verbo. E o verbo fez-se gênero. Coube aos primeiros rapsodos gregos colher as manifestações narrativas produzidas pela voz espontânea do povo. Essa voz heterogênea ganhou unidade por meio da invenção rapsódica, que também perpetuou, na rígida ossatura da estrutura épica, aquilo que se apresentava como esparsa, mas constituía uma rica e vigorosa carnadura de sagas heroicas. O sopro da criação uniu a oralidade fugaz ao registro perene, a criação coletiva à invenção solitária, criadores e criaturas num trabalho único do protoinventor – o rapsodo –, que soube amalgamar a forma ao conteúdo, as partes ao todo e, assim, fez-se o corpo que ganhou vida e nome: o gênero épico.

A história conhecida do gênero épico passa ao largo de seu nascimento para já encontrá-lo forte, nobre e heroico, conforme o concebeu Homero, que lhe deu essência substantiva e expressão adjetiva, perpetuando-o como marca de grandiosidade. Assim, constituiu-se num corpo de vastos espaços e tempos heroicos, abençoado pelos deuses e habitado por eles. Um corpo ungido e tecido em enredos envolventes com musas, ninfas e heroínas ao lado de destemidos e talentosos heróis. Talhado para gestos gloriosos, justamente aqueles que fazem do fato um feito histórico. Aberto à convivência harmoniosa do humano e do divino, do mítico e do profano, do lendário e do histórico. Um corpo complexo em que se conjugam, com inocência e técnica, elementos extraídos da experiência e da imaginação; em que se comungam a vida, a arte, a religião e a verdade histórica atadas à verossimilhança da ficção. Um corpo com voz própria: distanciada, séria e solene. Um canto feito pelo homem com inspiração divina.

Ao lado dos gêneros lírico e dramático, o épico constituiu-se num dos três pilares de fundação da literatura ocidental. Cada um deles, a seu modo e através dos tempos, marcou com o seu núcleo de expressão a história do homem, ao registrar, respectivamente, o sublime dos sentimentos e a agudeza das emoções, os limites do desespero e a fatalidade do destino, o sentido das lutas e as aventuras de suas conquistas. A narrativa épica, vestida com o talhe da forma poética que a caracterizou, soube perpetuar sua dinastia e perfilar sua descendência pela teia dos séculos e pelos fios dos tecidos narrativos que o homem emaranhou. Nobre e dominador, o gênero épico, por meio de sua principal forma de expressão poética, a epopeia, teve sua hora e vez. Coroou a sua glória por entre os giros das voltas da história cultural do homem. Mas quando se viu tolhido e o seu anacronismo apanhado pelas engrenagens do tempo – a máquina do mundo em que ele, muitas vezes, fora mestre e operador –, aceitou com humildade e resignação o seu devir. Mirou-se em sua outra face e foi encontrar na imagem do irmão não nobre a sua metamorfose. Passou então o cetro ascensional à narrativa em prosa, revigorada e transubstancializada na forma de romance. Não subiu aos céus para a sua sagração, mas por sacrifício em nome do desenvolvimento da forma romanesca. Assim, não caiu no reino do esquecimento: de épico, ganhou a amplitude moderna de gênero narrativo.

O gênero épico, no conjunto das narrativas que o consagrou, permaneceu entre os homens, nas obras que registraram as aventuras daqueles que alcançaram na terra a glória e o poder de transformar o mundo. O estilo grandiloquente, perpetuado em escritura, imortalizou suas personagens e também os seus autores. À medida que contou a história das empresas humanas, a poesia épica espelhou as próprias conquistas linguísticas demarcadas nas etapas evolutivas das línguas naturais – o verdadeiro tesouro da aventura humana na história de sua evolução. Restringindo o campo de visão ao épico ocidental, ele não só representa um exemplário de determinação, caráter e coragem, ao modelar a figura do herói, como também significa grandes conquistas nos campos linguístico e cultural. Primeiro, porque soube explorar nas entranhas dos códigos linguísticos, muitas vezes ainda em formação, as expressões justas que traduziram as melhores narrativas. Segundo, porque essas mesmas narrativas acabaram por formalizar alguns dos pontos mais fortes de expressão da cultura ocidental.

A poesia épica, também conhecida como epopeia, é o ponto de partida para o estudo das formas narrativas desenvolvidas posteriormente. Desse ponto, pode-se retroceder muito pouco, num tempo nebuloso, quando a narrativa era a via de expressão de um mundo lendário, mítico e folclórico. Dissipadas as brumas desse nimbo imemorial, a epopeia emerge nutrida da essência desses materiais, acrescida do substrato histórico, para ganhar corpo e voz, inaugurando, assim, no tempo da memória, a sua permanência. A essa permanência devem-se esse tom solene e o tributo que se tem de pagar à importância desempenhada pela narrativa épica na história cultural e literária do Ocidente. Escavar por esse túnel da memória tem o sentido de buscar a gênese do gênero narrativo, desde a origem multiforme da poesia épica. Plasmada nos interstícios da cultura popular oral e tramada por artifícios e técnicas específicas, a poesia épica enfeixou-se na solução de um fusionismo ficcional para onde convergiram e, depois, derivaram formas essenciais no processo de evolução da narrativa.

Um estudo como este, priorizando a questão do gênero e a reflexão sobre a linguagem artística da narrativa, busca o resgate das formas antigas, objetivando reencontrar a primordialidade das formas em que ainda bebem algumas das possibilidades da ficção moderna. Fazer do esboço da poesia épica o ponto de partida deste estudo implica também um olhar duplo por dentro da moldura da história da narrativa. Primeiro, um olhar dirigido pelo ângulo dominante – tributo da permanência –, pelo qual se assiste, num quadro conhecido, ao gênero épico atingir, com a sua maioridade ficcional, a autoridade de uma forma de expressão, que representou e delimitou, por muito tempo, os contornos da narrativa. Um outro olhar, voltado para além das marcas impressas pela dominação, espreitando por baixo do desenho oficial, no entrecruzar dos fios de seu esgarçamento, procura reencontrar as linhas encobertas pelo contorno da principal. São linhas oriundas da cultura erudita e popular, fundamentais para a reconstrução do traçado das formas narrativas, mas que se viram desfocadas quando o gênero épico se tornou o veículo de um padrão estético e ideológico erudito. Entronizado, o gênero épico espalhou o seu domínio no círculo da erudição e se fechou nas diretrizes de um código exemplar, obnubilando o traçado de outras vertentes narrativas. O seu poder obliterou também as manifestações da cultura popular oral, afastando-as em "desfechada distância" (para usarmos a sugestão e a abertura míticas da expressão de Guimarães Rosa), num processo de esquecimento de sua própria origem. É esse segundo olhar que possibilita uma visão mais global, por dentro do território e além das cercanias da dominação épica, de algumas questões formais pertinentes ao processo de evolução da narrativa até a constituição do romance, a forma narrativa moderna dominante, entre as outras variações ficcionais, como a novela e o conto.

Poesia elevada: do mito vivente aos vocábulos peregrinos

Pelo ângulo dominante, buscar a origem da narrativa ocidental significa ir ao encontro da poesia em verso, heroica, denominada épica ou epopeia. Para se delinear os traços básicos do seu perfil, da infância à maturidade, é na Grécia antiga que ela se retrata por completo. Na Grécia, ao mesmo tempo que se remonta ao seu princípio, a poesia épica apresentou a sua face acabada e preservada para a posteridade, no desenho perfeito e nos rígidos contornos do modelo traçado pelo seu rapsodo-mor, Homero. Depois, propagou-se e se reproduziu à imagem e semelhança do protótipo clássico, num *modus operandi* imitativo, formalizando a trajetória de uma tradição especular.

A imagem metafórica da epopeia sugerindo um vago retrato de uma musa foi, propositalmente, recoberta por um véu, em cujas malhas pulsam, subliminarmente, três palavras essenciais e indissociáveis dessa forma poética. São três invariantes rimando em torno da aura do modelo: *tradição, imitação* e *perfeição*. De uma maneira análoga, o que se pode dizer da história da narrativa em versos encontra correspondência na história da crítica literária. As primeiras diretrizes teóricas do gênero épico, cristalizadas em tradição pela originalidade dos conceitos e visão percuciente, foram sistematizadas

O ENGENHO DA NARRATIVA E SUA ÁRVORE GENEALÓGICA   **43**

na obra de Aristóteles, que as forjou no quadro de sua concepção de arte como *mimesis*: imitação, representação[1] ou interpretação estética do real.

Aristóteles prescreveu o modelo da perfeição. No que se preservou de sua *Poética*,[2] a ênfase do texto recai no estudo da tragédia, embora, num espaço menor, por meio de deduções e comparações, ditou, também, as normas da epopeia. Como as demais formas poemáticas antigas, a *epopeia* tem como fundamento ser uma "imitação de ações e de vida". Caracteriza-se, distinguindo-se das demais e como forma narrativa, por ter "uma medida métrica única (versos hexâmetros dactílicos)", "por imitar pessoas de caráter elevado e suas ações nobres", e pelo fato de "o poeta-narrador assumir a personalidade de outros homens", na classificação que leva em conta, respectivamente, o *meio*, o *objeto* e o *modo* de *imitação*. Nas palavras do Estagirita, a epopeia concorda com a tragédia por ser uma *imitação de homens superiores* e em *verso*, mas difere dela quanto à *forma narrativa*, caracterizada por um *metro único* e pela *extensão*. A epopeia também não tem limite de tempo, enquanto a tragédia procura emoldurar-se num período do sol. Justamente por ser uma forma narrativa, à epopeia é permitido alongar-se em *episódios* diversos e muitas *ações* contemporâneas podem ser apresentadas, conexas à principal, aumentando o interesse do ouvinte e a majestade da poesia. Como poema extenso, o *verso heroico* é o único adequado por ser o

---

1 No livro *A Poética de Aristóteles*: mímese e verossimilhança, a autora Lígia Militz da Costa (1992, p.10) correlaciona a tradução brasileira "imitação" com a francesa "representação", para afirmar que a última guarda um sentido teatral por conter a polivalência semântica própria da *mímese*: "a de não privilegiar nem o objeto-modelo, nem o objeto produzido, contendo a ambos simultaneamente". Demarcando o salto processado pela arte, de "ontológica", na sua relação com a "sacralidade original", para uma "concepção estética" como a de Aristóteles – "não significando mais 'imitação' do mundo exterior, mas fornecendo possíveis interpretações do real através de ações, pensamentos e palavras, de experiências existenciais imaginárias" –, a autora se vale da divisão de Luiz Costa Lima (1973, p.54), no seu livro *Estruturalismo e teoria da literatura*, para abarcar as duas facetas da *mímese*. Costa Lima opõe uma função *externa*, "ligada à relação de seu objeto temático com as referências exteriores de tempo e espaço", a uma função *interna*, "referente à seleção e disposição estrutural do material verbal do mito", concluindo que na *Poética*, "face à ênfase aristotélica na dependência maior da mímese, ao seu princípio de construção interna, a verossimilhança 'interna' acaba por impor-se como o critério fundamental para a produção literária".

2 O texto seguinte reconstrói o arcabouço estrutural da forma épica concebido por Aristóteles (1966, p.68-103), valendo-se, na sua quase totalidade, de expressões extraídas da tradução citada.

mais grave, o mais amplo, próprio à ação e para acolher vocábulos raros e metafóricos.

Para Aristóteles, a epopeia e a tragédia são regidas pelas mesmas *leis*. Os dois gêneros identificam-se, também, pelas *espécies*: *simples* (episódica) ou *complexa* (de reconhecimento); de *caracteres* ou *catastrófica*. Exceto *melopeia* e *espetáculo cênico*, as demais partes da tragédia apresentam-se na epopeia: o *mito*, o *caráter*, o *pensamento* e a *elocução*. Quanto ao *mito*, composição dos atos ou trama dos fatos, sendo o princípio e a alma da tragédia, na imitação narrativa ele deve ter uma estrutura dramática, ou seja, ser constituído por uma ação inteira e completa, com princípio, meio e fim, para que, una e completa, qual organismo vivente – e belo, na grandeza e na ordem –, venha a produzir o prazer que lhe é próprio. Os sucessos de ação para ação justificam-se por sua verossimilhança e necessidade; os desenlaces devem resultar da própria estrutura do mito, e não do *deus ex machina*. Também a estrutura do poema épico não pode ser igual à das narrativas históricas, as quais têm que expor não uma ação única, mas um tempo único, com todos os eventos que sucederam a uma ou a várias personagens.

Como nos mitos ou no entrecho das ações, a representação dos *caracteres* – palavras e atos de uma personagem de certo caráter – vem atada à lei da verossimilhança e necessidade. A beleza do *pensamento* inclui todos os efeitos produzidos mediante a palavra e tais efeitos devem resultar da ação. A *elocução* tem como qualidade essencial a clareza sem baixeza: elevada é a poesia que se vale de vocábulos peregrinos e se afasta da linguagem vulgar. Nos versos heroicos todas as espécies de vocábulos são utilizáveis. A mistura deles passa pela balança da moderação e o equilíbrio resultante é dado por aqueles que, de um lado, elevam a linguagem acima do vulgar e do uso comum e, de outro, pelos termos correntes que lhe conferem clareza.

Dos tempos imemoriais: raízes

Modernamente, entre os inúmeros trabalhos sobre o gênero narrativo, o estudo de Robert Scholes e Robert Kellogg, *A natureza da narrativa* (1977), traça, do ponto de vista formal, um dos caminhos mais curtos ligando a síntese épica às primeiras manifestações da forma do romance. Trilhando pelos caminhos abertos pelos autores, o nosso intuito é destacar as linhas mestras

O ENGENHO DA NARRATIVA E SUA ÁRVORE GENEALÓGICA **45**

da evolução do gênero narrativo e juntar, por meio das sugestões das peças esparsas, uma parte do processo da genealogia das formas narrativas na imagem simplificada de uma árvore.

A origem da narrativa situa-se num cenário nebuloso. Antes de se divisar a concretude de algumas de suas formas mais conhecidas, é necessário revolver a terra da história em busca de suas raízes soterradas. Essas raízes são reveladas por Scholes & Kellogg, ampliando, nesse sentido, o estudo de Northrop Frye, no seu livro *Anatomia da crítica* (1973a), que já parte do meio do processo, considerando a herança clássica e a influência do cristianismo na ficção ocidental. Ao localizarem a origem da narrativa num tempo mais remoto, Scholes & Kellogg (1977) redescobrem o princípio germinal, a raiz do *mito sacro*, a forma mais antiga de narrativa e a mais arraigada à tradição. Com isso, os autores levantam o conceito de *mito*, com que embasam e dirigem o estudo da evolução narrativa, realçando as suas "qualidades tradicionais", ao reaproximarem a palavra da fonte originária grega, *mythos*, cujo significado é uma "narrativa tradicional" (ibidem, p.153).

Seguindo-se a trilha aberta pela raiz do *mito sacro*, tirado de seu contexto religioso e alçado para um primeiro plano de interesse na história da narrativa, assiste-se à trajetória de uma prática ritualística para a sua expressão em forma de histórias. Da adoração de fenômenos da natureza, os *mitos sacros* passam por um processo de "polimento de rituais" cujo refinamento canaliza as potencialidades de seus enredos para as "representações imitativas dos processos cíclicos da natureza, destinadas a proporcionar estímulo mágico a esses processos" (ibidem, p.154). Hoje, perdido o elo mágico de um tempo cíclico, espelhado nos fenômenos da natureza, parece difícil reencontrar, no enredo de uma narrativa moderna, as ressonâncias primitivas na forma de organizar uma história, tendo por base um padrão cíclico restituindo-lhe uma aura de magia e força ritualísticas. Nesse aspecto, a *teoria arquetípica* de Northrop Frye (1973a) torna-se valiosa, possibilitando o resgate de um movimento ritualístico como um princípio germinal na estruturação de um enredo: o seu arquétipo estrutural. A *crítica arquetípica* formulada pelo autor estuda a narrativa como um "ritual ou imitação da ação humana como um todo, e não simplesmente como uma *mímesis práxeos* ou imitação de *uma* ação" (ibidem, p.107). Desse ponto de vista, reestabelecendo o elo perdido com a sua condição ancestral, "o aspecto narrativo da literatura é um ato recorrente de comunicação simbólica: em outras palavras, um ritual" (ibidem, p.107).

O conceito de *mito* de Frye, como o dos autores citados, também advém da palavra *mythos* e de sua relação originária com o enredo da narrativa, mas foi extraído do rol de componentes da poesia codificada por Aristóteles. Nesse contexto, o conceito de *mito* aparece ligado a um sentido primitivo de "trama", mas, depois, passa a significar crescentemente "narração", acompanhando uma propensão da narrativa de passar de uma "ênfase ficcional" primitiva para uma tendência "temática" posterior. Tal tendência desarticula um modelo formular de estrutura do enredo, substituindo um tipo de arranjo mais primitivo da narrativa, mas potencialmente mais ficcional, por uma valorização do conteúdo instaurada pela atração da plausibilidade. Por isso, quando Frye define o *mito*, não no seu sentido comum e sobrenatural ("uma tendência para narrar uma estória que é originalmente uma estória a respeito de personagens que podem fazer qualquer coisa"), mas ligado à palavra *mythos*, nos passos de Aristóteles, o conceito passa a funcionar como um princípio estrutural, resgatando a ênfase ficcional de um modelo formular. Assim, o caminho teório de Frye, realimentando o movimento do enredo de uma narrativa com uma simbologia ritualística, permite, na prática, operacionalizar uma redução esquemática na estrutura de um texto ficcional, devolvendo-lhe a característica de uma configuração mítica primitiva, essencialmente mais abstrata.

Na continuidade da linha evolutiva levantada por Scholes & Kellogg (1977), marcando um segundo ponto de interesse na história da narrativa, dos muitos tipos de *mitos sacros*, o mais importante é o *ritual da fertilidade*, cujos conflitos entre "as forças da fertilidade e da esterilidade, da vida e da morte e finalmente do bem e do mal" assumem uma variedade de formas. Mas, nas palavras dos mesmos autores, virtualmente, todas as formas do ritual se destinam a expressar um ou mais dos quatro principais elementos do "padrão sazonal": os ritos de "mortificação, purificação, avigoramento e júbilo", a tradução do "ritual mágico anual num formato infinito e transcendental" (ibidem, p.155). Na contramão do processo histórico, a teoria de Northrop Frye (1973a) devolve ao enredo ficcional o seu formato ritualístico, espelhado nos reflexos cíclicos da ordem natural: "O princípio da volta no ritmo da arte parece derivar das repetições, no mundo da natureza, que fazem o tempo inteligível para nós. Os rituais agrupam-se em torno dos movimentos cíclicos do Sol, da Lua, das estações e da vida humana" (ibidem, p.107). Desse modo, resquícios ritualísticos manifestam-se na estruturação

O ENGENHO DA NARRATIVA E SUA ÁRVORE GENEALÓGICA **47**

de um enredo, quando esse reconquista o ritmo de um padrão cíclico, quer seja ele um espelhamento da ordem da natureza, quer seja das recorrências das experiências humanas: "Todos os períodos cruciais da experiência – a aurora, o pôr do sol, as fases da Lua, o tempo da semeadura e da colheita, os equinócios e os solstícios, o nascimento, a iniciação, o casamento e a morte têm rituais ligados a eles" (ibidem, p.107-8).

Voltando ao estudo de Scholes & Kellogg (1977), quando a raiz do *mito sacro* impulsiona a semente do *mito* das profundezas dos rituais para a floração do estrito uso literário, o mito na narrativa caminha de uma visão primitiva e cíclica para um conceito linear e progressivo de tempo. Nesse trajeto a raiz carreia o *mito* para o nascimento de duas formas literárias básicas, oriundas das mesmas matérias sacras, mas divergentes quanto ao aproveitamento desse material: *o mito na forma narrativa* e o *drama mítico* (ibidem, p.155). Dois protótipos que vieram a constituir os troncos paralelos, nos idos tempos do mundo grego, da narrativa épica e do teatro. O primeiro tronco, determinante do núcleo mais expressivo da história antiga da narrativa, constitui o nó para o qual convergem as raizes revolvidas nesse contexto pré-histórico; o segundo, embora formalizador de outro gênero literário, o dramático, passa a ser brevemente considerado, para se ver o reflexo de algumas de suas influências na evolução da árvore da narrativa.

O *drama*, por ser uma forma mais próxima do ritual, à medida que se desgarra das amarras cerimoniais para a sua erupção no terreno estético, concentra as suas tendências trágica e cômica nos aspectos herdados do ciclo ritualístico: "a tragédia tende a especializar-se em mortificação e purificação, enquanto a comédia tende a especializar-se em avigoramento e júbilo" (ibidem, p.156). A *tragédia*, na formulação de Scholes & Kellogg, nutrindo-se da parte do mito que sustenta o filão temático da decadência ou queda, concentra o seu foco de interesse num tempo passado, na cristalização de uma era primitiva e heroica. Emaranhadas na teia dos enredos tradicionais, as representações trágicas, para evoluírem, exercitaram-se criativamente na construção de personagens individuais em busca de intensidade e motivação, porque, se os seus enredos tolhiam-lhe as possibilidades de mudanças, por serem fortemente calcados no esquema mítico da tradição, aos seus fios vinham atadas personagens quase-históricas. Como argumentam os autores, a *comédia*, fertilizando o filão da ascensão ou escalada, buscou o seu nutriente nos materiais contemporâneos para organizá-los, tematicamente, na estrutura vaga do ritual. Esse distanciamento flexibilizou os seus enredos e os povoou, numa caracterização quase-realista, com figuras copiadas da vida contemporânea.

A rápida incursão para o terreno do drama deve-se a alguns aspectos relevantes para a literatura narrativa. Do tronco do teatro, os galhos da tragédia e da comédia voltam-se, também, para os ramos da narrativa, alimentando-os com as influências de suas peculiaridades. Scholes & Kellogg (1977) comentam o efeito dessas influências da seguinte maneira: "a tragédia afetando diretamente o enredo na história narrativa; a comédia afetando diretamente o enredo no romance, e por fim o romance, valendo-se tanto das formulações trágicas quanto das cômicas, muitas vezes simultaneamente" (ibidem, p.156). Além dessas influências gerais, há dois aspectos bem salientes no gênero dramático que, embora pareçam apagados, atuam de modo fundamental no funcionamento do enredo da narrativa: o caráter primitivo de um ritual e os seus movimentos trágico e cômico.

Para Scholes & Kellogg, as raízes ritualísticas dos mitos de fertilidade impulsionaram o nascimento do mito na forma narrativa e no gênero dramático. No drama, a influência ritualística é mais próxima e perceptível do que na narrativa, não só porque a sua presença é detectável nas formulações trágicas e cômicas, mas, principalmente, por uma diferenciação inerente aos próprios gêneros. Enquanto a narrativa, marcada pela "presença de uma estória e de um contador de estórias", evidencia o relato, ou a narração, o drama, caracterizado como "uma estória sem contador", coloca em cena a representação do relato. Na origem do gênero dramático, há uma maior propensão em acolher o caráter ritualístico do *mito sacro*, pela sua natureza cênico-representativa. Já o gênero narrativo, cuja apresentação da "estória" passa sempre pela intermediação de um "contador", dilui na sua natureza literária o gesto ritualístico da estrutura mítica. Mas essa diluição não é total, a ponto de fazer desaparecer o gesto: reminiscências de uma constituição e herança ritualísticas permanecem como essência na linguagem ficcional. Por isso, este trabalho coloca os projetos de Scholes & Kellogg e Northrop Frye numa relação complementar. Aquilo que Scholes & Kellogg assinalam como ponto de partida para o estudo evolutivo da narrativa (a celebração ritualística do mito sacro estabelecendo um elo entre a magia e a religião, e o seu desenvolvimento em representações imitativas dos processos cíclicos da natureza) pode ser tomado como ponto de chegada na teoria de Frye. Por meio dessa teoria, o enredo narrativo recupera, abstratamente, o caráter cíclico e mágico do gesto ritualístico do *mito sacro*, já profanado na religião, mas sacralizado na natureza mítica da ficção.

Na nossa experiência moderna com a narrativa ficcional, os resíduos ritualísticos de um enredo parecem desaparecidos. Um retorno como esse à genealogia das formas narrativas busca revigorá-los, resgatando para o gênero uma conformação abstrata em seus enredos, com base nos mecanismos primordiais dos estímulos mágicos e cíclicos do mito. Tal conformação, ou mecanismo dos mitos, pode ser vista, ainda, como a permanência de uma unidade, diante da fragmentação e dos descaminhos da narrativa moderna. Por meio dessa unidade recupera-se, na estruturação de um enredo, um princípio estilizado do giro cíclico dos mitos em duas direções fundamentais de sentidos: a direção de queda ou de morte (o princípio da tragédia); a direção de um sentido simbólico de vida ou de ressurreição (o princípio da comédia). Abstraindo mais a simbologia desse princípio mítico, pode-se codificar, como permanência no funcionamento da linguagem da narrativa, um percurso ritualístico para o enredo cuja configuração cíclica é marcada pela tônica de uma movimentação para cima ou para baixo. Dizer que o primeiro movimento é cômico e o segundo trágico é uma generalização para os significados desses movimentos. A generalização, no entanto, é benéfica para o reconhecimento fundamental dos dois tipos de giros movimentadores de um enredo ritualizado, quando esse se deixa flagrar na configuração mais reduzida de sua latência, ou na abstração máxima de sua essência.

Depois de visto, por meio da comparação com o gênero dramático, como o caráter ritualístico do *mito sacro* e seus movimentos trágico e cômico foram entranhados num enredo ficcional, a volta ao percurso evolutivo da narrativa pode aclarar a manifestação dessas e de outras características, que entraram no sistema artístico do gênero. Ligando-se os dois pontos levantados na direção evolutiva (a raiz do *mito sacro* e a sua canalização para os *ritos de fertilidade*), três associações decorrem, nesse percurso, como características do enredo, que se tornaram conquistas na linguagem artística da narrativa: a forma circular; um ritmo ritualístico de retorno associado à forma circular; uma direção de sentido para cima ou para baixo, conforme o funcionamento dos ciclos sazonais.

No primeiro patamar evolutivo, quando os enredos dos *mitos sacros* carreiam as magias dos rituais para as representações imitativas dos processos cíclicos da natureza, uma visão literária como a de Frye, com base num movimento de retorno e reiterativo, recupera para o enredo narrativo uma conformação primitiva, a sua estilização estrutural, que lhe devolve a magia da aura ritualística. Por esse caminho, um códice de formas e símbolos mínimos passaria a reconhecer a circularidade do enredo como um protótipo e a via mais propícia para o encadeamento de mecanismos recorrentes, de onde se originam os traços ritualísticos. Assim codificado, o desenho de um enredo circular rememoriza a forma embrionária da narrativa, fazendo do círculo o ovo em que se gestou o seu arquétipo estrutural. Aliando ao itinerário dessa viagem um percurso de retorno, uma das nossas metas é reencontrar o molde da forma circular em que a narrativa se concebeu e gestou o ovo de sua evolução.

No segundo ponto demarcado (o translado dos ritos mágicos anuais dos *mitos de fertilidade* para a expressão de formas narrativas de padrão sazonal) acrescenta-se à forma circular, já delineada, um movimento cíclico espelhado na ordem da natureza, imprimindo-se à forma do círculo o reforço de um ritmo ritualístico. O desdobramento desse percurso vai ao encontro da *teoria arquetípica* de Frye, no seu ponto de chegada, quando atinge um grau máximo de concisão, estabelecendo para a narrativa dois movimentos fundamentais. O primeiro é "um movimento cíclico dentro da ordem natural", que pode ser codificado, como propriedade do enredo, como a associação de um movimento cíclico reforçando a estrutura já moldada de uma forma circular. O outro é um "movimento dialético dessa ordem", impulsionando uma tendência para "o mundo apocalíptico, acima", ou para "o mundo demoníaco, abaixo" (ibidem, p.162).

As implicações maiores do segundo movimento, juntamente com os significados a ele acoplados – "apocalíptico" e "demoníaco" –, serão posteriormente consideradas, quando no esboço da árvore da narrativa brotarem os ramos do ideal e do real. Por ora, interessa-nos demarcar, no traçado do último movimento, um terceiro fator incidindo na evolução da narrativa. À forma circular anteriormente concebida, movimentada pelos giros cíclicos remanescentes dos ritmos ritualísticos, junta-se a tensão de uma linha vertical cortando o círculo com o impulso dialético de uma força para cima ou para baixo, dando ao enredo uma direção, respectiva, de comicidade ou tragicidade.

Acrescentando-se à figura já traçada uma linha horizontal, dividindo o círculo ao meio, forma-se o desenho básico de um enredo, na sua concepção mais abstrata, compondo, na concisa geometria de um círculo cortado por uma cruz, a figura de seu arquétipo estrutural. Sobre a matriz desse desenho, Frye (1973a) arma o ponto crucial da sua *teoria dos mitos*, desdobrando os dois movimentos fundamentais da narrativa para estabelecer os "quatro tipos principais de movimento mítico: dentro da estória romanesca, dentro da experiência, abaixo e acima" (ibidem, p.162). Na parte superior do círculo formado pelos ciclos da natureza, o teórico situa o "mundo da estória romanesca e da analogia da inocência"; na metade inferior, "o mundo do realismo e da analogia da experiência" (ibidem, p.162). No movimento para cima descreve-se a trajetória do "cômico, das complicações ameaçadoras para um final feliz"; no movimento para baixo, a descensão do trágico, "a roda da fortuna caindo da inocência na culpa, e da culpa na catástrofe" (ibidem, p.162). No mecanismo dessas quatro rotatórias, o autor localiza quatro categorias narrativas da literatura, anteriores e mais amplas que os gêneros literários comuns: na parte superior do círculo, aliado ao movimento para cima, as categorias do "romanesco" e do "cômico"; na parte inferior, ligado ao movimento para baixo, as categorias do "trágico" e do "irônico ou satírico" (ibidem, p.162).

Embora utilizando o simbolismo da *Bíblia* e, em menor escala, o da mitologia clássica, para a elaboração de uma gramática dos arquétipos literários, é possível trazer as conquistas da *teoria arquetípica* de Frye para um contexto religioso anterior ao cristianismo. Trata-se do contexto mitológico dos rituais que estão na origem do processo narrativo, pois a teoria do autor dá margem para o deslocamento, e esse traz a possibilidade de se testar a veracidade de uma correlação: a influência de um simbolismo sacro-ritualístico determinando o nascimento de formas e estruturas narrativas.

Tanto o deslocamento para um sistema mitológico precedente como a força de um simbolismo mítico-religioso atuando na configuração estrutural de um enredo narrativo podem ser depreendidos nos dois vértices de sentidos da seguinte afirmação de Frye: "os princípios estruturais da literatura relacionam-se tão estreitamente com a mitologia e a religião comparativa como os da pintura com a Geometria" (ibidem, p.136). A primeira parte da frase, além de convalidar o sentido do que se está afirmando, abre a perspectiva para o estabelecimento de relações comparativas entre a literatura e os sistemas mitológicos de qualquer tempo. Tal possibilidade justifica-se, dentro dos parâmetros comparativos, uma vez que os sistemas mitológicos são atravessados por uma linha de atemporalidade, instituída pela mola do eterno retorno, por meio da qual um mito só morre para dar lugar ao nascimento de outro mito ou, nas palavras mais precisas de Scholes & Kellogg (1977), um "mito, ao abrir mão de suas características especiais, só morre para renascer" (ibidem, p.154). A segunda parte da frase, ao postular uma relação da pintura com a sua origem geométrica, estabelece, também, uma relação da pintura com a literatura, por meio da qual a arte literária encontra a sua geometria originária na mitologia e na religião comparativa. Por essa via de abertura, a *teoria arquetípica* de Frye, considerando o *modo mitológico* "o mais abstrato e convencionalizado de todos os modos literários", por mostrar "o mais alto grau de estilização em sua estrutura", acaba reencontrando para a narrativa a geometria da forma circular fornecida pela matriz do *mito sacro*.

No encontro do modelo circular fornecido pela raiz do *mito sacro*, numa perspectiva evolutiva, com o *modo mítico* de Frye (1973a), numa perspectiva de retorno, a narrativa ganha, do ponto de vista sistêmico, o delineamento de uma estrutura circular para o enredo, com as suas duas partes, a superior e a inferior, configuradas, respectivamente, como o "céu" e o "inferno" das religiões: "a forma de dois mundos contrastantes de total identificação metafórica, um desejável e outro indesejável. Esses mundos identificam-se amiúde com os céus e infernos existenciais das religiões contemporâneas de tal literatura" (ibidem, p.141). Por esse prisma, a literatura de qualquer época identifica-se com esses polos metafóricos da mitologia prevalecente, do mesmo modo que se pode pensar nos primitivos mitos sacros fornecendo, para o desenvolvimento da expressão narrativa posterior, juntamente com a estrutura de uma forma circular, a identificação, nesse círculo, de uma oposição entre as suas duas metades. De um lado, o mundo superior, desejável, formando a abóbada apocalíptica da arquitetura do "ideal", onde reinam a "vida", a "fertilidade" e o "renascimento", configurando, no domínio do "bem", o mundo que tem o "céu" como arquétipo essencial. De outro lado, o mundo inferior, indesejável, desenhando as profundezas do "real", onde pulsam as forças malignas da "esterilidade" e da "morte", puxadas pelos símbolos demoníacos, que fazem do "inferno" o seu arquétipo principal.

Se o *mito sacro* fornece a geometria de sua forma circular à narrativa posterior, e o *modo mítico* reencontra essa geometrização enquanto o modo literário mais abstrato, no momento em que o *mito sacro* aparece burilado sob a forma de *ritos de fertilidade*, o *modo mitológico*, recontextualizado, reencontra esses ritos, num processo de correspondências mais entrelaçadas. O encontro dessas correspondências dá-se, primeiro, com o entroncamento dos ritos de "mortificação" e "purificação", unidos pelo nó temático da decadência ou queda, determinando a especialização da tragédia. Depois, com os ritos de "avigoramento" e "júbilo", unidos pelo nó temático da ascensão ou escalada, determinando a especialização da "comédia". Tais especificações dramáticas reencontram-se na forma cíclica de um enredo ficcional, quando a *teoria mítica* de Frye identifica no movimento para o alto de um enredo a trajetória do "cômico" e, num movimento para o baixo, a trajetória do "trágico". Dessa maneira, os dois movimentos integram o universo da narrativa, traduzindo o sentido cíclico e ritualístico dos atos de integração ou desintegração dos personagens na movimentação de um enredo. Para Frye (1977), o movimento trágico, de mortificação e queda, distingue, nas leis gerais da narrativa, as "ficções nas quais o herói se isola de sua sociedade", enquanto o movimento contrário, de ascensão ou escalada, determina "as ficções nas quais ele se incorpora nela" (ibidem, p.41). Mais que isso, o percurso crítico do autor, ao imprimir à narrativa a configuração de quatro categorias básicas ou direções, possibilita uma maior especificação desses movimentos, à medida que cada uma das categorias é identificada, depois, com as etapas dos ciclos da natureza: "o *mythos* da primavera: a comédia; o *mythos* do verão: a estória romanesca; o *mythos* do outono: a tragédia; o *mythos* do inverno: a ironia e a sátira".

Trabalhando os aspectos do enredo em geral, Frye estabelece um paradigma de situações narrativas exemplares, por meio do qual traça os fios essenciais da trama de um enredo, cujo movimento principal, para cima ou para baixo, atrai, para as suas malhas, um tipo correspondente de personagem, de acordo com o sistema prefixado dos cinco modos ficcionais. Nos *modos de ficção trágica*, generalizados como formas de afastamentos do personagem de seu grupo ou sociedade, no segmento mitológico em curso, um movimento de "morte" ou "exclusão" tem como correspondência o desfecho trágico de um personagem pertencente a um plano divino. Como contrapartida, nos *modos da ficção cômica*, generalizados como formas de integração do personagem à sociedade, a comédia mítica é um refinamento de histórias "de como um herói é aceito por uma sociedade de deuses" (ver, por exemplo, a trajetória da personagem Psique na análise do livro de Apuleio, *O asno de ouro*, no capítulo III. Na continuidade do paradigma, tanto no lado da comédia

54   SÉRGIO VICENTE MOTTA

como no da tragédia, a sistematização passa pelos estratos subsequentes dos *modos romanesco, imitativo alto, baixo e irônico*, o que será abordado no tempo certo, em correspondência ao lugar da árvore em que esses modos podem ser identificados. No momento, num contexto mitológico e pré-histórico da narrativa, pode-se pensar no universo dos *mitos de fertilidade* como um mundo de representações enredando destinos trágicos ou cômicos às suas divindades, conforme os seus ritos movimentavam histórias ligadas aos ciclos de fertilidade ou esterilidade da natureza.

O processo tem coerência e é sustentado no estudo de Scholes & Kellogg, cujo rastreamento mostra um diálogo com o trabalho de Frye, recompondo, de certa forma, a origem dos fenômenos, que são propagados como eco em pontos fundamentais da *teoria arquetípica* de Frye. Para Scholes & Kellogg (1977, p.156), a "evolução e separação dos enredos cômicos e trágicos é a mudança mais significativa sofrida pelos materiais míticos quando separados da teologia ritual". Uma retrospectiva desse percurso, religando o drama já instituído artisticamente a uma forma mítico-ritualística primitiva, permite reatar os elos da cadeia originária. Os enredos trágico e cômico do drama, respectivamente padronizados em "declínio" ou "queda", "ascensão" ou "escalada", surgiram por influência dos padrões de "mortificação" e "purificação", "avigoramento" e "júbilo", dos ritos de fertilidade. Os ritos de fertilidade, por sua vez, derivaram tais padrões do giro cíclico contínuo, que vai da "decadência da perfeição" para "um novo estado ideal", nascente no "padrão narrativo completo do mito sacro" (ibidem, p.157). Ora, o padrão cíclico inicial do mito sacro influenciou a dinâmica dos ritos de fertilidade:

> O júbilo pode ser considerado como o alto do círculo, que é alcançado quando a fertilidade está garantida, mas que leva inevitavelmente à mortificação quando a preocupação passa de um ano findo para o próximo, em que a fertilidade não se acha garantida. (ibidem, p.155)

A dinâmica[3] dos ritos de fertilidade deixou as suas ressonâncias mais nítidas na forma dramática, e mais diluídas, na narrativa tradicional. Mas,

---

3 A dinâmica do giro cíclico do padrão sazonal repete-se, também, como ressonância arquetípica, na organização estrutural do mito bíblico utilizado como fonte central nos estudos de Northrop Frye. Essa correspondência também é referida por Scholes & Kellogg (1977, p.157: "Toda jornada do homem no mito sacro judeu-cristão cai entre o *Gênesis* e o *Apocalipse*,

O ENGENHO DA NARRATIVA E SUA ÁRVORE GENEALÓGICA   55

concluem os autores, "tanto o mito na forma narrativa como o drama mítico surge de rituais como estes" (ibidem, p.155).

Ao reconhecerem a herança ritualística da narrativa, não só no seu estágio mítico ou tradicional, mas também quando a forma já assumiu uma direção artística e a sua natureza ficcional, Scholes & Kellogg reconstroem o embasamento ancestral do *modo mítico*, para o qual a teoria de Frye dirige o retorno empreendido pela ficção moderna. Para Frye (1973a, p.152-3), "como a arte narrativa nunca perde suas características tradicionais por completo, os enredos ficcionais têm uma maneira de estabelecer-se como mitos, assim como os mitos têm uma maneira de se tornarem ficcionalizados". Portanto, se há um retorno da narrativa moderna ao seu nascedouro mítico, uma das formas de se refazer esse caminho é levantando, nos enredos, vestígios de traços ritualísticos orientando um movimento de comicidade para o alto, ou de tragicidade, para baixo. Tais movimentos puxam com eles as coordenadas espaciotemporais, determinando, também, as relações nos planos da enunciação e das personagens.

No plano das personagens, como foi adiantado, o movimento para o alto diz respeito à integração de um herói à sua sociedade; o movimento contrário conduz a personagem principal da narrativa a um estado de rebaixamento ou isolamento.[4] Ajudando a compor a estrutura de um enredo ritualizado,

---

primeiro e últimos livros da *Bíblia*; entre o nascimento e aquela morte que constitui o renascer; entre a vida da perfeição sem morte no Jardim do Éden seguida pela expulsão e sujeição à morte e a absolvição da morte na Cidade de Deus, a Nova Jerusalém. Com o conceito progressivo de tempo que instrui o mito sacro judaico e cristão, o ciclo anual do ritual da fertilidade torna--se uma espiral linear com um começo e um fim: a morte-que-é-nascimento no fim da espiral sendo a contraparte do nascimento-que-é-morte que lhe dá início".

4 As palavras de Scholes & Kellogg (1977, p.156), referindo-se ao desenvolvimento do drama, coincidem, mais uma vez, com os sentidos dos movimentos propostos por Frye: "A tragédia [caminhou em direção aos] dramas individuais que se concentravam no lado temível do padrão sazonal, desenvolvendo um esboço de enredo típico baseado numa sequência de acontecimentos levando à morte ou expulsão da sociedade. Na comédia é realçado o lado alegre do padrão sazonal, sendo que seus enredos típicos levam ao casamento, celebração e reunião ou reconciliação com a sociedade". O deslocamento do padrão mítico às formas já elaboradas artisticamente apaga os traços mais incisivos do ritual, mantendo, porém, as suas sombras ancestrais na padronização de um esquema considerado ideal, "distanciando-se da mitologia sacra na direção de uma espécie de perfeição literária de suas formas" (ibidem, p.157). "A 'perfeição' da forma cômica consiste na combinação de personagens generalizados típicos da vida contemporânea com uma fórmula de enredo flexível baseada na intriga e conduzindo ao matrimônio". "A 'perfeição' da forma trágica consiste na descoberta ou adaptação de perso-

o movimento cíclico de uma temporalidade eufórica vem atado às imagens representativas de um mundo superior, configurando também as marcas da espacialidade. Assim como a linha descendente do trágico impulsiona o movimento cíclico de uma temporalidade disfórica que retrata, por meio de imagens, a espacialidade de um mundo inferior. Da mesma maneira, no movimento para o alto de um enredo narrativo, há um processo enunciativo pressuposto como "absoluto", que remonta à gênese da criação, refletida no ato criativo de um enunciador. Esse "poder divino da palavra" também é dado como um dom especial a algumas personagens, à medida que o processo enunciativo de uma narrativa, ligado ao desenho estrutural dos outros componentes formais, identifica-se com uma esfera mítico-religiosa conduzindo o movimento do enredo para o alto. Entretanto, há um processo enunciativo pressuposto como "relativo", ligado ao movimento trágico do enredo. Nesse caso, institui-se a negação da palavra às personagens, com a restrição da comunicação criando uma inversão irônica com o desempenho artístico do enunciador. Nesse tipo de narrativa, narrador e personagens, em sintonia com o enredo e suas coordenadas espaciotemporais, estão apenas cumprindo o papel de criar uma representação da degradação, metaforizada nas profundezas do inferno.

A depuração dos traços levantados dos movimentos gerais da narrativa significa a configuração mais abstrata de seu sistema simbólico e estrutural. Para esse sistema deveremos reencaminhar os destinos de uma narrativa moderna, pois, apesar de essas obras ligarem-se ao contexto de um progresso tecnológico e a uma racionalidade contemporâneos, a construção artística ainda não perde o vínculo primitivo com as leis oriundas dos circuitos sagrados dos rituais. Num salto, por exemplo, para dentro da narrativa moderna, vemos que os dois movimentos básicos de um enredo – de expulsão ou integração a uma sociedade – continuam valendo como diretrizes de uma direção trágica ou cômica. Nesse contexto, os personagens dessas narrativas, geralmente rebaixados às categorias sub-humanas, de acordo com o destino da linha trágica, passam a ser estilizados e enredados por fios simbólicos, em tramas que fazem reaparecer, entre outros elementos mitológicos, no exemplo de Frye (1973a, p.48) traços "obscuros de cerimônias sacrificais e deuses

---

nagem e enredos específicos ao padrão muito rígido de orgulho, mácula, queda e reconhecimento que Aristóteles discerniu e instituiu como padrão trágico ideal" (ibidem, p.158).

agonizantes". Ou, de acordo com o destino da linha cômica, vemos personagens ganhando poderes supra-humanos, em tramas miraculosas, mais simbólicas do que plausíveis, em que o retorno se dá com a abertura para o lendário e o maravilhoso. Nos dois casos, o destino das duas linhas narrativas, reencontrando, na ficção moderna, o caráter simbólico do domínio mítico, devolve ao gênero a sua condição abstrata, convencional e mítica das suas expressões primitivas. É o que veremos, dentro das suas molduras históricas e concepções estéticas, nas ficções de Graciliano Ramos e Guimarães Rosa analisadas no final do trabalho.

Depois de percorrermos, na história do gênero narrativo, o nascimento e a evolução de sua forma inicial, mostraremos a primeira expansão de sua família com a localização de mais duas formas circundando a raiz central do *mito sacro* na árvore da narrativa. Assim, duas outras raízes despontam como núcleos de influências: as *lendas* e os *contos populares*. Scholes & Kellogg (1977) distinguem ao lado do *mito sacro* – "que é uma expressão e justificativa para a teologia, maneiras e moralidades primitivas" – mais dois tipos de "contos" ou narrativas tradicionais: o *conto popular imaginativo*, "destinado a divertir uma plateia", e a *lenda*, "um conto quase-histórico de acontecimentos comuns ou fantásticos, considerados história verdadeira para a plateia" (ibidem, p.153). As três modalidades narrativas são míticas, no sentido que são histórias tradicionais, e eram veiculadas passando "de um 'proprietário' reconhecido para seu herdeiro" (ibidem). Mas o *mito sacro*, estando a serviço da teologia primitiva, "como corporificação da verdade religiosa", ou por expressar "as revelações mais profundas de condições culturais e antigas atitudes e crenças humanas", era preso a uma forma mais rígida e tradicional. A *lenda*, "considerada verdadeira", e o *conto popular*, "considerado como diversão", eram formas mais propensas a sofrerem alterações e adaptações, como de fato isso aconteceu, com a primeira seguindo o rumo do "registro histórico", e a segunda, de acordo com a sua natureza imaginativa, aventurando-se na busca da "diversão" (ibidem, p.154).

Se as três modalidades narrativas[5] são aproximadas, num plano teórico, pela mesma linha de sentido da palavra *mythos*, a prática de suas atualizações

---

5 Northrop Frye, num texto posterior ao *Anatomia da crítica*, *O caminho crítico* (1973b, p.33), recupera a relação dessas três fontes narrativas primitivas. Para isso, segue os passos de Vico, para quem "uma sociedade, em seu estágio mais primitivo, institui uma estrutura mitológica

marca um distanciamento fundamental influindo no destino do gênero: as representações comunitárias do *mito sacro* descem o degrau do santuário da teologia para coabitarem, também, o terreno profano da história e da diversão, seguindo o curso da *lenda*, com o seu intuito de instruir, ou, como ocorreu com o *conto imaginativo*, com a sua função de divertir. Trata-se de um processo embrionário, que deflagrará o surgimento de três formas essenciais: o *mito narrativo*, a *história* e a *ficção*. O *mito narrativo*, à medida que se afasta de uma esfera cósmica e divina para uma estrutura de referência mais humana e estética, estiliza-se num "amplo padrão de ascensão-queda" (ibidem, p.157). Se esse padrão orientou os rumos da comédia e da tragédia, ele também determinou as direções do *conto popular imaginativo* e da *lenda*, nas suas pendências, respectivas, para o ficcional e o histórico, como embriões do ideal e do real. As três vertentes formais, no nível subterrâneo da história evolutiva em foco, estão, ainda, presas à oralidade de um contexto pré-artístico, mas pressionam a germinação do gênero narrativo, fazendo pulsar na latência de sua semente, por força do impulso vital dessas raízes, um componente *mítico*, na forma recorrente e cíclica de estruturar um enredo; um componente trágico com a *lenda* buscando a direção do histórico e do real; um componente cômico com o *conto popular* propiciando a abertura do imaginário para o plano da ficção e do ideal.

Como o *mito sacro* esquematizou um sentido trágico num enredo que tem um movimento de queda, pode-se pressupor na *lenda*, um tipo de narrativa considerada uma "história verdadeira pela plateia", a direção de um movimento principal seguindo o ritmo descendente do padrão sazonal. O significado da *lenda*, anotado por Scholes & Kellogg, é próximo ao traço de "sensação de realidade", dado por Frye. Para o último, "o senso de estar sendo instruído e despertado para a realidade é mais alto na tragédia do que

---

fora da qual toda a sua estrutura verbal se desenvolve, inclusive sua literatura". Assim Frye, em estreita correspondência com a função do *mito sacro*, caracteriza a *mitologia* de uma cultura verbal antiga, as suas "histórias canônicas", como "fábulas verdadeiras ou mitos" (ibidem, p.34). Para o crítico, os mitos são, na forma literária, semelhantes aos *contos populares* e às *lendas*, mas apresentam uma função social diferente: "eles tanto instruem como divertem" (ibidem, p.34). Enquanto os *mitos* "se ligam para formar uma mitologia", os outros tipos de lendas como os contos populares "simplesmente permutam temas e motivos", o que lhes dá "uma existência literária nômade, viajando através do mundo e transpondo facilmente todas as barreiras de linguagem e costumes" (ibidem, p.34-5).

na comédia", pois na comédia a "lógica dos acontecimentos normalmente cede ao desejo da audiência de um final feliz" (Frye, 1973a, p.79). Em oposição à *lenda*, o *conto popular imaginativo*, "considerado como diversão" por Scholes & Kellogg, e por despertar no público "o senso de estar sendo entretido", na visão de Frye, relaciona o seu enredo com a parte ascensional do ciclo sazonal, atendendo ao princípio de entretenimento exigido pela plateia. Assim, passamos a tomar a raiz do *mito sacro* (ou *mito narrativo*) como o início do eixo em torno do qual o gênero construiu uma espiral ascendente, intercambiando uma tendência para o *ideal* e outra para o *real* cujos embriões se originaram nas raízes primitivas da *lenda* e do *folclore*. Trata-se, porém, de uma tentativa de sistematização de um período pré--histórico do gênero narrativo, antes de esse eixo perfurar a superfície da terra, numa temporalidade conhecida.

Do entrelaçamento das três raízes originárias da semente do gênero narrativo, no encaminhamento dado por Scholes & Kellogg brotará, na superfície do terreno histórico conhecido, o tronco da *poesia épica*, a quarta grande forma narrativa. Essa forma constituirá o sustentáculo de uma das partes principais da árvore até o momento da ocorrência de sua bifurcação em um ramo notadamente *empírico* e outro *ficcional*: reflexos tardios das raízes ancestrais da *lenda* e do *conto popular*. Ainda no subsolo da história da narrativa, pode-se estabelecer uma última aproximação entre o percurso seguido por Scholes & Kellogg e alguns pontos da teoria de Frye. Dos cinco *modos literários* principais propostos por Frye, o primeiro deles, o *modo mítico*, situado fora das categorias literárias normais, por espelhar a figura do herói num paradigma de seres divinos, encontra as suas ressonâncias arquetípicas na raiz do *mito sacro*, com o seu formato sazonal e cíclico depurado pelos *ritos de fertilidade*. Mesmo tendo por base teórica o mito judaíco-cristão, Frye (1973a, p.158) reencontra, por meio do padrão bíblico, um padrão narrativo primitivo: "o padrão bíblico de ascensão e queda, expulsão do Éden e ascensão à Nova Jerusalém, morte e ressurreição é, por si só, uma projeção do velho ciclo sazonal para um esquema de tempo progressivo".

Ao lado da raiz do *mito sacro*, as outras duas circundantes e complementares, identificadas como a *lenda* e o *conto popular*, contêm os gérmens da forma da *estória romanesca*, apresentada por Frye como resultante do fenômeno da passagem do *mito* em *lenda* e *conto popular*. Guiando-se pelo mito bíblico, Frye (1973a) situa o *modo* da *estória romanesca* no período medieval.

Mas, sistematizando essa forma por meio do paradigma de um herói que se move "num mundo em que as leis comuns da natureza se suspendem ligeiramente", pois "prodígios de coragem e persistência são naturais para ele, e armas encantadas, animais que falam, gigantes e feiticeiras pavorosos, bem como talismãs de miraculoso poder, não violam regra alguma de probabilidade" (ibidem, p.40), verificamos que os seus pressupostos já estavam fixados. Retroagindo a linha da história, pode-se pensar na narrativa em prosa grega como um dos pontos de fixação da *estória romanesca*, que por sua vez recebeu influências das raízes primitivas da *lenda* e do *conto popular*, mais especificamente do último, por meio do qual se iniciou a pulsação do *ideal*.

O tronco originário: a síntese épica

Estruturalmente, o painel evolutivo das formas narrativas de Scholes & Kellogg (1977) assume a configuração de um tríptico, ao demarcar três momentos cruciais da narrativa, perfazendo um panorama que vai da síntese épica ao aparecimento do romance: a composição do amálgama épico, a decomposição do mesmo e a solução dada a essa decomposição. Um enquadramento único reduz a abrangência do painel e retrata verticalmente, na figurativização da árvore, as três partes do processo: a formação do tronco, a sua bifurcação e o nó do reencontro.

Plantadas no subsolo da pré-história, as raízes da narrativa são, do ponto de vista dos autores, como foi visto, o *mito sacro*, a *lenda* e o *conto imaginativo*, formadores dos enredos não artísticos da tradição popular. Germinada no húmus dessa "cultura indiferenciada", a síntese complexa alcançada pela *epopeia oral* resultou, literariamente, da interação entre as formas do *mito sacro* ("estória cujos acontecimentos têm lugar inteiramente fora do mundo profano de homens e eventos históricos"), da *narrativa secular* ("estória cujos acontecimentos têm lugar inteiramente dentro do mundo profano de homens e eventos históricos") e da representação de um *mundo fictício*, "cujo funcionamento é regido pelas mesmas leis que dirigem o mundo real" (ibidem, p.19). Os críticos, ao patentearem para o gênero épico esse sincretismo formal, semeiam a ideia na arqueologia do vasto terreno da pesquisa histórica, mas, dentro do intuito de brevidade que move nosso interesse, a ideia do sincretismo pode ser expressa na concisão da seguinte frase: "há, por detrás da epopeia, toda uma variedade de formas narrativas como o mito sacro, a lenda quase histórica, que se uniram numa narrativa tradicional, um amálgama de mito, história e ficção" (ibidem, p.7).

Na altura do rés do chão, no limiar de uma temporalidade conhecida e no espaço do solo grego, delimita-se a primeira parte da árvore, o *amálgama épico*, correspondente a um estágio intermediário entre os enredos anteriores e os conscientemente artísticos ou empíricos da fase posterior: "A narrativa épica primitiva acha-se no meio-termo entre o mundo do ritual e da lenda, por um lado, e o mundo da história e da ficção pelo outro" (ibidem, p.145). Das raízes ao tronco da síntese épica, tendo como fundo o contexto de uma cultura que não distingue entre o mito e a história, a primitiva narrativa oral caminha da plasmação do rito e da lenda para a formação de um sólido amálgama de materiais diversos: *religiosos, históricos* e *sociais*. O amálgama proporciona ao enredo épico uma "unidade artística", mas essa unidade é mesclada, ainda, de uma certa aura de *ingenuidade* quanto à natureza dos materiais moldados. No topo do tronco originário do gênero narrativo, Scholes & Kellogg inscrevem o nome de Homero como relevo de culminação da arte narrativa oral e inauguração da escrita.

Northrop Frye (1973a), ao situar e exemplificar o *modo imitativo elevado* no Renascimento, com o apagamento do *modo romanesco* e o "culto do príncipe e do cortesão" alcançando um primeiro plano, deixa entrever a manifestação desse modo na literatura clássica, embora de maneira reduzida. Nesse sentido, pode-se dizer que a epopeia oral grega, ainda não recortada por um contorno exclusivamente artístico-literário, abrigava os traços ancestrais daquilo que germinaria, num contexto literário, como o *modo imitativo elevado*. Quando Frye afirma ser difícil a separação das "faixas mítica, romanesca e imitativa elevada" num universo religioso como o grego, mítico e politeísta, que associa culturalmente os planos humano e divino, conforme se organiza o sistema teogônico das epopeias, acaba prefigurando aquilo que Scholes & Kellogg (1977) formularam, depois, como a simbiose da forma épica: um amálgama de mito, história e ficção.

Caracterizando a *síntese épica* pela perspectiva progenitora do *modo imitativo elevado*, e considerando as diretrizes por meio das quais Aristóteles a modelou, algumas conquistas podem ser traçadas como codificação na estrutura da forma épica refletindo nos caminhos empreendidos pela linguagem da narrativa. Nesse ponto, os estudos de Aristóteles, Scholes & Kellogg e Frye são aproximativos. Aristóteles (1966, p.70) estabeleceu as diferenças nas obras de ficção, afirmando que "os poetas imitam homens melhores, piores ou iguais a nós". Sobre essa fórmula, Northrop Frye (1973a, p.39) desenvolveu a sua *teoria dos modos*, em que a força de ação do herói, em "condição" e "grau", "pode ser maior do que a nossa, menor ou mais ou menos a mesma". Com base nessa correlação, e apoiando-se na definição de Aristóteles sobre a epopeia e a tragédia ("imitação de homens superiores"), Frye caracteriza o herói típico do modo imitativo elevado: "é fundamentalmente a espécie de herói que Aristóteles tinha em mente" (ibidem, p.40).

Aproximando-se de Aristóteles, Scholes & Kellogg (1977, p.114) analisam a caracterização de Aquiles e relevam, na composição épica, o entrelaçamento dos elementos "mítico", "histórico" e "ficcional", definindo o personagem heroico como "plano", "estático" e bastante "opaco". Para eles, "a atitude narrativa de suavização", associada como está com o personagem opaco e estático, "é simplesmente uma fórmula narrativa bem-sucedida, adequada à narração primitiva, que se desenvolve em todas as culturas como estilo inevitável em que é tratada a narrativa heroica" (ibidem, p.116).

Do período pré-artístico ao momento da síntese épica, o gênero narrativo ganha, no seu percurso evolutivo, a formulação do modelo de um dos personagens mais importantes da ficção: a figura do herói. Se a prática da manifestação épica erigia o modelo do herói num paradigma de personagem, o perfil desse herói já estava sendo esculpido e convencionalizado na teoria crítica de Aristóteles (1966, p.85): "imitando homens violentos ou fracos, ou com tais outros defeitos de caráter, devem os poetas sublimá-los, sem que deixem de ser o que são: assim procederam Agatão e Homero para com Aquiles, paradigma de rudeza". A convenção, alerta o filósofo, forma as malhas em que se tece a rede da tradição: "Os mitos tradicionais não devem ser alterados [...] o poeta deve achar e usar artisticamente os dados da tradição" (ibidem, p.83).

Desfazendo possíveis dúvidas sobre o conceito de *imitação*, Aristóteles, depois de sistematizar os tipos, desdobramentos e qualidades das ações trágicas, ensina que o referencial da imitação não é o real ("não há muitas famílias de cuja história se possa tirar argumento de tragédias"), mas a codificação de ações postas em convenção: "quando buscavam situações trágicas, os poetas as encontraram, não por arte, mas por fortuna, nos mitos tradicionais, não tendo mais que acomodá-los a seus propósitos" (ibidem, p.84). Dessa maneira, entende-se que "usar artisticamente os dados da tradição" é o princípio da teoria da imitação: "eis por que [os poetas] se constrangiram a recorrer à história das famílias em que semelhantes calamidades sucederam" (ibidem). Por isso, além do modelo de herói, o *mythos*, como o elemento nuclear da narrativa, é elevado, também, à condição de paradigma do enredo da tradição.

Para Aristóteles (1966, p.74), "o mito é imitação de ações". Mas, reformulando a sua própria definição ("por 'mito' entendo a composição dos atos"), a expansão do conceito elege a "trama dos fatos" como o elemento mais importante dentre os seis ingredientes da composição trágica, fazendo da "unidade de ação" uma prioridade em qualquer arte mimética: "o mito, porque é imitação de ações, deve imitar as que sejam unas e completas, e todos os acontecimentos se devem suceder em conexão tal que, uma vez suprimido ou deslocado um deles, também se confunda ou mude a ordem do todo" (ibidem, p.78). A "unidade de ação", portanto, pratica um recorte na extensão dos acontecimentos, por meio de um mecanismo de seleção, gerando o princípio eletivo do funcionamento de um modelo:

> Porém Homero [...] fosse por arte ou por engenho natural, pois ao compor a *Odisseia*, não poetou todos os sucessos da vida de Ulisses [...] mas compôs em torno de uma ação una a *Odisseia*, – una, no sentido que damos a esta palavra, e de modo semelhante a *Ilíada*. (ibidem, p.77)

Aristóteles analisou a narrativa épica desenvolvida e consagrada por Homero, mas Scholes & Kellogg (1977, p.145) refazem o percurso da epopeia, expondo o molde do quadro completo do *mythos*: "Esses enredos são episódicos e apresentam feitos (ou *gestas*) de um herói numa certa sequência cronológica, começando possivelmente por seu nascimento e terminando provavelmente com sua morte". Ilustrando com a *Epopeia de Gilgamesh*, "a mais antiga das epopeias ocidentais preservada por escrito e também uma das mais primitivas", os autores mostram que, nessa composição, "a sequência toda acha-se presente" (ibidem, p.146). Já em *Beowulf*, "muito mais recente mas muito pouco menos primitivo, os episódios acham-se reduzidos a dois principais, sendo que o último deles inclui a morte do herói" (ibidem, p.146). Reencontrando Aristóteles, por meio da obra de Homero, os autores dizem: "Na *Ilíada* ficamos reduzidos a um único episódio desenvolvido em detalhe, sendo que nem o nascimento nem a morte do herói acham-se incluídos no

64 SÉRGIO VICENTE MOTTA

espaço de tempo abrangido pela ação" (ibidem, p.146). Na reapresentação desses três estágios sequenciais, os críticos demonstram um processo evolutivo no enredo da *Ilíada* que, tanto na teorização de Aristóteles quanto na composição de Homero, já era decorrência de uma evolução ficcional: "Entretanto, uma unidade como a que encontramos na *Ilíada* está além das aspirações do poeta de *Beowulf*. Sua tradição não havia progredido até o ponto em que um conceito tão essencialmente ficcional lhe estava disponível" (ibidem, p.147). Desse percurso, caminhando por dentro das vias tradicionais, extrai-se a lição: o poeta imita "ações exemplares"; o arranjo dessas ações em estrutura segue os ditames da tradição.

Scholes & Kellogg desenvolveram as suas considerações sobre a narrativa em torno da palavra "tradição", tendo como fonte o conceito aristotélico de *mythos*: "Aristóteles [...] estava certo ao insistir em que, numa forma de arte temporal, o elemento dinâmico e sequencial é o principal. E isto, a que ele chama às vezes *praxis*, às vezes *mythos*[6], é aquilo que nós designamos como enredo" (ibidem, p.145). Seguindo essa direção, os críticos rememoram o conceito aristotélico de "unidade":

> A epopeia começa como uma espécie de antologia de façanhas heroicas em ordem cronológica. Sua unidade é a unidade simples oferecida por seu protagonista, que liga os eventos cronologicamente movendo-se no tempo de um para outro e tematicamente pelos elementos contínuos em seu caráter e as situações semelhantes que inevitavelmente precipitam. (ibidem, p.146)

À medida que a epopeia se romantiza, o seu "enredo linear" expande-se "numa infinita proliferação de façanhas heroicas, como fizeram na Idade Média os ciclos arturianos e carolíngios" (ibidem, p.146), dizem Scholes & Kellogg. O resultado dessa progressão é retomado, como um princípio, numa das raízes originárias do romance: "A simplicidade linear da epopeia primitiva – a crônica das façanhas do herói – proporciona o plano básico para

---

6 O tradutor brasileiro Eudoro de Sousa resolve esse problema da seguinte maneira: "No texto grego da *Poética* figura um só vocábulo para designar a *ação a imitar* e a *ação imitativa*; é a palavra *mythos*, que vamos traduzir, na primeira acepção, por 'mito', e, na segunda, por 'fábula'. O mito (tradicional) seria, portanto, a matéria-prima que o poeta transformará em fábula (tragédia), elaborando-a conformemente às leis de verossimilhança e necessidade" (in Aristóteles, 1966, p.57).

O ENGENHO DA NARRATIVA E SUA ÁRVORE GENEALÓGICA **65**

a narrativa picaresca anti-heroica" (ibidem, p.146). Quando a epopeia cede o seu cetro à nova forma narrativa, o romance, a estrutura de seu enredo linear (unificada pelas ações de um único protagonista, mas adaptada à enunciação desse mesmo protagonista, que conta a sua própria história, deixando, geralmente, como moldura o nascimento e a morte por não poder inseri-los no quadro dos acontecimentos retratados) vivifica-se na nova forma narrativa, e essa forma encarrega-se, à sua maneira, de perpetuar a tradição: "O enredo episódico picaresco é a forma mais primitiva de enredo empregada no romance, mas que conservou a sua vitalidade, florescendo até aos dias de hoje" (ibidem, p.146).

Analisando os dois componentes do sistema narrativo retratados – personagem e enredo –, já cristalizados em paradigmas na trajetória da epopeia, por meio do recorte analítico de Aristóteles, percebe-se que o filósofo considerou-os num estágio avançado, quando a narrativa homérica não se apresentava tão mítica quanto as epopeias dos poetas mais primitivos. Tal fato explica a coerência de Scholes & Kellogg quando postulam o sincretismo da forma épica e processam o exame desse material pelo mesmo prisma. As abordagens dos autores sobre o tipo de epopeia que Aristóteles consagrou, tanto no plano do enredo quanto no das personagens, relevam a intermediação das três facetas épicas: o componente *mítico*, cristalizado no resíduo da tradição; o componente *ficcional*, como fruto da evolução; e o componente *histórico*, no reflexo da contextualização.

Não apresentando, ainda, uma separação nítida entre as "faixas mítica, romanesca e imitativa elevada", como quer Frye, ou da gradação "mítica", "ficcional" e "histórica", como postulam Scholes & Kellogg, o tronco da narrativa épica, já transformado em peça modelar por Aristóteles, apresentou algumas mudanças em relação ao período pré-histórico de suas raízes, com desdobramentos na evolução do gênero narrativo. No que se refere aos aspectos do enredo e das personagens, a síntese complexa alcançada pela epopeia engendrou, com a integração do *mítico*, do *histórico* e do *ficcional*, a plasmação de uma forma com uma unidade artística. Desintegrar essa unidade equivale a profanar um sistema simbólico e tradicional, ainda preservado pela crítica mimética de Aristóteles, quando o filósofo aconselha o poeta a imitar artisticamente os dados da tradição.

Se a unidade artística de um enredo tradicional resultava do culto a esse modelo, no plano das personagens, a unidade artística da epopeia moldava um modelo de herói, num contexto em que o herói tinha a função mítica de moldar o mundo. Nos espelhos desses paradigmas, os poetas narrativos exercitaram a sua arte de imitar. Nesse sentido, as palavras de Aristóteles a respeito da tragédia, na exegese de Eudoro de Sousa, são esclarecedoras, também, para a narrativa épica:

> A ação que a tragédia imita, evidentemente que não é a fábula trágica, mas sim o mito tradicional. A fábula trágica – a tragédia, em suma – resulta da atividade poética exercida sobre o mito tradicional, *e é este resultado, verdadeiramente, a imitação.* (Aristóteles, 1966, p.59)

Comparando os conceitos de Aristóteles com a terminologia mais moderna do formalista russo Tomachevski, nota-se uma relação entre as palavras "fábula" e "mito", do primeiro, com as palavras "fábula" e "trama" do segundo. Para Tomachevski (1971, p.174), a *fábula* é "o conjunto dos motivos em sua sucessão cronológica de causa e efeito" e a *trama*, a fábula artisticamente trabalhada, "aparece como o conjunto desses mesmos motivos, mas na sucessão em que surge dentro da obra". A mesma distinção operada por Tomachevski estava presente na oposição entre "fábula" e "mito" de Aristóteles, e essa distinção é fundamental para se entender corretamente o conceito de *imitação*: o processo da atividade poética sobre o mito tradicional. Estabelecida a distinção entre os conceitos aristotélicos, pode-se dizer que na "fábula" de uma tragédia ou epopeia rememora-se o modelo do *mythos* ou da tradição. A recriação épica, na conversão de uma "fábula" em "trama", pelo trabalho poético exercido sobre o mito tradicional, reencontra o *mythos* reduplicado na face do espelho da *mimese*, mas adaptado ao jogo de similitudes imposto pelos reflexos das leis da "necessidade" e da "verossimilhança". Portanto, se a distância percorrida pelo *mythos*, entre a "fábula" e a "trama", ainda reencontra o modelo formular da tradição, o enredo da narrativa, no percurso que vai do ponto originário das suas raízes ao tronco épico, sofre a sua maior metamorfose no caminho que distancia o rito do mito. Assim passa a caminhar a narrativa, afastando-se cada vez mais dos deuses para imitar as aventuras da vida humana, assumindo, como seu novo destino, a tarefa de verificar como caminha a humanidade.

Travessia: do rito ao mito

No percurso transcorrido entre o ritual do *mito sacro* e o enredo amalgamado da *síntese épica*, a narrativa desprende-se da aura da religiosidade para encarnar o corpo do *mythos*. Nessa passagem, a circularidade do enredo passa a ser trocada por um esquema de linearidade, enquanto as personagens descem de um patamar sagrado para um plano semidivino, mais próximo do humano. Para Aristóteles (1966), o *mythos* é a alma da epopeia. Ao fazer-se à imagem e semelhança do homem, como um "ser vivente" ou por ser composto "de partes", o *mythos* impulsiona o enredo a uma direção linear. Assim, a primitiva forma circular dos rituais passa a seguir os caminhos retilíneos impostos pela *mimese*, no seu fazer poético de imitar ações humanas exemplares: "Na epopeia, a extensão que é própria a tal gênero de poesia, permite que as suas partes assumam o desenvolvimento que lhes convém" (ibidem, p.89); "tal é a vantagem do poema épico, que o engrandece e permite variar o interesse do ouvinte, enriquecendo a matéria com episódios diversos" (ibidem, p.97).

No novo enquadramento da narrativa, seguindo-se a teorização de Aristóteles (1966, p.98), o *processo enunciativo* procura adequar-se à voz da personagem, fazendo da imitação uma forma de consolidar a autoridade do narrador: "Homero, após breve introito subitamente apresenta varão ou mulher, ou outra personagem caracterizada – nenhuma sem caráter, todas que o têm". A conversão da circularidade do *enredo* no padrão episódico da narrativa épica também dilui as marcas cíclicas da natureza, instaurando uma *concepção temporal* progressiva: se a tragédia mantém a moldura ritualística "de um período do sol", a epopeia, para Aristóteles, "não tem limite de tempo" (ibidem, p.73). Nessa guinada retilínea, a *espacialidade* transporta as personagens de um plano divino para um plano heroico e humano, à medida que a representação das ações desce de um patamar simbólico para aludir ao histórico, num sistema polarizador de referências entre os mundos tópico e utópico. Profanando-se o mítico para se aproximar do mimético, a narrativa épica ainda liga a sua relação espacial ao eixo metafórico de um céu e um inferno religiosos, mas, por valorizar demasiadamente o enredo, sobrepõe ao valor simbólico do espaço a força da temporalidade, afirmando-se como uma arte temporal.

Reexamaninadas pelas lentes da teoria de Frye (1973a), as relações entre as duas coordenadas ganham uma maior interação. Ao eleger um "princípio de retorno", fundamental a todas as artes, o crítico fala desse *retorno* como um "ritmo", quando se desenvolve no *tempo*, e em "desenho", conforme a sua distribuição no *espaço*, concluindo que "todas as artes possuem um aspecto temporal e um espacial, seja qual for que tome o comando quando elas se exibem". Por meio dessa correlação, desfaz-se a polaridade: "As obras literárias também se movem no tempo, como a música, e se estendem em imagens, como a pintura" (ibidem, p.81).

Defendendo uma ordem de importância variável na relação entre as duas coordenadas, o autor retoma o conceito de *mythos* e liga-o a outro componente da poesia, a *diánoia*, também formulado por Aristóteles, para elaborar o princípio de sua *teoria arquetípica*: "A palavra 'narrativa' ou *mythos* transmite o senso de movimento apanhado pelo ouvido, e a palavra 'sentido' ou *diánoia* transmite, ou pelo menos preserva, o senso de simultaneidade percebido pela vista" (ibidem).

Se ligarmos à palavra *mythos* as relações de temporalidade (de natureza sintática), e à palavra *diánoia* as relações de espacialidade (de natureza semântica) de um enredo, estaremos nos aproximando do centro da sua teoria que é construída sobre a seguinte equação: o enredo (*mythos*) é regido por um princípio de *retorno* e o seu sentido (*diánoia*), por um princípio de *desejo* ou *sonho*. O *retorno* marca, no enredo, a configuração de um *ritual*; o *desejo*, movido por seu conflito com a realidade, tem a estrutura do *sonho*. Sobre os dois pares da equação monta-se a fórmula: "O ritual é o aspecto arquetípico do *mythos* e o sonho o aspecto arquetípico da *diánoia*". Como resultante da interação, surge a definição de *mito*: "A união do ritual e do sonho numa forma de comunicação verbal". Colocando-se a fórmula em funcionamento, temos: "O mito não dá apenas sentido ao ritual e narração ao sonho: é a identificação de ritual e sonho, na qual se vê que o primeiro é o segundo em movimento" (ibidem, p.109).

Diferentemente de Aristóteles, que liga a *mímesis práxeos* ao *mythos*, para Frye (1973a, p.86) "a ação humana (*práxis*) é precipuamente imitada pelas histórias, ou estruturas verbais que descrevem ações específicas e particulares", enquanto "um *mythos* é a imitação secundária de uma ação, o que significa [...] que descreve ações típicas, sendo mais filosófico do que a História". Frye reelabora, também, o conceito de *diánoia*, separando o específico e o particular do típico e geral: "Uma *diánoia* é uma imitação secundária do pensamento, uma *mímesis lógou*, preocupada com o pensamento típico, com as imagens, metáforas, diagramas e ambiguidades verbais de que as ideias específicas se desenvolvem" (ibidem). Daí dizer que, na *fase formal* correspondente à literatura do *modo imitativo alto*, "a poesia existe entre o exemplo e o preceito", e a imitação é uma espécie de recuperação arquetípica por trazer de volta uma ação exemplar, numa perspectiva de desejo: "No acontecimento exemplar há um elemento de *volta*; no preceito ou juízo sobre o que tem de ser, há um forte elemento de *desejo*, ou do que se chama *sonho*"(ibidem, p.107).

Na concepção de Frye, portanto, na *fase formal*, a arte mantém com a realidade uma relação "nem direta nem negativa, mas potencial", resolvida na dicotomia entre o "deleite e a instrução, o estilo e a mensagem" (ibidem, p.96). Se essa configuração situa a arte num plano potencialmente mais "abstrato" que explicitamente "mimético", ela perde alguns graus da conformação abstrata dos modos anteriores (*mítico* e *romanesco*), que as fases *arquetípica* e *mítica* englobam.

Assim, tendo por base o percurso de retorno possibilitado pela teoria de Frye, podemos afirmar que a narrativa épica, como matriz do *modo imitativo elevado* e da *fase formal* da literatura, por situar-se num ponto mais avançado de evolução, perde em graus de simbolização e abstração quando comparada às manifestações narrativas das raízes da árvore. Essas raízes constituíram os embriões dos modos *mítico* e *romanesco*, germinando duas faixas literárias (a *mítica* e a *romanesca*), com um maior grau de abstração na resolução de suas estruturas do que a exercitada pela narrativa épica. No trajeto esboçado, das raízes ao tronco da árvore da narrativa, a diluição dessa abstração deve-se pelo distanciamento operado entre o rito e o mito. Enquanto o *rito* não se separava das formas narrativas primitivas, que o vivenciavam e o reverenciavam, o *mito* tornou-se o núcleo da *síntese épica*, acrescido dos materiais históricos e ficcionais.

Situando a epopeia num período intermediário entre a religião e a arte, o percurso realizado demarca o momento em que a árvore da narrativa abre o centro *mítico* de seu tronco em dois grandes galhos: o *mimético* e o *ficcional*. Nesse outro rito de passagem, a narrativa começa a intercambiar dois tipos fundamentais de representação, variando uma tendência mais imaginativa (ficcional) e outra mais plausível (mimética), a partir de um eixo movido pela permutabilidade do *ideal* e do *real*. Devemos deixar claro que estamos demarcando graus de evolução entre uma estrutura mais abstrata da narrativa em direção às leis da verossimilhança, mas, à semelhança da história da pintura, a literatura narrativa configura um longo período de estilização até o Renascimento. No pós-Renascimento, com o início da forma do romance, o veículo de expressão de uma nova classe social (a burguesia), tendo como força propulsiva a tensão entre o histórico e o ficcional, é que essa forma vai valer-se de técnicas retóricas eficientes para levar, cada vez mais, a narrativa para a direção ilusionista que espelha, nos efeitos de sua representação, os reflexos do real.

Como uma narrativa complexa, na forma híbrida em que se moldou, a epopeia vive das pulsões do ideal e do real entranhados nos materiais histórico e ficcional, mas ainda o centro de sua unidade é o mito. Nesse sentido, a sua estrutura é totalmente convencional, dispondo as peças de seu jogo num tabuleiro articulado pelas regras da tradição. No centro do tabuleiro figura o *mythos*, que deixou de ser ritualisticamente apresentado para ser simbolicamente representado, à medida que a sua direção retilínea ainda recupera, arquetipicamente, um princípio de retorno às ações exemplares. O retorno deixa os vestígios de suas marcas cíclicas impressas no enredo mítico, e a narrativa passa a ser simbolicamente ritualizada.

Mythos e mímesis

Uma abordagem mais recente do conceito aristotélico de *mythos*, devidamente aliado ao termo *mímesis*, tendo em vista a metáfora como objeto de investigação, foi desenvolvida por Paul Ricoeur, no livro *A metáfora viva* (1983). Para o teórico, o traço fundamental do *mythos* "é o seu caráter de ordem, de organização, de disposição" (ibidem, p.61). Nesse sentido, o conceito de *mythos* aproxima-se ao de "trama", do formalismo russo, como demonstramos, e opõe-se à "fábula", termo pelo qual normalmente, mas não criteriosamente, é traduzido. Por estar ligado aos "modos de compor as fábulas", para Paul Ricoeur o caráter de "ordem" do *mythos* "refracta-se em todos os fatores: ordenação do espectáculo, coerência do carácter, encadeamento dos pensamentos e por fim a disposição dos versos" (ibidem, p.61).

Sendo o centro do sistema poético concebido por Aristóteles, o *mythos*, como o produto de um fazer poético (a arte da imitação), está estritamente relacionado ao conceito de *mímesis*. Regido por um princípio de "ordenação",

O ENGENHO DA NARRATIVA E SUA ÁRVORE GENEALÓGICA **71**

o *mythos* afasta-se de qualquer reduplicação da realidade relacionando-se diretamente com o "fazer" da *mímesis*. Para Ricoeur (1983, p.65), "só há *mimêsis* onde existe um fazer", pois o fazer mimético, ou imitação, "é um 'processo', o processo de 'construir' cada uma das seis partes da tragédia, desde a intriga até ao espectáculo". Nesse sentido, o princípio de organização do *mythos* e o caráter processual da *mímesis* aproximam-se numa relação complementar: "o *muthos* é a *mimêsis*", mais precisamente, "é a 'construção' do mito que constitui a *mimêsis*" (ibidem, p.65). Daí a impossibilidade de se confundir a *mímesis* aristotélica com a imitação no sentido de cópia.

Segundo Ricoeur (1983, p.66-7), a *mímesis* "comporta uma referência inicial ao real", mas "este movimento de referência é inseparável da dimensão criadora – a *mimêsis* é *poiêsis*, e reciprocamente". Essa conclusão diferencia a história da poesia. A primeira "relata o que aconteceu" e "permanece no particular", enquanto a segunda, "mais filosófica", relata o "que poderia ter acontecido" e "eleva-se ao universal" (ibidem, p.66). A poesia passa pelas leis da verossimilhança e necessidade, pois ela surge de uma "tensão no próprio cerne da *mimêsis*, entre a submissão ao real – a acção humana – e o trabalho criador que é a própria poesia", complementa Ricoeur. Da tensão entre a submissão ao real e o trabalho criador surge o mecanismo paradoxal, que movimenta o conceito aristotélico de *mímesis*: manter "reunidas a proximidade à realidade humana e a distância fabulosa" (ibidem, p.67).

No livro *Tempo e narrativa*, congênito ao *A metáfora viva*, Paul Ricoeur (1994, p.9-10) trata da narrativa, por meio do mecanismo da intriga, num processo similar ao da metáfora: "Com a narrativa, a inovação semântica consiste na invenção de uma intriga que é, ela também, uma obra de síntese: virtude da intriga, objetivos, causas, acasos, são reunidos sob a unidade temporal de uma ação total e completa". Para o autor, essa *síntese do heterogêneo* aproxima a intriga da metáfora: "Nos dois casos, o novo – o ainda não dito, o inédito – surge na linguagem: aqui a metáfora *viva*, isto é, uma nova pertinência da predicação, ali uma intriga *fingida*, isto é, uma nova congruência no agenciamento dos incidentes" (ibidem, p.10). Nas duas operações, a inovação semântica (resultado) reporta à "imaginação produtora" e, por meio dela, chega-se ao "esquematismo que é sua matriz de significação" (ibidem). Esse esquematismo, na metáfora, além do "sentido metafórico", leva a uma "referência metafórica", que dá ao enunciado metafórico o poder de "redescrever uma realidade inacessível à descrição direta" (ibidem, p.11).

Na narrativa, o esquematismo leva à "função mimética da intriga", o meio pelo qual "reconfiguramos nossa experiência temporal confusa, informe e, no limite, muda", numa "função referencial da intriga" (ibidem, p.12). Assim, a *função mimética da narrativa* exerce-se no campo da *ação* e de seus *valores temporais*: "O tempo torna-se tempo humano na medida em que está articulado de modo narrativo; em compensação, a narrativa é significativa na medida em que esboça os traços da experiência temporal" (ibidem, p.15). Fechando esse círculo de narratividade e temporalidade, o crítico dirige seu estudo para as questões dos paradoxos do tempo, tendo como base as *Confissões* de Santo Agostinho, e da organização inteligível da narrativa, tendo como guia a *Poética* de Aristóteles.

Para Ricoeur, a *Poética*, com o substantivo "arte" subentendido, tem no adjetivo a marca de um processo construtivo, que a identifica como a arte de "compor as intrigas", fazendo desse caráter operatório o fator de aproximação entre o *mythos* (operação, composição ou tessitura da intriga) e a *mímesis* (o processo ativo de imitar ou representar), além de determinar o funcionamento dos demais conceitos envolvidos, não entendidos como "partes" do poema, mas como "as da arte de compor" (ibidem, p.58). Sendo a *mímesis* o conceito englobante, a atividade mimética, com o seu sentido dinâmico de produzir a representação, identifica o seu caráter de imitar ou representar com o sentido de composição do *mythos*, como agenciamento dos fatos, resultando na seguinte interação: "A imitação ou a representação é uma atividade mimética enquanto produz algo, a saber, precisamente a disposição dos fatos pela tessitura da intriga" (ibidem, p.60). Por esse prisma, a mimese de Aristóteles diferencia-se da platônica ("que afasta a obra de arte dois graus do modelo ideal que é o seu fundamento último") para aproximar-se do "fazer humano", ligado às "artes de composição", onde a "ação é o 'construído' da construção em que consiste a atividade mimética" (ibidem, p.60-1). Daí, o par *mimese/mytho* do modelo aristotélico entender a composição poética e, por extensão, a narrativa, como um "fazer inventado, poético" (ibidem, p.68).

O fazer da produção tem um equivalente na recepção: "Aprender, concluir, reconhecer a forma: eis o esqueleto inteligível do prazer da imitação ou da representação" (ibidem, p.68). Fechando-se o ciclo, se na recepção há o prazer de reconhecimento, é porque na produção "inventar é redescobrir", o que faz "a *mimese* visar no *mythos* não o seu caráter de fábula, mas seu caráter de coerência" (ibidem, p.70-1). O fazer mimético é um fazer universalizante

("Compor a intriga já é fazer surgir o inteligível do acidental, o universal do singular, o necessário ou verossímil do episódico"), e nele os dois lados da equação equilibram-se: "criador de intrigas / imitador da ação: eis o poeta" (ibidem, p.70).

Buscando o ponto de partida e o ponto de chegada da configuração poética, Ricoeur (1994, p.76) desloca o termo *mimese* para a atualidade, como "o corte que abre o espaço da ficção", instaurando a "literariedade da obra literária". Assim, "o salto do imaginário" é alavancado por uma referência que precede a composição poética (*mimese I*). Instaurando-se no texto poético, o imaginário exerce a sua "função-pivô", como "*mimese*-criação", "*mimese*-invenção", ou *mimese II*. O imaginário construído aporta o seu dinamismo na recepção do leitor (*mimese III*), como o fenômeno da *katharsis*, fechando toda a envergadura do ciclo. O ciclo pronto perfaz a "transposição 'metafórica' do campo prático pelo *muthos*", ou a "transposição quase metafórica da ética à poética" (ibidem, p.79). Ao tentar reconstruir o arco inteiro das operações pelas quais a experiência prática resulta em obras, autores e leitores, Ricoeur correlaciona a atividade de narrar uma história ao caráter temporal da experiência humana, fazendo da relação entre *tempo* e *narrativa* a chave para o entendimento do encadeamento das três fases da *mímese*: o modo pelo qual a *configuração* textual (*mimese II*) faz a mediação entre a *prefiguração* do campo prático (*mimese I*), e sua *refiguração* pela recepção da obra (*mimese III*). O seu objetivo é construir a mediação entre tempo e narrativa demonstrando o papel mediador da tessitura da intriga no processo mimético, seguindo o "*destino de um tempo prefigurado em um tempo refigurado, pela mediação de um tempo configurado*", operações de uma tese circular, onde "a temporalidade é levada à linguagem na medida em que esta configura e refigura a experiência temporal" (ibidem, p.87).

Para demonstrarmos o mecanismo paradoxal de reunir "a proximidade à realidade e a distância fabulosa", que é a função da *mímesis*, e o desdobramento do processo mimético efetuado por Ricoeur (*mimese I, II, III*) a partir do componente temporal, utilizaremos o poema de Fernando Pessoa, *Ulysses*. Arquitetado numa estrutura de paradoxos, o poema realiza a interação entre os conceitos de *mythos* e *mímesis*, rememorando algumas características nucleares da narrativa épica. Ao narrar "não o que aconteceu", mas "o que poderia ter acontecido", o texto de Pessoa transforma uma referência inicial ao real na atemporalidade de uma distância fabulosa. Isto é, a *mímesis* faz-se *poíêsis*, e a poesia faz-se pelo "fazer" de uma construção mimética.

Para caracterizar a metáfora, trabalhando a tensão de sua duplicidade, Paul Ricoeur (1994, p.67) elege um segundo traço paradoxal da *mímesis*: "Por um lado, a imitação é simultaneamente um quadro humano *e* uma composição original; por outro lado, consiste numa restituição *e* num deslocamento para o cimo". O poema de Pessoa arma-se sobre o mesmo paradoxo. Mais que isso, espelhando-se no percurso da metáfora, pode-se ver como o *mythos*, por representar homens superiores aos da realidade, "não é apenas um reordenamento das acções humanas numa forma mais coerente, mas também uma composição que sobreleva", porque a *mímesis*, nesse sentido, "é restituição do humano, não só segundo o essencial, mas maior e mais nobre" (ibidem). A tensão caracterizadora do *mythos* e da *mímesis* (submissão à realidade e invenção fabulosa; restituição e sobrelevação), que serve a Paul Ricoeur para situar a metáfora, será utilizada, aqui, fazendo-se do poema de Pessoa uma metáfora do quadro da narrativa épica, para se demonstrar como um ponto de partida do real ou da aparência da linearidade converte-se, na sobrelevação lendária que rege o *mythos* e a *mímesis*, numa simbolização circular. Na travessia do rito ao mito, a narrativa não perde a sobrelevação fabulosa do ideal; ao contrário, por força dessa sobrelevação lendária, torna-se miticamente ritualizada. Por isso, a caracterização da poesia épica não pode ser feita fora da concepção teórica aristotélica, pois

> ao renunciar o uso platónico de *mimêsis* que permitia tomar mesmo as coisas naturais por imitações de modêlos eternos e chamar a uma pintura imitação de imitação, Aristóteles impôs-se usar o conceito de imitação da natureza apenas nos limites de uma ciência da composição poética que conquistou a sua plena autonomia. (Ricoeur, 1994, p.71-2)

A ciência da composição poética proposta por Aristóteles pode ser rememorada no poema de Pessoa: um exemplo de "composição de fábula", no qual se lê o "reenvio à acção humana como natureza imitada" (Ricoeur, 1994, p.72). O poema, como *mímesis* criadora, organiza, dispõe, processa e rememora um *mythos* tradicional: "Qualquer *mimêsis*, mesmo criadora, sobretudo criadora, está no horizonte de um ser no mundo que ela torna manifesto na exacta medida em que o eleva ao *muthos*" (ibidem). A sua poesia é *mímesis* – "a *mimêsis* é *poiêsis*, e reciprocamente" –, e dela se pode dizer o que Paul Ricoeur diz de Aristóteles: "A verdade do imaginário, o poder de detecção ontológica da poesia, eis o que, pela minha parte, vejo na *mimêsis* de Aristóteles" (ibidem).

Além do trabalho da *mímesis* elevando o personagem lendário Ulisses à condição de *mito*, pela sobreposição do convencimento do imaginário à verdade histórica, o poema ilustra, também, como se dá a construção de um enredo simbolicamente ritualizado. Além do enredo, serão feitas algumas considerações sobre os demais elementos da narrativa (enunciação, personagens, espaço e tempo), anteriormente tangenciados, mas já devidamente sistematizados na tradição épica. No lugar de um texto narrativo da época, padronizado, o poema será utilizado por conter uma espécie de formulação teórica da síntese épica. Levantar a teoria de um momento passado por meio de uma resolução literária moderna é, também, uma forma de fazer essa literatura dialogar com a tradição, uma vez que ela se converte num instrumento de metalinguagem. Assim, pode-se flagrar a arte refazendo-se, criativamente, ao mirar-se no espectro de sua própria imagem.

As "Cicatrizes de *Ulysses*"

ULYSSES

O MYTHO é o nada que é tudo.

O mesmo sol que abre os céus
É um mytho brilhante e mudo –
O corpo morto de Deus,
Vivo e desnudo.

Este, que aqui aportou,
Foi por não ser existindo.
Sem existir nos bastou.
Por não ter vindo foi vindo
E nos creou.

Assim a lenda se escorre
A entrar na realidade.
E a fecundal-a decorre.
Em baixo, a vida, metade
De nada, morre.

(Pessoa, *Mensagem*, 1972, p.72)

Visto como uma recriação moderna elaborada sobre a matriz dos ingredientes que rememoram a tradição da forma épica, o poema de Pessoa age no centro do amálgama característico da epopeia, desintegrando a molécula ancestral. Nessa viagem de volta ao passado, por meio de um mecanismo dialético e o procedimento do paradoxo, o poema mostra como as marcas do tempo revelam as cicatrizes da infância da forma. Nessa forma, a sutura do *mítico*, entre as fendas do *histórico* e do *ficcional*, teve os seus pontos de fixação no tecido mais rico da ficção, que é irrigado pela imortalidade do lendário e do simbólico, em detrimento da temporalidade do histórico.

No suporte dialético em que o poema se constrói, entre a perenidade e a efemeridade, entre a vida e a morte, a tese do "mítico", em correspondência ao avesso antitético do "histórico", permanece na resolução atemporal da síntese do "ficcional", do lendário e do simbólico. Nesse percurso dialético, ao mesmo tempo que se dá a negação do *histórico* pela afirmação do *lendário* e do *mítico*, o poema realiza, nos degraus de suas estrofes, uma gradação que vai do *mítico*, passa pelo *romanesco* e termina no terreno do *modo imitativo elevado*. Ao descer os degraus que vão do céu à terra, o poema refaz o percurso da evolução literária, do divino para o humano, perfazendo um itinerário do sagrado ao profano. Porém, ao fixar-se num plano *ficcional* ou *romanesco*, não se deixa profanar pela contaminação terrena do histórico, fazendo do degrau intermediário, na segunda estrofe, uma espécie de santuário, em que se aloja o personagem *Ulysses*.

Sobrepondo-se ao real e ao histórico pela metáfora do lendário, o personagem configura-se como um herói típico do *modo imitativo elevado*. Mais divino do que humano, encarna a complexidade de um ente lendário, um semideus revivendo no *mythos* o processo mimético de magnificar as ações humanas, transfigurando-as numa representação ideal. Essa é a verdadeira cicatriz, por meio da qual Ulisses se torna reconhecível nos tempos modernos;

da mesma maneira, é por meio dessas cicatrizes que a arte moderna se reconhece na tradição.[7]

Um movimento dialético mais explícito verifica-se no confronto da primeira com a terceira estrofes: afirmação do *mítico* ("O MYTHO é o nada que é tudo"); negação do *histórico* ("Em baixo, a vida, metade / De nada, morre."); resolução da síntese, no plano lendário ou *ficcional* ("Assim a lenda se escorre / A entrar na realidade / E a fecundal-a decorre."). O jogo dialético do percurso narrativo reduplica-se, na segunda estrofe, de uma maneira menos explícita, no plano da personagem. Na oposição entre o *mítico* e o *histórico*, a síntese da resolução dá-se, agora, com a atuação do herói alcançando, pela magia do maravilhoso, o terreno do *lendário*, em oposição à anulação do patamar histórico. Essa tensão é uma marca da epopeia. Nesse sentido, vale lembrar a estrutura d'*Os lusíadas*. A recriação épica do Renascimento português cumpre o seu destino de seguir a rota da expansão, como "epopeia pátria", pois alavanca o enredo e o põe a navegar colocando o leme nas mãos de suas personagens históricas e o rumo nas referências das conquistas marítimas. Mas, depois, deixa ambos à deriva das artimanhas e disputas dos deuses.

Os historiadores Óscar Lopes e António José Saraiva (1973) ajudam a esclarecer, pelo ponto avançado da epopeia de Camões, as mesmas dificuldades da epopeia clássica que estamos reavaliando, na perspectiva de Pessoa. Segundo os autores, a *mitologia*, ao criar uma unidade de ação e um enredo dinâmico, "desempenha uma função central n'Os Lusíadas", mas, "o facto é que todo o peso da sugestão poética vai cair no maravilhoso" (Lopes & Saraiva, 1973, p.352). Mesmo com o contrapeso dos recortes naturalístas e o conflito do humanismo impregnando o texto, conclui-se que Camões arquitetou o engenho de sua arte no modelo da convenção: "Na resolução desta dificuldade de dar unidade dinâmica e caracteres ao seu poema, o poeta encontrou a seu favor certas praxes greco-romanas do género, que lhe forneceram protótipos de uma intriga de deuses apaixonados" (ibidem, p.351).

---

7 Para Paul Ricoeur (1983, p.365), "a junção entre *mythos* e *mimesis* é obra de toda a poesia. Lembremo-nos da aproximação estabelecida por Northrop Frye entre o poético e o hipotético. Ora, o que é esse hipotético? Segundo o crítico, a linguagem poética, virada 'para dentro' e não 'para fora', estrutura um *mood*, um estado de alma, que nada é fora do próprio poema: ele é o que recebe a sua forma do poema enquanto agenciamento de signos".

A luta de Camões em recontextualizar a epopeia homérica na época do Renascimento (com um mundo mercantil ofuscando a admiração de heróis divinos e o anacronismo da mitologia clássica apenas servindo a um propósito estético) constituía, nas palavras de Lopes & Saraiva, "um nobilitante repto ao engenho dos poetas" (ibidem, p.349). Numa luta semelhante, Fernando Pessoa, com as luzes da Modernidade, recupera a alma do épico no corpo de uma nova poesia, devolvendo, tanto ao enredo quanto ao personagem, a eternidade do mítico, que não só modelou a essência do épico, mas plasmou a sua permanência no poético.

Se a epopeia grega eterniza o modelo do herói no centro da tensão de um arco entre o divino e o humano, prevalecendo, na atração das duas forças, o impulso para o alto da resolução lendária, no Renascimento, impregnado pelo historicismo, o herói já se encontra mais dividido, tentando equilibrar-se entre o humano e o divino. Depois, a narrativa desloca-se em direção às experiências humanas, quando a forma épica cede a sua vez ao romance, e a nova forma encarrega-se em dar expressão ao "bicho da terra tão pequeno", na metáfora comoniana. Esse mergulho da narrativa às experiências humanas é a transformação maior de um tipo de representação mais abstrata para a ilusão de uma representação cada vez mais plausível e naturalista.

Ao tornar-se veículo de expressão do "bicho da terra tão pequeno", a narrativa deixa a aura mítica de um patamar semidivino e mais simbólico para aproximar as suas lentes da realidade, metaforizando os conflitos da vida humana. Antes, porém, na esfera prototípica em que se situa a epopeia clássica, o personagem está acima dessa realidade, recortado num modelo de herói, com o talhe da sobrelevação semidivina. É a esse contexto que o poema de Fernando Pessoa devolve o personagem Ulisses, reconhecido pela cicatriz do lendário, o meio pelo qual ele é repatriado e reentronizado no paradigma dos heróis literários.

A segunda estrofe, focalizando a atuação de Ulisses, confere-lhe o papel simbólico de fundador de Portugal. Roman Jakobson (1970, p.101), analisando o mesmo poema, diz que o herói da estrofe central, "cujo desembarque lendário na embocadura do Tejo se deve apenas a um vínculo paronomástico entre o seu nome e *Lisboa*, e cuja existência tem, ela mesma, um caráter mítico, dera-se a si próprio, segundo a *Odisseia*, o nome de Ninguém". Ao cobrir o terreno do histórico com o véu alegórico do lendário, o poema focaliza o personagem numa condição de "despatriado", para lhe dar a possibilidade de repatriar-se no território originário do mundo literário. É nesse território que o poema se faz como linguagem – *Ulisses / Lisboa* – e metalinguagem de um universo cristalizado na tradição do gênero narrativo.

Na tradição, a narrativa já havia codificado uma forma circular na geometria de seu enredo. Com a poesia épica, o personagem passa a ocupar o centro desse círculo. A forma humana prende o personagem a uma vida terrena, mas a convicção heroica dá-lhe um poder sobre-humano, vestindo-o com o manto simbólico do lendário, numa esfera semidivina. Como desdobramento no sistema narrativo, a tradição épica fixa o lugar e o contorno do herói no centro do círculo desenhado pelo movimento ritualístico do enredo, fazendo da linha horizontal, que o divide ao meio, a referência terrena da localização de suas ações. Mas é a linha vertical, que lhe serve metaforicamente de mastro, a verdadeira referência de sua sobrelevação a um plano mais alto e mítico. Nesse mastro, o herói agarra-se com uma determinação exemplar, encantado, sim, pelo canto das sereias, mas não se deixando atrair pelo plano mais rasteiro e limitado das contradições da representação humana.

A centralização do herói épico no círculo desenhado pelo movimento do enredo é retratada, no poema, por meio da disposição da primeira e da terceira estrofes circundando a nuclear, que é dedicada ao personagem Ulisses, referido anaforicamente. No centro do círculo é traçada uma linha do horizonte, o ponto de encontro cósmico entre o céu e o solo, com o verso oitavo dividindo o poema em duas partes simétricas e configurando, nessa linha divisória, a junção do mar ("aqui aportou") com a terra ("e nos creou"). Da linha desse verso central, formado pelo oxímoro nuclear ("Sem existir nos bastou"), partem os oxímoros circundantes dos versos sete ("Foi por não ser existindo") e nove ("Por não ter vindo foi vindo"), completando-se o anel mágico que envolve a figura do herói, e o coloca acima do plano histórico, numa dimensão lendária, como fundador da nação portuguesa ("aqui aportou") e gerador de seu povo: "E nos creou".

Para cima e para baixo, no contraste da primeira com a terceira estrofes, a dança dos oxímoros continua a evolução simétrica, desenhando um outro círculo: os versos quatro e cinco da primeira estrofe ("O corpo morto de Deus, / Vivo e desnudo") em correspondência aos dois versos finais da última estrofe: "Em baixo, a vida, metade / De nada, morre". Formando, ainda, um terceiro círculo, o oxímoro do verso liminar, desencadeador e medida de todo o processo ("O MYTHO é o nada que é tudo"), fecha a moldura da estrutura circular, emprestando uma parte de sua medida ("metade de nada") à "vida", figurada no penúltimo verso, que "morre", na última palavra do poema. Nesses três anéis que circundam o oxímoro nuclear do verso oitavo, o poema apresenta a sua simetria interna e sobre ela desenha os três semicírculos superiores, situados acima da linha do horizonte, e os três inferiores, no plano terrestre, criando a partir da linha central do oitavo verso uma estrutura emblemática montada sobre a simbologia do número sete.[8] O levantamento dessa simetria demonstra como uma estrutura aparentemente linear é suspensa pelos fios construtivos de uma arquitetura[9] circular.

Uma das maneiras com que o poeta arma a arquitetura da circularidade é suspendendo a linearidade histórica pelas amarras formais do mecanismo retórico do oxímoro. Por esse mecanismo, o personagem conquista o centro do poema, no verso divisor das águas do mítico e do histórico: "Sem existir nos bastou". Nesse centro, ele ganha a existência heroica do *modo imitativo elevado*, suspenso pelo anel lendário do *modo romanesco*, que o envolve por meio da junção dos dois oxímoros circundantes: "Foi por não ser existindo"; "Por não ter vindo foi vindo". Sobre o círculo central do *modo imitativo elevado* e do *modo romanesco*, que o circunda, paira o círculo superior do *modo mítico*, ou divino, o responsável pela suspensão da realidade, fazendo que o texto ganhe uma consistência simbólica maior, alcançando as esferas sagradas do mundo celestial. Por esse prisma, o poema inicia-se no *modo mítico*, definindo o próprio mito ("O MYTHO é o nada que é tudo"), para povoar a esfera cósmica de sua morada ("os céus"), com os seus entes principais: o "sol" e "Deus". Dessa esfera metafórica ("mytho / sol / Deus"), o poema desce à terra, na segunda estrofe, para representar o personagem humano atuando no arco lendário da *estória romanesca* ("Foi por não ser existindo"), antes de conquistar o centro do processo, no miolo do texto, quando se torna o protótipo do *modo imitativo elevado*, configurador do personagem épico: "Sem existir nos bastou".

---

8 Roman Jakobson (1970, p.103) esquematiza a simetria dos sete oxímoros.

9 Roman Jakobson (1970, p.94), citando o poeta, diz a esse respeito: "Pessoa deve ser colocado entre os grandes poetas da 'estruturação': estes, na opinião dele próprio, 'são mais complexos naquilo que exprimem, porque exprimem construindo, arquiteturando, e estruturando', e um tal critério os situa adiante dos autores 'privados das qualidades que fazem a complexidade construtiva'".

O ENGENHO DA NARRATIVA E SUA ÁRVORE GENEALÓGICA   **81**

Na descida dos degraus do céu à terra, o poema conta uma parte da história da narrativa: a passagem das faixas *mítica e romanesca* para a *imitativa elevada*, quando a poesia épica define um modo específico de narrativa, definindo-se, ela mesma, como uma narrativa do *modo imitativo elevado*, mas que não se desfez, ainda, das colorações do lendário e do mítico. Depois de o personagem identificar-se ao *mytho*, por metamorfosear-se em duas espécies dele, nas metáforas sucessivas de "sol" e "Deus", adquire a forma humana do *romanesco*, para, finalmente, apresentar-se como o herói fundador de uma nacionalidade. Único, por constituir uma trindade (mítico / lendário / heroico), o personagem efetua o feito histórico ("aqui aportou"; "E nos creou"), suspendendo-o numa esfera imaginária ("Por não ter vindo foi vindo"), o universo de sua existência lendária: "Foi por não ser existindo. / Sem existir nos bastou". Nessa esfera, o personagem recebe a coloração do mítico por meio do dêitico "Este", que o aproxima, no mundo celestial, do personagem divino ("Deus"), do mito solar ("sol"), e do próprio mito: "O MYTHO é o nada que é tudo."

Apesar de termos assistido à tomada do ponto central do círculo da narrativa pela legendária[10] figura do herói, o enredo (*mythos*) continua sendo a alma do paradigma épico, pois é ele que dá vida ao personagem ("Sem existir nos bastou"), feito à imagem e semelhança de sua medida: "O MYTHO é o nada que é tudo". O mito, como medida de todas as coisas – da personagem, como foi visto, do tempo e do espaço, como se verá –, ocupa o centro do universo literário épico. Quando Aristóteles (1966, p.75) diz que "a tragédia não é imitação de homens, mas de ações e de vida", pois as personagens não agem "para imitar caracteres, mas assumem caracteres para efetuar certas ações" e, por isso, "as ações e o mito constituem a finalidade da tragédia, e a finalidade é tudo o que mais importa", as suas palavras, transpostas

---

10 Haroldo de Campos (1970, p.201-2), nas "Notas à margem de uma análise de Pessoa", sugeridas como colaboração à leitura de Roman Jakobson do poema "Ulisses", recupera o sentido etimológico da palavra lenda, como "mito lido", que pode ser aplicado ao personagem Ulisses, como "legenda", "mito lido", ou algo surgido a partir do mito: "Na esteira de sua análise, e complementando-a, creio que se poderia também decodificar a palavra *lenda* no sentido etimológico: do latim *legenda*, o que deve ser lido, o que se lê (*legere*). A lenda da 3ª estrofe, tal como interpretada em seu estudo, não é outra coisa senão uma tradução 'degradada' do mito solar da 1ª. Esta 'degeneração' se explica ademais, parece-me, pelo fato de que a *lenda é o mito lido*. Ela é, por definição e origem, qualquer coisa de literário, que se deve ler".

para a epopeia, são revividas no texto de Pessoa. As ações nucleares (fundação de uma nacionalidade e nascimento de um povo) passam pela caracterização heroica e lendária do personagem, que as efetua, não como ações históricas, mas, exemplarmente, como ações míticas.

O início do percurso narrativo ("aqui aportou") e o seu desfecho ("nos creou") são amarrados pela unidade nuclear da "fundação": a célula matricial da "vida". Nesse ciclo narrativo mínimo, o poema reencontra o *mythos* idealizado por Aristóteles ("belo") e metaforizado num "ser vivente" ("tal como os corpos e organismos viventes devem possuir uma grandeza, e esta bem perceptível como um todo, os mitos devem ter uma extensão apreensível pela memória"), fazendo o nó modal da fundação da nacionalidade portuguesa rememorar todas as partes de um processo com princípio, meio e fim. Trata-se da memória mítica substituindo, com a sua unidade de beleza e grandeza, aquilo que se apresenta esparso e descontínuo na extensão de um evento histórico. Além da definição, o procedimento do filósofo de metaforizar o mito num "ser vivente" para teorizá-lo é reencontrado, poeticamente, no texto de Pessoa, que, primeiro, define o mito no verso inicial para, depois, metaforizá-lo duas vezes, em "sol" e "Deus", nos quatro versos restantes da primeira estrofe. Na segunda metáfora ("O corpo morto de Deus, / Vivo e desnudo"), Ulisses adquire o caráter heroico e o dom sobrenatural para realizar o feito histórico metamorfoseado em mito: a fundação da nacionalidade e criação do povo português. Na primeira metáfora ("O mesmo sol que abre os céus / É um mytho brilhante e mudo"), o feito mítico ganha a identificação com o astro luminoso para dar às suas ações não só o brilho de uma grandeza, mas as partes do ciclo mítico de uma aventura solar.

O enredo do poema, depurado no núcleo modal da "fundação", dado na segunda estrofe, diz respeito à origem de um povo. Recontada do ponto de vista poético, a referência histórica é ampliada na relação com as outras duas estrofes, com o plano mítico da primeira emprestando uma das partes de sua medida ("o nada") para o plano histórico da terceira. Dessa relação surge a sobrelevação do lendário: a outra porção do *mytho* ("o tudo"), distinguido no valor semântico e na localização superior em relação ao "nada" da "vida", embaixo. A interferência dessa relação na segunda estrofe, que também trabalha a oposição entre o mítico e o histórico para a afirmação do lendário, redimensiona o sentido inicial da fundação de uma nacionalidade, acoplando-lhe uma ideia de "vida", incutida no vocábulo "fecundação". Gerada na segunda estrofe, no percurso que vai do "aqui aportou" ao "nos creou", a ideia de vida, embora lendária, está ligada ao personagem Ulisses.

Na terceira estrofe, nascente do conúbio da lenda com a realidade, um conteúdo mais amplo de "vida" infiltra-se no poema, fazendo escorrer o seu sentido para a origem de um enredo literário: o *mythos*. Ao "entrar na realidade", a "lenda" fecunda a vitalidade do histórico, e do seu organismo placentário nasce o *mythos*, no sentido de enredo literário, ligado pelo cordão umbilical de sua outra metade, lá de cima, o "tudo". Nesse ato de geração da vida literária, paradoxalmente, ocorrem duas mortes. A da "realidade", metaforizada em "vida" que, depois de fecundada, como "metade de nada", morre. No ato de fecundação, "a lenda se escorre a entrar na realidade", configurando uma espécie de "morte". Mas essa perda ou "morte" da lenda é recuperada pelo discurso poético, que a fecunda como uma linguagem e consciência modernas. Esse é o sentido maior de vida proposto pelo poema: o investimento na linguagem como consciência manipuladora e operadora do real.

Num primeiro plano, o poema recria um enredo histórico, com forte dosagem de intervenção retórica, gerando, com a sustentação poetica, uma suspensão lendária. Num plano mais profundo, rememora o próprio conceito de enredo embutido na palavra *mytho*, relatando todo um processo de fecundação, em que a realidade da vida morre para dar nascimento à vida de um enredo, que tem a função poética de substituir a vida da realidade. Para Aristóteles, o *mythos* é a alma da tragédia e, por extensão, da epopeia. Para Fernando Pessoa (1972, p.562), no processo dialético do "tudo" e "nada" com que monta a balança do peso literário, "A alma é literatura / E tudo acaba em nada e verso", como diz em outra poesia. Esse niilismo de Pessoa gera uma desconfiança sobre o próprio gênero épico, que está sendo reconstruído para ser desconstruído em nome de uma poética moderna. Mas essa é uma outra leitura que entraria pela vertente da ironia. O nosso propósito é o trajeto de "reconstrução", por meio do qual se pode ver uma projeção do mecanismo da poética épica.

Na direção da nossa leitura, o enredo movimenta-se a partir de uma oposição fundamental: vida *versus* morte. Por ser estruturado sobre um princípio dialético, com a arquitetura retórica do oxímoro, o poema, ao terminar afirmando a "morte" da "vida" da "realidade", gera a abertura mítica da vida lendária, perfazendo um movimento inicial da vida para a morte e, um final, da morte para a vida. O primeiro movimento é mais evidente, afirmado; o segundo é mais sutil e deve ser completado. Nesse sentido, o poema é cíclico, e fecha a sua circularidade no retorno ritualístico às duas partes de seu oxímoro principal. O texto abre-se num oxímoro completo ("O MYTHO é o nada que é tudo"), depois desintegra uma de suas metades, "o nada", para descrever um percurso da vida à morte; ao afirmar a morte da realidade, ele recupera, dialeticamente, a vida lendária e, com ela, a outra metade do oxímoro, o "tudo", refazendo o ciclo da morte à vida, por meio do qual readquire a sua unidade. O final é um retorno ao ponto de partida numa simetria especular: o poema termina com um oxímoro percorrendo um trajeto da vida para a morte, por meio da fração do "nada"; a volta ao início dá-se pela ponte do outro lado da equação, o "tudo", invertendo o movimento de negativo para positivo. Roman Jakobson (1970, p.102) detalhou a relação dos dois oxímoros, o inicial e o final: "Ambos põem em jogo os mesmos contrários: a vida e a morte". Segundo o ensaísta, "o oxímoro do verso liminar – I. 1. *o nada que é tudo* – subordina formalmente o termo positivo ao termo negativo, mas, ao contrário, do ponto de vista semântico, é a totalidade positiva que se sobrepõe à totalidade negativa" (ibidem, p.101). No final, a relação é invertida: "No último verso do poema o mesmo substantivo *nada* termina o sintagma – III. 4. *metade* 5. *De nada* – onde o termo fracionário, *metade*, implicando o conceito de um todo positivo, contradiz o todo negativo de *nada* e dá ao aposto o sentido de uma hipérbole fantasiosa e sombria" (ibidem). Por ser cíclico, o poema reverte o sombrio dessa negatividade na positividade luminosa do mítico.

Em essência, o poema demonstra a morte de um enredo histórico para torná-lo heroico, substituindo a *mímese* do real pela imitação heroica e simbólica da tradição. Nesse retorno encarna-se o dilema dialético do enredo épico de parecer equilibrar-se na mira de um enredo linear, tendo por baixo a superfície do histórico, para, depois, elevar-se numa dimensão simbólica, suspenso pelas linhas mágicas do lendário, antes de se curvar diante do magnetismo de uma outra *mimesis*: a atração da circularidade espelhada na polaridade mítica. No trajeto do *histórico* para o *lendário*, e desse para o *mítico*, o poema refaz o percurso da regressão do enredo épico. No trajeto cíclico, da vida para a morte e da morte para a vida renascida, o poema ilustra como o enredo épico deixou de ser o ritual das raízes da tradição, mas volta ao seu modelo ancestral pelo círculo mítico da ritualização. No caminho do rito ao mito, o enredo épico não se perde totalmente em aventuras episódicas; ao contrário, refaz o caminho da perdição na organização de um enredo miticamente ritualizado.

Sendo a poesia épica a matriz da *fase formal* da literatura dominante no Renascimento, na classificação de Northrop Frye (1973a, p.107), pode-se ver, pelo prisma do poema de Pessoa, como nessa fase literária "a poesia existe entre o exemplo e o preceito". O fato histórico da fundação é fundido num plano lendário pela intervenção do personagem "Ulisses", e o plano lendário fecunda o acontecimento exemplar nas regras poéticas do épico: a configuração do mítico. Nas engrenagens desse mecanismo vê-se o acontecimento exemplar retroagindo para um plano onírico, por meio do qual se realiza o desejo da fundação na fecundação de uma vida simbólica: a vida literária encarnada no próprio sentido do enredo. Ao mostrar como se fecunda um enredo para se gerar a vida literária, como recriação moderna da tradição, o poema refaz o percurso épico da *fase formal* que o engendrou: "No acontecimento exemplar há um elemento de *volta*; no preceito, ou juízo sobre o que tem de ser, há um forte elemento de *desejo*, ou do que se chama *sonho*" (ibidem, p.107). Por meio dessas palavras de Frye, chega-se à sua *crítica arquetípica*: "Esses elementos de volta e desejo entram no primeiro plano da crítica arquetípica, que estuda os poemas enquanto unidades da poesia como um todo, e os símbolos como unidades de comunicação" (ibidem). Por meio dessa crítica é possível demonstrar como o poema devolve à linearidade do enredo a curvatura de seu movimento ritualístico, sustentado por uma imagem que lhe dá um sentido plasmado num giro cíclico em direção ao simbólico.

O poema de Fernando Pessoa, que tem o mito (MYTHO[11]) como sua própria medida, para reencontrar a medida com que se moldou a tradição épica, encontra na *crítica arquetípica* – que tem na palavra *mythos*, recuperada em Aristóteles, o centro de seu funcionamento – uma maneira adequada para se verificar como essa tradição codificou o seu sistema narrativo. Quando Frye (1973a, p.108) diz que o mito é "a união de ritual e sonho numa forma de comunicação verbal", e que a crítica arquetípica repousa em dois ritmos

---

11 Transcrito com caracteres arcaicos, mas com uma terminação atualizada, o vocábulo *mytho* estabelece, na sua grafia, uma relação entre o clássico (na sua raiz) e o estágio vernacular da língua (na sua terminação), iconizando na palavra o percurso desenvolvido pelo poema, na sua retropestiva, que é o próprio percurso desenvolvido pela narrativa épica: no modernismo, propõe-se uma resolução poética para a História de Portugal, superpondo-se à obra renascentista *Os lusíadas*, para reencontrar os princípios germinais da epopeia grega.

de organização ou padrões, um cíclico, o outro dialético", porque "o ritual é não só um ato recorrente, mas também um ato expressivo de uma dialética de desejo e aversão", e "no sonho há uma dialética semelhante, pois há tanto o sonho que realiza um desejo, como o que realiza a angústia, ou o sonho que é um pesadelo de aversão", o poema em foco é mítico, pois une no seu enredo uma estrutura de ritual e de sonho, com uma organização cíclica e dialética. O princípio de retorno do "nada" para o "tudo" (ou da "morte" para a "vida") é ritualístico, e estrutura-se em torno do movimento cíclico do "sol"; nesse movimento dialético de expulsão da "morte" para o renascimento da "vida" configura-se a estrutura de um sonho: a realização do desejo da fundação de Portugal pela fecundação da vida lendária.

Ao descrever um movimento de vida para a morte e revertê-lo, dialeticamente, em vida, o poema recupera a circularidade primordial do enredo. Nesse percurso, o seu modelo circular ganha a grandiosidade esférica do mundo compondo, com o sol, a luz, o fogo e o ar, o arco de uma abóboda celestial, que se completa com o encontro da água com a terra, no chão. A união da água e da terra, gerada na palavra "aportou", transforma o ato de fundação em fecundação, reiterando o processo do encontro da aquosidade da "lenda-sémen" ("a lenda se escorre") fertilizando a solidez e aridez da realidade ("a entrar na realidade"). O que se conta no conteúdo é iconizado na forma, nos cortes sintáticos, no *enjambement* fracionando o sintagma *metade / De nada*, em oposição à riqueza da palavra-montagem *fecundal-a*, cujo interior contém e é movido pela palavra *lenda*, gerando o nascimento da "vida", metaforizada no pronome graficamente unido à palavra geratriz pelo cordão umbilical do hífen. Por fim, a fecundação do histórico pelo lendário eleva o último à dimensão superior da esfera celestial, onde ganha a eternização do mítico. Embalado pela sucessividade das metáforas do alto (*Mytho*, "sol", "Deus", *Ulysses*), o lendário metamorfoseia o histórico num feito mítico. Assim, o ato exemplar da fundação transforma--se nos preceitos poéticos da tradição.

Refletindo a estrutura de um oxímoro, o poema apresenta dois momentos contraditórios: da vida para a morte, seguindo o percurso do céu para o encontro da água com a terra, terminando numa espacialidade subterrânea; um caminho inverso, sobrepondo-se ao primeiro, que vai da morte a uma vida renascida na esfera superior e mítica do alto. Reencontrando o oxímoro de abertura, o percurso do poema realiza um movimento do negativo para o positivo, reproduzindo o mecanismo do seu oxímoro principal: do *nada* para o *tudo*. Afirmando o segundo percurso, o poema descreve um movimento para o alto, de vida ou renascimento, com a linha do horizonte servindo de apoio ao desenho de uma abóbada celestial, cujo movimento acompanha o traço luminoso e cíclico do mito solar: "O mesmo sol que abre os céus / É um *mytho* brilhante e mudo". Ao abrir os céus, o giro do sol gera o movimento do enredo. O enredo, ritualizado pelo ritmo da repetição do mito solar, ganha uma dimensão temporal simbólica: a vitalidade cíclica do eterno retorno. Emoldurando-se no percurso cíclico do sol, o enredo descreve um movimento de renascimento acoplado à espacialidade de uma imagem divina ("Deus"). Assim, as duas metáforas dos oxímoros iniciais (sol e Deus) instauram, no enredo, as relações de temporalidade e de espacialidade.

Como o enredo (*mythos*) tem o movimento de sua temporalidade ligado ao percurso da luminosidade solar, a imagem (*diánoia*) de uma espacialidade superior fixa-lhe um sentido apocalíptico, soldando-o ao corpo "vivo e desnudo" do mito divino. Para Roman Jakobson (1970, p.102), "o levantar do sol abrindo os céus [...], conforme a simbólica eclesiástica, se une à imagem da ressurreição". Seguindo essa trajetória, o poema demonstra como o movimento do enredo ganha um sentido apocalíptico, espelhando-se na imagem de "Deus", e trabalhando o conteúdo do "renascimento" com um recurso formal propício, inscrito no sentido e no movimento retórico do oxímoro. No momento em que o texto contrasta a tragicidade da morte contida na "vida" da "realidade" terrena, para voltar às alturas do firmamento divino, reafirma, estilisticamente, esse movimento, ultrapassando uma construção antitética para arquitetar uma estruturação de oxímoros. Para os retóricos do grupo m, negatividade e positividade são justamente os traços de conteúdo diferenciadores dos mecanismos formais da antítese e do oxímoro: "contradição tragicamente proclamada pela antítese, paradisiacamente assumida pelo oxímoro" (1974, p. 170).

Colocando-se contra o movimento do real, do trágico e da morte, o poema demonstra como a resolução épica tende à eternidade do mítico, com uma solução poética voltada para o círculo apocalíptico do ideal. Ao tecer um paradigma do quadro épico, o poema faz do seu próprio corpo uma tessitura dos preceitos épicos. Trata-se de uma imitação secundária, pois imita um enredo (*mythos*) exemplar, fazendo do ato de fundação um processo de transformação de morte em vida, em que a anulação do trágico desencadeia, também, um pensamento (*diánoia*) exemplar: o renascimento da fundação pela fecundação do lendário, elevando o fato exemplar a uma temporalidade e espacialidade míticas. Nesse ponto, percebe-se como a tradição épica codificou uma poética da narrativa, enovelando num diagrama circular um molde de enredo coordenando as relações de enunciação, personagem, espaço e tempo.

Por fazer predominar as esferas superiores ao patamar do histórico, a narrativa épica impulsiona um sentido para o alto (o ideal *apocalíptico*), atraindo, nesse movimento, as relações dos demais componentes da narrativa. O impulso da idealização pressiona a circularidade do enredo pela força de uma tensão vertical entre o alto e o baixo, figurativizada pelo céu e pela terra, significando, respectivamente, a vida e a morte. Cortando a verticalidade e dividindo o círculo em duas metades, o enredo épico traça uma linha horizontal no encontro do mar com a terra, para construir sobre essa linha do horizonte a aurora de uma abóboda apocalíptica, que vai das sombras da morte à luminosidade da vida, conforme o sol abre os céus com o seu brilho e contorno de luz. Na junção da verticalidade com a horizontalidade, traça-se o desenho de uma cruz, cujo centro demarca o ponto de tensão do conflito entre o *ideal* e o *real*. Priorizando o ideal e convertendo a tragicidade da morte no renascimento da vida, a narrativa épica desenvolve o seu enredo à semelhança de um céu luminoso e mítico, espelhado no brilho do sol e no corpo de Deus. Por isso, depois de desenhar o círculo simbólico e cortá-lo com uma cruz, o enredo épico, longe de sacrificar o seu personagem nos braços da horizontalidade do histórico, prefere ligá-lo ao mastro da verticalidade, que atinge o céu, o brilho do sol e o corpo divino. Tendo como ponto de partida a linha do horizonte do histórico, o enredo épico situa o seu personagem heroico no centro da cruz do círculo, como o modelo de personagem ideal de todos os tempos, porque daí a sua navegação é sempre exemplar, em direção ao lendário, para aportar no alto da esfera mítica.

O percurso referido é lembrado no poema em dois momentos. Primeiro, dedicando ao personagem a estrofe central e fazendo as ações do mesmo superarem os limites humanos, num processo de criação de um heroísmo lendário, por meio da tessitura e força de três oxímoros concentrados. Reforçando essa ideia, o pentástico dedicado às ações do personagem distingue-se, nas palavras de Jakobson (1970, p.103), "não somente pela ausência de substantivos e adjetivos e pela produção e abundância das formas verbais, mas também pelos termos anafóricos que remetem a dados que ultrapassam o contexto do poema". Num segundo momento, quando o personagem referido anaforicamente recobra personalidades míticas e lendárias, rompendo o tecido histórico pela escalada metafórica com que sobe aos "céus" da primeira estrofe, metamorfoseando-se em "Deus", em "sol" e em *mytho*. No ápice, reencontra, pela lenda, o caráter mítico no nome *Ulysses*. O trajeto ligando o pronome ao nome, que vai da estrofe central ao título, recupera, invertidamente, a existência mítica do nome "Ninguém" da *Odisseia* na personalidade do herói épico.

A força de atração do enredo épico para a sua circularidade simbólica atrai, também, as relações de temporalidade e espacialidade. As mesmas metáforas que serviram para metamorfosear o personagem num mito divino e cósmico configuram a simbologia do tempo e do espaço, porque a trama do poema, como recriação da memória épica, segue os caminhos que levam a uma fábula primordial. Nessa aventura, todos os caminhos convergem para a noção de um *mythos* tradicional, reverenciado, no poema, na própria palavra *mytho*, recuperada formalmente no seu arcaísmo e redimensionada no seu conteúdo como medida de todas as coisas: "O MYTHO é o nada que é tudo". Assim, a parte do enredo que lhe dá o movimento simbólico de renascimento está ligada à metáfora temporal do giro cíclico da luminosidade solar: "O mesmo sol que abre os céus / É um mytho brilhante e mudo". A imagem que lhe outorga o sentido de renascimento vem expressa na metáfora espacial, separada da anterior pela divisão dos versos, mas ligada a ela pelo elo do travessão: "O corpo morto de Deus, / Vivo e desnudo". A estrutura dialética do poema, ao pressionar sua carga de negatividade na inferioridade da terra, molda o movimento de seu enredo no desenho esférico do céu, coroando a luminosidade "muda" do tempo mítico do sol com a imagem "desnuda" da espacialidade apocalíptica de uma divindade.

Se o giro cíclico da luminosidade solar molda o movimento curvilíneo do enredo, esse movimento é a marca temporal simbólica do poema, que rememoriza o fato histórico passado: a fundação de uma nacionalidade. O fato histórico, já recortado no compartimento da memória, ganha, com a fecundação lendária processada na interação dos três oxímoros centrais, a presença atemporal do mítico, por fazer-se eterno e cíclico na renovação diária, deslocando-se em torno do mito solar. Rodando como a Terra em torno do Sol, o fato histórico deixa a temporalidade datada para ganhar a dimensão cósmica de uma temporalidade simbólica. Metaforizado em *mytho*, o "sol" é também medida temporal: "O tempo é o curso do sol", afirmava Eratóstenes, citado por Santo Agostinho, nas *Confissões*, para dele discordar e iniciar as suas reflexões sobre o tempo: "Ouvi dizer a um homem instruído que o tempo não é mais que o movimento do sol, da lua e dos astros" (1994, p.286). Portanto, além de medida temporal, o sol realiza o processo de passagem da transitoriedade do histórico para a perenidade do simbólico, fazendo o ato distante e acabado permanecer na recorrência da renovação diária, como a Terra que completa o seu movimento de rotação na integração de seu giro em torno do Sol. Quando reverte o esgotamento da temporalidade do histórico, no núcleo de ação da segunda estrofe, pela fecundação lendária, processada no útero da "vida" e da "realidade", o poema redimensiona todo o sentido de uma temporalidade presa ao seu próprio circuito de referencialidade, para atingir uma esfera mitopoética, em que todo o sentido de tempo é transladado para girar em torno do eixo do eterno retorno do mito solar. Assim, o tempo do real é suspenso pelo ritmo ritualístico da simbologia do ideal.

No deslocamento aludido, configuram-se os dois movimentos paradoxais da *mímesis*, com que Paul Ricoeur (1994, p.68) caracteriza a dupla tensão da metáfora: "submissão à realidade e invenção fabulosa; restituição e sobrelevação". No espaço privilegiado da invenção do poema de Pessoa, em que a "*mimese*-criação" realiza a configuração da experiência temporal, pode-se mostrar, também, como a temporalidade é levada à linguagem, estabelecendo a sua função de literariedade. Segundo Paul Ricoeur (1994), com a *mimese II* abre-se o reino da *ficção*, o reino do *como se*, com que Fernando Pessoa reinventa a fundação de Portugal, redescobrindo, no ato fingido da invenção, os passos da tradição. Ao transportar o acontecimento histórico para o plano lendário, o poema faz-se *ficção*. Desse fazer, ou configuração da temporalidade, surge o enredo, como tessitura ou agenciamento dos fatos. Essa "disposição" do enredo processada pela *mimese II*, situada no poema entre as ações "aqui aportou" e "nos creou", constitui uma primeira mediação entre "acontecimentos" e "uma história narrada", porque "a tessitura da intriga é a operação que extrai de uma simples sucessão uma configuração" (ibidem, p.103). Tomando o fato histórico como referência (paradigma), o poema, ao arranjar as ações numa ordem sintagmática – "aportou / nos creou" –, faz uma segunda mediação com "o quadro paradigmático estabelecido pela semântica da ação" (ibidem, p.103). Para o autor, "essa passagem do paradigmático ao sintagmático constitui a própria transição de *mimese I* a *mimese II*. É a obra da atividade da configuração" (ibidem, p.103). A terceira mediação estabelecida pela *mimese II*, "a de seus caracteres temporais próprios", é a que faz a intriga resultar numa *síntese do heterogêneo* (ibidem, p.104).

No movimento da terceira mediação, a temporalidade prefigurada acaba configurada como uma temporalidade poética, o que resolve a questão não desenvolvida por Aristóteles acerca de um tempo interno da intriga, e o paradoxo agostiniano do tempo, ou "aporética da temporalidade". Para Ricoeur (1994, p.104), o ato de tecer a intriga combina em proporções variáveis duas dimensões temporais: uma *cronológica*, "a dimensão episódica da narrativa", que "caracteriza a história enquanto constituída por acontecimentos"; outra *não cronológica*, "a dimensão configurante", pela qual "a intriga transforma os acontecimentos *em* história". Desse "considerar junto" surge a operação mimética de extrair da "diversidade de acontecimentos" a "unidade de uma totalidade temporal", resultando na invenção da temporalidade poética. No poema, a unidade temporal ("aportou / nos creou") é a dimensão configuradora, por meio da qual a intriga tece a sua história fabulosa na tessitura de um tempo poético.

A temporalidade fabulosa da *estória* (à maneira de Guimarães Rosa) afasta-se da "dimensão episódica da narrativa" (que "puxa o tempo narrativo para o lado da representação linear"), instaurando a "dimensão configurante", a que "apresenta traços temporais inversos ao da dimensão episódica" (ibidem, p.105), nas palavras de Ricoeur. O arranjo configurante, em primeiro lugar, ao reunir os acontecimentos, transforma-os numa totalidade significante, fazendo a intriga inteira traduzir-se num "pensamento", que é justamente o seu "assunto" ou "tema": "O tempo da *fábula-e-do-tema*, para empregar uma expressão de Northrop Frye, é o tempo narrativo que faz a mediação entre o aspecto episódico e o aspecto configurante" (ibidem, p.106). Em segundo lugar, essa totalidade significante da *estória*, depois de apreendida, é muito mais discernível no ato de "renarrar", do que propriamente no ato de "narrar". Assim, uma nova qualidade do tempo emerge nas narrativas bem conhecidas (as tradicionais, as populares, as crônicas nacionais relatando os acontecimentos fundadores de uma comunidade, como no caso do poema), em que "seguir a história é menos encerrar as surpresas ou as descobertas no reconhecimento do sentido vinculado à história considerada como um todo, do que apreender os próprios episódios bem conhecidos como conduzindo a este fim" (ibidem, p.106).

No poema, a temporalidade "re-narrada" consegue armar, na síntese de duas palavras ("aportou / creou"), a circularidade de todo um processo de fundação e nascimento de uma nação. Essa recapitulação ficcional inverte a ordem "natural" do tempo, o que proporciona reverter o círculo, e reler o fim de uma história bem conhecida com o seu princípio reconfigurado em uma temporalidade simbólica. É o que faz o poema de Pessoa, recontando a história da fundação de Portugal e realizando um terceiro processo de reversão da representação linear na curvatura configurante de uma temporalidade ficcional: "Lendo o fim no começo e o começo no fim, aprendemos também a ler o próprio tempo às avessas, como a recapitulação das condições iniciais de um curso de ação nas suas consequências terminais" (ibidem, p.106). Entre as partes totalizantes de sua ação – a última palavra do primeiro verso da estrofe central ("aportou") e a última palavra do quinto verso da mesma estrofe ("creou") –, o poema realiza, na interação dos seus três paradoxos centrais, o *esquematismo* de uma temporalidade cíclica, mítica e lendária, que o remete a um tempo ligado à *tradição*: os dois traços que surgem como passagem da *mímese II* à *mimese III*.

Os dois traços – *esquematização* e *tradicionalismo* – complementam o processo configurante e requerem, nas suas relações específicas com o tempo, o suporte da leitura para serem reativados. Assim como "a produção do ato configurante" está ligada "ao trabalho da imaginação produtora", e essa tem "uma função sintética", como matriz geradora de regras, a tessitura da intriga engendra igualmente "uma inteligibilidade mista entre o que já se chamou de a ponta, o tema, o 'pensamento' da história narrada e a apresentação intuitiva das circunstâncias, dos caracteres, dos episódios e das mudanças de fortuna que produzem o desenlace" (ibidem, p.106). Esse "*esquematismo* de função narrativa", no poema, monta uma história que rememora a *tradição*, por conter "as características de uma *tradição*" (ibidem, p.107); no caso, a epopeia como matriz fundadora e geratriz de um gênero que pode ser avivado e revisitado pela invenção.

O *tradicionalismo* enriquece a intriga com o *tempo*, por meio do traço metalinguístico como suporte da função poética: a tradição como "a transmissão viva de uma inovação sempre suscetível de ser reativada por um retorno aos momentos mais criadores de fazer poético" (ibidem, p.107). A tradição repousa sobre um jogo duplo: a *sedimentação* e a *inovação*. À primeira relacionam-se os *paradigmas* constituintes de uma tipologia da tessitura da intriga – *forma, gênero, obras* e *tipos* de intrigas –, onde os próprios paradigmas são "oriundos de uma inovação anterior" e "fornecem regras para uma experimentação ulterior no campo narrativo"; "essas regras mudam pressionadas por novas invenções, mas mudam lentamente e até resistem à mudança, em virtude do próprio processo de sedimentação" (ibidem, p.108-9). O estatuto da *inovação* obedece a uma dialética similar: como "os paradigmas constituem somente a gramática que regula a composição de obras novas", ou "novas antes de se tornarem típicas", por um lado, "uma obra de arte (poema, drama, romance) é uma produção original, uma existência nova no reino da linguagem". Mas, por outro lado, a inovação "liga-se, de um modo ou de outro, aos paradigmas da tradição" (ibidem, p.109).

Movimentando os elementos levantados, o poema de Fernando Pessoa torna-se exemplar não só por mostrar como a sua inovação é uma reinvenção da tradição, mas, principalmente, por vivificar os traços mais ricos do gênero épico, fazendo desses traços um caminho de retorno, que leva a uma codificação matricial dos elementos constitutivos da linguagem da narrativa, vivida no estágio da epopeia: o tempo, o enredo, o personagem, o espaço e a enunciação. Quando Paul Ricoeur (1994, p.109) diz que a inovação mantém uma relação variável com os paradigmas da tradição, mas que o grande leque das soluções se desdobra entre os "dois polos da aplicação servil e do desvio calculado, passando por todos os graus da deformação regrada", situando no primeiro polo o "conto, o mito e em geral a narrativa tradicional", é sobre esse prisma que este trabalho caminha. Trilhando pelas veredas mais discerníveis da evolução do gênero narrativo, marcando o percurso dessa primeira travessia como uma espécie de sedimentação da tradição, o título deste capítulo, "Culto ao modelo", funciona como uma bússola de orientação. Contudo, quando Ricoeur diz que "à medida que nos afastamos da narrativa tradicional, o desvio, o afastamento torna-se a regra", o nosso trabalho, ao buscar o desenvolvimento da narrativa em prosa, tendo como guia o nascimento da forma do romance, deixa o "culto ao modelo" para configurar a sagração da diferença, no "desvio calculado" ou "deformação regrada", que se tornou a narrativa na sua história moderna.

As relações de espacialidade, no texto, por estarem sintetizadas na imagem divina, que reforça o sentido de renascimento inscrito no movimento ritualístico do enredo, passam por transformações semelhantes àquelas realizadas pelas relações temporais. Por meio dessas relações, os limites do terreno e do real são rompidos, configurando-se a dimensão cósmica do simbólico e do ideal. O "aqui" em que o herói aporta, no encontro da água com a terra, para gerar a vida de uma nação, transfigura-se numa viagem mais rica, embalada pelo ar e pelo fogo da luminosidade superior. Pelo princípio do *desejo* contido na relação de espacialidade, o porto acolhedor de um fato histórico transmuta-se no espaço mágico gerador de um feito heroico, realizando o *sonho* de se ter *Ulysses* como fundador de *Lisboa*. O lugar histórico dá passagem ao simbólico. As aventuras épicas, que navegam na linha do horizonte formada por mares e terras tópicos e atópicos, acabam no firmamento utópico do céu, conduzidas pelo sopro do lendário e guiadas pelo fogo solar, até o porto simbólico do corpo de Deus. Nos braços desse espaço mítico, essas aventuras renovam-se, renascem e imortalizam.

Se o tempo é *mudo*[12] e o espaço "desnudo", a enunciação épica é a voz que tem o dom de dar vida às aventuras dos heróis. Com a sua autoridade, o processo enunciativo épico tem como desafio elevar as ações humanas a um plano próximo ao divino, revestindo de uma aura semidivina um corpo humanizado, mas que tem a pele de um Deus desnudado. Trata-se de uma voz solene e "absoluta", como já foi definida, porque tem o poder de contar uma aventura humana, em que as relações de personagem, tempo e espaço envolvidas acabam numa esfera simbólica e divina. Essa suspensão da realidade dá à voz da enunciação o poder divino da criação.

O aspecto da criação presentifica-se no poema de Pessoa. Primeiro, como tema; depois, no próprio trabalho enunciativo. Como tema nuclear do texto, a criação manifesta-se no processo de nascimento de uma nacionalidade e

---

12 Paul Ricoeur (1994, p.10) usa o mesmo adjetivo do poema ("mudo") para descrever o estado confuso de nossa experiência temporal, que só ganha organização e, portanto, voz, na composição de uma intriga, cuja função referencial esquematiza as informações "múltiplas" e "dispersas" numa "significação inteligível que se prende à narrativa considerada como um todo". No poema, porém, o esquematismo da função referencial da intriga manifesta-se na organização da temporalidade compreendida entre a situação inicial "aqui aportou" e a concludente "nos creou". Nos versos da estrofe superior – "O mesmo sol que abre os céus / É um mytho brilhante e mudo" – o adjetivo faz parte da referência metafórica da temporalidade (o tempo do curso do sol), que depois de passar pelo processo ficcional ou lendário da tessitura da intriga, reencontra, nessa configuração, a ordem primeira da pré-compreensão da ação: a experiência "muda". Nesse movimento, o autor explica os três sentidos que atribui ao processo mimético: "a pré-compreensão familiar que temos da ordem da ação"; a "entrada no reino da ficção"; finalmente, a "configuração nova por meio da ficção da ordem pré-compreendida da ação" (ibidem, p.11), correspondendo, respectivamente, a *mímese I, II, III*.

acaba perfazendo o ato de fecundação do lendário, por meio do qual se dá a recriação de um *mythos*: o protótipo de uma história que vive na memória da tradição. Como processo discursivo, o ato enunciativo na primeira estrofe ecoa como uma voz divina, igualando-se aos arquétipos das esferas do alto, na tarefa de apresentá-los: o *mytho*, o Sol, Deus. Depois, no centro do poema, a voz enunciativa traz o personagem mítico do título a um plano terreno, substituindo o nome pelo pronome, para as suas ações transformarem um fato histórico na grandeza de uma história lendária. Na última estrofe a própria voz se desnuda, ao contar uma história e mostrar o processo de construção da mesma. Ao desnudar-se no ato de "fecundação" da história, a voz enunciativa revela a magia da transformação mítica, o meio pelo qual se une ao "corpo desnudo" de Deus, reencarnado nos *arquétipos* em que se espelha, no alto. Roçando a pele do real para se afastar dele, fabulosamente, a enunciação épica reencontra o sentido da *mímese aristotélica, que olha o espelho do real, mas reflete o seu contrário: as imagens que magnificam as ações humanas transfiguradas pelos arcos do ideal.*

O poema de Pessoa demonstrou como a narrativa épica traçou a cruz do dilema do real e do ideal, colocando no seu centro o modelo de personagem de todos os tempos: o herói. Desse centro, o enredo abre os arcos das esferas lendária e mítica, atraindo as relações de espaço, tempo, personagem e enunciação, para todos gravitarem na órbita de uma circularidade simbólica, o arquétipo solar e ideal da narrativa. O poema de Pessoa, como fonte de reencontro da memória épica, dado o seu afastamento no tempo e no espaço, propiciou relevar a conversão de uma aparência linear na movimentação de uma estrutura circular, cuja simbologia enfeixou, um a um, os componentes fundamentais da linguagem da narrativa nas regras de uma codificação exemplar. Para fechar essa navegação com a mesma agulha da bússola do poeta, tentando acompanhar o percurso evolutivo da narrativa, que teima em seguir o caminho da linearidade, sabendo que sua busca verdadeira é o "tempo perdido" da circularidade, recorreremos a um outro texto sugestivo do autor, "Poema em linha reta" (Pessoa, 1972, p.418-19), para dizermos com ele:

Arre, estou farto de semideuses!
Onde é que há gente no mundo?

PARTE II
A NARRATIVA EM PROSA
O REINO DA INVENÇÃO

1
CELEBRAÇÃO DA DIFERENÇA
DO INGÊNUO AO ENGENHO

"A estória não quer ser história. A estória, em rigor,
deve ser contra a História."
Guimarães Rosa

A bifurcação do tronco: veredas

Construído o tronco da árvore da narrativa, passaremos de imediato para o percurso dos dois ramos que se abrem na sua bifurcação: o empírico e o ficcional. Nessa trajetória, deixaremos de focalizar um importante período de transição, em que ocorre, com a profanação do modelo de narrativa tradicional, a purgação do mito. Nesse processo, a narrativa passa da oralidade à escrita, o cantor e o contador são substituídos pelo narrador, e o *epopoios*, o fazedor de versos, dá lugar ao *logografhos*, o escritor de prosa.

Na travessia para esses dois ramos opostos, a narrativa, seguindo o impulso da *verdade* da narrativa histórica, caminha do mítico para o mimético, enquanto, no outro galho, seguindo o impulso da *beleza*, a prosa ficcional conduz o mítico para um plano eminentemente simbólico. Por ser o ramo ficcional o suporte em que a arte da narrativa fez florescer a sua natureza simbólica, frutificando formas específicas pelas ramagens da prosa escrita, levaremos o impulso mimético do ramo empírico da História para figurar, no lado da ficção, como força-motriz de representação realista. Essa tendência, cuja alusão ao real cria a ilusão do real, comporá, com a variante espressiva de tendência idealista que, por sua vez, cria retoricamente a ilusão de um mundo ideal, os dois modelos princiais do gênero narrativo.

Na obra de Scholes & Kellogg (1977, p.39), um corte no tronco da síntese épica marca um recorte cultural que já distingue o mito da história, os fatos da ficção, e assinala o momento em que o mesmo se divide, fazendo brotar os ramos pelos quais a narrativa pôde canalizar o mundo que se abria para as vertentes da *história* e da *ficção*. A bifurcação impulsiona a narrativa a escolher os veios pelos quais vai conduzir a seiva da *verdade* ou da *beleza*, pender para o fluxo *factual* ou *fictício*, ajustar-se na forma da *história* ou do *"romance"*, até a posterior união das duas, no nó do reencontro que originou o romance. Para os autores, na cultura ocidental, os dois "fluxos nascem do manancial da epopeia homérica e seguem caminhos separados até voltarem a unir-se no romance" (ibidem, p.39). Mas a forma em que se ajustou o fluxo ficcional, por eles denominada "romance", é imprópria. Para desfazer a ambiguidade e o anacronismo da palavra em relação àquela que no pós-Renascimento nomeou a forma narrativa responsável pela reunião dos dois fluxos, o romance, preferimos caracterizar essa narrativa ficcional por uma expressão genérica, ou seja, "narrativa de ficção grega", por ser essa forma a primeira em que se ajustou o fluxo ficcional, direcionando na evolução da arte narrativa, além do aspecto retórico, os contornos matriciais do paradigma do ideal.

Num dos ramos da árvore da narrativa, a ruptura entre as "ordens factuais e ficcionais" promove a ascensão da *narrativa empírica*, marcada pelo "desejo da verdade histórica" e por um esforço no sentido de se eliminar o "elemento fabuloso (mythodes)", afastando-se da epopeia para encontrar os termos de sua evolução na rejeição das convenções épicas. O resultado é o coroamento da *"escrita histórica antiga"*, que passamos a denominar de narrativa histórica. Subdividido em dois impulsos principais – o *histórico* e o *mimético* –, do ramo *empírico* grego originaram-se, no mundo romano, as formas da *biografia* e da *autobiografia* (ibidem, p.8). Segundo os autores, "na biografia, que se desenvolveu primeiro, domina o impulso histórico; na autobiografia, o mimético" (ibidem, p.8). Como na progressão dessas formas a linha que separa o fato da ficção tornou-se tênue, elas serão consideradas no outro galho da árvore, o literário, despidas da porção empírica, como matrizes que acolheram também a matéria ficcional, nas narrações respectivas de terceira e primeira pessoas.

Para Scholes & Kellogg (1977, p.45), se a autobiografia mal havia começado a ser explorada antes da queda de Roma, "depois dos tempos romanos, o potencial da forma biográfica para a narrativa factual ou mimética deixou-se ficar, sem sofrer praticamente desenvolvimento algum, até os séculos XVII e XVIII". Após os tempos clássicos, "as formas mais simples de narrativa histórica, aparecendo numa cultura que tem a escrita e um conceito linear de tempo mas à qual falta uma teoria desenvolvida de historiografia – como na Idade Média europeia – são crônicas e anais" (ibidem, p.147). Caminhando em direção à matéria de um presente contínuo, esse tipo de relato histórico chega à fragmentação do *diário*, com a falta de "dois elementos essenciais à arte narrativa: seletividade e movimento" (ibidem, p.148). Com um pouco mais de idealização e próximas dos procedimentos da narrativa ficcional, surgem as *hagiografias* medievais, descendentes da "combinação fecunda da forma biográfica com matéria didática e ficcional" (ibidem).

A forma da narrativa hagiográfica, por mesclar o aspecto ficcional com um cunho didático, altera a natureza estética e descompromissada da narrativa artística. No entanto, a alta dose de invenção ficcional com que são elaboradas também fere o princípio de fidelidade à verdade histórica. Daí o seu hibridismo situá-las num território não muito definido, entre a vertente empírica e a ficcional. Quando comprometem o princípio de liberdade da natureza estética da narrativa com uma função didática, as histórias das vidas de santos podem ser localizadas num dos galhos do desdobramento do ramo empírico. Mas, dada a força do impulso ficcional presente nessas obras, elas avançam, também, na direção do território da ficção, podendo o pesquisador, dependendo do seu interesse, colher os frutos desse galho em qualquer um dos lados que separam os ramos da narrativa empírica da narrativa artística e ficcional. Mais interessante, talvez, nos dias atuais, é verificar como dessa matriz formal a ficção deriva criações singulares, inscritas no projeto estético e histórico de um escritor. Na literatura brasileira, dentro da obra de Guimarães Rosa, podemos destacar o texto "A menina de lá", analisado no final do livro, e o seu conto, verdadeira obra-prima, "A hora e a vez de Augusto Matraga".

No breve esboço do ramo empírico, procuramos ater-nos às passagens indicativas dos desdobramentos das principais formas narrativas, depois da desagregação da síntese épica e ao longo do período medieval, sem entrarmos no mérito da dificuldade de se isolarem os componentes factuais e fictícios que entram na composição dessas formas. O que é fundamental do ramo empírico, na sua transplantação para a outra vertente narrativa, são as formas básicas da *biografia*, associada ao seu impulso *histórico*, e a *autobiografia*, de impulso *mimético*, como diretrizes formais que a ficção acabaria acolhendo, desenvolvendo-as na exploração de sua matéria, do ponto de vista estético e simbólico. Outras duas interações devem ser consideradas. Do ramo empírico, "o padrão vida-à-morte da biografia histórica", mais o "padrão romântico da busca", nascente no ramo ficcional e desenvolvido no esquema reiterativo dos enredos da ficção grega, segundo Scholes & Kellogg (1977), constituirão duas matrizes, cujo ajuste enformará uma solução formal presente no enredo de *Dom Quixote*, um dos maiores progenitores da forma do romance. Por sua vez, "o padrão cronológico da autobiografia histórica", da vertente empírica, mais a estrutura da "narrativa de estrada ou viagem" (ibidem, p.164), produzida pela literatura latina em primeira pessoa, delinearão dois outros traços progenitores do romance encontrados no *Lazarillo de Tormes*.

As duas combinações resultantes dos ramos empírico e ficcional – "biografia-busca" e "autobiografia-viagem" –, não só por fecundarem e dominarem o avanço do romance, serão utilizadas, também, para se demonstrar que a ficção grega e a sátira latina compõem os embriões respectivos desses dois padrões formais. Alçados à condição de paradigmas concretizados nas obras hispânicas citadas, os dois padrões estão na base de um segmento específico desenvolvido, depois, pela forma do romance. Aqui, eles interessam pelo caráter embrionário, antes do nascimento da forma romance. Nessa condição, o padrão "biografia-busca", manifestado embrionariamente na ficção grega, representa uma forte diretriz no destino dessa narrativa em se constituir na forma matricial do paradigma do ideal, enquanto o padrão "autobiografia-viagem", manifestado formalmente na sátira latina, fez dessa vertente narrativa a célula matricial do paradigma do real. De fato, a prosa ficcional grega em terceira pessoa cristaliza no seu esquema estrutural a busca romântica da felicidade, ou o ideal de um amor, que, afinal, se concretiza. A sátira romana, ao fazer da narração em primeira pessoa um procedimento artístico, padronizar-se-á num esquema de estrada ou de viagem, seguindo o seu destino de imitar, acompanhando de perto as experiências mundanas do homem comum.

Para Scholes & Kellogg (1977), quando a *tradição* cede o seu lugar à *invenção* e ao engenho do enredo conscientemente artístico desponta o ramo *ficcional* grego, fortalecido como o outro derivado mais importante da narrativa épica. Substituindo a fidelidade ao *mythos* pela fidelidade ao ideal, e almejando a "beleza ou a bondade", "o impulso para a narrativa ficcional também pode ser subdividido em dois componentes principais: o *romântico* e o *didático*" (ibidem, p.8). A narrativa romântica descreve "o pensamento em forma de retórica", apresentando-se como um "mundo ideal, onde prevalece a justiça poética e todas as artes e adornos da linguagem são usados para embelezar a narrativa" (ibidem, p.9). A ficção grega, com o seu impulso "estético" em união com "o retórico e o erótico", simboliza "a narrativa romântica" (ibidem). O outro galho da ficção, a subdivisão didática, "pode ser chamada *fábula*, uma forma regida por um impulso intelectual e moral" (ibidem). Como a tendência da fábula é para a brevidade textual, ela será considerada, aqui, nas suas articulações com os procedimentos ficcionais que lhe proporcionam expansão e uma maior proximidade com as formas resgatadas, depois, pelo romance: a sátira latina e um princípio de construção alegórica.

Para não dizer que o ramo empírico será totalmente abandonado para se priorizar o enveredamento artístico da narrativa no ramo ficcional, até a sua reintegração que origina o nascimento da forma do romance, alguns de seus componentes formais passarão a integralizar o rumo da prosa ficcional. O primeiro deles, a forma da biografia, de certo modo, é extensiva à narração de terceira pessoa da narrativa grega, cujo esquema reiterativo de seu enredo acaba formalizando o padrão "biografia-busca". Por esse mesmo prisma de correspondência, a autobiografia tem a sua continuidade na esfera ficcional, quando a narração artística de primeira pessoa da sátira latina ajusta-a ao padrão "autobiografia-viagem". Como já foi antecipado, se o impulso histórico da narrativa empírica estará na base do nascimento do romance, na sua essência tensiva entre o histórico e o ficcional, o impulso mimético será desviado, desde já, para o ramo artístico da narrativa, não só para gerar um princípio de oposição entre as vertentes do real e do ideal, mas para fazer parte da natureza simbólica da ficção. Assim, esse impulso ativa as diretrizes do paradigma do real, na sua função de comandar os rumos do modo imitativo baixo, alternando o seu domínio com o impulso romântico do paradigma do ideal, cuja função é delinear o rumo do modo romanesco.

A ficção: ramos e rumos

Com as manifestações ficcionais gregas, a fonte geratriz de formas narrativas posteriores, em prosa e escritas, latinas e vernaculares, a história da narrativa entra deliberadamente na esfera da ficção e da invenção: "É a invenção e não a tradição que dirige o plano simétrico da intriga dessa estória" (Scholes & Kellogg, 1977, p. 45). Para esses autores, nessas narrativas domina o elemento ficcional, proporcionando a sobrelevação do imaginário e do simbólico: "São estórias inventadas e que admitem sê-lo" (ibidem, p.47).

Na verdade, a narrativa nunca perde totalmente os vestígios das suas três principais raízes originárias: o mito sacro, as lendas e os contos imaginativos, com os seus efeitos respectivos de cunho ritualístico, de verdade e de ficção. O aspecto mitológico pode ser diluído, mas os seus traços são reencontrados na estrutura de retorno de um enredo, mesmo porque, no reflexo de um casamento, tem-se o eco arquetípico de um rito da fertilidade. Quanto aos outros dois fios das raízes originárias, eles se alternam, fazendo que o predomínio da raiz ficcional comande o delineamento do paradigma do ideal, enquanto o predomínio do efeito de verdade é um vetor no comando do paradigma do real. O romance é a forma narrativa que vai vivenciar, na sua essência, a tensão dos dois efeitos. Em alguns momentos, como é o caso da prosa de ficção grega, a raiz histórica é apagada, ou a causa da plausibilidade é desprezada, mas uma narrativa realista moderna, em razão de seu realismo artístico e de uma resolução mais estilizada, pode mirar-se no espelho do paradigma do real e projetar uma imagem da realidade por meio de efeitos mágicos e fantásticos provenientes da retórica ficcional.

No giro da narrativa, do aspecto empírico para a arte da ficção, segundo Scholes & Kellogg (1977, p.47), purga-se o mito, rompe-se com a ilusão histórica, afasta-se o mundo real para se vivenciar a aventura da liberdade dos acontecimentos complicados e surpreendentes, numa ordem que prioriza o "enredo", o "humano" e o "estranho" em relação ao "personagem", ao "divino" e ao "familiar". Os enredos das narrativas ficcionais gregas são altamente estilizados e giram em torno dos seguintes núcleos funcionais: "separação, perigo e reunião" de um jovem casal casto e apaixonado. Nessa caracterização típica enquadram-se também as personagens: "São decididamente seres humanos, porém extraordinariamente atraentes e geralmente virtuosos e honrados, não obstante extraordinárias pressões" (ibidem, p.47).

A integridade indestrutível da personagem, ligada aos aspectos das convenções como a virtude, a honra e a castidade, faz que essas se situem num plano superior ao do homem comum, diferente, também, do herói do *modo imitativo alto*, ao incorporar os arquétipos fantasiosos do *modo romanesco*, da definição de Frye. A vertente ficcional grega, em "prosa", impulsionada pela temática do "amor", não se preocupando com os acontecimentos tradicionalmente registrados de um personagem histórico-lendário, substitui a figura épica masculina por um "personagem orientado mais eroticamente" (ibidem, p.129). Scholes & Kellogg (1977) apontam nessa transição um aspecto formal importante: o aparecimento de "monólogos-de-amor masculinos para acompanhar os femininos", que já existiam, embora utilizados parcimoniosamente, na forma épica.

Do ponto de vista da história do gênero, a produção grega é fundamental por ter consolidado à narrativa o seu estatuto ficcional: "Ela significa uma ficção composta por um autor individual com finalidades estéticas, ao contrário da narrativa tradicional ou histórica" (ibidem, p.175). Assim, nasce a *natureza* da narrativa ficcional em prosa, como gênero literário, com sua finalidade estética, como se define nos tempos atuais. Na avaliação de Scholes & Kellogg (1977, p.175), "quanto mais livre o escritor for com suas origens, mais estará se afastando da narrativa tradicional ou mítica e mais estará se aproximando da narrativa criativa ou romântica". Para eles, as ficções gregas "não são a última palavra em independência ficcional do mito, evidentemente, mas têm a liberdade de nomear seus personagens, localizar sua estória no tempo e no espaço, variar e diversificar os acontecimentos em seu padrão de amor, separação, aventura e reunião" (ibidem).

Um recorte nos ramos das ficções greco-latinas

Ao atribuírem às literaturas clássicas uma função matricial e prototípica das formas narrativas desenvolvidas posteriormente, o argumento de Scholes & Kellogg fundamentou o nosso propósito de esboçar, a partir dos dois principais caminhos empreendidos pela prosa dessa literatura, os rumos dos paradigmas do ideal e do real. Portanto, um breve estudo desse período, com o levantamento de suas formas embrionárias e direções principais, propicia um salto pelo vasto campo da narrativa medieval, renascentista e pós-renascentista, para reencontrarmos os traços desses paradigmas na rein-venção da ficção moderna.

Completando o levantamento realizado das formas narrativas clássicas, o estudo de Nortrop Frye (1973a) ajuda-nos na transposição dessas formas nos paradigmas a serem montados, apresentando, ainda, uma rede com-binatória existente no jogo de suas relações internas, que será aproveitada, depois, pelo romance, ao tecer o seu hibridismo formal. Pontuando a tra-jetória do gênero entre dois marcos – a narrativa épica na história antiga e a sua substituição pelo romance, na história moderna –, o levantamento das formas matriciais clássicas torna-se fundamental, não só para solidificar a montagem dos paradigmas referidos, mas, também, porque elas se mantêm vivas no amálgama que originou a complexidade formal do romance.

Para Frye (1973a, p.300), "as formas de ficção em prosa são mistas" e tecem uma rede maleável, a partir de quatro fios principais a amarrá-la: o *romance*, a *confissão*, a *anatomia* e a *estória romanesca*. Sendo rara a con-centração exclusiva numa só forma, o romance normalmente combina-se com cada uma das outras três e, dos quatro fios, a rede alarga-se em seis combinações possíveis. Segundo o autor, ainda, esquemas ficcionais mais abrangentes empregam pelo menos três formas: "podemos ver tipos de romance, estória romanesca e confissão em *Pâmela*, de romance, estória romanesca e anatomia em *Dom Quixote*, de romance, confissão e anatomia em Apuleio" (ibidem, p.307). O propósito do autor, com a demonstração dessas possibilidades combinatórias, é o de sugerir a vantagem de se ter uma explicação simples e lógica para a *forma* de determinados textos em que parece predominar a impressão do informe, porque não estão organizados segundo princípios familiares da ficção em prosa. Dos exemplos fornecidos, destaca-mos o de *Ulysses*, de Joyce, ressalvando a importância do seu esquema para o esboço dos paradigmas em que se projetam textos detentores de uma fortuna crítica girando em torno das dificuldades de suas classificações, como é o caso das *Memórias póstumas de Brás Cubas*, para ficarmos no exemplo de um mar-co consciente da guinada da prosa ficcional brasileira rumo à modernidade:

> Se fosse pedido a um leitor que arrolasse as coisas que mais o houvessem impressionado em *Ulysses*, tal lista poderia configurar-se razoavelmente como segue. Primeiro, a clareza com que as vistas e sons e cheiros de Dublin vêm à vida, a rotundidade do desenho das personagens, a naturalidade do diálogo. Segundo,

a maneira elaborada com que a estória e as personagens são parodiadas por se afastarem de padrões heroicos arquetípicos, notadamente o fornecido pela *Odisseia*. Terceiro, a revelação de personalidade e circunstância através do uso inquisitivo da técnica da corrente da consciência. Quarto, a tendência constante a ser enciclopédico e exaustivo na técnica, bem como no assunto e a vê-los a ambos em termos altamente intelectualizados. Não deveria ser muito difícil para nós, agora, perceber que esses pontos descrevem elementos, no livro, que se relacionam com o romance, a estória romanesca, a confissão e a anatomia, respectivamente. O *Ulisses*, portanto, é uma epopeia em prosa completa, com as quatro formas utilizadas nele, todas de importância praticamente igual, e todas essenciais umas às outras, de modo que o livro é uma unidade e não um agregado. (ibidem, p.308)

Na continuidade do texto, Frye analisa o intrincado esquema de contrastes paralelos em que essas formas se manifestam, mostrando como em *Finnegans Wake* elas esvaecem, "numa quinta forma, de quinta-essência", associada "tradicionalmente às escrituras e livros sagrados", tratando "a vida nos termos da queda e despertar da alma humana e da criação e apocalipse da natureza" (ibidem, p.309). O mergulho nesses aspectos e a razão da citação buscam frisar a importância dessa classificação, quando examinamos a ficção do ponto de vista da forma, aproveitando para registrar, também, que nessa quinta forma pode residir uma abertura crítica para os textos de Clarice Lispector e Guimarães Rosa, na prosa brasileira. Se as *Memórias póstumas*, de Machado de Assis, não consagram uma resolução epifânica como a dos autores referidos, e a luz do *modo romanesco* está apagada pela projeção do paradigma do real, o romance, com certeza, constrói a sua complexidade formal como uma epopeia cômica, tecendo a sua paródia autobiográfica no formato da *confissão* e a erudição enciclopédica no fio irônico da *anatomia*. A obliquidade do traço irônico desvia um paralelo direto com a *Bíblia*, mas os reflexos, por contraste, do mito de Adão e Eva estão presentes, demonstrando como a formulação da prosa moderna permuta a mitologia pagã da epopeia pela incorporação do mito judaico-cristão.

Apesar da supremacia atual do romance, para Frye (1973a), a *forma* possui suas próprias tradições e preserva, através dos tempos, alguma integridade. Essa é uma maneira possível de se realinhar uma obra dentro de sua verdadeira linhagem. O autor exemplifica esse caso afirmando que "a linhagem das *Viagens de Gulliver* e de *Candide* remonta, por intermédio de Rabelais e

Erasmo, a Luciano" (ibidem, p.303). Também, é uma maneira de se localizarem, no vasto território que abrange o termo *romance*, vestígios e caracteres de formas mais tradicionais como a *estória romanesca*, a *confissão* e a *anatomia*, assim como nas outras formas narrativas cultuadas nos tempos mais atuais, como a novela e o conto. Os fios dessa rede de formas tecida por Frye servirão de suporte para a composição dos arranjos paradigmáticos a serem traçados a partir de obras greco-latinas que, primordialmente, formalizaram tais configurações. A passssagem para a forma embrionária do romance e a sua convivência mesclada com essas formas surgidas anteriormente podem ser vistas nos livros da cultura hispânica *Lazarillo de Tormes* e *Dom Quixote*, embora o processo esteja presente e foi vivido na tradição literária expressa no leque das línguas mais importantes da cultura ocidental.

Na junção dos dois projetos críticos – o de Scholes & Kellogg e o de Frye –, a parte ficcional da árvore da narrativa admite uma outra associação, aproximando-se a forma da *estória romanesca* para acolher as características principais com que se retratou a ficção grega, ao passo que a *confissão* e a *anatomia* (ou *sátira menipeia*) ganham o estatuto de formas emergentes, no corpo das obras dos autores satíricos latinos. Se na caracterização da epopeia aludimos ao modo *imitativo alto*, da teoria de Frye, agora, associamos também a ficção grega ao formato da *estória romanesca*, e o período da sátira latina, sempre destacado pelo seu forte efeito estético de realismo, às características incipientes dos modos *imitativo baixo e irônico*. A esse respeito, diz Frye (1973a, p.41): "semelhantemente, a incapacidade do mundo clássico de livrar-se do líder divino, em seu período tardio, tem muito em comum com o desenvolvimento imaturo dos modos imitativo baixo e irônico, que mal se iniciaram na sátira romana". Do recorte estabelecido e das associações propostas para a construção dos paradigmas almejados, a forma da *estória romanesca* será utilizada para emoldurar os traços principais do desenho da ficção grega, na tentativa de se modelar o protótipo da narrativa idealizante romântica no seu padrão de "biografia-busca". Por sua vez, a *confissão* e a *anatomia*, que vestem a armadura do corpo das obras de Petrônio, Luciano, Santo Agostinho e Apuleio, passam a espelhar, pelo reflexo da obra deste último, o paradigma de uma narrativa anti-idealizante, mimética e satírica, caracterizando o padrão "autobiografia-viagem". De posse dessa armadura, empunhando a pena da escrita, esses autores riscaram na prosa de ficção o novo domínio do efeito realista. Nessa luta, na pele de soldados cômicos,

O ENGENHO DA NARRATIVA E SUA ÁRVORE GENEALÓGICA   109

essa vertente mostrou que na história da narrativa, ao lado do herói, o anti-
-herói passou a ter a sua hora e vez.

A narrativa grega: os fios matriciais do paradigma do ideal

A ficção grega entra, neste recorte, como formadora de um padrão narrativo idealizante, enquadrada no formato da *estória romanesca*, cujo elo embrioná-rio se forjou, ainda num período não literário, durante a passagem do *mito* à *lenda* e *conto popular*, propagando-se, a partir do período literário da narrativa em prosa grega, em duas grandes ramificações medievais: a forma secular das histórias de cavalaria e paladinismo e a forma re-ligiosa das lendas de santos. Por ser idealizante e, portanto, assentada so-bre um modelo de personagem marcada por uma determinação e integri-dade indestrutíveis na busca do seu ideal, a ficção grega funcionará como fonte paradigmática, por representar a consolidação da narrativa ficcional em prosa, no Ocidente, e expressar as bases matriciais de um padrão romântico de narrativa-busca, fatores reaproveitados, depois, pela forma emergente do romance. A continuidade da forma, na gênese do romance, pode ser vista, por exemplo, em *Dom Quixote*. Esse padrão narrativo, cozido parodisticamente num novo tempero irônico, no livro de Cervantes, além de marcar a sua presença na gênese e na história do romance, assistiu à conversão do modelo heroico e idealizante na sua contrapartida anti-heroica e satírica.

A sua versão não cômica e pura continuou na história da narrativa até se irromper a totalidade do padrão no movimento estético que lhe deu o acabamento final: o romantismo. Mas a inversão cômica aludida, em *Dom Quixote*, adicionou ao formato da *estória romanesca* um novo alento, am-pliando as suas possibilidades combinatórias numa gama de associações com a forma do romance. Na literatura brasileira, particularmente, o filão da forma, na sua reinvenção humorística, pode ser depreendido em dois mo-mentos fundamentais: no romantismo, quando as *Memórias de um sargento de milícias* surpreendem as diretrizes estéticas da época, tecendo uma rede mimética com os fios da figura da ironia puxando os arquétipos de uma raiz folclórica; no modernismo, quando Mário de Andrade tece a base da colcha de retalhos do livro *Macunaíma* com os fragmentos e a estrutura de textos lendários. Mas o resgate da forma com o vinco da pureza do seu período prototípico, aureolada pela delicadeza do desenho da "analogia da inocência", que lhe é característico, é um fator de construção fundamental em alguns contos de Guimarães Rosa no terceiro momento do modernismo.

Northrop Frye (1973a, p.303), em seu estudo sobre a ficção em prosa, intitulado "formas contínuas específicas", trabalhando pares de traços distintivos como extroversão / introversão, pessoal / intelectual, caracteriza as quatro formas básicas da ficção da seguinte maneira. O *romance* tende a ser "extrovertido" e "pessoal", porque se espelha na pessoa humana, tal como esta se manifesta em sociedade. A *estória romanesca* tende a ser "introvertida" e "pessoal" porque lida com pessoas, como faz o romance, mas o modo de tratá-las é mais subjetivo: "as personagens da estória romanesca são heroicas e portanto inescrutáveis; o romancista tem maior liberdade para entrar no espírito de suas personagens porque ele é mais objetivo" (ibidem, p.303). A *confissão* também é "introvertida", mas "intelectualizada" no conteúdo, assim como a *anatomia* é "extrovertida" e "intelectual" (ibidem). Numa ordenação diacrônica, continua o autor, a forma da *estória romanesca* é anterior e, por tratar de "heróis", fica numa posição intermediária "entre o romance, que trata de homens, e o mito, que trata de deuses" (ibidem, p.301). A diferença essencial entre o *romance* e a *estória romanesca* está no conceito da caracterização: "o autor romanesco não tenta criar 'gente real', tanto quanto figuras estilizadas que se aplicam em arquétipos psicológicos...". É "na estória romanesca que encontramos a 'libido', o 'anima' e a sombra de Jung refletidas no herói, na heroína e no vilão, respectivamente" (ibidem, p.299).

Na reinvenção humorística do padrão romanesco, como é o caso das *Memórias de um sargento de milícias*, o herói reveste-se da máscara de anti-herói e toca as entranhas da forma, descarnando uma "costela originalmente folclórica", com que Antonio Candido (1993, p.27), no ensaio "Dialética da malandragem", explicou a presença de certas manifestações de cunho arquetípico, "inclusive o começo pela frase-padrão dos contos da carochinha: *Era no tempo do Rei*". Essa fase de abertura gera dois efeitos de sentido, o ficcional e o histórico, cuja união é a síntese característica da forma romance. O verbo no pretérito imperfeito puxa pela memória o universo romanesco identificado pelo crítico: "a constelação de fadas boas (padrinho e madrinha) e a espécie de fada agourenta que é a vizinha, todos cercando o berço do menino e servindo aos desígnios da sorte, da 'sina' invocada mais uma vez no curso da narrativa" (ibidem). No mesmo paradgma de indeterminação lendária da fábula encontram-se o major Vidigal, que, "por baixo da farda historicamente documentada, é uma espécie de bicho-papão, devorador de gente alegre", e os protagonistas que o cercam, o Leonardo Pai e Leornado Filho, duplicando o modelo popular dos arquétipos da tolice e da esperteza. As três personagens juntas formam o triângulo alegórico do sistema judiciário da época: o juiz, o meirinho e o sargento de milícias. Por esse fio da história, ancorado "no tempo do Rei", o romance suscita a impressão do documentário para se revelar "representativo", na expressão do crítico, ou seja: "romance profundamente social, pois, não por ser documentário, mas por ser construí-do segundo o ritmo geral da sociedade, vista através de um de seus setores. E sobretudo porque dissolve o que há de sociologicamente essencial nos meandros da construção literária" (ibidem, p.45). Forjado nessa plasmação ambígua, com caracteres românticos e miméticos, o romance se identifica como um descendente da linhagem da *estória romanesca*, na sua "costela arquetípica", peenchendo o padrão biografia-busca da forma romântica, no percurso narrativo que vai do nascimento ao casamento do herói. Mas, do ponto de vista cômico e irônico em que é narrado e com a inversão com que os fatores históricos e institucionais são carnavalizados, a casca romântica do polo da "ordem" deixa flagar na sua estrutura, também, o complemento da "desordem". Na síntese dialética movida por essa gangorra é que o romance configura a sua identidade ambígua, calçando um pé na indeterminação da fábula e outro que pisa a realidade da História. Por isso, Antonio Candido (1993, p.54) classifica o romance de "fábula realista" que, ao visar "ao tipo e ao paradigma, nós vislumbramos através de situações sociais concretas uma espécie de mundo arquetípico da lenda, onde o realismo é contrabalançado por elementos brandamente fabulosos". Essa duplicidade de efeitos lhe dá o lugar de destaque que ocupa na série literária brasileira, inaugurando, na galeria da memória de nossa ficção, a ala da malandragem retratada pelo traço da ironia com as pinceladas do humor. É na estirpe dessa grei que Antonio Candido (1993, p.25) situa Macunaíma, "malandro elevado à categoria de símbolo por Mario de Andrade". Pois é nesse mesmo fio arquetípico que se liga a estrutura lendária da obra modernista, que indetermina a caracterização do personagem estilizado, movido intensamente pela libido, no seu retrato multifacetado pelas referências folclóricas com um tratamento paródico e carnavalizado.

Como uma forma independente, "a estória romanesca em prosa é mais velha do que o romance e surgiu como um desdobramento da mitologia clássica", como veremos na análise de *Dáfnis e Cloé*, enquanto "o romance tende antes a expandir-se numa abordagem ficcional da história", como é o caso do romance de Manuel Antônio de Almeida, utilizado como exemplo. Por esse prisma, completa Frye (1973a, p.301), "quanto mais amplo se torna o plano de um romance, tanto mais obviamente surge sua natureza de história". Como se trata de uma história criadora, "o romancista comumente apresenta seu material num estado plástico, ou aproximadamente contemporâneo, e sente-se limitado por um modelo fixo de história" (ibidem). Sendo plástico no romance, continua o autor, "o modelo histórico é fixo na estória romanesca, sugerindo o princípio geral de que a maioria dos 'romances históricos' são estórias romanescas", para concluir: "da mesma forma, um romance torna-se mais romanesco em sua influência quando a vida que ele reflete já se esvaiu" (ibidem).

É justamente esse princípio que atua na emblemática frase de abertura das *Memórias de um sargento de milícias*, como demonstramos em seu múltiplo efeito de ficção e de verdade histórica. Enquanto a expressão final ancora o contexto histórico recortado numa temporalidade que se esvaiu, o início da frase, com o verbo ser no pretérito imperfeito, quebra essa moldura, esgarçando o quadro narrativo na atemporalidade lendária da fórmula do princípio romanesco, alimentada, no livro, por um substrato popular e folclórico. No desdobramento desse princípio, vemos a concretização da afirmativa de Frye mostrando como o fio histórico de um romance pode retroceder até a extremidade longínqua da outra ponta da *estória romanesca*. Para completarmos o paralelo, podemos ver como "um romance torna-se mais romanesco em sua influência quando a vida que ele reflete já se esvaiu" na abertura espacial, que desloca o personagem de Mário de Andrade para as profundezas arquetípicas de uma atemporalidade lendária: "No fundo do mato-virgem nasceu Macunaíma, herói de nossa gente" (Andrade, 1988, p.5).

Completando essa breve caracterização da forma elaborada por Frye (1973a, p.299), pode-se dizer que a *estória romanesca* intensifica a "subjetividade" e insinua, constantemente, uma "sugestão de alegoria". A *estória romanesca* trata da "individualidade, com personagens *in vacuo* idealizadas pelo devaneio", enquanto o romance cuida da "personalidade, com personagens que trazem suas *personae* ou máscaras sociais" (ibidem). Com a "idealização

O ENGENHO DA NARRATIVA E SUA ÁRVORE GENEALÓGICA   **113**

de heroísmo e pureza", as afinidades sociais da *estória romanesca* são com a "aristocracia", o que facilitou o seu reaparecimento, no romantismo, "como parte da tendência romântica ao feudalismo arcaico e a um culto do herói, ou libido idealizada" (ibidem, p.300).

O romance, mais ligado à "burguesia", desenvolveu uma linha temática importante ligada à "paródia da estória romanesca e de seus ideais" depois que Cervantes fixou essa possibilidade paródica no romance e na história da forma do romance: "a tradição estabelecida por *Dom Quixote* continua num tipo de romance que contempla uma situação romanesca de seu próprio ponto de vista, de modo que as convenções das duas formas criam um composto irônico em vez de mistura sentimental" (ibidem, p.301). Foi isso que procuramos exemplificar no veio humorístico iniciado pelas *Memórias de um sargento de milícias* e continuado em *Macunaíma*, num dos mais ricos e expressivos filões da prosa narrativa brasileira. Nesses livros, o compósito irônico do romanesco e do histórico apaga as marcas mais fortes do último, recuperando no substrato folclórico e lendário um desenho arquetípico de um modelo de herói brasileiro. Pela forte incidência do traço humorístico, a parodização da idealização romanesca converte o desenho alegórico do herói numa resolução mais criativa e pertinente, em relação aos nossos traços culturais e antropomórficos, fazendo da sinuosidade da malandragem um jeito de caracterizar o anti-herói brasileiro.

Sem o colorido do humor e do tom irônico, a fórmula resultante da combinação entre o *romance* e a *estória romanesca* leva as duas pontas da articulação do histórico e do romanesco para o passado aludido por Frye, com a tonalidade mais suave da "idealização de heroísmo e pureza". Essa é a resolução padronizada numa das linhas mais incisivas do romantismo, quando se revive, como foi dito, a tendência ao feudalismo arcaico e a um culto do herói, ou libido, idealizada. O livro *O guarani*, de José de Alencar, na nossa literatura, representa um desenho bem elaborado desse modelo. O autor buscou no passado da etnia brasileira o índio primitivo para ligá-lo ao traço histórico do branco colonizador, fazendo da união de ambos um desenho alegórico do princípio da nacionalidade. Sem perder a ingenuidade da forma romanesca, com a idealização heroica e sua aura de pureza, Alencar soube controlar o ritmo romanesco da narrativa, enredando os traços históricos e medievais do início no substrato poético da mitologia indígena. O final solene e épico – "o poeta primitivo canta a natureza, na mesma linguagem da natureza" – inverte a dominação do branco, do início e sobreleva a união do casal no plano cultural do índio, fazendo o romance terminar, após o dilúvio, nas águas calmas da mitologia pagã.

Ao selar a alegorização dos heróis na atemporalidade poética do mito de Tamandaré, o romance faz do mergulho ao lendário, no final, o seu melhor achado formal: um "romance de fundação", como o qualificou João Alexandre Barbosa (1986, p.7). Para o crítico, "o brasileirismo, ou indigenismo" é apenas uma parte do seu sistema mais rico de significações, pois, num outro nível, "a utilização da lenda vem apontar para aquela introdução do elemento mítico no erudito (o romance romântico de José de Alencar) impondo-lhe um traço, por assim dizer, de simbolização também literária" (ibidem). Por meio desse traço, a fecundação posterior da terra, pelo indígena da lenda, corre paralela àquela realizada pelo próprio romance de Alencar, fundando uma tradição: "Não é só da fundação da nacionalidade que trata o romance, mas de sua própria fundação enquanto gênero literário no Brasil" (ibidem). Esse marco de fundação, acrescentamos, gerado no útero da fórmula do romance romântico que se iniciava, provém da fecundação do *romance* pela forma da *estória romanesca*. O enredamento romanesco sobressai na condução do enredo, tramado pela costura imaginativa do escritor, e se cristaliza no fragmento da lenda, coroando o achado da composição formal com a sobrelevação poética e mítica do conteúdo alegorizado:

> Foi longe, bem longe dos tempos de agora. As águas caíram, e começaram a cobrir toda a terra. Os homens subiram ao alto dos montes; um só ficou na várzea com sua esposa.
>
> Era Tamandaré; forte entre os fortes; sabia mais que todos.
>
> [...]
>
> A corrente cavou a terra; cavando a terra, arrancou a palmeira; arrancando a palmeira, subiu com ela; subiu acima do vale, acima da árvore, acima da montanha.
>
> Todos morreram. A água tocou o céu três sóis com três noites; depois baixou; baixou até que descobriu a terra.
>
> Quando veio o dia, Tamandaré viu que a palmeira estava plantada no meio da várzea; e ouviu a avezinha do céu, o guanumbi, que batia as asas.
>
> Desceu com a sua companheira, e povoou a terra. (Barbosa, 1986, p.219)

Uma parada na ponte dos padrões:
o padrão romântico-busca

Scholes & Kellogg (1977, p.46) dizem que os antecedentes da forma idealizante da narrativa grega permanecem, ainda, num terreno de probabilidades, devendo "alguma coisa à Nova Comédia, aos escritores de mimos, aos retóricos, à literatura oriental e à nova ênfase no amor encontrada na *Ciropedia*, na *Argonáutica* e em toda a literatura Alexandrina". Os autores afirmam que essa narrativa parece ter surgido já no segundo ou primeiro século a. C., exemplificando, no fragmentário *Ninus Romance*, desse período, a presença de "episódios narrativos aglomerados em torno de um personagem baseado numa figura histórica verídica", algo próximo à *Ciropedia*, mas com o interesse filosófico dessa obra já "suplantado por um interesse numa estória emocionante e erótica" (ibidem). O importante é constatar com os críticos que, independentemente dos antecedentes, a forma tornou-se "vigorosa e florescente, amplamente praticada nas imediações do Mediterrâneo", penetrando, depois, "na literatura vernácula medieval através da *Gesta Romanorum* e coleções semelhantes" (ibidem). Essas narrativas medievais, "reavivadas e traduzidas para o vernáculo no século XVI", deixaram "suas marcas em ficções renascentistas como a *Arcadia* de Sidney e, por fim, no romance eruropeu em desenvolvimento" (ibidem). Os autores concluem esse rápido mas importante percurso evolutivo da forma, ressaltando a sua continuidade no desenvolvimento do romance: "O enredo de *Tom Jones*, por exemplo, é essencialmente um enredo de 'romance' grego" (ibidem).

Da parte mais conhecida da narrativa grega ficaram os poucos textos que sobreviveram e datam, em sua maioria, do século II d. C. O conjunto mais representativo desse repertório inclui as seguintes obras:

> *Quéreas e Calirroé* de Cariton, *Habrocomes e Antia* de Xenofonte de Éfeso, *Teógenes e Caricleia* de Heliodoro (também chamado a *Etiópica* – o mais longo e cuidadosamente construído de todos), *Dáfnis e Cloé* de Longo (que mistura pastoral à maneira de Teócrito com fórmulas de 'romance' padrão) e *Leucipe e Cleitofonte* de Áquiles Tatio.[1] (ibidem)

---

1 Um estudo específico dessa narrativa com o repertório ampliado pela inclusão de outros textos e fragmentos encontra-se no livro *Los orígenes de la novela*, de Carlos García Gual (1972),

116 SÉRGIO VICENTE MOTTA

Para caracterizarmos os principais aspectos formais da narrativa grega, que orientaram as direções de um tipo de representação idealista ou romântica, utilizaremos o texto *Dáfnis e Cloé*, de Longo. Por meio desse texto, uniremos o "padrão romântico da busca", ressaltado por Scholes & Kellogg à forma da *estória romanesca*, caracterizada por Frye. O nosso objetivo é elaborar um esboço paradigmático de uma forma de representação do ideal, levando-se em consideração os elementos estruturais da narrativa: enunciação, enredo, personagens e as relações de espacialidade e temporalidade. Com o seu impulso estético para o retórico e o erótico, a ficção grega deu consistência à prosa escrita da *estória romanesca*, tornando-se o embrião formal da narrativa idealizante romântica, em cujos fios matriciais o gênero teceu o paradigma da representação do ideal. A partir desse momento, a sua história evolutiva alterna o foco de luminosidade ficcional com o impulso mimético do real, nos dois papéis mais abrangentes da representação vividos no palco do gênero.

A tela do amor: *Dáfnis e Cloé*

> *"Respondi que eu gostaria mesmo era de poder um dia afinal escrever uma história que começasse assim: era uma vez..."*
> Clarice Lispector

Enunciação

Na passagem da narrativa oral para a prosa de ficção, o processo enunciativo passa por muitas mudanças significativas. As principais delas são a substituição do cantor ou contador de histórias, instrumentos da tradição, pelo autor, artista narrativo individual e criador, o novo sujeito da representação. Com o autor, permeando a história e a entidade autoral, surge o narrador, a máscara do engenho retórico da ficção. Para substituir o bardo que se amparava numa onisciência divina, autoritária, de confiança e objetiva,

---

onde se apresenta cada texto com um resumo, comentário crítico e suas principais contribuições para o aspecto evolutivo da narrativa.

O ENGENHO DA NARRATIVA E SUA ÁRVORE GENEALÓGICA **117**

fornecida pela autoridade da tradição, o autor, agora um escriba, tem que construir a autoridade de sua narração. Os mecanismos são diversos. O da obra a ser analisada recorre, por meio do apelo a um prefácio, ao prestígio de outra arte: a pintura.

O prólogo ou prefácio, funcionando como uma espécie de moldura, surge, fundamentalmente, como um recurso do autor para gerar a autoridade de seu narrador, que tem como desafio conquistar a credibilidade do leitor. O recurso que aqui desponta reaparece no romantismo, com a mesma força e função, para justificar como o escritor tomou conhecimento da história que passa às mãos do leitor.

Pela via da ficção gerada pelo impulso mimético, o progenitor do romance realista, o "prólogo" tem uma história similar, mas peculiar, principalmente na focalização de primeira pessoa, que foi patenteada pela prosa latina e teve um papel fundamental na formação do romance. É o que veremos na análise da obra *Lazarillo de Tormes*, um dos progenitores da forma. É o que se pode ver, também, de uma maneira recriada, quando o romance se encontra em plena fase de expansão, com um alto grau de invenção.

Referimo-nos à obra brasileira *Memórias póstumas de Brás Cubas* em que Machado, conhecedor do histórico e da natureza da forma, compõe um genuíno romance ironizando, na própria composição, o hibridismo da forma. A invenção do romance, disfarçada na metáfora do "emplasto", na verdade ocupa o primeiro plano da obra, que, ao mesmo tempo que se faz, se mostra. Nesse sentido, o prólogo "Ao Leitor" acrescentando à segunda edição (primeira em livro) trata, com ostensiva ironia, da competência e do número reduzido dos possíveis leitores da obra. Mais que isso, fazendo o quadro da ficção invadir a própria moldura, é o narrador Brás Cubas, autor fictício da obra, que o assina, no gesto inovador que faz ficção da ficção. Para completar o jogo inventivo de sua obra, na edição seguinte, Machado acrescenta o "prólogo à 3ª Edição", em que repete as palavras de Brás Cubas, mas abre o texto, com a sua assinatura, para um diálogo com a matriz da forma autobiográfica, a narrativa de viagem. Por esse prisma indiciado por Machado, poderíamos retornar a *O asno de ouro*, de Apuleio, um dos protótipos da forma realista autobiográfica no paradigma do real.

Incorporado com o papel de apêndice, pode-se dizer que o "prólogo" é uma solicitação do romance, servindo-lhe de moldura e elo entre o autor e o leitor. Clarice Lispector, uma encenadora da estirpe machadiana, que já nos forneceu a epígrafe, pode contribuir com outro texto curto, denominado "Romance", para completarmos essa relação metafórica entre moldura e texto: "Ficaria mais atraente se eu o tornasse mais atraente. Usando, por exemplo, algumas das coisas que emolduram uma vida ou uma coisa ou romance ou personagem" (Lispector, 1984, p.17). É essa a função do "prólogo", que nasce com a ficção escrita, como uma espécie de apelo da enunciação em busca da verossimilhança que dá credibilidade ao narrador.

Mas não se pode esquecer que, na perspectiva realista, quando o prólogo se assume totalmente como ficção da ficção, cria-se uma relação de encenação não só para atrair o leitor, mas para já colocá-lo dentro do jogo. Nessas novas regras de encenação, o autor transfere o acordo firmado em nome da analogia da inocência pelo jogo irônico da experiência. É essa a advertência feita por Clarice – "É perfeitamente lícito tornar atraente, só que há o perigo de um quadro se tornar quadro porque a moldura o fez quadro" –, que, por fim, admite o atraente como leitora, mas que não pode ser concessiva enquanto escritora: "Para ler, é claro, prefiro o atraente, me cansa menos, me arrasta mais, me delimita e me contorna. Para escrever, porém, tenho que prescindir. A experiência vale a pena, mesmo que seja apenas para quem escreveu" (Lispector, 1984, p.17). Como corremos o risco de estarmos diante de mais uma encenação, vamos direto ao palco do bruxo inicial do realismo brasileiro, que nesse momento se encontra vestido com a casaca e a cartola de Brás Cubas para anunciar sabiamente: "O melhor prólogo é o que contém menos cousas, ou o que as diz de um jeito obscuro e truncado. A obra em si mesma é tudo: se te agradar, fino leitor, pago-me da tarefa; se te não agradar, pago-te com um piparote, e adeus" (Machado de Assis, 1986, p.513).

O texto de Longo, *Dáfnis e Cloé*, reaviva essa questão entre a moldura e o quadro, fazendo a enunciação do seu prefácio parecer mais atraente do que a história propriamente dita. Mesmo porque, o quadro narrativo (uma história de amor), padronizado na estilização do enredo idealizante clássico, apresenta-se como uma reduplicação ou recriação de um quadro pictórico, que lhe serve de moldura enunciativa: "Em Lesbos, enquanto eu caçava no bosque sagrado das Ninfas, vi um espetáculo, o mais belo que jamais vi: era um quadro pintado, que contava uma história de amor" (1990, p.5). Assim, a enunciação do livro explica-se nesse intrincado jogo de relações: a narrativa de Longo, em terceira pessoa, é o quadro que tem por moldura o prefácio em primeira pessoa; o prefácio, por sua vez, enuncia ou descreve um quadro pictórico, tornando-se, na verdade, a moldura do quadro formado pela narrativa desenvolvida por Longo, que tem por finalidade retrabalhar os motivos já tramados na sugestão pictórica: "E, em minha admiração, veio-me o desejo de oferecer, com minha pluma, um relato que rivalizasse com esse quadro" (ibidem).

Ao dizer que a sua intenção é "rivalizar" com o quadro, o autor parece distanciar-se do perigo anunciado por Clarice ("de um quadro se tornar quadro porque a moldura o fez quadro"), mas isso não o afasta da atração da moldura que a fórmula do seu padrão narrativo traz como contorno. De fato, Longo não corre esse risco, porque a sua narrativa resulta numa bela pintura do padrão ficcional da época, valorizada pela invenção que torna a fórmula atraente. Tal fato justificou, aliás, a escolha da obra para representar a tendência geral expressa pelo repertório da narrativa grega.

A problematização colocada na relação entre o prefácio e a ficção é para se discutir um outro aspecto da narrativa idealizante, que esse prefácio, dada a sua condição de moldura, coloca em jogo. Funcionando como um fio embrionário da fórmula "era uma vez", que é a moldura prototípica de toda narrativa idealizante (mesmo não estando explícita, pois, nesse caso, a sua presentificação é intuída ou pressentida como um contorno), o prefácio referido acaba delimitando e adornando um quadro narrativo. Como a moldura e o quadro, articulados, não se separam, a fórmula "era uma vez", desempenhando o papel da moldura de um quadro narrativo, torna-se o princípio alegórico dessa narrativa.

Utilizado como peça embrionária da fórmula com que se emoldura uma narrativa idealizante, o prefácio torna-se o elo entre a moldura e o quadro e, também, do quadro com o leitor. Nesse sentido, o prefácio contorna e delimita o espaço da ficção, preparando a entrada do leitor no universo mágico da representação. Assim, ele desempenha o papel do "acordo ficcional" referido por Umberto Eco (1994, p.81) no ensaio "Bosques possíveis", que Coleridge chamou de "suspensão da descrença", por meio do qual "o leitor tem de saber que o que está sendo narrado é uma história imaginária, mas nem por isso deve pensar que o escritor está contando mentiras" (ibidem). Nesse acordo ficcional, continua Eco, "o autor *finge* dizer a verdade", e nós "aceitamos o acordo ficcional e *fingimos* que o que é narrado de fato aconteceu" (ibidem).

Na construção do acordo, depois de fisgar o leitor, o prefácio procura encantá-lo com a descrição de um "bosque possível", por onde ele pode, também, aventurar-se: "O bosque, sem dúvida, era belo; havia muitas árvores, flores, águas correntes; uma única fonte dava vida a tudo, às flores e às árvores". Depois de preparado, o leitor começa a fazer parte do acordo alegórico, passeando pelo bosque, mas sabendo que ele é fruto do engenho de uma arte: "Mas a pintura era ainda mais encantadora, pois atestava uma arte extraordinária e relatava uma aventura amorosa". Já iniciado, o leitor é manipulado pelo ritual da convenção, disfarçado na artimanha de um chamamento sagrado: "Assim, muitas pessoas, e mesmo estrangeiros, iam até lá por ter ouvido falar a respeito, em parte para apresentar suas devoções às Ninfas, mas também para contemplar esse quadro". Como complemento do suporte alegórico da arte que será narrada posteriormente, o autor amplia as dimensões do quadro, povoando o bosque de personagens, para indicar, na falta de ordem da enumeração, uma ordenação que a sua trama narrativa efetuará: "Na imagem havia mulheres dando à luz, outras cingindo bebês, criancinhas abandonadas, animais que as alimentavam, pastores que as recolhiam, jovens trocando juras, um desembarque de piratas, inimigos em via de atacar" (ibidem, p.5).

Assim como o pretexto do quadro desencadeia um processo de manipulação no autor, despertando-lhe o desejo de narrar uma história de amor, o prefácio passa a servir de moldura e pretexto para despertar no leitor o desejo de contemplar o mesmo quadro, agora recriado pela narrativa e levado até ele pelo suporte do livro: "Encontrei alguém que me explicou todos os detalhes da imagem, e compus quatro livros – oferenda consagrada ao Amor, às Ninfas e a Pã". Nesse jogo de espelhos, o autor já é o outro "alguém" que explicou ao leitor as principais imagens da convenção de sua arte (nos três primeiros capítulos que estruturam a sua narrativa), deixando ao quarto o papel de cativar o leitor, ao apresentar o livro como "objeto de delícias para todos os homens: o enfermo nele encontrará um alívio, o aflito, um consolo, quem amou, a lembrança de seus amores, quem não amou, uma iniciação ao amor" (ibidem, p.5). Concluindo o contrato, o autor fecha o prefácio com uma espécie de assinatura, colocando-se na mesma cláusula que rege a conduta das personagens desse universo ficcional, na qual, ele mesmo já enclausurou o seu possível leitor: "Quanto a nós, permita o deus que, mantendo-nos virtuosos, possamos narrar os amores dos outros" (ibidem, p.6).

O ENGENHO DA NARRATIVA E SUA ÁRVORE GENEALÓGICA **121**

Estabelecido o acordo com o leitor, o enunciador da narrativa grega passa a desempenhar as regras de seu contrato com a forma romanesca, a que melhor expressa essa vertente ficcional: assume o papel de um narrador em terceira pessoa, discreto, tão íntegro e indestrutível em relação às convenções quanto seus personagens criados, seguro no propósito de dispor as peças do jogo narrativo num tabuleiro de complicações, para se chegar ao resultado previsível da união de um casal de jovens, cujo destino os aproxima, depois os afasta, para, enfim, selar a felicidade do reencontro. Nessa estrutura reiterativa, a função mais importante do narrador fica implícita no arranjo das regras do jogo, em que o efeito mágico da fórmula narrativa passa a considerar com naturalidade as possíveis soluções não convincentes, em razão de o jogo ser marcado pela probabilidade de fatores coincidentes. Por isso, a enunciação reveste-se do encantamento da fórmula "era uma vez", prefigurada como o contorno ancestral, por meio do qual a forma romanesca continua sendo reinventada. Se a magia da moldura envolve o quadro narrativo, dispondo os seus efeitos poéticos em soluções miraculosas, pode-se dizer que a concretização de tais efeitos, no espelho da moldura e do quadro, reflete o poder mágico da enunciação atribuído ao papel demiúrgico do enunciador.

A afinidade enunciativa dessa forma, por nascer assentada sobre o padrão da biografia-busca e ser calcada na ancestralidade da fórmula "era uma vez", é com a terceira pessoa. Tal fato, talvez, justifique e explique, retomando dois exemplos já trabalhados, a curiosidade do livro *Memórias de um sargento de milícias* de definir-se, no título, como um livro de memórias e ser narrado em terceira pessoa. O seu cunho memorialístico dissolve-se na estrutura do padrão biografia-busca, rememorando a moldura arquetípica da fórmula "era uma vez", que impulsiona o romance para a atemporalidade lendária da ancestralidade da forma romanesca. Os mesmos traços em *Macunaíma* diluem uma possível origem biográfica da história, preservada e contada por um papagaio a um eu-enunciador. Esse narrador acaba dispondo e narrando a história em terceira pessoa, talvez, pelo mesmo fato de se manter uma coerência com o padrão da biografia-busca, que a obra realiza em conformidade com o seu contorno romanesco:[2]

---

2 Na literatura brasileira ninguém explorou melhor o efeito mágico dessa enunciação do que Guimarães Rosa. Alguns de seus contos curtos transferem o poder demiúrgico da enunciação aos personagens insólitos, infantis ou adultos, que têm, por meio da palavra, o dom divino da

O papagaio veio pousar na cabeça do homem e os dois se acompanheiraram. Então o pássaro principiou falando numa fala mansa, muito nova, muito! que era canto e que era cachiri com mel de pau, que era boa e possuía a traição das frutas desconhecidas do mato.

A tribo se acabara, a família virara sombras, a maloca ruíra minada pelas saúvas e Macunaíma subira pro céu, porém ficara o aruaí do séquito daqueles tempos de dantes em que o herói fora o grande Macunaíma imperador. E só o papagaio no silêncio do Uraricoera preservava do esquecimento os casos e a fala desaparecida. Só o papagaio conservava no silêncio as frases e feitos do herói.

Tudo ele contou pro homem e depois abriu asa rumo de Lisboa. E o homem sou eu, minha gente, e eu fiquei pra vos contar a história. Por isso que vim aqui. Me acocorei em riba destas folhas, catei meus carrapatos, ponteei na violinha e em toque rasgado botei a boca no mundo cantando na fala impura as frases e os casos de Macunaíma, herói de nossa gente.

Tem mais não. (Andrade, 1988)

Enredo

Como antecipamos, Scholes & Kellogg (1977, p.47) observam que o enredo da narrativa idealizante grega, progenitor do padrão biografia--busca, é estilizado na sequência das funções nucleares "separação, perigo e reunião", desenvolvendo o seguinte motivo: "um jovem casal que se apaixona é impedido de consumar seu amor por várias catástrofes que os colocam em grave perigo enquanto se acham separados, mas eles ressurgem castos e incólumes para se casarem no final da narrativa". Segundo os críticos, nessas narrativas, "a castidade torna-se a mais significativa de todas as virtudes", prevalecendo, como regra, "rigorosa justiça poética, sendo que os personagens verdadeiramente virtuosos são indestrutíveis, embora constantemente ameaçados de destruição" (ibidem). Num código ou numa gramática, há sempre algumas exceções, e Dáfnis, do texto em estudo, segundo os autores, "não permanece perfeitamente casto; mas Longo está brincando com a forma do 'romance', que ele leva menos a sério do que a maioria dos outros autores" (ibidem).

---

criação. São contos em que a fórmula "era uma vez", implícita ou explícita (nesse caso, rein-ventada em criativas soluções), funciona como moldura dos quadros das pequenas *estórias*, que o leitor pode visitar, passeando pela galeria de suas imortais reinvenções.

O ENGENHO DA NARRATIVA E SUA ÁRVORE GENEALÓGICA   123

A observação dos críticos dá-se em razão da preservação da integridade do conjunto formal representado pelas narrativas gregas. Mas as pequenas variações, quando não comprometem a caracterização da forma e não desfiguram o seu reconhecimento, apontam alguma importante transformação, fazendo da "brincadeira" aludida, que é inerente à atmosfera lúdica e de ingenuidade da forma, um procedimento inventivo no curso de seu desenvolvimento. É o que veremos depois, exemplificando como Mário de Andrade desenvolveu esse motivo reconhecido como uma "lição de amor".

Nesse sentido, mais importante do que detalhar as peripécias armadas por Longo em sua narrativa, é verificar como a sua história elabora a espinha dorsal do padrão biografia-busca, estilizado na linha recorrente de um encontro seguido por um desencontro e finalizado por um reencontro. Dessa linha embrionária, sabe-se que o autor retirou a costela da forma do seu texto. Resta verificar como ele flexibilizou a espinha do enredo numa estrutura de retorno, recobrindo-a com a imagem de um sentido apocalíptico, porque a pele de seu texto difere da de seus pares, mas é também da sua costela que o sopro da criação dará vida às futuras reencarnações da forma.

Dividido em quatro livros – o primeiro é uma oferenda ao Amor; o segundo é consagrado às Ninfas; o terceiro é dedicado a Pã; e o quarto, ao leitor –, o enredo compõe a estrutura arquetípica de um sonho, realizando o desejo de uma felicidade anteriormente perdida ou ameaçada, que é recuperada, no final, num coroamento de imagens apocalípticas. O primeiro livro gira em torno de três núcleos de ação: o encontro, o sonho e a paixão dos protagonistas. Numa distribuição simétrica, primeiro, o pastor Lamon encontra um menino abandonado e amamentado por uma de suas cabras. Dois anos depois, a cena se repete: um pastor vizinho, Drias, encontra, numa gruta ou "santuário das Ninfas", uma menina nas mesmas condições, portando, também, insígnias de reconhecimento, assinalando uma descendência aristocrática. Adotadas pelas respectivas famílias, as crianças recebem os nomes pastoris da devoção popular, Dáfnis e Cloé, deslocando a matéria mítica para vincular a narrativa à tradição bucólica.

Quando Dáfnis completa quinze anos, Drias e Lamon têm um mesmo sonho: "imaginaram ver as Ninfas da gruta onde ficava a fonte, e onde Drias encontrara a pequenina, entregando Dáfinis e Cloé a um garoto muito belo e travesso, com asas nas costas, trazendo pequenas flechas e um pequeno arco" (p.10). Flechados por cupido, os jovens vivem, com a primavera, o despertar amoroso da primeira cláusula contratual da narrativa: uma oferenda ao Amor. Num jogo sempre simétrico, o enredo arma uma série de peripécias no tabuleiro da fábula – "enquanto assim folgavam, eis como o amor lhes enviou preocupações" –, recolhendo o resultado na organização da intriga, que faz corresponder a cada dificuldade de um personagem a ajuda do outro, depois que foram seduzidos pelo amor: "sabiam apenas uma coisa: que deviam sua perda, ele a um beijo, ela a um banho" (ibidem, p.21). Todo o período compreendido pelo final da primavera e o início do verão é marcado pelos encontros diários, com as cenas amorosas intensificando a paixão. Com o outono, chegam as complicações: Dáfnis é raptado pelos piratas; o rival Dorcon morre tentando salvar Dáfnis, mas doa sua flauta a Cloé, o objeto mágico que provoca o naufrágio do navio; nadando e agarrando-se aos chifres dos bois, Dáfnis se salva. Após os funerais de Dorcon, os jovens voltam à gruta das Ninfas, com os banhos prazeirosos despertando a ingenuidade para o erotismo, mas ignorando, ainda, "as piratarias do amor" (ibidem, p.28).

Regido pelo motivo da paixão, o livro dois, com a moldura temporal do outono, caracteriza-se pelos rituais de consagração às divindades, realizando a segunda cláusula estabelecida no contrato do prefácio: celebração às Ninfas e a Pã. Terminadas as vindimas e as homenagens a Dionísio, Dáfnis e Cloé voltam às devoções, às Ninfas e ao pastoreio. Descobrem, por meio de Filetas, a interferência de Cupido em suas vidas. O velho ensina-lhes que o "Amor é um deus, jovem, belo, alado", e "seu poder é tal que chega a ultrapassar o de Zeus" (ibidem, p.33). O processo de aprendizagem passa por três etapas: "para o amor não há remédio, nem de comer nem de beber, não há sortilégio que o adormeça, há apenas o beijo, os abraços, o estender-se, sem vestes, um junto ao outro, corpo contra corpo" (ibidem, p.34). "Possuídos de Amor", os jovens recorrem aos remédios de Filetas ("beijaram-se, estreitaram-se com os braços enlaçados"), mas o último só se realiza em sonho: "o que não haviam feito durante o dia fizeram em sonho" (ibidem, p.35). Impedindo a consumação sexual, a narrativa desencadeia o processo de afastamento do casal, com a prisão de Dáfnis e o rapto de Cloé por um grupo de jovens ricos de Metinina. O conflito é resolvido pela intervenção de Pã ("haveis também arrancado aos altares uma jovem virgem de quem o Amor quer fazer a heroína de uma estória célebre"), e Cloé é devolvida à terra, reencontrando Dáfnis. O que aconteceu à pastora, no mar, Dáfnis reconheceu no "sonho em que vira as Ninfas e a intervenção de Pã" (ibidem, p.47). Em

O ENGENHO DA NARRATIVA E SUA ÁRVORE GENEALÓGICA **125**

agradecimento, celebram uma oferenda pastoril, com Dáfnis jurando em nome de Pã, e Cloé, em nome das Ninfas, fidelidade e amor eternos.

Movido pela disforia do declínio sazonal – "mas o inverno, que agora chegara, era para Dáfnis e Cloé muito mais penoso do que a guerra" –, o livro três cuida dos "prazeres interrompidos", acrescentando à dificuldade da separação o sofrimento da carência sexual: "o único remédio que curaria o mal de amor de ambos" (ibidem, p.61). Com a mudança da paisagem ("a primavera iniciava, a neve derretia, a terra reaparecia e a relva começava a brotar") e a retomada dos afazeres pastoris e dos prazeres amorosos, a narrativa desenvolve um percurso de aprendizagem, explorando o motivo temático da "lição de amor" (ibidem, p.64). Manipulado por Licênion, esposa de Crônis, Dáfnis vive com a pastora "a obra de amor", mas decide continuar "os prazeres habituais", preservando, com a virgindade de Cloé, parte da regra da forma, apesar de sua iniciação sexual. Com o fim da primavera e o início do verão, muitos pretendentes de Cloé chegam "à casa de Drias para pedi-la em casamento" (ibidem, p.68). Diante da nova dificuldade, e sentindo-se "distante de obter o que desejava", Dáfnis invoca o socorro das Ninfas, que lhe aparecem em sonho: "o casamento de Cloé é assunto de um outro deus, mas nós vamos te dar presentes capazes de trazer Drias para teu lado" (ibidem, p.70). Oferecendo o presente encontrado (uma sacola de moedas) ao pai de Cloé, este aceita o casamento, incumbe-se de persuadir o pai de Dáfnis, e o jovem vê o seu desejo próximo de se consumar: "agora parecia-lhe que o mar era-lhe mais doce do que a terra, já que ajudava-o a receber Cloé em casamento" (ibidem, p.71). O matrimônio é adiado para o outono, com o pretexto da chegada do senhor das terras, mas, na verdade, os pais estavam protelando, pois guardavam o segredo da origem dos dois jovens, cujos sinais de reconhecimento alentavam, ainda, a possibilidade de uma grande recompensa.

Cumprindo a promessa do prefácio, o quarto livro leva o leitor a vivenciar um "objeto de delícias", na alegoria da história de amor. Todos os fatos concorrem para o retardamento do objeto de desejo: o sonho do casamento. Primeiro, o belo jardim da casa de Dáfnis, preparado para a chegada do patrão, é destruído pelo rival Lânipis. Solucionado um problema, o esquema complicador do enredo inventa outro: com o séquito do senhor Dionisofanes, chega também um criado, Gnaton, que se apaixona por Dáfnis, conseguindo o consentimento dos patrões para levá-lo, como escravo, à cidade. Impedindo

126 SÉRGIO VICENTE MOTTA

o afastamento, Lamon revela a origem de Dáfnis e o senhor Dionisofanes reconhece o seu filho abandonado. Passando de escravo a filho, o jovem lastima o impedimento de se casar com Cloé, ampliando-se a complicação com o rapto da pastora pelo vaqueiro Lâmpis. Depois de libertada, a virgem tem a sua origem revelada, e Dionisofanes vê, num sonho, as Ninfas pedindo ao deus Amor a união dos jovens. Cumprindo as ordens do sonho, Dionisofanes realiza um banquete em Mitilena, e um dos convidados, Mégacles, reconhece os sinais de sua filha abandonada. A revelação reaproxima Dáfnis e Cloé por suas origens aristocráticas e destinos marcados desde o abandono e a proteção tríplice de Pã, das Ninfas e do Amor. De volta ao campo, o casamento dos pastores é realizado na gruta em que Cloé fora encontrada, como desdobramento alegórico da parte do quadro descrito no prefácio, que já antecipara uma "aventura amorosa". Após a celebração dos ritos do casamento, "Dáfnis e Cloé se deitaram, totalmente nus, um junto ao outro, tomaram-se nos braços e trocaram beijos, sem fechar os olhos da noite, tal como corujas" (ibidem, p.100). A narrativa termina com o terceiro remédio ou a realização da lição de amor: "e Dáfnis consumou o que lhe ensinara Licênion, e então Cloé, pela primeira vez, entendeu que o que haviam feito no bosque não passava de uma brincadeira de pastores" (ibidem). Enquanto o último parágrafo pontua o final do enredo, com o ato sexual, o anterior cuida do prolongamento temporal do final feliz, afirmando o mecanismo de reduplicação que engendrou a forma e lhe deu continuidade:

> Não foi somente naquele dia, mas por todas as suas vidas eles passaram quase todo o tempo nas atividades dos pastores, adorando como divindades às Ninfas, Pã e ao Amor, possuindo numerosos rebanhos de ovelhas e cabras, e considerando os frutos e o leite como as mais delicadas iguarias. Quando tiveram o primeiro filho, um menino, amamentaram-no numa cabra; quando veio uma filha, a segunda, fizeram-na mamar na teta de uma ovelha; ao primeiro deram o nome de Filopoêmen, à segunda de Agele. Foi assim que esses gostos envelheceram com eles. Enfeitaram a gruta das Ninfas, ali consagraram imagens e ergueram um altar ao Amor Pastor. A Pã, para que não vivesse mais ao relento, ofereceram sob o pinheiro uma capela que batizaram de "o templo de Pã Guerreiro. (ibidem)

O resumo do texto procurou ressaltar, com as estações do ano, as marcações temporais, para demonstrarmos como o percurso cíclico do padrão sazonal flexibiliza a linha do enredo na figurativização do arco do ideal. Embora mais apagadas no final, essas marcações confirmam, nos giros do disco sazonal, a lei que aparece no meio da narrativa, movimentando o princípio geral da representação idealista: "Aguardavam a vinda da primavera como um renascimento após a morte" (ibidem, p.55). O mesmo princípio, desenvolvido, reaparece na seguinte frase de Dáfnis: "Verei Cloé na primavera, já que o destino, pelas aparências, não quer que eu a veja no inverno" (ibidem, p.56). Ligadas aos ritos de fertilidade, as pontas ascendentes do ciclo sazonal (primavera e verão) iniciam e retornam os momentos de felicidade, movimentando uma direção de comicidade, que resulta na integração ou união dos personagens. Como contraposição dialética, as outras duas partes do ciclo (outono e inverno) movimentam as complicações do enredo, tensionando uma direção de afastamento e tragicidade, que se apaga no final, para resultar o desenho do ideal. Como descendente da Nova Comédia, a narrativa ficcional grega reincorpora os aspectos formais da comicidade, à maneira como esses traços, segundo Scholes & Kellogg (1977, p.158), distinguem-se dos contornos da tragicidade:

> A "perfeição" da forma cômica consiste na combinação de personagens generalizados típicos da vida contemporânea com uma fórmula de enredo flexível baseada na intriga e conduzindo ao matrimônio. Esta é a forma assumida pela Nova Comédia na Grécia e todos os seus descendentes. A "perfeição" da forma trágica consiste na descoberta ou adaptação de personagens e enredos específicos ao padrão muito rígido de orgulho, mácula, queda e reconhecimento que Aristóteles discerniu e instituiu como o padrão trágico ideal.

Na tensão desses dois movimentos, o enredo desenvolve o padrão biografia-busca, contando a história de dois jovens que têm por sonho o casamento. Aquilo que o padrão institui como seus três marcos fundamentais – encontro, desencontro e reencontro – é recoberto pela biografia do nascimento de dois jovens, suas paixões e afastamentos, até a realização da busca ou consumação do sonho: o casamento. Esse recobrimento do fio biográfico não perde o caráter ritualístico da forma, que se assenta sobre o desdobramento do ciclo sazonal dos ritos de fertilidade, ajudado pelo comando incisivo dos personagens lendários e dos ritos a eles consagrados. Por isso, o desejo ou sonho dos personagens apaixonados nada mais são do que o desejo dos deuses que lhes traçaram o destino do amor: as Ninfas, Pã e o deus Amor. Ao despertarem do sonho, os deuses responsabilizam-se pelo destino do final feliz selado numa imagem apocalíptica: o ritual do casamento pastoril como reflexo da própria celebração dos ritos de consagração aos deuses.

Nomeado "celebração da diferença", em relação à gramática da tradição épica, estamos considerando, também neste capítulo, em razão da forte consistência do fio mítico, o enredo da narrativa grega como um processo de celebração às divindades mitológicas. No texto de Longo, sobre o fio mítico desferido pela flecha de Cupido, tendo as Ninfas como comandantes do destino de Cloé e o deus pastor Pã no comando do destino de Dáfnis, a linha ficcional costura a trama do enredo no formato do arco do ideal: o ciclo ritualístico do padrão sazonal impulsionando o fecho cíclico do nascimento ao casamento. Esse é o princípio maior do enredo no paradigma do ideal, em que o giro do disco sazonal acaba sempre no sentido ascendente da primavera e do verão, em decorrência do movimento cômico de reintegração, que tem como resultado a vitória da vida ou seu renascimento. Longo, ao desenvolver o mito de Dáfnis, celebra a vitória da vida, mas na origem prototípica do mito, com a morte do deus pastor, prevalece o final apocalíptico da metamorfose da morte em vida renascida, por meio da imagem de uma fonte ou de um rochedo. Na primeira, Dáfnis encarna a metáfora da fonte literária que se tornou, enquanto a segunda imagem pastoril contribuiu para a construção da alegoria de criador da poesia bucólica.[3]

Por fazer prevalecer o impulso cômico da união no final feliz, o enredo romanesco tem como fecho ideal o resultado da vida ou seu renascimento.

---

3 1) "Filho de Mercurio, o pastor Dáfnis nasceu na Silicia. Poucos dias após o seu nascimento, a Ninfa sua mãe o depôs num bosque de loureiros, donde o seu nome. Foi recolhido e criado por pastores e pelas Ninfas. Cresceu na solidão dos bosques e das florestas. Amava os campos, os rebanhos e o silêncio da grande natureza livre e selvagem. Era adoravelmente belo, prudente, bondoso e sábio. Tocava flauta e ensinou aos rudes pastores das redondezas hinos melodiosos. Instruiu-os, também, no culto de Baco. Um dia, Dáfnis, que era amante de uma formosa Ninfa, deixou-se prender pelos encantos de outra, chamada Quimera. Os deuses castigaram--no severamente, e o jovem, em novos cantos de melancólica melodia, exalou toda a tristeza de sua alma. Certa feita, enquanto cantava, tombou do alto de um rochedo. Mercúrio tomou seu corpo esfacelado e levou-o para o céu. No local em que Dáfnis caíra, surgiu uma fonte, que tomou seu nome. Junto a essa fonte os pastores silicianos celebravam jogos, anualmente, em honra do criador da poesia bucólica."
2) "Filho de Mercúrio, transformado em rochedo por se ter mostrado insensível à ternura de uma jovem pastora" (Spalding, 1965, p.68-9).

Se a imagem do casamento não sela o final ideal, uma variação trágica desse enredo pode representar o afastamento do herói e da heroína na vida, para instaurar uma união eterna após a morte. Essa moldura tem o significado de um renascimento simbólico. Em todo caso, o enredo da narrativa romanesca busca o resultado mais esperado da vitória da vida e, num desvio menos previsível, a vitória na vida renascida. Como a variação trágica é mais propícia ao gênero dramático, comandado pelo impulso da desunião, pode-se ver como Shakespeare indicia no substantivo "noite", do título de sua peça *O sonho de uma noite de verão*, o final funesto do enredo, que tem como base o mito de Píramo e Tisbe, cuja fórmula se consagrou no imortal *Romeu e Julieta*.

Caminhando para o casamento, a narrativa romanesca resgata o fio premonitório das divindades míticas para o enredo movimentar os destinos já traçados de seus heróis, completando-se o resultado previsível da trama ficcional com o desenho pastoril que ressalta um belo trançado retórico e erótico. Nessa paisagem apocalíptica, colorida com as cores da primavera e do verão, o enredo não somente se tece sobre o arco do ideal, como faz da celebração ritualística uma consagração da sua origem lendária e mítica. Se o quadro da pintura pastoril busca a celebração dos seus mitos, o desdobramento do enredo já pressupõe as suas resoluções pela interferência do elemento onírico, oriundo dos poderes mágicos dos ritos. Mas o encantamento das soluções miraculosas provém também do motivo musical. Mais do que um motivo, a música rege o movimento mágico do enredo, estabelecendo a ligação do mundo lendário com os fios da trama romanesca. Nessa integração pictórica e musical, a forma romanesca desenhou um esboço prototípico do paradigma narrativo do ideal, num enredo que representa um jogo marcado pelas cartas lendárias, em que os personagens executam os perigos de um percurso pelo prazer do jogo jogado, porque o resultado já tem um destino antecipado. Um desdobramento romântico do desenho dessa forma, desenvolvendo integralmente as regras do jogo da fórmula, pode ser conferido no romance *A moreninha*, de Joaquim Manuel de Macedo (1973).

A narrativa de Macedo instaura-se como um jogo: a aposta entre Felipe e Augusto, em que o segundo, definido como um "romântico", acabaria apaixonando-se por uma das primas do primeiro, a "pálida" Joana, a "loira" Joaquina ou pela sua irmã Carolina, uma "moreninha", num passeio a uma ilha paradisíaca, durante a véspera e o feriado do dia de Sant'Ana. Lançado o desafio, os amigos Leopoldo e Fabrício testemunham o que "acordaram

Felipe e Augusto", também estudantes, que se "o segundo acordante tiver amado a uma só mulher durante quinze dias ou mais, será obrigado a escrever um romance em que tal acontecimento confesse; e, no caso contrário, igual pena sofrerá o primeiro acordante" (Macedo, 1973, p.14). Instaurada a aposta, a narrativa não esconde, também, as regras do seu jogo formal, construindo a trama com os fios dos motivos idílico, ritualístico, lendário e musical do modo romanesco fixado no paradigma do ideal. Dada a moldura contratual instalada na enunciação (o romance é a própria escritura da cláusula da aposta que tem Augusto como perdedor), o enredo embaralha os acontecimentos do jogo, revelando que Augusto "tinha de perder de ganhar", como diria o vaqueiro do conto "Sequência" de Guimarães Rosa (1981, p.59). Ao perder a aposta, Augusto ganha o amor (o objeto de desejo), encerrando o enigma de sua volubilidade, ao mesmo tempo que nasce a história biográfica da busca e do encontro de seu amor. O livro termina justamente com essas palavras: "Ele perdeu ganhando...". Por meio dessas palavras, Felipe lembra-se da aposta e cobra o romance: "– Já está pronto, respondeu o noivo". Diante da resposta, pergunta pelo título e é atendido, na última frase: "– *A Moreninha*".

A assimetria entre o enunciado e a enunciação, segundo Affonso Romano de Sant'Ana (1975), encaminha o jogo do enredo numa partida simétrica, em que o resultado final já é previsto. A previsibilidade converte o *jogo* em *ritual*, porque a disjunção do primeiro acaba na conjunção instituída pelo segundo: a união de Augusto e Carolina. Assim os fios soltos do jogo são amarrados pelo ritual, seguindo-se a evolução da história de um plano de superfície (Augusto "está" romântico) para um plano mais profundo (Augusto "é" romântico): "A inconstância aparente de Augusto é o disfarce para a fidelidade que mantém ao ideal de amor, e ao juramento de só se casar com a menina do breve branco" (ibidem, p.87). Instaurando-se nesse plano profundo, o romance revela o seu mergulho às origens da forma romanesca, por meio da apropriação de poemas e lendas que reduplicam os modelos embrionários da narrativa. Daí o crítico afirmar que o romance se afirma "em suportes típicos da obra romântica como as fontes orais, a lenda, a balada" (ibidem, p.88). A sua análise levanta os elementos profundos da estética romântica, demonstrando como eles servem de suporte à composição do romance: "o *jogo* inicial se aproxima do *mito* como modo de efetivar o *rito*, que se instala em sua estrutura" (ibidem).

Aproveitando esse levantamento, mostraremos uma homologia estrutural entre o texto moderno e a fonte paradigmática da narrativa grega. Segundo Sant'Ana (1975), para conferir o romance com as estruturas míticas, o autor usa da técnica do encaixe, superpondo as histórias que se reduplicam em vários níveis: a dos dois breves, branco e verde; a dos índios, Aí e Aoitim; e a da balada do rochedo. Nesse processo, o romance realiza uma estrutura especular de reduplicação dos modelos:

> a) No passado: estória do menino e da menina na praia se prometendo amor e casamento, selando a promessa com um ritual realizado pelo velho moribundo.
> b) No passado lendário: com a lenda de Aoitim e seu amor pela índia Aí, que reduplica a estória de Augusto / Carolina.
> c) No presente: a balada cantada pela Moreninha sobre o rochedo, que efetiva a fusão das versões anteriores indiciando mais claramente o rumo da personagem no cumprimento da promessa (do passado) e do presságio (da lenda). (ibidem, p.88-9)

Nos três patamares espelham-se os reflexos da fonte paradigmática: no passado, a simetria do abandono dos pastores com os seus sinais de reconhecimento; no passado lendário, Dáfnis e Cloé revivem os mitos prototípicos de Dáfnis, o pastor divinizado pela devoção popular, e Cloé, um dos nomes sagrados da deusa Deméter, padroeira das searas; no tempo da enunciação da história, os dois pastores revivem o idílio comandado pelo motivo musical. Deve-se ressaltar, no livro de Macedo, a substituição de uma mitologia pagã, a grega, por outra, de origem indígena, na época do predomínio de uma mitologia mais forte, a cristã. A ausência da última deve-se ao procedimento romântico de se retroceder a uma temporalidade lendária; a substituição da primeira pela segunda, mantendo a estrutura de reduplicação da forma romanesca, é um traço do romantismo brasileiro, que faz um mergulho da ficção ao passado histórico, por meio do veio lendário. Nesse sentido, vale lembrar o confronto que se dá em *O guarani*, entre a mitologia indígena e a religião cristã.

No livro de Macedo (1973), a fusão temporal dos três patamares da história se dá no espaço mítico da gruta, em que há um copo de prata e uma pequena bacia de pedra. Esses elementos realizam um sincretismo simbólico daquilo que é expandido no paradigma: o cenário pastoril e paradisíaco; a água, a gruta e a fonte ligadas à história de Cloé; o rochedo do espaço pastoril e da metamorfose mítica em que Dáfnis foi transformado. O encontro, na praia, do menino e da menina, na narrativa de Macedo, com todo o seu sistema de trocas, rememora a predestinação da união de Dáfnis e Cloé: o menino dá uma concha do mar à menina e uma nota ao velho moribundo; a menina dá ao velho uma moeda de ouro; o velho efetiva um ritual de trocas, doando o breve branco e o camafeu do menino à menina e o breve com botão de esmeralda da menina ao menino, por meio do qual sela a profecia do encontro com a realização do casamento. A união de Dáfnis e Cloé também é antecipada pelo velho Filetas, que lhes narra a aparição de Cupido em seu jardim, o deus Amor e pastor dos jovens.

Além da ligação pelo espaço – mar e praia ou terra –, a história do passado infantil de Augusto e Carolina se liga àquela da memória do gênero, por meio de dois elementos simbólicos: a água e a pedra. São esses mesmos elementos que realizam a travessia das figuras da lenda indígena para ficção de Macedo. Regidas pelo código dos sentidos, as duas histórias cruzam-se pela abertura emocional de um figurante em relação ao outro. A abertura de Aoitim para o amor realiza-se, segundo Sant'Ana (1975), por meio de um agente simbólico, as lágrimas da índia apaixonada, da seguinte maneira:

> a) Aí canta e chora e as lágrimas caem sobre os olhos de Aoitim que enxerga a moça e exclama: "Linda Moça" (código visual: 1ª abertura)
> b) Aí canta e chora e as lágrimas caem sobre o ouvido de Aoitim que ouve a sua cantiga, e exclama: "Voz sonora" (código auditivo: 2ª abertura)
> c) Aí canta e chora e as lágrimas caem no lugar do coração e o índio exclama: "Sinto amar-te" (recepção da mensagem: 3ª abertura).

Despertado para o amor, o índio sente sede e bebe a água da fonte, ("as lágrimas do amor"), perfazendo o rito similar em que Dáfnis e Cloé se banham, se apaixonam, e depois experimentam os remédios do amor: os beijos, os abraços e os corpos enlaçados. A história de Aí e Aoitim é a versão mítica do amor de Augusto e Carolina, assim como a ficção de Longo revive e reduplica a história mítica de Dáfnis e Cloé. Na narrativa de Macedo, o processo de reconhecimento se dá de fora para dentro da gruta, nos mesmos passos do código da lenda: primeiro Augusto vê a Moreninha, mas não conseguem entender-se; depois ele a ouve cantar a balada sobre o rochedo; Augusto apaixona-se e acaba por beber a água no copo de prata. A narrativa de Longo, ao contrário, constrói o espelho paradigmático da fonte romanesca de dentro da moita de hera e da gruta de pedra em que são encontrados os seus heróis; desses espaços dá-se a abertura da paisagem pastoril. Na junção dos dois movimentos, em tempos diferentes, as duas narrativas se encontram no espaço da arte, movimentando os motivos idílicos e musicais e tecendo os fios lendários que ajudam a tramar o percurso ritualístico de uma história de amor.

A narrativa de Macedo, segundo Sant'Ana (1975), faz as histórias dos índios e dos amantes encontrarem-se na imagem da gruta e do rochedo: o espaço da realização do mito. Assim, o romance confirma os três níveis da estrutura (a fusão do passado da infância no passado da lenda e no presente dos personagens) e "se fecha circularmente por um reconhecimento, o futuro encravado no passado", como refletem as palavras de Carolina: "nós éramos conhecidos antigos" (p.93). Da mesma maneira que o futuro da narrativa romântica, aqui representada por Macedo, já estava encravado no passado da forma romanesca. A forma que a narrativa de Longo ajudou a construir, como fonte e fragmento no espelho do gênero.

Personagens e paisagens

Como vimos pelo prisma do enredo, a narrativa idealizante grega recorre à origem mitológica de seus personagens para recriá-los lendária e literariamente como fontes no paradigma do ideal. A narrativa romântica retorna a essa fonte para recriar os seus personagens com a ossatura de um passado lendário. Um fragmento como o do mito de Eco, contado por Dáfnis a Cloé, ilustra como a narrativa grega reduplica os seus personagens lendários a partir da matriz prototípica do mito, lugar em que esses personagens figuram como deuses sagrados. Mais que isso, a história de Eco pode servir como metáfora desse processo de reduplicação, que é um dos principais mecanismos da forma:

> Existem, mocinha, muitas espécies de Ninfas, as Ninfas dos freixos, as Dríades e as Ninfas dos pântanos; todas são belas, todas amam a música. Uma delas teve uma filha, Eco, que era mortal por ter um pai mortal, mas era bela, pois nascera de uma mãe muito bela. Ela foi alimentada pelas Ninfas e foram as Musas que lhe ensinaram a tocar siringe, flautas transversas, lira, cítara e todas as espécies de canções, de modo que, quando chegou à plena estação de sua jovem beleza,

ela dançava com as Ninfas e cantava com as Musas; fugia a todos os rapazes, homens e deuses, pois dava muito apreço à sua virgindade. Pã se irritou com ela, porque invejava sua música e não podia desfrutar de sua beleza, e enviou um acesso de furor aos pastores e aos cabreiros. E eles, como cães ou lobos dilaceraram-na e espalharam por toda a terra seus membros que ainda cantavam. E a terra, para agradar às Ninfas, recobriu cada um de seus membros. Ela própria conservou seu canto e, por vontade das Musas, dá a ouvir sua voz que, como antes fazia a jovem, imita a tudo: os deuses, os homens, os instrumentos e os gritos dos animais; imita até mesmo a Pã, quando ele toca a siringe. E ele, ao ouvi-la, ergue-se com ímpeto e quer persegui-la nas montanhas, desejando apenas saber quem é este aluno desconhecido. (p.66-7)

Um outro fragmento encaixado, mais lendário do que divinizado, mostra como o eco de personagens lendários entra na estrutura do modelo; no caso, a ficção de Longo, para, depois, a narrativa romântica e sua expansão em recriações mais modernas reduplicarem personagens nas ondas desse eco:

Jovem, era uma vez uma bela jovem como tu e que guardava no bosque, da mesma forma, um grande rebanho de vacas; ela gostava de cantar, e as vacas gostavam de ouvir sua música, e ela as guardava sem lhes bater com o cajado nem picá-las com o aguilhão; sentada sob um pinheiro e coroada com pinhas, ela cantava Pã e Pítis, e as vacas permaneciam lá, retidas pela sua voz. Um rapaz, que guardava bois, não distante dali, que também era belo e gostava de cantar, como a rapariga, quis rivalizar com suas canções e respondeu a elas cantando também, com uma voz mais alta, pois era um rapaz, mais suave, pois era jovem, e com isso, devido a seu canto, ele atraiu para seu próprio rebanho oito dos mais belos animais e levou-os com os seus. A jovem ficou desolada com a perda sofrida pelo seu rebanho e o menor êxito de seus cantos, e rogou aos deuses que a transformassem em pássaro antes de voltar para casa. Os deuses atenderam, e transformaram-na nesse pássaro, que vive na montanha, como a rapariga, e que gosta de cantar, como ela. E ainda agora ela canta para relatar sua desgraça, e diz que procura vacas perdidas. (ibidem, p.23-4).

O fragmento destacado, além de servir de espelho para Dáfnis e Cloé, refletindo em ódio e disputa o que em suas histórias deve ser transformado em amor e virtude, institui a fórmula da enunciação do paradigma do ideal: *Era uma vez...* Com base nesse passe de mágica e na metaforização dos personagens ficcionais em lendários (a bela jovem e o rapaz da lenda encaixada), o fragmento ensina como a forma romanesca se desenvolveu, vestindo a novidade de seus personagens ficcionais a partir de um figurino ancestral. Esse princípio da forma romanesca é comandado pela metamorfose da lenda em ficção. Por meio dessa transformação no enredo, um personagem recriado ficcionalmente também figura como o eco de uma matriz lendária. O processo de metaforização do personagem ficcional em um antepassado mítico ou lendário foi demonstrado por meio da homologia entre a narrativa de Longo e a de Macedo. Anteriormente, citamos como exemplo de recriação romântica moldada nos princípios da forma romanesca o livro de Alencar *O guarani*. Num percurso temporal regressivo, que nesse romance se apresenta, segundo o enredo, do início para o fim, a ficção afirma, na sua abertura, um contexto histórico ancorado no século XVII, depois um registro romanesco e medieval para terminar na atemporalidade mítica. Nessa regressão, os heróis da ficção, Peri e Ceci, da alegoria da nacionalidade brasileira, são transportados para os castelos medievais, nas roupagens de um príncipe mouro e uma princesa cristã, para, enfim, pairarem, sobrelevados, na metáfora mítica de Tamandaré e sua companheira. Esse percurso de regressão conduz a literatura para o início de sua formação. Por isso, o caminho de Longo é progressivo: do mito para o lendário, e desse para a ficção. De lá para cá; de cá para lá: o eterno retorno. Como em "A menina de lá", conto de Guimarães Rosa, analisado no final do livro.

Uma outra recriação do autor, com um apagamento maior da sombra do lendário no enredo, continua valendo-se do princípio da reduplicação de seus personagens. O conto "Luas de mel", também do livro *Primeiras estórias* (Rosa, 1981), apaga o eco do lendário, mas faz seus personagens movimentarem o princípio do modo romanesco, reduplicando a lua de mel do jovem casal no renascimento amoroso dos personagens idosos. Ao proteger os jovens do pai da moça, o fazendeiro possibilita a realização da história de amor. Consumada pelo ritual do casamento, a história dos jovens leva o fazendeiro a reviver com sua mulher, na velhice, o eco da primeira noite de amor. Ao dizer que "os namoros dessas gentes são minhas outras mocidades", o fazendeiro prepara a realização das "luas de mel" ou "lua de méis", que essa história de "fazer-de-conta-de-amor" (ibidem, p.99) realiza, reduplicando os princípios da juventude da forma romanesca.

Nos tempos modernos, se os fios lendários desse percurso do enredo diluem-se no tratamento da matéria ficcional, o recurso da duplicação testemunha, na figurativização das personagens, os traços de um retrato ancestral.

Nesses retratos permanece uma aura de beleza, pureza, virtude, lealdade e inocência de que se revestem as crianças, jovens e velhos recriados como seres ficcionais ideais. Nesse sentido, muitas personagens infantis, jovens e idosos, que povoam as histórias de Guimarães Rosa, revivem os arquétipos idealizadores entesourados no paradigma dessa forma matricial. Esse é um dos procedimentos de espelhamento com que os contos também se reduplicam nas *Primeiras estórias*, formando uma estrutura em pares.

Completando a relação que envolve a triangulação etária, há ainda a paisagem que funciona como uma espécie de personagem. Mais do que cenário, a paisagem faz parte do palco nesse tipo de representação. Além do comando da espacialidade, que é a sua especificidade, ela é um figurante participativo que acompanha os demais personagens, interagindo com os seus estados anímicos, ou lhes servindo de suporte para o convívio com criaturas amigáveis, normalmente as aves de voo leve ou animais domesticáveis.

Como vimos, o quadro do padrão delineado pela narrativa de Longo prevê a biografia do herói e da heroína, desde o nascimento (com o abandono e os sinais de reconhecimento) até o período da juventude, com o despertar amoroso e o laço do casamento. Essa estrutura é costurada pela intermediação de um idoso, que executa a profecia da união. Completando a harmonia da triangulação etária tem-se participação da paisagem idílica, como no seguinte fragmento que, embora longo, será transcrito para ser analisado:

> Meus filhos, eu sou o velho Filetas [...] E de vós me aproximo para contar-vos tudo o que vi e dizer-vos tudo o que ouvi. Possuo um jardim que eu mesmo fiz e ao qual, desde que deixei de pastorear animais, porque sou velho demais, dediquei todos os meus cuidados; tudo o que trazem as estações, ele produz, cada coisa em sua estação: na primavera, as rosas, os lírios, o jacinto e as duas espécies de violetas; no verão, papoulas, peras de todos os tipos e maçãs; agora, são as uvas, os figos, as romãs e os mirtos verdes. Nesse jardim, desde a aurora se reúnem bandos de pássaros, uns para buscar alimentos, outros para cantar, pois é denso, sombreado e por três fontes irrigado; se se tirasse a cerca, julgar-se-ia estar numa mata.
>
> Hoje, por volta do meio-dia, quando ali entrei, eis o que vejo, sob as romãzeiras e os mirtos, um menino segurando na mão ramos de mirta e romãs; ele era branco como o leite, louro como a flama, fresco como se tivesse saído do banho; estava nu e inteiramente sozinho, e se entretinha em colher frutos, como se o jardim fosse dele [...]

O ENGENHO DA NARRATIVA E SUA ÁRVORE GENEALÓGICA   **137**

Então ele começou a rir às gargalhadas e ouvi sua voz [...] Agora é de Dáfnis e Cloé que sou pastor; e de manhã, depois de tê-los reunido, eu venho ao teu vergel, aprecio tuas flores e tuas árvores, e banho-me em tuas fontes. É por isso que tuas flores e tuas árvores são belas, proque são regadas com a água do meu banho. Observa se há um de teus ramos que esteja quebrado, se há um fruto que tenha sido colhido, uma haste de flor que esteja pisada, uma fonte que esteja turva, e fica feliz, tu que, o único entre os homens, viu em tua velhice a criança que sou.

Com isso, ele se lançou, como um pequeno rouxinol, sobre os mirtos e, de ramo em ramo, alçou-se por entre as folhas até o alto. Então vi suas asas nas costas, e seu arco entre as asas, e depois não vi mais nada, nem ele mesmo. Se não foi em vão que meus cabelos embranqueceram, e se, ao envelhecer, não perdi a razão, é ao Amor, meus filhos, que sois consagrados, e é o Amor que vela sobre vós. (p.31-3)

O quadro narrativo apresenta-se como uma cena de revelação adornada por pinceladas líricas e armada por ingredientes pastoris e bucólicos: as bases de um idílio amoroso. No quadro, destacam-se as relações entre as personagens e a construção da paisagem. As personagens ilustram a formação do triângulo etário que se articula em razão do núcleo amoroso: o casal de jovens. A base do triângulo une a infância (Amor / Cupido) à velhice (Filetas), formando a linha de direção e proteção do casal: "viu em tua velhice a criança que sou". Por isso Filetas, a personagem da ficção, apresenta-se como uma duplicação da personagem mitológica, Amor, metaforizando as suas funções: "Agora é de Dáfnis e Cloé que sou pastor". Como metáfora de Cupido, o velho assume o papel narrativo de condutor da linha do destino do amor dos jovens, prefigurando as figuratizações e funções dos profetas, adivinhos, sábios com poderes mágicos e espirituais e toda a gama da constelação de protetores paternais. Revelando aos jovens o esquema de proteção por meio de sua visão, Filetas, agora que deixou de pastorear animais por causa da idade, revela, também, como construiu seu jardim, integrando no quadro as personagens e a paisagem.

Nessa integração, temos a escala toda dos protótipos de personagens com que a narrativa caminhou do céu metafórico das religiões para a terra da ficção, em busca de histórias humanas. Do alto vem o Amor para velar o amor dos jovens. Abaixo dele, ligando a casta dos personagens lendários aos personagens humanos com poderes de proteção e saberes de revelação, Filetas faz a intermediação entre o plano heroico, em que se situam os jovens amorosos, e o plano divino do Amor. Da mesma maneira que os personagens do alto se movem para criar essa escala e aura de proteção, há um movimento entre os elementos de baixo, dos reinos mineral, vegetal e animal, para coroar a atmosfera de integração. Observe, nesse sentido, que a ação de Cupido no jardim de Filetas reduplica num plano lúdico e mágico o que implica o fazer do trabalho humano: "É por isso que tuas flores e tuas árvores são belas, porque são regadas com a água do meu banho".

Por retratar o momento crucial que separa a criação divina do trabalho humano, a natureza do que é construído pela cultura, o texto ilustra também o princípio da "gramática arquetípica" que organiza o paradigma das imagens apocalípticas, que Frye denomina de *analogia da inocência*. No deslocamento de um contexto religioso para o artístico, segundo o crítico, a literatura representa "as categorias da realidade com as formas do desejo humano, tais como indicadas pelas formas que assumem com o trabalho da civilização humana" (p.142). É isso o que acontece nesse momento, com a fala de Filetas anunciando o seu fazer: "se se tirasse a cerca [do jardim], julgar-se-ia estar na mata". O fruto do trabalho de Filetas é o jardim: "Possuo um jardim que eu mesmo fiz [...] tudo o que trazem as estações, ele produz". O jardim de Filetas corresponde à imagem do desejo em que a natureza foi transformada e que a romantização posterior da forma continuou recriando nas imagens de bosques, parques, apriscos, fazendas etc.

É pelo mesmo processo que se organizam as imagens poéticas dos outros reinos: o animal e o mineral. O primeiro corresponde a um mundo de animais domésticos, em que a ovelha ocupa o centro desse terreno pastoril. Desse centro proliferam as imagens que vão do imaginário poético, como o unicórnio, aos animais mais plausíveis e cotidianos, caracterizados como brandos, fiéis e dedicados. No trecho selecionado, a matéria mineral destacada é a água, o elemento vitalizador do jardim e que se acondiciona na forma de fontes. No livro de Longo, como veremos no estudo do espaço, a pedra tem uma função importante, pois é figurativizada em gruta e templo, abrigo humano e morada divina, opondo-se à sua forma mais trabalhada, a metáfora labiríntica da cidade, que é mais propícia ao paradigma demoníaco do real. Nesse contexto bucólico e pastoril, o processo de idealização, como complemento da água, trabalha a simbologia do fogo, da terra e do ar: "Com isso, ele [Amor] se lançou, como um pequeno rouxinol, sobre os mirtos e, de ramo em ramo, alçou-se por entre as folhas até o alto".

Todos esses elementos da natureza se articulam para construir um mundo mágico e de encantamento. Observe a figura do Amor, foco da revelação, que reúne em identidade toda a escala dessas categorias trabalhadas: é divino ("é ao Amor, meus filhos, que sois consagrados") e humano ("um menino"); é "como um pequeno rouxinol" e, como homem-pássaro ("vi suas asas nas costas"), carrega o instrumento mágico do amor: "seu arco entre as asas". Se, para Frye, a imagem do jardim paradisíaco e da árvore da vida acaba no desdobramento medieval do *locus amoenus* e a simbolozação romântica da árvore da vida surge na varinha vivificadora do mágico, podemos dizer que, aqui, a varinha mágica encontra o seu antepassado na flecha mágica do amor. É assim que esses elementos interagem no quadro de personagens de uma representação idealista, que busca um sentido de desejo paradisíaco. O jardim, no caso, forma essa paisagem arquetípica. Mas trata-se do mundo sem culpa do paradigma do ideal, oposto ao mundo da culpa e do pecado, que surgirá na representação do real. Por ora, estamos, ainda, num jardim das delícias, sem as delícias do pecado.

Todo esse aparato retórico está a serviço do despertar, da complicação e, finalmente, da consumação do desejo amoroso dos heróis, com a vitória da virtude e da integridade moral. A enunciação conduz o desenvolvimento do enredo, direcionando o *mythos* ao encontro dos ritos, na celebração da união que consagra os deuses. O enredo, com o seu sentido de renascimento, fertilidade e integração social, amarra a simbologia do percurso temporal na imagem pastoril fixada pelo acontecimento do casamento. A integração das personagens na paisagem é o resultado da movimentação temporal na imagem espacial. A temporalidade e a espacialidade, por fim, flexibilizam a linha do acontecimento terrestre no formato do semicírculo de uma gruta, em que a junção de todas essas relações celebra, no ritual do casamento e na duplicação dos personagens ficcionais, a consagração de seus modelos míticos e lendários. É o que se pode ver no resultado final da narrativa:

> Dionisofanes, visto que fazia um bom tempo, mandou preparar assentos de mesa na frente da própria gruta, com tapetes de folhas, e ofereceu a todos os aldeães uma ceia suntuosa. Lá estavam Lamon e Mirtalê, Drias e Napê, os pais de Dorcon, Filetas e os filhos de Filetas, Crômis e Licênion; não faltava sequer Lâmpis, que fora perdoado. E, com essas convivas, tudo se passou como se passa nos campos, de maneira rústica; um cantou canções de ceifadores, outro contou

os gracejos dos vindimeiros que pisam a uva; Filetas tocou a siringe, Lâmpis tocou flauta, Drias e Lamon dançaram, Cloé e Dáfnis trocaram beijos. E até as cabras vieram pastar bem próximo, como se também estivessem participando da festa. (p.99)

Quando Longo dá as últimas pinceladas no seu quadro narrativo com a imagem de congraçamento do casamento, mais do que a harmonia nas relações de amizade e entre os personagens e a paisagem, estabelece-se a confluência das relações entre os elementos organizadores da retórica narrativa. Na temporalidade expressa em "fazia bom tempo" pressupõe-se a marcação da parte ascendente do ciclo sazonal, comemorando-se, na cerimônia, um rito de fertilidade. Em conjunção com a ascendência temporal, a espacialidade estende os seus "tapetes de folhas" para erguer na imagem da gruta o arco com que a natureza passa a arquitetar a sua ambivalência de morada e templo. A junção do sagrado e do profano, que se manifesta na interação da temporalidade com a espacialidade, também se realiza na construção dos personagens: os heróis pastoris encarnam, na pele da matéria humana e ficcional, a alma sagrada de seus ancestrais míticos e lendários. É essa ambivalência do sagrado e do profano que move a magia da enunciação, conduzindo o *mythos* ao rito de congraçamento do casamento, o meio pelo qual a história ficcional consagra a lenda e o mito.

Mesmo aliando à sua origem estética e retórica um forte componente erótico, a forma romanesca sublima o sexo para metaforizar a nobreza de caráter e de conduta de seus personagens na parte superior de seus corpos, acompanhando o movimento geral das coordenadas espaciotemporais, que arquitetam sobre o plano terreno da horizontalidade o semicírculo da abóbada celestial. Quando a narrativa de Longo se propõe a desenvolver, dentro do esquema de uma "estória de amor", o percurso interno de uma "lição de amor", as três fases do aprendizado operam um deslocamento do alto para o baixo: primeiro os beijos, depois os braços enlaçados e, por fim, a consumação do amor. Mas esse deslocamento invertido pelo desvio da regra é prontamente corrigido a partir do ato sexual, que descreve um limite fixado na linha da cintura dos personagens – porque a descrição dos órgãos genitais já pertence ao paradigma do real –, para retomar o trajeto ascendente que lhe impõe o comando da forma. Por isso, no último parágrafo, a descrição do ato sexual é feita como um retorno do baixo para o alto: "Dáfnis e Cloé se deitaram, totalmente nus, um junto ao outro, tomaram-se nos braços e trocaram beijos, sem fechar os olhos da noite, tal como corujas" (p.100).

Uma variação da forma, testada por Mário de Andrade, com o intuito de encontrar novas possibilidades para a ficção no modernismo brasileiro, é apresentada no romance *Amar, verbo intransitivo*. Invertendo-se o padrão de Longo, a "lição de amor" desenvolvida por Mário de Andrade ironiza, no desejo de Fräulein, não só o idealismo da personagem, mas a própria utopia da forma idílica, opondo a "lição de amor" ao sonho de uma "estória de amor". Mesmo dramatizando a descrença na romantização idílica para os tempos modernos, Mário de Andrade utiliza-se da tradição da forma para mostrar, na inviabilidade de sua utopia, uma possibilidade de invenção narrativa na reinvenção do romance brasileiro.

Concluindo o esboço dos personagens, podemos dizer que a narrativa em prosa escrita, em busca dos ideais de beleza, pureza e verdade, retratou em seus enredos as formas da perfeição heroica almejada pelo desejo humano. Fruto desse desejo, a ficção criou personagens ideais do ponto de vista físico, moral e estético, em que a virtude de suas ações encontra correspondência na virtuosidade da elaboração artística. São "estórias de amor" com que a imaginação humana projeta sua maior fortuna que é a capacidade de sonhar. Mas, como há quem acredite que a natureza humana é justamente a sua falibilidade e finitude, o homem inventou uma arte de tecer sonhos como uma forma de vencer seus pesadelos, pois a sua condição de inventor de heróis é a maneira mais criativa de fazer a sua imaginação trabalhar contra o destino trágico da vida.

Temporalidade

Interagindo com os demais elementos de estruturação da narrativa, o tempo também é transladado de um plano sagrado para o ficcional sem perder o aparato de um ritual. O caráter ritualístico permanece no movimento cíclico do nascimento ao casamento, visto como um rito de renascimento, que é reforçado, ainda, pelo arco ascendente do disco sazonal, com sua estrutura de retorno marcando um sentido de fertilidade. Nesse movimento, a narrativa institui um tempo ficcional sem perder o elo com a ancestralidade lendária e sagrada. Assim, a função principal da temporalidade, no paradigma do ideal, é a de desenhar o arco apocalíptico com o movimento ascendente do ciclo sazonal. Se esse movimento imprime o retorno dos ritos de fertilidade na comemoração de uma vida renascida, ele também reflete, na narrativa, o desejo de um sonho: a união por meio do casamento. Ao desenhar o movimento da estrutura de um sonho, a ficção reimprime a simbologia de uma temporalidade arquetípica e, portanto, mítica.

Desenvolvendo o movimento de um ritual, a narrativa protótipica do paradigma do ideal reduplica, no seu tempo ficcional, um sonho preconcebido na temporalidade lendária, expresso nos desejos das personagens míticas que comandam os destinos das personagens ficcionais. Cupido lembrava ao velho Filetas o seu empenho em uni-lo, em outra época, à jovem Amarílis, assim como passa a cuidar dos destinos de Dáfnis e Cloé, porque na realização dos sonhos dos jovens é ele quem comanda o tempo – "sou mais velho do que Cronos, e até do que todo o tempo" – e, ao dominá-lo, dá-lhe um formato circular: "e fica feliz, tu que, o único entre os homens, viu em tua velhice a criança que sou" (p.33). Na ambivalência da velhice que representa com a figura infantil em que se apresenta, Cupido alegoriza a própria forma de manisfestação do tempo romanesco e das romantizações de sua evolução. Na infância da ficção romanesca, o formato infantil de Cupido traz com ele a maturidade e a circularidade de uma temporalidade lendária. Nas romantizações futuras da forma, essa circularidade lendária comanda a nova temporalidade ficcional, tramada e reinventada nas relações de uma história atualizada.

No livro de Longo, quando as Ninfas, Pã e o Amor destinam, na infância de Dáfnis e Cloé, a união futura, essa temporalidade vai ser transportada, na romantização da forma, como o tempo lendário que determina a união dos personagens ficcionais adultos, pois esses já nascem ligados, na infância, à temporalidade lendária pertencente à infância da forma. No livro *A moreninha*, se Carolina e Augusto revivem, quando adultos, a união lendária de Aí e Aoitim, não é somente porque no tempo de suas infâncias os seus destinos foram selados, mas porque esse tempo da infância ficcional rememora o tempo lendário da infância da forma. Por isso, no livro *O guarani*, lembrando o outro exemplo romântico utilizado, Peri e Ceci se conhecem já adultos, e a união entre os dois se dá, no final, pelo tempo lendário pertencente à infância da forma, que substitui, na ficção, o tempo do encontro dos personagens nas suas próprias infâncias. A substituição do tempo da infância ficcional pela temporalidade lendária realiza-se com o mecanismo de sua circularidade, mesmo no livro de Alencar, em que, por exigência de um traço do romantismo brasileiro, o tempo lendário é proveniente de outro repertório simbólico, pertencente à cultura indígena. Com isso, constata-se que o tempo adulto ficcionalizado no desenvolvimento da forma é regido por um princípio de circularidade, manifestado na reduplicação de um tempo lendário cristalizado na infância das diversas culturas.

O movimento eufórico de um tempo renascido é articulado pelas estações primavera e verão, e essa temporalidade concretiza-se com o auxílio das imagens espaciais, que lhe fixam o sentido idealista. Na tessitura dessas imagens, a espacialidade vale-se da articulação simbólica dos elementos da natureza. O paradigma do real desenvolve o mesmo processo numa relação inversamente proporcional: o movimento de afastamento, queda, ou de uma morte simbólica, liga-se à parte descendente do ciclo sazonal. Na narrativa idealista, a parte disfórica do padrão sazonal desencandeia o motivo do afastamento, prolongando e dificultando, na sua tensão, a linha que liga o nascimento ao matrimônio com o sentido de renascimento.

O livro de Longo ilustra o processo, mostrando que, ao marcar a tensão e a disforia da parte descendente do ciclo sazonal, a temporalidade se agarra às imagens da espacialidade, imprimindo no desenho dessas imagens as relações simbólicas instauradas por meio dos elementos da natureza. Numa cena do livro, quando o inverno afasta ou dificulta o encontro dos jovens pastores, o desenho do quadro manifesta os fios dessas articulações: "A distância entre as duas casas não ultrapassava dez estádios, mas a neve, que ainda não derretera, fez com que ele se cansasse muito; mas o amor não conhece obstáculos, nem o fogo, nem a água, nem as neves de Cítia" (p.56). A água e o fogo dão consistência à temporalidade disfórica, mas esses elementos transformam-se à medida que o disco temporal gira, fazendo renascer, com o renovar do tempo, as imagens da terra verdejante do mundo pastoril. Se "um frio terrível, um vento do norte queimava tudo", em outra cena, as simbolizações da água, do ar e do fogo, ao mesmo tempo que criam a tensão da adversidade, metamorfoseiam-se na elaboração de uma nova composição, tendo como fio condutor a temporalidade da felicidade. O giro desse movimento termina no porto seguro da pedra, da terra, e nos demais elementos que dão suporte à paisagem pastoril:

> Foi por ti que eu vim, Cloé. – Eu sei, Dáfnis. – É por ti que eu mato esses pobres melros. – E o que eu posso fazer por ti? – Pensar em mim. – Eu penso,

pelas Ninfas, perante as quais fui jurar, lá adiante, em sua gruta, aonde voltaremos quando a neve derreter. – Há ainda muita neve, Cloé, e receio me derreter antes dela! – Coragem, Dáfnis; o sol é quente. – Ah, Cloé, se ele pudesse ser tão quente como o fogo que queima meu coração! (p.59)

Como a temporalidade se rege pelo giro do disco sazonal, o eixo da estrutura temporal na narrativa idealista localiza-se na frase que aparece no meio da história de Longo: "aguardavam a vinda da primavera como um renascimento após a morte" (ibidem, p.55). Sobre esse eixo maior, que comanda o enredo, um segmento temporal como a noite terrível vivida por Cloé no mar, quando foi raptada, com a espera e a chegada do amanhecer, apenas reitera a dinâmica do movimento que a vinda da primavera significa na estrutura temporal maior:

E ela lhe contou tudo, a hera nas cabras, os uivos das ovelhas, o ramo de pinheiro em volta de seus cabelos, o incêndio da terra, o rumor no mar, as duas músicas da siringe, a música guerreira e a música pacífica, a noite de terror, e como fora guiada por uma música num caminho desconhecido. (ibidem, p.46)

No desdobramento da cena, por intervenção de Pã ("E serei vosso guia: o teu, no mar, e o dela, na terra"), o comandante da esquadra localizou Cloé, "colocou-a em seu navio almirante e conduziu-a à terra" (ibidem, p.45). No momento em que desembarcou, "ouviu-se novamente tocar uma flauta nos rochedos, mas já não era uma música guerreira, nem atemorizante; era uma música pastoril, semelhante à que conduz os rebanhos à pastagem" (ibidem, p.46). No movimento temporal da noite para o dia faz-se o deslocamento espacial do mar à terra, e a imagem do rochedo sobressai na paisagem pastoril, como o elemento de ligação entre um mundo sagrado e um mundo profano:

Tendo Cloé retornado com os outros, ele acendeu um fogo, cozeu uma parte das carnes, assou o restante, e ofereceu suas primícias às Ninfas; depois disso, fez-lhes uma libação com uma cratera cheia de mostos e, tendo arrumado assentos de mesa com folhagens, começaram a comer, a beber e a se divertir. (ibidem, p.47)

O reencontro dos heróis na cena descrita mostra como são indissociáveis as ações profanas e sagradas, unindo na diversão o rito da sagração. Da mesma maneira, o tempo e o espaço apresentam-se tão articulados que formam um "cronotopo artístico-literário", ou seja, uma categoria conteudístico--formal que expressa as relações temporais e espaciais artisticamente assimiladas, pois, na narrativa, "o tempo condensa-se, comprime-se, torna-se artisticamente visível enquanto o espaço intensifica-se, penetra no movimento do tempo do enredo e da história" (Bakhtin, 1988, p.211). Essa percepção do desenho do tempo e sua relação com o espaço levou Bakhtin a situar o "romance grego" como o filão iniciador do *romance de aventuras de provações*, cujo sincretismo formal "utilizou e fundiu em sua estrutura quase todos os gêneros da literatura clássica", gerando uma "nova unidade específica de romance, cujo elemento constitutivo é o tempo do romance de aventuras" (ibidem, p.215). Esse tempo liga-se a um tipo de espaço abstrato, formando, na literatura, um cronotopo novo: "um mundo estrangeiro no tempo de aventuras" (ibidem).

O que Bakhtin define como "tempo de aventuras" e "mundo estrangeiro" corresponde à essência da temporalidade e da espacialidade desse modelo narrativo, pois é o momento em que essas coordenadas se encontram fortemente embaladas pelo impulso ficcional e pouco apoiadas em referências miméticas, o que lhes garante uma caracterização bastante abstrata. Antes do último exemplo citado, Cloé havia sido raptada pela gente da cidade de Metimna e Dáfnis fica desesperado. Depois de muito esbravejar, cai num sono profundo, desencadeando o "tempo de aventuras", marcado discursivamente por expressões correspondentes ao processo associativo do sonho: "E eis que erguem-se diante dele as três Ninfas" predizendo, "Cloé te será devolvida amanhã, com tuas cabras, com suas ovelhas, vós as apascentareis juntos, tocareis juntos a siringe; quanto ao mais, o Amor se ocupará de vós" (p.43). Enquanto Dafnis está inserido nessa tempestade marcada entre a noite e o amanhecer, a narrativa se desloca para o espaço do mar e localiza Cloé aprisionada no navio, que sofre violenta tormenta provocada pelo som de uma siringe. A música é um dos meios com que Pã intercede pela heroína, libertando-a: "E os animais começaram a cercar Cloé, formando um coração, saltando e balindo, como que de alegria; ao passo que as cabras, as ovelhas e os bois dos outros pastores permaneciam imóveis no fundo do navio, como se a música não estivesse chamando a eles" (ibidem, p.46). Tudo se passa sob o encantamento da música, "a música guerreira e a música pacífica, a noite de terror, e como fora guiada por uma música no caminho desconhecido". Dáfnis, reconhecendo nessas palavras de Cloé a realização do sonho em que vira as Ninfas e a intervenção de Pã, "conta-lhe por sua vez a visão que tivera" (ibidem, p.47). Na aproximação do que Cloé viveu com o que Dáfnis assistiu em sua visão dá-se o encontro do tempo e do espaço, formando uma unidade. O espaço do deslocamento, figurativizado no mar, corresponde ao "espaço estrangeiro" estilizado, que forma com o "tempo de aventuras" e suas resoluções abstratas o cronotopo artístico desse núcleo de aventuras.

Falamos em núcleo porque essa unidade de tempo-espaço se localiza no centro da estrutura do enredo da narrativa grega, entre a paixão e a união que lhe servem de moldura. Essa moldura é regida pelo "tempo biográfico" dos heróis, que vai da infância e adolescência ao casamento, vivido no espaço pastoril, também estilizado, mas mais familiarizado pela vivência da aventura amorosa em oposição ao espaço "estrangeiro" do deslocamento, que é o espaço da aventura do desconhecido. Nesse espaço *atópico* instala-se o tempo mágico da aventura: segmentos temporais que se inserem pelos temas específicos do *de repente* e do *justamente*, em que o curso dos acontecimentos se interrompe e dá lugar à intrusão do *mero acaso* com sua lógica específica. O mecanismo dessa lógica "é uma *coincidência* casual, isto é, *concomitância fortuita* e ruptura casual, ou seja, não *concomitância fortuita*". É o mesmo procedimento que Alfredo Bosi (1988, p.23) flagra nos contos curtos de *Primeiras estórias*, que relatam como, "através de processos de suplência afetiva e simbólica", as criaturas de Guimarães Rosa encontram uma passagem para o reino da liberdade: "O acaso, o imprevisto, o universo semântico do 'de repente', entram no meio dos episódios e operam mudanças qualitativas no destino das personagens". Bosi está preocupado em situar a perspectiva ideológica de Rosa e analisar o destino dessas personagens pela mediação da cultura popular. Mas pela perspectiva artística da prosa barroca e da superposição de pontos de vista do narrador, podemos identificar nesse procedimento do *acaso* também um modo de se reencontrar a fantasia do princípio temporal mais abstrato da arte narrativa idealista.

Para Bakthin (1988, p.224), o tempo de aventuras do tipo grego tem necessidade de uma extensão espacial *abstrata*: "a coincidência fortuita e a não coincidência fortuita dos fatos estão indissoluvelmente ligadas ao espaço, medido antes de mais nada pela *distância* e pela *proximidade*". Assim como o tempo não tem ligação com uma série histórica real, o espaço do *acaso* é desligado de uma estrutura sociopolítica, cultural e histórica: as particularidades dos lugares não se inserem no acontecimento como sua parte constitutiva, pois "o lugar entra na aventura unicamente como um prolongamento despojado e abstrato" (ibidem, p.225). Caracterizando o cronotopo de aventuras pela *"ligação técnica e abstrata do espaço e do tempo, pela reversibilidade* dos momentos da série temporal e pela sua *possibilidade de transferência* no espaço"*, o autor conclui que "o mundo dos romances gregos é *abstratamente estrangeiro"* (ibidem, p.226). Se o espaço mais familiar da vivência dos heróis é, ainda assim, *estrangeiro*, o nosso ponto de vista, calcado na narrativa de Longo, considera ainda que esse espaço familiar ficcionalizado é uma projeção de um cenário lendário.

Ao caracterizar o tempo e o espaço do *acaso*, Bakhtin considera a série de breves segmentos que correspondem às aventuras, separando, como dissemos, o *tempo de aventuras* do *biográfico*: aquele em que os acontecimentos essenciais na vida dos heróis lhes trazem um significado biográfico. Para o autor, o "romance" grego não é construído sobre esses momentos, mas no que se realiza entre eles. Destaca, portanto, o segmento das complicações em relação ao encontro inicial e ao reencontro final. Assim isolado, o núcleo da narrativa é visto como um "hiato extratemporal entre os dois momentos do tempo biográfico" (ibidem, p.216). O autor defende que não deve haver nada de essencial entre os dois pontos, pois o amor permanece absolutamente inalterável no transcorrer do enredo, em que "os dois momentos contíguos da vida biográfica e do tempo biográfico são excluídos de forma natural" (ibidem).

No nosso ponto de vista, esse núcleo não precisa ser isolado; ao contrário, deve ser acoplado ao tempo biográfico que lhe serve de moldura, pois essa moldura tem a função temporal de instaurar um movimento de retorno, por meio de sua estrutura cíclica e ritualística. O mesmo acontece com o mecanismo e a lógica do *acaso*. No nosso estudo, esse procedimento deve ser visto como um processo mágico de desdobramento dessa lógica, que entra no mundo do maravilhoso determinando o funcionamento também dos demais componentes da narrativa. Assim, dentro do nosso objetivo de traçar as linhas principais dos componentes retóricos da narrativa prototípica idealista, por meio da obra de Longo, que Bakhtin exclui da tipologia do romance grego de aventuras por ser centrada num "cronotopo idílico-pastoril", podemos, por essa visão mais geral, reunir os posicionamentos dos principais teóricos que estamos seguindo.

O ponto de encontro se dá quando Bakhtin procura definir a imagem do homem grego mergulhado no mundo espaciotemporal do *acaso*, recuperando a tradição do *conto popular*, que é para Scholes & Kellogg (1977) a raiz do impulso ficcional desenvolvido pela narrativa grega em prosa, constituindo um dos protótipos principais da forma literária situada no *modo romanesco* concebido por Frye. Nesse percurso do mundo profano da invenção ficcional em que se instala o mecanismo do *acaso*, podemos ver como ele provém dos procedimentos de magia que vitalizaram o conto popular, que, por sua vez, o herdou da fonte lendária e mítica. Como afirma Frye (1973a, p.301): "a estória romanesca em prosa", a forma em que se assenta a ficção grega, "surge primeiro como um desdobramento recente da mitologia clássica".

Na sua análise, Bakhtin caminha para uma direção "abstratamente literária" quando explora o motivo da ruptura temporal que se estabelece na frase: o *Destino começou seu jogo*, no livro *Leucippes e Clitofontes*. Um motivo equivalente foi apontado na expressão "eis como o Amor lhes enviou preocupações", no livro *Dáfnis e Cloé*, desencadeando uma série temporal, que se pode prolongar quase infinitamente, pois, de uma maneira similar, os acontecimentos "não se ligam entre si numa série real de tempo, não se tornam dias e horas da vida humana" (Bakhtin, 1988, p.220). Na visão do autor, todos os momentos do tempo infinito de aventuras são governados pela força do *acaso*. Esses momentos encontram-se nos pontos de ruptura do curso normal dos acontecimentos, nos lugares em que uma sequência se interrompe e dá lugar à intrusão de forças não humanas, o destino, os deuses, além da função actancial dos vilões e benfeitores. Por isso, o *"tempo do acaso das aventuras é o específico tempo da intrusão das forças irracionais na vida humana"*. A essas forças, e não aos heróis, é que pertence toda a iniciativa no tempo de aventuras: "o verdadeiro homem de aventuras é o homem do acaso" (Bakhtin, 1988, p.220). Ao admitir essa intromissão, Bakhtin está admitindo que o tempo biográfico, o qual deveria governar o tempo ficcional da aventura, na verdade, é regido por um tempo exterior, que a narrativa de Longo possibilita reconstruir: o deslocamento lendário e mítico direcionando a temporalidade interior.

Quando afirma que a temporalidade dos fragmentos de aventuras não altera nenhum traço biológico durante o hiato entre os dois momentos biográficos, Bakhtin deixa de perguntar por que os deuses ou as personagens lendárias, que governam esses momentos biográficos, não envelhecem.

Aquilo que o autor nomeia como um "tempo do acaso", na nossa denominação, é um "tempo mágico", cujo impulso ficcional, descomprometido com qualquer efeito mimético, instaura, no paradigma do ideal, a função de uma resolução abstratamente literária no curso dos acontecimentos do enredo. O "tempo do acaso", na verdade, é um tempo involuntário na condução biográfica dos heróis, pois o próprio destino dos heróis é fruto do acaso com que se encontram. Isso demonstra que há uma temporalidade maior no comando de uma temporalidade menor: o mecanismo de um tempo lendário determinando a temporalidade ficcional, percebido com o deslocamento do sagrado para o profano, que a narrativa de Longo permite acompanhar. Nesse livro, como os heróis são governados por um destino lendário, o "tempo de aventura" desempenha a função estrutural das "provações", que antecedem a consumação do casamento. Se os perigos das provações têm sempre a segurança e a guarda de uma divindade, conclui-se que todo o acúmulo das complicações desempenha a função estrutural de gerar um retardamento no enredo, antes da realização do desejo dos personagens, que é apenas o desejo mágico, divino ou lendário, projetado como reflexo na busca do desejo biográfico.

Mesmo que o cronotopo "idílico-pastoril" tenha se apagado depois no romance grego, Bakhtin fornece os passos de sua formalização, por meio dos quais podemos chegar à sua constituição embrionária no paradigma do ideal. Para o crítico, "os motivos amorosos (primeiro encontro, amor repentino, mal de amor, primeiro beijo e outros)", da "poesia alexandrina", foram condensados num formato "lírico-épico" e elaborados num "cronotopo idílico-pastoril" (Bakhtin, 1988, p.227). Nesse cronotopo, o "tempo idílico" surge da "combinação do tempo da natureza (cíclico) com o tempo familiar da vida pastoril (em particular e num plano mais amplo, da vida agrícola)", embalado por "um ritmo definido, semicíclico" e unido "a uma paisagem idílica, insular, característica e detalhadamente elaborada" (ibidem). É o ritmo desse tempo que nos interessa, impregnado de uma parcela do espaço natural estilizado, pois eles formam, na comunhão do movimento cíclico da natureza com o retorno ritualístico do casamento biográfico, uma imagem espacial com o significado de renascimento. A base de construção desse cronotopo é "um tempo mitológico popular" inseparável "dos traços concretos da natureza grega natal e dos traços da 'segunda natureza', ou seja, dos sinais das religiões familiares, das cidades, dos reinos" (ibidem, p.228).

A narrativa de Longo, organizada por meio do cronotopo idílico-pastoril, recupera esse ritmo temporal e os traços da natureza familiar, rememorando uma tradição da forma, quando "o grego via em cada aparição da natureza um vestígio do tempo mitológico, estando condensado nele o acontecimento mitológico que podia desenrolar-se numa cena ou num pequeno quadro mitológico" (ibidem). A narrativa de Longo não só desenvolve o desencadeamento de muitas cenas desses quadros mitológicos, como usa o pretexto de um quadro pictórico para fixar a moldura do lendário e do ficcional na tessitura convencional da sua "estória de amor". Para Bakhtin, todas as ações dos heróis do romance grego reduzem-se apenas a "um *momento obrigatório no espaço*, ou seja, a uma *mudança do lugar* espacial" e, por isso, "*o movimento do homem* no espaço fornece as principais *unidades de medida* do espaço e do tempo do romance grego, isto é, do seu cronotopo" (ibidem, p.229). Nessa movimentação, embora passivos, porque "o destino conduz o jogo", os heróis sofrem com o destino, resguardam-se e, inalterados, retiram "desse jogo, de todos os reveses do destino e do acaso, uma absoluta *identidade consigo mesmos*" (ibidem). Essa *identidade* é o centro organizador da imagem do homem na narrativa grega, pois está ligada "às profundezas do *folclore das sociedades primitivas*, e domina um dos dados essenciais da ideia popular do homem, viva até os dias de hoje nos vários tipos de folclore, e particularmente nos contos populares" (ibidem). A sua permanência, na imagem desse homem, é associada a "um grão precioso de humanidade popular, a fé herdada no poder indestrutível do homem em sua luta contra a natureza e contra todas as forças inumanas" (ibidem). Por isso, o motivo fundamental e organizador da composição narrativa grega é o das "*provações dos heróis quanto à imutabilidade e à identidade consigo mesmos*", regendo o conjunto maior dos motivos de "*encontro-separação-buscas-reencontro*", que é "a expressão refletida no enredo daquela identidade do indivíduo consigo mesmo" (ibidem).

Quando, na parte concludente do estudo, Bakhtin inverte a sua focalização, e passa a priorizar o conjunto da narrativa e não o seu hiato extratemporal, detendo-se no exame "do elemento organizador-composicional das *provações* dos heróis", o seu percurso aproxima-se do nosso, que ressalta, na narrativa grega, o "padrão biografia-busca", inspirado na terminologia de Scholes & Kellogg. A ideia de sobrelevar o motivo da busca é partilhada com Bakhtin (1988), quando admite que as "aventuras do ro-

O ENGENHO DA NARRATIVA E SUA ÁRVORE GENEALÓGICA   151

mance grego são organizadas como provações do herói e da heroína", e que nessa narrativa "o significado organizador da ideia de provação sobressai com grande nitidez, sendo que é dado a essa ideia significado até mesmo jurídico-legal" (ibidem, p.230). Para o autor, "o romance compreende-se no seu todo exatamente como uma provação dos heróis", e não apenas na organização de cada aventura, porque o tempo grego de aventuras não deixa traços nem no mundo nem nas pessoas: "o equilíbrio inicial, rompido pelo acaso, restabelece-se no fim. Tudo volta a seu começo; tudo volta a seus lugares" (ibidem). Como as pessoas e os objetos passaram por algo que não os modificou, diz o crítico, justamente por isso foi estabelecida uma identidade, uma solidez, uma constância: "o martelo dos acontecimentos não fragmenta nem forja nada, ele apenas prova a solidez do produto fabricado. E o produto suporta a prova. Esse é o sentido artístico-ideológico do romance grego" (ibidem).

Os heróis da narrativa grega passam por vários tipos de provações. No percurso da fidelidade recíproca à castidade são provadas a dignidade, a coragem, o destemor e até a inteligência, por meio dos seus discursos de defesa, o que dá à forma o aparato de um jogo retórico-jurídico. Apesar de o acaso colocar em seus caminhos os perigos e as tentações de toda espécie, criando um grande núcleo de interesse nessas complicações, os heróis saem das situações sempre com dignidade e honra. Tal fato define a essencialidade da forma, pois "nenhum gênero artístico pode ser construído sobre o que é simplesmente interessante; para ser interessante, deve tocar em algo essencial" (ibidem, p.230), diz Bakhtin.

O motivo da provação, organizador composicional da narrativa grega, flexibilizou-se "nos romances de cavalaria tanto da baixa como principalmente da alta Idade Média", veiculando um "conteúdo ideológico definido" (um certo ideal de homem, cujas personificações são os heróis que passaram pela provação de cavaleiros sem medo e sem mácula), e teve o ponto alto de sua evolução no "romance barroco do século XVII" (ibidem, p.231). Depois disso, o significado organizacional da ideia de provação diminui, "mas mantém-se como uma das ideias organizacionais do romance em todas as épocas subsequentes", enriquecendo e variando o conteúdo ideológico e a própria provação. O resultado é que "todas essas variantes europeias do romance de provação, sejam puras ou sejam mistas, afastam-se significativamente da provação da identidade humana na sua simples, lapidar e, naquela época, vigorosa forma, como era concebida no romance grego" (ibidem). No entanto, "os traços da identidade humana mantiveram-se", tornaram-se "complexos" e "perderam sua força e lapidar simplicidade inicial", porque a narrativa grega, ao contrário das suas recriações posteriores, estava mais ligada, na construção dos seus motivos, com os motivos primitivos do folclore.

Para retratar a imagem do homem na narrativa grega e as particularidades do momento da sua identidade, Bakhtin opõe os traços dessa imagem aos dos demais gêneros clássicos da literatura antiga, caracterizando-o como um indivíduo *particular* e *privado*, correspondente aos traços de um mundo *estrangeiro* e *abstrato*, criado pelas relações de tempo e espaço. Para o crítico, esse homem, "sem qualquer ligação substancial com seu país, sua cidade, seu grupo social, sua linhagem, e até mesmo com sua família", não se sente parte do todo social, constituindo-se num "homem solitário, perdido num mundo estrangeiro" (ibidem, p.231). Daí, a *privacidade* e o *isolacionismo* serem "os traços essenciais da imagem do homem no romance grego, que estão ligados obrigatoriamente às particularidades do tempo de aventuras e do espaço abstrato" (ibidem, p.232).

Novamente, ao correlacionar a imagem do herói às particularidades do tempo de aventuras e do espaço abstrato, o crítico sobrepõe uma visão particular e interna da narrativa em relação ao seu movimento geral, e ao todo do seu princípio organizacional. Assim como o tempo de aventuras acaba subjugado pelas amarras do tempo biográfico que o emoldura, o espaço pastoril desempenha o papel de um espaço familiar com que a narrativa fecha a imagem do seu arco do ideal. Da mesma maneira, se considerarmos a imagem ideal do herói como particular e privada, ela só o é de um ponto de vista interno, pois, ao construir a sua imagem individual, o herói tem em mira a imagem pública com que é visto pela sociedade. Por isso, o movimento do tempo conduz a um final de união, com a cerimônia do casamento determinando um fecho de reintegração social, como se viu na narrativa de Longo. Atento a essa reversão, Bakhtin (1988, p.232) assinala que "esse homem isolado e privado, em muitos casos, se conduz exteriormente como homem público, precisamente como o homem público dos gêneros retóricos e históricos". Os seus longos discursos, construídos retoricamente como relato público, revelam detalhes íntimos e privados do seu amor, das suas ações e das suas aventuras, diz o crítico. Assim como um balanço das aventuras dos heróis dá a confirmação jurídico-legal das suas identidades, sobretudo no momento principal da fidelidade amorosa de um para com o outro: "Desta forma, a unidade público-retórica da imagem do homem encontra-se em contradição com o seu conteúdo puramente privado" (ibidem, p.133).

Na contradição levantada prevalece a imagem pública, atestada nas próprias palavras do crítico: "a Antiguidade, de modo geral, não criou uma forma e uma unidade adequadas ao homem privado e à sua vida" (ibidem, p.233). No nosso ponto de vista, a construção dessa imagem está aliada a uma caracterização pública dos heróis, a partir da qual se projetou uma imagem ideal como forma de representação, pois a focalização de uma imagem individual e privada está ligada à representação do real. A conclusão do crítico converge para esse ponto quando diz que "a unidade do homem e dos fatos vividos por ele no romance grego tem um caráter exterior, formalista e condicional" (ibidem). Por isso, a unificação da heterogeneidade de um gênero quase enciclopédico como o da narrativa grega deve-se "ao preço de uma abstração e de uma esquematização externas, do despojamento de tudo o que é concreto e local" (ibidem). Em nome desse despojamento, "o cronotopo do romance grego é um dos mais abstratos dentre os que se encontram nos grandes romances", porque "esse cronotopo abstratíssimo é também ao mesmo tempo o mais estático" (ibidem). Dentro dessa estaticidade, "o mundo e o homem estão absolutamente prontos e imóveis", não restando possibilidades de transformação, o que faz com que essa narrativa confirme "tão somente a identidade de tudo aquilo que havia no início", e, por isso, "o tempo de aventuras não deixa rastros" (ibidem).

Ora, se o tempo de aventuras não deixa rastros, prevalece o tempo biográfico que o emoldura. O movimento temporal dessa moldura, do encontro ao ritual do casamento, é fixado por uma imagem espacial de vida ou de renascimento. Esse fecho idealista coroa a identidade de "um certo ideal do homem", que a representação semiótica da narrativa desenvolveu como um modelo a ser seguido. Mais do que o desvinculamento das séries histórica, geográfica, política, ou de qualquer outra série externa, as relações de temporalidade e espacialidade adquirem, na narrativa grega, um caráter de abstração, dentro da forma romanesca que lhe serve de suporte, com o tempo desenhando o arco ascendente de um movimento, e o espaço fixando o sentido desse movimento com uma imagem apocalíptica de renascimento.

Embora tenhamos visto a relações de tempo e espaço como um cronotopo, insistimos, ainda, em separá-los por uma questão didática. É o mesmo critério que isola as relações da enunciação, do enredo e dos personagens. Na composição artística da narrativa todos esses elementos retóricos interagem.

Espacialidade

A abertura do livro de Longo se vale da imagem arquetípica do mar: "Existe em Lesbos a cidade de Mitilene, uma cidade grande e bonita; ela é percorrida por canais por onde penetra o mar, e ornada por pontes de pedra branca e polida". Essa imagem prepara o cenário paradisíaco da paisagem ("Crer-se-ia estar vendo não uma cidade, mas uma ilha"), que é, enfim, apresentada como a espacialidade ideal: "A cerca de duzentos estádios dessa cidade de Mitilene, encontrava-se a terra de um homem rico, uma coisa belíssima: colinas cheias de caça, planícies férteis em trigo, encostas cobertas de pâmpanos, pastos para o gado; ao sopé vinha bater o mar, numa longa praia de areias suaves" (p.7). A cena une duas imagens comuns da natureza (o mar e a colina ou floresta), cuja utilização, segundo Frye (1973a, p.102), não é mais "coincidência", mas uma "realização arquetípica para causar um impacto profundamente imaginativo no leitor", propiciando, também, no deslocamento entre o mar e a terra fértil, um mergulho para o reino da "convenção pastoral".

A espacialidade da convenção pastoral, fixada como protótipo no paradigma do ideal, opõe o campo à cidade, separados pela hostilidade do mar. O desenho labiríntico da cidade, recortado por ruas e canais, reflete, na frieza de suas pedras, o distanciamento e as paredes de um outro padrão sociocultural. O mar é o espaço aberto para a proliferação das complicações narrativas, que preenchem o motivo do afastamento, localizado no miolo da trama, entre o nascimento e o casamento. Estando as ameaças maiores de tragicidade ligadas a essas duas espacialidades, porque elas envolvem grupos sociais diferentes, o espaço terrestre, recoberto pelo bucolismo pastoril, encarrega-se das complicações menores, até a narrativa formalizar o seu destino de comicidade, no ato ritualístico expresso no sonho do casamento.

Na tradição da forma, instituído como o cenário principal, o espaço pastoril ganha a dimensão do palco para o desenvolvimento da "estória de amor". Nesse palco, assim como os demais elementos retóricos da narrativa, a espacialidade representa, na dessacralização imaginativa, a celebração de uma tradição lendária. Esse é o seu papel principal: profanada pela interpretação dos desejos de um sonho humano, a espacialidade interage nesse sonho por meio de imagens que recobram uma aura sagrada. Com isso, o espaço ficcional rememora o universo lendário, representando o desenho de um mundo natural, que já abrigou as histórias de um mundo sagrado. O espaço terrestre do campo, no paradigma do ideal, é a casa da narrativa. A ficção faz dessa casa um templo de integração, em que os demais elementos simbólicos da natureza (a pedra, a água, a luz, a atmosfera celestial) arquitetam o chão e o teto de um universo de renascimento apocalíptico.

O espaço descrito é o mesmo do sonho impossível de Fräulein Elza, a personagem de *Amar, verbo intransitivo (Idílio)*, que é impedida de gozar os prazeres românticos de um ideal de amor por força da intransitividade do verbo amar. Transpondo da tradição para uma situação moderna de "lição de amor", Mário de Andrade refaz, pelo caminho paródico, o percurso formal do idílio, que a ensaísta Telê Porto Ancona Lopes (1982, p.10-11) reconstituiu: uma das "matrizes geradoras de recriação" do romance é *Paul e Virginie,* de Bernardin de Saint-Pierre, passando pelo "programa" dos *Idyllen,* de Salomon Gessner, por meio dos quais o autor revisita a integridade da forma, nessa sua "espécie de pastoral". Valorizando "a ordem natural dos sentimentos de inocência na arte" (o "devaneio de Fräulein para ser vivido na Alemanha, ao lado de um homem culto e sensível, numa idealizada vida a dois"), o romance "glosa esse mesmo amor, destacando sempre a *Pastoral* de Beethoven" (ibidem, p.13). Nessa volta à forma antiga pelo procedimento irônico, a personagem projeta-se no espaço impossível do seu sonho frustrado ("regando flores, pastoreando os alvos gansos no prado, enfeitando os lindos cabelos com margaridinhas...") para o romance permanecer no ponto crítico com que se moldou a consciência modernista: "Em 'alvos' e 'prado' fica, inclusive, a paródia do estilo arcádico, e no idílio de 1927, a idade de ouro do sentimento de Fräulein... sua fantasia" (ibidem, p.13).

Voltando à tradição da forma, na narrativa de Longo, a pedra metamorfoseada em gruta abriga o nascimento de Cloé e serve de cenário ao casamento, mas é na dupla função de casa e templo que a sua imagem ganha um valor simbólico. O arco arquitetônico da gruta serve de molde para abrigar os dois polos da narrativa: o nascimento e o casamento. A junção desses dois polos cumpre, no movimento da temporalidade, um rito de fertilidade. O sentido ascendente do rito é fixado pela imagem da gruta, que, na narrativa ficcionalizada, abrigou o movimento do ritual. Ao abrigar esse movimento, a imagem projeta o seu sentido de fertilidade, refletindo a sobrelevação da narrativa pela elevação da casa pastoril em um teto sagrado. Assim, o espaço, no paradigma do ideal, cumpre o mesmo papel dos demais elementos de estruturação: representa em suas imagens o trânsito do lendário para o profano, simbolizando, na matéria ficcional recriada, a projeção de uma espacialidade mítica, que lhe serve de fonte, ou de chão e teto de uma morada sagrada.

Se o movimento da temporalidade traça o desenho de um arco ritualístico, o espaço fixa o sentido do movimento do arco no traçado de uma imagem apocalíptica. Na narrativa de Longo, o arco ascendente do ciclo sazonal é fixado na imagem da gruta pastoril, que é a casa e o templo da *estória de amor*. Essa casa é inserida no templo do arco maior, reduplicado no desenho da abóboda da natureza. Entre os dois polos do movimento ritualístico do enredo, o ponto médio das complicações narrativas, reunidas no motivo do afastamento, representa-se no alto da curvatura do arco. No motivo do desencontro ou afastamento, os protagonistas aparecem distanciados por um espaço de dimensão física, mas permanecem unidos por uma simbologia literária: no cenário do modo romanesco, segundo Frye (1973a, p.42), "a morte ou o afastamento do herói fazem assim o efeito de um espírito saindo da natureza, e evocam um estado de ânimo mais bem descrito como elegíaco". Como o elegíaco "apresenta um heroísmo não deteriorado pela ironia", o afastamento do herói e da heroína dá-se num espaço físico, prolongando-se o distanciamento da união nas complicações narrativas, mas sem perder o fio da união elegíaca. A elasticidade do procedimento afasta os corpos físicos dos heróis, mas nunca os desliga da união de seus espíritos. É isso o que explica a morte dos heróis na realização trágica da forma romanesca, o drama, que separa os heróis carnalmente, pela fatalidade da morte, mas os une, espiritualmente, na eternidade e sobrelevação de um tempo e de um espaço simbólicos.

Um exemplo bem elaborado do afastamento elegíaco, numa narrativa romântica, porque tecido dentro do universo poético da mitologia indígena, pode ser colhido no livro *O guarani*. No epílogo, na viagem de Peri e Ceci, durante o processo ritualístico da passagem do domínio da mitologia cristã, representada pela cultura de Ceci, para a instauração da mitologia pagã de Peri, no entardecer, depois de realizada a primeira prece cristã no meio daquelas árvores seculares, o índio propõe afastar-se da moça para buscar frutos. Nesse afastamento, ocorre o processo elegíaco em que os corpos são afastados, mas as suas almas aproximam-se, desencadeando a ligação amorosa, ao mesmo tempo em que Ceci começa a aceitar o processo de reversão cultural, dominada pela supremacia poética da mitologia indígena, devido à relação harmônica dessa mitologia com a poesia da natureza:

> – Então me deixas só? disse a menina entristecendo.
> O índio ficou um momento indeciso; mas de repente sua fisionomia expandiu-se.
> Cortou a haste de um íris que se balançava ao sopro da aragem, e apresentou a flor à menina.
> – Escuta, disse ele. Os velhos da tribo ouviram de seus pais, que a alma do homem quando sai do corpo, se esconde numa flor, e fica ali até que a *ave do céu* vem buscá-la e a leva lá, bem longe. É por isso que tu vês o *guanumbi*, saltando de flor em flor, beijando uma, beijando outra, e depois batendo as asas e fugindo.
> Cecília, habituada à linguagem poética do selvagem, esperava a última palavra que devia fazê-la compreender o seu pensamento.
> O índio continuou:
> Peri não leva a sua alma no corpo, deixa-a nesta flor. Tu não ficas só.
> A menina sorriu, e tomando a flor escondeu-a no seio.
> [...] Apesar de sua fé cristã, não pôde vencer essa inocente superstição do coração: pareceu-lhe, olhando o íris, que já não estava só e que a alma de Peri a acompanhava.
> [...] Como a humanidade na infância, o coração nos primeiros anos tem também a sua mitologia; mitologia mais graciosa e mais poética do que as criações da Grécia; o amor é o seu Olimpo povoado de deusas e deuses de uma beleza celeste e imortal.
> Cecília amava; a gentil e inocente menina procurava iludir-se a si mesma, atribuindo o sentimento que enchia sua alma a uma afeição fraternal, e ocultando, sob o doce nome de irmão, um outro mais doce que titilava nos seus lábios, mas que seus lábios não ousavam pronunciar. (Alencar, 1986, p.210-11)

Podemos, agora, terminar o desenho prototípico da narrativa idealista, trazendo a fiação dos elementos destacados na composição textual, para se configurar o formato da imagem de uma rede. Da mesma forma que uma rede trama o suporte de uma tela ou de uma tapeçaria, os seus fios tecem o suporte de um quadro ou de um tapete narrativo. A operacionalização das relações da enunciação e do enredo cuida da tessitura da intriga. A tessitura da intriga destaca, na tela, o sonho dos desejos dos heróis ficcionais bordados no formato de uma tapeçaria antiga, lendária e mítica. O movimento ritualístico desse sonho dá ao quadro narrativo a moldura de um arco apocalíptico, ao mesmo tempo que esse movimento de retorno imprime um ritmo. Embalado nesse ritmo, as imagens dançam no tapete narrativo, fixando o sentido do movimento temporal numa imagem apocalíptica. Assim, a espacialidade fornece, com a trama da história, um formato final à rede narrativa com que a história é tecida. Trata-se de uma rede amarrada às pilastras da moldura do arco do ideal, sobrelevada no formato de um leito nupcial, como na *estória* de Longo. Ou de uma rede tecida com as fibras das folhas da palmeira, como a que abrigou Ceci e Peri, no livro *O guarani*, de José de Alencar.

Finaliza-se, assim, o esboço embrionário do paradigma do ideal, sobre o qual a arte narrativa ergueu a sua alegoria da utopia. Agora já é tempo de buscarmos os fios da alegoria da antiutopia cuja rede foi embrionariamente tecida nos textos artísticos da sátira latina. Por meio dessas duas matrizes, a narrativa assistiu ao comando de uma classe social, a aristocracia, e seguiu os passos da classe que a substituiu, a burguesia, trocando-se, nessa travessia, o comando cultural da mitologia pagã, para enredar, na nova tessitura, a simbologia da mitologia cristã. Desses fios partiram os dois tipos principais de simbolizações – o sonho do ideal e o pesadelo do real –, que procuraram acompanhar a aventura histórica, social, política e cultural do homem do Ocidente, construindo, na alternância dos paradigmas, as redes narrativas em que o próprio gênero embalou o percurso de sua evolução.

Enquanto uma romantização do modo romanesco tece a sua rede na imagem de um "leito de folhas verdes", como o poema de Gonçalves Dias (1974, p.265) – "Eu sob a copa da mangueira altiva / Nosso leito gentil cobri zelosa / Com mimoso tapiz de folhas brandas, / Onde o frouxo luar brinca entre flores" –, a inversão da euforia da vida na disforia da morte ilustra, no mesmo poema, o desmancho do leito da união ("Não me escutas, Jatir! nem tardo acodes / À voz do meu amor, que em vão te chama! / Tupã! lá rompe o sol! do leito inútil / A brisa da manhã sacuda as folhas!"), preparando-se, num movimento de tragicidade, o tramado de uma rede narrativa elaborado pelo tear do paradigma do real. Esse tear também tem a sua origem prototípica na Antiguidade, com a sátira latina tecendo o amarril de um tapete invertido, em que a narrativa atrai o homem para enlaçá-lo numa rede de culpas, de expulsões e de desuniões. Nessa "rede de intrigas", o novo formato narrativo tece o desenho de uma armadilha, em que o homem protagoniza uma história de perdição, enredado numa trama demoníaca cujas simbolizações invertem o sonho do ideal em uma representação do pesadelo do real, metamorfoseando-se o papel do caçador na caça feita prisioneira no labirinto tecido pelo modelo de uma outra rede artística.

Num voo alto dessa travessia do ideal para o real, podemos ver como Carlos Drummond de Andrade (1967) traçou um percurso evolutivo da *estória de amor*, no seu eterno retorno de morte e renascimento, com os recursos próprios da arte da poesia:

Balada do amor através das idades

EU TE GOSTO, você me gosta
desde tempos imemoriais.
Eu era grego, você troiana,
troiana mas não Helena.
Saí do cavalo de pau
para matar seu irmão.
Matei, brigamos, morremos.

Virei soldado romano,
perseguidor de cristãos.
Na porta da catacumba
encontrei-te novamente.
Mas quando vi você nua
caída na areia do circo
e o leão que vinha vindo,
dei um pulo desesperado
e o leão comeu nós dois.

Depois fui pirata mouro,
flagelo da Tripolitânia.
Toquei fogo na fragata
onde você se escondia
da fúria de meu bergantim.

Mas quando ia te pegar
e te fazer minha escrava,
você fez o sinal da cruz
e rasgou o peito a punhal...
Me suicidei também.

Depois (tempos mais amenos)
fui cortesão de Versailles,
espirituoso e devasso.
Você cismou de ser freira...
Pulei muro de convento
mas complicações políticas
nos levaram à guilhotina.

Hoje sou moço moderno,
remo, pulo, danço, boxo,
Tenho dinheiro no banco.
Você é uma loura notável,
boxa, dança, pula, rema.
Seu pai é que não faz gosto.
Mas depois de mil peripécias,
eu, herói da Paramount,
te abraço, beijo e casamos.

2
A SAGRAÇÃO DA DIFERENÇA
O ENGENHO DA SÁTIRA

> *"– Não venho pelo vosso servo Fausto,*
> *respondeu o Diabo rindo, mas por todos os Faustos*
> *do século e dos séculos."*
> Machado de Assis

O padrão mimético-satírico da autobiografia-viagem

> *"Amor/Humor"*
> Oswald de Andrade

Da mesma maneira que associamos "o padrão romântico da busca" a um formato biográfico para tecer as primeiras diretrizes do paradigma do ideal, "o padrão cronológico da autobiografia histórica" liga-se, na vertente da narrativa ficcional, à estrutura de uma "narrativa de estrada ou viagem", com a sátira latina fazendo da narração em primeira pessoa um procedimento artístico na representação do real. Enquanto a ficção grega se desenvolveu, principalmente, pela condução da forma *romanesca*, a sátira latina ajustou a sua direção autobiográfica aos formatos da *confissão* e da *anatomia*. O caráter autobiográfico dessas duas formas será dissociado do aspecto histórico, conduzindo a estrutura e o desenvolvimento de uma matéria narrativa na configuração de uma jornada, uma viagem ou aventura. A forma *confissão*, desvinculada de uma perspectiva idealizante, funcionará como uma matriz, por meio da qual o personagem humano traçará as suas aventuras, confessando, no lugar do heroísmo, a fragilidade e os sofrimentos contidos num ritual de peregrinações. A *anatomia*, por sua vez, dará um caráter de dissecação intelectual a esse homem e à sua sociedade, ajudando a formalizar a direção de uma representação satírica e irônica. Mudando-se a focalização do ideal para o real, surge um novo paradigma de representação, em que a sátira se revela como o veículo mais adequado para acompanhar a metamorfose da vida do homem numa alegoria do inferno.

Para Scholes & Kellogg (1977, p.73), enquanto a produção grega apresentava uma forma extrema de ficção controlada esteticamente, minimizando o seu teor intelectual e o relacionamento específico com a realidade, a produção romana, num caminho inverso, permutando o desejo de "beleza" pelo desejo de "verdade", aproxima-se das "formas extremas de ficção controlada intelectualmente, mais ou menos especificamente relacionadas ao mundo real", as chamadas formas *didáticas*: a *sátira* e a *alegoria*. Para os autores, "historicamente, a sátira aparece como um precursor do realismo" (ibidem, p.77). A essência da sátira romana está na "irônica justaposição de um mundo ficcional altamente representativo contra a sugestão de um mundo ideal, cujos valores são diariamente negados na prática" (ibidem, p.78). A sátira necessita desse contraponto. Parte da concepção da existência de um mundo *ideal* (bom) e de um mundo *real* (mau), florescendo num momento de transição "de um esquema moral do cosmo orientado idealmente para um esquema não moral orientado empiricamente" (ibidem).

A sátira aproveita-se do palco em que se construiu uma arte e um pensamento idealizantes, as concepções épicas de sabedoria e coragem heroicas da epopeia, da própria ficção grega e da tradição do mito sagrado, para contrapor uma representação anti-heroica e caricatural dos tipos sociais e morais próximos do mundo real. Tendo como força a sua expressão do real, o seu sucesso depende da capacidade de "convencer o leitor de que os tipos sociais e morais do mundo real estão sendo representados mais sinceramente como caricaturas do que haviam sido na arte e no pensamento idealizante aos quais a sátira se oferece para comparação" (ibidem, p.78). Daí a sua complexidade: "investe contra uma sociedade específica por haver-se afastado da conformidade a um passado ideal, e contra os ideais do passado por ter tão pouca relevância para o mundo real" (ibidem).

Ao inscrever-se nesse quadro de exploração e carnavalização dos ideais sociais e morais que herdou, e pelo seu forte caráter representativo, "a *sátira*

O ENGENHO DA NARRATIVA E SUA ÁRVORE GENEALÓGICA   **163**

romana foi naturalmente atraída para as formas empíricas" (ibidem, p.78). Constituiu-se numa estrutura de narrativa de viagem com um narrador observador preconizando a "técnica da ficção mimética em geral", em que se oferece "um máximo de articulação narrativa em troca de um mínimo de distração estética" (ibidem, p.79). A sátira latina amplia as possibilidades do paradigma estabelecido pela ficção grega: não abandona por completo o ideal estético anterior e incorpora, como novidade, o desejo de aproximar-se da realidade. A sua trajetória é semelhante: percorre o caminho do mítico para o lendário e do lendário para o ficcional, mas descreve, nesse percurso, a travessia do mítico para o mimético, o elemento gerador da representação do real.

Nesse momento, a ficção desvia-se do rumo do amor para seguir o rumo do riso e do humor. Nessa direção e acompanhando as trilhas de Scholes & Kellogg, pode-se dizer que, dos fios genéricos da rede narrativa tecida pelos romanos por meio de formas e materiais originalmente desenvolvidos pelos gregos, os mais importantes para o desenvolvimento da narrativa são a sátira e todas as formas de narrativas de testemunha ocular. Assim, num quadro resumido, os autores apresentam as principais contribuições da produção latina para a arte ficcional:

> Os escritores de prosa do Império Romano criaram a narrativa de jornadas na primeira pessoa como uma forma de arte, estabelecendo também o padrão da jornada para dentro, a autobiografia, em suas duas formas comuns – a apologia e a confissão. Todas estas criações podem ser ilustradas pelas obras de quatro homens que vieram de diversas partes do Império, no período entre o primeiro e o quarto século d. C.: Petrônio, Apuleio, Luciano e Santo Agostinho. (Scholes & Kellogg, 1977, p.50)

Tendo por parâmetro o quadro de obras e autores referidos, um resumo do estudo de Scholes & Kellogg fornece as informações mais importantes e necessárias para acompanharmos os primeiros rumos da prosa satírica. Na contiguidade da ficção grega, como o "antitipo cômico" desse ramo, por aproximar-se do "mimético" com "finalidades cômicas e satíricas", os fragmentos do *Satyricon*, de Petrônio, e *O asno de ouro*, de Apuleio, vão apontar os rumos embrionários do formato *picaresco-autobiográfico*. Seguindo a hipótese dos autores, Petrônio teria "derivado sua forma em parte das sátiras menipeias de Varrão", enquanto a sua "sátira social" seguiu os "contos milesianos, que imitou e tomou emprestados" (Scholes & Kellogg, 1977, p.51). Mais importante, porém, é registrar que no salto dado desse padrão para o picaresco vernacular, a forma, "interessando-se mais pela sociedade e sátira social do que pelos materiais literários e filosóficos no amálgama varroniano e petroniano", empreende o rumo "a um tipo de narrativa mais puramente mimética" (ibidem).

Para os autores, outro progenitor romano do picaresco europeu foram as *Metamorfoses*, mais conhecidas como *O burro de ouro*, de Apuleio, que "empregava materiais da famosa coleção perdida de histórias mundanas, os contos milesianos" (ibidem). O intercâmbio dessas histórias, tão fundamentais para as narrativas clássicas quanto "os *fabliaux* (trovas) viriam a ser, mais tarde, para os 'romances' medievais", dá-se pela "forma episódica da narrativa picaresca" e, segundo os críticos, "esses contos poderiam facilmente ser introduzidos como episódios ou então como narrativas interpoladas, com o narrador na primeira pessoa a servir apenas de ligação entre um conto e outro" (ibidem). Dessa maneira, concluem, "a narração picaresca desenvolve-se, em parte, como um meio para ligar estórias separadas" (ibidem). Esse tipo de narrativa mimética contrasta com o caráter idealizado da ficção grega, apresentando

> o mundo contemporâneo e um narrador na primeira pessoa contra o mundo do nunca-nunca e o narrador impalpável do "romance", empregando uma estrutura vaga e episódica indicativa de sua relativa indiferença para com o enredo, contando mais com o juízo e a variedade do que com a empatia e o suspense para conservar o interesse de seu público. E, assim como há mais da *nova comédia* grega nos "romances", há mais da *velha comédia* no picaresco. (ibidem, p.52)

As principais contribuições dos dois autores latinos, em relação à prosa grega e ao desenvolvimento posterior da narrativa, apontam as seguintes direções. Petrônio, mais orientado ao mimético, fixa a narrativa de jornada para fora, voltada para o social. Apuleio vale-se do fantástico e a conduz para dentro, em direção à psique; aproxima-se da confissão em forma de ficção e transforma a sátira em alegoria. Ambos buscaram matéria (o grotesco e o macabro, respectivamente na comicidade do sexo e da morte) e forma (cômico-satírica em uma estrutura vaga e episódica) nas histórias mundanas dos *contos milesianos* (ibidem, p.50-2). Tendo como ponto de partida materiais literários, as obras dos dois autores converteram a narração em primeira pessoa num poderoso veículo de observação da vida contemporânea e de sátira social. No decurso de sua evolução, essa forma afastou-se do literário e do satírico em direção ao mimético, incorporando materiais realistas e delineando os traços originais da narrativa picaresca vernacular.

Luciano de Samosata dá outro rumo ao ramo da ficção: a *sátira menipeia*. Desenvolve a narrativa satírico-fantástica, dotando a forma da jornada cômica de uma finalidade intelectual e paródica. À medida que surpreende a narrativa convencional, pulverizando enredo e personagens, desata as amarras do tempo e espaço, alça voo rumo ao absurdo e empreende uma viagem para dentro do universo literário: elege a paródia como veículo desmistificador dos relatos fantasiosos e fabulosos de historiadores, prosadores, poetas épicos e filósofos; faz da estrutura do diálogo o meio de conversação com deuses, heróis e vilões do passado. Na ancestralidade da sátira menipeia prefiguram a *velha comédia* de Aristófanes e, principalmente, Menipo, filósofo grego do século III a.C., um dos primeiros escritores a misturar prosa e verso e a tratar comicamente os temas filosóficos. Varrão, cuja obra não chegou até nós, busca os princípios dessa forma em Menipo e a desenvolve em suas sátiras, "uma espécie de mixórdia de prosa e verso, imitações, paródia e farsa" (ibidem, p.50). Luciano, por sua vez, deriva das sátiras varronianas a sua *História verídica* e fixa a forma e o estilo da sátira menipeia, colocando o próprio Menipo como centro, narrador e protagonista, desse universo paródico.

Na opinião dos críticos, deve-se a Santo Agostinho o desenvolvimento final da forma narrativa romana na primeira pessoa: "sugerido tanto por Luciano como por Apuleio", Santo Agostinho foi "o primeiro a empregar a forma da autobiografia completa como confissão" (ibidem, p.54). Nas suas *Confissões*, ao substituir a observação externa pela auto-observação, ele empreende uma viagem para o mundo interior de uma maneira nova, mimética e não satírica, conduzindo a autobiografia como forma literária para a direção de uma literatura cristã de alegoria:

> Tomando Deus por seu ouvinte, o Santo procurou compreender e justificar-se pelos fatores que haviam moldado sua vida. Petrônio convertera a narrativa na

primeira pessoa num veículo para observação e sátira social; Luciano converteu-a num veículo para a sátira filosófica. Apuleio, de uma maneira fantasiosa, havia tratado da conversão de um pecador para uma existência mais nobre. Mas Agostinho foi o primeiro a penetrar profundamente na psique, substituindo a observação do mundo pela auto-observação, e sentindo que a história do eu, por si só, era suficientemente importante para sustentar uma narrativa de considerável tamanho. Não é preciso salientar ser esta uma atitude especialmente cristã. Como Deus se interessa pela alma do pecador, essa alma, esse eu, qualquer alma, qualquer eu, ganha momentosa importância. (ibidem, p.54)

A sua contribuição fundamental para a história da narrativa foi preparar o terreno para uma literatura cristã de alegoria, em sua "maneira nova e mimética" de lidar com a vida interior, nas "suas discussões do Velho Testamento como alegoria nas *Confissões*" (ibidem). Devemos ressaltar também que Santo Agostinho representa um primeiro passo da ficção para se desprender do suporte mitológico pagão (ainda enraizado na narrativa de Apuleio), na sua caminhada rumo à alegorização do mito judaico-cristão. Na narrativa moderna, mais do que a montagem da autobiografia sobre um princípio de construção alegórica, reverberam o eco e a projeção da sombra de um padrão narrativo cristão iniciado por Santo Agostinho, quando formalizou e deu consistência ao espectro formal que acolheu o rico filão das histórias de artistas e escritores:

> Esta estória cristã de redenção e expiação, que Sto. Agostinho viu como padrão refletido em sua própria história, foi secularizada para dar forma à história do artista ou escritor. Este padrão havia sido delineado no breve relato autobiográfico de Luciano de como tornar-se um homem de letras, mas a demonstração de Agostinho de como padrão e introspecção podiam ser combinados numa narrativa em escala natural foi o que realmente estabeleceu a forma. Um escritor como Joyce, conhecedor da natureza da tradição autobiográfica, tinha condições de explorar mais concretamente as várias facetas desta tradição do que costuma ser o caso. (ibidem, p.151-2)

Ao passarem do padrão para a exemplificação moderna em Joyce, Scholes & Kellogg analisam e realçam a reinvenção criativa de um padrão formal, que transcrevemos, com a finalidade de mostrar como Machado de Assis também navegava pelas mesmas águas da narrativa para levar o barco da ficção ao porto da modernidade:

Fazendo com que a verdadeira tradição de Stephen seja a do "padre da eterna imaginação", ele explora toda a tradição da alegoria cristã com a qual Agostinho e Sta. Teresa haviam vestido a forma e toda a tradição da maioridade do artista, que tem seus antecedentes igualmente veneráveis em Luciano e Cellini. Assim, Joyce pode apresentar uma narrativa que dá a impressão de uma coleção de episódios vagamente cronológica mas que na verdade é tão formal e padronizada quanto a liturgia católica. Em *Ulisses* e *Finnegans Wake*, Joyce partiu para novos padrões e grandes experimentos narrativos. Em *Retrato*, satisfez-se em realizar mais do que jamais se realizara anteriormente numa estrutura tradicional. (ibidem, p.152).

Se o padrão "autobiografia-viagem" tem sua formulação embrionária nos textos de Petrônio e Apuleio, e o reflexo de suas diretrizes é discernível no formato "picaresco-autobiográfico" com que o *Lazarillo de Tormes* fixou a narrativa de jornada em primeira pessoa, demarcando uma das mais importantes linhagens no desenvolvimento da forma do romance, Machado, na virada da arte narrativa para a modernidade, dá a oportunidade à prosa brasileira de participar da grande transformação do gênero, fazendo renascer uma perspectiva narrativa na descendência dessa linhagem. No irônico "Prólogo da terceira edição", já referido quando estudamos o prefácio de Longo, o autor relembra a dúvida de Capistrano de Abreu noticiando a publicação do livro ("As *memórias póstumas de Brás Cubas* são um romance?") e refere-se a uma carta de Macedo Soares, que "recordava amigamente as *Viagens na minha terra*" (p.512). Aos dois, o autor responde por meio das palavras de Brás Cubas repetidas do enigmático prólogo "Ao Leitor". Mas, complementa a segunda resposta, pelo viés da sombra de um talvez, com a chave da filiação do livro: "Toda essa gente viajou: Xavier de Maistre à roda do quarto, Garrett na terra dele, Sterne na terra dos outros. De Brás Cubas se pode talvez dizer que viajou à roda da vida" (ibidem). Resgatando o padrão originário da "autobiografia-viagem", Machado de Assis, nesse livro, retoma também o veio da *sátira menipeia*, a matriz que a partir de Luciano ditou os traços formadores do paradigma satírico-fantástico, no rumo que a narrativa de jornada tomou para empreender uma viagem embalada pelo veículo da paródia. Nessa viagem pelo túnel do tempo que faz a narrativa moderna, a *sátira menipeia* é uma espécie de veículo formal, no qual Machado de Assis fez embarcar o seu Brás Cubas, com o firme propósito de buscar uma ancestralidade bufônica na concepção do herói brasileiro.

168 SÉRGIO VICENTE MOTTA

Valendo-se do padrão da "autobiografia-viagem" e preparando a sua obra com as "rabugens de pessimismo" da sátira menipeia, Machado acaba, pelo avesso da trama da ironia, enquadrando-a no formato *confissão*, tecendo o texto no hibridismo característico da forma do romance. Por esse último prisma, Machado remonta à nascente do relato autobiográfico de Luciano de "como tornar-se um homem de letras", refletindo, pela perspectiva da ironia, o padrão secularizado por Santo Agostinho para dar forma à história do artista ou escritor. Essa é uma das chaves do seu texto: a invenção do emplasto vela e revela a alegoria do fio temático da própria escritura do livro. O emplasto como metáfora da invenção do livro faz que a escritura seja o seu fim último. Por tratar-se de um romance que trabalha as possibilidades de reinvenção das formas antigas da narrativa, não disfarça, ou não encobre tanto, na composição, a metalinguagem de seu tratamento formal.

Por encarnar o *modo irônico ou satírico* da classificação de Frye, fazendo o giro da modernidade pelo retorno às formas da tradição, as *Memórias* encobrem uma sátira direta à sociedade, apagando o mimetismo do picaresco vernacular, para reencontrar os materiais literários e filosóficos do protótipo clássico materializado no padrão "autobiografia-viagem". Assim, o romance aporta no passado das formas cômicas da sátira latina, com reflexos nas obras de Petrônio, Apuleio e, principalmente, pelo caminho do cômico-fantástico, na anatomia da sátira de Luciano. Não bastando essa retomada das formas prototípicas do *modo imitativo baixo*, incluindo a *confissão*, no desenvolvimento da alegoria do emplasto, o romance, na sua caracterização de ironia e sátira, reencontra, pela paródia, a forma épica do *modo imitativo alto*, traçando um percurso, pelo avesso, da história da narrativa moderna à sua forma antiga mais importante. Como uma "reescritura cômica do épico", na formulação de Enylton de Sá Rego (1989), a obra exemplifica, ainda, a substituição da mitologia pagã da epopeia pela mitologia cristã dominante na forma nova do romance. Numa passagem-chave do texto, diante das duas propostas do pai (a carreira política e o casamento), Brás Cubas desfia maquinal e maquiavelicamente os fios dessas relações paródicas. Primeiro, a ligação com o épico, na transformação do texto e do nome de Virgílio em Virgília: "foi o *virumque* que me fez chegar ao nome do próprio poeta, por causa da primeira sílaba; ia a escrever *virumque*, – e sai-me *Virgílio*" (Machado de Assis, 1986, p.549). Depois, encoberto pelo véu da alegoria que envolve todo o romance, vê-se na metamorfose das palavras desse contexto o nascimento subliminar de Eva, na passagem bíblica da origem de seu nome ("Esta se chamará Virago, porque de varão foi tomada"), com que o romance ergue e revive a alegoria cristã do mito de Adão e Eva. No percurso dessa alegoria, um pouco mais adiante no livro, Brás Cubas e Virgília já não se escondem sob véu alegórico algum; ao contrário, desnudam-se no leito branco da página e do texto sem palavras formado pelo capítulo 55: "O velho diálogo de Adão e Eva".

Retornando ao ponto a partir do qual se propagou, a *sátira* não rompe totalmente com a ficção grega; ela se apresenta como o seu contraponto dialético, formalizando um novo princípio estético de representação. Assentada nessa estrutura antitética, a sátira latina ocupará um lugar de destaque na figura da árvore que estamos esboçando, conduzindo a vertente chamada *didática*, da formulação de Scholes & Kellogg (1977), nas suas duas formas principais: a *sátira* e a *alegoria*. Conforme será demonstrado, *O asno de ouro*, de Apuleio, prefigura e incorpora a síntese dialética aludida, exemplificando como uma construção narrativa dirigida por impulsos miméticos e ilustrativos, distorcendo a representação do real pela focalização da lente satírica, enfeixa um quadro dessas perspectivas numa solução estética. Nesse livro, a sátira é, ainda, um "componente instável", dividida "tanto pelo impulso estético de contar uma história interessante como pelas tendências representativas e ilustrativas de focalizar a atenção ou sobre o mundo real, ou sobre o mundo ideal", nas palavras de Scholes & Kellogg (1977). Só depois, numa estrutura picaresca, "o observador viajado adiantou a técnica da ficção mimética em geral, oferecendo um máximo de articulação narrativa em troca apenas de um mínimo de distração estética" (ibidem, p.79).

Na avaliação de Scholes & Kellogg, Apuleio preocupa-se menos com a mimese do que Petrônio. A escolha do livro do primeiro não desconsidera a importância da obra do segundo, o *Satyricon*, e justifica-se por vários fatores, como demonstraremos, já que o espaço não nos permite uma abordagem de ambos, numa relação ideal de comparação e complementação. Os críticos dizem que embora o cenário em Apuleio "seja bastante realista, a ação é essencialmente fantástica, pois gira em torno da transformação do narrador em burro" (ibidem, p.52). Se "este rompimento com a probabilidade externa serve para dar ênfase ao crescimento interno do personagem central, o narrador", o mesmo fator permite uma descrição mais aprofundada do papel do narrador, ajudando, ainda, a demarcar uma direção do externo para o interno, e do homem para o animal, na representação do personagem.

A escolha serve, ainda, para mostrar como a ênfase ao fantástico e não à fidelidade mimética é o recurso mágico de uma solução abstratamente literária no espectro da representação mimética, funcionando, muitas vezes, com mais eficácia do que a plausibilidade na instauração de um efeito de realidade. Se "o clímax da narrativa tem a ver com a regeneração moral do herói que, como burro aprendeu o que significa ser um homem" (ibidem), o nosso intuito é justamente demonstrar, na configuração do paradigma do real, como a narrativa passou a centralizar o seu foco de interesse na representação do homem, fazendo dele o seu personagem central. Assim, relacionaremos o estudo de Scholes & Kellogg com a demarcação do *modo imitativo baixo*, de Northrop Frye (1973a, p.37), que teve o seu surgimento embrionário na sátira latina e cuida da "ficção realista", buscando "os cânones de probabilidade que notamos em nossa experiência comum". Representar essas experiências pela imagística do fantástico é uma solução alegórica, que ilustra a maneira principal como o paradigma do real incorpora, em seu impulso mimético, a magia da transformação estética da fantasia ficcional.

A narrativa em prosa latina, de um ponto de vista satírico e alegórico, fornece um modelo embrionário, por meio do qual a representação mimética traçou os primeiros fios de um quadro ficcional, em que a realidade do homem é vista por um prisma representativo, mas na tessitura de um tramado estético e simbólico. Nessa perspectiva representativa assistiremos a um processo de "recriação do homem", por meio da tragicidade de sua queda, cujo limite da morte é apenas mais um ponto de referência, entre tantos outros que a mente imaginativa pode fixar, na sua procura incessante de representar o homem decaindo na ironia da roda da fortuna. Dentro da simbolização dessa engrenagem irônica, o homem é exposto na sua anatomia social, moral e indivi-dual, num percurso em que a degradação e a devassidão de sua vida privada e interiorizada mostram um processo vertiginoso de queda e expiação. Como centro da focalização realista, o homem assistirá ao drama de si mesmo e da simbolização do inferno de sua vida, representado na alegoria da metamorfose de sua queda. Tendo como fundo do palco o espectro da morte de sobreaviso, o seu drama não lhe reserva a possibilidade da vitória. É a vitória da ironia que comandará a derrota de sua nova trajetória, como o final do poema "O verme vencedor", de Edgar Allan Poe (1981, p.955), indica ironicamente:

Mas os anjos, que espantos consomem,
já sem véus, a chorar, vêm depor
que esse drama, tão tétrico, é "O Homem"
e o herói da tragédia de horror
é o Verme Vencedor.

A sátira latina: a tessitura matricial do paradigma do real

"Ao verme que primeiro roeu as frias carnes
do meu cadáver dedico como saudosa lembrança
estas memórias póstumas"

Machado de Assis

A respeito do livro de Apuleio, Scholes & Kellogg (1977, p.52) falam em *confissão*: "A história de Lúcio é uma confissão em forma de ficção e seu plano básico é o mesmo que o plano das *Confissões* de Santo Agostinho". Segundo os críticos, "a semelhança em plano narrativo entre picaresco e confissão permite que ambos se mesclem facilmente, tornando possíveis narrativas inteiramente ficcionais que são mais no espírito da confissão que do picaresco" (ibidem). Entendendo por "picaresco" o desenvolvimento vernacular dado ao padrão clássico da "narrativa de viagem", concordamos também com os autores, quando apresentam o ponto de vista contrário: há "narrativas que são picarescas em espírito mas que empregam mate-riais autênticos da vida do autor" (ibidem). Por esse prisma, mesmo que a semelhança do plano narrativo "picaresco" e da "confissão" mescle, na organização ficcional, os dois padrões, é possível ver em Apuleio uma di-reção interna – "Voltando a direção da narrativa para dentro, o autor quase que inevitavelmente apresenta um personagem central que é um exemplo de alguma coisa" – e, em Petrônio, uma direção mais externa: "Voltando a direção da narrativa para fora, o autor quase que inevitavelmente expõe as fraquezas da sociedade" (ibidem). Nos dois casos, concluem, "a narrativa na primeira pessoa é um veículo pronto para transmitir ideias" (ibidem). Assim, a ficção latina, expondo mais um plano de viagem ou a estrutura de uma confissão, no geral, faz do recurso autobiográfico um procedimento alegórico para a arte narrativa satirizar o homem na sua anatomia interna ou na dissecação externa de sua sociedade. Por isso, sobre o mesmo livro de Apuleio, Northrop Frye (1973a, p.307) fala em *confissão* e *anatomia*: "Podemos ver", combinados, "tipos de romance, confissão e anatomia em Apuleio".

Seguindo as indicações interna e externa dadas por Scholes & Kellogg (1977), analisaremos o livro de Apuleio, procurando mostrar mais a centralização do drama no homem do que a sátira da decadência social, para traçar o esboço da enunciação, do enredo, da personagem, do espaço e do tempo na configuração do paradigma do real. De Northrop Frye adotaremos os delineamentos da *confissão* e da *anatomia*, as formas em que se ajustou o "padrão da autobiografia-viagem" da ficção latina de tendência satírica e alegórica.

No seu estudo, ao descrever as combinações possíveis entre *romance*, *estória romanesca*, *confissão* e *anatomia*, Frye (1973a) aproxima a *autobiografia* da *confissão*. Para o autor, a *autobiografia*, quando "inspirada por um impulso criador, e portanto ficcional", ao apresentar uma seleção apenas dos "acontecimentos e experiências da vida do escritor que vão construir uma forma integrada", acaba ultrapassando o modelo da figura inspiradora e se torna um "tipo importantíssimo de ficção em prosa de confissão, seguindo Santo Agostinho, que parece tê-la inventado, e Rousseau, que fixou um tipo moderno para ela" (ibidem, p.301-2). Num ponto mais adiantado desse percurso, podemos considerar o livro *Memórias póstumas de Brás Cubas* como um desenvolvimento moderno do eco do passado da forma, em que o seu caráter autobiográfico mescla as características do romance com a confissão, e essa, de uma maneira muito sutil, revela uma "estória de escritor" escondida na alegoria da invenção do emplasto. Na metamorfose do emplasto em livro, se o caráter autobiográfico do personagem-narrador desfibra o desmoronamento de todo tipo de projetos em negatividades, um deles, o da exposição da construção da própria obra, sobrevive e, nele, descobre-se a projeção da forma da confissão na ironia da história do nascimento da obra, em que pulsa a presença da história de um escritor.

Antes de se ver mesclada com a forma do romance "em uma série de gradações insensíveis", a *confissão* é reconhecida pela tradição da ficção em prosa como "uma forma de prosa distinta", que "deságua no romance, e a mistura produz a autobiografia ficcional" (ibidem, p.302). Para Frye, "não

O ENGENHO DA NARRATIVA E SUA ÁRVORE GENEALÓGICA   **173**

há motivo literário por que o tema de uma confissão deva ser sempre o próprio autor" (ibidem). Nas suas combinações mais recentes, as características peculiares à forma da confissão mostram-se claramente quando permanecem os traços remanescentes de sua origem, ou seja, quando "algum interesse teórico e intelectual na religião, na política ou na arte desempenha um papel precípuo na confissão" (ibidem). Assim, o traço da "arte" torna possível uma ligação entre as preocupações de Apuleio em relatar "muitas fábulas de estilo milesiano" e as de Machado de Assis, que faz do seu Brás Cubas um "defunto autor" para fazer nascer o narrador.

Na "hesitação" da abertura do livro de Machado aflora o recurso da ironia, por meio do qual surge a relação paródica com que Brás Cubas desqualifica o "uso vulgar" de começar a autobiografia ficcional pelo nascimento, que a herança romântica (num passado próximo) e a bíblica (num passado remoto) padronizaram, adotando um diferente método. Na primeira consideração, revela-se a intenção de desqualificar a sombra e o peso da estética romântica para iniciar um tipo de representação artística realista, cujo berço retorna à origem da tradição da narrativa, nas formas fundamentais da confissão e da anatomia: "a primeira é que eu não sou propriamente um autor defunto, mas um defunto autor, para quem a campa foi outro berço" (Machado de Assis, 1986, p.513). Se na antítese da "campa/ berço" se alojam os elementos indicadores do plano formal, que tem na virada sobrenatural da morte em vida a indicação do elemento fantástico da sátira menipeia, e na virada intelectual que busca o renascimento da arte no berço da tradição literária, com os princípios formais da confissão e da anatomia, a segunda consideração remete à paródia do imaginário mítico que a nova arte tem por sustentação. Na época de Apuleio, esse repertório do imaginário é formado pela mitologia clássica, mas, na modernidade, a ironia e a paródia afirmar-se-ão sobre as bases do fabulário judaico-cristão, em que se move o imaginário da reinvenção: "a segunda é que o escrito ficaria assim mais galante e mais novo. Moisés, que também contou a sua morte, não a pôs no introito, mas no cabo: diferença radical entre este livro e o Pentateuco" (ibidem, p.513).

Para Frye (1973a, p.303), uma forma "introvertida, mas intelectualizada no conteúdo" como a confissão, aproxima-se da *sátira menipeia* pelas características "intelectuais", mas dela se distingue por esta ser justamente caracterizada como "extrovertida". O crítico também faz um rastreamento por meio de obras e autores mostrando que, mesmo sob a supremacia do romance, a *sátira menipeia* preservou a integridade de sua forma, desde a origem. Nomeada mais raramente por "sátira a Varrão", a forma foi "supostamente inventada por um cínico grego chamado Menipo" (ibidem). As obras de Menipo perderam-se, "mas ele teve dois grandes discípulos, o grego Luciano e o romano Varrão, e a tradição deste, que não sobreviveu tampouco, a não ser em fragmentos, foi continuada por Petrônio e Apuleio" (ibidem). Nesse rastreamento, segundo o crítico, "a sátira menipeia parece ter-se desenvolvido da sátira em verso por meio de acrescentar-lhe interlúdios em prosa", mas, na tradição da narrativa, ela é conhecida "apenas como uma forma de prosa, embora um dos seus traços recorrentes seja o uso de verso incidental" (ibidem).

O texto de Machado, citado em epígrafe, confirma, com a sua estrutura de poesia e a tessitura discursiva ambígua de um "epitáfio" e uma "dedicatória", o caráter mesclado de prosa e verso próprio da forma, cujas características mais determinantes estão ali indiciadas e são desenvolvidas, depois, na obra, com a sua conjuntura de "túmulo" (morte) e "livro" (vida). No percurso da obra, Brás Cubas acaba indicando a direção da *sátira menipeia*, que "lida menos, com pessoas, como pessoas, do que com atitudes espirituais", enquadrando-se em vários dos protótipos preferidos pela forma: "Profissionais de todos os tipos, pedantes, fanáticos, excêntricos, adventícios, virtuoses, entusiastas, rapaces e incompetentes, são tratados de acordo com seus liames profissionais com a vida, de modo distinto de seu comportamento social" (p.304). Pelo corte da ironia, o quadro completa-se, ainda, com a figura de Quincas Borba: "O romancista vê o mal e a loucura como enfermidades sociais, como um tipo de pedanteria endoidecida que o *philosophus gloriosus* a um só tempo simboliza e explica" (ibidem). No geral, "a sátira menipeia assemelha-se à confissão", na conclusão do crítico, que serve também para o livro de Machado, na "sua capacidade de lidar com ideias e teorias abstratas, e difere do romance em sua caracterização, estilizada em vez de naturalística, e apresenta as pessoas como porta-vozes das ideias que representam" (ibidem).

Antes de formar com o *romance* vários híbridos, a *sátira menipeia*, como foi dito, assemelha-se à *confissão*, mas, fiando-se "no livre jogo da fantasia intelectual e no tipo de observação humorística que produz a caricatura", difere da *estória romanesca*, que "se ocupa primariamente com façanhas de heróis", e da *forma picaresca*, "que centra o interesse da novela na estrutura real da sociedade" (ibidem, p.304). Em sua maior concentração, diz o crítico, "a sátira menipeia oferece-nos uma visão do mundo nos termos de uma simples configuração intelectual", e é por meio desta "estrutura intelectual construída a partir da estória" que a forma "favorece violentas deslocações na costumeira lógica da narrativa" (ibidem). Na face desse mesmo espelho pode-se ver como os cortes e a costura da narrativa de Machado refletem o processo construtivo das narrativas intercaladas nas obras de Petrônio e Apuleio, e como o autor moderno explora os efeitos de tais configurações no jogo irônico que estabelece com o leitor, minando justamente o seu processo padronizado de leitura, na "sua tendência a julgar segundo um conceito de ficção centrado no romance" (ibidem).

Sendo a estrutura intelectual o ponto principal de caracterização da *sátira menipeia*, Frye (1973a), para explicar o nome da forma, apresenta, primeiro, o sentido da palavra "sátira". Nos tempos romanos e renascentistas, o termo significava uma de duas formas literárias específicas desse nome: uma, a que está sendo aqui considerada, "em prosa", e a outra "em verso". A sátira em prosa, num sentido mais atual, significa, para o crítico, "um princípio ou atitude estruturais" na conformação do *mythos* (ibidem, p.304). Nas *sátiras menipeias*, o nome da forma também se aplica à atitude e "como nome de uma atitude, a sátira é uma combinação de fantasia e moralidades", mas, como nome de uma forma, o termo *sátira* "é mais flexível, e pode ser inteiramente fantasioso ou inteiramente moral" (ibidem). Destituído de seu viés humorístico e caricatural, o nome da forma aplica-se também à "estória menipeia de aventuras" e, nesse caso, ela pode "ser pura fantasia, como o é na estória de fadas literária" (ibidem). Por esse caminho menos usual, Frye classifica os livros de Alice como "sátiras menipeias perfeitas", concluindo que nessa vertente narrativa "o tipo estritamente moral é uma visão séria da sociedade como um simples padrão intelectual, noutras palavras uma Utopia" (ibidem, p.305).

No nosso projeto de estabelecer um traçado geral de dois tipos de representação na narrativa, a forma da sátira menipeia não estará ligada a uma "visão séria" ou "utópica" da sociedade, mas a uma "visão irônica", mais propícia ao paradigma do real, no seu processo de representação alegórica da antiutopia. Nesse seu sentido mais atualizado de princípio ou atitude estrutural na conformação do *mythos*, o termo *sátira*, ligado à forma *menipeia*, incorpora, ainda, a faceta da "erudição" ou da "miscelânea enciclopédica": "O satirista menipeu, cuidando de temas e atitudes intelectuais, mostra sua exuberância em peculiaridades intelectuais empilhando enorme massa de erudição sobre seu tema ou soterrando seus alvos pedantescos sob uma avalanche de seu próprio palavreado" (ibidem).

O livro *Memórias póstumas de Brás Cubas*, na sua estrutura mais profunda de um conflito de ideias entre os discursos dominantes da história, da filosofia, da ciência e da religião contra a intriga fingida e a ironia do discurso ficcional, apresenta como princípio organizador essa abordagem enciclopédica. Esse filão intertextual não é escondido por Machado, que no prólogo "Ao Leitor" cita "a forma livre de um Sterne", e esse autor, na visão de Frye (1973a), foi "o discípulo de Burton e de Rabelais" que combinou os traços peculiares da forma, como "a narração digressiva, as listas, a estilização da personagem por linhas de 'humor', a maravilhosa jornada do grande nariz, as discussões simposíacas e o constante escárnio de filósofos e de críticos pedantes" (ibidem, p.306), compondo o seu *Tristam Schandy* numa peculiar fusão de anatomia e romance. Frye prefere o termo *anatomia* a *sátira menipeia*, justificando que "o modo de tratar criadoramente a erudição exaustiva é o princípio organizador da maior sátira menipeia da literatura inglesa antes de Swift, a *Anatomy of Melancholy* de Burton" (ibidem). Nesse livro, cujo traço também foi trabalhado por Machado, "a sociedade humana é estudada segundo o padrão intelectual ministrado pelo conceito de melancolia" (ibidem). Se Burton "substitui o diálogo" por "um simpósio de livros", e o resultado conseguido "é a sinopse mais ampla da vida humana, num só livro, que a literatura inglesa havia visto desde Chaucer, um dos autores prediletos de Burton", Machado substitui o diálogo e o simpósio para apresentar o próprio livro metaforizado no emplasto como o remédio para "aliviar a nossa melancólica humanidade" (Machado de Assis, 1986, p.515). Essa foi a forma encontrada por Machado para "dissecar" a sociedade brasileira do século XIX, gerando no seu interior o modelo do anti-herói Brás Cubas. Para Frye (1973a, p.306), "a palavra 'anatomia', no título de Burton, significa dissecação e análise, e exprime com muita exatidão a abordagem intelectualizada típica da forma". Por isso, propõe adotá-la no lugar de *sátira menipeia*, homenageando-a no título de seu livro: *Anatomia da crítica*.

As *metamorfoses* ou *O asno de ouro*

> *"Encurralar o fantástico no real, realizá-lo."*
> Cortázar

Enunciação

A epígrafe de Cortázar (1974, p.176), aludindo ao procedimento do fantástico, leva-nos diretamente ao centro do problema da enunciação realista: transformar o real, pelos mecanismos da arte, para reencontrá-lo transfigurado em matéria artística. O que a frase indica ("encurralar o fantástico no real") é o que Apuleio realiza: primeiro, utilizando-se do fantástico para transformar o Lúcio em Asno; depois, o meio mágico da transformação ("realizá-lo"), que faz da personagem Lúcio, a referência que alude ao real, sentir-se um humano na forma de um asno, como o substantivo "real" se apresenta metamorfoseado e dentro da expressão verbal (*"realizá-lo"*), nessa bela iconização. Como procedimentos estéticos, o fantástico e a metamorfose que opera dentro dele resolvem, no livro de Apuleio, as principais dificuldades enunciativas, pois o disfarce do asno e suas grandes orelhas permitem a aproximação e a captação daquilo que precisa ser narrado. O achado formal também revela uma mudança no movimento enunciativo da representação realista: a troca do maravilhoso da perspectiva idealista pelo artifício do fantástico, que também se configura como um apelo à necessidade mágica para resolver as dificuldades de convencimento impostas pelos ditames da estética realista.

O livro de Apuleio inicia-se expondo os mecanismos enunciativos de uma narrativa prototípica do padrão autobiografia-viagem. Na abertura, ganha corpo o motivo central da forma da autobiografia ficcional, com o traço distintivo que o afasta do compromisso histórico para se afirmar como intenção ficcional, propondo-se a retratar uma história de escritor. Por anunciar uma intenção ficcional, o discurso autobiográfico dissemina, de antemão, os contratos enunciativos e do projeto narrativo a serem cumpridos. O acordo entre o narrador e o leitor, antecipando a estrutura das histórias intercaladas do projeto narrativo, fiel ao estilo herdado da tradição, ganha corpo na pele de uma nova escritura, tecida com a nervura de uma oposição fundamental, a oralidade e a escrita, matérias que entram na nova contextura da narrativa:

"Muitas fábulas quero apresentar-te, em variada sequência, nesta conversa de estilo milesiano e agradar teus benévolos ouvidos com um álacre sussurro, no caso em que não desdenhes ler o papiro egípcio, coberto de letras gravadas pelo fino estilete de um caniço, do Nilo" (Apuleio, 1963, p.17).

Se na narrativa de Apuleio expõem-se as cláusulas de um contrato ficcional e os mecanismos construtivos da história, uma recriação moderna da forma pode acobertar tais procedimentos num jogo irônico, como estratégia de despiste do vínculo de sua filiação à tradição. Pela ponte do "caniço" da escrita de Apuleio pode-se ligar a alegoria do "caniço pensante", que Machado vai usar como via para instituir a sua "teoria das edições humanas" como um artifício de mascaramento da metaforização do homem em livro, que é o princípio alegórico de como a história de Brás Cubas, na verdade, é uma história de escritor: "Deixa lá dizer Pascal que o homem é um caniço pensante. Não; é uma errata pensante, isso sim. Cada estação da vida é uma edição, que corrige a anterior, e que será corrigida também, até a edição definitiva, que o editor dá de graça aos vermes" (Machado de Assis, 1986, p.549). Se Apuleio faz questão de explicitar a origem e a intenção da sua narrativa – "Da Grécia veio esta história. Atenção, leitor: ela vai-te alegrar" –, Machado esconde na faceta pública do "remédio", ou do "emplasto anti-hipocondríaco, destinado a aliviar a nossa melancólica humanidade", o lado privado do segredo do livro e, consequentemente, a implicação de sua "sede de nomeada" e "glória". A metamorfose do emplasto em livro segreda o traço mais profundo do vínculo da forma da autobiografia-viagem com o motivo da escritura de um livro, rememorando uma "estória de escritor": "Assim, a minha ideia trazia duas faces, como as medalhas, uma virada para o público, outra para mim. De um lado, filantropia e lucro; de outro lado, sede de nomeada. Digamos: – amor da glória" (Machado de Assis, 1986, p.515).

No livro de Machado, a alegoria da metamorfose do "remédio" em livro é construída por uma outra metamorfose, em que a "ideia" (invenção do emplasto) toma "corpo" (nascimento do livro). A ideia da invenção é apresentada por meio de uma alegoria circense (cômico), numa bela imagem que ironiza a efígie mitológica (trágico): "Com efeito, um dia de manhã, estando a passear na chácara, pendurou-se-me uma ideia no trapézio que eu tinha no cérebro" (ibidem, p.514). O que fica como a base da alegoria, a ideia tornada concreta por meio da imagem, é o seu caráter de "volantim", como o reflexo da volubilidade do personagem incidindo no estilo do narrador: "Uma vez

O ENGENHO DA NARRATIVA E SUA ÁRVORE GENEALÓGICA **179**

pendurada, entrou a bracejar, a pernear, a fazer as mais arrojadas cabriolas de volantim, que é possível crer. Eu deixei-me estar a contemplá-la. Súbito, deu um grande salto, estendeu os braços e as pernas, até tomar a forma de um X: decifra-me ou devoro-te" (ibidem, p.515). Um princípio de decifração do enigma está inscrito no próprio enigma: a ideia ganha concretude na imagem humana (braços e pernas) e transforma-se na letra enigmática, o "X" da incógnita que resolve a equação da história da morte de Brás Cubas, pois dessa morte nasce o narrador que vai dar vida à letra, ou seja, o livro.

Num desvio paródico, a equação machadiana reverbera no longínquo enigma da epístola de São Paulo: "A letra mata, mas o espírito dá vida". Ao contrário do apóstolo que se redime em Cristo, Machado converte a morte do personagem Brás Cubas no nascimento do narrador. Profanando a Escritura na escrita memorialística de Brás Cubas, o autor inverte a incógnita da equação: a letra vivifica, glorifica e imortaliza o seu narrador. É isso o que está dito, com todas as letras, no capitulo 127, "Formalidade": "A razão é que, ao contrário de uma velha fórmula absurda, não é a letra que mata; a letra dá vida; o espírito é que é objeto de controvérsia, de dúvida, de interpretação, e conseguintemente de luta e de morte" (Machado de Assis, 1986, p.622).

Mostrando, pelo procedimento paródico, que o discurso ficcional vivifica e que a suspensão da dúvida, pelo artifício do fantástico e ação da letra, possibilita a reencarnação do espírito, Machado disfarça o seu invento no segredo de um "remédio": "Essa ideia era nada menos que a invenção de um medicamento sublime" (ibidem, p.515). No *valor* (amor da glória) dado ao *objeto* (invento) reside o segredo das intenções nele escondidas. Esse processo realiza-se por meio da metamorfose aludida do remédio em livro, que se dá nos seguintes passos. Primeiro, o emplasto serve à causa confessável da "filantropia" e à causa menos, mas ainda confessável, do "lucro": "Todavia, não neguei aos amigos as vantagens pecuniárias que deviam resultar da distribuição de um produto de tamanhos e tão profundos efeitos" (ibidem). Só depois se revela a "causa secreta", que se torna "confessável" pelo engenhoso artifício do além-túmulo: "Agora, porém, que estou cá do outro lado da vida, posso confessar tudo: o que me influiu principalmente foi o gosto de ver impressas nos jornais, mostradores, folhetos, esquinas, e enfim nas caixinhas do remédio, estas três palavras: *Emplasto Brás Cubas*" (ibidem). Das três palavras, o "emplasto" dá lugar à expressão "*Memórias Póstumas*" do título do livro.

Por baixo do título que se inscreve na lápide ou capa do livro (metamorfose do livro em lápide para o personagem e do túmulo em livro para o narrador), só a morte pode confessar os verdadeiros desejos dos vivos: "Para que negá-lo? Eu tinha a paixão do arruído, do cartaz, do foguete de lágrimas" (ibidem). Como o personagem está morto, o narrador pode revelar a verdade, o real valor do objeto da invenção: o nascimento do livro. Esse é o procedimento "fantástico" de que Machado se valeu para explorar, na representação do real, um recurso irônico da tradição. O seu narrador morto/vivo recupera o tom do "Diálogo dos mortos" do sátiro Luciano para instaurar no aparelho da enunciação o ponto de vista distanciado (*kataskopos*), dando expressão a uma sátira não moralizante (*spoudogeloion*) perpetuada pelo estilo da *sátira menipeia*.

A incursão para o fantástico, no livro de Machado de Assis, mostra a atuação de um ponto de vista distanciado e ao mesmo tempo aproximado, na condição de morto/vivo de Brás Cubas, formalizando os aspectos mágicos que a enunciação da representação realista deve exercitar para superar as suas dificuldades de narração. Por mais contraditório e irônico que possa parecer, a magia do fantástico é o recurso mais hábil de verossimilhança num aparelho enunciativo que expõe as suas limitações na difícil arte de se criar a ilusão do real.

Aquilo que Machado de Assis confessa no início do seu livro, por meio da tessitura do discurso irônico de Brás Cubas, Apuleio, como um dos primeiros mentores da fórmula da forma, expõe na equação do final da sua obra. É por meio de um sonho que o personagem-narrador Lúcio identifica "o calcanhar do pé esquerdo um pouco desviado" e o "passo malseguro" da figura de Anísio Marcelo ("nome que não deixava de ter ligação com a minha metamorfose"), o homem encarregado de conduzir as cerimônias de sua iniciação aos mistérios do deus Osíris. Providencialmente, para que pudesse reconhecer Lúcio, esse também tivera um sonho. No entrecruzamento desses sonhos, revela-se a ironia da conversão de Lúcio, que na verdade deseja a glorificação literária. O seu livro, como parte desse projeto, também esconde e revela as duas faces de uma mesma moeda: uma pública ("lucro") e outra privada ("glória"):

> Na noite precedente também tivera um sonho: enquanto dispunha coroas para o grande deus, este, com a sua própria boca, que dita a cada um o seu destino,

informara-o de que um cidadão de Madaura lhe seria enviado, homem muito pobre, em verdade, e que ele deveria, sem tardança, iniciá-lo em seu culto, pois sua providência reservava àquele homem uma gloriosa fama literária, e um lucro considerável a ele próprio. (Apuleio, 1963, p.226)

Se Lúcio "vende" a sua alma no processo de iniciação aos mistérios da deusa Íris e do deus Osíris, como o preço a pagar pela sua glória, a história do personagem tem, aparentemente, um fim edificante: "Incitou-me então, sob o seu patrocínio, a continuar resolutamente no fórum minha gloriosa carreira de advogado" (ibidem, p.228). Mas, lido de trás para a frente, o livro de Apuleio tem mais semelhanças com o de Machado de Assis. O autor brasileiro, nas malhas da ironia, também consegue extrair alguma ponta de positividade para o seu personagem, no último capítulo, revertendo a dupla negativa num irônico saldo positivo: "Ao chegar a este outro lado do mistério, achei-me com um pequeno saldo, que é a derradeira negativa deste capítulo de negativas: – Não tive filhos, não transmiti a nenhuma criatura o legado da nossa miséria" (Machado de Assis, 1986, p.639). O personagem de Apuleio também não se casou, não teve filhos, mas não morreu, deixando, também, o fruto de sua criação: o livro. Por não ter morrido, a separação entre personagem e narrador, que se faz em Machado, não é feita no livro de Apuleio, movimentando, nesse aparente distanciamento, mais uma correspondência. O personagem Lúcio não dissocia o seu objeto de recorrer aos meios mágicos com a função de experimentar a glória literária, transformando-se, pela ajuda de tais meios, no narrador de suas próprias aventuras. Assim, na parte inicial do livro, ele se deixa enganar, e por isso é satirizado, pelas fantásticas promessas de um farsante:

> Pois a mim mesmo, que lhe perguntei o que adviria desta viagem, anunciou uma quantidade de coisas perfeitamente miríficas e muito variadas: eu teria uma fama estrondosa; seria, por outro lado, o herói de uma longa história, de uma fábula incrível, e para o futuro escreveria livros. (Apuleio, 1963, p.39)

O duplo papel de Lúcio, como personagem (herói das aventuras) e como narrador (no futuro escreveria livros), já é importante, porque o dissocia do autor, caracterizando o seu relato como uma autobiografia ficcional. Machado, além de desmembrar, no artifício da morte da personagem, a figura do narrador, ironizou a intenção ficcional, fazendo o seu Brás Cubas assinar a apresentação do livro, no prólogo "Ao Leitor". Mas se Lúcio manifesta claramente o seu desejo de seguir os passos da "arte da adivinhação", no início, e da "devoção" aos deuses, no final, para alcançar a sua glória literária, Brás Cubas esconde na invenção do emplasto a criação do livro, o verdadeiro saldo que fica no balanço final de suas negativas. Como o invento do emplasto que se destinaria a propiciar a vida reverte-se na causa da morte de Brás Cubas, vê-se que o personagem teve que pagar com a sua vida a imortalidade do narrador. Da mesma maneira, o personagem de Apuleio teve que se submeter "a uma fábula incrível", a fim de que o narrador pudesse, no futuro, "escrever livros". O preço pago pelo personagem, pela sua metamorfose em burro, valeu a glorificação do narrador. Machado, jogando com a mesma moeda da metamorfose da vida em morte, fez o seu personagem Brás Cubas pagar o preço da sua vida para poder imortalizar o seu narrador. Esse é o preço a ser pago, na arte narrativa, para se conhecerem as camadas do inferno, que movimentam a representação do real. O cenário desse pacto é edificado pelo fantástico, e a moeda do ritual representado é a metamorfose. Os dois lados da moeda de Apuleio (homem/asno) convertem-se nos lados da vida e da morte na moeda de Machado. Por meio dessa moeda o autor brasileiro fez o seu pacto com o fantástico, iniciando um processo de representação realista apostando na "morte" de um determinado modelo estético de seu tempo, para enriquecer a ficção com a vitalidade da tradição.

Sendo a metamorfose um procedimento de instauração do fantástico na representação realista, a duplicidade que fundamenta o seu mecanismo de ambiguidade solda nos dois lados de uma mesma moeda os papéis do personagem e do narrador. Tal sincretismo tem a sua origem na forma autobiográfica, em que o narrador relata, no plano da enunciação, as experiências de suas aventuras vividas como personagem, no plano do enredo. Se, em Machado, a resolução fantástica da metamorfose da morte do personagem gera a vida do narrador, em Apuleio, a metamorfose do homem em asno e a sua conversão final, dentro do andamento fantástico do livro, faz-se movimentando, na unidade da moeda de Lúcio, as duas efígies coladas de personagem e narrador. A condição da metamorfose de exibir os dois lados de uma mesma moeda reflete-se, formalmente, na concepção do enredo e do personagem, que se reduplicam, respectivamente, nas aventuras e nas faces do "homem" e do "asno", como, também, incide na ligação do enredo à enunciação.

O ENGENHO DA NARRATIVA E SUA ÁRVORE GENEALÓGICA   183

Da mesma maneira que Lúcio é um duplo alegórico nos planos do enredo e do personagem (ele é "ele" e o "outro"), ele é personagem e narrador, na interligação do enredo ao plano da enunciação. No retrato dessa duplicidade, Lúcio desliga-se da imagem do autor, distanciando-se de um vínculo histórico e biográfico para priorizar uma direção ficcional. Mas, na origem da autobiografia ficcional, a separação formal entre autor e narrador é um elemento de complicação na instância enunciativa. Apuleio resolve o problema metamorfoseando o personagem Lúcio em asno, para metamorfosear o próprio personagem em narrador, à medida que sob a pele do animal vive as mais fantásticas aventuras e testemunha outro tanto delas. Mas, como reflexo da dificuldade de afirmação da forma, Apuleio colore, também, a história de Lúcio com a ambiguidade de alguns traços da vida do autor, metamorfoseando aspectos históricos no corpo da ficção. De fato, o toponímico "Madaura", da premonição do deus Osíris ao sacerdote Anísio Marcelo, serve tanto ao autor Apuleio quanto ao narrador e personagem Lúcio, pois enquanto estamos acompanhando o relato e as aventuras de Lúcio, que se identifica como grego, no início do livro, a cidade referida também indica a origem do autor, na antiga colônia romana da África:

> Comecemos. Quem sou eu? Ei-lo, em poucas palavras. A Himeto ática, o Istmo efireu e a Tenaro espartana, terras felizes, de eternidade assegurada por obras ainda mais felizes, são o berço ancião da minha raça. Lá, a língua ática foi o preço para eu iniciar os primeiros exercícios militares, criança ainda. Mais tarde, na cidade dos latinos, aprendiz de letras estrangeiras, principiei o estudo e adquiri prática do idioma natal dos Quirites, com grande trabalho e muito esforço, sem mestre para me orientar. (Apuleio, 1963, p.17)

Na verdade, o livro *Metamorfoses*, desde o seu início, faz jus ao título, pois se enovela em três processos de metamorfismos. O primeiro, como vimos, correlaciona-se à transformação do autor em narrador: muitos traços biográficos são plasmados no corpo ficcional do relato autobiográfico. Apesar dessa projeção, no incipiente desenvolvimento do gênero narrativo em prosa em que Apuleio se circunscreve, o seu livro já explicita um complexo jogo enunciativo, podendo-se observar o espectro de um "sujeito da enunciação" fazendo a ponte entre o autor e o enunciador. Assim, o sincretismo, amarrado pela figura do sujeito da enunciação, mostra, nos dados referentes ao autor, a introdução de traços autobiográficos na narrativa, mas tais traços acabam dissolvidos na complexa figura do narrador, cujo sincretismo com o personagem Lúcio afasta o autor de dois modos: primeiro, o autor estaria impossibilitado de experimentar carnalmente as aventuras fantásticas vividas pelo herói; segundo, como o herói, na pele de um asno, é também um narrador, como asno ele estaria impossibilitado de narrar a história, se não se pressupor na pele desse mesmo narrador a sua metamorfose no espectro de um sujeito da enunciação, no corpo do aparelho enunciativo. Destituindo uma simples projeção ingênua do autor na figura do narrador, como um degrau necessário a ser alcançado no trajeto evolutivo da prosa ficcional em primeira pessoa, a nova proposta narrativa requer, também, um certo empenho de engenho, à medida que se propõe a continuar a tradição clássica (épica e romanesca) pelo espelho da paródia. Se, na narrativa grega, a figura do narrador paira, demiurgicamente, sobre os fatos narrados, que primam pela virtude, o novo narrador autobiográfico subverte, com a sua vivência, todo um paradigma mitológico, histórico e retórico num metamorfismo fantástico e mundano.

Uma outra metamorfose envolvida no processo de criação do livro remete aos mistérios de suas fontes. Primeiro, a obra intitulou-se *Asno, Metamorfoses*, e o nome pelo qual se imortalizou ganhou a aposição do restritivo *de ouro*, sobrelevando o seu caráter fantástico, ficcional e retórico. A mesma metamorfose que se foi operando no título provavelmente explica as transformações que se realizaram no corpo da narrativa, até a sua conformação final, pois se julga que se trata da tradução e adaptação de uma versão grega, de certo Luciano, que, por sua vez, teria imitado Lucitus de Patras, a fonte original. Juntamente com a transformação da história, no veículo do metamorfismo do grego para o latim, há uma transposição do modelo épico e do paradigma romanesco idealista para a carnavalização da sátira realista, completando-se a terceira metamorfose: a do processo linguístico.

Quando o narrador, no contrato enunciativo com o leitor, explicita o translado da narrativa ("Da Grécia veio esta história. Atenção, leitor: ela vai-te alegrar"), ele antecipa o suporte do veículo da língua: "De antemão, suplico que me perdoes se, manejando como principiante uma língua estranha, a língua forense, eu cometer algum deslize". Nesse ponto, ele também chama a atenção para o exercício acrobático que se dá no plano discursivo, que faz corresponder às metamorfoses do enredo um metamorfismo linguístico e estilístico: "Entretanto, o próprio fato de passar de uma para outra linguagem, verdadeiro exercício acrobático, harmoniza-se com o meu estilo" (Apuleio, 1963, p.17). Aquilo que será transformado na narrativa é refletido no espelho do estilo. O que o contrato enunciativo revela como cláusula de compromisso (um procedimento fantástico movimentado pelas leis da metamorfose) desvela-se no plano discursivo, mostrando o engenho estilístico que comandará todos os processos de metamorfismo: a figura da ironia. O mecanismo de inversão que engendra o processo irônico do estilo, no plano enunciativo, corresponde ao mecanismo de transformação da metamorfose que estrutura o plano narrativo: "Verás, encantado, seres humanos, despojados de sua imagem e condição, tomarem outra forma; depois, ao contrário, e por uma ordem inversa, serem convertidos em si mesmos" (ibidem).

A figura da ironia, com o seu traço de inversão do *verdadeiro* em *falso*, ou o contrário, porque, semioticamente, ela afirma o não ser e o não parecer, corresponde ao procedimento formal da metamorfose na esfera discursiva, pois é nesse terreno que as transformações engendram as características do estilo. Por ser o procedimento-chave no estilo da retórica realista, o seu maior desafio é tornar crível aquilo que é incrível. O enredo de Apuleio coloca em jogo as regras que explicitam um mecanismo irônico, tais como os dados de verdade e mentira, a tensão entre a inverossimilhança e a verossimilhança, as reversões de alguns fatos pela engrenagem de um mecanismo de inversão, amarrando todas essas relações de contradição no estilo do discurso, com a afloração da figura da ironia.

O Livro I narra a viagem do narrador e personagem Lúcio até Tessália, "o berço das artes mágicas e dos encantamentos", o espaço de instauração do fantástico: o recurso fundamental do livro. No árduo trajeto da viagem, surgem os índices metonímicos da configuração realista, que serão trabalhados, formalmente, durante o percurso da narrativa, nos seus planos estruturais. Na sequência inicial, Lúcio e seu cavalo, ligados pela dificuldade de transpor os obstáculos da viagem, acabam unidos num mesmo plano, por meio do amarril discursivo da palavra "fatigado": "Fatigado também estava eu próprio de estar sentado, e quis caminhar, para me sacudir um pouco e desentorpecer" (ibidem, p.17). Assim, identificam-se como os dois lados de uma moeda, indicando, no enredo, a transformação do homem em animal. Essa degradação conduzirá a composição do retrato da personagem em direção ao baixo-ventre, enquanto o elemento do alto, a metonímia "orelha", será a ponte de ligação para que as aventuras cheguem ao plano da narração. Pelo ângulo de visão do animal, na repetição da gestualidade, e numa mesma sequência temporal, o narrador divisa dois caminhantes e entra no motivo central da narrativa, ou seja, a viagem como uma fonte de instauração de histórias: "eu me voltei a meio para dois companheiros de viagem que se encontravam, por acaso, um pouco adiante de mim" (ibidem, p.18). O encontro desencadeia o surgimento dos elementos principais que envolvem o padrão formal da autobiografia-viagem: a necessidade de o narrador aproximar-se dos fatos para poder testemunhá-los; os fatos gerando uma proliferação de histórias, que determinam uma estrutura de viagem; a história entrando pelas fendas do fantástico, e esse revelando, na estrutura enunciativa, o jogo entre a verdade e a mentira do processo irônico que lhe fundamenta. Tais fatos revelam-se no seguinte trecho:

> Como eu apurasse o ouvido para apanhar o assunto da conversa: "Ah!", exclamou um deles, torcendo-se de rir. "Também contas tantos absurdos e tão grandes mentiras!" A estas palavras, e como sempre ávido de novidades, eu lhes disse: "Ponde-me a par dessa brincadeira; não que eu seja curioso, mas gosto de saber tudo ou pelo menos, o mais que for possível. E, ao mesmo tempo, o amável entretenimento de uma história aplainará a áspera encosta que temos a escalar". (ibidem, p.18)

Entrando na conversa dos dois viajantes, cujo eixo gira em torno da credibilidade ou não em fatos fantásticos, o narrador, mediando a discussão, toma partido daquele que defende a veracidade de tais fatos. Nas palavras do contendor – "Ah! Não são mentiras?" – vê-se a ironia com que procura desqualificar o absurdo do fantástico: "São tão verídicas que se pretende que, murmurando palavras mágicas, obrigam-se os rios a subir para as nascentes; encadeia-se o mar, tornado inerte; adormece-se o sopro dos ventos; detém-se o Sol; atrai-se a Lua" (ibidem). Incentivando o outro personagem a continuar a narração de sua história, o narrador inicia um processo de manipulação para tentar convencer o incrédulo opositor: "Quanto a ti, quem sabe se uma pesada obstinação não fecha tuas orelhas e o teu entendimento a um fato verídico?" (ibidem). Na manipulação, o narrador fornece a sua opinião, juntamente com o argumento de que a magia do fantástico é um mecanismo de fácil execução: "o erro e o preconceito não querem ver senão mentira quando não se está preparado para ouvir, nem habituado a ver, essas coisas que parecem pelo menos ultrapassar o nível da inteligência".

Para consolidar o convencimento, o narrador utiliza-se do embasamento de um pequeno relato fantástico, opondo uma experiência pessoal, que quase lhe tira a vida, quando se engasgou com um pedaço de bolo e queijo, a um fato presenciado: um artista de feira engolindo, com a ponta para a frente, uma afiada espada de cavalaria. No processo de convencimento, fica evidente a transposição de um fato cotidiano na sua correspondência mágica, em que o truque do artista cria, nas leis do fantástico, a ilusão de veracidade. Tal fato é levado, estilisticamente, ao plano discursivo, metamorfoseando-se o fantástico numa composição poética: "Na assistência, estávamos todos estupefatos; dir-se-ia serpente generosa, enlaçando, em apertado abraço dos seus anéis móveis, o bastão nodoso, de ramos cortados que o deus-médico carrega" (ibidem, p.19). Voltando à história, o narrador pede ao contador a continuidade do relato – "Acreditarei por ele e por mim" –, mas o que está em jogo é o processo de convencimento do próprio leitor, uma vez que a história transcorre na cidade de Tessália, abrindo o espaço mágico em que será desenvolvido o fio central do enredo.

A história contada por Aristômenes é o seu encontro, no cair da noite, num estabelecimento de banho, com o seu amigo Sócrates. O fragmento fundamenta-se na tensão entre vida e morte, remetendo à condição ambígua de "morto-vivo" em que se apresenta o homem na representação do real. Deflagra-se, no interior da história, o mecanismo de duplicidade comandando a lei da metamorfose e a engrenagem do movimento irônico. Dado como morto pela família, depois de vencidos os ritos do período de luto, o personagem é encontrado vivo, mas, mais morto do que vivo, consolidando a sua duplicidade de morto-vivo na ironia da palavra "fantasma" e como prisioneiro da engrenagem irônica na roda da fortuna: "Aristômenes, respondeu: – Vê-se bem que ignoras as voltas falaciosas da fortuna, seus golpes de surpresa, e correspondentes vicissitudes" (ibidem, p.20). Completando o quadro, vê-se a representação da queda do personagem retratada na nudez de suas partes baixas e na triste imobilidade da aceitação de seu infortúnio: "Mas ele, permanecendo como estava, com a cabeça velada dizia: – Não, não, que a fortuna desfrute à vontade o troféu que ela mesmo fixou" (ibidem).

Depois de demover o pobre amigo da ideia da morte e levá-lo à sua estalagem, fica-se sabendo a causa da desgraça do personagem. Na volta de uma

188 SÉRGIO VICENTE MOTTA

viagem a negócios, na região de Tessália, Sócrates parou para assistir a um espetáculo de gladiadores, foi assaltado e caiu na armadilha de uma velha feiticeira chamada Méroe, que o tomou por amante, deixando-o na situação em que foi encontrado, assim expressa, no final do seu relato: "eis o estado a que me reduziram minha boa esposa e minha má sorte" (ibidem, p.21). Se já está bastante claro que, no contraponto da representação realista romana, o artifício estilístico da ironia substitui o desenho retórico da representação idealista grega, o seu componente "erótico" circundado por uma aura inocente dá lugar, no enredo, à forte compleição da "volúpia". A recriminação de Aristômenes é o índice dessa transformação: "Pois então, às volúpias de Vênus e à pele de uma rameira, sacrificas teu lar e filhos?". Enquanto a desculpa do infrator é a revelação das armadilhas da perdição dada pelo mecanismo do fantástico cuja configuração expõe, numa atmosfera de terror, as imagens demoníacas: "É uma mulher demoníaca. Contém tua língua, se não queres atrair nenhum malefício" (ibidem).

Estamos no interior do processo realista, quando o homem é atraído para as armadilhas do seu destino, representando, nesse percurso, a transformação irônica do caçador (aparência) em caça prisioneira (essência), num universo em que o fantástico opera a suspensão das leis da física e a metamorfose passa a reger a movimentação de tais leis, como se veem nos poderes da feiticeira: "Mágica e adivinha, tem o poder de abaixar o céu, de suspender a terra, de petrificar as fontes, de diluir as montanhas, de sublimar os mares e derrubar os deuses, de apagar as estrelas e iluminar o Tártaro" (ibidem, p. 21). Nesse jogo de inversões, as imagens idealistas são destituídas, abrindo espaço para as imagens realistas: "Ora, vamos, digo eu, desce a cortina da tragédia, afasta a encenação de teatro e fala como toda a gente" (ibidem). Isso é impossível, pois a tragédia já se instalou e o novo palco assiste à multiplicação e multifacetação dos corpos da metamorfose ganhando a extensão da cena, como exemplificam algumas das façanhas de Méroe:

> Um de seus amantes cometeu a temeridade de lhe ser infiel. Com uma única palavra, ela o transformou em castor, a fim de que ele tivesse o destino daquele animal selvagem que, por temor do cativeiro, corta as partes genitais para se livrar dos caçadores. O dono de uma casa de prazer vizinha, e, que, por isso mesmo, lhe fazia concorrência, foi transformado por ela em rã. Agora, o velho nada no tonel e, mergulhado no limo, saúda com toda a cortesia, com os seus coaxos

roucos, aqueles que outrora vinham beber do seu vinho. De outra feita, um advogado tinha falado contra ela. Foi transformado em carneiro, e agora temos um carneiro que advoga. A mulher de um de seus amantes se permitira, contra ela, umas brincadeiras um pouco ferinas. Essa mulher estava grávida: ela aprisionou no ventre o fruto e, demorando-lhe o desenvolvimento, condenou a moça a uma gravidez perpétua. Há oito anos, segundo a conta de alguns, a desgraçada arrasta seu fardo, com o ventre esticado, como se fosse dar à luz um elefante. (ibidem, p 21-2)

As vítimas de Méroe resolvem castigá-la, "lapidando-a". Com a ajuda de seus "sortilégios", a feiticeira prevê o plano e inverte o castigo, aprisionando todos os habitantes da cidade em suas próprias casas. Tal procedimento desencadeia um dos motivos simbólicos mais trágicos na estética realista, o do morto-vivo: "Méroe, operando sobre uma cova, com ritos sepulcrais, conforme me contou recentemente, num dia em que estava bêbada, manteve todos os habitantes da cidade fechados em suas casas pela força muda das potências divinas" (ibidem, p.22). Totalmente absorvido pelo relato, o narrador é envolvido pela atmosfera de medo e terror: "De tal maneira, que até a mim inspiraste uma tremenda inquietação, para não dizer pavor. É como se me tivesses cutucado não com o espinho, mas com a ponta de uma lança" (ibidem, p.23).

Como num passe de mágica, o narrador, de coadjuvante, passa a protagonizar a encenação, acabando prisioneiro nas armadilhas da própria história. De narrador, Aristômenes aproxima-se da história como ouvinte e companheiro de Sócrates, passando a vivenciá-la, como personagem principal (da mesma maneira que Lúcio ouve aquilo que relatará futuramente), para testemunhar a mutilação de Sócrates pela ação de uma espada, a correspondência irônica despertada pela contiguidade de suas próprias palavras, quando ainda estava à margem dessa história, mas próximo de ser atraído para os seus labirintos. De fato, naquela noite de terror, Sócrates adormecera, passando Aristômenes, na sua condição de morto-vivo imposto pela vigília, a testemunhar e a protagonizar os seguintes acontecimentos: "Mal dormira, quando, bruscamente, com um repelão forte demais para ser atribuído a ladrões, a porta se abriu, ou antes, foi projetada para a frente, as dobradiças quebradas e arrancadas do pino" (ibidem, p.23).

Na abertura da porta, com a entrada do fantástico, vão entrando, um a um, os procedimentos simbólicos da construção dos efeitos trágicos do real.

Em um primeiro momento, na transformação do narrador em personagem, o processo trágico da ironia começa a dar forma à figura de uma vítima típica ou casual, nas palavras de Frye (1973a, p.47), "a vítima típica de *pharmakós* ou bode expiatório". Com a manifestação do castigo inicia, também, a abertura para as "imagens de tortura ou mutilação", indicando o que tecnicamente se conhece como *sparagmós*, ou despedaçamento do corpo sacrifical: "Meu catre, de resto muito curto, e com um pé mutilado e carunchado, virou-se com a violência do choque; por minha vez, rolei por terra, caído da cama, a qual, ao tombar, voltou-se e me recobriu inteiramente" (Apuleio, 1963, p.23). Depois, desencadeia-se a consciência do mecanismo irônico da inversão, na afloração do efeito contrário de uma emoção: "Fiquei sabendo, então, que é próprio de certas emoções manifestarem-se por efeitos contrários" (ibidem). Na inversão irônica do trágico em cômico, o quadro completa-se com a metamorfose concretizando as leis do fantástico: "É do conhecimento de todos que frequentemente se derramam lágrimas de alegria: do mesmo modo, nesse pavor extremo, não pude conter o riso, vendo-me de Aristômenes transformado em tartaruga" (ibidem). Na contiguidade do movimento da queda da cama opera-se a transformação do catre em casco, e a carapaça da metamorfose institui o sincretismo necessário do testemunho da personagem para a articulação da narração: "Entretanto, agachado dentro da carapaça, sob a proteção prudente do catre, lancei um olhar de esguelha, na expectativa dos acontecimentos" (ibidem, p.23).

O que Aristômenes vê é a entrada de duas mulheres de idade avançada, uma levando uma lâmpada acesa, outra uma esponja e uma espada. A última, Méroe disfarçada, vendo Sócrates dormindo, diz à amiga, num discurso paródico: "Aqui está ele, Pância, minha irmã, o caro Endimião; ei-lo, o meu Catâmito, que por muitos dias e muitas noites aproveitou da minha idade terna demais, e aqui está, desprezando meu amor" (ibidem). Sabendo-se que o primeiro nome masculino refere-se a um "jovem caçador grego, amado por Selene, a Lua, e agraciado por Zeus com o dom de um sono eterno e de uma juventude perene", e o segundo equivale a "Ganimedes, escansão de Júpiter, aquele que lhe dava de beber", tornando o designativo Catâmito "um nome comum", no sentido de um "belo rapaz", conforme as notas explicativas do texto de Ryth Guimarães, forma-se, nesse jogo discursivo, uma metamorfose no processo estilístico, em que o procedimento paródico transforma o repertório clássico (heroico, mitológico e idealista) no seu contraponto irônico e satírico: "E eu, sem dúvida, nova Calipso, abandonada pelo astucioso Ulisses, chorarei e lamentarei a minha solidão eterna" (ibidem, p.23). Pela ponte da paródia, do plano discursivo, descemos imediatamente ao plano do enredo, confirmando como a articulação entre a enunciação e o enunciado, ainda mais por vir amarrada no sincretismo actorial do narrador-personagem, forma dois lados irônicos de uma mesma moeda. A necessidade de testemunhar os fatos, para concretizá-los em narração, desencadeia a inversão irônica do papel do narrador observador. Revestido na pele de personagem, o narrador passa a ser a caça das vicissitudes do enredo, que o prende à rede da ironia, transformando-o em vítima da situação:

> Assim falando, estendeu o braço e me mostrou à sua amiga Pância: "Quanto a esse ali", acrescentou, "o honesto conselheiro Aristômenes, que teve a ideia da fuga, esse que neste momento, mais próximo da morte do que nunca, prostrado no chão, e jacente sob o seu grabato, observa tudo isto, pensa que me ultrajou impunemente. Paciência; mas não, num instante, ou antes, imediatamente, quero que se penitencie de seus sacarmos de antes e da sua curiosidade de agora". (ibidem, p.23-4)

Como vítima da inversão da narrativa, o narrador-personagem sente nas ameaças das feiticeiras a aproximação do sacrifício do despedaçamento (*sparagmós*): "Que achas minha irmã, de primeiro despedaçarmos esse homem, como fazem as bacantes, ou de lhe ligarmos os membros, e cortar-lhe o instrumento de virilidade?". Ironicamente, o castigo não se realiza agora, uma vez que lhe será reservada a tarefa de enterrar o amigo: "Não, replicou Méroe, pois era ela, eu a reconhecia agora, visto Sócrates ter-lhe mencionado nome em suas narrações, não, mas que ele pelo menos sobreviva para amontoar um pouco de terra sobre o cadáver deste pobre rapaz" (ibidem, p.24). No processo da morte de Sócrates, concretiza-se a mutilação da qual fora salvo o narrador, mas o ritual de execução daquele converterá o castigo do testemunho do narrador no papel de bode expiatório vivido pelo personagem, fazendo dele uma vítima típica de *pharmakós*: "E, inclinando para a direita a cabeça de Sócrates, mergulhou a espada inteira, até o punho, no lado esquerdo da garganta; depois, aproximou um odrezinho e recolheu o sangue que jorrava, diligenciando para que nenhuma gota se perdesse" (ibidem). O processo todo é irônico, porque o narrador presencia os fatos, descreve o sacrifício com um aparato ritualístico ("Para conservar, creio, a essa imolação, todas as características de um sacrifício, a doce Méroe introduziu a mão direita no ferimento, remexeu até o fundo das entranhas, e retirou o coração do meu desgraçado camarada"), e testemunha a consumação da morte: "A violência do golpe tinha-lhe cortado a garganta e ele, deixando escapar pela fenda um som que não passava de um vago sopro, exalou o último suspiro" (ibidem, p.24).

Diante do testemunho do rito de sacrifício, a cena envolve o personagem-narrador num insidioso jogo irônico, demonstrando ser ele a vítima maior no processo de construção do enredo (*mythos*). Num movimento de retorno, o enredo atrai o personagem-narrador para dentro da história, fazendo que o seu envolvimento percorra um trajeto de desconhecimento dos fatos, para a condição irônica de presenciar e vivenciar a execução dos acontecimentos, como a caça atraída e tornada prisioneira na rede irônica da trama narrativa. Quando o narrador transformado em personagem comenta, no início do episódio, que se sente "cutucado não com um espinho, mas com a ponta de uma lança", desconhece o desencadeamento irônico dos fatos, que o levariam a testemunhar a morte de seu amigo Sócrates pela ação de uma espada. No momento, também não consegue perceber o tom profético das palavras pronunciadas pela feiticeira, indicando o que acontecerá futuramente, quando presenciará, por meio da ação de uma esponja num banho de rio, a morte do amigo, que deverá enterrar, cumprindo-se o que já estava determinado: "Pância, com uma esponja, tampou a larga abertura, dizendo: 'Esponja, tu que nasceste no mar, guarda-te de atravessar um rio'" (ibidem, p.24). Entrando definitivamente na história, a ironia da narrativa converterá o seu papel de testemunha no de personagem central: "Feito isto, retiraram-se, empurrando o catre. Depois, agachadas, com as pernas separadas acima de meu corpo, esvaziaram sobre mim a bexiga, e me deixaram inundado de imunda urina" (ibidem). Nesse jogo de espelho, percebe-se que todo o episódio, na verdade, fora desencadeado por Lúcio, quando abordou os dois companheiros de viagem, relatando a sua admiração pelo fantástico número do artista engolidor de espadas. Mas, para Lúcio, a narrativa reservará, depois da fixação da moldura, a sua carga maior de ironia, quando viverá, no centro do quadro, a função de narrador geral da história, experimentando, também, o papel de vítima, como personagem principal.

Tratando-se de uma história menor encaixada dentro da estrutura da história maior, o episódio abordado prenuncia o processo de construção da nar-

O ENGENHO DA NARRATIVA E SUA ÁRVORE GENEALÓGICA   **193**

rativa, de estilo milesiano, fazendo do Livro I uma espécie de antecipação da obra toda, no seu papel de disseminar os índices formais que ganharão concretude no desenrolar da história principal. Com essas características, o Livro I funciona como uma verdadeira moldura, e a sua construção não só prepara, como indica, a plasmação dos processos fantásticos que ocorrerão no tecido central da narrativa. Daí a necessidade de se acompanharem os desdobramentos do primeiro episódio até a sua finalização.

Encerrado o primeiro ciclo do episódio, o afastamento das feiticeiras indica a saída de cena de Sócrates como personagem principal, cedendo o seu lugar a Aristômenes, agora prisioneiro da cena central: "Mal transpuseram a soleira, os batentes da porta se mostraram intactos, e voltaram à sua posição primitiva: os pinos se recolocaram nas dobradiças, as trancas se ajustaram nos passadores, os ferrolhos se ajeitaram no encaixe" (ibidem, p.24). Fechado pela moldura desse novo quadro, o personagem viverá o motivo do morto--vivo, com o seu corpo revestido com a pele irônica da vítima casual: "Mas eu fiquei lá como estava, jogado no chão, desfalecente, nu [...] Assim mesmo, meio morto, era o meu próprio sobrevivente, o meu prolongamento póstumo, e, em qualquer caso, candidato à cruz" (ibidem). A crucificação referida pelo personagem é o seu processo de expiação, como a penitência a ser paga pela aparência da culpa com o sofrimento da inocência na consciência: "Que acontecerá, eu me dizia, quando, amanhã pela manhã, descobrirem a garganta cortada? Adiantaria dizer a verdade? Quem acreditaria?" (ibidem, p.25). No jogo da voz interna representando a verdade, e na representação da voz externa, condenando pela aparência e mentira, vê-se o mecanismo da ironia descendo pelo fosso trágico, que se abre nos desvãos da consciência: "Poderias ao menos pedir socorro, se, de talhe avantajado como és, não pudeste resistir a uma mulher. Degola-se um homem na tua frente e calas-te? Demais, por que não pereceste, vítima do mesmo atentado? [...] Escapaste da morte; pois bem, volta para ela" (ibidem).

No movimento cíclico de morte em que o personagem foi enredado não há saída: qualquer possibilidade de vida significa apenas o respiro irônico que as malhas da representação do real oferecem para prolongar o retorno à condição trágica. Assim, do fundo do fosso da consciência, o discurso emerge para o plano do enredo, e o leitor sobe por essa escada para acompanhar a tentativa de fuga do personagem: "Enquanto eu ruminava essas coisas, ia-se a noite, e vinha o dia. Pareceu-me que o melhor partido a tomar era escapar furtivamente, antes da madrugada, e rápido pegar a estrada, sem deixar vestígio" (ibidem, p.25). Chegando ao campo do discurso, quando se pensa na possibilidade da fuga, o personagem frustra-se, enquanto o leitor se surpreende e revê todo o processo, agora degustando o sabor da ironia colhida na flor da palavra:

> Agarrando minha pequena bagagem, introduzi a chave na fechadura e manobrei os ferrolhos. Porém, aquela porta honesta e fiel que, por si mesma, durante a noite, tinha feito saltar as dobradiças, foi com enorme trabalho, e à força de virar e revirar a chave, que cedeu por fim. (ibidem)

Em correspondência aos contratempos vividos pelo personagem, no plano do enredo, o narrador contrapõe, no plano estilístico, o efeito humorístico da ironia. O aspecto trágico de um reveste-se em comicidade no outro. No momento em que o narrador qualifica a porta de "honesta" e "fiel", o leitor rememora, pela contradição contextual, a abertura do episódio, quando a mesma porta, que deveria permanecer fechada para dar segurança ao personagem, é aberta, fantasticamente, pela ação das feiticeiras. Agora que deseja sair, a porta, funcionando como um obstáculo, dificulta o seu desejo. Se a organização das sequências das ações tem uma estrutura irônica, tais costelas do esqueleto narrativo ganham um revestimento estilístico especial com a pele da ironia. Pelo efeito da enunciação, o leitor acompanha o desdobramento trágico dos fatos, invertendo sempre a expectativa do personagem em uma frustração, e participa do efeito estilístico pela contradição de sentidos gerada em relação ao encadeamento da fabulação. Aquilo que é vivido, dramaticamente, na consciência do personagem, é revivido, satiricamente, no processo de leitura, sob o efeito da ironia, que eleva ao nível da consciência do leitor as variações dos sentidos do discurso. Tal procedimento reforça a dramatização da história, rompe com a sua unidade, e opõe um segundo sentido (falso), como o de porta "honesta e fiel", a um primeiro sentido, caracterizado verdadeiramente, em que o comportamento da porta se guiou, sob o efeito mágico do fantástico, pela desonestidade e não pela fidelidade. Na produção desses efeitos de sentido, o narrador viola o "princípio da não contradição contextual", gerando um "desvio" na mensagem e, com ele, uma figura retórica, assim caracterizada por Genette (1972, p. 207): "A figura não é, pois, nada mais que a sensação de figura, e sua existência depende totalmente da consciência que o leitor toma ou não da ambiguidade do discurso que lhe é proposto".

Diante do "estranhamento" consumado, o leitor realiza uma espécie de leitura "corretora" para restabelecer a coerência textual, substituindo mentalmente o termo "impróprio" do enunciado pelo seu contrário, conforme define-se a ironia: "o processo de expressão *per contrarium*, a figura retórica que consiste em atribuir às palavras sentido oposto ao que normalmente exprimem" (Paiva, 1961, p.3). Irmanados no efeito espirituoso da mensagem irônica, narrador e leitor acabam por dar vida ao discurso. O primeiro, no seu papel de manipulador, descrevendo um fato ao modo do "ser" (a verdade do comportamento fantástico da porta), para apresentá-lo, depois, ao modo do "parecer" (na falsidade das expressões "honesta e fiel"). Ao ser atraído para a armadilha discursiva, o leitor é dissuadido de ler as palavras "honesta e fiel" ao modo do "ser", e persuadido a lê-las ao modo do "parecer" (desonestidade e não fidelidade), reencontrando, pelo *falso,* a *verdade* do discurso. Do mesmo modo que se encontra, pela via do fantástico, a verossimilhança do real. Assim, o processo que se propõe a "encurralar o fantástico" para representar o real não poderia ser mais coerente, fazendo da ironia o suporte estilístico de expressão da representação realista.

Voltando à sequência interrompida, depois de "virar e revirar a chave", a porta abriu-se, mas Aristômenes encontra o porteiro deitado ao chão, impedindo-lhe a fuga. As palavras falsas do porteiro, porque pressupostas, indicam um fundo de verdade: "E quem me prova que não degolaste o teu companheiro de viagem, com o qual aqui te alojaste ontem, e que não procuras, com a fuga, salvar-te da prisão?". A fuga, que deveria levá-lo à liberdade, pela mola da ironia, reverte-se no drama de consciência de uma vítima inocente, aprisionada, novamente, no escuro da noite: "Nessa hora, lembro-me, vi abrir-se a terra, e o fundo do Tártaro aparecer, com o cão Cérbero pronto para me devorar" (Apuleio, 1963, p.25). Expressando-se com ironia, começa a perceber que está enredado numa trama irônica: "Acudiu-me não ter sido por misericórdia, seguramente, que a boa Méroe me tinha poupado, em lugar de me degolar; mas havia, por crueldade, me reservado para a cruz" (ibidem). De volta ao cubículo, uma série de surpresas o aguarda: conversa com o seu grabato ("única testemunha da minha inocência"), pois o amigo Sócrates está dormindo, mais morto do que vivo; tenta enforcar-se, mas a corda rompe e ele cai sobre o companheiro, acordando-o; surpreendido pelo outro ainda estar vivo, parte: "Tomei minha pequena bagagem, paguei ao tendeiro o preço de nossa dormida, e ei-nos na estrada" (ibidem, p.27).

O dia, que deveria funcionar como um contraponto idealista aos mistérios e terrores da noite demoníaca, é apenas o reverso da mesma medalha. A luz e a estrada indicam a saída do espaço do cárcere, iniciando uma espécie de prisão em liberdade, simbolizada por um ciclo de peregrinação: "Mal nos tínhamos posto a caminho, o Sol, nascendo, iluminou tudo com seus raios" (ibidem). A luz solar, que deveria revelar as marcas dos acontecimentos noturnos, acoberta, ironicamente, as cicatrizes de tais fatos ("Louco, tinhas bebido, foi o espírito encharcado de vinho que te fez ter sonhos insensatos. Estás aí, Sócrates, intacto, sadio, incólume. Onde está o ferimento? Onde estão a esponja e a cicatriz, tão profunda quanto recente?"), gerando a suspensão da dúvida pelo efeito do álcool e do sonho: "Médicos dignos de fé pretendem, com razão, que um estômago estufado de comida e bebida faz sonhar coisas trágicas e ameaçadoras" (ibidem). Mas, da mesma maneira que o dia é o contraponto irônico da noite, o sonho não é uma fuga, e sim a afirmação da realidade. Ao contrário da perspectiva idealista, em que a estrutura do sonho formaliza o prenúncio do desejo, na representação realista ele configura o pesadelo, que liga, com a agulha do sofrimento, o terror de um estado de sono à angústia da vigília. Assim como o dia é uma extensão do pesadelo da noite, o sonho e a realidade, moldados pela ironia, representam as duas faces de um destino marcado por um desenho fatalmente trágico: "Passei uma noite terrível, que me trouxe imagens de espanto e de horror. Isso chegou a tal ponto, que neste momento creio-me ainda molhado e sujo de sangue humano" (ibidem). No entrecruzamento das marcas reveladas, percebe-se como o desejo do sonho esvai-se para permanecer o peso do pesadelo:

> "De sangue?" inquiriu Sócrates, sorridente. "Não é de sangue que estás molhado, mas de urina. De resto, eu também tive um sonho. Sonhei que me cortavam a goela. Senti a dor aqui na garganta. Pareceu mesmo que me arrancavam o coração e até agora como que me falta o sopro, tremem-me os joelhos, estão inseguros os meus passos, e sinto a necessidade de tomar algum alimento que me reanime". (ibidem, p.27)

A sequência final do episódio, com o desdobramento do pesadelo da noite vivido à luz do dia, articula os principais elementos simbólicos que fazem parte do paradigma do real, circulando em torno do motivo temático da frustração amorosa, aqui representado pela imagem do coração arrancado. O movimento do enredo termina no sentido trágico da vida decaindo para a morte, com o fecho da história do personagem emoldurando uma morte ritualística, uma vez que a sua consumação, durante o dia, é o retorno da determinação noturna, no momento em que se deu o início do ritual, comandado pelo poder sobrenatural da feitiçaria. Nesse movimento de queda, imposto por uma força maior ou um destino demoníaco, imprime-se o sentido da verticalidade para a horizontalidade, sendo que o próprio corpo humano descreve as linhas de sua decadência: em pé (vida), inclinado ou crucificado (morto-vivo), e deitado (morte). Os elementos da natureza entram no quadro de tragicidade, revestindo o movimento da queda com um colorido simbólico. Sob a regência do mecanismo irônico transformando a vida em morte, o Sol, que deveria revelar, esconde; o ar, que deveria vivificar, falta; a água, que deveria saciar a sede e reconfortar, mata; e a terra, finalmente, acolhe o corpo humano no abraço de sua sepultura. Todos esses passos ocorrem no espaço curto do desfecho do episódio.

Estando as duas personagens na estrada e com fome, Sócrates deseja alimentar-se e Aristômenes aprova a ideia numa explosão de alegria. No mesmo instante, o desejo de reanimar-se do primeiro começa a inverter-se em morte: "Olhando para o meu companheiro, que comia com avidez, vi seus braços se cavarem, seu rosto se tornar de um palor de bucho, as forças o abandonarem". Enquanto isso, a alegria do segundo transmuta-se em pesadelo: "Ficou, enfim, tão irreconhecível, com as cores tão mortalmente alteradas, que, em meu horror, cria rever diante de mim as Fúrias da noite, e o primeiro bocado de pão, por pequeno que fosse, se me atravessava na garganta, sem poder descer nem subir" (ibidem, p.27). Nota-se, agora, que o episódio, parecendo solto e desarticulado, tem um fecho cíclico: a sua abertura deu-se, justamente, com a entrada de Lúcio na conversa dos dois viajantes, relatando como havia engasgado com um pedaço de queijo. Não é por acaso, também, que todo o episódio gira em torno do motivo central da obstrução da garganta, denunciando no corte de tal órgão as dificuldades da fala e, por extensão, o relativismo da articulação enunciativa no paradigma da representação do real. Como na metáfora de Milton, que vê na imagem do "bardo cego" o afastamento do público, o corte da garganta pode ser visto como uma espécie de projeção metafórica da transmutação da oralidade em escrita.

Os demais motivos, formando círculos concêntricos no elaboradíssimo desenho da trama, arrematam-se. A esponja, que prolongou a vida de um morto, com a sua ruptura, pela ação da água, transforma o morto-vivo em cadáver. Cumpre-se a premonição mágica de Méroe: "Esponja, tu que nasceste no mar, guarda-te de atravessar um rio". Na continuidade da sequência, Sócrates sente sede, e toda a aflição de Aristômenes é projetada, ironicamente, no contraste da serenidade do rio: "Havia engolido um grande bocado de um queijo excelente, e, não longe das raízes do plátano, sereno como um lago, corria preguiçoso um regato de curso lento, da cor da prata e do vidro" (ibidem, p.27). Inicia-se a parte final do ritual da morte, nas pegadas dos passos da ironia: "Está bem, eu lhe disse, bebe da água leitosa daquela fonte, até matar a sede" (ibidem, p.28). O movimento da morte reproduz-se na gestualidade do corpo. Primeiro, da verticalidade à inclinação: "Ele se levantou, procurou por um instante, no barranco, um lugar ao nível da água; depois, dobrando os joelhos, inclinou-se e se aproximou, ávido, para beber" (ibidem). Em seguida, há a identificação do corpo com o espelho da horizontalidade, selando, na linha d'água, o simbólico beijo da morte: "Não tinha ainda atingido com os lábios a superfície da água, quando profundo e largo ferimento se abriu em seu pescoço, a esponja bruscamente escapou, seguida de um filetezinho de sangue" (ibidem). Da linha da horizontalidade, o mergulho da morte é impedido por um instante ("e seu corpo inanimado iria de cabeça para diante dentro d'água se eu não o tivesse segurado por um pé e arrastado, com grande esforço, para a margem"), para cumprir-se o ritual previsto, na sepultura terrestre: "Ali, depois de ter chorado, tanto quanto permitiam as circunstâncias, o meu desgraçado companheiro, recobri-o de terra arenosa e deixei-o nas vizinhanças do rio para sempre" (ibidem).

Do centro do episódio, com o motivo do coração arrancado, seguindo o movimento dos círculos da narrativa, a narração emerge, fechando, uma a uma, as molduras de seu labirinto. Com a morte de Sócrates encerrando um ciclo, o seu companheiro de viagem e narrador do episódio puxa a porta de sua participação, mas se vê, ainda, prisioneiro da circularidade demoníaca. Como não há escape na teia labiríntica do real, Aristômenes, primeiro, foge da situação, mas as consequências do seu papel de vítima casual acabam por castigá-lo na cadeia da solidão: "Ao mesmo tempo, cheio de inquietação e de temor por minha própria sorte, fugi, pelos caminhos mais afastados, para solidões impenetráveis" (ibidem, p.28). Enredado pela trama demoníaca, como personagem e narrador, o seu drama passa a ser vivido, interiormente, no palco da consciência: "Como se tivesse a morte do homem na consciência, abandonei minha pátria e o meu lar". No mundo exterior, desdobra-se a penitência representada na situação de pária, pois, aos excluídos, o afastamento trágico do movimento realista reserva o reino dos infernos como fecho do drama demoníaco: "Exilado, habito hoje a Etólia, onde celebrei novo contrato matrimonial" (ibidem).

No jogo de molduras superpostas fecha-se uma porta para que se abra outra. Nesse outro círculo do inferno situa-se o personagem e narrador Lúcio, que passa a retomar as rédeas da narrativa: "Esta foi a narração de Aristômenes" (ibidem). No seu circuito de atuação, o mote dado como ponto de partida, ou seja, a discussão sobre a verdade ou a mentira dos fatos fantásticos, tem, agora, a sua amarração. O companheiro de viagem de Aristômenes, "que desde o começo tinha-se retraído em sua incredulidade, e recusava a ouvi-lo", continua o seu papel de oponente, mas, após pedir a opinião de Lúcio, será excluído da narrativa, pois nessa trama, o personagem só se afirma como pretexto para a narração: "'E tu', continuou, voltando-se para mim, 'e tu que tens o ar e as maneiras de um homem educado, dás ouvido a esse conto?'" (ibidem). Na resposta de Lúcio, que é a crença na própria ficção, tem-se a síntese do eixo que tomaremos como ponto de partida na movimentação do paradigma da representação realista: "Sou de opinião', respondi, 'que não há nada impossível: Como decidirem os fados, assim decorre a vida para os mortais" (ibidem).

Esta é a premonição de Lúcio, sua máxima, sua profissão de fé. Em torno dela articula-se a arte poética da representação realista: "A ti, a mim, a não importa quem, acontecem coisas extraordinárias e inéditas" (ibidem). Em outras palavras, Lúcio preconiza o que o poeta inglês Samuel Taylor Coleridge formularia séculos depois: "a suspensão da dúvida", num contexto fabuloso, produzindo "a fé poética". É nessa fé que Lúcio deposita a sua crença; por meio dela experimentará os efeitos das artes mágicas para amargar a condição trágica do homem decaído, na sua metamorfose em asno. Da mesma maneira, a sua conversão em homem, no final, é muito menos uma purificação moralista e religiosa, como parece na superfície da idolatria aos deuses Íris e Osíris, para se revelar, mais profundamente, como a fé poética, que está na origem da criação ficcional. A conversão final de Lúcio é o mascaramento da redenção do personagem para que o narrador concretize a sua "estória de escritor", atingindo, assim, o objetivo último da glorificação literária. Tais aspectos estão em jogo no início do livro, quando Lúcio discorda do incrédulo companheiro de Aristômenes, tomando o partido do último e dos mistérios da ficção, cuja fé está acima das vicissitudes e dificuldades terrenas: "Quanto a ele, sim, certamente, eu creio nele, e lhe rendo graças infinitas por nos ter mantido tão bem sob o encanto de uma agradável história, de maneira que cheguei ao fim desta rude e longa escalada, sem esforço e sem aborrecimento" (ibidem, p.28).

No fecho da história de Aristômenes e de seu companheiro de viagem, com o apagamento da incredulidade e o reforço na crença aos mistérios do fantástico, Lúcio acaba moldando a moldura de sua própria história, no plano da enunciação, porque o leitor já foi convertido às leis do fantástico e atraído para o espaço mágico do quadro narrativo, em que se processam as artimanhas metamórficas, que acabaram originando os princípios ilusionistas da representação realista. Sob o encantamento de tal arte, o leitor, como o personagem Lúcio, já está sendo conduzido por suas "orelhas", prestes a cavalgar pelo lombo do asno, que é o corpo do livro: "O benefício atingiu até a minha montaria, que obteve um inesperado proveito, pois que, sem fadiga para ela, eu vim até a entrada desta cidade levado, não por seu lombo, mas por minhas orelhas" (ibidem, p.28). O movimento dessa cena reencontra os motivos desencadeadores da cena inicial: a "fadiga" da jornada e o "remédio" da fadiga, indicando, no índice da "orelha", que a força motriz da narrativa é a sucessividade dos episódios concatenados. Mas, até esse ponto, Lúcio, levado pelas suas "orelhas" e não pelo "lombo do asno", acompanha as histórias como ouvinte, encerrando o ciclo do enquadramento enunciativo e de apresentação dos procedimentos que comandarão o andamento da narrativa. A partir desse ponto, a narrativa será conduzida pelas "orelhas" de Lúcio, no seu "lombo" metafórico. Por isso, fixada a moldura do quadro principal, o primeiro capítulo termina com a despedida dos dois companheiros, para Lúcio viver, como protagonista, os fatos que o Lúcio narrador transformará na sua história "de ouro": "Quanto a mim, aproximando-me da primeira hospedaria que avistei, perguntei logo à velha hospedeira: Esta cidade é Hípita?" (ibidem, p.29). O enovelamento desse percurso será desfiado como a tarefa central no estudo do enredo.

A imagem metonímica da "orelha", acompanhando, com as suas aparições reiteradas, o motivo da "garganta", também indica o trajeto da oralidade à escrita que a obra realiza, metaforizando o percurso evolutivo da narrativa. Associada à "garganta" (falar), a imagem da "orelha" (ouvir) completa o circuito enunciativo do sistema tradicional da narrativa, que está sendo retomado para indicar, na sua substituição, a entrada dos novos operadores (narrador e leitor) nos polos da produção e da recepção. Da mesma maneira que a concatenação dos episódios do início preparam, numa escala menor, os mecanismos dos procedimentos construtivos da obra, os motivos da "garganta" e da "orelha", servindo de base a esses episódios, adiantam ao leitor as cláusulas do contrato narrativo, que se está firmando para a leitura do livro. Por isso, fizemos das articulações geradas no primeiro capítulo o fundamento das discussões implicadas no plano enunciativo.

O Livro I, destacando as imagens da "garganta" e da "orelha", indica um percurso metonímico que se completa na figuração da "cabeça", a partir da qual é instaurada uma projeção metafórica identificando, nas partes da obra, a figura de um animal: a cabeça (Livro I), o corpo (do Livro II ao X) e a cauda (Livro XI). Assim, o contraponto irônico, que marca o andamento da obra, corre pelo seu corpo metamorfoseado no lombo de um burro, opondo o valor de superioridade da cabeça (com um tratamento temático que nivela o homem ao animal) ao caráter disfórico da cauda, em que se celebra a consagração de Lúcio. Desse modo, a dúvida da crítica se o último capítulo fora acrescentado, posteriormente à narrativa, poderia ser resolvida da seguinte maneira: a conversão e a providencial redenção moral de Lúcio, como uma espécie de recuperação de sua nobreza de caráter, estariam desmentidas, num plano mais profundo, no comando das rédeas da narrativa, quando a ironia do isomorfismo do livro com um asno localiza tais atitudes, com ares de nobreza e de conduta idealista, na parte menos nobre da cauda. Ligado ou não, como apêndice, ao corpo do livro, o último capítulo encaixa-se, com perfeição, à estrutura irônica da obra. Se foi colocado posteriormente, a intenção da resolução idealista não cobre a direção demoníaca determinada pelo enredo. Ao contrário, o contraponto idealista, lido com a lente da ironia, só amplia a surpreendente elaboração artística da obra. Da maneira como o livro chegou aos nossos dias, o fundamental, portanto, é incorporar a resolução final às articulações engenhosas do livro. Por esse prisma, o seu fecho, costurado pelo viés irônico, é extremamente satírico ou cínico.

Apuleio protagonizou uma interferência no sincretismo da primeira pessoa (que une narrador e personagem), estabelecendo uma ruptura entre as duas instâncias narrativas: a enunciação e o enredo. Nessa fenda, o autor latino mobilizou uma tensão entre a "esperteza" do narrador e a "ingenuidade" (burrice) do personagem, criando uma raiz temático-formal da representação realista. Metaforizando a sua obra no corpo de um asno, Apuleio iconizou, numa imagem-chave, o princípio realista que explora a condição de "vítima" da personagem (asno) para a glorificação literária do narrador, juntando as duas partes do processo no belo título da obra: O Asno (personagem) de Ouro (a história fixada pelo narrador).

Num procedimento semelhante, Machado de Assis arma, nas *Memórias póstumas de Brás Cubas*, a sua equação entre o narrador e o personagem com a oposição entre a vida (esperteza) e a morte (ingenuidade), para chegar à incógnita do "túmulo" como metáfora da obra. Resgatando a raiz de Apuleio, Machado eleva esse princípio de iconização às últimas consequências, metamorfoseando as *Memórias póstumas*, com a inscrição lapidar do prefácio e da dedicatória na tumba que se abre para a dissecação moral de Brás Cubas, por meio da anatomia de seu caráter, ou das carnes mortas de sua vida. Na sua "lição de anatomia", a morte do personagem é um meio de dar vida ao narrador: o artista vestido na pele de um ironista-anatomista. Em Apuleio, o personagem Lúcio não morre, mas tem que vivenciar as agruras de uma vida no corpo de um asno, para que o narrador experimente a glorificação literária. Machado, com a morte do personagem, escreve uma "estória de escritor", rompendo a maior dificuldade da forma autobiográfica: a moldura da morte, que é resolvida pela intervenção do fantástico. Na oposição sistematizada por Apuleio (esperteza/asnice) está a origem do jogo que explica o título com que a sua obra se imortalizou. Assim como o personagem é transformado em asno para render uma história fantástica e salvaguardar a esperteza do narrador, o título, ao longo de sua história, de *Metamorfoses*, metamorfoseia *O asno* em história, e a história é que é *de ouro*: a matéria ficcional convertida em essência alquímica. Machado, com a morte da personagem, escreve as *Memórias póstumas* para imortalizar uma "estória de escritor".

No trajeto percorrido, elegemos o procedimento da metamorfose como o elemento estrutural do texto. Se aceitarmos que o seu princípio de dualidade necessita da asnice do personagem (vítima) para se instaurar a esperteza do narrador, esse mesmo princípio manifesta-se na enunciação, pelo trabalho da ironia, comandando os demais patamares de armação da narrativa.

O enredo faz-se da dualidade da história de um homem transformado em animal, que depois é reconvertido em sua forma humana. Tal desdobramento é o espelho do personagem, moldado em duas faces de uma mesma moeda: o homem e o animal cujo motivo de identificação metamórfica, na narrativa de vertente realista, esticou o arco da tensão principal entre a tolice (ingenuidade) e a esperteza (picardia) até um destino final. Esse destino, nas reinvenções do padrão, poderá ser coroado, simbolicamente, em uma vida não renascida, mas aparentemente reparada, como na trajetória picaresca, pelo desfecho cômico de uma aparente e irônica resolução apocalíptica; ou poderá, num trajeto mais retilíneo do padrão, pela via trágica, terminar numa morte simbólica ou concreta, impulsionada pela ironia trágica da corrente demoníaca.

No fragmento estudado, Méroe (esperta), como uma representante do Fado, por ser uma manipuladora das artes mágicas, é o algoz de Sócrates (ingênuo), a vítima mortal do destino. Na narrativa de Lúcio, o asno sobrevive na forma humana, num arranjo aparentemente idealista, mas irônico, porque, funcionando como um duplo do narrador, da sobrevivência do personagem depende o testemunho da narração. Da mesma maneira que na enunciação, no enredo e na caracterização do personagem, um movimento irônico de tragicidade comanda o percurso temporal, invertendo todo o desejo de um sonho (não realizado) na duração de um pesadelo vivido na consciência. Esse movimento trágico, atingindo a consciência, é solidificado pelas relações de espacialidade, que reforçam a trajetória opressiva da exterioridade para a interioridade, por meio de imagens sugestivas de um sufocante aprisionamento.

Elegendo como princípio geral da enunciação, no paradigma realista, a difícil tarefa de "encurralar o fantástico no real", para "realizá-lo", o papel principal do personagem é o de vivenciar a aventura do fantástico para o narrador converter os desdobramentos irônicos das artes mágicas nas prestidigitações de uma arte ficcional, fazendo do jogo de tal arte uma configuração da insídia do real. Quando não há uma opção deliberada pelo fantástico, o jogo do enredo continua sendo tramado pelo mecanismo da ironia, com a amarração estilística da enunciação. De uma forma ou de outra, com a opção deliberada do fantástico, ou com a ironia desempenhando o papel metamórfico do fantástico, a arte do narrador realista encontra-se no meio do campo minado de um paradoxo: de um lado, tem-se a fantasia do fantástico e o engenho da ironia, de outro, um compromisso com a verossimilhança; de um lado, o peso do impulso ilustrativo e estético do alegórico, de outro, o peso do impulso representativo e mimético do satírico equilibrando a balança do simbólico. Ao trazer a ponta fantasiosa do polo ilustrativo ao ponto extremo do convencimento mimético, o narrador dispõe da magia da metamorfose para ligar a cabeça à cauda da matéria tratada, unindo as duas extremidades num mesmo corpo ficcional.

A plasmação do conjunto ficcional depende da eficácia da narração. No livro de Apuleio, o ponto de conjunção entre o "corpo" e a "cauda" é o testemunho da "orelha", que completa a figura e fornece a base sólida da conversão do inverossímil no convencimento da verossimilhança. A metamorfose da "escuta" em "escrita" (em correspondência ao desdobramento irônico de se fazer do personagem a vítima para salvaguardar o narrador, como se dá em Apuleio; ou a inversão da morte do personagem convertida em vida do narrador, como fez Machado) é o fator principal da "suspensão da dúvida" para o engendramento da "fé poética". Por isso, na origem da representação realista, um dos princípios de plausibilidade assenta-se no testemunho do narrador, permitindo transmutar, nas máscaras da ironia, o incrível do fantástico no crível verossímil da magia da arte narrativa. A complexidade de uma enunciação irônica, que precisa do apoio da testemunha ocular para solidificar a transmutação da "mentira" em "verdade", antes de passar pelas resoluções das engenhosidades dos grandes artistas narrativos realistas, teve a sua abertura no procedimento fantástico inscrito por Apuleio. Para usarmos a imagem de seu burro, o autor precisou soltar a besta no enredo, para amarrar, no aparelho da enunciação, a coerência de um relato, cujas rédeas prendem, também, o leitor:

> Mas talvez, leitor escrupuloso, procures censurar minha narrativa argumentando assim: 'E como, então, astuto burro, fechado como estavas entre os muros do moinho, pudeste saber o que as duas mulheres faziam em segredo?' Fica sabendo, pois, como o homem, curioso que eu era, sob a figura de uma besta, teve conhecimento de tudo o que se tramava contra a vida de meu moleiro. (Apuleio, 1963, p.176)

O narrador instaurado por Apuleio, nos primórdios da representação realista, trabalhou alguns aspectos básicos para contrapor à estética idealista grega uma proposta irônica e satírica. Primeiro, elevou a ironia, com a ambiguidade de sua duplicidade, ao ponto central da estética realista. Nessa trajetória, representou a mudança do fulcro de expressão linguística: do grego para o latim. Em correspondência à visão dialógica, popular e especular do mundo, instaurou-se a metamorfose como o procedimento formal propício. Pela ação da metamorfose, o modo de visão unilateral da tradição épica e da prosa idealista grega converte-se num ângulo contrário: irônico, paródico e dialético. A nova direção permuta a focalização distanciada da terceira pessoa com a focalização aproximada da primeira pessoa, amarrando o seu foco de duplicidade no sincretismo actancial do personagem e do narrador. Para se aproximar dos fatos e testemunhá-los, desloca-se o personagem; para contá-los, com o devido afastamento irônico e satírico, entra em ação o narrador. Por isso, o aparelho da enunciação, que abre a dualidade da oralidade e da escrita, organiza-se colocando os fatos acontecidos num tempo passado (Lúcio investido no papel duplo de humano e animal) em oposição ao tempo presente da narração: "Lembro-me de que, havia alguns dias, tinha sido cometido nesse mesmo lugar um crime particularmente nefando. Conto aqui o caso, para que vós o possais ler" (Apuleio, 1963, p.186). O sincretismo é amarrado de tal forma, que no interior da história parece impossível dissociar o Lúcio personagem do Lúcio narrador, como acontece no conto "Amor e Psiquê", quando há o relato de um outro ("Este foi o conto que a velha bêbada e falante narrou à jovem cativa"), mas revela-se a preocupação do personagem com a função do seu duplo narrador: "E eu, estando a poucos passos, deplorava, por Hércules, não ter tabuinhas nem estilo para tomar nota de história tão bela" (ibidem, p.118). Esse jogo ambíguo, aproximando as duas instâncias da narrativa, a narração e o enredo, é o responsável pela transformação do fantástico (do enredo) na verossimilhança da narração, porque, uma vez adotada a visão "com" o personagem, o narrador Lúcio só pode relatar aquilo que o seu duplo vive, ouve ou vê. Com a disposição do testemunho, abre-se a predisposição para a pressuposição da verossimilhança:

> Que tudo se passou dessa maneira, eu o soube por numerosas conversas ouvidas a respeito. Porém, os termos nos quais o acusador fez o requisitório, os argumentos que lhe opôs o acusado, e, de maneira geral, os discursos e as réplicas, não pude tomar conhecimento deles, da minha cocheira, e não iria contar-vos o

que ignoro. Mas o que soube de fonte segura, consignarei neste relato. (ibidem, p.190)

Se a metamorfose de Lúcio em asno representou, no achado formal de seu engenho, a resolução de um grande problema da enunciação em primeira pessoa, facilitando o acesso do testemunho no disfarce de uma consciência humana itinerante no corpo de um asno, com a vantagem metonímica de suas grandes orelhas, é essa mesma consciência que vai revelar, no plano do enredo, a condição trágica da vida humana. Novamente as duas instâncias se cruzam. As carências de uma condição humana vividas na consciência torturada do personagem no enredo têm como correspondência, no plano da enunciação, a síntese do processo de consciência de todas as carências: a consciência das dificuldades de expressão repercutindo nas dificuldades de representação. A tradição da representação idealista épica e da narrativa em prosa grega, com seus personagens heroicos e sobre-humanos comandados por uma enunciação demiúrgica e absoluta em seus plenos poderes, vai ser revertida, dialeticamente, com a expressão dos limites da vida humana e a consciência dessa limitação, que acaba refletida no processo enunciativo. A instância da narração, engrenagem central e movimentadora das demais estruturas narrativas, distribui todas as formas de carência (as dificuldades de expressão, de argumentação, de se provar a inocência), ligadas pelo traço comum de "impotência". A mesma impotência que desenha a condição de vítimas com que os personagens correm os seus riscos pela trama do enredo.

Dentro desse universo de representação, em que se arma uma estrutura demoníaca, o labirinto de tal rede manifesta-se, também, na dificuldade de realização da própria trama da rede, porque o narrador, ao enredá-la, acaba nela enredado. A tarefa que a representação realista colocou-se, ironicamente, acabou revelando que o patamar inicial da narrativa, a enunciação, seria a primeira vítima a cair como prisioneira nas malhas da trama de sua própria rede. Por isso, o nascimento da representação realista, fazendo-se pela focalização autobiográfica, deparou com a dualidade entre o personagem e o narrador. A movimentação dessa dualidade acabou unindo as perspectivas do plano do enredo com o próprio fazer enunciativo do narrador, gerando, nesse ovo ancestral, ou "ovo de serpentes", o motivo central de "uma estória de escritor".

Fechando-se o quadro enunciativo por meio de um texto que remonta aos primórdios da representação realista, gerando com o seu engenho e arte os primeiros traços do esboço de um paradigma, pode-se ver como a nova configuração narrativa já nasce com a dupla missão de construir uma história e, ao mesmo tempo, mostrar, na prestidigitação de seu tear, como se dispõem os fios da tessitura de sua trama: "Isto que lês, excelente leitor, é uma tragédia, e não fábula ligeira; dos socos subimos para o coturno" (ibidem, p.186). Invertendo-se o movimento cômico de reintegração idealista, o trajeto trágico afasta-se do padrão do formato da *estória romanesca* para engendrar os primeiros traços formais da *anatomia*, à medida que procura efetuar uma dissecação moral do homem e da sociedade de seu tempo, por meio de uma visão irônica e satírica. O outro caminho tece os traços de um interesse intelectual na arte, na religião e na filosofia com o delineamento da forma *confissão*, que segue o curso da expiação de um pesadelo refletindo a condição trágica da vida. Todos esses traços, enfeixados pelo mecanismo de inversão da figura da ironia, acabaram esboçando um retrato prototípico por onde caminharia a enunciação da perspectiva realista e, com ela, a representação alegórica do dilema maior do homem: a consciência trágica da condição humana.

Caminhando com a humanidade, no seu dilema trágico, a representação realista configura um retrato demoníaco do ser humano, alegorizando a metamorfose do homem no inferno que é a sua existência. Para se construir esse retrato, uma ponta da ironia reverte-se na condição do retratista: ao pintar realisticamente a humanidade, o farrapo de sua miséria e fragilidade reveste o "próprio retrato do artista". Enredado na trama da miséria humana, o novo narra*dor* passa por uma série de provações, cumprindo um ritual de imolação por profanar uma imagem superior do homem e quebrá-la diante do choque com a vida, de acordo com as contradições que mostram o inferno que é a existência. Na intensidade do seu castigo (dor), desponta, numa relação inversamente proporcional, o regozijo de sua arte. Prisioneiro na teia dessa ironia, o narrador tem que se desdobrar no papel de asno para redescobrir, no outro, o espelho dele mesmo; tem que transformar a mentira em verdade e usar os meios mágicos do fantástico para criar um simulacro do real. Como a aranha que faz do alimento da vítima o fio em que tece a sua teia, deve gerar, na sua arte, a metamorfose da magia do fantástico no convencimento da verossimilhança ficcional. Não bastasse tudo isso, o retratista realista tem, ainda, que prestar contas de suas limitações: "Porém, antes de ir além, e por aí deveria eu ter começado, é preciso que vos apresente essa pessoa e suas origens" (ibidem, p.197).

Da mesma maneira que Lúcio apresenta o seu personagem, estamos apresentando o Lúcio narrador. No movimento desses círculos labirínticos, o último anel da instância enunciativa aprisiona, no enredamento do narrador, a outra ponta do processo: a fruição do leitor. Por isso, o narrador também sofre uma espécie de despedaçamento, mutilando-se na fragmentação de sua narração, submetendo-se ao jugo do leitor, desdobrando-se de todas as formas para dispor e, ao mesmo tempo, controlar as peças do seu quebra-cabeça. Como responsável e vítima no processo de convencimento da leitura, o seu sacrifício maior é o de transformar a descrença do leitor num rito de "fé poética", mesmo que para isso tenha que fazer o papel de vítima no rito sacrifical de um processo de narração: "Mas, para que nenhuma censura me venha por este acesso de indignação, e não diga alguém consigo mesmo ao ler-me: 'Será preciso agora suportar um burro filosofando?', eu retomo a minha narração onde a deixei" (ibidem, p.207). Quando o quadro parece estar terminado, para ser apresentado ao leitor, percebemos que a sua moldura definitiva também limita, ironicamente, a movimentação da mente do leitor. O leitor, que é a ponta da saída do novelo, torna-se, também, prisioneiro no labirinto das voltas desse redemoinho. É o que se pode ver, no seguinte fragmento das *Memórias*, em que Machado de Assis (1986, p.223) trabalha o fio recuperado da tradição da narrativa:

> Talvez, estudioso leitor, te perguntes com alguma ansiedade o que foi dito, o que foi feito, em seguida. Eu o diria se me fosse permitido. Tu o saberias, se te fosse permitido ouvi-lo. Mas teus ouvidos e minha língua sofreriam igualmente o castigo ou de uma indiscrição ímpia ou de uma curiosidade temerária. Todavia, eu não infligirei ao teu piedoso desejo, que possivelmente te mantém em suspenso, o martírio de um tormento longo. Escuta, então, e crê: tudo o que vou dizer é verdade. Aproximei-me dos limites da morte. Pisei o portal de Proserpina, e voltei, trazido através de todos os elementos. Em plena noite, vi brilhar o sol, com uma luz que cegava. Aproximei-me dos deuses dos infernos, dos deuses do alto: vi-os face a face e os adorei de perto. Eis aí a minha narração, e o que não ouviste, estás condenado a ignorar. Limitar-me-ei a relatar o que for permitido, sem sacrilégio, revelar à inteligência dos profanos.

Enredo

> *"Certa manhã, quando Gregor Samsa abriu os olhos,*
> *após um sono inquieto, viu-se transformado num*
> *monstruoso inseto."*
> Franz Kafka

A *Metamorfose* de Kafka, o emblema moderno das metamorfoses da tradição, não deixa de ser uma peça da engenhosa engrenagem protagonizada por Lúcio, nas *Metamorfoses* profetizadas por Apuleio. Quando Frye (1973a, p.48) diz que o texto de Kafka "forma uma série de comentários sobre o Livro de Jó", o crítico está levantando um fio simbólico e mítico do tramado da narrativa, que se apresenta articulado, com outros dois fios bem mais claros: o mimético e o fantástico. Nesse sentido, a *Metamorfose* de Kafka, ao enovelar o fio mimético de sua trama no desenvolvimento da metamorfose direcionada pelo fantástico do impulso ficcional, acaba trançando as duas vertentes no nó simbólico de um fio mítico subjacente, recobrando as três raízes ancestrais da narrativa, pela perspectiva realista, que Apuleio soldou, num instante em que a ficção dava os seus primeiros passos artísticos no rumo da representação mimética. De fato, Apuleio dá um novo direcionamento à arte da narrativa em prosa por impulsioná-la no enveredamento do real, mas não deixa o fio mimético de sua trama afastar-se da magia do impulso ficcional, amarrando-o à mola do fantástico, e submetendo os dois ao controle de um fio mítico primordial. Ao seguir a linha do mimético pelo comando do fantástico, e fazendo o fantástico submeter-se à regência simbólica de uma raiz mítica ancestral, Apuleio estava conservando e, ao mesmo tempo, revisitando as raízes encobertas pelos tempos imemoriais da narrativa, quando despontavam as suas três vertentes principais: o mito sacro indicando uma função simbólica religiosa; as fábulas e lendas indicando um efeito de verdade; os contos folclóricos e imaginativos dirigindo o reino ficcional para o aspecto ilustrativo da diversão. É o percurso dessas três direções diluídas, mas não apagadas, que norteará uma reconstituição do enredo da trama do livro de Apuleio.

Na impossibilidade de se seguir o intrincado caminho das ramificações da história, procuraremos organizá-la sob o direcionamento dos fios mítico, mimético e fantástico apontados, fazendo resultar do entrelaçamento de suas direções o desenho da teia do enredo. Por ser uma configuração realista, o desenho assume uma forma labiríntica, como uma espiral que se afunila num túnel de perdição. À medida que o enredo empreende as suas voltas de descida, surgem os círculos infernais iniciados por um anel sobrenatural, comandado pelos títeres demoníacos: no caso, os poderes da feitiçaria. Envolvido pelo anel sobrenatural, o círculo humano configura o espaço da representação da perdição, cujo movimento trágico decai para os labirintos inferiores: os anéis representativos do mundo animal, mineral e vegetal. Do fundo da espiral, quando o homem decaído já se encontra metamorfoseado na simbologia animal e mineral, com a linha de sua trajetória perfurando e intensificando a consciência do sofrimento, o enredo faz o seu retorno irônico, como um parafuso que retorna à superfície. Mas esse parafuso nunca se desprende das linhas de seu sulco, pois o seu destino último é o de fazer o círculo humano permanecer atarrachado à chave do comando demoníaco, mesmo que esse comando mascare os seus poderes sobrenaturais e tirânicos na aparência idealista de entidades mitológicas ou divinas. No livro de Apuleio, a alegoria aparentemente idealista da volta do labirinto à superfície, na verdade, permanece no círculo irônico da submissão do homem ao poder maior de uma entidade demoníaca que o domina, aprisionando-o às garras de sua engrenagem. Mesmo que esse homem seja um vencedor no círculo das relações humanas, a sua condição de mortal prende-o à soberania de uma força maior: a dos fados. Essa é a condição humana que a representação realista dramatiza no palco ficcional, teatralizando uma recriação das formas de perdição do homem, por meio de um conjunto de imagens comandadas por um movimento de tragicidade.

No ponto em que deixamos o personagem Lúcio, no estudo precedente, quando se informava sobre a casa de Milão, o diálogo entre o personagem e a velha hospedeira orienta a entrada do leitor para o quadro narrativo que será desenvolvido. Trata-se de um cenário comandado pelo mecanismo irônico da inversão, em que toda expectativa montada sobre o eixo do desejo, situado no nível do parecer, desmorona-se diante do encontro com a dura realidade do nível do ser e da verdade. A conversão do falso em verdadeiro, ou do sonho em pesadelo, é a mola do movimento ficcional, em que desponta a trilha do fio mimético infiltrando-se no território das relações humanas. Nos círculos de tais relações deflagram-se os conflitos de dominação e submissão, nos seus mais variados lances de exploração, tendendo a empurrar o homem a uma armadilha em que se vê na condição de vítima.

Entrando no quadro narrativo demarcado, a estrutura dialógica da cena coloca as regras de comando do jogo: o mecanismo de inversão. Procurando "um dos principais da cidade", Lúcio encontra, na revelação da voz da velha hospedeira, "um homem que possui haveres em abundância, mas desacreditado por sua extrema avareza e sua sórdida baixeza" (Apuleio, 1963, p.29). Com efeito, o anfitrião a quem fora recomendado, rico e avarento, "pratica a usura proveitosamente", tem uma esposa, "companheira de sua calamitosa existência", uma escrava, "e sai sempre vestido como um mendigo" (ibidem). Compreendida a regra do jogo, num lance imediato, o personagem remete as cartas para o plano enunciativo ("A estas palavras, repliquei, rindo-me"), fazendo o leitor participar do espetáculo, já envolvido pela trapaça da ironia, usada como desvio para burlar os índices narrativos que se apresentam: "Benigno e previdente Demeias, que velou por mim, dando-me, quando partia, uma recomendação para tal homem: um hospedeiro em casa de quem não tenho que temer nem a fumaça nem o cheiro da cozinha" (ibidem). Além de desencadear o motivo da fome, que impulsionou a narrativa picaresca, o comentário irônico chama a atenção para um processo essencial da representação realista, no qual a proliferação de histórias entremeadas no corpo da narrativa atua como uma espécie de recompensa para saciar os mais diversos tipos de carências que as preenchem. É assim que a cena se fecha: "Escapei, enfim, ao inoportuno ancião, anfitrião loquaz e famélico. Pesado de sono, e não de comida, e não tendo ceado senão histórias, voltei para meu quarto para ali saborear o ambicionado repouso" (ibidem, p.32). Mas se Lúcio não sacia a sua fome com o loquaz anfitrião, cuja "mesa vazia estava posta", a "fumaça" e o "cheiro da cozinha" vão atraí-lo, metonimicamente, para as armadilhas dos prazeres amorosos que viverá com a escrava e cozinheira Fótis, antes de ser envolvido pelos unguentos mágicos da feiticeira Panfília, esposa de Milão.

Seguindo-se a condução principal do fio mimético despontado, o tear da trama realista do livro passa a fiar, com abertura do segundo capítulo, a costura dos outros dois fios da tessitura do enredo: o mítico e o ficcional. Assim, a trajetória da busca e da peregrinação do personagem Lúcio, dada pela conversão de seus sonhos em pesadelos, identifica-se como o conduto principal do fio mimético. A interferência de um plano sobrenatural, pairando sobre o destino dos personagens e movendo o fio mimético, por meio do comando mágico da feitiçaria, corresponde aos resquícios de uma estrutura mítica manifestada pela inversão de uma configuração sombria e demoníaca. Amarrando as duas vertentes, no complemento da tessitura da teia narrativa, o fio ficcional percorre os meandros imaginativos desencadeados pelas metamorfoses do procedimento fantástico.

Acionada a mola da narrativa, ou seja, a definição do *objeto-valor*[1] do sujeito ("conhecer fatos raros e maravilhosos"), encontramos Lúcio transitando no interior da microfábula de Birrena: "Assim obsedado, fascinado, tornado estúpido por um desejo que era o meu tormento, eu errava por toda parte, sem encontrar vestígio nem traço do que desejava tão vivamente". Lucio é reconhecido pela falsa "segunda mãe", e advertido dos perigos da casa de seu anfitrião: "Guarda-te, guarda-te energicamente dos perigosos artifícios e da criminosa sedução dessa Panfília, mulher do Milão que dizes ser o teu hospedeiro. Ela passa por mágica de primeira ordem, e entendida em todos os gêneros de encantamentos sepulcrais" (ibidem, p.35). Porém, antes de fugir, o desejo de Lúcio é ir ao encontro de tal situação: "logo que ouvi mencionar a arte mágica, desde sempre objeto de meus desejos, em vez de ter cautela com Panfília, ambicionei, ao contrário, ardentemente, meter-me em tal escola, custasse o que custasse, e precipitar-me de um pulo em pleno báratro" (ibidem). No significado da palavra "báratro" vê-se, claramente, no salto de Lúcio, a queda para o círculo infernal das relações humanas, situado num patamar inferior em relação ao anel mágico da feitiçaria. O círculo das relações humanas abre-se com um jogo de sedução. Lúcio respeita "o leito nupcial" de Milão, mas se envolve com a criada Fótis, atraído por sua volúpia.

Amarrado à sinuosidade de um habilidoso jogo discursivo cuja paródia às referências mitológicas e heroicas do mundo grego resulta num cômico efeito irônico, o plano narrativo da nova proposta realista converte, por sua vez, o erótico da narrativa idealizante "nos dulcíssimos frutos da volúpia" (ibidem, p.40). Assim, a retórica discursiva grega passa a ter como contraponto a ironia da sátira latina e, no voo transformador do retórico em irô-

---

1 Utilizaremos termos da teoria semiótica greimasiana, destacados em itálico, como auxílio na tarefa de reconstrução do enredo. Essa tarefa muitas vezes se envereda pelo detalhamento, objetivando mostrar ao leitor a pertinência entre os termos do discurso e a estrutura da história, numa narrativa que configura uma direção realista, prefigurando um formato labiríntico, de acordo com o seu sentido de expiação.

nico, o plano erótico e ingênuo anterior passa a ter como correspondência a experiência e a vivência da volúpia. Nesse sentido, João Alexandre Barbosa (1989) vai direto ao cerne da questão, no ensaio sobre Brás Cubas, denominado "A volúpia lasciva do nada", quando amarra uma série de coordenadas que estruturam o livro de Machado de Assis a partir da fala pronunciada por Virgília, alegorizada em Natureza ou Pandora, diante do leito e dentro do delírio de Brás Cubas: "Grande lascivo, espera-te a voluptuosidade do nada" (Machado de Assis, 1986, p.522). É essa mesma flecha envenenada de Cupido que liga, no seu trajeto enviesado, os primórdios das ações de Lúcio, ainda vinculadas à transgressão da inocência para a inauguração da malícia, à sutil e experiente reencarnação de Brás Cubas. Na narrativa de Apuleio, o personagem Lúcio faz, parodisticamente, a transgressão do ideal erótico para o real voluptuoso: "Agora que senti a primeira flecha do cruel Cupido penetrar-me o coração, também estiquei meu arco e com tamanho vigor, que tenho medo que o nervo tenso arrebente com o excesso", diz Lúcio, implorando a Fótis: "Entretanto, se queres tornar perfeita a tua bondade, solta a cabeleira, e que ela ondule em liberdade sobre o teu rosto adorável" (Apuleio, 1963, p.41).

Entre as noites de volúpia vividas com Fótis e as visitas à casa de Birrena, Lúcio relata a consulta feita ao falso adivinho Diófanes, cuja predição, aquela que teria uma fama estrondosa, seria o herói de uma longa história e escreveria livros, no jogo de contrários da tessitura do enredo, acaba invertendo a ironia da adivinhação na verdade do vaticínio, como atestam as palavras de Milão: "Entretanto, Senhor Lúcio, estimo que só a ti, único entre todos, o caldeu tenha dito a verdade: sê feliz, é meu desejo, e prossegue a tua rota com sucesso" (ibidem, p.40). Mas o preço do sucesso, a lógica da narrativa indicará, depende da experimentação do fracasso. É assim que se tece a teia do enredo. Por isso, os convites e o jantar oferecidos a Lúcio, na casa de Birrena, já são uma atração do inseto para a aranha tecer a sua teia.

O ponto alto do jantar referido é a história vivida e relatada por Telifrão, criando-se, na atmosfera, o prenúncio "das armadilhas invisíveis e inevitáveis da ciência mágica" (ibidem, p.43). No episódio, o personagem conta como, ainda jovem, nessa cidade, precisando de dinheiro, submeteu-se ao serviço de uma vigília fúnebre. À noite, sozinho com o cadáver, o seu trabalho era impedir que as feiticeiras roubassem, como era hábito, partes do rosto do morto com os dentes, para realizar, com esse material, as suas artes mágicas, pois, rezava o contrato, o material eventualmente subtraído ou estragado deveria ser substituído à custa do próprio rosto do guardião. Trata-se de um episódio de mutilação, em que o ingênuo personagem fora atraído para as armadilhas demoníacas de uma história de adultério, tornando-se a vítima do sacrifício fúnebre, porque, como homônimo do cadáver, de guardião, passa a ser a vítima da mutilação das partes do rosto.

No dia seguinte, durante o ritual público do enterro, o irmão do morto denuncia o assassinato tramado pela esposa adúltera, e todos se surpreendem quando o cadáver, pela interferência mágica do fantástico, não só confirma o fato, como relata o que se passou durante a noite: as feiticeiras, metamorfoseadas em doninhas, chamando pelo nome do morto, atraem o guardião, vítima de um profundo sono, e este tem as orelhas e o nariz arrancados e, depois, reconstituídos com cera. Diante da revelação, Telifrão constata a sua situação de vítima, tornando-se o motivo do riso geral que é continuado, no presente, durante o jantar, com o término de seu relato. Descarnando-se o episódio de suas inúmeras variações irônicas, que parecem funcionar como uma distração na ordem do encadeamento fabular, o entrecruzamento dos fatos tece um movimento de contrários em que, "dos infernos, o espírito do defunto" é chamado para trazer o seu "corpo da morte para a vida", e o coitado do guardião, "que estava vivo e não tinha de um morto senão o sono", como "uma sombra sem vida", é atraído para a morte. Na junção de tais encontros tem-se uma revelação pública e cômica de uma situação trágica e privada. São esses mecanismos, ao contrário de um movimento de dispersão, que ligam o episódio paralelo ao fio central da teia do enredo. De fato, terminado o relato, todos lembram que o dia seguinte será o da festa anual do "Venerável Deus Riso", e Lúcio é convidado a "honrar o deus" com "alguma jocosa invenção", o que dará continuidade ao fio central da história.

Na mesma noite, voltando para a casa do hospedeiro, Lúcio é abordado, no escuro, por três criaturas e, pensando que fossem ladrões, mata-as. No dia seguinte, na abertura do terceiro capítulo, é feito prisioneiro e conduzido ao fórum, diante do tribunal: ("à maneira das vítimas que são levadas de um para outro lugar, para conjurar as ameaças de um prodígio por meio de cerimônias lustrais e sacrifícios expiatórios") Depois, a pedido da multidão, o julgamento é transferido para o espaço mais amplo do teatro, prolongando-se o sofrimento e os "tormentos" da "consciência" do personagem. Julgando-se inocente, por uma tentativa de defesa, mas acusado e martirizado como um "criminoso" e "estrangeiro", num ritual de "expiação", com ameaças de "tortura" e cenas de "mutilação", Lúcio é condenado a descobrir os cadáveres do esquife, constatando que fora enganado, pois são três odres estufados, terminando, assim, o espetáculo com as gargalhadas da multidão. Trata-se da encenação pública de seu drama pessoal, como um rito comemorativo em honra do Deus Riso. Mais do que isso, o ritual é um retorno do motivo do "morto-vivo" do episódio anterior (costurado com uma revelação posterior, porque os odres ganharam vida no engano de uma feitiçaria de Panfília), cujo movimento é o de uma condenação pública e cômica de uma situação particular, vivida com todos os requintes de uma expiação trágica. O retorno do movimento configura um jogo de duplicidade na tessitura do enredo, fazendo do episódio encaixado a outra face do espelho em que se metamorfoseia o fio central da trama do enredo. Como a personagem que é atraída para as armadilhas do círculo das relações humanas, os fios episódicos das histórias encaixadas convergem, no enredo, para a armação da teia de aranha, no desenho de sua trama.

Na continuidade do capítulo, apesar de ter experimentado que, no enredamento da trama realista, protagonizar é tornar-se vítima, Lúcio busca a realização de seu desejo, na trama em que o caçador passa a ser a caça atraída e traída na rede de sua intriga: "Eu bem que posso, neste caso, comparar minha aventura, meu primeiro título de glória, com um dos doze trabalhos de Hércules: três odres mortos valem bem o tríplice corpo de Gérion ou as três cabeças de Cérbero" (Apuleio, 1963, p.60). Transpassando as três cabeças do cão que guarda a porta do inferno, Lúcio modaliza o seu *querer*, implorando a ajuda de Fótis para a conquista de seu *objeto*: "Que eu a veja quando ela invoca os deuses, ou então quando se metamorfoseia. Queimo na ânsia de conhecer de perto, e com meus olhos, a magia" (ibidem). Desencadeado o nível da *manipulação*, falta-lhe a *competência*, com as modalizações do *saber* e do *poder*, para a continuidade de seu programa narrativo. A amante Fótis, primeiro, fornece-lhe o *saber*: "Vais saber o que é esta casa. Vais saber dos maravilhosos segredos pelos quais minha ama se faz obedecer dos manes, perturba o curso dos astros, constrange as potências divinas, serve-se dos elementos" (ibidem, p.59). Dias depois, sabendo que Panfília usaria de "operações mágicas" e de "ritos secretos" na "sua oficina infernal" para "revestir-se da plumagem de um pássaro e voar assim para o desejado", que era a conquista de um belo rapaz, Fótis propicia a Lúcio o *poder-ver* o ato de magia: "Por suas artes mágicas, Panfília se metamorfoseara voluntaria-mente, e a mim, sem encanto nem encantamento, o que acabara de suceder, diante de meus olhos, me fixara em tal estupor, que eu me parecia ser tudo no mundo, menos Lúcio" (ibidem, p.62). Completamente transtornado pelo envolvimento do círculo mágico, Lúcio deseja o unguento que lhe dará o *poder* de transformar-se no pássaro desejado e, ao mesmo tempo, de experimentar os meios das artes mágicas. Assim se dá a metamorfose:

> Agarrei a caixa e a beijei, pedindo-lhe que me concedesse a graça de um voo feliz. Depois, arrancando às pressas todas as minhas roupas, nela mergu-lhei avidamente as mãos, tirei uma boa dose de unguento, e esfreguei todas as partes do corpo. E já fazia como uma ave, tentando balançar alternativamente os braços. De penugem, no entanto, ou de penas, nenhum sinal. Porém, meus pelos se espessaram em crinas, minha pele macia endureceu como couro, a ex-tremidade de minhas mãos perdeu a divisão dos dedos, que se ajuntaram todos num casco único; da parte mais baixa da minha espinha, saiu uma longa cauda. Eis-me agora com uma cara monstruosa, uma boca que se alonga, ventas largas, lábios pendentes. Minhas orelhas, por sua vez, cresceram desmedidamente e se eriçaram de pelos. Miserável transformação, que me oferecia como consolo único, impedido que estava, de agora em diante, de ter Fótis entre os braços, o desenvolvimento de minhas vantagens naturais. (ibidem, p.64)

É importante ressaltar que o fio da magia, nas voltas de suas armadilhas, já estava ligando, com o nó da ironia, a inversão de um primeiro feitiço de Panfília ao fracasso da metamorfose de Lúcio. Para se ver como a ponta desse episódio está atada ao circuito do anterior, é necessário rememorar algumas voltas do enredo. Dias antes, quando voltava do banho, Panfília reparara um moço sentado num salão de barbeiro e passa a desejá-lo. Nessas situações, a feiticeira recorre à força de sua arte. Assim, obriga Fótis a apanhar, às escondidas, os cabelos louros cortados do rapaz. Surpreendida e ameaçada pelo barbeiro, Fótis, para não ser maltratada pela patroa, substitui os cabelos do moço por pelos de cabra, que um homem tosava de uns odres. À noite, trançando os pelos em forma de nós, com o intuito de ligar os cabelos ao cor-po do belo rapaz para trazê-lo, pelos efeitos da magia amorosa, até sua casa, Panfília é surpreendida pela vinda dos corpos dos odres, que "tomaram alma humana" (ibidem, p.61). Nesse instante, vindo do jantar da casa de Birrena, Lúcio chega, e, pensando ter assassinado três ladrões, na verdade, lutara com os três odres vivificados pelo engano do serviço mágico: "Derrubaste teus inimigos sem te manchares com uma só gota de sangue, e aí está porque abraço neste momento não um homicida, mas um odricida", arremata Fótis, com humor.

Da ponta inicial do fio mágico, revelando um engano na metamorfose do jovem em odres com pelos de cabra, até a outra ponta da metamorfose de Lúcio em asno, da mesma maneira que a feiticeira trança os fios de cabelos formando nós, o enredo trança os fios de seus episódios num nó irônico: no lugar de pássaro (sonho), Lúcio transforma-se em asno (pesadelo). Nesse percurso, vê-se o desenho do fio mítico envolver, no seu primeiro círculo, o destino do personagem Lúcio no terrível drama vivido dentro do território das relações humanas: o engano da metamorfose dos odres desencadeia a encenação protagonizada por Lúcio, em que acaba como a vítima ridicularizada em praça pública. Trata-se do drama do indivíduo isolado e impotente diante da fúria e da força de um conjunto social opressivo: "Foste tu a fonte e o instrumento do Riso" (ibidem, p.57). É a sua primeira "glorificação": "Em reconhecimento pelo que te deve, a cidade inteira te prestará honras extraordinárias. Ela te nomeará seu patrono e decidiu te elevar uma estátua de bronze". O seu desdobramento irônico, no círculo das relações humanas, demonstra uma ligação com o círculo mítico, que move toda a estrutura demoníaca da engrenagem realista: "O favor e a amizade do deus te acompanhará por toda parte. Ele não permitirá jamais que tua alma prove nenhum infortúnio, mas sem cessar iluminará tua fronte de serena graça e alegria" (ibidem, p.57). Assim, iluminado pela proteção irônica do Deus Riso, Lúcio, querendo transformar-se em pássaro, vê-se metamorfoseado em burro. Do círculo das relações sociais, novamente movido pela ironia das artes mágicas, o personagem decai do patamar humano para o inferno do círculo animal: "Desprovido de meios de salvação, eu considerava meu corpo sob todos os seus aspectos. Não vi uma ave, mas um burro, e maldisse a conduta de Fótis" (ibidem, p.64).

Na queda do humano para o círculo inferior da animalidade intensifica-se o drama da realista. Nessa simbolização, o ponto mais trágico reside na perda da fala ou da possibilidade de defesa pela expressão verbal, com o castigo de se manter numa condição sub-humana, mas com uma consciência acesa, sofrendo a impotência muda da reação: "Eu, entretanto, se bem que asno acabado e de Lúcio transformado em besta de carga, conservara uma inteligência humana" (ibidem, p.65). Daí para a frente, Lúcio deverá decair, cada vez mais, até a ponta da sua rota espiral: do animal ao reino mineral e, desse, ao vegetal. No erro de Fótis, induzida pela semelhança das caixinhas, o unguento da metamorfose foi trocado. Do fundo do poço, pelo impulso do reino vegetal, Lúcio fará o seu retorno à forma humana e ao sulco do parafuso das relações sociais: "Mas, felizmente, o remédio para esta metamorfose é fácil de encontrar: é suficiente que masques rosas para logo te despojares do burro e voltares ao meu perdido Lúcio" (ibidem, p.64). É justamente dessa esfera de perdição que o personagem poderá retornar, porque o circuito da representação realista faz o destino do homem girar pelas voltas desse labirinto simbólico, cujo ponto mais alto de afloração é o das relações humanas, em que se depara, ironicamente, como prisioneiro do comando mitológico demoníaco. Essa é a lei geral do enredo realista, que Apuleio elevou à condição de paradigma, nos primórdios da narrativa. No desenho dessa trama, postulou-se o movimento do sofrimento de Sísifo como medida do castigo do sofrimento humano, porque, à medida que o homem decai pelos degraus dessa escala simbólica, o enredo eleva a carga dramática do sofrimento de seu personagem à sua máxima potência. Apuleio prefigurou não só a descida, mas o retorno desse caminho que, para atingir as rosas, passa, necessariamente, pelos espinhos de seus ramos.

O círculo do mundo animal reproduz, em espelho, o nível sofrível das relações humanas: "Pensava eu que existia, entre os animais privados de palavra, um liame tácito e natural de solidariedade" (ibidem, p.65). É o que aprende o personagem Lúcio, na dedução irônica: "Fui assim enxotado para bem longe da cevada que, na véspera, à noite, eu tinha levado com as minhas mãos, para aquele gratíssimo fâmulo" (ibidem, p.65). Maltratado pela sorte e relegado à solidão, Lúcio, na mesma noite, privado da solidariedade de seu cavalo e do outro burro pertencente a Milão, tenta alcançar as coroas de rosas fixadas junto à imagem da Deusa Épona, na pilastra central da estrebaria, e é, por isso, violentamente castigado pelo criado. Nesse instante, aparecem os ladrões que roubavam a casa de Milão, fazendo dos três animais os instrumentos para o transporte da carga roubada. O desvio no programa narrativo instaura como *objeto-valor*, agora, o resgate da forma humana: "Eu poderia, pensei, graças ao remédio salutar, tornar a erguer-me, deixando a marcha inclinada para o solo, de besta de carga de quatro patas, e renascer para a dignidade humana" (ibidem, p.68). Privado da fala e com as dificuldades impostas pelo seu novo formato físico, Lúcio intensifica a consciência de seu sofrimento com o castigo externo das agressões corporais. No novo círculo da animalidade surge o trabalho escravo, unindo a exploração e o castigo físicos com a dor da consciência humana.

No Livro IV destacam-se a árdua marcha até o esconderijo dos ladrões, as tentativas de fuga e de se conseguirem as desejadas rosas; enfim, todos os esforços "impotentes contra as ciladas da fortuna", atestando, no círculo da animalidade, a presença do movimento mítico instaurando "o castigo pela fatalidade" (ibidem, p.68). Sentindo sempre a morte muito próxima, Lúcio perceberá, no trajeto para a montanha, em que se localiza a gruta que serve de morada aos ladrões, como o patamar da animalidade prefigura a queda para o reino da mineralidade. Numa de suas simulações, fingindo-se de morto para se livrar da pesada carga, o outro burro rouba-lhe a ideia, surpreendendo-o com uma representação mais convincente: "Para não demorar a fuga, embaraçando-se indefinidamente com um burro morto, isto é, transformado em pedra, distribuíram a sua bagagem entre mim e o cavalo" (ibidem, p.70).

Mais do que acompanhar as peripécias do sofrimento de Lúcio, que nos seduzem pela engenhosidade das variações, o importante é destacar, para o propósito da construção paradigmática do enredo, que a narrativa de viagem faz do seu motivo de peregrinação uma aventura para o conhecimento da condição humana. Nessa aventura, o trajeto do sofrimento, caindo nas armadilhas de um fio mítico demoníaco, ao mesmo tempo que descreve uma sucessão de quedas pelos círculos dos mundos humano, mineral e vegetal, intensifica a sua carga de dramaticidade pelo acúmulo progressivo da simbolização de tais patamares.

Assim, de dentro da caverna dos ladrões, depois de reunidos os dois grupos de saqueadores, o que se exterioriza são os relatos das aventuras recentes e suas desgraças. Como acompanhamos a atuação do grupo que assaltou a casa de Milão, seguindo os passos da aventura de Lúcio, só agora podemos saber o que sucedeu com o restante dos ladrões. São três histórias de mortes violentas. Na primeira, o chefe da quadrilha teve a sua mão pregada à porta da casa assaltada, ficando "preso como o crucificado sobre seu lenho" (ibidem, p.73). Depois de mutilado pelo corte do braço, com a outra mão ele se mata, numa trajetória que vai da identificação com o vegetal à completa união do corpo humano ao elemento mineral: "Enrolamos numa mortalha o que restava de seu corpo, e o confiamos aos recessos inacessíveis do mar. E agora nosso Lâmaco jaz sepulto num elemento uno" (ibidem, p.74). Um outro membro da quadrilha, enganado pela "insidiosa astúcia" da velha roubada, foi arremessado do alto da casa, "de cabeça para baixo", batendo contra "uma enorme pedra", quebrando a caixa torácica: "Como um digno êmulo, em idêntica sepultura, nós o associamos à sorte de Lâmaco" (ibidem). A terceira vítima havia se disfarçado em urso para entrar na residência de um rico cidadão. Descoberto, "rasgado já de mordeduras" pela malta de cães e "feito em frangalhos pelo ferro" das lanças e espadas da multidão, "tirado como de um útero" de sua pele de urso, Trasileão morre, completando a sua trajetória numa espécie de inscrição lapidar, que serviria perfeitamente ao nosso irônico Brás Cubas: "Para si guardou a glória. A vida entregou-a ao destino" (ibidem, p.79).

Acompanhando-se o fio condutor do motivo da "pedra", desencadeado na caverna dos ladrões e continuado na história da morte do assaltante, vamos encontrar Lúcio narrando um assalto acontecido no final da mesma noite, em que os ladrões retornam com uma moça raptada lastimando a sua desgraça: "Fechada como uma escrava neste buraco de pedra, nesta câmara de tortura, tendo perdido todas as doçuras entre as quais eu nasci e cresci" (ibidem, p.81). No fundo desse "buraco de pedra", a narrativa passa a girar em torno do eixo do motivo mineral, fazendo gravitarem em sua órbita várias histórias consteladas. Depois de chorar muito e esgotada pelo desgosto, a moça raptada adormece por um instante, mas é arrancada do sono: "E eis que agora um sonho horripilante me fez reviver o meu infortúnio, ou antes, o intensificou" (ibidem, p.82). O seu sonho, transformado em pesadelo, é a vivência da realidade presente: "Um dos bandidos, enfadado com essa perseguição inoportuna, apanhou aos pés uma grande pedra e golpeou mortalmente meu pobre esposo tão jovem". Esse acontecimento opõe-se à história idealista de seu passado, no relato feito à velha cozinheira dos ladrões: "Era uma vez um belo moço, primeiro entre os seus iguais". No instante em que a moça relata como fora arrancada de seu leito nupcial, a velha cozinheira, com a missão de distraí-la, intervém, contando a história de Psiquê.

Por ser extremamente bela, o povo devotou a Psiquê a mesma adoração que à própria Deusa Vênus, despertando-lhe a inveja. A deusa convocou o filho Cupido para vingá-la, com o castigo de fazer a pobre moça desposar um "monstro cruel e viperino". É o que ficamos sabendo pela revelação de Apolo que, "apesar de grego e jônio, em consideração pelo autor da nossa milesiana, entregou este oráculo em Latim". Na paródia do registro grego para o latino vê-se a inversão irônica de uma concepção idealista para a carnavalização da sátira milesiana:

> Sobre o rochedo escarpado, / suntuosamente enfeitada, / expõe, rei, a tua filha, / para núpcias de morte. / Então, ó rei, não esperes / para teu genro, criaturas / originadas de mortal estirpe, / mas um monstro cruel e viperino, / que voa pelos ares. / Feroz e mau, não poupa ninguém, / Leva por toda parte o fogo e o ferro, / e faz tremer a Júpiter, / e é o terror de todos os deuses, / e apavora até as águas do inferno, / e inspira terror às trevas do Estige.

Preparados "os aparatos das núpcias de morte", o povo, em cortejo, "se pôs em marcha, acompanhando esse cadáver vivo": "Psiquê, em lágrimas, não participava de suas núpcias, mas de seu funeral" (ibidem, p.87). Vítima da "inveja sobre-humana", porque, nessa reviravolta irônica, o mundo divino iguala-se ao humano na veiculação de seus sentimentos menos nobres, Psiquê, "na noite escura", é depositada "no alto do seu rochedo". Numa contravolta idealista, "o doce hálito do Zéfiro [...] soergueu a virgem com um movimento suave e, com tranquilo sopro, a levou serenamente ao longo da parede rochosa" (ibidem, p.88). Invertendo-se a trajetória da morte, Psiquê passa a viver uma aventura idealista, ao longo do Livro V, amarrando-se o famoso episódio no contraponto dos círculos trágicos da narrativa. Dessa maneira, conforme terminamos o estudo sobre a narrativa grega idealista com a inversão trágica da nossa romântica índia desmanchando o seu "leito de folhas verdes", Apuleio, no meio de sua narrativa realista, invertendo o caminho do afastamento trágico, presenteia Psiquê com um leito de relva florida: "Ao pé desta [parede rochosa], no escavado vale, ele [Zéfiro] a depositou deitada gentilmente no leito da relva florida" (ibidem, p.88). Na trama dessa rede idealista é tecida uma "estória de amor", vivida na tensão de todos os perigos que, de repente, podem reverter uma trajetória de vida na tragédia da morte. É a tessitura dessa tensão entre o idealismo e o realismo, enriquecendo a trama do livro, que faz do enredo de Apuleio um acabado modelo de construção narrativa, servindo, não só como um paradigma realista, mas, também, como um retrato muito bem pintado de um quadro de imagens apocalípticas e demoníacas.

Falando dos animais mais brandos, fiéis e dedicados da *estória romanesca*, Frye (1973a, p.153) relembra o outro lado da figura do asno, um "animal muito diferente, por sua humildade e submissão", que, "num contraste inocente" com monstros e leviatãs, pode incluir-se numa estrutura de imagens dramáticas, como em Shakespeare, "seguindo uma tradição que remonta ao Lucius metamorfoseado, ouvindo a história de Cupido e Psiquê". Para o crítico, "os passarinhos, as borboletas (pois este é o mundo de Psiquê, e Psique significa borboleta), e os espíritos com seus talentos [...] são outros cidadãos naturalizados" (ibidem). Como personificação da borboleta ou da alma humana, Apuleio alegoriza, num contrastante jogo de luz e sombra, um movimento narrativo completo, mobilizando a tensão de imagens celestiais e infernais, para representar a mobilidade do palco em que o ser humano representa o drama de seus infortúnios ou os instantes de seu revigoramento e júbilo, pelo auxílio da projeção mítica.

Do "leito da relva úmida de orvalho", num plano pastoral, Psiquê é conduzida ao leito de um luxuoso "palácio celeste", "residência de um Deus". No translúcido cenário idealista surgem, primeiro, como índice da enunciação, "umas vozes destituídas de corpo", impelidas por um "sopro", cujas palavras executam todos os desejos. No plano narrativo, "um marido desconhecido" sobe ao leito, fazendo de Psiquê sua mulher. Mas o seu reino de felicidade é governado por uma proibição, ou seja, as interdições próprias dos mitos: "que não procurasse conhecer a figura do marido, jamais, mesmo que suas irmãs lhe dessem o pernicioso conselho de fazê-lo" (Apuleio, 1963, p.91). As irmãs "clamaram tanto" e "seus brados repetidos ecoavam nas pedras e nas rochas" que, Psiquê, implorando ao marido, conseguiu a visita das mesmas. Surpreendidas com "as riquezas celestiais", as irmãs, "cada vez mais devoradas pelo fel ardente da inveja", depois da visita, mentem aos pais sobre a situação de Psiquê, "e regressam às pressas para suas casas, sufocadas de louca raiva, para maquinar uma infernal astúcia, um ímpio atentado contra a irmã inocente" (ibidem, p.94).

Advertida pelo desconhecido marido ("gera-se uma criança no teu útero; divina será se souberes calar e conservar nossos segredos, mortal se os profanares"), Psiquê promete fidelidade, mas cai na "armadilha concebida" pela mentira e a malícia das irmãs: "uma horrível serpente, um réptil de tortuosos anéis, com o pescoço estufado de baba sanguinolenta, de um veneno temível, a goela hiante e profunda, eis aí o que repousa à noite, furtivamente,

O ENGENHO DA NARRATIVA E SUA ÁRVORE GENEALÓGICA **223**

a teu lado" (ibidem, p.97). Aberta a dúvida da duplicidade ("no mesmo ser, ela odeia a besta e ama o esposo"), Psiquê opta por executar o crime planejado pelas irmãs, com os instrumentos da luz e de uma navalha: "Mas assim que a oblação da luz revelou, no seu clarão, os segredos do leito, ela viu a mais feroz de todas as feras selvagens, o dulcíssimo, o adorável monstro. Cupido em pessoa, o deus formoso que formosamente repousava" (ibidem, p.99). Atraída pela curiosidade, Psiquê picou-se com uma flecha, "tomou ela própria de amor pelo Amor" e, no "desejo ardente pelo Autor dos Desejos", deixou cair da lâmpada uma gota de óleo fervente na espádua direita do deus: "O deus, sob a queimadura, saltou, e, quando viu a sua fé traída e maculada, arrancou-se dos beijos e dos abraços de sua infeliz esposa e voou em silêncio" (ibidem, p.100). Cupido perdoa a esposa, mas foge e se vinga das duas irmãs de Psiquê: ambas, atraídas pelo deus, correm para o rochedo em que fica o seu palácio, precipitam-se e morrem da mesma sorte. A errante Psiquê, que traíra duplamente Vênus, concorrendo com a sua beleza e tomando o seu filho por esposo, passa a ser objeto da fúria e da vingança da deusa que, para isso, voa ao céu e pede o auxílio de Ceres e Juno: "Não poupeis esforço, eu vos peço, para descobrir e me trazer essa Psiquê fugitiva, que voou não sei para onde" (ibidem, p.105).

O Livro VI trata da peregrinação de Psiquê, como o castigo que, depois da expiação da culpa, transforma o pesadelo no voo de um sonho apocalíptico. Todo o episódio é regido por um movimento de inversão: à medida que a narrativa caminha para o alto, a personagem afunda-se nos mais variados círculos de degradação. Quando a personagem, à beira da morte, se arrasta pelos ínferos das camadas infernais, o movimento narrativo eleva o seu destino trágico para a felicidade do firmamento celestial. Da morte para a vida, o contraste idealizante da narrativa faz a personagem humana e mortal transformar-se numa divindade imortal. Primeiro, a errante criatura visita o templo de Ceres, "no vértice de um escarpado monte". Nesse itinerário aparentemente idealista, pois é irônico, a narrativa recobra o fio da mitologia, mas, nem a volta aos primórdios do mito, quando Psiquê implora "pelos ritos de fertilidade das messes", faz com que a deusa traia a "parenta Vênus", para aliviar o sofrimento da atormentada criatura. Num segundo templo, rogando o auxílio de Juno, Psiquê é novamente abandonada, diante da negação da deusa em ajudá-la, para não trair a sua "nora Vênus". Essa, por sua vez, "renunciando a prosseguir suas buscas por meios terrenos, dispôs-se a subir ao

Céu", pedindo a Júpiter os serviços de Mercúrio, para anunciar, em todos os cantos da terra, um prêmio pela captura de Psiquê. Diante da difícil situação, a menina entrega-se, é violentamente castigada e submetida a uma série de provas, em que a morte é mais certa do que a realização de algumas delas. No entanto, ajudada pela interferência da "Providência" e, depois, pelo apaixonado Cupido, que se recupera do ferimento e se liberta da mãe, Psiquê consegue salvar-se da morte.

Terminados os rituais de provações, que possibilitam a purificação de Psiquê, inicia-se o movimento de redenção. Advogando sua causa, Cupido voa até o céu, apresentando sua súplica ao "grande Júpiter". O deus, para pôr fim "ao escândalo cotidiano dos adultérios e tolices do adolescente", apoia o casamento de Cupido, comunicando a decisão em assembleia. Para não contrariar Vênus, Júpiter resolve o problema do casamento desigual, ordenando a vinda da moça ao céu: "Estendendo-lhe um copo de ambrosia: 'Toma Psiquê', disse-lhe, 'e sê imortal'. Jamais Cupido se desembaraçará dos laços que o ligam a ti. As vossas núpcias são perpétuas" (ibidem, p.117). Terminados o banquete e o rito nupcial, a narrativa idealista, contada pela velha bêbada à jovem cativa, fecha-se no arco celestial: "Foi assim que Psiquê passou, conforme os ritos, para as mãos de Cupido. Chegado o momento, nasceu-lhes uma filha que chamamos Volúpia" (ibidem).

Estabelecendo um corte relacional, é possível pressupor que Machado de Assis tenha utilizado o contraponto da personificação de Apuleio, de borboleta em Psiquê, com a sua projeção mítica e celestial, para criar, no palco terreno da representação realista, uma alegoria da "alma humana". Trata-se do episódio "A borboleta preta", do livro *Memórias póstumas de Brás Cubas*, preso ao enredo pela ponta irônica do alfinete do racismo e do sadismo. Se a discriminação de Vênus entre o divino e o humano, ou entre o mortal e o imortal, é resolvida em Apuleio, com a divinização de Psiquê por Júpiter, no livro de Machado o espetáculo trágico aponta o despertar do preconceito na covardia da ação de Brás Cubas sobre um inseto inocente. O quadro, no seu requinte de sadismo, sem contar as relações tentaculares envolvendo, na sua irônica maldade, uma série de personagens do primeiro plano narrativo, termina da seguinte maneira: "uni o dedo grande ao polegar, despedi um piparote e o cadáver caiu no jardim. Era tempo; aí vinham já as próvidas formigas... Não, volto à primeira ideia; creio que para ela era melhor ter nascido azul" (Machado de Assis, 1986, p.553).

Depois do voo idealista, a narrativa de Apuleio volta à sua esfera realista, num contraponto perfeito, mostrando que o episódio de Psiquê, ao contrário de ser uma fábula dispersa, além de trazer a alegorização da "Volúpia" para o enredo, funciona como um aparato idealista, sobre o qual se projeta uma estrutura invertida, no espelho da representação realista. O núcleo do conflito amoroso entre Cupido e Psiquê, tendo por oponente a deusa Vênus, é resolvido na esfera celestial, pela interferência divina de Júpiter. A narrativa, retomando os seus círculos infernais, no espelho invertido dessa homologia estrutural, resolverá o problema amoroso, formado pelo triângulo humano da jovem cativa com o seu esposo afastado pela interferência dos ladrões, com a ajuda providencial e irônica do asno Lúcio. Do arco do céu, a narrativa mergulha ao fundo do abismo infernal, retomando o eixo do motivo mineral para empreender a contravolta do seu giro, restabelecendo, pela via vegetal, os anéis gradativos da espiral que passa pela animalidade para se recobrar o circuito final das relações humanas. Nessa projeção especular, do divino ao animal, tendo por eixo o ser humano, a paródia sutil, desentranhada das amarras da trama, carnavaliza os planos semidivinos e divinos do repertório mítico e idealista grego, projetando-os, invertidamente, no triângulo bufo formado pelo jovem casal e o burro.

No momento em que termina a narração da história de Psiquê, feita pela velha, Lúcio lastima "não ter tabuinhas nem estilo para tomar nota de história tão bela", porque pertence ao paradigma lendário da *estória romanesca*, passando a narrar a volta dos ladrões e do trabalho forçado, na trajetória do modo *imitativo baixo*: "fizeram-nos sair para a estrada, ao cavalo e a mim, com grandes pauladas, para que transportássemos a bagagem" (Apuleio, 1963, p.118). De volta ao circuito da "pedra", buscando o carregamento do roubo escondido na caverna, Lúcio tem sempre pela frente a ameaça da morte: "Vês, aqui perto, aqueles rochedos de onde se salientam pontas agudas e cortantes. Antes que chegues ao fim da queda, elas entrarão em tuas carnes e espalharão teus membros" (ibidem, p.119). Diante das ameaças, Lúcio livra-se da guarda da velha e foge levando a moça, num quadro em que se retrata a fuga como uma paródia às imagens e ao estilo da *estória romanesca*: "Gente virá ver e ouvir contar, e o estilo dos sábios fixará para sempre a história rústica da jovem princesa que se evadiu do cativeiro montada num burro" (ibidem, p.120). Em seguida, os fugitivos são apanhados e os ladrões, depois de enforcarem a velha, deliberam sobre a sorte do burro e da moça:

"Proponho degolá-lo, amanhã, esvaziá-lo inteiramente de suas entranhas, costurar nua, dentro de seu ventre, a mocinha que o preferiu a nós, de maneira que só o rosto fique para fora, e o resto do corpo fique encerrado nessa besta, como numa prisão". Com o retorno do motivo do "enterrado vivo", o corpo de asno de Lúcio é transformado num inusitado túmulo: "Que assim recheado, como um pastel cheio de carne, o asno fique exposto sobre as pedras de pontas cortantes e aos ardores do sol de fogo" (ibidem, p.122).

Em nova fuga de Lúcio, o Livro VII cuida do retorno do círculo da mineralidade ao patamar da animalidade, tendo como força condutora o motivo vegetal alegorizado no castigo dos ramos e espinhos, até aflorarem as rosas salvadoras, que terão a função de conduzir o círculo da animalidade de volta ao reino humano. No amanhecer do dia seguinte ao da condenação do asno e da moça, chega à caverna dos bandidos um dos ladrões noticiando que o "consenso unânime" aponta como autor do roubo à casa de Milão um certo Lúcio. Passando de inocente a vítima da situação, Lúcio desespera--se diante da dupla condenação. Como asno está condenado à morte; como homem, é culpado do assalto à casa de seu anfitrião: "Durante a narração, eu comparava ao Lúcio de outrora, com sua feliz fortuna, o pobre burro do presente e sua miserável condição".

Ao contrário da narrativa grega, cuja retórica se vale da estrutura forense para fornecer à enunciação uma elevação estilística e a plena possibilidade de defesa aos seus protagonistas, a sátira latina, enredando os seus personagens na armadilha das falsas incriminações, nega-lhes a expressão de defesa da inocência: "No entanto, eu não podia advogar minha causa, nem proferir uma única palavra negando o crime" (ibidem, p.124). Na continuidade da sequência, o bandido que traz tais notícias consegue impor suas ideias ao grupo, infiltra novos homens ao bando, entre eles Tlepólemo, um "jovem gigante" disfarçado, o esposo da moça cativa, que acaba eleito chefe pela sua liderança e promessa de fazer da "casa de pedra, uma de ouro" (ibidem, p.128). Operada "essa metamorfose", o novo chefe propõe não matar, mas lucrar com a moça e o burro, vendendo-os como escravos. O falso chefe embebeda e amarra os ladrões, coloca Caridade (este é o nome da moça) sobre o lombo do burro e os três retornam à cidade.

Embora lento, inicia-se o movimento narrativo da contravolta. Como gratidão de Caridade, Lúcio adquire a liberdade: "Com que alegria trotava eu, sem carregamento nem fardos, devolvido à liberdade, no começo da primavera, certo de que encontraria algumas rosas nos prados cobertos de plantas" (ibidem, p.131). Mas, para se fazer a contravolta do retorno, é necessário retomar o caminho das "pedras", passar pelo castigo dos "espinhos", até chegar às desejadas "rosas". Conduzido pelo burriqueiro para longe da cidade, Lúcio não encontra "doçura, nem sequer liberdade": "Aconteceu que sua mulher, uma criatura odiosa e avarenta, tomou logo conta de mim, para me fazer a mó do moinho, e, dispensando-me frequentes corretivos com lenha verde, era na minha pele que ganhava seu pão e o de sua família" (ibidem, p.132). É o retorno dos motivos da fome e do trabalho forçado, com o fio condutor da vegetalidade: "Mas a insaciável Fortuna, que não cansava de me torturar, arranjou-me um novo flagelo" (ibidem, p.133).

A nova tarefa do asno passa a ser transportar lenha da montanha, sob as ordens de um detestável escravo: "Como se não bastasse a áspera subida dos píncaros escarpados, nem as pedras pontudas contra as quais eu arrebentava os cascos, estriava-me ainda o lombo, ao longo do caminho, com pauladas tão frequentes, que a dor dos golpes me penetrava até a medula" (ibidem). Entre a "pedra" e o "pau", pois para remediar a desigualdade do peso da carga de lenha o almocreve "acrescentava pedras" e feria-lhe o couro "com um enorme pau", Lúcio passa a ser vítima de "outra artimanha infernal": "Tomou espinhos muito agudos, de ponta letal e picada venenosa, teceu um nó em torno deles, para reuni-los em feixe, e ligou-mos à cauda como um enfeite" (ibidem, p.134). O que se vê, nessa trajetória de retorno, depois de muitos castigos e ameaças, é a ascensão do círculo mineral para o vegetal, parodiando-se o idealismo do motivo pastoral.

Prestes a ser castrado e degolado pelos pastores, Lúcio, na abertura do Livro VIII, fica sabendo, com a chegada e o relato de um empregado, do trágico fim de Caridade e do seu esposo Tlepólemo. Enquanto a primeira narrativa de Caridade, desencadeada por uma situação de infelicidade, atinge os patamares heroico, lendário e mítico, por meio do auxílio e da projeção da história de Psiquê, agora, diante de uma situação de felicidade, instaurada pelo casamento com Tlepólemo, a sua história decai do nível heroico para os planos inferiores do *modo imitativo baixo*, à medida que toda a trajetória dessa queda é feita pela ironia da paródia a um contexto idílico e pastoral. Uma abominável criatura, Trasilo, preterido por Caridade, desejando, de todas as maneiras, a sua posse, finge ser amigo do casal e, na armadilha de uma caçada, sob o pretexto do aparecimento de um feroz javali, trai o marido de Caridade, fazendo-o cair ao solo para matá-lo, depois de sua situação precária, ferido pelos dentes do animal. No cenário pastoral, a narrativa desenvolve, sob o tema da traição, um dos mais caros motivos da representação realista: na armadilha da vítima, de caçador, o homem torna-se a caça na rede da trama demoníaca.

Após os ritos fúnebres, Caridade adormece e, em sonho, a visão do marido esclarece o crime. A insistência de Trasilo em desposar Caridade desperta nela o desejo da vingança, aparado por um plano de "núpcias mortais". Induzido a visitá-la na noite combinada, Trasilo é embebedado e Caridade cega-o, atravessando seus olhos com um grampo de cabelos: "Depois de ter contado, pormenorizadamente, tudo o que o marido lhe havia revelado em sonho, e a astúcia por meio da qual atraíra Trasilo para a armadilha, mergulhou a espada sob o seio direito, caiu, e afogada no seu próprio sangue, com alguns balbucios indistintos exalou a alma viril" (ibidem, p.147). Após as abluções fúnebres, os amigos da mísera Caridade, "numa só sepultura, uniram ao marido aquela que permanecera sua mulher para sempre", enquanto Trasilo, sabendo de tudo, e "não encontrando outra solução para seu desastre senão um novo desastre", fez que o levassem à sepultura, fechando a trágica história com o motivo do "enterrado vivo": "'Eis aqui', gritou por diversas vezes, 'eis aqui para vós, Manes irritados, uma vítima voluntária'. Depois, fechando cuidadosamente as portas atrás de si, resolveu acabar, à falta de alimento, uma vida condenada por sua própria sentença" (ibidem, p.148).

Terminado o relato trágico feito aos pastores de Caridade, a narrativa devolve a protagonização a Lúcio, retomando o seu caminho, com o fio da mineralidade, recoberto pelo cenário vegetal, puxando a trama de volta ao reino animal. Os pastores, lamentando a desgraça dos seus amos, temem passar para um novo dono e resolvem fugir. Novamente inserido no domínio da viagem, Lúcio foge com o grupo e, advertidos do perigo dos ataques dos lobos no caminho, caem "numa armadilha muito mais perigosa": são atacados por cães furiosos e com pedradas, pelos agricultores que, no escuro, os tomam por ladrões. Esse momento marca o afastamento definitivo do círculo da mineralidade para a retomada do plano da animalidade: "Do alto dos telhados da colina vizinha, os camponeses fizeram rolar pedras e mais pedras sobre nós, de maneira que não se sabia o que escolher, de que flagelo escapar: se do mais próximo, os cães, se do mais distanciado, as pedras" (ibidem, p.150). A ruptura entre os dois patamares é bem marcada e, portanto, estrutural. Um dos pastores, cuja mulher foi bastante ferida por uma pedrada, defendendo a inocência do grupo, protesta junto aos lavradores: "No entanto, não habitais cavernas como as feras, nem rochedos como os bárbaros, para assim vos alegrardes derramando sangue humano" (ibidem). Um dos agricultores, após a "cerrada chuva de pedras", fala "do alto de um cipreste", repelindo o engano mútuo e indiciando, na sua fala, a continuidade da narrativa, no seu percurso de retorno: "Agora, nada mais perturba a paz, podeis avançar em segurança" (ibidem). De novo em marcha, já no cenário de "um bosque plantado de altas árvores e alegrado por verdejante relva", o grupo passa por uma série de dificuldades, enquanto a narrativa empreende a sua travessia para o domínio da animalidade.

Quando o grupo fixa residência numa cidade, seus membros resolvem vender os animais ao mercado. De início, Lúcio é preterido, mas depois é vendido, num espetáculo grotesco, ao velho Filebo, que tem duplas intenções: a aparência sagrada de fazer do burro o carregador da imagem da Deusa Síria e a essência profana de fazê-lo servir ao seu grupo depravado de hermafroditas: "Mas, quando viram, não uma corça no lugar de uma virgem, mas um burro por um homem, fizeram caretas e escarneceram do seu dirigente. Não, não era um servo, mas um marido para ele, certamente" (ibidem, p.155). No círculo da animalidade, de baixo para cima, a narrativa incorpora o animal ao humano, em cenas grotescas, com o domínio pleno do cômico de situação, num patamar do *modo imitativo baixo*, em que a animalidade se equivale ao grau decaído "desses semi-homens". É o que insinuam as provocações, para não entrarmos na análise das cenas grotescas: "E depois, ajuntaram, 'um franguinho tão bonito, não o comas sozinho. Partilha-o algumas vezes conosco, que somos as tuas pombinhas'" (ibidem, p.155). Flagrados no exercício de "uma profanação sacrílega a respeito da santa religião", cultuando uma "deusa estrangeira" com finalidades escusas, por culpa do "zurro intempestivo" de Lúcio, os membros do grupo castigam-no com um "chicote de ossos de carneiro" e ameaçam matá-lo. Mas, acolhidos por "um homem devoto e reverente", em outra cidade, decidem continuar com o asno, que se tornou "simultaneamente celeiro ambulante e templo" da deusa.

No Livro IX dá-se a continuidade da caminhada do círculo da animalidade para o humano. Sempre num avanço vagaroso e tortuoso, o espaço entre os dois domínios é percorrido, aproximando-os, para, depois, empreender-se a retomada da supremacia da esfera humana, o ponto a partir do qual o enredo se iniciou. A escalada do percurso começa com um embate no nível da animalidade. Na casa do anfitrião do grupo de falsos religiosos, o pernil de um cervo gigantesco fora roubado por um cão, e o cozinheiro, incitado pela esposa, quer cortar uma das coxas do asno para oferecê-la no lugar. Desesperado, o burro avança pelo interior da casa e devasta o "repasto sacrificial com os sacerdotes da deusa". Aprisionado em lugar seguro, não demora o novo "passo da perda" porque, "quando a Fortuna se opõe, nada corre bem para os filhos dos homens". Assim, chega a notícia de que um cão raivoso invadira a estrebaria e atacara as bestas de carga. Suspeito de estar sob o efeito da raiva, Lúcio é trancafiado num dos quartos da casa, num flagrante em que a animalidade começa a intercambiar com a humanidade: "Devolvido à liberdade, agarrei avidamente a feliz oportunidade de estar sozinho e, deixando-me cair sobre o leito muito bem arranjado, saboreei o repouso de um sono humano, pela primeira vez depois de muito tempo" (ibidem, p.160). O início da passagem da animalidade para a humanidade é feito pela simbologia da água, no rito de purificação de Lúcio. Trouxeram, de uma fonte vizinha, "uma vasilha enorme de água clara e límpida". Como o burro tomou toda a água, estava indicada a cura e a sua aproximação, novamente, às cercanias do território humano.

A peregrinação de Lúcio em direção ao círculo humano passa por duas fases progressivas. Na primeira, ele volta à condição de escravo de um moleiro, calcando sobre os riscos de seus passos invariáveis um enredamento de histórias de adultério, que ouve ou conta, nos intervalos do trabalho. Projetando sobre o circuito do trabalho animal o *fazer* humano de relatar histórias, essa primeira fase revela o *saber* adquirido por Lúcio. Trata-se, na referência paródica a Homero e ao idealismo épico, do *saber* adquirido sobre a condição da vida humana, por meio do motivo da viagem: "Não foi sem razão que o divino criador da antiga poesia dos gregos, desejando apresentar um homem de sabedoria sem igual, conta dele, nos seus versos, que havia adquirido as mais altas virtudes visitando muitas cidades e conhecendo povos diversos". Por isso, conclui Lúcio: "Pois eu também conservo uma grata lembrança do burro que fui, e graças ao qual, escondido num envoltório e provado por atribuições as mais variadas, tornei-me, se não sábio, pelo menos rico de sabedoria" (ibidem, p.167). Assim, completa-se uma parte do percurso da narrativa: o nível da manipulação, com o *querer* conhecer as artes mágicas; o nível da competência, dado, com a ajuda de Fótis, pelo *poder* de metamorfosear-se para *saber*, pelas provações da viagem, como é a vida real do homem. Com a competência adquirida, dá-se a realização do verdadeiro *fazer*, enfim, revelado, que é o de narrar histórias: "E aqui está precisamente uma história, boa entre as melhores, espiritual e agradável, que resolvi contar-vos" (ibidem).

Como narrador de histórias, nessa primeira fase da volta ao círculo humano, Lúcio nos apresenta vários episódios encaixados, em que o núcleo do adultério revela o mais baixo nível de relacionamento entre os homens. Tais histórias têm em comum o vírus da violência, da traição, do interesse, da vingança, da morte; enfim, os principais motivos temáticos de mobilização da estética realista, sintetizados no conflito de um personagem: "Agitado como as águas do mar, e em conflito consigo mesmo, o espírito do pobre rapaz se dividira, solicitado por paixões contrárias: aqui a fidelidade, ali o lucro; aqui os tormentos, ali a volúpia. Por fim, o temor da morte foi vencido pelo ouro" (ibidem, p.170). Como todas essas histórias foram desencadeadas pela traição da mulher do moleiro para quem Lúcio trabalhava, o fecho do circuito dá-se com a solução do adultério por uma via mais civilizada: o divórcio. Contrariada pela resolução, a adúltera recorre aos serviços de uma velha feiticeira que, não conseguindo, pela magia, executar o seu lucrativo serviço de reconciliação, mata o pobre moleiro, indicando o passo seguinte dos círculos da narrativa pelo efeito da magia e do fantástico.

Conduzida pelo fantástico, a passagem para a segunda fase em direção ao círculo humano se dá com a mudança de patrão: de empregado do moleiro, o asno passa a servir um pobre jardineiro. Depois de acolher um vizinho, numa noite de chuva torrencial, o jardineiro é recompensado. No jantar oferecido pelo anfitrião ocorre uma série de prodígios envolvendo, em cenas insólitas, animais e mutilações. Enquanto os presentes perguntavam "sobre esses divinos presságios" e "qual o número de vítimas a imolar como expiação", desenvolve-se, como correspondência aos vestígios da atrocidade animal, o contraponto do abuso do poder socioeconômico e da insensatez humana. Na cena paralela, um fazendeiro avança sobre as terras de um pobre homem e, na contenda, três jovens tomam o partido do "amigo oprimido", lembrando "que também os pobres tinham, sob a proteção das leis, um recurso garantido contra a insolência dos ricos" (ibidem, p.180). Na sua truculência contra "eles e todas as suas leis", o fazendeiro solta os seus ferozes cães, e a carnificina termina com a morte dos três irmãos, filhos do anfitrião, em cuja casa "os prodígios pressagiavam essas coisas" (ibidem, p.182).

Despertado pela interferência do fantástico, o fio mítico passa a reconduzir o destino da humanidade, tendo como palco o nível das relações sociais agravado pela dominação do rico sobre o pobre, num cenário de desrespeito às leis. A precariedade da "justiça" é o motivo condutor da sequência narrativa. Na volta do jantar, Lúcio e o jardineiro são abordados por um "soldado da legião" que deseja tomar o burro para o transporte das bagagens de seu comandante. O hortelão reage, derruba o soldado e foge, escondendo-se no abrigo de um vizinho. A partir de uma denúncia, os "oficiais da justiça" capturam o asno e o "desgraçado hortelão, que destinado aparentemente à pena capital, foi conduzido a cadeia pública (ibidem, p.185).

A sequência esboçada, num processo de carnavalização, inicia-se com a abordagem do soldado no caminho de volta, na contramão do latim para o grego. Depois, é continuada no grotesco da situação em que a vítima é apanhada pelo impostor, com a curiosidade do asno denunciando, pela projeção da sombra de sua cabeça, na janela do alto, o hortelão escondido num cofre, embaixo. O fecho instaura o nascimento de um provérbio: "Para mim, foi esse fato a origem do provérbio, frequentemente citado, do burro que estendeu o pescoço para ver, e da sua sombra" (ibidem, p.185). Trabalhando os aspectos trágico e cômico do modo imitativo baixo, a cena da atração do soldado dá entrada ao motivo arquetípico do *Alazón*. Para Frye (1973a, p.45), o tipo de personagem implicada com a palavra grega *alazón*, que significa impostor, alguém que finge ou procura ser alguma coisa mais do que é, desdobra-se em duas variantes populares: "o *miles gloriosus* (soldado fanfarrão) e o excêntrico ilustrado ou filósofo com ideia fixa". Enquanto Machado explorou, a partir do livro de Brás Cubas, a segunda variante, Apuleio, no contexto do seu quadro tragicômico, dá continuidade ao motivo do "soldado impostor", como denúncia da arbitrariedade de um sistema judicial.

Na nova função, como burro de carga do soldado, Lúcio encontra-se, novamente, na estrada, prefigurando uma imagem quixotesca: "Equipado e armado militarmente, eu levava um capacete de brilho fulgurante, um escudo que faiscava de longe, sem falar de uma lança, notável pelo comprimento de sua haste" (Apuleio, 1963, p.186). O motivo da viagem dá andamento à narrativa, ao mesmo tempo que propicia o testemunho ou o conhecimento de fatos que devem ser relatados. Assim, imbuído, cada vez mais, da tarefa de relatar histórias para revelar a natureza do ser humano, Lúcio e o soldado são recebidos na casa de um decurião e ficam sabendo de um crime: "Conto aqui o caso, para que vós o possais ler" (ibidem). Trata-se da história da madrasta apaixonada pelo filho do marido: "Isto que lês, excelente leitor, é uma tragédia, e não fábula ligeira; dos socos subimos para o coturno" (ibidem). Com o "coturno" indiciando o calçado simbólico dos atores trágicos, a história põe em cena o motivo do incesto nas relações familiares, como um dos nós de tragicidade na esfera do comportamento humano.

Os círculos envolventes do episódio desenrolam-se a partir do desejo da "volúpia": no disfarce da doença, a madrasta segreda "ao filho" a sua astúcia. Diante da não correspondência, o amor da "mãe" transforma-se em ódio: com a cumplicidade de um criado, ela planeja o seu envenenamento. A roda da "Fortuna" arrasta para a morte o mais novo dos dois irmãos, o filho legítimo da mulher. Para livrar-se da culpa, a mãe vinga-se do outro "filho", e o inocente passa a ser uma vítima penalizada duplamente: pelo ato "incestuoso e parricida". Da esfera familiar, o caso ganha julgamento público. Com o testemunho falso do escravo, o jovem só é salvo da condenação injusta pela interferência de um dos juízes, mostrando, no desarme da armadilha, que o veneno vendido por ele fora trocado por um sonífero. Diante da revelação, todos correm ao túmulo, no momento em que o rapaz começa a despertar. O giro trágico para o desenlace cômico e feliz, pelo menos dessa vez, redime a justiça, salvando-a de uma condenação pelas aparências: "O velho pai viu sua aventura tão célebre quão fabulosa acabar com um desfecho digno da divina providência: depois de ter ficado sem os filhos, tornou-se, de repente, o pai de dois jovens" (ibidem, p.193).

No meio do capitulo X, como regra em todo o livro, há uma mudança na escala narrativa, mostrando que a separação dos episódios, muitas vezes, passa por cima dos cortes dos capítulos, com a função de se estabelecer em cada uma das metades uma relação progressiva, de acordo com o movimento do enredo em direção aos seus círculos simbólicos superiores ou inferiores. Se essa estratégia reforça uma articulação metonímica, ela também instaura uma rede de relações internas, de intensificação e progressão, com os episódios encaixados. Os fragmentos e as variações episódicas atuando na urdidura da trama, além de uma função estruturadora, mostram como o ranger metonímico da engrenagem do enredo realista roda o seu percurso espiralado no passo lento de uma toada sofrida. Por isso, se na parte anterior foi visto, sobre a rodagem do trabalho forçado do asno, todo um círculo degradante do nível de relacionamento humano, retratando as pessoas próximas de um patamar de animalização, a parte seguinte cuidará de elevar o grau de tais relações, fazendo da equivalência entre o animal e o homem um porto ainda longínquo da civilização. A partir desse ponto, inicia-se a entrada definitiva da reintegração do enredo ao círculo humano, exercitando-se, mais uma vez, a mola do mecanismo de uma relação inversamente proporcional: à medida que a animalidade de Lúcio ascende para um degrau de humanização, os personagens humanos degradam-se, para se conseguir o equilíbrio da lei da compensação.

No novo corte estrutural, Lúcio retoma a narração irônica, contando que é vendido pelo soldado impostor a dois escravos pertencentes a um dono muito rico. Os dois irmãos, um pasteleiro e confeiteiro e o outro cozinheiro, são os responsáveis pelo processo de humanização de Lúcio: "Assim, constituímos um trio, eu, em companhia dos dois irmãos, e nunca tive tanto que bendizer a benevolência da Fortuna" (ibidem, p.193). De fato, como depois do farto jantar os dois tinham o costume de levar para o quarto porções de comida, enquanto se dirigiam ao banho, Lúcio passou, pela primeira vez, a ter acesso a uma alimentação humana. Com os roubos cotidianos, um irmão passou a suspeitar do outro, e antes que os "conflitos eteocleanos" chegassem à culminância de um fratricídio surge a desconfiança: "Todavia, por me tratar assim liberalmente e me estufar até a saciedade com iguarias feitas para homens, meu corpo foi-se tornando redondo, obeso, estourando de gordura" (ibidem, p.195).

Flagrado pelos irmãos, em vez do costumeiro castigo, Lúcio é surpreendido pela reação deles: "Sem mais se preocuparem com o prejuízo sofrido, e maravilhados com o inacreditável regalo com que se comprazia o seu burro, ei-los que estalaram num riso enorme". A partir daí se desenvolve uma sequência em que o "riso", como uma sanção positiva, torna-se o motivo de ligação com o início da narrativa, quando, num giro contrário, as homenagens ao Deus Riso desencadearam os infortúnios de Lúcio: "Por fim, riram tanto, com um riso tão barulhento e exagerado, que chegou até os ouvidos do dono que passava por lá" (ibidem, p.195). O dono, vindo a Tessália buscar gladiadores para as honrarias à sua "magistratura quinquenal", também, com um "tão largo riso divertiu-se extraordinariamente", levou Lúcio para a sala de jantar, experimentando até que ponto o seu novo "companheiro de mesa estava civilizado". Fingindo aprender a se "comportar como homem", Lúcio ganha as graças do patrão, que lhe proporciona "honras de celebridade", avançando o processo de humanização: "Ali está', diziam, 'aquele que tem como companheiro e comensal um burro que luta, um burro que dança, um burro que compreende a palavra humana e exprime seu pensamento por sinais" (ibidem, p.197).

De volta a Corinto, Lúcio adquire fama, vira uma fonte de lucro e passa da mesa à cama. Entre os que pagavam para ver o burro comportar-se como um homem, uma matrona nobre e opulenta apaixona-se por ele. Do ato sexual pago, mas privado, Lúcio é levado para o espetáculo público, em que o seu casamento é a pena imposta a uma mulher criminosa. Chegado o dia de Lúcio ser condenado pelo processo de condenação da moça, inicia-se o espetáculo, com o prelúdio dos bailados e da "pírrica dos gregos" preparando a cena magistral. Na continuidade da paródia às reminiscências da cultura grega, "a cena apareceu em todo o seu esplendor", com "uma montanha de madeira construída à semelhança daquela montanha famosa que o poeta Homero cantou sob o nome de Ida", e personagens representaram o famoso episódio em que um jovem mortal, Páris, seduzido por Vênus, acaba elegendo-a como a divindade mais bela: "Desde então, a decisão do jovem frígio estava tomada: entregou à moça, como penhor da vitória, a maçã de ouro que tinha na mão" (ibidem, p.206). Num corte drástico, o narrador interfere comentando o espetáculo, dele extraindo a essência da não confiabilidade em duas grandes instituições, a "justiça" e a "religião", flagradas num instante de fragilidade humana e divina. O desabafo, ironicamente, mostra a falsidade de duas grandes colunas de poder, abaladas pela ação de uma estrutura social moralmente corrompida. São essas pilastras que Lúcio usará, no futuro, para vencer, como advogado e sacerdote:

> Vós vos espantais ainda, vis criaturas, brutas bestas forenses, ou para dizer melhor, abutres togados, de todos os juízes de hoje venderem suas sentenças a peso de dinheiro, quando, desde a origem do mundo, a solução de uma causa entre deuses e mortais foi falseada pelo empenho? Quando a mais antiga das sentenças, um camponês, um pastor escolhido para ser juiz pela prudência do grande Júpiter, a vendeu em proveito de um capricho amoroso e, o que é pior, para a ruína de toda a sua raça? (ibidem, p.206)

Na retomada da narrativa, "acabado o julgamento de Páris, Juno e Minerva deixaram a cena tristes e iradas", enquanto Vênus "exprimia o seu contentamento dançando com todo o coro". Um jato de vinho jorra da montanha e, enquanto o cenário é substituído pelo "leito nupcial", Lúcio foge: "Evitei então a multidão e, escolhendo um lugar afastado, estendi-me para repousar os fatigados membros, bem perto da borda em que arrebentavam as vagas, num buraco de areia macia" (ibidem, p.208). Ao amanhecer, com a abertura do último capítulo do livro, o enredo ata, novamente, os três fios principais: o mimético, que ora alternou o plano divino com a magia do fantástico, reintegra, agora, o fio mítico no tramado ficcional. Despertado pela claridade que emergia das ondas do mar, e "sabendo que a augusta deusa exerce um poder soberano, que as coisas humanas estão inteiramente governadas por sua providência", Lúcio inicia um ritual e dirige uma "prece à todo-poderosa deusa", que ele ainda não distinguiu: "sob qualquer nome, por meio de qualquer rito, sob qualquer aspecto pelo qual seja legítimo te invocar, assiste-me em minha desgraça, que agora atingiu o cúmulo". Depois implora o seu desejo de conversão à forma humana: "Basta de trabalhos. Basta de perigos. Despoja-me desta maldita figura de quadrúpede. Devolve-me à vista dos meus, devolve Lúcio a Lúcio" (ibidem, p.209). Com essa marca estrutural de retorno, o enredo reintegra o ponto de partida, fazendo a narrativa saltar do patamar da animalidade para a reintegração humana com a interferência do mítico e do fantástico.

Após as preces e lamentações, Lúcio adormece na praia. No sonho, vê emergir do mar um "rosto divino", depois todo o corpo da visão, num espetáculo descrito pela tessitura simbólica da água e do fogo, quando ouve a fala da "deusa estrangeira", cujo eco das palavras ressoam no delírio de Brás Cubas: "Venho a ti Lúcio, comovida por tuas preces, eu, mãe da Natureza inteira, dirigente de todos os elementos, origem e princípio dos séculos, divindade suprema, rainha dos Manes, primeira entre as habitantes do céu, modelo uniforme dos deuses e das deusas" (ibidem, p.211). Trata-se da visão da "Rainha Ísis", uma divindade egípcia simbolizando um sincretismo religioso, como reflexo de um momento de transição entre o sistema mitológico grego decadente e o cristianismo emergente: "Potência única, o mundo inteiro me venera sob formas numerosas, com ritos diversos, sob múltiplos nomes" (ibidem, p.211).

Prometendo a conversão humana, a deusa instrui Lúcio como proceder no dia seguinte, durante a procissão em que os fiéis lhe prestam homenagem: "Quando estiveres bem perto, docemente, como que para beijar a mão do sacerdote, colhe as rosas e, de repente, te verás despojado do couro dessa besta maldita que há muito me é odiosa". Assim, prevê todos os passos do ritual de conversão: "Ninguém, nessa alegre solenidade e nesse espetáculo de festa, testemunhará o horror pela fealdade da tua figura de empréstimo, e tua súbita metamorfose não provocará da parte de ninguém horríveis interpretações ou insinuações malignas" (ibidem, p.212). Fornecido o *saber*, Lúcio adquire, no pacto divino, a dívida eterna, que o manterá, como homem, prisioneiro do círculo mítico: "Mas, acima de todas estas coisas, lembra-te, e guarda sempre gravado no fundo do teu coração, que toda a tua carreira, até o fim da tua vida, e até o teu derradeiro suspiro, me foi penhorada" (ibidem, p.212).

Com o despertar apocalíptico do dia do "júbilo", a "pomposa procissão põe-se a caminho", formando-se as partes do "cortejo sagrado". Na entrada vinham os "iniciados nos divinos mistérios", em seguida os "deuses" representados, depois uma vaca, "símbolo de fecundidade, imagem da deusa mãe de todas as coisas", e, finalmente, a "imagem da deusa soberana", que proporcionará a Lúcio o grande momento de seu renascimento:

> Então, palpitante, o coração batendo furiosamente, agarrei avidamente aquela coroa, que fulgurava com as frescas rosas com que estava entrelaçada. Devorei-a, impaciente por ver-se cumprir a promessa. Ela não mentira, a celeste promessa: minha deformada aparência de besta se desfez imediatamente. Primeiro, foi-se o pelo esquálido; depois, o couro espesso se amaciou e o ventre obeso abaixou; na planta dos pés, os cascos deixaram emergir os dedos: minhas mãos não eram mais patas, e se prestavam às funções de membro superior; meu longo pescoço chegou aos seus justos limites; meu rosto e minha cabeça se arredondaram, minhas orelhas enormes voltaram à sua pequenez primeira; meus dentes, semelhantes a tijolos, reduziram-se às proporções humanas; e a cauda, sobretudo, que me cruciava, desapareceu! O povo se espantou, os fiéis adoraram a potência manifesta da grande divindade e a facilidade magnífica com a qual se cumpria, conforme as visões da noite, aquela metamorfose. (ibidem, p.216)

Operado o "milagre" e reintegrado à forma humana, apesar da dificuldade de linguagem, Lúcio "triunfa alegremente da Fortuna", e é advertido, pelo sacerdote, do seu compromisso, como uma dívida, da qual ele não pode fugir: "Consagra-te desde já às observâncias da nossa religião e submete-te voluntariamente ao jugo do seu ministério." (ibidem, p.218). Enquanto a notícia do renascimento chega aos amigos e parentes, fazendo a narrativa recobrar o giro de seu círculo inicial, o personagem, tentando fugir do compromisso, é cobrado pela visão da deusa nos sonhos de todas as noites: "Suas ordens, no entanto, muitas vezes repetidas, insistiam para que eu não adiasse por mais tempo a iniciação à qual estava desde havia muito tempo destinado" (ibidem, p.220). Um passo mais forte, porém, do retorno da narrativa ao giro do seu primeiro círculo dá-se, numa noite, no sonho em que Lúcio vê chegar algumas remessas da Tessália, por um servidor chamado Cândido. No dia seguinte, o presságio materializa-se durante o culto à deusa, com o "sonho" transformado na "realidade" da vinda de seus servidores e até do antigo cavalo: "Nesse momento, chegaram, vindo de Hípata, os servidores que eu deixara lá, no tempo em que fui logrado com o funesto engano de Fótis" (ibidem, p.220).

De uma metamorfose a outra, a narrativa reafirma o desenho de sua circularidade, entrando na última fase: o círculo humano rodando o seu destino sob a regência da engrenagem do fio mítico. O índice do ritmo dessa engrenagem aparece na ansiedade de Lúcio, desejando, com a "consagração", encontrar "nos benefícios presentes o penhor de futuras esperanças", e no retardamento da iniciação, que está sob o comando da deusa: "Era preciso evitar a dupla falta de me mostrar lento, uma vez chamado, ou apressado, sem ter recebido nenhuma ordem" (ibidem, p.221). Sobre o ritmo da iniciação imprime-se o jogo da duplicidade e o jugo da submissão: "O próprio ato da iniciação representa uma morte voluntária e uma salvação obtida pela graça" (ibidem). É nesse jogo que Lúcio penhora, além da conversão religiosa, a dívida por uma profissão: "De algum modo, ela os faz renascer por sua providência. Abre-lhes, devolvendo-os à vida, uma carreira nova" (ibidem). Depois de anunciado e aprovado o "sagrado ofício", tendo transcorrido todo o processo do "rito de iniciação", Lúcio faz à deusa um novo pedido: "Porém, para cantar os teus louvores, pobre demais é o meu espírito. Para te oferecer sacrifícios, pequeno demais é o meu patrimônio". Assim revela o seu *querer* mais escondido, que é a habilitação literária para auferir a almejada glória: "Falta-me voz para exprimir os sentimentos que me inspira tua grandeza. Mil bocas não são suficientes, nem mil línguas, nem sermões mantidos sem desfalecimento pela eternidade" (ibidem, p.225). Por isso, depois de tantos círculos resolve voltar "em linha reta" para "Madaura", e dessa localidade para "Roma", instituindo, por meio do deslocamento espacial, na alusão aos topônimos que remetem à própria vida de Apuleio, a ambiguidade do sincretismo do narrador e do autor, em que o trabalho ficcional do narrador permitirá a glorificação do autor, no reino consagrado das artes literárias.

Feito o giro do retorno espacial, o percurso temporal, com "o grande Sol percorrendo o círculo do Zodíaco", completa mais um ano, trazendo o retorno das pendências da iniciação: "Quando interveio de novo no meu sono a solicitude vigilante do nume benéfico, e ela veio conversar comigo ainda a respeito de iniciação e de consagração" (ibidem). Embora Lúcio estivesse "plenamente iniciado nos mistérios de Ísis", faltava-lhe, ainda, "a luz que vem do grande deus, o invencível Osíris": "Apesar dos estreitos laços, apesar da unidade essencial das duas divindades e das duas religiões, discriminavam-se as cerimônias de iniciação" (ibidem, p.226). Solicitado, também, para "o serviço do grande deus", uma "visão noturna" indica a Lúcio o sacerdote "Asínio Marcelo", para quem a divindade, em sonho, informara a vinda do "cidadão de Madaura", para se cumprir a profecia da gloriosa carreira literária. Ligando-se à deusa Ísis, na primeira iniciação, Lúcio ganha o *poder* de expressão. Na segunda, ligando-se ao deus Osíris, a elaboração discursiva ("Asínio Marcelo, nome que não deixava de ter ligação com a minha metamorfose") indica a aquisição do *saber* literário, que lhe dará "gloriosa fama", além do êxito profissional: "Encontrei meios de existência mais abundante, e, levado pelo vento do êxito, consegui proventos, advogando no fórum na língua dos romanos" (ibidem, p.227). Assentado sobre a pilastra da "justiça", em que se firmam o sustento e a competência do trabalho, uma terceira iniciação completa o percurso de aquisição, possibilitando--lhe o anteparo da pilastra da "religião", que o distingue socialmente e lhe dá definitiva proteção. Dessa vez, em sonho, "face a face", o próprio Osíris "dignou-se a fazer ouvir o seu verbo venerando":

> Incitou-me então, sob o seu patrocínio, a continuar resolutamente no fórum minha gloriosa carreira de advogado. Que não temesse as maledicências invejosas, provocadas naquele meio por meu trabalho erudito e minha cultura. Por fim, não me quis mais ver misturado ao comum dos mortais, no exercício de seu culto. Fez-me entrar para o colégio dos seus pastóforos, e me elevou até a classe de decurião quinquenal. Mandei raspar a cabeça completamente, então, e, nesse vetustíssimo colégio, fundado desde os tempos de Sila, sem velar nem proteger a calva, mas ao contrário, expondo-a a todos os olhares, das minhas honrosas funções me desincumbi com alegria. (ibidem, p.118)

No universo irônico constituído pela obra de Apuleio, por meio de um tramado narrativo intrincado e tão articulado, parece-nos demasiado simplista o posicionamento de uma reviravolta do enredo para um fecho apocalíptico, acreditando-se numa redenção ingênua. Lúcio, numa situação de desespero, assim como se submete ao experimento mágico do unguento, na primeira metamorfose, deixa-se levar pelo encantamento da deusa para conseguir a conversão humana. A diferença é que são duas situações distintas numa escala em graus (uma experiência mais sombria, marcada pela feitiçaria, contrastando com uma situação mais luminosa, marcada pela conversão religiosa), mas equivalentes na rotatória de uma mesma cadeia construída dentro do círculo mítico. Há um movimento narrativo, no início, projetando a queda de Lúcio e, um final, resgatando a sua dignidade. Isso não quer dizer que o livro sai de um projeto realista para terminar numa moldura idealista. Aliás, por ser um modelo completo e, por isso, constituir-se num paradigma, o livro descreve os dois movimentos contrastantes, reforçando ainda mais a sua projeção realista. O movimento idealista articula-se como um contraponto irônico, no episódio de Psiquê, em que a personagem humana, depois de sua decaída e passando por um ritual de purificação, é sobrelevada a um patamar lendário e mítico, na resolução do episódio, formando uma "estória de amor" enquadrada numa moldura biográfica. A projeção desse espelhamento, como foi visto, é a história de Caridade, terminando numa resolução trágica.

No outro paralelo estabelecido pela história de Psiquê, o mesmo motivo da curiosidade, que impulsiona a narrativa mitológica, rege os infortúnios de Lúcio. Eudoro de Sousa (1978, p.30), comparando o texto grego e o latino, diz que o segundo "é uma 'história' romanceada do conhecimento", enquanto "Luciano, ou outro que seja o autor do 'Lúcio' grego, explorou somente o lado ridículo de um sortilégio malogrado e das subsequentes aventuras de um mago-aprendiz". Para o crítico, "o autor do 'Lúcio' latino quis trazer à superfície do acontecer um dos abismais enigmas do ser", justificando que "os confins do cômico e do trágico, do Carnaval e das cinzas, do riso e das lágrimas, da vida e da morte, só se fixam e definem no quotidiano", porque "no fundo mais fundo da eternidade mora a indiferença dos contrários..." (ibidem). Concordando com essa estrutura de contrários em que o livro se assenta, aprovamos a conclusão do crítico, que "o lado sério da 'história' ficou sinalado no *Burro de Ouro* pelo mito de Amor e Psiquê" (ibidem). Nesse jogo de espelhos, "Lúcio e Psiquê, ambos vítimas da curiosidade e da ignorância, da ingênua aspiração humana ao conhecimento e aprofundamento do horizonte natural, percorrem juntos trajetórias paralelas do destino" (ibidem). Sobre as linhas desse paralelismo, acrescentamos: Apuleio não só se valeu do contraponto irônico do idealismo, como fez dele uma maneira de intensificar e explorar a movimentação dos círculos espiralados com que modelou uma estrutura de enredo realista. Detectando como Lúcio e Psiquê trilham pelas linhas paralelas da vida, o crítico arremata: "Talvez Apuleio não tivesse demonstrado claramente tal comunhão no destino: mas se de qualquer modo a não sugerisse, razão de sobejo teria a crítica literária na preferência da novela grega" (ibidem).

Como uma das faces do espelho da representação narrativa, Apuleio projetou no episódio de Psiquê o arco superior de uma "estória de amor" idealista, sobrelevando a história biográfica da personagem humana a uma esfera celestial e mítica. Ao contrário, no jogo invertido da representação realista, o autor fez a história autobiográfica de Lúcio viajar pelos meandros de uma estrutura circular que, depois de chegar ao fundo do abismo, retorna ao seu ponto de partida, demonstrando, nessa cadeia anelar, como o ápice da ascensão humana permanece sob o controle de uma engrenagem mítica regendo o seu destino. O desenho realista do enredo de Apuleio é perfeito. De uma metamorfose a outra, no plano terreno, ele desbasta os patamares dos círculos infernais, cavando o abismo pelas entranhas simbólicas da animalidade e da mineralidade. Num movimento contrário, puxado pela vegetalidade, o desenho recobra o caminho espiralado, devolvendo o personagem à forma humana, no círculo inicial das relações sociais. A diferença entre um ponto e o outro, entre a metamorfose da queda, impulsionada pela magia da feitiçaria, e a metamorfose da ascensão, impulsionada pelo fio mítico da religião, assinala apenas um desnível entre dois pontos do círculo humano em relação ao círculo simbólico de dominação mítica: o primeiro, mais abaixo, situa-se no nível da intervenção da Fortuna, num ponto muito próximo do abismo, marcando a trajetória da espiral demoníaca; resgatado à superfície do terreno realista; o segundo ponto, tingindo-se da proteção religiosa, assinala a última volta que a mola da espiral pode chegar, pois nesse ponto situa-se outro abismo, a completa penhora da vida humana às mãos simbólicas de uma divindade.

O último indicativo é o ponto máximo de transitividade que a escala realista permite. Na rotatória desse círculo humano, o realismo explora o "inferno do cotidiano" e as inúmeras possibilidades de relação, interação e exploração social. As vítimas das armadilhas dessa caçada humana padecem e fenecem; os que sobressaem, porque catapultam diferentes formas de poder, podem apenas pisotear, massacrar ou igualar-se aos seus semelhantes. No ápice da escalada não há vencedor; no máximo, desponta-se um "verme vencedor", subjugando o destino de sua alma no pacto com um elo superior. Foi o desenho dessa armadilha que Apuleio traçou para a história da narrativa, apresentando, numa rota de viagem, alguns rumos da representação realista, partindo do motivo de "uma estória de escritor". No rito de profanação e de consagração de Lúcio celebra-se um modelo de representação, que a narrativa perpetuou com o engenho de novos artistas acentuando o sopro inventivo da diferença.

O enredo de Apuleio, desbastando-se as nervuras de suas ramificações, formaliza um desenho estilizado, colocando um sujeito em busca do conhecimento da verdadeira condição humana. Entre o poder cego e nefasto da Fortuna, comandando a metamorfose do homem em asno, e o poder superior das divindades Ísis e Osíris, comandando a redenção e a consagração de Lúcio, com a respectiva conquista de um *fazer* pragmático (advogado) e um *fazer* cognitivo (sacerdote), há um movimento de vitória da "luz" sobre a "sombra" e a cegueira da Fortuna indicando a aquisição de um *saber*. Esse movimento descreve todo o circuito da cadeia, do ponto mais baixo ao mais alto, fechando-a no seu último patamar não como uma conquista, mas significando o elo final do aprisionamento humano. Mesmo indicando um sentido para baixo, de queda, e um sentido ascendente, de redenção, perfazendo no primeiro movimento um desenho satírico e, no segundo, um desenho alegórico, na essência, o movimento ritualístico do enredo configura, a partir de uma linha territorial humana, a descida para o inferno, que é a vida do homem na representação do real.

Os movimentos de queda e redenção não são fatos isolados, mas integrados numa só estrutura satírico-irônica. Por isso, o fecho do enredo, com uma aparência idealista, apenas confirma o semicírculo da queda: de um ponto de partida humano, o peso da metamorfose desenha a curvatura trágica, cujo extremo devolve o homem ao seu porto inicial, mas transformado. O retorno à forma humana é o fecho de um ritual de aprendizagem, em que o homem decaído se depara com a realidade de sua existência. Nessa conversão encerra-se um ciclo de transformações em que se retrata a condição humana na alegorização do real. O conhecimento da vida humana é o teto que pode ser alcançado, imposto por um patamar que o homem não pode ultrapassar. Desse teto pende a linha invisível do fio mítico. Nesse fio, o homem, como a aranha que vive do que tece, emaranha-se na teia da trama realista que pende, com o movimento de seus círculos simétricos, em direção ao desenho labiríntico de uma vida cotidiana enredada em circunstâncias demoníacas.

Personagem e imagens

> *"Ser um herói heroico agora é ser um burro."*
> Scholes & Kellogg

Na narrativa de Apuleio há, sem dúvida nenhuma, uma redenção do personagem e um arco de ascensão do enredo. Mas, pelo fato de o arco ser dobrado no formato do domínio da roda da fortuna ou dos fados, o personagem teve que oferecer seu corpo em um sacrifício desumano para o narrador poder extrair, desse sacrifício, a possibilidade do relato. Com a narrativa fechando-se sob o círculo de dominação mítica, o sacrifício do corpo humano à fúria da animalidade tem como correspondência o pacto de doação da alma, na celebração da divindade e na consagração do personagem. Essa correspondência, ao mesmo tempo que aproxima o personagem e o narrador num projeto narrativo de viagem, distancia-os, numa relação de duplicidade, à medida que a peregrinação do personagem está a serviço do narrador para a concretização de "uma estória de escritor". A relação de duplicidade, instaurada pela oposição entre o sacrifício do personagem e o benefício do narrador, com a metamorfose do homem em asno servindo de apoio à "glorificação literária", é o início de um processo em Apuleio, que repercutiu, como vimos, em Machado, na exploração da morte do personagem garantindo a sobrevida do narrador. Esse mesmo mecanismo engendrou a estratégia de se colocar a personagem como vítima, percorrendo os meandros da sociedade, para o narrador extrair, de um percurso ingênuo, a aquisição da esperteza ou da malandragem, na linha que perpetuou a narrativa picaresca de viagem. Nascido no amarril do sincretismo da primeira pessoa, esse processo de duplicidade conduziu o desenvolvimento da representação realista, fundamentando-se num princípio de exploração, que converte a personagem no papel arquetípico de "vítima sacrifical".

O princípio referido avançou com as formas da novela e do romance, mas encontra-se, estilizado, no conto. Nas variações modernas dos motivos realistas, a focalização autobiográfica do fio condutor de uma narrativa de viagem continua fazendo da personagem a vítima da narração. Esse princípio realista não se apaga totalmente, mesmo numa transposição do relato para a terceira pessoa. Nesse caso, indiretamente, de um ponto de vista distanciado, o narrador não deixa de ser menos sádico, entretecendo a sua trama com o prazer de ver a sua personagem transformar-se, de caçador, na vítima de uma caçada. É o que se pode ver, por exemplo, num conto como "A caçada", de Lygia Fagundes Telles (1970), que utiliza o motivo do tapete como metáfora da trama narrativa, figurativizando, no estado precário e de velhice da tapeçaria carcomida pelas traças, uma trajetória específica da representação realista, que é a atração da vida para a morte.

O conto referido mostra como a enunciação realista, mesmo numa focalização de terceira pessoa, articula as armadilhas de uma "caçada", para envolver o personagem na teia ou na trama do enredo, valendo-se da configuração da tecelagem para espelhar a textualidade do tecido narrativo: "Viu-se enredado nos fios e quis fugir, mas a tarja o aprisionou nos seus braços" (Telles, 1970, p.54). Enredado no tramado do tecido narrativo, o personagem realista é sempre prisioneiro de um bordado dramatizado pela angústia de um momento presentificado, que o arrasta para a espacialidade das tarjas das margens do bordado. O rendado do bordado, como na alegoria do conto de Machado de Assis (1986, p.373), "A igreja do diabo", tende a descer do "veludo das capas" às "franjas de algodão": "Todas as virtudes cuja capa de veludo acabava em franjas de algodão, uma vez puxadas pela franja, deitavam a capa às urtigas e vinham alistar-se na igreja nova". Mas, se acontece, como no texto de Machado, de os personagens traírem o próprio "Diabo", pecando por praticarem "as antigas virtudes", é porque o tecido da capa ou da máscara continua o mesmo, conforme conclui, pacientemente, "Deus", ensinando e ironizando a tentativa de concorrência do "Diabo": "É a eterna contradição humana" (ibidem, p.374).

O mesmo jogo de contradição explica, na narrativa de Apuleio (1963, p.223), como Lúcio, apesar das "franjas de seda", representadas pela sua redenção e consagração, permanece com a capa sacerdotal do tecido de "linho" ou de "algodão": "Fui vestido com uma roupa de linho que jamais tinha sido usada, e o sacerdote, tomando-me pela mão, me conduziu para a parte mais retirada do santuário". Se na iniciação aos ritos da deusa Ísis a roupa de Lúcio adquire um aspecto místico e de falsa ostentação, na consagração definitiva, diante do deus Osíris, para honrar o ato solene, o personagem vende a própria roupa: "Enfim, vendendo até a roupa do corpo, por modesta que fosse, reuni mal e mal a pequena soma necessária" (ibidem, p.227). Por isso, pode-se afirmar que por baixo da "capa de algodão" de Lúcio, embora decorada, no final, com as "franjas de seda" da consagração, permanece a realidade da pele do asno, a mesma realidade que levou Scholes & Kellogg (1977, p.109) a afirmarem: "Ser um herói heroico agora é ser um burro".

Situada no contexto de apresentação do "anti-herói" e instaurando uma referência à metamorfose que estamos trabalhando, a frase citada indica, também, que a representação realista permuta o desenho de um idealismo heroico pela figura fragilizada do homem anti-heroico, colocando em cena o drama de suas angústias particulares. Como dizem Scholes & Kellogg, o anti-herói é não somente um jovem inarticulado e doentio, trazido ao palco da narrativa ocidental: "as tentativas do narrador para articular suas experiências interiores para ele resultam na criação de novos tipos de realidade. Novos e típicos, privados e universais" (ibidem, p.109). Enquanto o narrador vasculha novos tipos de realidades, porque, segundo os críticos, "qualquer coisa significativamente nova numa narrativa realista deve corresponder a alguma coisa significativamente nova na realidade", acaba esboçando a nova configuração do personagem: "Ocupar-se com a exploração de suas paixões, sua doença e sua imaginação, agora é ser um herói" (ibidem). A definição desse novo herói implica uma "busca de identidade e de auto-justificação que acaba numa visão nova" (ibidem).

O novo herói, diante de uma realidade desconhecida e de uma visão nova, tem contra si, além do enigma e da barreira do desconhecido (que deve explorar para tomar consciência da sua realidade), uma estrutura perversa no aparelho da enunciação. Segundo Scholes & Kellogg, a "adaptação" entre a representação e a realidade, à qual a narrativa quer referir-se, necessita de "uma nova maneira de encarar a vida", exigindo, tecnicamente, "uma nova visão e ênfase sobre o ponto de vista narrativo e o seu relacionamento com o assunto e o público" (ibidem). Para os autores, "o tempo passou a ser uma importante dimensão na concepção do personagem", forjando "todas as mudanças necessárias para uma genuína multiplicidade de pontos de vista para com os mesmos fatos", realçando, assim, "a importância de definir o conhecedor a fim de interpretar o seu contar" (ibidem). Na nova maneira de contar, se "a realidade estava no olho do observador", esse foco muda com o passar do tempo, implicando, nessa mobilização temporal, o processo que ocorre na estrutura da *confissão*: "mesmo com a identidade literal de sujeito e narrador, o mero período de tempo que separa os dois proporciona distância suficiente para permitir toda a divergência potencialmente irônica do ponto de vista entre personagem e narrador" (ibidem).

Outro aspecto da enunciação realista, apontado por Scholes & Kellogg, é a "falta de confiança na linguagem" do jovem herói: "quase por definição, as experiências importantes são aquelas que não encontram uma expressão articulada, externa", pois, "se o jovem pudesse falar", ou transformar em palavras aquilo "que estava fundo demais para ele saber com a cabeça", a experiência relatada "não teria sido uma experiência digna de registro" (ibidem). Tais aspectos da representação realista desaguaram, na Modernidade, em duas alternativas não excludentes para o artista narrativo realista. A primeira, como será exemplificado na análise do livro *Vidas secas*, de Graciliano Ramos, refere-se à procura do "novo e típico a níveis cada vez mais profundos da natureza inarticulada do homem, com uma solicitação consequentemente cada vez maior à capacidade da linguagem de servir de veículo para comunicar a visão". A segunda é a alternativa que a prosa poética de Guimarães Rosa consagrou, na nossa literatura, como um dos pontos mais radicais de experimentação: "a própria linguagem" tornando-se "o material final da arte, com toda a experiência humana contida em uma ou outra forma de estrutura linguística existente" (ibidem, p.110). Mas, fora do círculo idealista em que alguns contos de Guimarães Rosa se situam, os experimentos realistas, invariavelmente, diante da barreira do desconhecimento da realidade, vão empurrar os seus personagens, traiçoeiramente, para as garras dessa realidade. Enquanto o narrador, movido pelo veículo da onisciência e a manipulação da linguagem, demiúrgica e ironicamente, passa a conduzi-lo como a um cego, para as armadilhas preparadas no interior da "realidade" representada.

O cenário do novo quadro imposto pelo surgimento do *modo imitativo baixo*, na formulação de Frye, suscita uma série de imagens prototípicas prefiguradas, metaforicamente, nos domínios de um sistema mitológico demoníaco, que são recuperadas e deslocadas, no espaço artístico da ficção, como imagens arquetípicas. O autor fornece as diretrizes principais para o esboço das imagens e das configurações dos personagens de um modelo embrionário da representação realista. Essas diretrizes indicam não só um mapeamento do campo aberto e complexo do domínio narrativo, como possibilitam demarcar o povoamento de suas zonas principais, movimentando uma estrutura que rege a ocupação do cenário e do espaço ficcional, pelo domínio dos círculos configurados pela recorrência de certas imagens e tipos de personagens. A movimentação dessa estrutura de ocupação do cenário narrativo descreve as relações dos círculos formados pelo domínio das imagens e personagens divinos e centraliza-se na referência ao mundo humano, dramatizando os conflitos de suas relações sociopolíticas e culturais. Essa configuração vale-se do revestimento simbólico dos círculos infernais em que se espelha a vida da realidade cotidiana do homem, e é voltada para a representação de suas angústias, ambições e misérias particulares por meio dos ínferos formados pelos patamares da animalidade, do mundo vegetal e mineral. Se a estrutura movente desses círculos demoníacos já serviu de aparato para a configuração do enredo, agora ela é retomada como um suporte de sustentação para se traçar o esboço de um possível paradigma das imagens e personagens modelares de uma representação realista.

Para Northrop Frye (1973a, p.148), "oposta ao simbolismo apocalíptico é a representação do mundo que o desejo rejeita completamente: o mundo do pesadelo e do bode expiatório, de cativeiro, dor e confusão". A base arquetípica desse mundo vem de um momento "antes que a imaginação comece a trabalhar nele e antes que qualquer imagem do desejo humano, como a cidade ou o jardim, tenha sido solidamente estabelecida" (ibidem). Trata-se de um cenário emoldurado pelo "trabalho pervertido ou desolado, de ruínas e catacumbas, instrumentos de tortura e momentos de insensatez" (ibidem). Assim, como o avesso dialético do simbolismo apocalíptico, surgem as *imagens demoníacas*, ligadas a um inferno existencial. Por equivaler a uma representação do mundo rejeitado pelo desejo, as suas imagens caracterizam todo tipo de rebaixamento, associando-se à conformação de "um inferno existencial, como o *Inferno* de Dante", por exemplo, e fixa a *paródia* como um de seus temas básicos, por mobilizar um mecanismo irônico de espelhamento, "que arremeda a exuberante peça artística sugerindo sua imitação em termos de 'vida real'" (ibidem).

Enquanto na concepção apocalíptica há sempre a presença de um deus reconciliador, como no caso de Júpiter, no episódio de Psiquê, no *mundo divino demoníaco* personificam-se "os vastos, ameaçadores, brutos poderes da natureza, como surgem a uma sociedade não desenvolvida tecnicamente", como é o caso de V*idas secas*. Quando não personificados, os poderes da natureza podem ser substituídos pela "ideia de um fado inescrutável", sendo a maquinaria desse fado "administrada por um conjunto de remotos deuses invisíveis, cuja liberdade e prazer são irônicos por excluírem o homem", intervindo "nos negócios humanos principalmente para salvaguardar suas próprias prerrogativas" (ibidem). Na análise do enredo do livro de Apuleio, vimos a mobilização dos fios da maquinaria desses deuses demoníacos representada, principalmente, pela magia da feitiçaria. No mesmo livro, a personificação do "Deus Riso", desencadeando o mecanismo da ironia, preenche a casa arquetípica mais completa do "típico e do universal", enquanto a resolução da irônica redenção de Lúcio se liga mais a uma causa circunstancial, representativa do sincretismo religioso vivido em um momento de transição das estruturas mitológicas. Porém, por baixo das vestes idealizantes desses deuses deve-se registrar o flagrante de um "pacto demoníaco", disfarçado com a aura de uma resolução apocalíptica.

De qualquer maneira, a imagem personificada e dominadora do circuito divino demoníaco, no livro de Apuleio, representa-se na figura da "Fortuna":

> Durante a narração, eu comparava ao Lúcio de outrora, com sua feliz fortuna, o pobre burro do presente e sua miserável condição. Não foi sem motivo que os antigos representaram a Fortuna não somente cega, mas também sem olhos. É para os malvados e para os indignos que ela reserva os seus favores. Em vez de fundamentar com justas razões a escolha que faz entre os mortais, prefere a companhia de pessoas das quais deveria fugir, se enxergasse. E o pior de tudo, afinal, é que ela distribui a consideração de modo tão atrabiliário, que o mau se glorifica com a reputação de homem de bem, e o mais inocente, pelo contrário, sofre como um culpado.(Frye, 1973a, p.124)

O círculo central do *mundo humano demoníaco* é representado por "uma fonte infindável de dilemas trágicos", apresentando "uma sociedade unida por uma espécie de tensão molecular de egos, uma lealdade ao grupo ou chefe que diminui o indivíduo ou, no melhor dos casos, contrasta seu prazer com a sua obrigação ou honra" (ibidem, p.149). As realizações individuais do mundo apocalíptico convertem-se, nesse plano humano sinistro, num polo que tem como uma das referências principais o "chefe tirânico – inescrutável, impiedoso, taciturno e de vontade insaciável que impõe lealdade apenas se é bastante egocêntrico para representar o ego coletivo de seus subordinados" (ibidem). No outro polo, o das relações sociais, o "mundo humano sinistro" converte-se na representação do "*pharmakós* ou vítima sacrifical, que tem que ser morta para fortalecer os outros" (ibidem). Na modalidade mais concentrada da paródia demoníaca, segundo o crítico, os dois polos aproximam-se, até que "se tornam o mesmo", como resultado do deslocamento para o universo literário da projeção arquetípica da "forma radical demoníaca ou não deslocada das estruturas trágicas e irônicas", manifestadas nas formas mais primitivas de ritos religiosos ou satânicos. No processo de deslocamento do mundo espiritual para o mundo hipotético da arte ficcional, opera-se a metamorfose da transmutação do "ritual" para a "representação" do mesmo, como indicativo do progresso que se verifica entre "desempenhar um rito e representar no rito", que é, na concepção do crítico, "um dos característicos básicos da evolução da selvageria para a cultura" (ibidem).

A metamorfose da "liberação do fato em imaginação", que rege tanto o simbolismo apocalíptico como o demoníaco, segundo Frye (1973a, p.149), faz corresponder ao "simbolismo eucarístico do mundo" do primeiro, com a sua "identificação metafórica dos corpos vegetal, animal, humano e divino", as "imagens do canibalismo" do segundo, "como sua paródia demoníaca". A relação parodística continua quando a literatura realista, em contraposição às imagens apocalípticas, coloca em cena figuras fantásticas como os gigantes canibais, ogros dos contos populares e as representações de tortura, mutilações, sinistras transações com carne e sangue e o despedaçamento do corpo sacrifical (*sparagmós*).

No plano da relação erótica, a lealdade idealista reverte-se "numa violenta paixão destruidora, que age contra a lealdade ou decepciona aquele que a possui" (ibidem, p.150). Tal erotismo demoníaco é geralmente simbolizado pela imagem de "uma rameira, bruxa, sereia ou outra mulher tentadora, um alvo físico do desejo, que é buscado como posse e portanto não pode jamais ser possuído" (ibidem, p.150). Personificadas na figura da "volúpia", o nosso estudo destacou essas imagens no episódio de Aristômenes, envolvendo o personagem Sócrates e a feiticeira Méroe. A paródia demoníaca do casamento, "ou a união de duas almas numa só carne", também ilustrada em vários episódios, pode tomar a forma do hermafroditismo ou do incesto (a modalidade mais comum), no contexto em que a relação social alvo é o fragmento da "sociedade humana que busca a figura de um *pharmakós*", normalmente "identificada com alguma figura animal" (ibidem). Lúcio, como burro, assistiu a ou participou de um vivo painel representando as várias facetas desse tipo de comportamento social. A reconstituição bastante detalhada do enredo do livro de Apuleio possibilitou demonstrar os principais lances e movimentos do comportamento humano na sua esfera demoníaca, desobrigando-nos de uma enumeração longa e desnecessária de exemplos, que saltam a todo momento das páginas da sátira latina. Deve-se ressaltar, porém, que o vasto painel do comportamento humano, nas suas corrompidas relações sociais, políticas e culturais, forma o grande palco da representação realista, quando não é o próprio personagem o palco e o ator doentio do drama de si mesmo.

Como caracterização do avesso apocalíptico, o *reino animal*, brevemente sumariado por Northrop Frye, mas largamente ilustrado e exemplarmente representado pelas relações orbitais descritas em torno do núcleo da metamorfose de Lúcio, no livro de Apuleio, "é pintado em termos de monstros ou animais predadores". Para o autor, "o lobo, o tradicional inimigo da ovelha, o tigre, o abutre, a serpente fria e presa à terra, bem como o dragão, são todos comuns" (Frye, 1973a, p.150). Na *Bíblia*, que é o contexto metafórico das imagens tomadas como referência por Frye, e "onde a sociedade demoníaca é representada pelo Egito e por Babilônia", os governantes de cada uma são identificados com animais monstruosos: "Nabucodonozor transforma-se numa besta em Daniel, e Faraó é chamado dragão de rio por Ezequiel" (ibidem). A imagem do "dragão" é especialmente adequada, porque se trata não somente de um animal "monstruoso e sinistro, mas também fabuloso, e assim representa a natureza paradoxal da maldade como um fato moral e como negação eterna". Depois, conclui o crítico: no apocalipse, caracterizado na sua essência lendária, "o dragão é chamado 'a besta que foi, e não é, e contudo é" (ibidem). A nossa escolha pelo livro de Apuleio recaiu no núcleo central do "arquétipo da metamorfose" do homem em animal, para mostrarmos, na interação desses dois círculos, que são os mais próximos e os mais requisitados como uma fonte inesgotável de exploração simbólica na estética realista, além do mecanismo da dupla projeção, o tortuoso percurso em que se modela a escada que transita de um patamar a outro.

O *mundo vegetal* é, antes de tudo, "uma floresta sinistra", ou "pode ser um sinistro jardim encantado" (ibidem). Na *Bíblia*, descreve Frye, "a terra desolada surge em sua forma universal concreta na árvore da morte, na árvore do conhecimento proibido, do Gênese, na figueira estéril dos Evangelhos e na cruz" (ibidem, p.151). Admirada pela felicidade da solução simples e universal do seu *design*, a cruz, como símbolo na matéria vegetal da duplicidade do corpo humano, desdobra-se em outras imagens de sacrifício como a do "poste da fogueira, com o herege encapuzado, o demônio ou bruxa preso a ele", ou a da "árvore ardente e o corpo do mundo infernal" (ibidem). Ligado ao contexto do sofrimento humano, o reino vegetal, dividindo-se metonimicamente, multiplica-se em demoníacos aparelhos de torturas e castigos corporais: "cadafalsos, forcas, troncos, pelourinhos, chicotes e varas de vidoeiro são ou podiam ser variedades" (ibidem). Enfim, representa, como paródia da "árvore da vida" apocalíptica, a "árvore da morte".

No livro de Apuleio, como ficou demonstrado na reconstituição do enredo, há inúmeras passagens, caracterizadas pelos perigos e traições das paisagens e imagens, personificando o espectro da morte rondando e enredando o destino de criaturas funestas. Para lembrarmos dois signos metonímicos, o contraste do "espinho" e da "rosa" não só sintetiza o movimento estrutural do enredo, como simboliza a tensão fundamental entre um percurso de queda e a redenção final, colhida no desabrochar da flor da ironia. Com um símbolo muito bem escolhido, porque, segundo Frye, no Ocidente, "a rosa ocupa tradicional posição de prioridade entre as flores apocalípticas", o mérito maior do enredo de Apuleio, no nosso ponto de vista, foi o de ter plantado, no gesto da candura do símbolo, a aparência da consagração ingênua, para colher no disfarce da flor, coerentemente com a armação da teia da trama, o pérfido efeito da ironia. No contraste do pântano que gerou a flor, representa-se um percurso da esterilidade para o despontar de uma vida possível: uma vida de opulência e de aparência penhorada com a dívida de um pacto de morte, na sua essência irônica. Mas o contraste tão significativo entre o "espinho" e a "rosa", como dois vizinhos que se nutrem e se repelem, está na base da relação representativa do real e do ideal. Esses dois polos de representação, às vezes, apresentam-se distanciados, escondendo a força explosiva de uma potencialidade artística que se amplia de acordo com o avanço da tensão que os liga num confronto mais próximo. É o que faremos no final do livro, aproximando dois grandes escritores num galho da literatura brasileira: Ramos e Rosa.

O *mundo mineral* ou "orgânico pode permanecer em sua forma tosca de desertos, rochedos e terra desolada", como ficou demonstrado no ponto mais baixo da queda de Lúcio, girando em torno da órbita centralizada na palavra "pedra". No esboço de Frye (1973a, p.151), "as cidades de destruição e noite terrível situam-se nele, bem como as grandes e ostentosas ruínas, da torre de Babel às enormes obras de Ozimândias". As imagens do trabalho depravado também lhe pertencem: "engenhos de tortura, armas de guerra, arnês, e as imagens de um mecanismo já imprestável, que, por não mais humanizar a natureza, é inatural e também inumano" (ibidem). Parodisticamente, "correspondendo ao templo ou Um Edifício do apocalipse, temos a prisão ou calabouço, o forno fechado, de calor sem luz, como a cidade de Dis em Dante" (ibidem). Na continuidade da paródia, surgem as equivalências sinistras das imagens geométricas: "a espiral, a cruz e o círculo sinistros, a roda da sorte ou da fortuna" (ibidem).

Tais imagens, riscadas no terreno da mineralidade, podem acoplar-se em formas de outros planos, como a cruz vegetal ou a identificação do círculo com a serpente, um animal demoníaco, que forma o "uróburo", ou a serpente com a cauda na boca. Porém, o uso de tais imagens, como foi visto, é recorrente no desenho do enredo, que tem como apoio uma estrutura de viagem. Assim, "correspondendo ao caminho apocalíptico ou estrada reta, a estrada para Deus, no deserto, profetizada por Isaías, temos neste mundo o labirinto, a imagem da direção perdida, amiúde com um monstro no centro, como o Minotauro" (ibidem). Nas armadilhas de tais imagens, o personagem reproduz o sentido de perdição de si mesmo. Por isso, acrescenta Frye, "as divagações labirínticas de Israel pelo deserto, repetidas por Jesus quando na companhia do demônio, ajustam-se ao mesmo padrão", assim como o "labirinto" de uma "floresta sinistra" e as "catacumbas", concluindo que "por certo, numa nova concentração da metáfora, o labirinto tornar-se-ia as entranhas sinuosas do próprio monstro", ou da mente conturbada do personagem, acrescentamos. Como foi visto, as imagens desempenham um papel significativo na relação com as personagens, estão diretamente associadas às paisagens, configurando as características da espacialidade. Na representação realista, são mais recorrentes na cidade, com uma eficiência dramática incisiva quando atuam como mecanismos opressivos na mente da personagem.

Se o desenho sinistro de um quadro realista move-se pelos domínios dos círculos divino, humano, animal, vegetal e mineral, com as imagens demoníacas perfazendo o traçado tétrico de um drama humano entrecortado pelos caminhos de um labirinto, o personagem, na viagem por esses caminhos, encontra, ainda, a barreira simbólica das substâncias elementares. Para Frye, o mundo do *fogo* é "um mundo de demônios malignos como os fogos-fátuos, ou espíritos interrompidos do inferno, e surge neste mundo sob a forma do *auto de fé*, ou das cidades em chamas como Sodoma", contrastando com "o fogo do purgatório ou purificador, como o forno ardente em Daniel" (ibidem, p.151). Já o mundo da *água* "é a água da morte, amiúde identificada com o sangue derramado, como na Paixão e na figura simbólica da História, em Dante, e acima de tudo 'o mar insondável, salgado, apartador', que absorve todos os rios deste mundo, mas desaparece no apocalipse em favor de uma circulação de água doce" (ibidem). Na *Bíblia*, completa o crítico, "o mar e o animal monstruoso identificam-se na figura do leviatã, um monstro marinho também identificado com as tiranias sociais de Babilônia e do Egito" (ibidem, p.152). No livro de Apuleio, no episódio em que Sócrates é mutilado por Méroe, vimos a presença da "água da morte" desencadeando o sangramento da garganta cortada por onde se esvaiu, também, o *ar*, com o último suspiro da vida, que encontra o seu repouso eterno nos braços do túmulo da *terra*. Recorremos, novamente, ao exemplo da morte de Brás Cubas, para mostrar, por meio da imagem de Machado de Assis (1986, p.514), como a morte tem a sua proximidade ou fim no reino da mineralidade: "A vida estrebuchava-me no peito, com uns ímpetos de vaga marinha, esvaía-se-me a consciência, eu descia à imobilidade física e moral, e o corpo fazia-se-me planta, e pedra, e lodo, e cousa nenhuma".

Com a entrada do realismo na área *imitativa baixa*, segundo Frye (1973a, p.155), "adentramos um mundo que podemos chamar a *analogia da experiência*, que mantém uma relação para com o mundo demoníaco correspondente à relação do mundo inocente romanesco para com o apocalíptico". Nessa área, as imagens deslocadas instauram uma relação de analogia com "as imagens comuns da experiência" humana, cujas "ideias estruturais" são "a gênese e o trabalho" (ibidem). A ficção imitativa baixa, no seu modo de retratar a sociedade, faz das situações "comuns e típicas" as situações humanas essenciais para representarem atitudes universais, daí a representação realista alimentar-se de uma "boa soma da paródia da idealização da vida na estória romanesca, uma paródia que se estende à experiência estética e religiosa" (ibidem). O simbolismo dessa fase, por ser frequentemente irônico, aproxima o inferno da imagem da vida humana: a zoomorfização, o trabalho árduo no campo e a cidade labiríntica formam o palco da angústia do homem e acentuam a sua falta de comunicação, conclui Frye.

Aproximando os círculos em que foram sumariados os deslocamentos das imagens apocalípticas romanescas, anteriormente, e as imagens demoníacas, nesse momento, as duas principais relações do contraste decorrente, ou seja, a analogia da *inocência* e a analogia da *experiência*, formam as estruturas dialéticas do *desejável* e do *indesejável*, que incluem, também, um deslocamento em direção à moral: "A civilização tende a fazer coincidirem o desejável e o moral" (ibidem, p.156). Nesse sentido, enquanto as religiões e a própria evolução das mitologias tendem a purificar um repertório mitopoético em razão de um refinamento ético, a literatura, como arte, é liberal, e "tende continuamente a endireitar sua própria balança, ao voltar ao padrão do desejo e afastar-se do convencional e do moral" (ibidem, p.157). No restabelecimento de seu equilíbrio, a literatura utiliza-se do contrapeso da "sátira" como uma saída profícua e faz do "ajustamento demoníaco" a técnica mais simples de "inversão das costumeiras associações morais de arquétipos" (ibidem). Com os procedimentos da "sátira" e da "inversão" (uma marca formal da ironia), o "ajustamento demoníaco" das imagens arquetípicas desloca-se do *modo imitativo baixo* para o *modo irônico e satírico*, a fase mais recente do realismo artístico, quando a literatura, na Modernidade, inicia um processo de retorno à sua origem mítica. Sempre evitando o caminho do externo, e realçando como a literatura resolve internamente as suas questões, Frye (1973a, p.158-9) conclui o seu inventário de imagens simbólicas, mostrando como, na análise literária, esse universo faz parte de uma estrutura particular, afastada do real e do histórico:

> Ao apontar os padrões apocalípticos ou demoníacos numa obra literária, não cometeríamos o erro de presumir que esse conteúdo latente seja o conteúdo *real*, hipocritamente disfarçado por uma censura mentirosa. É apenas um fator relevante para cabal análise crítica. Amiúde, contudo, é o fator que eleva uma obra literária da categoria do meramente histórico.

Apontada a incidência do padrão demoníaco manifestado no circuito de configuração dos níveis divino, humano, animal, vegetal e mineral, formadores do arcabouço estrutural do enredo de Apuleio, podemos exemplificar, também, com algumas passagens do livro, o caráter de duplicidade que estamos requisitando como fator de estruturação da personagem realista. Anteriormente demarcamos um mecanismo de duplicidade regendo a movimentação da enunciação e a construção do enredo. O mesmo dispositivo parece registrar um contraste entre o personagem e sua sombra, ou seu corpo e alma, da mesma maneira que movimenta a engrenagem de um relógio cronológico exterior em oposição à temporalidade subjetiva da memória, refletindo todas essas características numa espacialidade opressiva, convertida na dramatização interna do palco da consciência.

A unidade heroica formada pela integridade do personagem romanesco, ou pela busca biográfica da união amorosa de duas almas numa só carne, tem como correspondência, na paródia demoníaca impulsionada embrionariamente pelo motivo autobiográfico da viagem, mais do que o arranjo do casamento denunciando a fragilidade da união amorosa e sexual, a intensificação dos conflitos humanos, nas relações de todo tipo entre o "eu" e o "outro". Tais conflitos são agravados, ainda, por um princípio de dissolução em que o "eu" se torna o seu maior inimigo. Se esse ser anti-heroico, dividido e contraditório, é o reflexo de seu antagonismo com o mundo, é porque, antes de tudo, ele é o espelho de si mesmo: como uma moeda cindida, ele só se revela e se completa no jogo dialético de sua imagem oposta. Esse mesmo princípio de duplicidade, incrustado no cerne paródico e irônico da sátira realista, tece os fios fantásticos do vestimento alegórico, em que se fundamenta a escritura da representação realista.

O duplo, no comando do alegórico, e o alegórico, apoiado nos círculos simbólicos do cenário demoníaco, podem ser vistos no flagrante de certas imagens do personagem, que reconstituem e solidificam as diretrizes do rumo do enredo do livro de Apuleio. Duplicado em seu espelho trágico, o drama do personagem ganha intensidade à medida que se vale dos patamares simbólicos da estrutura de representação realista. A partir da metamorfose do homem em animal, o livro é pródigo em apresentar situações de degradação do homem por meio de imagens animalescas. Descrevendo o festim dos ladrões, Apuleio (1963, p.72) recorre à imagem paródica das "lápitas", povo lendário da antiga Grécia, carnavalizando-a, para subverter o contexto lendário num fato circunstancial, cuja degeneração mostra a recorrência do artifício de se compor o corpo humano com os atos e as partes do animal: "Dentro em pouco, tudo se transformou no festim das lápitas, metade animais, e dos centauros, metade homens". Tomada ao pé da letra, essa expressão inverte o mecanismo comum de degradação humana cunhando-se uma imagem a partir da sobra animalesca: "e dos centauros, metade homens". O mesmo ocorre, na sequência da passagem, com a pobre e velha escrava que serve aos ladrões: "É assim, então, cadáver velho, fugido do túmulo, vergonha dos vivos, único objeto de desprezo de Orço" (ibidem, p.71).

Na queda do homem em animal, formando o círculo maior da trajetória do livro, vimos o abismo da animalidade chegar ao seu patamar mais baixo, castigado pela pressão e agressão da "pedra", como arquétipo das imagens da mineralidade. Para ilustrarmos todo esse processo numa só passagem, podemos ficar no contexto do episódio dos ladrões, que habitam uma gruta, fazendo de Lúcio um burro de carga e mantendo Caridade como prisioneira. No episódio, Lúcio já representa a duplicidade do humano corporificado em um animal. Na ameaça do castigo que seria imposto ao asno e à moça, o corpo do animal compõe uma imagem tumular, para encerrar o corpo vivo de Caridade. Na continuidade do processo, enquanto um corpo humano seria enterrado no corpo de um animal, esse animal, fazendo as vezes da mineralidade tumular, estaria morto e, mesmo assim, seria torturado com a continuidade da ameaça mineral, pois, como um "pastel cheio de carne", o asno ficaria "exposto sobre as pedras de pontas cortantes e aos ardores do sol de fogo". A imagem inusitada completa-se, vivificando-se o terror multiplicado pelas relações de duplicidade:

> Deste modo, suportarão um e outro, em sua totalidade, as justas sentenças que pronunciastes: o burro, a morte há muito merecida, e ela a mordida das feras, quando os vermes transformarem seus membros em frangalhos; as queimaduras do fogo, quando o ardente calor do sol inflamar o ventre do animal; o suplício da forca, quando os cães e os abutres lhe arrancarem as entranhas. E não é tudo: fazei a conta dos tormentos que a atormentarão ainda: viva, habitará os flancos da besta morta. Um fedor intolerável encher-lhe-á as narinas e a sufocará. Por muito tempo sem alimento, ela se consumirá lentamente, nas garras mortais da fome, e não terá nem mesmo as mãos livres para ser o instrumento de sua própria morte." Quando ele acabou, todos os bandidos, sem deixarem seus lugares, mas de pleno acordo, declararam-se de sua opinião. E eu, que ouvia com minhas longas orelhas, que podia eu, senão chorar sobre o cadáver que seria amanhã? (ibidem, p.122-3)

O motivo do "enterrado vivo" é tipificado no reino da mineralidade, e desencadeia um efeito de duplicidade, ao preferir, no lugar da imagem do corpo alojado no túmulo de pedra ou de terra, a sensação de fobia das imagens mais tétricas de um corpo emparedado. As imagens que jogam com a duplicidade entre o humano e a mineralidade foram prefiguradas na trama episódica dos enredos prototípicos, tanto do livro de Apuleio como no *Satyricon*, de Petrônio, envolvendo situações de conflitos amorosos, girando em torno do motivo do adultério. Daí em diante proliferaram-se, nas reinvenções realistas, no arquétipo da vítima emparedada para o adúltero esconder, também, um crime. Uma variante fantástica é a do decalque da silhueta na parede formando um par de imagens, como aquele com que Edgar Allan Poe cunhou o desenho de um mistério, no seu conto "O gato preto". Clarice Lispector, depois, recortou o mesmo procedimento para desenhar, na parede do "quarto-minarete", os simbolismos das imagens a carvão, que abrem o espaço mágico e mítico de seu livro *A paixão segundo GH*:

> E foi numa das paredes que num movimento de surpresa e recuo vi o inesperado mural.
> Na parede caiada, contígua à porta – e por isso eu ainda não o tinha visto – estava quase do tamanho natural o contorno a carvão de um homem nu, de uma mulher nua, e de um cão que era mais nu do que um cão. Nos corpos não estavam desenhados o que a nudez revela, a nudez vinha apenas da ausência de tudo o que cobre: eram os contornos de uma nudez vazia. O traço era grosso, feito com ponta quebrada de carvão. Em alguns trechos o risco se tornava duplo como se um traço fosse o tremor do outro. Um tremor seco de carvão seco.
> A rigidez das linhas incrustava as figuras agigantadas e atoleimadas na parede, como de três autômatos. Mesmo o cachorro tinha a loucura mansa daquilo que não é movido por força própria. O malfeito do traço excessivamente firme tornava o cachorro uma coisa dura e petrificada, mais engastada em si mesmo do que na parede. (Lispector, 1988, p.27)

Na continuidade da cena de Clarice, ficamos sabendo que "o desenho não era um ornamento: era uma escrita". Com essa duplicidade ímpar do signo visual e do signo verbal inicia-se o processo de acoplamento da imagem à escritura, abrindo o espaço que leva o mimético ao mítico, por meio da porta do fantástico, aberta na parede da mineralidade para o trânsito das projeções da mente e do corpo humanos: "E fatalmente, assim como ela era, assim deveria ter me visto? abstraindo daquele meu corpo desenhado na parede tudo o que não era essencial, e também de mim só vendo o contorno. No entanto, curiosamente, a figura na parede lembrava-me alguém, que era eu mesma" (ibidem, p.28). Porém, voltando à esfera ancestral dos desenhos primitivos das grutas dos livros antigos, a recorrência mais comum da duplicidade engastada no motivo do "morto-vivo", correlacionada à mineralidade tumular, encontra-se nos textos que colocam em cena um desfecho amoroso trágico, com a morte enclausurando os amantes no túmulo, como exemplificaremos no estudo da espacialidade. Um germe arquetípico dessa imagem também pode ser colhido no repertório embrionário de Apuleio. A cena já citada vale a pena ser rememorada, porque fecha o quadro do episódio trágico envolvendo a personagem Caridade. Com o suicídio de Caridade e responsabilizado pela morte do marido dela, depois que os dois são enterrados "numa só sepultura", não resta outra saída a Trasilo senão completar o triângulo fatal:

> Trasilo, entrementes, soube de tudo. Não encontrando outra solução para seu desastre senão um novo desastre, e compreendendo que o próprio gládio era pouco para semelhante ato, fez com que o levassem à sepultura: 'Eis aqui', gritou por diversas vezes, 'eis aqui para vós, Manes irritados, uma vítima voluntária'. Depois, fechando cuidadosamente as portas atrás de si, resolveu acabar, à falta de alimento, uma vida condenada por sua própria sentença. (Apuleio, 1963, p.148)

Do abismo e dos túmulos da mineralidade, o enredo de *O asno de ouro*, puxado pelo motivo da vegetalidade, na ironia do símbolo apocalíptico da "rosa", inicia o seu retorno à esfera da animalidade. Para contrastar com a imagem apocalíptica, que impulsiona o movimento do retorno, podemos utilizar uma imagem demoníaca, não só para exemplificar o retardamento operado no ritmo da volta da narrativa, mas também para justificar o processo demoníaco de duplicidade envolvendo um signo de referência vegetal. A cena encaixada confirma a mobilidade da estrutura episódica do livro. É desencadeada pelo motivo do adultério e será parcialmente transcrita para se dimensionar a abrangência de sua extensão trágica. Ela desenha um processo de duplicidade materializando uma imagem que passa pela ação das "formigas", fixa-se na "figueira", utilizada como um instrumento de suplício, terminando numa belíssima soldagem do esqueleto da figura humana aos traços do desenho da "árvore funesta":

O dono, muito perturbado com essa morte, agarrou o desgraçado escravo, cuja luxúria fora a causa de tal crime, pô-lo nu, lambuzou-o inteiramente de mel, e o amarrou solidamente a uma figueira, da qual o tronco carcomido servia de habitação às formigas. Ocupadas em fazer seu ninho, elas saíam em multidão, num desordenado vaivém, de todos os buracos. Logo que sentiram o doce cheiro de mel naquele corpo, nele se agarraram com suas pequenas, mas inumeráveis e implacáveis mandíbulas, e, num lento suplício, roeram assim as carnes, a até as vísceras do homem, e acabaram com ele. Nada restou dele, a não ser a deslumbrante brancura dos ossos despojados da carne, que constituíam como que uma árvore funesta. (ibidem, p.153)

Por ser rápida a queda do humano para a animalidade e o seu retorno sofrido, vimos como a narrativa emperra a engrenagem do movimento de subida, fazendo ranger, na volta de cada dente, um grau significativo de conquista. O giro desse mecanismo, refletido em imagens, projeta o jogo da duplicidade, convertendo formas e comportamentos da animalidade em traços humanizados. Para ilustrar esse processo, selecionamos uma imagem situada num ponto escalar muito próximo da integração entre o homem e o animal. Esse processo de integração, medido pelo princípio de equivalência de uma regra inversamente proporcional, age como uma força de rebaixamento do humano, provocando uma reação de melhoramento na imagem da animalidade. O equilíbrio dessa balança de dois pesos desproporcionais é estabelecido pela medida da ironia.

Trata-se da cena grotesca da união sexual de "uma matrona nobre e opulenta" com o asno. Narrada do ponto de vista irônico do animal, a cena rememora, parodisticamente, o episódio lendário de "Pasífaa", a esposa do Rei Minos, de Creta, que se apaixonou por um touro, cuja união gerou o Minotauro. Na carnavalização do sério em cômico, a "nova Pasífaa, queimando por um burro", não frutifica o nascimento de um ser lendário, mas proporciona o quadro grotesco da relação animalesca trazida para a dimensão rasteira e circunstancial do enfoque realista, fomentada pela explosão do desejo ardente e da paixão incontrolada. O quadro, pintado com as tintas fortes do realismo, invade a intimidade dos personagens descrevendo o ato sexual grosseiramente, à maneira do modo imitativo baixo, fazendo transparecer, também, um certo "refinamento", que distingue o modo irônico e satírico, movimentando, na narração, o parâmetro desproporcional do corpo animal constrangido pela ironia de um pensamento humano:

Vinha-me, entretanto, uma inquietação que não era pequeno tormento: com tantas e tão grandes pernas, como subir em mulher assim delicada? A esses membros translúcidos e macios, de leite e mel cristalizados, como apertá-los entre os meus duros cascos? Esses lábios finos e vermelhos, úmidos do orvalho celeste, como beijá-los com esta larga boca informe, plantada de horríveis dentes, semelhantes a ladrilhos? [...] Entrementes, eram de sua parte os ternos chamados, os beijos contínuos, doces sussurros acompanhados de olhadelas provocantes [...] E cada vez que, para poupá-la, eu esboçava um movimento de recuo, ela se aproximava com um impulso frenético e, agarrando a minha espinha, apertava o seu braço e se aplastrava contra mim, a ponto de eu temer, em verdade, não ter tudo o que era preciso para saciar-lhe os apetites, e não era sem razão, dizia comigo, que a mãe do Minotauro tinha-se deleitado com um adúltero que mugia. Depois de uma noite laboriosa e sem sono, para fugir à luz, a mulher se foi, combinando o mesmo preço para uma futura noite. (ibidem, p.199)

Do salto da animalidade para o humano, o novo circuito resvala, novamente, no círculo divino. Por ser irônica, na representação realista, a relação entre o humano e o mítico, como foi visto no enredo, o processo de duplicação dos personagens e imagens evidencia com mais clareza a não identificação, mas a distância que os separa. Ao contrário da representação idealista, que movimenta o princípio da duplicidade para se criar na aproximação do humano com o mítico uma possível unidade, a alegoria realista aproxima as duas imagens para explorar uma disparidade irônica. Assim como a conversão e a consagração de Lúcio devem ser lidas ironicamente, uma imagem de duplicidade na relação entre o humano e o divino também é construída por uma disparidade irônica. Trabalhando para os "semi-homens", que constituem uma suspeita seita religiosa, Lúcio faz o serviço duplo do burro de carga dos provimentos e da "deusa estrangeira", carregando, de um lado, o profano e, de outro, o sagrado. Nessa situação, como narrador e protagonista, cunha uma imagem expressiva do processo de dualidade realista talhando, pela intermediação da consciência, a estratificação irônica dos patamares da animalidade, da humanidade e da divindade: "De modo que, ao peso de minha carga naturalmente dobrada, eu me tornara simultaneamente celeiro ambulante e templo" (ibidem, p.157). Na representação realista, o círculo do mundo divino pesa como um fardo sobre as costas do personagem humano: o centro e o alvo de uma narrativa que tem como mola o sofrimento ampliado pela dor da consciência. Por isso, o que fica no centro desse quadro é sempre a presentificação de um homem duplicado no seu próprio ser, dividido entre as forças malignas de fora e o sofrimento interno.

O quadro realista, em seu fim último, dramatiza a consciência de uma realidade opressiva, intensificada por um sentimento de impotência que amplia o conflito exterior *versus* interior num desdobramento internalizado, em que o "eu" se sente duplamente culpado: por ser infinitamente menor que a adversidade da realidade, e pela nulidade de sua reação, dada pela inutilidade de suas forças físicas e intelectuais. No centro desse quadro, o "eu" e o "outro" se repelem e, quando se aproximam, não há unificação, mas o choque de duas entidades ou identidades. Condenado a vagar em busca de uma identidade, mas regido pela distância irônica da duplicidade, esse personagem está sempre diante de uma faceta trágica representada pelo "outro" ou pelo espectro da sombra de si mesmo: a sua alteridade. Como reflexo de um "eu" dividido, o personagem encontra no "outro" o seu "eu" dialético, ou a sua "sombra irônica". Trata-se de um "eu" perdedor em relação ao "outro", ou de um "eu" perdedor em relação a si próprio, perdendo a autoestima e não encontrando nunca uma unidade, porque a "sombra" desse "eu" atua como o "outro", o inimigo alojado dentro de si mesmo. De dentro para fora ou dentro de si mesmo, o personagem realista é sempre alguém girando na órbita de uma duplicidade.

O novo herói realista do *modo imitativo baixo*, posto em circulação na prosa narrativa pelo motivo da viagem, enquanto faz a sua andança para o conhecimento da realidade, é devassado na sua interioridade. Na peregrinação da viagem para o conhecimento da realidade, a focalização da esfera privada abre-se para o domínio público. O drama, agora, internamente, passa a ser representado na consciência da condição trágica da existência e da realidade. Quando se dá uma pausa aos tormentos da consciência, o drama exterioriza-se. Daí prevalecer, na parte de fora do retrato do personagem, o flagrante da nudez revelando a intimidade. Focalizado do lado de fora, o drama, quando não se fixa no sofrimento do "castigo" e nos tormentos do "trabalho", gira em torno da "volúpia", descendo para a exploração da sexualidade, com a explosão dos prazeres da carne. Se o interesse maior não é o drama interior, a corporalidade do personagem passa a expor o retrato desnudado da cintura para baixo. São assim as primeiras cenas de Lúcio com a escrava Fótis: "Minha túnica, levantada até as virilhas, revelava a Fótis a impaciência dos meus desejos. Como vês, minhas forças estão tensas à aproximação do combate que me anunciaste, sem proclamação do fecial" (ibidem, p.41). Da mesma maneira é apresentado o retrato de Sócrates, numa das primeiras cenas flagrando a decadência do homem: "Vê-se bem que ignoras as voltas falaciosas da fortuna, seus golpes de surpresa, e correspondentes vicissitudes. Enquanto falava, cobria com os trapos o rosto, agora rubro de vergonha, deixando nu o resto do corpo, do umbigo ao púbis" (ibidem, p.20).

Circunscrito o alvo do retrato mais visado, formado pelo arco da linha da cintura para baixo, o homem fragmentado em suas partes compõe um painel metonímico, cuja intensidade dramática é irrigada com o sangue da contiguidade em que se contextualizam tais partes: no sofrimento do trabalho, nas cicatrizes dos castigos aplicados, nos vestígios da corrosão do tempo; enfim, no drama particularizado, que resulta da articulação de um conteúdo totalizado na representação de um ferimento sangrando do fragmento de uma parte. Por isso, no realismo artístico mais elaborado do *modo irônico e satírico*, mais simbólico do que descritivo, como se verá na paisagem de signos de *Vidas secas*, todo um universo conteudístico é articulado pelo movimento que opõe uma verticalidade desejada a uma horizontalidade indesejada, mas sempre concretizada. Nesse livro, a gestualidade e a força dos fragmentos, sem a articulação da fala, conseguem fazer da metonímia dos pés dos figurantes um dos seus mais fortes personagens. Entre uma semiótica da mente doentia ou atormentada e a exterioridade de um corpo viril, mas bestializado, da velhice precoce e dos membros castigados pelo sofrimento do trabalho ao traumatismo dos choques impostos pelas relações de poderes da sociedade, ainda intensificados pela intervenção dos fados demoníacos, o resultado do painel realista, metonímico e fantástico, é um todo metafórico, ou alegórico, maior do que a soma de suas partes.

Traçado o arco da metade do retrato, a representação realista, essencialmente parodística, completa o círculo da arte narrativa com a outra metade do desenho idealista. Na dialética do desejado e do indesejado, da busca e da perdição, o homem transveste-se em personagem para retratar, na tragédia de sua existência, a pintura da morte como salvação de sua vida, ou da escritura da derrota para a vitória de si mesmo, levando como saldo de suas negativas o nascimento de uma obra narrativa, como quis o Brás Cubas, de Machado, ou o "prêmio de uma canção", como diz Carlos Drummond de Andrade (1967, p.231), no seu poema "O arco":

Que quer a canção? erguer-se
em arco sobre os abismos.
Que quer o homem? salvar-se,
ao prêmio de uma canção.

Temporalidade

> *"uma ampulheta toda cheia de endiabrado*
> *Tempo genial."*
> Doutor Fausto, Thomas Mann

No conto "A caçada", de Lygia Fagundes Telles (1970, p.53), há uma passagem que ilustra os seus movimentos principais: "E se fosse dormir? Mas sabia que não poderia dormir, desde já sentia a insônia a segui-lo na mesma marcação da sua sombra". Na abertura da focalização onisciente da frase que entra no pensamento do personagem para expressar, na dúvida, a procura de uma saída no seu desespero, emoldura-se o conflito da "caça" querendo romper o cerco da "caçada": "E se fosse dormir?". Depois da moldura, a continuidade do sintagma dramatiza o quadro em que se esboçam os principais movimentos da rede realista aprisionando a sua vítima. Nesse esqueleto projeta-se a espinha dorsal do conto, que revela uma espécie de costela originária, a partir da qual a narrativa realista gerou outros corpos, com outras carnes, pondo-os em circulação com o sopro da criação.

Em torno das duas palavras centrais do último sintagma ("insônia" e "sombra"), o trabalho da enunciação movimenta a estrutura de um enredo de pesadelo, envolvendo o personagem numa situação indesejável ("insônia") cujo desdobramento prevê o seu enredamento num véu de tragicidade ("sombra"). Reduzindo mais ainda os sentidos que podem ser canalizados na palavra "insônia", notamos a convergência de alguns aspectos implicados num enredo, que ganha o seu sentido imagístico na palavra "sombra". Com um pouco mais de despojamento, enxergamos na palavra "insônia" a redução última de uma célula embrionária, ou a concentração arquetípica do *mythos*, no sentido que Frye dá a esse termo: o poder de arregimentação dos movimentos de construção da trama. Da mesma maneira, encontramos no termo "sombra" a reunião dos traços de sentidos dos movimentos do *mythos*, soldados numa imagem arquetípica: *diánoia*. Os dois termos, *mythos* e *diánoia*, constituem a redução fundamental da narrativa, ao incorporarem, respectivamente, uma ideia concentrada de movimento e de imagem, ou seja, de temporalidade e de espacialidade. É nessa redução última que queremos abstrair, para poder solidificar, uma noção mais profunda de tempo e de espaço na narrativa: o movimento de uma sintaxe (*mythos*: "insônia") ganhando sentido no corpo de uma imagem (*diánoia*: "sombra").

Ancestralmente, a ideia de uma temporalidade, movimentando uma estrutura de "insônia", concentra-se no ciclo funesto do padrão sazonal: o outono e o inverno. Mesmo perdendo, cada vez mais, a raiz do tempo estabelecida pela natureza – o núcleo inspirador das representações ritualísticas do homem –, a narrativa realista guarda a noção da direção perdida de um tempo arquetípico de adversidades. É com base nessa memória, às vezes mitigada, que essa representação rememora um sentido de temporalidade comandando um rito de "insônia", prefigurado no escuro da noite ancestral. Essa temporalidade é carreada para a narrativa como uma "noite" que, no contraste com as luzes do "dia", gera a ilusão de uma vida representada como se fosse uma "vida real".

Em Apuleio, embora o intenso movimento dos personagens girando na roda da fortuna e a própria estrutura episódica do livro propiciam um distanciamento e um certo "esquecimento" do padrão do ciclo sazonal, podemos ver, em certas passagens, a sua volta como marcação temporal e como indicativo de seus sentidos primitivos. Se a estrutura fragmentária da narrativa realista contribui para a diluição dos passos do padrão sazonal, sua evolução vai imprimir as marcas dispersivas sobre uma memória que não quer e não se deixa apagar. O livro de Apuleio indica a diluição que a evolução da narrativa vai intensificar ou estilizar, mas ainda preserva – e essa é a razão do modelo: a dupla função de fixar e de indicar – os vestígios dos sentidos ancestrais. Com a função de fixar, quando menos se espera, desponta no livro um marco temporal referendando o sentido ritualístico ("Mas os astros cumpriam a ordem imutável de suas revoluções."), ou a presença total do giro do padrão marcando, em cada uma de suas partes, a referência típica de uma simbolização temporal: "O ano percorreu o ciclo de seus dias e de seus meses, deixando para trás os doces prazeres das vindimas de outono e se inclinou para o Capricórnio. Veio o inverno com suas nevadas, suas chuvas contínuas" (Apuleio, 1963, p.178).

Da mesma maneira que o ano, a narrativa realista segue os ciclos de uma vida atormentada, girando no ritmo de seus labirintos e na órbita imposta pela sua constelação episódica. Nesses giros, vai perdendo, como seu personagem, a dimensão de uma temporalidade, que passa a ser vagamente lembrada, na sua segunda função de indicar um caminho natural da diluição da antiga referência. Mas a referência instável e errante na sua volubilidade só é permitida porque, paradoxalmente, ela se encontra vagando na mente do personagem e do narrador, como uma presença já solidificada na estrutura do gênero narrativo, dentro da sua memória arquetípica. Por isso, se por um longo trecho do enredo, o personagem e o narrador, envolvidos pelo desencadeamento fabular, não se referem de forma explícita ao ciclo de esterilidade da parte fria e sombria do ciclo sazonal é porque, nos motivos de afastamento, queda, ou morte simbólica, e na vertigem de suas mentes, pulsa, arquetipicamente, o ritmo funesto dessa temporalidade. Tanto é assim que ela passa a ser lembrada, dialeticamente, pelo desejo de inversão ou de movimentação do giro para a outra face do disco.

Como uma ausência presentificada pelo seu oposto, a negatividade temporal é lembrada pela positividade da primavera, pontilhando algumas tintas de esperança no quadro de uma paisagem entristecida, que castiga o corpo e dissolve a alma: "acabava de surgir a primavera; pintalgava tudo já o tenro botão das flores e tudo se revestia do brilho da púrpura; e eis que, rompendo o manto de espinhos, exalando o embalsamado perfume, desabrochavam rosas que me devolveriam ao Lúcio que eu era" (ibidem, p.204). Devolvendo ao personagem o seu objeto de desejo, num contexto demoníaco, a primavera anuncia sempre a presença de seu "outro" lado dialético que, afinal, prevalece, mesmo que revestido pela máscara da ironia. Portanto, no contexto demoníaco do realismo, mais do que um objeto de desejo negado pelo desvio paródico da ironia, paira o ensombramento do pesadelo, mostrando as garras do indesejável. No livro de Apuleio, recobrindo o pequeno discurso de um sonho apocalíptico com uma estrutura verbal no condicional, prevalece a imensidão de um terreno discursivo desolado pela temporalidade mais concreta do presente ou do pretérito, dando continuidade à "insônia" seguindo o personagem "na mesma marcação da sua sombra": "Com que alegria trotava eu diante dele, sem carregamentos nem fardos, devolvido à liberdade, no começo da primavera, certo de que encontraria algumas rosas nos prados cobertos de plantas" (ibidem, p.131).

Dentro da moldura maior, formada pelo padrão do ciclo sazonal, recortada no arco funesto do *outono* e *inverno*, surge a moldura menor – redução última e síntese do tempo da natureza – comandando o ciclo demoníaco da *noite* e o renascimento apocalíptico do *dia*. A representação realista, emoldurada no giro dessa estrutura temporal, concentra na parte prototípica da *noite* a ideia arquetípica da "insônia", levando e desdobrando, depois, o pesadelo, para ser revivido com a intensidade das luzes do dia. O pesadelo noturno desencadeia a estrutura ritualística do sonho, duplicado pela dialética do indesejável, para o personagem revivê-lo como um rito de expiação na temporalidade do dia, que arrasta a sentença de sua tortura.

O recorte temporal da noite e do dia é favorecido pelo desenvolvimento da estrutura episódica da narrativa, que fez desse enquadramento uma moldura perfeita para encaixar histórias curtas. Num contexto realista, a referência noturna associa-se ao terror do pesadelo, desencadeando o surgimento dos mistérios: "Assim, deixado sozinho com o morto, eu esfregado os olhos, fortificando-os para a vigília. E então, veio o crepúsculo, depois a noite, depois as trevas fechadas, depois as horas em que tudo dorme, e aquela, enfim, em que toda a vida se cala" (ibidem, p.46). Contrapondo-se ao pesadelo da noite, o dia surge como a temporalidade do desejo, mas, na estrutura irônica do realismo, qualquer precaução ou fuga noturna apenas adia a consumação do drama que ganha intensidade com as luzes diurnas.

Além do sentido da temporalidade ensinada pela natureza, quis a ironia do destino fazer o homem, com a sua pretensão, impor o seu próprio relógio. Assim, de dominador, passa a ser o escravo da máquina infernal. Agora, estamos no centro da temporalidade demoníaca, comandada pelo homem, ligada aos números e às frações dos inúmeros retalhos da vida cotidiana, que é dirigida pelas horas do trabalho e composta pelas pequenas tragédias que fazem a grandeza da vida privada. A necessidade de narrar os estilhaços do sofrimento faz da nova coordenada temporal o meio mais eficaz de intensificar a dor que a representação realista quer nos mostrar como reflexo da vida real. Essa necessidade de narrar, à medida que entra nas particularidades da vida do personagem, amplia a possibilidade de o narrador inventar situações no caleidoscópio do cotidiano.

Com o novo relógio, deparamos com uma outra duplicidade: a expressão da indiferença de seu movimento contínuo contrastando com uma temporalidade interior, subjetiva, marcada pela duração da emoção. Nesse descompasso, instalou-se a ironia do invento sobre o inventor: criada para marcar a pretensão humana de domínio e controle sobre a natureza, a máquina reverteu-se num instrumento de castigo, submetendo o homem à tirania de seu controle. A nova tensão dá-se entre o fora e o dentro, o "eu" e o "outro", formados pela oposição entre o relógio-máquina e o relógio interior. Nesse tempo psicológico, os segundos pulsam com a duração dos minutos, os minutos duram infindáveis horas, as horas arrastam-se pelos corredores da memória, avivam as emoções e incandescem as brasas da fornalha em que se queima uma consciência atormentada. Do contraste entre um ritmo mecânico e um ritmo emocional dá para se imaginar a teia de soluções com que o homem enlaçou os seus personagens no rendado do tecido narrativo, que a agulha da representação realista não cansa de perfurar. Para ficarmos no tear de um artista que não conseguiu desvencilhar-se da aridez da paisagem e da alma humana, atraído pela arte do realismo, podemos lembrar o título sugestivo de um conto de Graciliano Ramos: "O relógio do hospital".

Bakhtin (1988, p.234), analisando a obra de Apuleio para acompanhar os traços do "romance de aventuras e de costumes", fornece um quadro geral sobre a temporalidade desse "segundo tipo de romance antigo", que tomaremos como base para completar as nossas reflexões. Em relação à estrutura temporal da narrativa grega, o "tempo de aventuras" e o "tempo de costumes" transformam-se, de um processo de fusão, em uma associação, caracterizando um "cronotopo completamente novo". Contrapondo-se ao enredo grego, caracterizado por "um hiato extratemporal entre dois momentos de uma série da vida real", a narrativa de Apuleio, regida pelos desdobramentos das transformações, representa "a carreira do herói" determinada por duas particularidades temporais: no "invólucro de uma metamorfose" e ligada ao "caminho real das peregrinações e da vida errante de Lúcio sob a forma de um asno" (ibidem, p.235). Na primeira determinação, o crítico diz que a carreira de Lúcio é apresentada no enredo principal e na sua variante semântica, a novela intercalada sobre "Amor e Psiquê". No estudo do enredo, analisamos esse paralelismo como um jogo de tensão entre as duas formas de representação, em que a dessacralização realista da figura dividida de Lúcio-
-asno parodia a unidade divina de Júpiter. Mas é na segunda determinação, definindo o processo de metamorfose ao longo de sua manifestação temporal, que encontramos uma correspondência à nossa afirmação fundamental: na representação idealista grega, o personagem busca, no espelho da identidade,

a formação de uma unidade entre o mítico e o ficcional, enquanto na vertente realista, a duplicidade comanda uma transformação da identidade.

Para Bakhtin (1988, p.235), a metamorfose, com as suas características da "transformação" e de "identidade", está ligada à imagem folclórica do homem, que subsiste de modo bastante nítido no *conto popular*: "A metamorfose (transformação) – basicamente transformação humana – junto com a identidade (basicamente, também, identidade do homem) pertence ao acervo do folclore mundial pré-clássico". Desse acervo, até chegar à "imagem do homem no conto" e na variedade do folclore novelístico da literatura, a metamorfose descreve um percurso bastante complexo, ramificado na filosofia, mitologia, religião e no folclore popular. O seu sentido específico de uma "transformação maravilhosa (quase mágica) de um fenômeno em outro" foi incorporado no período romano-helenístico, constituindo-se, com Ovídio, "na metamorfose particular de fenômenos singulares e isolados, adquirindo também caráter de transformação exterior maravilhosa" (ibidem, p.237). Depois, a ideia da "representação" da metamorfose depura-se, por meio de uma seleção, em toda a herança mitológica e literária de casos isolados, em que "cada metamorfose se autossatisfaz e representa um todo poético fechado", decompondo o tempo "em segmentos temporais e independentes que se ordenam mecanicamente, numa série" (ibidem). É dentro desse quadro que Apuleio reencontrou a metamorfose, transformando-a na extensão temporal de uma carreira errante, para fixá-la como forma de representação literária:

> Em Apuleio, a metamorfose adquire aspecto ainda mais privado, isolado e já francamente mágico. Quase nada restou da sua amplitude e da sua força passadas. A metamorfose tornou-se um modo de interpretação e de representação do *destino particular do homem*, separado do conjunto cósmico e histórico. Entretanto, graças sobretudo à influência da tradição folclórica direta, a ideia de metamorfose mantém ainda energia suficiente para envolver *todo o destino da vida do homem* em seus momentos essenciais de *crise*. Daí seu significado para o gênero do romance. (Bakhtin, 1988, p.237)

Mobilizando os princípios complementares de "transformação" e de "identidade", a metamorfose mostra "como um homem se transforma em outro", em um tipo de enredo que faz da relação dos fragmentos um todo: "um ou dois movimentos de crise" decidem "o destino da vida humana", determinando o caráter do herói" (ibidem, p.238). Por isso, a narrativa de

Apuleio fornece três imagens diferentes do mesmo homem ("Lúcio antes da transformação em asno, Lúcio-asno, Lúcio purificado e regenerado pelos mistérios"), unidas e desunidas por suas crises, enquanto são dadas duas imagens de Psiquê ("antes e depois da purificação dos sacrifícios expiatórios"), pois, no seu percurso de identidade idealista, o "renascimento" da heroína é dado como uma via lógica, não configurando uma imagem diferente. Assim, a representação realista não desenvolve, a rigor, "um tempo biográfico", mas "momentos excepcionais da vida humana, completamente fora do comum, bastante efêmeros em comparação com o todo da existência", apesar de serem "esses momentos que determinam tanto a imagem definitiva do próprio homem, como o caráter de toda a sua vida subsequente" (ibidem, p.238).

Opondo-se ao "tempo biográfico" e "sem vestígios da narrativa grega, o "tempo de aventuras" latino "deixa uma marca profunda e indelével no próprio homem e em toda a sua vida", como em Lúcio que, "após haver passado por três iniciações, começa a carreira biográfica de sua vida de retórico e de sacerdote" (ibidem). Esse "tempo de aventuras" é regido por acontecimentos excepcionais e fora do comum, determinados pelo "acaso" e caracterizados pela "concomitância fortuita e pela não concomitância fortuita" de uma lógica superior que os engloba. Sobrepondo-se ao poder do "acaso", aparece o sentido da "culpa" do personagem, como se deu na primeira transformação de Lúcio, em que "a volúpia, a leviandade juvenil e a descabida curiosidade impeliram-no a uma aventura perigosa com a feitiçaria" (ibidem, p.239). Não sendo obra do "acaso", mas de "culpa" de Lúcio, "a iniciativa dos fatos pertence ao herói e ao seu caráter", como "uma iniciativa de falta, do erro, do engano, variante hagiográfica cristã do pecado" (ibidem). Caracterizado pelo "acaso", mas desencadeado pelo sentido de "culpa" ou "pecado" do personagem, o "tempo de aventuras" da narrativa latina entra na representação realista, no nosso ponto de vista, pelo conduto do fio mítico, como obra de manipulação do "fado". Assim, completando o quadro, diríamos que sobre o rito de expiação da "culpa" paira uma força superior, mágica ou fantástica, da feitiçaria ou da mitologia, determinando a "causalidade" irônica do "acaso".

Analisado desse ponto de vista, o "primeiro nó da série de aventuras", configurando, uma "imagem do herói" jovem, leviano, desenfreado, lascivo, curioso, apesar de atrair o "poder do acaso", é fruto da ação do herói e de seu caráter, mas predestinado pela intervenção do fado. Já o último nó – a conclusão de toda a série de aventuras – está mais longe das leis do acaso e bem mais perto das mãos do demônio ou da manipulação do fado. Sob o comando do fio mitológico, o "tempo de aventuras" continua desempenhando a sua função de "construção de uma nova imagem (identidade) do herói purificado e regenerado". Mas ele propicia o envolvimento de todo o núcleo de aventuras ("culpa-castigo-redenção-beatitude") a essa moldura mitológica ou religiosa.

Indicando a presença do fio mítico no "tempo de aventuras", a nossa preocupação é assinalar a sua permanência na caminhada que a narrativa realista empreenderá em direção à representação humana. Por isso, esse tempo deixa de ser comandado pela "lógica das aventuras" para seguir, na troca das imagens do herói, o percurso da "metamorfose": "Lúcio leviano e festivamente curioso – Lúcio-asno, que passa por sofrimentos – Lúcio purificado e iluminado" (ibidem, p.240). Seguindo a lei da metamorfose, a sequência-síntese estruturada por Bakhtin incorpora uma forma determinada e um grau de necessidade que não existiam na série grega de aventuras: "o castigo segue necessariamente a culpa, e a purificação e a beatitude seguem necessariamente o castigo sofrido" (ibidem, p.241). Daí a narrativa seguir, cada vez mais, o caráter humano: "a culpa é determinada pelo caráter do próprio indivíduo, o castigo também é indispensável como força purificadora e aperfeiçoadora do homem" (ibidem). Nesse percurso, "a responsabilidade do homem" passa a ser a base de toda a série de aventuras, e "a própria substituição de imagens de um mesmo homem torna a série essencialmente humana" (ibidem).

Com a série de aventuras enquadrando, cada vez mais, o comportamento humano, a representação realista, a partir do mecanismo da metamorfose, assimila um aspecto temporal "mais efetivo e real", fazendo da série "um todo essencial e irreversível" (ibidem). Nesse processo, segundo Bakhtin, por exigir "concretude na exposição", a nova série temporal afasta-se do "caráter abstrato inerente ao tempo de aventuras grego", mas, limitando-se "à imagem do homem e do seu destino", permanece, como a anterior, "fechada e não localizada no tempo histórico" (ibidem). O afastamento da série temporal histórica é compensado por uma aproximação com o "tempo da vida cotidiana", que entra na narrativa pela porta do *folclore*, fundindo, pela via da metáfora do "caminho da vida", o "curso da vida do homem (em seus principais momentos de crise) com seu caminho real e espacial, ou seja, com suas peregrinações" (ibidem, p.242).

A realização da metáfora do caminho da vida, com suas diversas variantes, cria o "cronotopo romanesco original que exerceu papel enorme na história desse gênero". Esse caminho, porém, como na sua base folclórica, nunca é uma simples estrada, mas sempre o todo ou uma parte do caminho da vida: "o cruzamento é sempre o ponto que decide a vida do homem folclórico; a saída da casa paterna para a estrada e o retorno à pátria são frequentemente as etapas etárias da vida (parte moço, volta homem); os signos da estrada são os signos do destino" (ibidem, p.242). Por ser "concreto e circunscrito", o cronotopo romanesco da estrada perde aquele caráter técnico-abstrato das combinações espaciais e temporais da narrativa grega, preenchendo o espaço pelo sentido real da vida e entrando numa relação essencial com o herói e o seu destino: "o espaço torna-se concreto e satura-se de um tempo mais substancial" (ibidem).

A concretude do cronotopo da estrada permite o desenvolvimento amplo da "vida corrente", que se desenvolve à parte da estrada, nos seus caminhos laterais, pois o personagem principal e os acontecimentos que decidem a sua vida estão fora da vida cotidiana: "ele apenas a observa, às vezes imiscui-se como uma força heterogênea, outras, ele mesmo veste a máscara da vida cotidiana, mas não participa verdadeiramente da vida diária e nem é determinado por ela" (ibidem). É o que acontece com Lúcio, na sequência do "castigo-redenção", no lugar em que se concentra a metamorfose: rebaixado a uma vida diária inferior para exercer o papel de escravo, o personagem atravessa toda essa parte da narrativa "protegido" pela máscara de asno. Mas é nesse corte que se exercita o cruzamento dos "caminhos que se bifurcam" na representação realista, abrindo-se as portas para os compartimentos do cotidiano. Analisando essa passagem, Bakhtin afirma que "a permanência de Lúcio na vida cotidiana significa a morte fictícia (os parentes julgam-no morto), e a saída da vida cotidiana representa sua ressurreição" (ibidem, p.243).

O que nos interessa explorar é essa morte simbólica da permanência no cotidiano, em que se representa, nesse mergulho trágico, uma descida ao inferno: "a vida cotidiana corresponde aqui ao inferno, ao túmulo" (ibidem). Se "o mais antigo núcleo folclórico da metamorfose de Lúcio é a morte, a descida ao inferno", com o avanço da forma, e a transformação do vínculo folclórico em convenção literária, a simbolização da vida diária num "inferno" dará consistência e universalidade às pequenas tragédias pessoais, com que a arte realista projeta os grandes dramas da existência. Para Bakhtin, "o cotidiano é a mais baixa esfera da existência, da qual o herói anseia se libertar e com a qual ele nunca se une intimamente" (ibidem). Concordando com o crítico, o nosso propósito é enredar o herói nessa teia, não o deixando escapar. Quando o autor diz que o personagem principal nunca toma parte efetiva na vida cotidiana, pois atravessa a esfera dessa rotina como um "indivíduo do outro mundo", vestindo "diferentes máscaras", disfarçado ou "escondendo a sua origem social", é porque, movimentando a representação do inferno cotidiano, estão os procedimentos da metamorfose e da duplicidade. Se o personagem não reconhece essa vida é porque não reconhece a si próprio, pois está envolvido na projeção do "eu" e do "outro", que faz dele um "duplo": a fresta por meio da qual entra o mecanismo do fantástico, fazendo da imagem do seu mundo cotidiano a sombra de um outro mundo.

Analisando, ainda, o livro de Apuleio, Bakhtin (1988, p.243) afirma que "exercendo no nível baixo da existência o mais aviltante papel, Lúcio não participa interiormente dessa vida, e pode com isso observá-la e estudá-la em todos os seus segredos". Sintetizando o enredo do livro à função de "uma experiência que visa estudar e conhecer as pessoas", o núcleo da questão continua sendo o princípio da duplicidade, em que o personagem não afastado, mas aproximado ou capturado pelas armadilhas do cotidiano, vivencia, no espelho do "eu" e do "outro", um jogo de luz incidindo sobre o círculo da rotina para se projetar a sombra da vida e da tragédia das pessoas. No conhecimento do "outro" o personagem passa a conhecer a si próprio, mesmo que o "outro" esteja alojado dentro dele, pois o trabalho da metamorfose na representação realista é fazer emergir, fantasticamente, dessa sombra, a verdadeira face. No desenvolvimento do "tempo de aventuras", a tendência da fragmentação fez do núcleo espacial e temporal da vida cotidiana um recorte mágico, que os efeitos do fantástico e da metamorfose ampliam para a dimensão de uma existência.

A vida cotidiana, observada e estudada na profusão da literatura, pode ser representada como uma vida vivida pelo personagem principal. Na sua origem, trata-se de "uma vida excepcionalmente particular e privada", pois, na sua essência, "não há nada de público" e "todos os acontecimentos são assuntos particulares de pessoas isoladas" (ibidem, p.244). A "vida privada", de segredos de alcova, de lucro, de pequenos embustes do dia a dia, para Bakhtin, "não dá lugar ao observador, ao terceiro, que estaria no direito de continuamente observá-la, julgá-la, avaliá-la" (ibidem). Como narrá-la, então? O problema da contradição entre o aspecto público da própria forma literária e aspecto privado do seu conteúdo, para Bakhtin, iniciou-se no processo de elaboração de gêneros privados, na Antiguidade, foi retomado "a propósito das grandes formas épicas (grandes epos)", para depois influenciar o nascimento do "romance antigo" (ibidem). Na obra de Apuleio, a resolução, como vimos, deu-se com "o estado de asno" da personagem e o uso das "suas orelhas".

Antes da resolução fantástica de Apuleio, no centro da literatura da vida privada, que tem por função "ver e ouvir furtivamente como vivem os outros" para efetuar uma revelação pública, atuaram os "processos criminais", introduzindo diretamente "as ações criminosas e, indiretamente, os "depoimentos de testemunhas, confissões de réus, documentos, provas" (ibidem, p.245). Aos processos criminais ligaram-se "as formas de comunicação particular e confissão que se manifestam na vida mais privada e nos usos e costumes: carta pessoal, diário íntimo, confissão" (ibidem). Depois, em contraposição às formas público-retóricas aplicadas pela narrativa grega e às condições de "extrema abstração" da representação de seu "tempo de aventuras", a verossimilhança da narrativa realista passa a exigir a "utilização de categorias jurídico-criminais" para a revelação da vida privada, como mostram vários episódios intercalados em *O asno de ouro*. No entanto, para Apuleio, "o principal não é o material criminológico, mas os segredos da vida privada, que revelam a natureza do homem, ou seja, tudo o que se pode apenas espiar e auscultar" (ibidem). Na observação de Bakhtin percebe-se uma mudança do "tempo de aventuras", antes e depois do modelo de Apuleio. Nesse movimento, insere-se, também, o motivo do retrato duplicado de Lúcio: "a posição de Lúcio-asno foi reforçada pela tradição e se apresenta com múltiplas variantes na história subsequente do romance", porque, "da metamorfose em asno mantém-se justamente a posição específica do herói como um 'terceiro' em relação à vida cotidiana privada, o que lhe permite olhar e escutar às ocultas" (ibidem).

As imagens derivadas da posição do observador Lúcio-asno, estrategicamente trabalhadas para ouvir e espiar furtivamente a vida privada, quando superam o problema específico do "como narrar", tornam-se dramaticamente

274 SÉRGIO VICENTE MOTTA

mais intensas, com a atuação de uma recriação realista sacrificando o seu personagem no cenário de um inferno cotidiano, que representa o "outro", ou o "duplo", de sua vida existencial. Nessa descida ao inferno da vida privada, o tempo, para Bakhtin, desprende-se da sequência principal do enredo para estabelecer, na decomposição de seus fragmentos, uma relação perpendicular:

> Durante o rodamoinho dos costumes da vida privada, o tempo é isento de unidade e integridade. Ele está fragmentado em pedaços independentes que envolvem os episódios isolados da vida cotidiana. Cada episódio (em particular, nas novelas de costumes intercaladas) está polido e acabado, mas eles são isolados e satisfazem a si mesmos. O mundo do cotidiano está disperso, fragmentado e privado de laços substanciais. Ele não está impregnado por uma série temporal com a sua conformidade e necessidade específica. Por isso, os fragmentos temporais dos episódios da vida cotidiana estão dispostos como que perpendicularmente à série principal que sustenta o romance: culpa-castigo--redenção-purificação-beatitude (precisamente, no momento do castido e da redenção). (ibidem, p.248)

Bakhtin busca o rumo da historicidade, mas, direcionando as suas reflexões para uma questão mais interna da representação literária, elas fornecem um enquadramento da temporalidade, como matéria e forma representativa no bojo da arte. Quando o crítico observa que, "apesar de todo o fracionamento e naturalismo", o tempo da vida cotidiana "não é absolutamente amorfo", pois "no seu todo ele é percebido como o castigo que purifica Lúcio" e "em cada momento-episódio ele serve a Lúcio como a experiência que lhe revela a natureza humana", esse tempo está ligado, sim, à série principal do enredo, que por sua vez rememora o giro cíclico do padrão sazonal, dentro da moldura de um domínio mitológico. Embora fragmentado, o tempo da vida cotidiana, dependendo da parte da série em que está inserido e representado, adquire, numa dimensão fracionária, a corporalidade formal e um sentido da dimensão temporal maior, mais antiga e já cristalizada, arquetipicamente, como forma e conteúdo no sistema semiótico da representação narrativa. Por baixo da aparência de desintegração e da falta de unidade desse tempo, permanece um sentido de "culpa" ou de "castigo", de "redenção" ou de "purificação", e os raios de cada uma dessas partes estão ligados, ancestralmente, à roda dos ciclos do padrão sazonal.

Uma outra maneira de se ver como o tempo fragmentado da vida cotidiana está preso, ainda, ao sentido primitivo do tempo da natureza, é a maneira como dispõe e organiza uma parte de seu conteúdo na forma cíclica da "noite" e do "dia". No caminho da "perdição", guiado pelo peso da "culpa" e do "castigo", a noite representa o pesadelo da personagem, que é desdobrado no percurso do dia para se conhecer, sob suas luzes, o "inferno que a vida é". Nessa particularização, a noite é o tempo do pesadelo, o sonho indesejável que é duplicado durante o dia. O dia, por sua vez, desempenha o papel do "duplo", ou do "outro", ou o papel paradoxal e fantástico da própria "sombra" da noite. Portanto, a temporalidade da vida cotidiana configura-se como o tempo de um inferno menor, que cria a ilusão de um tempo "real", regendo uma representação demoníaca da existência. Nesse sentido, a temporalidade fragmentada do cotidiano, formalizada em unidades, funciona como o duplo de uma unidade maior, a do "tempo de aventuras", que, por sua vez, duplica a moldura com que a natureza enquadrou um sentido arquetípico de tempo.

Podemos ver, num texto de Dostoiévski (1963), o percurso da temporalidade ilustrando o desenho traçado. A novela "O duplo" perfaz um caminho criativo tão sugestivo que ilumina todos esses aspectos da poética do realismo. Dividido em treze capítulos, o texto, seguindo os passos da primeira obra do autor, *Pobre gente,* coloca em cena um modesto empregado de repartição pública e movimenta os recursos da narrativa, impulsionados pela força motriz da duplicidade, em direção ao drama da personagem: "Todos os elementos se unem contra o senhor Goliádkin como se estivessem de acordo com os seus inimigos, a fim de que tivesse um dia e uma noite de amargura" (Dostoiévski, 1963, p.313). Esse narrador irônico conduz, em terceira pessoa, a armadilha em que o enredo será tramado, sabendo que o seu poder resulta da fragilidade do personagem, pois, diante do absolutismo mítico, confessa, em primeira pessoa, o relativismo de suas limitações: "Como poderia eu, aliás modesto narrador de aventuras do senhor Goliádkin" (ibidem, p.306). Composto pelo duplo retrato de uma entidade demoníaca, que lhe dá a função mágica, e uma feição humana, na sua parte limitada, o narrador realista, na fresta da ambiguidade entre a "imaginação" e a "realidade" criada por sua ficção, desenha o pesadelo da personagem do seu ponto de vista irônico, para não dizer sádico: "Todos os seus pressentimentos se tornavam realidade; os seus pressentimentos e ... os seus receios" (ibidem, p.317).

O enredo tem a estrutura de uma "caçada": "Mas aqui quem é o pássaro e quem é o caçador?". Essa configuração dá à personagem a ilusão de ser um "caçador", para ver a ironia do destino transformar o seu sonho no pesadelo de uma "caça": "não sabe bem se ainda dorme ou se já está acordado, se já está rodeado do mundo real ou se continua a sonhar" (ibidem, p.287). É esse jogo entre a "ficção" e a "realidade" da personagem que o enredo realista trabalha, tendo por suporte o amarril da temporalidade configurando, no dia, a "realidade" do pesadelo prenunciado na insônia da noite: "uma luz cinzenta de outono, triste e sombria, entrou no quarto pela janela embaciada, tão insidiosamente e com um ar tão soturno que Goliádkin deixou de ter dúvidas: não estava efetivamente em nenhum reino fantástico, mas em São Petersburgo" (ibidem). Com a personagem caindo na cena da sua "realidade", desencadeia-se o circuito da espacialidade, que faz das voltas, entradas e saídas da cidade a estrada labiríntica em que se mira o próprio enredo ("Tropeça, parece-lhe que cai num abismo"), para espelhar, nesse espaço externo de perdição, o reflexo interno de uma mente conturbada: "Os pensamentos atravessavam o cérebro do senhor Goliádkin como relâmpagos. Parecia que estavam a assá-lo a fogo lento" (ibidem, p.320).

O personagem, vítima dessa articulação retórica, é enclausurado no centro do palco, enredado por um destino trágico: "Tinha sem dúvida apanhado o fio que ligava os sonhos incoerentes que sonhara" (ibidem, p.287). Da mesma maneira que descobre, no círculo de seu convívio, em cada amigo um inimigo, na engrenagem da narrativa, com a enunciação desencadeando o movimento da ironia, o personagem percebe, na "traição" das peças de sua "família" literária, que é o alvo da máquina de pesadelos: o enredo, o tempo e o espaço completam o instrumento de tortura. Escalado para viver o sacrifício, o rito de expiação intensifica-se com o mecanismo da duplicidade instalando-se no seu próprio corpo, revelando que o maior inimigo está dentro dele mesmo: "queria fugir de si próprio, e até, se possível, desaparecer completamente, não viver mais, reduzir-se a pó" (ibidem, p.313). Mas a perversidade maior do realismo é prolongar o martírio, negando a morte concreta para explorar o ritual de sofrimento de uma morte simbólica. Nesse retardamento, o personagem deve sentir o peso da culpa, mesmo sendo inocente; prostrar-se aos pés de uma força maior, mítica ou demoníaca, que conduz o seu destino; cair no jogo insidioso do fantástico, que cava um abismo na "realidade" de seu caminho; ver no "outro" o espelho dele mesmo, para a humanidade descobrir, nesse processo alegórico, o inferno da condição humana.

A função da temporalidade é conduzir a preparação da armadilha exterior para instalar uma crise de identidade ou de consciência. O movimento do externo para o interno, que se processa no personagem, tem o anteparo da coordenada temporal deslocando-se do geral (o ciclo funesto do tempo sazonal) para o particular: "noite medonha, uma noite de novembro úmida e brumosa, toda de chuva e de neve" (ibidem, p.313). A moldura menor da noite e do dia sintetiza o mecanismo fundamental da temporalidade realista, que é transformar o sonho em pesadelo. Mas nesse jogo de espelho, como vimos, a noite desencadeia os "sonhos incoerentes", que ganharão sentido no pesadelo vivido na "realidade" do dia: "o homem que estava sentado na sua frente era o seu terror, a sua vergonha, o pesadelo da véspera, era o senhor Goliádkin" (ibidem, p.320). Para por frente à frente o homem e a sua sombra, ou o homem e "a silhueta negra dum homem", o tempo tem que fazer o pesadelo avançar: "Tinha-o visto há tempos e ainda muito recentemente. Onde? Ontem, talvez?". O tempo é puxado pelo fio mágico do enredo: "Talvez este transeunte seja um enviado do Destino. Talvez não seja por acaso que passa por aqui, mas com qualquer finalidade". Quando se dá o encontro fatal: "O senhor Goliádkin acabava de reconhecer o seu amigo noturno. Este não era outro senão ele próprio, senhor Goliádkin, um outro senhor Goliádkin, absolutamente igual a ele em tudo seu sósia ..." (ibidem, p.317)

O encontro do "eu" e do "outro", regido pela temporalidade, traz, no mascaramento do desdobramento da personalidade, o recurso de comando da representação realista: a duplicidade. No texto de Dostoiévski, o desdobramento inusitado em duas imagens semelhantes faz do procedimento da duplicidade uma singularidade poética que, depois, é explorada, artisticamente, na tensão dos comportamentos opostos, em que o avesso do "outro" anula o direito ou a face social do "eu". Nesse processo de anulação, com um efeito de regressão, o "eu" descobre no carrasco do "outro eu" a parte reprimida, que o condicionamento social fez adormecer, para acordá-la no meio de um drama de identidade. Na fissura aberta por essa crise instala-se o motivo fundamental da narrativa realista, que é a mola do comportamento para o conhecimento da alma humana. Na busca dessa trajetória, o todo do percurso perfaz o processo de uma doença sem cura: a alma cindida reconhece no passado a causa maligna, mas, apesar da identificação, como o corpo doente, essa alma permanecerá partida. Por isso, resolvido o enigma, a novela termina com o personagem ouvindo a sua condenação: "Tal foi, severa como uma sentença a resposta de Krestian Ivânovitch". Mas ela já estava indiciada na cena da conversa inicial com o médico, o que dá ao enredo o fechamento de uma circularidade que só a magia da temporalidade propicia: "Ai dele! Já há de muito pressentia que, mais tarde ou mais cedo, isto havia de acontecer..." (ibidem, p.388).

Esse tempo psicológico, que dirige todos os fatos e faz tudo convergir para um túnel dramático, vivido no interior da mente do personagem, é o tempo dolorido, arrastado e sofrido, que se eterniza na representação realista e faz da duração interior o relógio da medida do sofrimento humano. Ilustrando o efeito desse tempo psicológico martelando o sofrimento de um processo de conscientização, utilizaremos a última estrofe do poema "A espantada estória", de Guimarães Rosa (1985, p.92):

> ... nele
> eternizo
> agonizo
> metalicamente
> maquinalmente
> sobressaltada
> mente
> ciente.

Espacialidade

> "A vida diária é um inferno, um túmulo, onde o Sol
> não brilha e o céu de estrelas não existe."
> M. Bakhtin

Em oposição ao "céu" apocalíptico e ao movimento narrativo que tende para o alto, com uma focalização externa do mundo e do personagem, a representação realista alegoriza a vida num "inferno" demoníaco, com um movimento para baixo infiltrando-se no interior do personagem e de um mundo privado. Dando concretude ao tempo que move a vida cotidiana, a espacialidade realista fixa o sentido desse tempo em imagens simbólicas da vida privada. Percorrendo os labirintos da vida diária, a espacialidade devassa a intimidade do homem para vasculhar as suas emoções escondidas e ouvir o pulsar do sofrimento de uma alma torturada.

No estudo anterior, trazendo a temporalidade para o cenário cotidiano, localizamos o processo de inversão que a representação narrativa instaura em relação à referência ao mundo real: "a vida cotidiana se dá como o reverso da vida verdadeira" (Bakhtin, 1988, p.248). Esse mecanismo de inversão, no sistema artístico da ficção, associa-se aos processos formais que movimentam a representação realista, tanto do ponto de vista da elaboração estilística, quanto na estruturação das instâncias do corpo narrativo, pois as peças dessa máquina de inscrição kafkiana mobilizam uma engrenagem de tortura humana. Assim, a ironia, apresentada na superfície do discurso, carreia o seu mecanismo de inversão para as estruturas profundas do texto que, movimentadas pelo procedimento da duplicidade, criam sempre um quadro paródico e alegórico da vida real. Por isso, a visão realista, que nasceu como contraponto paródico do idealismo, caracteriza-se como um processo contínuo de carnavalização.

A expressão de Bakhtin utilizada como epígrafe funciona como um ponto de partida para o crítico situar, no seu jogo de inversão, a origem de alguns núcleos temáticos direcionadores da queda demoníaca percorrida pela representação realista. Para o autor, no centro da vida privada "está a licenciosidade, isto é, o inverso da vida sexual que rompeu com a procriação, a sucessão de gerações, a construção da família e da raça" (ibidem, p.248). Regida pela licenciosidade, "a vida do cotidiano é fálica, sua lógica é a lógica da obscenidade", mas, ao redor desse "núcleo sexual" (infidelidade, crime passional), situam-se "outros momentos da vida corrente: violências, furtos, embustes de todo tipo, espancamento" (ibidem, p.248). Direcionado pelo mecanismo de inversão, esse "redemoinho dos costumes da vida privada canaliza os sentidos e a direção da espacialidade para o corpo do personagem: centraliza-se na sexualidade, espalha-se rumo às extremidades dos membros, conforme atuam os comandos do trabalho e dos castigos". Depois, como consequência dos crimes passionais e das contingências das demais relações humanas, acaba envolvendo o corpo da personagem nas paredes tumulares de um "inferno", que é a esfera simbólica da "vida como ela é". Movida pelo impulso da inversão, da paródia e da carnavalização, a espacialidade realista tem como principal diretriz montar no sistema da arte narrativa um painel formado pelos fragmentos de imagens de um inferno existencial, funcionando como contraponto da espacialidade positiva e desejável da esfera semiótica da representação apocalíptica.

No núcleo da sexualidade e da licenciosidade, a espacialidade realista, como paródia das imagens idealistas, divide o mundo do "alto" e do "baixo", carnavaliza a corporalidade do personagem da linha da cintura para baixo, retratando, nos fragmentos dos membros inferiores, a multiplicidade dos temas da vida privada, em oposição à unidade e à superioridade dos temas públicos das imagens da representação idealista. Se a pena realista é conduzida por um tom paródico, a sua escrita paralela já nasce com a emoção e o tremor da duplicidade. Invadindo o domínio privado da sexualidade, resvalando pelas linhas vizinhas da licenciosidade, infidelidade, crimes passionais e embustes derivados do núcleo do adultério, o desenho de tais linhas acaba fabricando interessantes imagens de duplicidade. Como o motivo central do adultério, as ramificações temáticas são estruturadas a partir da oposição básica entre o "escondido" e o "revelado", por meio da qual ganham uma forma de expressão na espacialidade, por sua vez, que concretiza tais sentidos em imagens formalizadoras de um jogo entre o "dentro" e o "fora". Sob as regras desse jogo, os núcleos temáticos adquirem expressão nas formas das imagens espaciais moldadas pela materialidade mineral, vegetal e animal.

Utilizaremos alguns exemplos de adultério dos episódios intercalados do Livro IX, de *O asno de ouro*. Nesse capítulo, estruturalmente, o tipo de comportamento humano está sendo veiculado para o seu movimento de descida impulsionar a subida da animalidade do "asno", no processo de retorno de Lúcio à forma humana. Aí destacaremos um primeiro módulo espacial dentro do reino da mineralidade. Na abertura do capítulo, "carregado de ornamentos sagrados", Lúcio conta que saiu para "mendigar pelas encruzilhadas" até se alojar na primeira hospedaria, com os falsos sacerdotes, quando "ouviram contar a divertida historieta de um Pobre que se tornou Corno". Trata-se da conhecida anedota da mulher "que dava muito que falar por sua excessiva lascívia" e, flagrada pelo marido, "ladina e astuciosa nesse gênero de proezas, libertando o homem dos seus apertadíssimos amplexos, escondeu-o no interior de uma jarra enfiada num canto e que se encontrava vazia" (Apuleio, 1963, p.162). O esposo, dispensado do trabalho, chega anunciando que havia vendido a jarra. A mulher reverte a situação, dizendo que a vendera por um valor maior ao homem que, nesse momento, estava no seu interior,

O ENGENHO DA NARRATIVA E SUA ÁRVORE GENEALÓGICA   281

examinando-a. O inocente marido passa a fazer o serviço de limpeza, auxiliado, do lado de fora, pela mulher que "se inclinava para a frente sobre a jarra", enquanto o "adúltero brincava, apertava-a de perto e trabalhava à vontade". A cena termina no momento em que, "acabada a dupla necessidade da cortesã, e pagos os sete denários, o calamitoso obreiro foi obrigado a carregar a jarra nas costas até o domicílio do adúltero" (ibidem, p.163). Por ser a anedota também uma matriz do conto popular e esse, por sua vez, representou uma forte raiz na formalização do conto literário, o mesmo episódio pode ser lido, com o mecanismo de inversão movimentando a duplicidade do dentro e do fora, numa recriação em forma de conto, com as tintas irônicas de Boccaccio, nas jornadas marcadas pelas divertidas histórias do *Decamerão*.

Num outro exemplo do mesmo capítulo, o asno é comprado por um moleiro, cuja mulher, "sob a aparência de observâncias vãs, enganava a toda a gente, principalmente ao mísero marido" (ibidem, p.167). Lúcio ouve a alcoviteira de sua nova patroa propor-lhe um amante mais corajoso, convencendo-a, por meio da narração de uma história que mostra a astúcia do rapaz. Aceita a proposta, a adúltera prepara uma ceia para receber o amante na mesma noite, aproveitando-se da ausência do marido. A volta não prevista do moleiro é contornada, no momento, escondendo-se o rapaz num espaço que se serve do apoio da matéria vegetal, marcando, em relação à história anterior da jarra, uma projeção semântica da espacialidade reforçando o movimento do enredo: "Quanto ao amado, lívido de medo e tremendo, ela o escondeu numa caixa de madeira que servia para guardar o trigo moído que lá se achava por acaso" (ibidem, p.172). Da mesma maneira que o comportamento amedrontado do rapaz cria um paralelo irônico com o desempenho destemido apresentando na narração da alcoviteira, a história do momento é interrompida, instaurando um outro paralelismo: a volta inesperada do moleiro foi motivada, também, por um caso de adultério presenciado na visita que fazia à casa do amigo. Excitada pelas palavras do marido, fingindo segurança, "a audaciosa se acendia no desejo de conhecer a aventura, e não sossegou enquanto o marido, cedendo à sua vontade, não lhe narrou o infortúnio da casa do outro, inconsciente do que se passava na sua" (ibidem, p.173).

O flagrante na casa do amigo do moleiro deu-se em outro espaço fabricado com o uso da matéria vegetal: "Perturbada de súbito pela nossa presença, e apanhada desprevenida, ela o escondeu sob a gaiola de caniço, feita de varinhas flexíveis, dispostas em círculo e ajuntando-se no alto, sobre a qual se estendiam as peças de fazenda para clareá-las na fumaça do enxofre" (ibidem). Sufocado pelo odor do esconderijo, o moço denuncia-se e o amigo do moleiro, "empurrando bruscamente a mesa, descobriu a gaiola e dela tirou um homem cuja precipitada respiração se processava com esforço" (ibidem). Pelo acaso do odor da roupa que estava sendo tingida, o moço propicia o flagrante do adultério, enquanto Lúcio, de observador, entra na história da mulher do moleiro, denunciando o adultério: "eu me perguntava ansiosamente se poderia, de algum modo, descobrindo e revelando a fraude, auxiliar o meu dono e fazer aparecer a todos os olhos, revelando-lhe o abrigo, aquele que, como uma tartaruga, se mantinha agachado na caixa" (ibidem, p.174). O paralelismo das histórias, auxiliado pelo espaço, traz o plano episódico de volta à linha da história principal da narrativa: "ao passar ao lado do nosso adúltero, vi a ponta de seus dedos, que ultrapassavam as bordas da caixa estreita demais: com um golpe de casco, dado de lado, eu os comprimi sem dó e os esmaguei até reduzi-los a pasta" (ibidem, p.175). Com o fecho da vingança de Lúcio completa-se um circuito narrativo episódico, que reproduz uma parte do movimento geral do enredo. Nesses fragmentos, movida pelas relações de duplicidade entre o "escondido" e o "revelado", a espacialidade, além de se valer da matéria dos reinos mineral, vegetal e animal na composição de suas imagens, demonstra a sua atuação como reforço semântico na escalada dos degraus do enredo.

Por estarem ligadas ao núcleo da sexualidade, as imagens espaciais auxiliam o movimento semântico do texto porque, no contexto maior da narrativa, a função principal da espacialidade é solidificar a construção dos patamares da circularidade – desde a esfera mítica, gerada pela intervenção da magia, do mistério ou do fantástico, concentrando-se no plano humano, e denunciando a decadência desse plano para os ínferos da animalidade, vegetalidade e mineralidade –, por meio dos quais o enredo desenha a sua estrutura labiríntica. Assim, o espaço tem a função primeira de gerar a imagística do enredo; depois, de apoiar e complementar os sentidos dessas figurativizações na representação particular dos personagens, metamorfoseando-os em imagens de duplicidade. Na sua atuação última, reveste os movimentos da temporalidade com os sentidos específicos de suas imagens. Portanto, da enunciação, propondo-se a construir uma história de um pesadelo, à estrutura da trama, que enreda o seu personagem na rede de uma "caçada", a espacialidade dá a sustentação figurativa a todo o circuito estrutural da narrativa. A sua função é amarrar os sentidos direcionados pelos movimentos da temporalidade com a imagem representativa de um "inferno" geral, que funciona como reflexo dos fragmentos de um inferno existencial. Dialeticamente, em correspondência a um mundo de luminosidade, a espacialidade realista gera uma imagem sombria: as luzes apagam-se, o ar passa a rarear, a água a turvar-se, e a terra a abrir-se para abrigar o personagem num mundo subterrâneo. No abismo desse palco, o drama do dia a dia transforma o carrascal da existência numa "vida subterrânea", conforme a metáfora de Dostoiévski, repisada por Graciliano Ramos.

Para representar "a vida como ela é", o grande desafio da espacialidade realista é transformar o mimético em simbólico, fazendo do ordinário o extraordinário e do familiar o excepcional, para flagrar na rotina da vida cotidiana o mecanismo de um mistério. No desdobramento da "realidade" em ficção, o privado torna-se público, o interior, exteriorizado, e a rotina passa a ser ritualizada na "consagração de um instante" ou de uma revelação epifânica, como em Clarice Lispector. Com a intervenção do fantástico, o espaço mecânico passa a ser mágico e o espaço profano ganha uma dimensão mítica ou sagrada, à medida que o drama da experiência e da busca do conhecimento do homem arma-se em torno de uma espacialidade simbólica, cujo mergulho no inferno da criação descreve a trajetória metafórica do inferno da existência. Assim, o espaço faz-se signo, e nessa projeção semiótica tem como tarefa converter a referência mimética numa representação mágica, para a construção ficcional recuperar uma aura mítica ou de mistério, e revelar, no seu ritual de expiação, a mecânica perversa de um mundo mimético. Por isso, no livro de Apuleio (1963), a região da Tessália, ao mesmo tempo que emoldura uma espacialidade dupla, mimética e fantástica, prefigura a convenção de um espaço mágico: "encontrei-me no coração da Tessália, num país que o mundo inteiro concorda em celebrar como o berço das artes mágicas" (ibidem, p.32).

Na narrativa idealista – como o momento romântico explorou e aprofundou no tópico da natureza funcionando como o estado anímico da personagem –, a natureza, a paisagem e, de um modo geral, a espacialidade formam com o personagem a imagem de um "outro", que o complementa e em quem ele se reconhece, constituindo uma "unidade". Na representação realista, ao contrário, o espaço tem a seguinte função: é o "outro" em que o "eu" vê a sua sombra trágica. Assim, o seu cenário, percorrendo os caminhos do labirinto formado pela intervenção mítica, pelo plano dos conflitos das relações humanas, e degradando o homem no espelho trágico dos submundos animal, vegetal e mineral, funciona sempre como um espaço de tensão, de intensificação do conflito, quando não se posta, ironicamente, como o guardião da morte de uma vida que se debate, luta, mas que para ele é atraído e, fatalmente, conduzido. É nessa configuração do espaço que queremos nos deter: o lugar semiótico das relações de intensificação dos conflitos do personagem, seja de fora para dentro, seja de dentro para fora, seja do "eu" com o "mundo", seja do "eu" com o "outro", seja do "eu" com ele mesmo. Porque, na representação realista, o personagem está sempre dividido, o "outro" forma o seu avesso dialético, e o espaço tem a função não só de intensificar esse conflito, mas também de apoiar imagisticamente a tensão dessas relações. A narrativa realista seleciona o cenário propício para enquadrar o duelo do personagem com o seu mundo, extraindo dos fragmentos desse mundo as mais expressivas resoluções de tensão e de opressão formalizadas pela configuração de uma paisagem demoníaca imposta pela adversidade da natureza, ou pelos caminhos de perdição construídos pela intervenção do trabalho humano no mundo.

No cenário natural ou cultural, o escritor realista sabe buscar, na experiência do conhecimento, os traços sombrios de uma espacialidade que ensina para o homem a condição trágica da sua existência, aprisionando-o nas paredes de um desenho infernal. Ensinando que o avanço do conhecimento da vida se dá com a aproximação ao porto da morte, mais do que a peregrinação por um mundo que já é quase um cemitério e por um espaço que é a sombra de seu túmulo, a intensificação da espacialidade realista culmina na focalização do próprio homem. Esse homem dividido entre o fora e o dentro, numa luta de vida e de morte, atinge o seu ponto mais alto de tragicidade vivendo toda a tensão do conflito no espaço de seu próprio corpo. A fragilidade de um corpo revoltado, mas derrotado pela força da pressão externa, é interiorizada como um conflito de "consciência do real", em que o sentimento de impotência, em relação às pressões de fora, se converte num sentimento de revolta do "eu" com ele mesmo. O peso desse sentimento dá-se com o desequilíbrio de um corpo que se sente morto contra uma consciência viva, queimando na brasa contínua de seu tormento.

O homem dividido forma o espaço semiótico em que a relação do "corpo" e da "mente" faz dele um túmulo de si mesmo. Um túmulo perfeito para abrigar a sua condição final e mais expressiva de um "morto-vivo". Se os conflitos convergem para o personagem, que é o alvo da narrativa, o personagem também é o espaço desses conflitos. Mais do que o mundo que o rodeia agregando seus problemas, pode-se ver no personagem o palco mais dramático da representação realista: ele está vivo, mas se sente quase um morto; o seu corpo quase morto caminha para a morte com uma consciência viva. Corpo e mente: eis o espaço em que o mundo exterior concentra as suas forças contra a impotência de um corpo que, atingido mortalmente, filtra a intensidade dessa dor no drama interno da consciência. Se o corpo forma o espaço exterior do drama do sacrifício humano, o ponto mais intenso da ritualização da dor dá-se no universo interior, porque, nesse palco-cadafalso, representa-se o sofrimento de uma "mente ciente" amordaçada por um sentimento de impotência. Esse é o seu "sentimento do mundo", como diria Drummond.

Gaston Bachelard (s. d., p.139) fornece um embasamento teórico para a caracterização do espaço interior. Partindo do conceito de "imensidão" como uma categoria filosófica do devaneio, o autor aproxima-se, por meio do "caminho do devaneio da imensidão", do nosso interesse pelo pesadelo realista, quando diz: "se estamos conscientes do nosso ser fraco – pela própria ação de uma dialética brutal – tomamos consciência da grandeza. Somos entregues então a uma atividade natural de nosso ser imensificante". Estabelecida a consciência da "grandeza", regida pela dialética entre o externo e o interno, ou do "eu e do não eu", vemos o estado em que se configura um personagem realista, sentindo-se com um pensamento arrebatado e um corpo paralisado: "Quando estamos imóveis, estamos além; sonhamos num mundo imenso. A imensidão é o movimento do homem imóvel" (ibidem). Preso a um "espetáculo exterior" para ajudar a revelar uma "grandeza íntima", o personagem realista precisa vivenciar uma "intensidade do ser" para revelar o "engrandecimento do espaço íntimo", conforme indicam os versos de Rilke (apud Bachelard, s. d., p.149):

> O espaço, fora de nós, ganha e traduz as coisas:
> Se quiseres conseguir a existência de uma árvore,
> Reveste-a de espaço interno, esse espaço
> Que tem seu ser em ti. Cerca-a com violência
> Ela não tem limite, e não se torna realmente uma árvore
> Senão quando se ordena no seio de tua renúncia.

Trabalhando os conceitos de "imensidão" e de "intensidade", Bachelard (s. d., p.150) aproxima as suas lentes do espaço interior: "Poder-se-ia dizer que os dois espaços, o íntimo e o exterior, acabam por se estimular incessantemente em seu crescimento". Correlacionados os espaços externo e interno, o autor mobiliza uma ideia de "expansão": "Dar seu espaço poético a um objeto é dar-lhe mais espaço do que aquele que ele tem objetivamente, ou, melhor, é seguir a expansão do seu espaço íntimo". Assim formaliza o conceito de "espaço-substância", uma espécie de "espaço subjetivo", essencial, com que cada objeto conquista o seu espaço poético pelo poder da expansão, transcendendo as superfícies objetivas de uma definição geométrica. Por meio dessa transcendência, os espaços da intimidade e do mundo aproximam-se, movidos pelo princípio comum da solidão: "Quando se aprofunda a grande solidão do homem, as duas imensidões se tocam, se confundem" (ibidem, p.151). O encontro dessas duas imensidões, num personagem realista, é conflitante, pois o peso da pressão externa amplia a carga de sofrimento interno, e a intensidade da dor é dada por um sentimento de contradição: de revolta e de submissão. Essa "solidão ilimitada", num personagem realista, desdobra-se no conflito entre o externo e o interno: a consciência do externo no espaço interno não é mais de comunhão, mas de ruptura, intensidade, agressão e opressão. O elemento que desdobra a relação num conflito, portanto, é a consciência da duplicação. Aqui aportamos na essência da espacialidade interna do personagem realista: "Como é concreta essa coexistência das coisas num espaço que duplicamos com a consciência de nossa existência" (ibidem).

O conflito do externo e do interno deslocado para o drama interior do personagem realista encontra um complemento teórico, no livro do mesmo autor, no estudo intitulado "A dialética do exterior e do interior". Para Bachelard (s. d., p.157), o "exterior e o interior formam uma dialética da dissecação", constituindo "uma base para as imagens que comandam todos os pensamentos do positivo e do negativo". Da mesma maneira que o autor justifica seu método fenomenológico com exemplos concretos de poesia, encontramos no título sugestivo do poema de Henri Michaux, "O espaço de sombras", e em suas partes, uma caracterização do espaço interior: "O espaço, mas você não o pode conceber, este horrível exterior-interior que é o verdadeiro espaço" (apud Bachelard, s. d., p.160). O poema trata "de uma alma que vai até o decair do ser de sua sombra", ou seja, a trajetória normalmente empreendida pelo percurso narrativo de um personagem realista. Como no poema, esse personagem "é um ser culpado, culpado de ser"; por isso, "nós estamos no inferno, e uma parte de nós está sempre no inferno, cercados que estamos no mundo das intenções más" (ibidem, p.161). Deslocando esse ser para o contexto imaginativo do realismo, vamos deparar com uma alma atormentada, conforme descreve Bachelard: "nesse horrível interior-exterior as palavras não formuladas, as intenções do ser inacabadas, o ser, no interior de si, digere lentamente seu nada" (ibidem). Chegamos, aqui, a um ponto que embasa a nossa caracterização do espaço realista: há uma relação íntima entre o externo e o interno, mas tal relação converte-se na tensão de uma reciprocidade de hostilidades. Na nossa definição de um espaço materializado pela relação conflituosa do mundo interior do personagem com o espaço externo – o espaço realista é o "outro" em que o "eu" vê a sua "sombra" trágica –, o "eu" e o "outro" aproximam-se numa relação de "intimidade" e, por isso mesmo, repelem-se, num contexto de conflitos e de hostilidades, como na metáfora em que a "sombra" é a extensão da intimidade do corpo, mas essa "sombra" metamorfoseia-se numa traição trágica. Nesse contexto de relações entre o "eu" e o "outro", ou entre o "mundo interior" e o "mundo exterior", o "outro" pode ser a "sombra" do mundo exterior, ou o próprio corpo do personagem funcionando como o duplo de seu mundo interior. Tanto na relação do interno e do externo como no conflito entre o "dentro" e o "fora" do corpo do personagem, o espaço realista, como diz Bachelard, "é apenas um 'horrível no exterior-no interior'" (ibidem). É o espaço do pesadelo, porque o "pesadelo é feito de uma dúvida súbita sobre a certeza do [ser] no interior e sobre a evidência do [ser] no exterior" (ibidem). Justamente o que vimos no drama do personagem Goliádkin, de Dostoiévski: guiado pela dúvida súbita sobre a certeza do pesadelo no seu interior, e sobre as evidências do pesadelo no exterior, inclusive por já ter vivido em "sonho" o "pesadelo", o personagem caminha na direção certa da armadilha da tragédia, pois o pesadelo é "todo o espaço-tempo do ser equívoco", em que "o espírito perdeu sua pátria geométrica e a [sua] alma flutua" (ibidem).

A dialética do externo e do interno, do personagem, como desejamos contemplar, é uma atividade de linguagem: "Pela linguagem poética, ondas de novidade correm na superfície do ser. E a linguagem traz em si a dialética do aberto e do fechado. Pelo *sentido*, ela se fecha, pela expressão poética, ela se abre" (ibidem, p.164). Conduzindo essa dialética da espacialidade, por meio da descrição de Maurice Blanchot, a um processo de soldagem entre a imagem exterior e o espaço interior, Bachelard (s. d., p.168) parece descrever a mesma relação de "intimidade" entre o "eu" e o "outro" instaurada pela representação realista, antes de sua progressão privilegiar a instalação do conflito: "desse quarto, mergulhado na noite imensa, eu conhecia tudo, eu já havia penetrado nele e trazendo-o em mim, eu o fazia viver uma vida que não era vida, mas que era mais forte que ela e que nenhuma força do mundo poderia vencer". A demarcação do processo dialético propriamente dito, da maneira como queremos transportá-lo para o drama íntimo, no espaço interno do personagem realista, porém, dá-se na seguinte definição: "Frequentemente, é pela concentração no espaço íntimo mais reduzido que a dialética do interior e do exterior adquire toda a sua força" (ibidem).

É nessa dialética do "estreito" e do "desmesurado" que se concentram a dor e o sofrimento do personagem realista. "A medida do seu ser íntimo", que é sua consciência, canaliza todo o peso do seu sofrimento no contraste violento de sua fragilidade interna contra as forças desmesuradas pela junção das adversidades externas. Impossibilitado de reagir, o seu sentimento de impotência dramatiza a dialética do interno e do externo na espacialidade de seu próprio corpo. Agora, invertidamente, a explosão de uma revolta fica ecoando nas paredes internas da consciência de um corpo que se sente inerte, impossibilitado de expressar ou de exteriorizar o seu desejo de revolta. Assim, o drama íntimo do personagem realista encontra o seu melhor palco no seu próprio espaço íntimo.

Definido o espaço interior do personagem realista, investigaremos, na origem das imagens tumulares, o princípio da duplicidade que faz a "vida" da consciência do personagem pulsar, arquetipicamente, num corpo dado como morto, formando o túmulo ambulante de uma consciência conturbada. No contraste desse interior, colocado como vivo, com o corpo exterior, que se comporta como morto, forma-se o "espaço-substância" de Bachelard. Nesse espaço transita o mais profundo sentimento de um personagem realista, que é sentir-se como um "enterrado vivo" na espacialidade dialética de seu próprio corpo. Na imagem de um homem vivo aprisionado num túmulo pulsa, pelo jogo da contradição entre a vida e a morte, a metáfora formada pela oposição entre o "corpo" e a "mente": um corpo impotente como invólucro de uma consciência ardente; um corpo morto envolvendo uma mente viva; um grito de consciência ecoando pelas câmeras de um corpo petrificado; enfim, a luz de uma vida aprisionada pela própria sombra. A "dialética do interior e do exterior", concentrada no corpo do personagem, faz do "espaço-interior" o núcleo da espacialidade realista, porque nele se concentram e se traduzem todas as pressões do mundo exterior. Fazer do espaço interior o filtro dos problemas exteriores, convertendo a carga de uma consciência revoltada na carcaça de um corpo imobilizado por estas mesmas pressões, ainda não é o drama maior desse personagem realista. O conflito íntimo é ver o seu sentimento de revolta barrar-se na impossibilidade da comunicação. Como o seu corpo é a forma de expressão de sua derrota, o mundo interior é o lugar privilegiado da espacialidade realista, para o artista narrativo perpetuar a vitória de sua arte no drama da derrota humana. Por isso, essa arte, num ponto de resolução estética mais contundente, é expressionista. No palco principal de seu drama atua um personagem "morto-vivo" sentindo-se, dentro da espacialidade de seu corpo, um "enterrado vivo".

A imagem insólita e perturbadora de um homem morto emparedado, por sugerir um enclausuramento imprevisível, desperta, na convenção realista, o germe de um mistério conduzindo um crime que deve ser revelado, como no famoso conto "O gato preto", de Edgar Allan Poe. Mas a imagem de um personagem enterrado vivo gera um incômodo maior. Formalizando uma solução espacial realista, tal imagem funciona como uma dualidade mais desenvolvida da equação essencial do "morto-vivo", realizando a metáfora de um "espaço-substância", em que se concentra a força dramática de uma narrativa. Os dois tipos de imagens foram vistos em Apuleio. O primeiro, dentro de um episódio intercalado, no desdobramento trágico de uma relação adúltera. O segundo, coroando as desgraças da história de Caridade, apareceu no rito de expiação de Trasilo, como uma espécie de pena a ser paga.

Resgatando um outro episódio situado nas origens dessas imagens tumulares, podemos ver como uma irônica história de amor do livro de Petrônio (1985), *Satyricon*, encontra eco no motivo revivido em um conto de Lygia Fagundes Telles: "Venha ver o pôr do sol". Trata-se do episódio "Matrona de Éfeso", que apresenta, como regra geral, uma estrutura de inversão que faz da ironia o mecanismo de produção de um desfecho e efeito cômicos. O seu resumo é o seguinte:

Na cidade de Éfeso corria a fama de uma dama tão honesta, "que vinha gente de longe para ver de perto tamanha honestidade" (Patrônio, 1985, p.138). O marido morreu, mas, contrariando os costumes habituais, "ela quis fazer como os gregos, acompanhar o defunto até o mausoléu, e ficar lá com ele, chorando dia e noite", sem que ninguém conseguisse "dissuadi-la da intenção de se deixar morrer de fome ao lado do cadáver do seu ente querido" (ibidem, p.139). Na cidade, "não se falava de outra coisa, a não ser daquela esposa mais fiel que todas, espelho e exemplo de castidade e amor conjugal" (ibidem). Passaram-se cinco dias, ela e a "fidelíssima serva que realimentava a lâmpada do mausoléu" estavam quase desfalecidas, quando "o governador da província mandou crucificar alguns bandidos bem perto do lugar onde a viúva chorava o seu defunto e esperava a morte" (ibidem). O soldado encarregado de vigiar os crucificados, para que ninguém viesse tirá-los e sepultá-los, movido pela curiosidade, desceu até a cripta do mausoléu e, "dando de cara com aquela mulher lindíssima, pensou tratar-se de uma visão vinda do reino dos mortos" (ibidem).

Compreendendo, depois, que estava diante de uma viúva que pranteava seu falecido, passou a trazer ao mausoléu sua ração de soldado, tentando consolar a viúva e demovê-la da sua penitência. Mas foi a serva, atraída pelo cheiro do vinho, a primeira a recuperar a razão, passando a ajudar o soldado no seu processo de convencimento: "– Volte à vida. Isso é bobagem de mulher. Vamos gozar da luz, enquanto ainda há luz" (ibidem, p.140). Extenuada pelo longo jejum, a viúva deixou-se convencer, devorando com toda a avidez a comida que a escrava já havia provado. Como "um desejo leva a outro desejo", o "soldado começou a usar contra a castidade da nossa viúva os mesmos argumentos que tinha empregado para fazê-la provar da sua comida" (ibidem). Novamente ajudado pela escrava, o soldado, "vencedor do estômago da dama, não teve dificuldades para vencer outras fomes que atormentavam a pobre viúva": "Dormiram juntos uma noite inteira, duas noites, três, tomando o cuidado de fechar a entrada do mausoléu para que todos pensassem que a virtuosa viúva tinha morrido de fome diante do seu adorado defunto" (ibidem, p.141). Nisso, os parentes de um dos crucificados, aproveitando a ausência do soldado, tiram-no da cruz para enterrá-lo num lugar decente. De manhã, ao ver a cruz sem cadáver, o soldado desespera--se diante da iminência do castigo severo, desejando enterrar-se no mausoléu, mas é salvo pela solução encontrada pela esperta viúva: "– De jeito nenhum! Não vou perder dois homens queridos, ao mesmo tempo. Melhor pendurar o morto, e conservar o vivo" (ibidem, p.141). O desfecho irônico –

o soldado prega o corpo do morto na cruz vazia – tem a moldura do cômico: "No dia seguinte, o povo gritava 'milagre!', ao ver que um morto tinha ido sozinho se pregar numa cruz" (ibidem).

O conto de Lygia Fagundes Telles, uma variação trágica desse efeito cômico, retrata, com pinceladas irônicas, o quadro de uma imagem crepuscular ensombrando-se com a trajetória de um aprisionamento num espaço tumular. Enquanto o título reflete um convite romântico coroado pelo ocaso solar, o conto inverte a expectativa idealista de um renascimento amoroso em um pesadelo planejado para ser vivido na moldura de um enclausuramento trágico. Nesse pequeno recorte do arco temporal, o texto desenha, sobre a imagem da natureza, um quadro fúnebre que retrata, na insensatez da perversão humana, uma direção da espacialidade realista.

A construção desse rito de expiação, conduzido pela imagem de um cemitério abandonado para levar a vítima ao sofrimento da dor da traição e do desespero de quem se vê condenado a morrer aprisionado num túmulo, é meticulosa e ilustrada com detalhes estilísticos, fazendo de certos fragmentos o espelhamento do mecanismo artístico dos enredos realistas. Seguindo-se a trilha dos detalhes, percebe-se o movimento insidioso do jogo formado pela ingenuidade da moça e a esperteza do moço preparando, numa dimensão microscópica, o enredamento macroscópico da trama. Nas franjas dessa renda, os detalhes metonímicos antecipam as ramificações básicas da teia demoníaca em que se apoia a narrativa: "E aos poucos, inúmeras ruguinhas foram se formando em redor dos seus olhos ligeiramente apertados. Os leques de rugas se aprofundaram numa expressão astuta" (Telles, 1970, p.113). É nesse jogo de astúcia e ingenuidade, entre o cômico e o trágico, que a narrativa trama, na aparência de um encontro amoroso romântico, o enredamento de uma história trágica, com os requintes da violência realista.

Atraída para a morte, Raquel é conduzida por Ricardo ao mausoléu da sua família, que abriga, no triângulo formado pelos cadáveres do pai, da mãe e de uma prima, a imagem de seu duplo: "Não era propriamente bonita, mas tinha uns olhos... Eram assim verdes como os seus, parecidos com os seus. Extraordinário, Raquel, extraordinário como vocês duas..." (ibidem, p.117). Com uma declaração de amor contrastando com os indícios de tragicidade, a narrativa aporta na "capela", dando início à espacialidade da descida: "Na parede lateral, à direita da porta, um portinhola de ferro dando acesso para uma escada de pedra, descendo em caracol para a catacumba" (ibidem, p.118). Dentro do mausoléu, os amantes descem até as gavetas, quando Raquel, incitada a ver o retrato da prima, descobre na imagem desbotada da "outra" uma morte acontecida há mais de cem anos: "Um baque metálico decepou-lhe a palavra pelo meio. A peça estava deserta. Voltou a olhar para a escada. No topo, Ricardo a observava por detrás da portinhola fechada" (ibidem, p.120). Descoberta a mentira e a gravidade da armadilha, o processo de consciência da personagem reflete, no grau de seu desespero e no sentimento de impotência que paralisa o seu corpo, a metáfora da mesma contrariedade com que a narrativa termina emoldurada com a imagem de uma vida aprisionada.

Na imagem final do conto, no fechamento do próprio corpo da personagem, com os lábios pregados um ao outro, e no eco dos "gritos abafados", cada vez mais calados pela indiferença do outro, retrata-se o ponto mais alto da espacialidade realista, quando o encontro dialético do "eu" e do "outro" se dá no próprio espaço do personagem, com o "túmulo" do corpo fechando os últimos vagidos de um desespero humano. Nesse espaço de concentração de forças e tensões das relações do externo e do interno, ao mesmo tempo que a narrativa desenha um porto simbólico, ou a última morada da morte, a escritura realista vivifica o processo dialético da duplicidade. Do eco das cavernas desse "eu" torturado, formando a síntese e o núcleo dramático de um quadro realista, partem os raios das relações estruturais que desenham o arco prototípico de um enredo demoníaco. Atingir esse miolo como o ponto mais dramático da tragicidade é o alvo dessa escritura, como afirma o "escritor", narrador e protagonista do conto "Verde lagarto amarelo", da mesma autora: "Assim queria escrever, indo ao âmago até atingir a semente resguardada lá no fundo como um feto" (Telles, 1985, p.193). Assim parece comportar-se a autora: "Quando escrevo, gosto de abrir as portas do imaginário não dentro de um processo exorcizante, alienário, mas como forma libertadora de chegar ao irreal através do real" (ibidem, p.51).

Para terminar o enfoque realista, queremos fazer do pesadelo do personagem o ponto de irradiação das sombras das pequenas tragédias, que compõem a grandeza do realismo artístico. Mais do que o personagem, o centro desse drama é o palco-cadafalso do seu espaço-interior, tramado pelas armadilhas externas para nele representar a intensidade dramática de um rito de sofrimento. Como síntese de todos os conflitos, o corpo do personagem, essa "estreita clausura física", representa, numa dimensão menor, o espaço maior do drama de um "morto-vivo". O personagem da narrativa realista é um signo problemático, pois a sua forma é a expressão do estado depressivo interior. Como um depósito ambulante de problemas, a carcaça humana abriga uma dupla condição dentro da perspectiva trágica da existência: a condição de morto e de vivo. Mas a vida que explode em revolta, dentro, não exterioriza toda a carga de seu sofrimento. Às vezes, impossibilitado de explodir, o personagem implode, esgotando o seu último suspiro de liberdade e de vida no espaço que é a sombra de sua própria ruína. É nesse espaço de ruína, para o qual convergem os ritos demoníacos, que caminha o drama realista.

A narrativa realista realiza um percurso do mimético ao simbólico, para representar, ou consagrar, no simbólico, a mecânica do mimético. Para isso, faz do cotidiano uma elegia do demoníaco, ritualizando a rotina no artefato da arte. Ao ritualizar a rotina, o espaço devassado e profanado do corpo do personagem passa a ser o palco mágico que canaliza as referências do sofrimento humano para a dimensão simbólica da arte. Essa arte, tramada na ambiguidade de um jogo de luz e sombra, recorta a moldura do seu quadro mais dramático no espaço semiótico formalizador da relação em que o "eu" vê no "outro" a projeção de sua sombra trágica. Quando a metamorfose do "outro" invade a intimidade do "eu", projetando na sombra de seu corpo o próprio pesadelo, a arte narrativa demarca na corporalidade do personagem o espaço sagrado do ritual maior da representação da condição humana. Por isso, esse espaço sintetiza o ponto de convergência dos aspectos teóricos levantados, pois a imagem, mais forte do que qualquer projeção teórica, já está incorporada na prática literária, como se pode ver na definição de Clarice Lispector (1984), dentro da simplicidade de uma frase tecida com a profundidade de sua poética: "O corpo é a sombra da alma".

Uma imagem mais completa desse "corpo" foi fixada por Carlos Drummond de Andrade (1967) no poema "O enterrado vivo". Na sua estrutura lírica, o texto dá voz ao "eu", formando no drama do eu-lírico o sentimento desesperado da dor profunda de uma "alma", cujo corpo, mais do que a sua "sombra", é o túmulo em que se sente "enterrado vivo". No poema, o "eu" ainda tem voz e, portanto, expressa o seu desespero, mas uma narrativa pode intensificar tal drama, enterrando a consciência do personagem junto com o seu corpo sem voz e sem discurso, com a incapacidade de expressão intensificando o seu sofrimento. Por isso, o artista narrativo, para satisfazer as exigências da competência realista, precisa fazer corresponder a construção de uma estrutura artística à mecânica de uma complexa referência mimética, amarrando a tessitura das relações simbólicas da obra à urdidura de um processo escritural. O seu quadro narrativo, de tons sombrios e cores dramáticas, ao expor o desespero do conteúdo de uma alma, requer as pinceladas do estilo que formalizam no corpo da escritura a sombra dessa alma. Assim, a frase de Clarice reflete, também, o processo de representação do realismo artístico: a retórica e a estilística de um processo escritural desenham o corpo, que é a forma da sombra de uma alma, o seu conteúdo. Enquanto o poema de Carlos Drummond de Andrade (1967, p.281) retrata, na imagem do "enterrado vivo", a expressão metafórica do corpo trágico do homem:

> É SEMPRE no passado aquele orgasmo,
> é sempre no presente aquele duplo,
> é sempre no futuro aquele pânico.
>
> É sempre no meu peito aquela garra.
> É sempre no meu tédio aquele aceno.
> É sempre no meu sono aquela guerra.
>
> É sempre no meu trato o amplo distrato.
> Sempre na minha firma a antiga fúria.
> Sempre no mesmo engano outro retrato.
>
> É sempre nos meus pulos o limite.
> É sempre nos meus lábios a estampilha.
> É sempre no meu não aquele trauma.
>
> Sempre no meu amor a noite rompe.
> Sempre dentro de mim meu inimigo.
> Sempre no meu sempre a mesma ausência.

RITO DE PASSAGEM: DA TRADIÇÃO ÉPICA À INVENÇÃO ROMANESCA

A ÁRVORE DA NARRATIVA NO "JARDIM DO ÉDEN"

"Tomou pois o Senhor Deus ao homem, e pô-lo no paraíso das delícias, para ele o hortar e guardar. E deu-lhe esta ordem, e lhe disse: Come de todos os frutos das árvores do paraíso. Mas não comas do fruto da árvore da ciência do bem, e do mal."

Gênesis, 2, 15

1
A ÁRVORE DO BEM E DO MAL

"A Bíblia é a intriga grandiosa da história do mundo e cada intriga literária é uma espécie de miniatura da grande intriga que une o Apocalipse ao Gênese."
Paul Ricoeur

Travessia

Depois de demarcada, no tronco da árvore da narrativa, a localização da síntese épica, e focalizada, no seu processo de desagregação, a bifurcação dos ramos "empírico" e "ficcional", para percorrermos, nas ramificações do segundo galho, as formalizações dos paradigmas do ideal e do real, a meta que se propõe, agora, num salto por um longo período da história da narrativa, é assinalar o nascimento da forma do romance, no ponto estratégico do início da copa da árvore, com o reencontro dos ramos iniciais da "história" e da "ficção". Nessa travessia da história antiga para a história moderna, destacaremos a transformação operada entre o ponto de partida do "amálgama épico" – uma forma modelada pela tradição, vinculada à oralidade, representativa do politeísmo místico-religioso da cosmologia grega e da expressão heroica dos anseios da aristocracia – e a sua reencarnação, no período pós-renascentista, na forma emergente do romance.

Atendendo às mudanças do novo tempo, o romance torna-se o veículo de expressão da burguesia, reincorporando, à maneira do antigo parente, as formas narrativas precedentes, amalgamando-as aos traços dos ramos empírico e ficcional, por meio das conquistas ficcionais sistematizadas nos paradigmas do ideal e do real pela prosa greco-latina e seus derivados formais. Renovando as possibilidades de representação da narrativa escrita, o romance reinventa o legado formal da tradição, mobilizando o mecanismo de afirmação e traição, por meio do qual a literatura se tornou um dos sistemas artísticos fundamentais da Modernidade. Nesse sentido, como a marca mais profunda de traição, no processo de transição, o romance desviou o centro da referência mitológica clássica para espelhar-se no aparato mítico do código religioso cristão.

Para percorrermos, a passos largos, o espaço compreendido entre o período da síntese épica e o da formação do romance, depois das paradas nos padrões da "biografia-busca" e da "autobiografia-viagem", com as formalizações dos paradigmas do ideal e do real, um caminho possível é tentar estabelecer uma ponte unindo as duas pontas do salto. A ponte será arquitetada pelo suporte técnico de três componentes estruturais da narrativa – "o enredo", "o personagem", e "o ponto de vista" –, aqui utilizados, estrategicamente, como um aparato estético, a partir da sugestão de três capítulos da obra de Scholes & Kellogg (1977) e das formulações neles contidas.

No estudo intitulado "O enredo na narrativa", os autores afirmam que, "no mundo antigo, a constante tendência da literatura narrativa à fragmentação é vivamente ilustrada pela maneira de as narrativas empíricas se concentrarem na caracterização e as ficcionais se concentrarem em aventuras" (Scholes & Kellogg, 1977, p.149). Ou seja, enquanto no ramo empírico a ênfase recaía na caracterização do personagem, as narrativas de ficção concentravam o seu maior interesse na aventura, fazendo do enredo um componente nuclear. Partindo do enredo linear da síntese épica, a narrativa, ao pender para o ramo ficcional, consolida na produção grega o tipo de enredo "romântico", em que a sua tensão ("desejo") se resolve com o equilíbrio final da "consumação do desejo" (ibidem, p.148). Depois, o enredo torna-se claramente episódico, erigido sobre um "plano de viagem", como mostramos na sátira latina, formando "a narrativa de estrada ou de jornada" (ibidem, p.160). Com Santo Agostinho, que "apresenta a história de sua própria vida na forma de grande arquétipo cristão", a narrativa alegoriza-se a partir de componentes bíblicos, instaurando, dentro do molde didático, as fórmulas das narrativas "utópicas", situadas, segundo os autores, "entre uma espécie de nascimento (*Gênesis*) e a morte que constitui um renascer

(*Apocalipse*)" (ibidem, p.160). Enquanto a ficção grega se inclina, por meio do tipo de enredo "romântico", para a forma básica da *biografia*, cujo padrão do "nascimento à morte" é extraído do molde da "vida de um indivíduo real", a prosa romana, na sua configuração geral, pende para a *autobiografia*, um formato em que a morte do protagonista, segundo os críticos, quando representada, passa a depender de uma solução estética criativa.

Após o período clássico, o enredo prolifera-se em façanhas heroicas, nas sagas e gestas dos "ciclos arturianos e carolíngios" (ibidem, p.146). Mais para o fim da Idade Média, "o ideal cavalheiresco" de busca e "o ideal do amor palaciano" ofereciam as condições propícias para a combinação de materiais heroicos e eróticos, que as "narrativas românticas" da Renascença uniram num equilíbrio mais perfeito do que a ficção grega, que realçava o erótico, ou a epopeia literária antiga, que realçava o heroico. O levantamento desses caminhos genéricos do enredo sugere apenas algumas direções do caudaloso rio da narrativa, que amplia o seu terreno no período pós-clássico. A intenção é passarmos ao largo desse período, aproveitando somente o traçado efetuado pelos críticos ligando a epopeia ao romance: "A simplicidade linear da epopeia primitiva – a crônica das façanhas do herói – proporciona o plano básico para a narrativa picaresca anti-heroica" (ibidem, p.146). Estabelecido esse plano, fica mais curto o salto para o princípio do enredo no romance: "O enredo episódico picaresco é a forma mais primitiva de enredo empregada no romance, mas que conservou sua vitalidade, florescendo até os dias de hoje" (ibidem, p.146).

Um outro capítulo do livro, intitulado "O personagem da narrativa", permite traçar, pelo ângulo do personagem, uma ligação também rápida entre a primitiva narrativa heroica e o outro lado do salto, quando os impulsos empíricos e ficcionais se amalgamam na forma emergente do romance. De uma ponta a outra da ponte, caminha-se de uma narrativa com ênfase no "feito heroico", na "reputação póstuma" e "pública" do personagem, para um enquadramento "privado", em que aquela "inescrutabilidade", como fórmula narrativa, dá lugar à sondagem e à perscrutação do mundo interior. Ao reconhecerem essas diferenças, Scholes & Kellogg rotulam os persongens heroicos da epopeia como "planos", "estáticos", "opacos" e, valendo-se de outra expressão de E. M. Forster, contrastam a valorização dos atributos externos como "a vida dos valores", em oposição à "vida no tempo", que "o elemento cristão e os experimentos ligados à tragédia e à retórica" introduziram na literatura narrativa, proporcionando o desenvolvimento interior do personagem. O salto de um polo ao outro, de uma caracterização "suavizada" e "estática" a uma representação "dinâmica" e "interna", é impulsionado por dois autores latinos: "O caminho cristão passa por Santo Agostinho na direção da representação alegórica e autobiográfica da vida interior no desenvolver personagens"; já o caminho "dramático e retórico passa por Ovídio e dirige-se à dramatização onisciente dos momentos cruciais nas vidas interiores de personagens em situações difíceis" (ibidem, p.116). Nesse mergulho pela interioridade, os autores avançam, atingindo os rumos da narrativa mais recente: "A narrativa psicológica moderna pode, geralmente, ser relacionada com as tradições tanto ovidiana quanto agostiniana" (ibidem).

A travessia da arte narrativa, de uma caracterização externa do personagem para a invasão e o esquadrinhamento de sua vida interior, não implica juízo valorativo: são técnicas associadas ao modo de ser de certas formas narrativas. Assim, a epopeia, a ficção grega e também as sagas medievais compensavam o seu modo de caracterização econômico do personagem com a valorização de outros elementos narrativos, principalmente o enredo: "Os 'romances' gregos compensavam com enredos complicados, vívidas descrições e retórica ornada, o mesmo fazendo seus imitadores ingleses e franceses dos séculos XVI e XVII" (ibidem, p.119). Depois da narrativa grega, também à semelhança da epopeia, "o personagem na saga é concebido em termos de enredo", porque, "neste mundo da narrativa, perfeitamente independente de coisas externas, os personagens não são dotados de quaisquer atributos alheios à ação que está sendo apresentada" (ibidem, p.120). Essa "economia de apresentação, em que todo aspecto do personagem recebe expressão em termos de ação", concluem os críticos, "é um dos principais fatores do poder das grandes caracterizações da epopeia e da saga" (ibidem, p.121).

Somente quando a cultura ocidental desenvolve uma "consciência de tempo" como uma caracterização cronológica, "em que os traços pessoais do personagem são ramificados de modo a tornar mais significativas as modificações gradativas que se operam no personagem durante um enredo que tem uma base temporal", e uma representação mimética requer, o romance surge como a forma literária propensa a abrigar tais manifestações. Saindo um pouco da trajetória dos críticos para entrarmos na fonte por eles utilizada, pode-se dizer que o romance, com suas leis próprias, permitirá uma abertura narrativa para a escavação do mundo interior, assim como essa investigação interna, no dizer de E. M. Forster (1969, p.48), dota o romance de uma particularidade estética, "no sentido de que um romance é uma obra de arte, com suas próprias leis, que não são as da vida diária, e que uma personagem dum romance é real quando vive de acordo com tais leis". Para Forster, o segredo da natureza e construção do personagem romanesco é revelado pela chave que desvela a sua interioridade: "eles são pessoas cujas vidas secretas são ou poderiam ser visíveis: nós somos pessoas cujas vidas secretas são invisíveis" (ibidem, p.49).

Para Scholes & Kellogg (1977), o problema da representação da vida interior nas formas narrativas mais primitivas se resolvia por meio de três mecanismos básicos. No mais simples, o "da afirmação narrativa direta", o personagem era "apresentado formalmente com uma ou duas sentenças de atributos", o que determinava todas as suas ações subsequentes. Um outro recurso era o da abertura "mítica" ou da "maquinaria sobrenatural" do *deus ex machina*: em vez de narrar o conflito interior do personagem, o artista narrativo dramatiza-o e o soluciona mediante a "intervenção divina", dos "processos externos do destino", e da "vontade dos deuses" (ibidem, p.122). Uma terceira técnica antiga de revelar os pensamentos interiores era o uso parcimonioso e estratégico do "monólogo interior", como "sinônimo de solilóquio não pronunciado", mas isso era feito segundo os ditames de uma concepção em que o pensamento era "uma espécie de diálogo interno", visto como uma "fala não pronunciada" (ibidem, p.126). Dentro da focalização interna do personagem, a questão do pensamento é abreviada da seguinte maneira: "A teoria de que o pensamento pode não ser simplesmente fala não pronunciada, mas outra ordem completamente diferente de verbalização, só começaria a desenvolver-se no século XVII na Europa, não começando a afetar a literatura narrativa antes do século XVIII" (ibidem). Quando isso acontece, concluem os críticos, a questão "ajuda a encetar uma revolução na caracterização narrativa, preparando o caminho para o fluxo da consciência" (ibidem). Nesse método de narração, ao contrário do mundo antigo que não separava pensamento e retórica, "a ação é reduzida à impressão e pensamento, e a linguagem do pensamento é organizada à base de princípios antes psicológicos do que retóricos" (ibidem).

Tendo como apoio o estudo "O ponto de vista na narrativa", de Scholes & Kellogg (1977), podemos refazer as linhas gerais do traçado entre a narrativa épica e o romance, verificando algumas técnicas enunciativas, que representaram conquistas estéticas durante a evolução das formas narrativas, até a eclosão do romance – a forma que se notabilizou, entre outros fatores, por abrigar e deflagrar as maiores experiências com as técnicas de focalização. Os autores começam por situar o *ponto de vista* e a *ironia* dele decorrente como problemas específicos da arte narrativa: "Por definição, a arte narrativa requer uma estória e um contador-de-estórias. A essência da arte narrativa reside no relacionamento entre o contador e o público. Desta forma, a situação narrativa é, inelutavelmente, irônica" (ibidem, p.169). Definindo a ironia como "o resultado de uma disparidade de compreensão", pois, "em qualquer situação em que uma pessoa sabe ou percebe mais – ou menos – que uma outra, a ironia deve estar real ou potencialmente presente", os autores afirmam que "em qualquer exemplo de arte narrativa existem, em sentido lato, três pontos de vista: dos personagens, do narrador e da plateia" (ibidem).

A esses três pontos de vista, como sabemos, a evolução da narrativa oral para a escrita acrescentou um outro: "À medida que a narrativa vai-se tornando mais sofisticada, será acrescentado um quarto ponto de vista pela criação de uma nítida distinção entre o narrador e o autor" (ibidem). A narrativa, movimentando o cenário do conhecimento ficcional, vai trabalhar todo um jogo de informações graduadas, escondidas ou reveladas, fazendo correr as suas câmeras por diversos trilhos, para mobilizar os cortes dos ângulos de visão gerados a partir de pontos estratégicos, que distribuem a incidência das luzes na permutabilidade extremamente variada permitida por esses quatro pontos de focalizações: os personagens, o público ou leitor, e pelo desdobramento marcando a distinção entre o autor e o narrador. Por isso, os críticos afirmam: "A ironia narrativa é uma função de disparidade entre estas três ou quatro perspectivas. E os artistas narrativos sempre estiveram aptos a aproveitar essa disparidade para causar efeitos de várias espécies" (ibidem). Infiltrando-se por esse ângulo da ironia, os críticos arriscam a hipótese "de que as estórias agradam principalmente por oferecerem um simulacro da vida que permite à plateia participar dos acontecimentos sem se deixar envolver pelas consequências que os fatos do mundo real inevitavelmente trazem consigo", e chegam à irrefutável conclusão: "o nosso prazer na literatura narrativa propriamente dita pode ser considerado como uma função de disparidade de ponto de vista ou ironia" (ibidem).

Scholes & Kellogg (1977, p.170) consideram que, "no progresso do conhecimento e da exploração das possibilidades irônicas inerentes no manejo do ponto de vista pelos artistas narrativos, temos um dos legítimos processos de desenvolvimento da história literária". A mola propulsora desse conhecimento é formada por uma articulação e uma combinação eficientes "de técnicas de narração empíricas e ficcionais" (ibidem). Embora reducionista, como toda tentativa de sistematização de um assunto vasto e complexo, o método utilizado pelos autores sustenta a sua coerência ao moldar-se à espinha dorsal do desenvolvimento das formas narrativas, no esqueleto evolutivo do gênero por eles mesmos montado: a síntese épica e a sua bifurcação empírica e ficcional. Correspondendo a cada uma das partes do processo, focalizam, primeiro, as questões da "autoridade tradicional" do narrador na narrativa épica; depois a sua substituição pela autoridade do "historiador", no desenvolvimento do ramo empírico; por fim, o surgimento do papel do narrador "testemunha ocular" requerido pela evolução ficcional. Na junção das vertentes "empírica" e "ficcional", como base de formalização do romance, reencontram-se as duas últimas técnicas, cuja síntese caracterizará uma espécie de narrador "criador": "os artistas narrativos começaram, ao final da Idade Média, a substituir a autoridade da narrativa tradicional pela autoridade da testemunha ocular, do *histor*, ou criador". É esse mesmo "criador" que recebeu, no percurso da pena de Cervantes à boca de Dom Quixote, a denominação de "sábio feiticeiro": "Posso lhe garantir, Sancho... que o autor de nossa estória deve ser algum sábio feiticeiro; pois nada do que eles resolvem escrever fica oculto àqueles que praticam essa arte" (ibidem, p.179). Esse "sábio feiticeiro", trabalhando os poderes da onisciência que o romance vai explorar, passa a gerar as soluções imaginativas mais criativas para combater as restrições empíricas das duas técnicas anteriores.

Para Scholes & Kellogg (1977, p.170), a narrativa *mítica* ou *tradicional* consolidou o ponto de vista com base na "autoridade do narrador", em coerência com a forma narrativa que faz os acontecimentos narrados ficarem sempre bem atrás, no passado, com a própria tradição trazendo consigo uma certa autoridade: "O poeta épico é um repositório da tradição, preenchendo simultaneamente as funções de 'animador' e historiador. A tradição lhe outorga a sua autoridade. Limita também a sua flexibilidade". No estreito caminho deixado pela autoridade da tradição para a inspiração, embora não sendo uma característica indispensável da poesia épica, a distância percorrida entre as narrativas mais primitivas e as mais evoluídas demarcou o recurso da invocação à musa "como uma característica sofisticada criada ao final da epopeia oral grega como manifestação do impulso criativo para um gênero de narrativa mais ficcional" (ibidem). Assim, a invocação à musa, na epopeia homérica, corresponde à tentativa mais expressiva de mudança da autoridade da tradição pela liberdade criativa do poeta, convertendo parte do jogo enunciativo para a inspiração. A construção artística da narrativa homérica em relação às características da epopeia heroica primitiva é testemunha desse processo, cujo princípio de "inspiração" vai ter, depois, como consequência, a abertura para a fixação da onisciência.

Seguindo as trilhas dos autores, vamos assistir, em seguida, aos histo-riadores gregos, com suas narrativas empíricas, substituírem a autoridade da tradição por uma nova espécie de autoridade, o *histor*, empenhado na "busca da verdade do fato" e em separar, do amálgama épico, "a realidade do mito" (ibidem, p.171). Para Scholes & Kellogg, "o *histor* é o narrador como inquiridor, construindo uma narrativa à base das provas que conseguiu acumular. O *histor* não é um personagem da narrativa, mas também não é propriamente o autor. É uma persona, uma projeção das virtudes empíricas do autor" (ibidem, p.187). Na sua origem, "desde Heródoto e Tucídides, o *histor* vem se preocupando em firmar-se junto ao leitor como um repositório do fato, um incansável investigador e separador, um juiz sóbrio e imparcial", construindo uma figura de autoridade "com direito de não só apresentar os fatos da maneira como ele os estabeleceu", mas, também, com o direito de "tecer comentários em torno deles, traçar paralelos, moralizar, generalizar, dizer ao leitor o que deve pensar e até mesmo sugerir o que ele deve fazer" (ibidem, p.187). Se, desde os seus primórdios, "a história esteve intimamente ligada à retórica, e o *histor* antigo sabia que um dos primeiros deveres de um orador consistia em convencer a plateia sobre sua autoridade e competência em lidar com o assunto em questão", para os críticos, fazendo a ponte da his-tória para a ficção, "o narrador, no papel de *histor*", torna-se "um ingrediente narrativo primário de romances tais como *Tom Jones*, *O vermelho e o negro*, *Feira de vaidades*, *Guerra e paz* e *Nostromo*" (ibidem).

Na ponte do empírico para o ficcional, o narrador histórico (*histor*), mesmo tendo "uma antiga e natural afinidade com seu antecessor narrativo, o bardo inspirado da epopeia homérica", à medida que a história foi ficando mais sujeita ao rigor empírico, abriu mão "do privilégio bárdico da onisciência" e "os romancistas não perderam tempo em ocupar o território narrativo vago" (ibidem). Abrindo mão da onisciência, os historiadores, empenhados que estavam na luta pela ênfase empírica, também deixaram raríssimas marcas, nas narrativas pré-romanas, do apoio da "testemunha ocular", a outra principal fonte da "autoridade" narrativa. Por isso, os críticos situam, no período, duas grandes modalidades da narrativa em primeira pessoa – a *Apologia*, e a focalização do "confessor autobiográfico" –, não como representações factuais ou miméticas, mas como modalidades usadas como embriões no gênero mais antigo da autobiografia ficcional. Assim, a narração em terceira pessoa do historiador, mais próxima do fato histórico, buscando um efeito de verdade, deixou a pessoalidade daquelas duas outras formas de focalização em primeira pessoa. Com o apoio técnico da "testemunha ocular", a narrativa passou a explorar, na sua vertente ficcional, a arte dos efeitos miméticos, enquanto a narrativa empírica deixava-se dominar, antes, "pela história que pela mimese" (ibidem, p.171).

No ramo da ficção, em oposição à narrativa tradicional ou mítica, que consolidou a função da "autoridade do narrador", e em contraposição à narrativa empírica, que adotou a figura do *histor*, os autores, desprezando outros aspectos do ponto de vista, e preocupados com o problema específico da autoridade do narrador, percorrem o percurso ficcional da narrativa greco-romana em prosa, acompanhando o papel do "testemunha ocular". Por isso, buscam, na narrativa grega, que padronizou a focalização artística em terceira pessoa, os exemplos de manifestação em primeira pessoa: "Podemos encontrar uma boa porção de narração em primeira pessoa no 'romance' grego. A *Etiópia* de Heliodoro, por exemplo, está repleta dela, dividida entre um grande grupo de narradores" (ibidem, p.172). Nesse caso, trata-se de relatos de pequenos quadros dentro da estrutura maior comandada por um narrador de terceira pessoa. Mas, o livro *Leucipo e Cleitofonte*, de Aquiles de Tácio, "é quase que inteiramente moldado em forma de relato na primeira pessoa, feito por Cleitofonte ao narrador propriamente dito, que desaparece depois das primeiras páginas" (ibidem). Apesar disso, advertem os críticos, "não encontramos, no 'romance' grego, aquele autor-narrador que alega que testemunhou ou participou dos acontecimentos que está narrando e que baseia sua autoridade em seu próprio testemunho" (ibidem). O testemunho, em primeira pessoa, é dado por personagens ao narrador, que permanece destanciado dos fatos, na moldura geral do quadro, dentro de um padrão de "ficções que se contentam em ser ficcionais, sem se empenharem em verossimilhança ou autenticidade" (ibidem). Por isso, Longo, na narrativa que analisamos, ao usar o recurso da pintura de um quadro de amor representado em alguma realidade do passado, rivalizando a retórica do seu estilo com a técnica pictórica, resolve o problema da autoridade do narrador, buscando a solução na autoridade da arte: "Baseando a justificativa da estória diretamente no apelo estético ao público, Longo mostrou compreender perfeitamente a sua forma; e isso poderá ajudar a responder por seu notável sucesso dentro dela" (ibidem). Esse tipo de ficção utiliza como moldura a "estrutura maior da própria apresentação do autor-narrador", baseando a "sua autoridade na arte", ou na "técnica padrão do romance de empregar narrativas em primeira pessoa dentro da estrutura maior", com os personagens testemunhando pelo narrador, sem formalizar, ainda, "a técnica da narrativa pela verdadeira testemunha ocular, conforme adotada por Apuleio e Petrônio" (ibidem, p.172).

Depois de apresentarem, na narrativa empírica, as formas possíveis de "um locutor em primeira pessoa", e os tipos de locutores em primeira pessoa da narrativa ficcional grega ("os personagens que contam suas estórias aos autores-narradores primários, levando muitas vezes a estórias dentro de estórias e narradores dentro de narrações; e os autoapologistas, que idealizam suas próprias vidas com finalidades estéticas ou morais"), Scholes & Kellogg chegam à narrativa da sátira latina, quando os escritores "procuram acomodações entre um sistema aparentemente empírico e outro obviamente ficcional ou tradicional"(ibidem, p.173). Para os críticos, Apuleio e Petrônio incluem em seus livros "não só o sentido do depoimento da testemunha ocular de seus narradores protagonistas; permitem aos seus narradores relatar estórias de interesse que ouviram ou entreouviram" (ibidem).

Como vimos em *O asno de ouro*, "Apuleio conhecia bem a diferença entre um conto como 'Cupido e Psiquê', que deriva sua autoridade de suas próprias virtudes estéticas e uma narrativa como sua estória primária de Lúcio, que alega ser o depoimento de uma testemunha ocular" (ibidem, p.173). Na ocasião, ressaltamos a estratégia da metamorfose, com uma consciência humana escondida na pele de um burro, criando a "autoridade" do narrador para dar sustentação ao fato narrado. Agora, retomando o Livro X, quando Lúcio estava preso no estábulo e só poderia relatar as informações do julgamento que lhe chegavam à mão (ou cascos), os críticos concluem:

"Está muito claro que Lúcio funciona como uma espécie de *histor* nesta situação e os acontecimentos que relata como *histor* ou como testemunha ocular pretendem ser de um gênero diferente do de uma estória como 'Cupido e Psiquê" (ibidem, p.173). A propósito da inclusão do gênero desse "bonito romance de 'Cupido e Psiquê" na narrativa de Apuleio, os críticos observam que desde esse tempo "tivemos interlúdios românticos em narrativas que, caso contrário, seriam de outra ordem – mais notavelmente em Cervantes e seus seguidores" (ibidem).

Analisada a questão do "ponto de vista", a partir da instalação da "autoridade" imposta pela tradição épica, passando pela credibilidade conquistada pelo *histor* na narrativa empírica, e acompanhando a evolução da "testemunha ocular" no ramo ficcional, desde o depoimento do personagem ao narrador, na narrativa grega, até a metamorfose do personagem testemunhar para dar credibilidade ao narrador, com a afirmação da figura da testemunha ocular na ficção latina, os autores completam o percurso das conquistas da autoridade de uma narrativa, fazendo um retrospecto das possibilidades combinatórias dessas conquistas:

Ao final dos tempos romanos, virtualmente todas as possibilidades para estabelecer a autoridade de uma narrativa haviam sido aproveitadas de uma maneira ou de outra. O escritor que lidasse com o passado podia adotar qualquer de uma série de posições: podia ser um historiador (Tácito), bardo inspirado (Virgílio, Ovídio) ou algo entre os dois (Lucano). O escritor que lidasse com tempos mais recentes podia apresentar um relato de testemunha ocular em seu próprio nome (Agostinho), um relato ficcional em nome de um personagem (Petrônio) ou algo entre os dois (Apuleio). O escritor mais preocupado com uma representação antes ficcional do que tradicional, histórica ou mimética, podia oferecer uma estória sem justificação (*O Conto Efesiano*, de Xenofonte de Éfeso), uma que trouxesse consigo sua própria justificação estética e didática (*Dáfnis e Cloé*, de Longo) ou uma que se inclinasse ao depoimento da testemunha ocular (*Leucipo e Cleitofonte*, de Aquiles Tácio). E um satirista como Luciano podia virar a maioria dos tipos de autoridade convencionais pelo avesso escrevendo uma *Estória Verdadeira* em forma de uma narração por testemunha ocular que é um emaranhado do incrível e do absurdo. (Scholes & Kellogg, 1977, p.173-4)

Com os autores e obras aqui relacionados, e estabelecidas as principais focalizações, com as intermediações das possibilidades combinatórias entre o "bardo inspirado", o "historiador" (*histor*) e "a testemunha ocular", em representações que privilegiam o aspecto "tradicional", o "histórico", o "ficcional" e o "mimético", os críticos reconstroem um quadro geral da narrativa nas línguas clássicas. Desse ponto para o salto das línguas vernáculas da Europa "desenvolveu-se uma literatura oral nas formas do costume, gradativamente tomando conhecimento da literatura clássica escrita e gradativamente transformando-se, ela própria, numa literatura escrita" (ibidem, p.174). Durante o processo, "a existência de uma variedade de vernáculos orais, na presença do ubíquo latim, criou condições para o desenvolvimento literário na Europa ocidental diferentes das que prevaleceram na Grécia e em Roma" (ibidem). As duas principais diferenças são resultantes da incorporação da escrita: "a consciência da existência da escrita como meio para transmitir a narrativa teve como resultado quase certo a redução da epopeia da Europa ocidental à escrita antes de alcançar um estágio de desenvolvimento comparável à epopeia grega" (ibidem). Como consequência da escrita, uma outra diferença se deu com a prática da tradução: "a existência de uma multiplicidade de línguas, dentro da unidade descosturada proporcionada pela difusão do cristianismo e a sua língua latina, fez da tradução de uma língua para outra uma das principais atividades na escrita narrativa" (ibidem). Nesse salto do clássico para o vernáculo, com a forte intermediação da escrita, "em termos da questão da autoridade para obras narrativas, a situação medieval resultou num grande prolongamento e diversificação da autoridade da tradição" (ibidem). No prolongamento, "a narrativa na tradição oral foi justificada naturalmente em termos da tradição", mas, na escrita, a própria tradição passou a ser a fonte da justificação da autoridade: "à medida que a narrativa oral deu lugar à escrita mais para o fim da Idade Média, a tradição continuou sendo citada pela maioria dos escritores narrativos como sendo a autoridade de suas narrações" (ibidem).

Tratando o problema da "autoridade" como uma questão de "ponto de vista", Scholes & Kellogg (1977) acabam ligando o estudo da focalização com o desenvolvimento das formas narrativas. Assim, justificam o uso do termo "romance" para as narrativas em prosa greco-latinas, como uma forma de "ficção composta por um autor individual com finalidades estéticas, ao contrário da narrativa tradicional ou histórica" (ibidem, p.175). Na oposição formulada entre a individualidade autoral e o "adaptador" da tradição, "o 'romance' grego é 'romance' neste sentido", pois "um dos sentidos originais da palavra romance é o de 'uma coisa nova" (ibidem). Assim, "uma estória tradicional não é 'uma coisa nova'. Uma ficção criada, como *Dáfnis e Cloé*, é nova" (ibidem). Para os críticos, "quanto mais livre o escritor for com suas origens, mais estará se afastando da narrativa tradicional ou mítica e mais estará se aproximando da narrativa criativa ou romântica", o que os leva a concluir:

> Os "romances" gregos não são a última palavra em independência ficcional do mito, evidentemente, mas têm a liberdade de nomear seus personagens, localizar sua estória no tempo e espaço, variar e diversificar os acontecimentos em seu padrão de amor, separação, aventura e reunião. (ibidem)

Embora tenhamos preferido nomear a prosa ficcional grega de *estória romanesca* e a latina de *confissão* e *anatomia*, adotando a denominação das formas da teoria de Frye, no lugar de "romance", a nomenclatura usada por Scholes & Kellogg, movimentando a oposição entre a individualidade autoral da ficção e o apagamento dessa marca na narrativa tradicional e histórica, torna-se útil para diferenciar a narrativa clássica da medieval: "em nossos termos, os assim chamados 'romances' medievais não são 'romances', mas elaboradas narrativas míticas (em contraste com os 'romances' franceses ficcionais do século XVII) e, como tais, derivam sua autoridade – geralmente muito abertamente – da tradição" (ibidem). Assim, o apoio da distinção entre narrativas com formas de "autoridade" diferentes permite-nos saltar da Idade Média ("Procura-se com pouco êxito na narrativa medieval, o *histor*, a testemunha ocular bem como o autor que acha sua estória não precisar justificação") para a Renascença:

> Um dos aspectos mais surpreendentes das novas narrativas que surgiram na literatura vernácula com a Renascença é o aparecimento do narrador testemunha ocular em contextos tão diversos quanto a *Commedia* de Dante, a *Autobiografia* de Cellini e a picaresca de *Lazarillo de Tormes*. (ibidem, p.176)

Dessa maneira, ligando a ponte da narrativa clássica à vernácula, podemos, pelo caminho da "autoridade" instalada pela "testemunha ocular", apenas despontada na narrativa onisciente grega, mas consolidada na sátira latina, encontrar o reflorescimento da árvore da narrativa com o nascimento da forma do romance.

Seguindo o caminho da "autoridade" do ponto de vista desencadeado pela técnica da "testemunha ocular", Scholes & Kellogg confirmam a vinculação que efetuamos da primeira pessoa à narrativa realista: "Novas estórias, estórias pessoais, estórias com pretensões incomuns à realidade tendem, tanto no mundo antigo como no moderno, a tomar a forma da narrativa testemunha ocular" (ibidem, p.176). Depois, apesar da cautela, generalizam: "Podemos quase chegar a ponto de dizer que a forma natural da narrativa mimética é testemunha ocular e na primeira pessoa" (ibidem). Foi o que dissemos na construção do paradigma do real, chamando a atenção para as variações dali resultantes. Do ponto em que deixamos, na sátira latina, a construção do paradigma do real, agora, pela via da focalização da testemunha ocular ("Circunstancialmente, a verossimilhança e muitas outras qualidades que reconhecemos como características identificadas do realismo na narrativa são todas funções naturais do ponto de vista da testemunha ocular."), podemos saltar para dentro do quadro narrativo da Renascença e reencontrar a árvore da narrativa preparando o nascimento do romance: "A forma picaresca de narrativa, que desempenhou um papel vital no desenvolvimento do romance, tende a depender da autoridade do narrador vagabundo que está recontando suas próprias experiências" (ibidem, p.176).

Para Scholes & Kellogg (1977, p.177), "a forma de *Lazarillo de Tormes* é muito semelhante à forma do *Satiricon* (o que restou dele) e do *Burro de ouro*, embora um tanto purgada do elemento fantástico que persiste em ambos", porque "o picaresco tem fortes afinidades com a forma de narrativa testemunha ocular, autobiográfica, desde os seus primórdios". Já dentro do quadro da Renascença, o picaresco, em si, não é mais do que uma das manifestações da rápida evolução que sofreram as formas narrativas a partir do fim da Idade Média. O que comanda a nova moldura do quadro, seguindo a linha dos críticos, é a relação entre o "empírico" e o "ficcional": "Após séculos de uma arte narrativa centralizada na tradição, os espíritos empíricos e ficcionais estavam, finalmente, ganhando força na Europa Ocidental" (ibidem). Depois de um rápido retrospecto ("aquilo que durante séculos passara por narrativa empírica eram a Vida de Santo e a Crônica, ambos em geral perfeitamente inocentes da atitude histórica que encontramos em Heródoto e Tucídides"), os críticos concluem: "aquilo que passara por ficção haviam sido principalmente ciclos narrativos de cavalheirismo orientados tradicionalmente" (ibidem). Entre as duas grandes vertentes empírica e ficcional, os autores situam as "trovas

O ENGENHO DA NARRATIVA E SUA ÁRVORE GENEALÓGICA   311

curtas, muitas vezes igualmente tradicionais: os descendentes do conto milesiano assim como os ciclos cavalheirescos eram descendentes da lenda oral, da epopeia heroica e das canções de gesta" (ibidem).

Na visão desses autores, "assim como acontecera no mundo antigo, os artistas narrativos começaram, ao final da Idade Média, a substituir a autoridade da narrativa tradicional pela autoridade da testemunha ocular, do *histor*", gerando a síntese do novo narrador "criador". Nesse momento, "o ressurgimento do interesse pela literatura clássica tornou prontamente disponíveis outra vez fórmulas como a invocação à musa para fugir à tradição", mas, "o escritor que estivesse experimentado formas de ficção em prosa na Renascença dificilmente podia valer-se das fórmulas épicas", porque "estava muito mais disposto a fundamentar sua autoridade em recursos imitativos dos escritores estabelecidos de narrativa empírica em prosa – os historiadores" (ibidem). Com o desenvolvimento do pensamento empírico volta a velha oposição entre "poetas mentirosos e historiadores em prosa verídicos", e "a autoridade para qualquer narrativa já não podia ser tranquilamente atribuída à tradição", surgindo, assim, "uma tendência para abandonar qualquer pretensão de verossimilhança e historicidade e escrever em versos; ou para insistir nessas qualidades e escrever em prosa" (ibidem).

A oposição deflagrada entre o "empírico" e o "ficcional" provoca uma primeira diferenciação de ênfase literária: "O 'romance' tornou-se mais ficcional e mais obviamente fictício. As trovas e novelas tornaram-se mais miméticas e menos obviamente fictícias" (ibidem). Uma segunda consequência, decorrendo da anterior, coloca duas obras narrativas, uma em verso e outra em prosa, na situação antitética da dialética entre o ficcional e o mimético, no amplo terreno da narrativa: "Duas das narrativas produzidas no sul da Europa na primeira metade do século XVI podem representar o típico desta nova dissociação das cepas da narrativa: *Orlando Furioso* na Itália e *Lazarillo de Tormes* na Espanha" (ibidem). Mas, dentro do campo da narrativa em prosa, que nos interessa, a tensão do processo manifestado nas duas obras é canalizada para o circuito interno de uma narrativa ficcional prenunciando o surgimento do romance: "A tensão entre os impulsos que representam é responsável pela produção de um mediador tão grande como *Dom Quixote*" (ibidem).

Cervantes, como um dos progenitores da nova forma literária, não deixou de tratar teoricamente o problema dentro da invenção de sua obra.

Scholes & Kellogg analisam a incursão metalinguística do autor de *Dom Quixote*, cujo ponto principal, o embate entre o "historiador" e o "poeta", correspondendo a uma representação mais mimética ou ficcioal, será recuperado para se preparar, na árvore da narrativa, o nó do reencontro dos ramos da história e da ficção. Nesse nó nasce o romance: o fruto da semente que gerou a síntese da dialética entre o "empírico" e o "ficcional".

Primeiramente, os críticos recorrem aos capítulos iniciais da Parte II da obra de Cervantes, quando a questão da "autoridade" é tratada num debate entre Dom Quixote, Sancho e o celibatário Sansão, com o último distinguindo a maneira de se escrever como poeta ou historiador: "o poeta pode contar ou cantar coisas não como foram mas como deveriam ter sido, enquanto o historiador deve relatá-las não como deveriam ter sido mas como foram, sem acrescentar ou subtrair da verdade o que quer que seja" (ibidem, p.178). Vital na composição do *Dom Quixote,* a oposição entre o "poeta" e o "historiador" reflete a oscilação que a obra desenvolve "entre uma visão realista e uma visão idealista da vida", de acordo com a dança entre os domínios "empírico" e "ficcional", reafirmando a trajetória da narrativa, norteada pelos paradigmas do ideal e do real. No quadro artístico da representação narrativa, o narrador sofre uma espécie de metamorfose entre as duas configurações, tornando-se um "criador" de efeitos miméticos ou imaginativos, de acordo com o rumo que a sua ficção quer explorar no amplo território entre as margens do ideal e do real. Cervantes, querendo buscar um efeito de "fortes harmonias realistas", rechaça, às vezes, "o excessivo idealismo dos romancistas", mas não se "compromete inteiramente com o empírico", firmando uma postura que representa "uma visão estética padrão da Renascença" (ibidem, p.179). Na visão de Cervantes, exposta no capítulo 47 da Parte I de sua obra, espelha-se a difícil tarefa do narrador da arte ficcional, no desafio que lhe vem à frente durante o processo de criação de uma representação simbólica, quer busque um efeito do real, ou o seu parâmetro esteja voltado para uma alegorização do ideal:

> É necessário casar a fábula enganosa à compreensão do leitor, escrevendo de modo a tornar aceitável o impossível, encobrindo monstruosidades, mantendo a atenção em suspenso e em estado de expectativa, satisfeita e divertida ao mesmo tempo, a fim de que admiração e entretenimento sigam juntos lado a lado; e todas estas coisas, ninguém as poderá realizar se evitar a verossimilhança e a

representação da natureza (*de la verisimilitud y de la imitación*), na qual consiste a perfeição de coisas escritas. (ibidem, p.179)

Num retrospecto rápido, para incluirmos, também, o tempo e o espaço da síntese épica ao início da forma do romance, o translado da narrativa ficcional marcou, por meio da ponte do enredo, uma travessia da linearidade para a aventura episódica e multifolheada. O personagem passou de uma caracterização externa, pública, suavizada e estática, para uma retratação interna, privada, forte e dinâmica. Já o ponto de vista, ancorado nas autoridades do narrador épico e do historiador empírico, mescla-se com a visão do narrador testemunha ocular para o romance formalizar soluções cada vez mais criativas, fazendo da enunciação um campo aberto de possibilidades de exploração. Nesse voo pela linha mimética em direção ao nascimento do romance, pode-se acoplar o movimento de uma temporalidade cíclica perdendo-se na linearidade cronológica que sai, depois, "em busca de um tempo perdido", ou de um relógio interior, priorizando não mais a evolução dos fatos, mas a sua duração e, com ela, um desvio da memória voluntária para prevalecer a memória involuntária. Da mesma maneira, cumprindo um itinerário similar, a espacialidade, depois da exploração dos lugares amplos e externos, passa a conhecer as possibilidades trágicas dos espaços fechados e internos, fazendo da consciência o palco da espacialidade interior. Quando o romance se consolida como a forma narrativa ficcional mais importante, fica evidente a impossibilidade de um recenseamento, mesmo genérico como este, das infinitas mudanças e soluções operacionalizadas nas entranhas dos elementos retóricos da narrativa. Cada romance gera o seu corpo a partir de articulações e combinações específicas que, se, por um lado, determinam as linhas que o ligam às teias de certos paradigmas do sistema narrativo, por outro, essas mesmas articulações fazem que cada obra produza alterações no padrão do desenho de tais teias, adquirindo, assim, o sopro da originalidade, que lhe aviva a alma e lhe dá a identidade da personalidade.

O nó do reencontro: história e ficção

Na outra margem do salto, depois da ponte construída, reencontramos a árvore da narrativa com a confluência dos seus dois ramos básicos originando a forma do romance. Na travessia, o "enredo linear da epopeia" acaba suplantado pelo "enredo multifolheado do romance" (Scholes & Kellogg, 1977, p.146). Aproveitando a sugestão do adjetivo utilizado por Scholes & Kellogg, podemos concluir o esboço da árvore da narrativa, que adquiriu, com a junção dos antigos galhos, o formato de sua estrutura geral. Com as novas ramificações dos "enredos multifolheados", completa-se o desenho da copa em que floresceu e frutificou a enorme produção de sua história moderna.

Localizado, no percurso genealógico das formas narrativas, precisamente no nó do reentroncamento dos ramos "histórico" e "ficcional", o romance, herdeiro do antigo prestígio da epopeia, passa a ocupar o centro da história moderna do gênero, definindo-se como uma "abordagem ficcional da história", nas palavras de Frye, que, antes de Scholes & Kellogg, também demarcou os seus limites, considerando-o "não como se fosse a ficção, mas uma forma de ficção" (Frye, 1973a, p. 208). Ocupando o centro desse território, o romance, como uma forma nova, tem o seu próprio perfil, mas traz, em sua essência, alguns traços da narrativa épica, o seu parente ancestral: a permanência dos fios mítico, histórico e ficcional. Essa herança pode ser constatada na seguinte projeção efetuada por Scholes & Kellogg (1977, p.163): a epopeia, considerada como um forma "dominada por uma herança mítica e tradicional", caracterizou-se por incluir "materiais ficcionais, históricos e miméticos em seu vigoroso amálgama", enquanto o romance, "dominado por sua crescente concepção realista do indivíduo numa sociedade verídica, valeu-se de padrões míticos, históricos e românticos para a sua articulação narrativa".

Trazendo essa projeção para o esboço da árvore, podemos contemplá-la na totalidade da figura, seguindo-se as linhas de suas vertentes principais. Das três raízes primitivas surgem os fios "mítico", "histórico" e "ficcional", que se reúnem no tronco da síntese épica. Da epopeia, a grande forma narrativa da tradição, para a sua adaptação na forma moderna do romance, assiste-se a um percurso que vai do "mítico" ao "ficcional", passando pelo "histórico" e pelo "mimético", até o reencontro desses fios solidificarem a estrutura do romance. Num trajeto de retorno, seguindo um forte impulso "mimético", o romance rememora os "padrões míticos, históricos e românticos" da tessitura ancestral. Esse movimento cíclico empreendido pelo desenvolvimento das formas narrativas, iniciado nas raízes, sistematizado no tronco, e revitalizado na copa da árvore, assinala um percurso fundamental na história do gênero, movimentando um eixo sustentado por duas bases: a epopeia e o romance.

Por isso, Scholes & Kellogg (1977, p.163) afirmam: "As narrativas que os homens mais admiram são aquelas que combinam de maneira mais poderosa e copiosa os diversos fios da trama narrativa: a epopeia e o romance".

Entre as duas bases do eixo, a vertente ficcional e artística da narrativa escrita modelou, no traçado da prosa grego-latina, os paradigmas do ideal e do real. Na copa da árvore, representando o ciclo moderno do gênero, permanece a tríade dos fios principais que deram continuidade à composição do tecido ficcional: o "mítico, o "mimético" (como reminiscência do fio "histórico" que se consolidou no paradigma do real) e o "romântico", o conduto que no paradigma do ideal impulsou a narrativa para a sua aventura ficcional. No tear da narrativa, tais fios conduzem as intrigas do romance e das demais formas ficcionais solicitadas a estruturar os contextos mais diversos que o homem queira dar expressão artística valendo-se da linguagem da narrativa. Nesse reaproveitamento moderno das formas, o artista narrativo continua confeccionando, no tecido artístico e simbólico de uma trama ficcional, um trabalho imaginativo resultante da tessitura do "mítico", do "romântico" e do "mimético", com uma solução programada para fazer prevalecer, na costura da tríade, o acabamento de uma alegorização do ideal ou do real.

A narrativa, como uma representação simbólica e artística da vida, fabrica no seu tear imaginativo o tecido e o bordado de um quadro utópico ou romântico da "comédia" da vida; ou o seu inverso, a pintura trágica de uma alegoria da antiutopia da "realidade". Entre os dois polos, a arte ficcional exercita-se, evitando uma radicalização unilateral e uma solução maniqueísta. Por isso, na pertinente observação de Scholes & Kellogg (1977, p.162), "todas as formas narrativas, quando levadas às últimas consequências e purgadas de 'impurezas', desaparecem nas orlas externas do mundo da arte ou do mundo do real". Nesse radicalismo, "a narrativa mimética torna-se sociológica ou psicológica, transformando-se num relatório médico", enquanto "a narrativa didática torna-se exortativa ou metafísica" (ibidem). Enquanto a primeira atitude desvia o texto ficcional para um território fora da arte, o caso de "uma estória pura, sem ideias ou imitação de realidade para ligá-la a interesses e experiências humanos seria, caso fosse realizável essa possibilidade, completamente desinteressante a um leitor adulto" (ibidem, p.163). Assim, o romance, que foi tramado como uma forma catalizadora dos impulsos "empírico" e "ficcional", resultando o seu tecido narrativo da tessitura simbólica dos fios "mítico", "romântico" ou "mimético", é uma forma narrativa "inelutavelmente artística", na concepção dos críticos, "uma vez que é produto do impulso contador-de-estórias na sua forma mais simples", e "diminui de interesse à medida que sua perfeição o leva longe demais do mundo de ideias ou do mundo real" (ibidem, p.162).

Depois de mostrarem que o romance, à semelhança do seu antecedente mais importante, "sempre tomou os materiais de seus enredos emprestados a outras formas", Scholes & Kellogg traçam um rápido percurso evolutivo do mesmo, desde os seus primórdios, no século XVII, até uma época mais recente, do qual nos interessa a localização de dois livros da literatura hispânica contribuindo para a definição da forma: *Dom Quixote* e *Lazarillo de Tormes*. Para os críticos, *Dom Quixote*, "o maior progenitor da forma é, em seu enredo, um ajuste entre o padrão romântico da busca e o padrão vida--à-morte da biografia histórica", enquanto *Lazarillo de Tormes*, "progenitor menos importante, mais antigo mas nem por isso menos influente do romance, exibe em sua forma picaresca os elementos da simples narrativa de estrada ou viagem e o padrão cronológico da autobiografia histórica" (ibidem, p.164). Essas duas combinações – "biografia-busca" e "autobiografia-viagem" – dominam o avanço do romance: "*Gil Blas* e seus imitadores representam o padrão autobiografia-viagem; *Tom Jones* e seus sucessores, o padrão biografia-busca" (ibidem).

Se aceitarmos os textos de *Lazarillo de Tormes* e *Dom Quixote* como emblemáticos da síntese entre as vertentes empírica e ficcional, que se dissociaram do amálgama épico e se reencontram no princípio da forma do romance, estamos admitindo que, nesses textos, os dois ramos marcam uma nova fase de interação. De fato, de um ponto ao outro, do tronco do amálgama ao nó do reencontro, os ramos empírico e ficcional, à medida que deixam para o passado um estado harmônico e de consonância no amálgama épico, amparados pelo ponto de vista da autoridade da tradição, andam por caminhos próprios, primeiro, para depois provocarem, nos textos de reencontro, um jogo de tensão motivado por duas perspectivas narrativas: a autoridade do historiador e a do narrador testemunha ocular. Na obra *Lazarillo de Tormes*, o narrador, movimentando a sua escritura sobre a tipologia de uma "carta", por meio das formas da *confissão* e da *anatomia*, vale-se de uma espécie de autoridade de historiador no seu papel de testemunha ocular, para conseguir um forte efeito de realidade na resolução do seu tramado ficcional. Enquanto em *Dom Quixote*, como observaram Scholes & Kellogg, coincidem uma

O ENGENHO DA NARRATIVA E SUA ÁRVORE GENEALÓGICA   317

articulação dialética de um conteúdo que problematiza uma "visão realista" e uma "visão idealista da vida" e um processo de narração dividido entre as focalizações de um "historiador" e as de um "poeta", um representante da técnica empírica e o outro da ficcional, cuja síntese resulta no fator de propulsão da nova forma narrativa em plasmação: o romance. Pois, como os críticos muito bem sintetizam, o projeto de Cervantes é "abranger um território da narrativa tão vasto quanto possa", conservando "os polos mutuamente repelentes da ficção e do empirismo em nervosa e vibrante união – são essas suas finalidades, que são também as finalidades de muitos de seus seguidores" (ibidem, p.180).

Se a combinação empírica e ficcional foi definitiva para a forma do romance, os seus dois pontos de vista mais representativos, o do narrador "historiador" e o da "testemunha ocular", acabam conduzindo a narrativa de ficção a um problema restritivo, justamente por essas técnicas significarem pontos de vista de orientação ou posicionamento empíricos. O contorno do problema, ao que parece, na hipótese de Scholes & Kellogg, passou por uma solução imaginativa, que mescla "um gênero ficcional e um gênero empírico de narração" (ibidem, p.187). Na hipótese dos autores, uma espécie de narrador "criador", fruto da reapropriação do "privilégio bárdico da onisciência", vai empreender uma luta para pulverizar as restrições empíricas, transformando-as em "transcendências mais elaboradas do ponto de vista testemunha ocular" (ibidem, p.183). Para os autores, "a resolução do narrador em contar com os benefícios da narração testemunha ocular sem aceitar suas limitações tem sido infatigável", como veremos em *Lazarillo de Tormes*, cujo território ficcional foi palco dessa luta, que "ilustra melhor do que outra coisa qualquer a natureza do compromisso entre empirismo e ficção sobre o qual foi construído o incômodo edifício do romance" (ibidem, p.182). Depois do *Lazarillo,* o embate continua, seguindo as seguintes direções:

> Assim como o artifício narrativo do narrador testemunha ocular é característico do picaresco e suas formas subordinadas a simples realismo, o artifício do narrador onisciente – bardo, criador, mas principalmente *histor* – é característica do realismo complexo. Estas duas linhagens novelísticas se entrosam em seu desenvolvimento histórico, mas a testemunha ocular simples, digna de confiança, domina o realismo desde *Lazarillo* até o século XVIII, e o *histor* complexo, onisciente, prenunciado por Cervantes e Fielding, pertence à idade de Hegel e Spengler – o século XIX. A tendência dos romancistas modernos de recuar ante

a total onisciência num sentido ou no outro não é mais uma questão estética do que esses outros desenvolvimentos históricos na tradição da narrativa. Acha-se ligada a certas mudanças em todo o clima cultural que tornaram algumas facetas deste recurso do século XIX insustentáveis no século XX. (ibidem, p.193)

Assinalando, na árvore, o fim de um ciclo e a abertura da copa que abriga os frutos dos tempos modernos, o romance, "embora possa ser a maior das formas narrativas até hoje desenvolvidas", na concepção de Scholes & Kellogg, "ainda é apenas uma entre muitas, antigas e modernas, que merecem nossa atenção e nossa simpática compreensão, tanto pelo que são quanto pelo que nos podem revelar sobre a natureza do próprio romance" (ibidem, p.150). Concordando com os autores sobre a importância do romance e partilhando a ideia de que outras formas narrativas também podem moldar verdadeiras obras-primas, observamos que o processo de conhecimento de uma forma dá-se com as iluminações das diferenças entre os membros da família, acrescentando que cada porta dessa casa-narrativa abre-se para os infindáveis compartimentos das obras específicas. Por isso, tomando o *Lazarillo de Tormes* como uma obra progenitora da forma do romance, representaremos, por meio de sua abordagem, a parte complementar da árvore da narrativa, que a partir desse momento faz do conhecimento de seus frutos um tesouro particular de investigação. Da mesma maneira que as páginas de uma obra funcionam como um arquivo de um inventário crítico, o novo artista narrativo passa a desempenhar, nessas páginas, também o papel de um crítico. No enredamento moderno do gênero, cada obra, no seu processo de reinvenção, incorpora ou descarta pontos cruciais do longo processo de invenção das formas narrativas. O reconhecimento das marcas das inovações passa pelo mergulho paródico ou não de reinvenção da tradição.

A construção da alegoria no rito de passagem da fidalguia para a burguesia

> *"O pão é o que faz o cada dia."*
> Guimarães Rosa

A obra *Lazarillo de Tormes*, anônima, foi publicada em 1554 e censurada, cinco anos depois, pela Inquisição. O caráter inovador, do ponto de vista

O ENGENHO DA NARRATIVA E SUA ÁRVORE GENEALÓGICA   319

da forma e do conteúdo, fez do livro espanhol um ponto de referência obrigatória na história da literatura ocidental. Primeiro, pela contundência e
singularidade de uma crítica mordaz à estrutura social da época, mostrando
como as aparências das pilastras de maior sustentação dessa sociedade,
tendo como seus alvos principais a Igreja e a Justiça, estavam, na verdade, ruindo, carcomidas por focos de corrupção internos. Nesse jogo entre
o externo e o interno, a obra capta uma estrutura social, tecendo o contraste
entre a aparência e a essência no mecanismo semântico do ser e do parecer, que
a figura da ironia apreende e mobiliza, com um sutil mas cortante fio satírico,
gerando um vigoroso efeito de realidade. No plano formal, o procedimento
da ironia converte-se num engenhoso trabalho estilístico, que atinge a estrutura
profunda do texto, solidificando o mecanismo irônico da inversão na costura
interna de cada um dos patamares de estruturação da narrativa. O resultado
dessa elaboração formal na veiculação do conteúdo, além de possibilitar à
obra a sua justificação estética, que já lhe daria um lugar merecido no repertório das grandes narrativas, por conseguir captar e refletir, no quadro
da arte ficcional, o retrato de uma estrutura social real, deu, ainda, ao livro,
uma projeção maior. Sustentado por seus próprios méritos, quis o destino,
também, agraciar a obra com dois grandes significados formais: ao dar
continuidade ao padrão da autobiografia-viagem, iniciou a vertente da narrativa picaresca espanhola, formalizando uma influente linhagem, que gerou
uma das descendências na grande família do romance; ao reelaborar as formas
da confissão e da sátira menipeia ou anatomia, o livro consagrou-se como um
progenitor da forma do romance, tornando-se um dos fundadores da nova
forma e um dos fundamentos da modernidade literária.

No estudo introdutório ao livro que será tomado como referência, o crítico
Mario M. Gonzáles (1992) fundamenta os percursos que delinearam as duas
últimas projeções formais. Como fundador de uma linhagem, o livro passou
a ser o receptor do deslocamento da palavra "pícaro", designativo, na sua
época, de "rapazes que ajudavam nas cozinhas", para o sentido mais geral
de "todo o tipo de desocupado sobrevivendo pela astúcia", associando-se ao
protagonista da narrativa de Mateo Alemán, *Guzmán de Alfarache*, que foi
imediatamente identificado com "os pícaros da vida real" (Gonzáles, 1992,
p.17). Os leitores, percebendo as analogias entre os dois personagens, passaram a falar em "romances picarescos" para designar, juntamente com *El
Buscón*, de Francisco de Quevedo, o núcleo de um grupo clássico de textos

e uma série de narrativas publicadas na Espanha durante a primeira metade do século XVII. O conjunto das narrativas picarescas formalizou um modelo literário, cuja projeção influenciou uma parte do romance alemão, inglês e francês, principalmente nos séculos XVII e XVIII. Nas linhas gerais desse esboço, o crítico formula, também, uma definição de romance picaresco: "a pseudoautobiografia de um anti-herói, definido como um marginal à sociedade, o qual narra suas aventuras, que são a síntese crítica de um processo de ascensão social pela trapaça e representam uma sátira da sociedade contemporânea do pícaro, seu protagonista" (ibidem, p.18).

Ao lado dos fatores que configuram o *Lazarillo de Tormes* como o fundador de uma linhagem, Gonzáles levanta alguns aspectos formais, que ajudam a situar a obra em relação à tradição e ao seu tempo, cuja inovação determinou o caráter de progenitor da forma do romance. Como inovação, em termos de modalidade narrativa, abrindo um caminho para o romance, o autor destaca "os elementos formais próprios daquilo que seria uma 'epístola confessional'", conforme indica o seu "Prólogo": "Já que Vossa Mercê escreve solicitando que se lhe escreva para relatar o caso detalhadamente, julguei melhor não começar pelo meio, mas pelo princípio, para que se tenha completa informação da minha pessoa". Depois acrescenta que o texto anônimo vai além das semelhanças estruturais com as autobiografias confessionais, "do mesmo modo que supera o de uma simples carta, na medida em que, a partir da fusão de elementos formais de ambos os gêneros, cria um terceiro: o romance" (ibidem, p.15). Assim, superando o testemunho histórico de um texto epistolar e renovando a estrutura da autobiografia confessional com uma forte tessitura ficcional, o texto abre um caminho para a gestação da forma do romance: "O que separará fundamentalmente o romance das cartas ou confissões será o fato de aquele se inscrever na ficção" (ibidem).

Seguindo o caminho formal, o crítico desvenda como "o autor do *Lazarillo* apodera-se de traços de modelos de narrativas documentais e acrescenta a estes um sentido de paródia dos textos ficcionais mais difundidos na primeira metade do século XVI na Espanha: os livros de cavalaria" (ibidem). O eixo paródico do relacionamento com os livros de cavalaria apresenta-se em um conjunto de características, que separaremos em dois grupos. Um primeiro, com traços mais imediatistas, destaca a "eliminação do narrador onisciente" das narrativas de cavalaria, "pela substituição do narrador-protagonista", cuja mudança altera a figura do personagem principal, "que deixa

O ENGENHO DA NARRATIVA E SUA ÁRVORE GENEALÓGICA 321

de ser o herói modelar da ficção de cavalaria para dar lugar ao anti-herói que parodia aquele, ponto por ponto" (ibidem). Um segundo grupo de características mantém o contraponto paródico imediatista, reatando os traços formais mais longínquos, que se projetam, também, para o futuro da narrativa realista: a "criação do leitor moderno", o "grosseiro 'estilo' propositadamente adotado, e o 'realismo' da nova ficção" (ibidem).

Está certo o crítico em contrapor características anteriores às linhas dominantes da ficção de cavalaria, mas, na nossa maneira de ver, num passo para trás, com a movimentação do eixo de alternância dos dois grandes paradigmas de representação da narrativa, a substituição do narrador onisciente pelo narrador protagonista e a transformação do herói modelar no seu avesso anti-heroico retornam às características formais sistematizadas no paradigma realista da sátira latina. Do mesmo modo, num passo à frente, a nova narrativa consolida o *modo imitativo baixo*, aprofundando o efeito de uma representação realista com uma estrutura ficcional montada sobre um mecanismo irônico de inversão perfeitamente costurado na sua tessitura estilística, cujo resultado estético flagra e reduplica, no espelho do tecido artístico, o movimento de uma estrutura social real. Esse efeito de realidade, mais do que a superação paródica montada sobre a idealização da ficção de cavalaria, indica um caminho formal resgatado do passado, transformando as estruturas das narrativas epistolares e confessionais pela engenhosidade ficcional e artística. Nessa transmutação, o componente "histórico", que deveria transparecer pelo embasamento de tais formas na autoridade da testemunha ocular, é visivelmente superado pela cobertura da pintura imaginativa, realizando a "abordagem ficcional da história", que o romance protagonizará. Dominado e transformado pela arte da ficção, o efeito histórico aparece, refratado, no quadro ficcional, como reflexo do real. Essa arte de captar e fazer transparecer na ficção o efeito histórico, ou o reflexo do real, é o que o romance gerou como uma das principais magias de sua forma, herdando esse princípio, entre outras fontes, do *Lazarillo de Tormes*.

Outros dois fatores indicativos da travessia das formas mais antigas (reelaboradas no livro) e das mais recentes (devidamente parodiadas) para o embrião do romance são a mudança do narrador e, como consequência, a criação de um novo leitor. No primeiro aspecto, Gonzáles (1992, p.16) destaca a eliminação do narrador onisciente e do estereótipo narrativo que gerava poucas variações na figura do herói dos livros de cavalaria, para colocar o narrador "no interior da experiência do próprio protagonista", resultando um texto que não é mais "a expressão do que acontece a alguém, mas, do homem existindo no que acontece". Tais mudanças refletem, parodisticamente, sobre a estrutura aberta dos livros de cavalaria, que se caracterizavam pela sua seriação infinita de aventuras, apoiando-se tanto no caráter plano quanto na invencibilidade do protagonista, o cavaleiro andante, que era praticamente imortal na infinita possibilidade de continuar vencendo sempre. Convertendo a série aberta de acontecimentos no fechamento da "conclusão de um processo explicado no universo existencial do protagonista", "o *Lazarillo* já é, assim, um romance" (ibidem, p.16). A conclusão do crítico é verdadeira e fundamenta-se na relação com a linha anteriormente dominante na narrativa. Mas as inovações formais baseadas no contraponto imediato recuperam, também, as conquistas já sistematizadas no paradigma do real, e corporificadas, como vimos, no livro de Apuleio. Tanto o mergulho do narrador para o interior da experiência do protagonista, representada na metamorfose de Lúcio em asno, como a estrutura cíclica de fechamento da narrativa, representada na metamorfose que devolve ao protagonista a sua forma humana, estão presentes em *O asno de ouro*. No seu momento, o que o *Lazarillo* significou em termos de contribuição para um dos traços, entre outros componentes de formulação do romance, foi trazer as formas da *confissão* e da *anatomia*, apoiadas pela autoridade da testemunha ocular, mas purgadas do elemento fantástico, para uma solução ficcional tão bem elaborada, que o retrato da ficção consegue a projeção de uma alteridade histórica, fechando a conclusão da narrativa no simulacro de um projeto existencial. Esse simulacro de uma alteridade será, sim, uma das obsessões do romance.

Quanto ao fator de "criação" de um "leitor moderno", que passaria a pertencer "ao universo do romance", Gonzáles analisa a seguinte parte do "Prólogo" do livro: "Eu tenho por bem que coisas tão assinaladas e, porventura, nunca ouvidas nem vistas, cheguem ao conhecimento de muitos e não caiam na sepultura do esquecimento, porque pode ser que alguém, ao lê-las, encontre qualquer coisa que lhe agrade e deleite aqueles que não as aprofundarem". A partir daí mostra como o narrador deixa aberta a possibilidade de se ler o texto concordando com ele, ou nele se aprofundando, para indicar a instauração da "base do leitor moderno – o leitor de romances – decodificador de textos cuja estrutura fechada envolve sentidos abertos" (ibidem). Nessa direção, observa o crítico, "o leitor deveria, na sua leitura, avaliar a perspectiva –

falsa, talvez – que de si próprio traçava o narrador a partir da culminação de suas aventuras", apontando, com muita pertinência, a exigência de um leitor participativo como um dos traços requisitados pelo romance. A presença desse traço continua em Cervantes, "no 'Prólogo' do *Dom Quixote*, dirigido explicitamente a um, até então, 'desocupado leitor'" (ibidem). O traço da função do novo leitor é não só um indicativo fundamental do romance, como também do aprofundamento da natureza polissêmica que a linguagem artística da narrativa conquistou com a inestimável contribuição da nova forma.

Além da importância que o leitor assumirá nos novos rumos da narrativa, queremos destacar também, no "Prólogo" do *Lazarillo de Tormes*, o aparecimento do motivo da "honra", que é manifestado no "Tratado Terceiro", o alvo principal de nossa abordagem. Em relação aos heróis modelares presentes na ficção da época, Gonzáles aponta, na obra, "a instauração do anti-herói como protagonista e eixo estrutural de um texto ficcional narrativo", mostrando como Lázaro "é o negativo desse herói, não apenas porque carece de todas as suas virtudes, mas porque todas as suas ações se projetam em proveito próprio". Depois conclui: "Este sentido deliberadamente anti-heroico do protagonista não apenas está no caráter paródico do texto em relação aos livros de cavalaria, mas também na sua frontal oposição ao valor fundamental da sociedade da época: a honra" (ibidem, p.17). Além de contribuir para "a derrubada dos mitos da heroicidade", o motivo da honra estrutura a trajetória do protagonista, que mascara a perda da mesma para se tornar um "homem de bem". No terceiro tratado, esse tema desenvolve o sentido de uma indicação alegórica, que expressa não só a transformação de valores de uma classe social para outra, como, também, a rotatividade do palco da narrativa, indicando, no movimento de troca das classes sociais, a passagem das formas antigas para a forma moderna do romance. O nosso objetivo, numa análise geral e tendo como centro o tratado terceiro, é levantar nos pequenos traços, mas com fortes indícios de uma alegoria, o ritual de transmissão do mando da fidalguia e da nobresa para a burguesia emergente, que protagonizou uma mudança histórica na estrutura social da época e tornou-se o centro da nova forma de expressão da narrativa.

O livro *Lazarillo de Tormes*, parodiando a forma da *estória romanesca* e a sua estrutura de "analogia da inocência", da terminologia de Frye, inscreve-se no *modo imitativo baixo*, veiculando a estrutura da "experiência e do trabalho" na trajetória do protagonista, que é despertado da sua ingenuidade, na infância, como um guia de cego: "despertei da simploriedade em que, como menino, achava-me adormecido". A partir daí, adquire a "consciência do real", enquanto amadurece, compreendendo a mecânica social, contra a qual luta até decifrá-la e incorporá-la. Nesse percurso narrativo, segundo Mario González (1992), o livro organiza-se em torno de quatro sequências básicas: a "infância" (até a despedida da mãe, que entrega Lázaro ao cego), a "aprendizagem" (tendo como amo um clérigo, um escudeiro e um frade, nos tratados segundo, terceiro e quarto), a "progressão" (abrangendo os serviços com o Frade da Mercê e com o Capelão), até a "integração", na maturidade, com o fechamento do último tratado, quando adquire o ofício de pregoeiro, "o que significa partir das origens do personagem para chegar até a defesa pública da sua condição de homem honrado, cujo corolário é a redação da carta a 'Vossa Mercê', isto é, a composição do texto" (ibidem, p.19). Da análise do crítico sobrepõe-se a conclusão de que "Lázaro não é apenas o protagonista de uma história pessoal de ascensão social". Ele é "muito mais o agente da denúncia do preço a ser pago por essa ascensão", ou seja, a "perda da capacidade crítica" (ibidem, p.23). Se desde pequeno era capaz de grandes reflexões, como a que sintetiza, numa espécie de fórmula, o mecanismo de duplicidade do realismo – "Quantos devem existir no mundo que fogem dos outros porque não se veêm a si mesmos!" –, no final da narrativa o espelho da fórmula serve-lhe integralmente. Esse é o preço a ser pago por Lázaro, que, do projeto inicialmente destinado a sobreviver, evolui para o aprendizado da "salvação do parecer", negando, à semelhança dos amos, "nas suas ações o que parece ser". Assim, o seu próprio relato constitui, em última instância, "um gesto destinado a justificar perante 'Vossa Mercê' o seu caráter de 'homem de bem' que, na verdade, não tem mais apoio que o daqueles com quem aprendeu a fingir" (ibidem, p.23).

A conclusão do crítico tem o nosso aval, nem tanto pela formulação da hipótese de que mais grave do que a denúncia da hipocrisia que reina na estrutura social, e da crítica realizada na caricatura da "honra", é "a incapacidade de Lázaro de se ver a si próprio como membro do mesmo universo corrompido que denuncia", mas porque a sua abrangência abre uma outra perspectiva. A hipótese da perda "da sua capacidade de formular o pensamento crítico" explica uma parte do jogo que Lázaro acaba de conhecer. Mas, como funcionário estabilizado, fazendo parte da estrutura que encarna a ideologia sustentadora dessa sociedade de aparências, há uma regra escondida, funcionando como cláusula do contrato firmado na carta ficcional com o seu destinatário, "Vossa Mercê". Isso posto, pode-se dizer que não há propriamente uma "perda da capacidade de formular o seu pensamento crítico", pois essa é a regra e o preço do jogo no qual ele quis ingressar, o que sustenta uma explicação do contexto histórico e social do livro. Assim, o sentido profundo do dilema do narrador-personagem é a consciência daquilo que não se pode revelar, ou que deve ficar escondido na ambiguidade da ironia, para agradar e deleitar o leitor que não o lê criticamente. Essa "consciência do real", mais profunda do que o contexto externo, tem um sentido estético, que a representação artística realista levou às últimas consequências, ou seja, a mobilização interna do palco da consciência com a impossibilidade de exteriorizá-la, tanto pela dificuldade de expressão quanto por uma espécie de "proibição", como no caso de Lázaro. Aliás, o "caso" a ser contado, como o motivo que justifica a carta ficcional, entre o triângulo amoroso formado por Lázaro, sua mulher e o seu protetor, "o senhor arcipreste de São Salvador", fica assim "revelado" e "escondido", no final:

> [...] Assim, ficamos satisfeitos todos os três.
> Até o dia de hoje nunca mais ninguém nos ouviu falar sobre o caso; pelo contrário, quando percebo que alguém quer dizer qualquer coisa sobre ela, atalho-o e digo:
> – Olhe, se você é meu amigo, não me diga nada que me aborreça, porque não considero amigo aquele que me traz contrariedade. Principalmente se querem me indispor com a minha mulher, que é a coisa que eu mais quero no mundo, e a amo mais que a mim mesmo, e por seu intermédio me concede Deus mil graças e maiores bens do que eu mereço. Porque eu jurarei sobre a hóstia consagrada que é tão boa mulher como qualquer outra que vive dentro das portas de Toledo. Quem me disser outra coisa, terá que lutar comigo até à morte.
> Desta forma, ninguém me diz nada. Assim, eu vivo em paz na minha casa. (Lazarillo de Tormes, 1992, p.105)

Edward Lopes (1993), no texto "A construção do *Lazarillo de Tormes*: o percurso narrativo de um romance de aprendizagem", mostra, com base nos estudos de Oldrich Belic, como o livro espanhol mobiliza dois dos procedimentos mais importantes de composição da narrativa picaresca – o *princípio da viagem*, com a função "realista" de "organizar uma visão horizontal do espaço geográfico variável" e o *princípio do serviço*, com a função de "construir uma visão vertical do espaço social só aparentemente variável". Os dois princípios ajudam a construir um percurso de *aprendizagem*, seguindo-se o caminho e a figura do "único ator que atravessa toda a obra", o Lázaro, *um simulacro em construção*, "que surge ingênuo, inocente e quase estúpido no estado inicial, mas vai perdendo esses traços e adquirindo outros na medida em que se defronta com cada novo amo (cada novo *mestre* na difícil arte da malandragem), até terminar completamente outro, pícaro rematado, no final da história" (Lopes, 1993, p.197). Esse "eu" que se transforma em "outro", e que, no final, forma o duplo no mesmo ser dividido em que ele se encontra – entre a essência (ser) e a aparência (parecer) –, reflete, na sua "metamorfose", juntamente com os elementos de duplicidade do princípio construtivo do realismo, o mecanismo perverso de uma sociedade também eleita pelo "realismo" para o exercício do *modo imitativo baixo*, no paradigma picaresco.

O modelo picaresco dará continuidade a uma das vertentes da forma do romance. Mas a classe social, que começa a despontar para, futuramente, dominar a vida política, social e econômica no Ocidente, representará o grande alvo do retrato visado pelo romance. Trata-se da pequena burguesia emergente cujo caráter dúbio e mascarado de sua gente se deve ao mecanismo imposto pela própria classe. Como demonstra Lopes, o aspecto de "aprendizagem", determinado na matriz da narrativa picaresca, é o principal agente transformador do ingênuo no experiente pícaro: "o pícaro é feito pelo fazer social de uma comunidade pícara que é, paradigmaticamente, a sociedade burguesa para a qual é 'virtuoso' aquele que ascende de uma classe baixa para uma alta e é 'vil' aquele que baixa de classe" (Lopes, 1993, p.198). É o movimento dessa mecânica, já apresentado no primeiro tratado do livro, que rege o eixo de estruturação da narrativa, apesar de a duplicidade entre o personagem e o narrador contrastar, nesse momento, a ingenuidade do primeiro, na vivência dos fatos, com a experiência do segundo, ao rememorar e relatar os mesmos fatos: "Sinto satisfação em contar a Vossa Mercê estas ninharias, para mostrar quanta virtude há nos homens que sabem subir, vindo do nada, e quanto vício em deixar-se rebaixar do alto" (Lazarillo de Tormes, 1992, p.37).

Para Edward Lopes (1993, p.198), na passagem referida despontam-se "as duas categorias polares do microuniverso axiológico de que sairá o *texto moral do Lazarillo*", ou seja, a equação que faz corresponder à oposição entre a "virtude" (valor) e a "vileza" (antivalor) os desdobramentos dos sentidos respectivos: "subir na sociedade e baixar na sociedade". Segundo esse autor, a perversa inversão de valores desse "texto moral carnavalizado" que "a sociedade, na constância de sua prática mascarada, interioriza no aprendiz ingênuo, metamorfoseando-o num pícaro, é o relato-picaresco-tipo, invariante, no nível imanente, que é diversamente realizado, no nível da manifestação, por cada relato-picaresco-ocorrencial" (ibidem). Nessa perspectiva, "o romance picaresco é *um relato de aprendizagem* montado sobre o arcabouço de um percurso narrativo divisível nas fases de manipulação, competência, performance e sanção", as diretrizes por meio das quais o crítico desenvolve a sua análise do *Lazarillo de Tormes*. Dessas considerações, queremos fixar dois pontos: "a comunidade pícara que é, paradigmaticamente, a sociedade burguesa" e o movimento irônico por ela imposto sobre o mecanismo no qual é "'virtuoso' aquele que ascende de uma classe baixa para uma alta e é 'vil' aquele que baixa de classe". A partir desses pontos, tentaremos demonstrar um processo fundamental na estrutura do livro com uma sugestão alegórica de alguns aspectos que marcaram o início e o desenvolvimento da forma do romance. Trata-se da queda da fidalguia e o princípio de ascensão da burguesia trabalhados por meio da mobilização do motivo da "honra", um arquétipo de sustentação da narrativa de cavalaria precedente, e a sua carnavalização, ou inversão irônica, como o valor de transformação do pícaro e de ascensão da burguesia, a classe que, afinal, fez do romance a sua forma de expressão.

A configuração da comunidade pícara como paradigma da sociedade burguesa, e a caracterização tanto do pícaro como dessa classe, em que o primeiro se desenvolve pelo fazer social determinado pela mola do segundo, estão ligadas ao movimento básico que estrutura e determina o roteiro de aprendizagem proposto pelo livro *Lazarillo de Tormes*. Na gangorra desse movimento, em que o "subir" impulsiona o valor semântico de "virtude" e o "rebaixar" comanda o antivalor da "vileza", o livro molda a sua estrutura e gera a moldura geral da trajetória de um personagem picaresco, sobre a qual se espelha o contexto histórico da queda da aristocracia para a ascensão da burguesia. Se a moldura do quadro ficcional reflete o quadro geral do contexto histórico, e esse está ligado às origens da forma do romance, dentro do quadro artístico, o balanceio do movimento aludido revela os traços principais dos sentidos de uma possível alegoria ilustrando, na ideia mais abstrata do reflexo histórico, as conquistas concretas num plano estético.

Logo no primeiro tratado, o ingênuo Lázaro aprende o sentido real do inferno que é a vida. Depois de se despedir da mãe e se tornar guia de cego, saindo de Salamanca, o menino é induzido a encostar o ouvido junto à estátua de um touro, quando o cego lhe bate à cabeça e o choque na pedra desperta--o para a primeira lição: "– Estúpido, aprenda que um guia de cego tem que saber mais que o diabo" (Lazarillo de Tormes, 1992, p.35). A referência ao animal (touro) é a passagem para o reino decaído da mineralidade (pedra), indiciando o drama que o menino viverá com o avaro e egoísta cego, na sua luta pela sobrevivência sempre ameaçada pelo motivo concreto da fome, até o aprendiz superar o mestre. No fim do episódio, mostrando que a queda pelos labirintos do inferno tem como contrapartida o ganho de valiosos ensinamentos, o livro apresenta a vingança do menino: fingindo desejar fazer o cego saltar um arroio, Lázaro faz o pobre coitado rachar a cabeça num poste de pedra. Abandonando o cego, com o movimento do princípio da viagem, o menino chega a Maqueda, passando a ter como amo, em decorrência do princípio do serviço, um clérigo, com quem, numa sequência gradativa de sentidos, vê o seu sofrimento ampliado, pois a avareza e a astúcia do cego são superadas pelo velhaco clérigo, que, além disso, enxerga. O episódio, narrando as astúcias do menino para roubar as migalhas de pão velho da arca trancada pelo clérigo, alegoriza uma "caçada", tendo como caçador o padre e como caça o menino, que atribui o roubo a uma cobra e aos ratos. Na "caçada" ("O cruel caçador deve ter dito: 'Achei o rato e a cobra que me guerreavam e devoravam os meus bens'"), o padre arrebenta a cabeça do menino com uma paulada, e esse, depois de curado, é expulso: "E, benzendo-se de mim, como se eu estivesse com o diabo no corpo, entrou e fechou a porta na minha cara" (ibidem, p.65). Depois de abandonar o cego e ser expulso pelo clérigo, o terceiro episódio, mais complexo e o que nos interessa mais diretamente, apresenta o fato significativo do amo abandonar o empregado.

Na cidade de Toledo, Lázaro depara com um escudeiro, com o qual vai contracenar a alegoria que queremos demonstrar. Pressupondo um amadurecimento do protagonista, o episódio coloca em cena o movimento de subida e de rebaixamento que, agarrado ao motivo da "honra", dá o sentido geral do livro e o específico da alegoria da queda da fidalguia para iniciar a ascensão da burguesia. Note-se que o princípio desse rito de passagem é simbolizado por um personagem, que configura um dos últimos elos da cadeia da aristocracia e da nobreza (fidalgo), contracenando com o primeiro elo de

O ENGENHO DA NARRATIVA E SUA ÁRVORE GENEALÓGICA   329

uma classe emergente, em vias de concluir um processo de amadurecimento como servidor, para passar a ser o "burguês" possuidor de bens. Nessa passagem, por meio do exercício do trabalho fácil, deve-se aprender que a regra do jogo é ganhar em "bens" (o externo e material) na mesma proporção em que se perde na moral (a "honra"), conforme determina a gangorra da subida e do rebaixamento social, no irônico balanceio da "virtude" e da "vileza".

Além do sentido alegórico do fidalgo representar a decadência da aristocracia – a classe dominante da epopeia que a narrativa de cavalaria recuperou fomentando o motivo idealista da "honra" – e o aprendiz Lázaro simbolizar o início da formação da burguesia, o episódio coloca, na contracena dos dois personagens, a formulação paródica dos traços de duplicidade "realista" em oposição à ideia de unidade idealista, que o romance, com a sua forte inclinação para o mimético, explorou e sistematizou. No episódio, o fidalgo é o "outro" em que Lázaro vai espelhar-se, primeiro, para aprender a lição do desdobramento entre o dentro e o fora; depois, para encarnar na sua própria imagem o jogo do espelho da aparência e da essência. Assim, o protagonista solda no seu corpo as duas faces do "eu" e do "outro" para vencer na vida e representar, por meio do "caso" relatado à "Vossa Mercê", como nasceu a própria burguesia. Por isso, esse jogo, na obra, é revelado e ao mesmo tempo escondido pois, enquanto se narra a história particular de um indivíduo, formula-se uma denúncia do quadro histórico e social, mascarando a ambiguidade de um duplo sentido: o individual e o social. Esse, sim, é o passo estético que o romance vai incorporar para enriquecer a natureza polissêmica e simbólica da arte narrativa.

Vestindo a roupa da aparência e da virtude do cavalheiro medieval, vemos o fidalgo entrar no livro e na vida de Lázaro, para depois ser "afastado", numa espécie de rito de despedida, entendendo que, no palco giratório da narrativa, agora é a hora e a vez do anti-herói. Nesse palco, lado a lado, o fidalgo e o Lázaro representam a confecção da máscara, que vai ser passada pelo primeiro ao segundo, por esse ser o ator em quem ela se encaixa perfeitamente para representar o duplo formado pelo "outro" e pelo "eu" no seu próprio corpo. Impedido de participar da nova história e do novo momento literário (a não ser pela paródia), o fidalgo desaparece, deixando o palco da duplicidade, dos novos valores, da nova classe social e do momento estético mimético, para o ator de origem popular e de descendência bíblica abrir as cortinas do palco da narrativa para a entrada do realismo juntamente com o princípio da forma do romance.

O tratado terceiro, nos seus desdobramentos principais, focaliza os seguintes aspectos. Depois de encontrar o fidalgo e com ele rodar pela cidade, sem comida, Lázaro conclui, já na casa "assombrada" de seu amo, sem móveis e sem provisões, que o seu sofrimento seria intensificado: "ali chorei minha sofrida vida passada e a minha, já próxima, futura morte" (Lazarillo de Tormes, 1992, p.67). De fato, a situação é agravada, pois além de esmolar para si, o pobre tem que dividir os seus minguados proventos com o famélico mas bem vestido fidalgo: "E, para evitar certos detalhes, assim convivemos oito ou dez dias, indo o infeliz pela manhã satisfeito e com andar solene a papar o ar das ruas, tendo no pobre Lázaro aquele que esmolava para ele" (ibidem, p.77). Apesar disso, em relação aos "maus amos anteriores", Lázaro tem "pena" do fidalgo porque os representantes dessa classe, "embora não tenham um vintém, fazem questão do barrete no seu lugar. Que o Senhor os ajude, já que com esta doença morrerão" (ibidem, p.79). Na previsão de Lázaro despontase o fio histórico da alegoria da transição de uma classe social em declínio para a sua substituição, costurada a partir do motivo da "honra".

Num passo significativo da narrativa, além do desenvolvimento do diálogo entre o servo e o amo, é o segundo quem conta ao primeiro a sua história: "contou-me a sua história, dizendo-me ser de Castela Velha, e que havia deixado sua terra só para não tirar o barrete perante um cavalheiro, seu vizinho" (ibidem, p.83). Do alto do chapéu, como símbolo da indumentária, ao anacronismo da gestualidade, o fidalgo mostra a Lázaro o percurso simbólico de sua queda e, com ela, a dissolução dos seus valores: "– Você é jovem – respondeu-me – e não percebe o mérito da honra que, hoje em dia, é toda a fortuna dos homens de bem" (ibidem, p.83). Enquadrado na moldura desses preceitos ("Porque um fidalgo não deve nada a ninguém a não ser a Deus e ao rei, nem é justo, sendo homem de bem, que se descuida um só momento de ter em grande conta a sua pessoa"), o fidalgo conta como deixou a sua terra, depois de cumprimentar primeiro tantas vezes o vizinho com mais posses, sentindo-se injustiçado por ele não se dispor, pelo menos uma vez, a cumprimentá-lo primeiro. As rusgas dentro da classe já estão se aflorando quando diz que, como escudeiro, se encontrasse na rua um conde e esse não lhe cumprimentasse como deve ser, da próxima vez fugiria dele, fingindo qualquer circunstância, para evitar de cumprimentá-lo. Depois, narra como desonrou um artesão, que lhe dizia "Que Deus mantenha Vossa Mercê", um cumprimento para homens de baixa condição, pois aos de categoria superior como a dele, não se lhes podia dizer menos que "Beijo as mãos de Vossa Mercê", ou, pelo menos, "Beijo, senhor, as suas mãos", se quem cumprimentasse fosse um cavalheiro.

Por essas e outras "questões de honra", o fidalgo acaba em Toledo, não encontrando emprego, porque os "senhores de título" também estão passando por necessidades. Diante do novo quadro, o fidalgo narra a Lázaro a sua transformação: se encontrasse a quem servir, agora, "cativaria a sua maior confiança e lhe prestaria mil serviços", porque "saberia mentir-lhe tão bem como qualquer outro e agradá-lo às mil maravilhas" (ibidem, p.85). Apesar da máscara da metamorfose da "virtude" em "vileza", o fidalgo não encontra a quem servir, pois esses valores são dos novos senhores de posse, vale dizer, da burguesia, que não confia na ingenuidade da honra cavalheiresca: "Eles não querem ver em suas casas homens virtuosos, pelo contrário, detestam-nos e nos menosprezam. Chamam-nos de tolos e dizem que não são pessoas de negócios, nem merecem a confiança do senhor" (ibidem, p.85). Nesse momento completa-se o desenho da alegoria, com os novos valores percebidos pelo fidalgo, mas com atraso, pois o seu momento histórico já passou: "É assim que, hoje em dia, procedem os astutos, conforme digo, como eu procederia no lugar deles; mas não quer a minha sorte que tope com um desses senhores" (ibidem). Os novos senhores oferecerão serviço a Lázaro, e esse, como um bom aprendiz, tornar-se-á um deles, vestindo a máscara do pequeno burguês.

Na sequência dos fatos narrados, o fidalgo é procurado por um homem e uma velha, que lhe cobravam os aluguéis da casa e da cama. Fugindo, o fidalgo deixa o palco a Lázaro, na continuidade de sua peregrinação: "Assim, tal como contei, deixou-me o meu pobre terceiro amo, com quem reconheci até onde chegava a minha má sorte. Pois, deixando ver tudo o que ela podia contra mim, fazia meus negócios saírem todos ao contrário". A inversão irônica marca o fim da etapa de transição de um momento histórico, que abriu novos caminhos para as formas da narrativa e a representação artística do realismo: "Porque enquanto os amos são abandonados pelos criados, comigo não foi assim, mas foi a meu amo quem me deixou e fugiu de mim" (ibidem p.89).

Aprendida a lição de dissimulação (roubar, bajular, mentir e enganar) e da simulação (parecer virtuoso), como teoria, nas palavras do fidalgo, na aventura seguinte, contracenando com um funcionário eclesiástico que vendia bulas da Cruzada, Lázaro vê na prática como se deve proceder para subir na vida e enriquecer. Com a competência formalizada por um fazer honesto, ao modo do parecer, e um fazer desonesto, ao modo do ser, o fim da narrativa coloca em prática o desempenho de Lázaro como exemplo da "performance pícara", que é, nas palavras de Edward Lopes (1993, p.203), "a expressão de um texto moral carnavalizado subjacente à práxis burguesa". Segundo o crítico, Lazarillo exibe "as duas práticas implicadas no fazer burguês de sua sociedade", desmistificando "sua axiologia de sustentação, fundada na trapaça", ou seja, "a performance que alia uma simulação de algo positivo com uma dissimulação de algo negativo" (ibidem, p.203).

Tornando-se um rapaz, Lázaro trabalha para um capelão, no tratado sexto, durante quatro anos: "Entregou-me um burro, quatro cântaros e um chicote. Comecei a distribuir água pela cidade. Foi este o primeiro degrau que subi para chegar a ter uma boa vida, porque consegui tudo o que queria" (Lazarillo de Tormes, 1992, p.101). Com as economias guardadas, o personagem compra "roupas de bem" e deixa o capelão, o ofício e o burro. No último tratado, fica por pouco tempo a serviço de um meirinho e adquire um "ofício real": torna-se pregoeiro de vinhos, de leilões, anuncia coisas perdidas e proclama os delitos dos que sofrem perseguições da Justiça. Finalmente aceita a proposta do arcipreste de São Salvador, conseguindo apoio social e material, e se casa com a amante do arcipreste, passando a viver numa casa por ele cedida, na sua quinta. Instituído o triângulo amoroso, que deve ser disfarçado – o verdadeiro degrau da ascensão social e o motivo central do "caso" a ser relatado –, a narrativa termina de uma forma circular, com o personagem lembrando e agradecendo os primeiros e fundamentais ensinamentos do cego. Numa observação em parênteses, que não deixa de ser icônica na sua forma irônica, o personagem rememora o animal e o mineral (a estátua do touro de pedra), que marcaram o início dos circuitos de seus sofrimentos, para fechar, agora, o círculo do seu percurso com a aparência externa do conforto burguês, mas com a crise interna do sofrimento na consciência:

> (*Embora naquele tempo eu chegasse a ter alguma suspeitazinha e tivesse jantado mal alguma noite por ficar à espera dela até o amanhecer ou mais ainda; e me lembrei do que disse o meu amo, o cego, em Escalona, segurando o chifre. Mesmo assim, para falar a verdade, sempre penso que é o diabo quem me traz estas coisas*

à memória para estragar meu casamento, mas não ganha nada com isso.) (ibidem,
p.105)

Dessa maneira termina o relato do "caso" do triângulo amoroso vivido
com a máscara tragicômica do "eu" e do "outro", na contraface do espelho
da ironia. Encerrado o jogo da vilania, em que o personagem é vítima e beneficiário da picardia, o que sobressai é a esperteza do narrador calcada à custa
do sofrimento do personagem, a sua outra face. Esse "eu", que faz no espelho
da escritura o seu "outro" viver o papel de personagem, realiza no relato da
sua história individual o duplo alegórico de um momento histórico e social.
Ao transformar, no enredo, com a representação da personagem, a vilania
em virtude, o narrador realiza, na escritura, a metamorfose estilística que faz
sobressair o virtuosismo de sua costura com a agulha da ironia. Assim termina
a "carta" que relata o famoso "caso" ao destinatário "Vossa Mercê" (projeção
alegórica do leitor moderno), justamente enquadrada na moldura do contexto
histórico representado pela aristocracia, mas ameaçado pelo fantasma do seu
duplo em vias de materialização, a burguesia:

> Isto aconteceu no mesmo ano em que nosso vitorioso Imperador entrou
> nesta insigne cidade de Toledo e nela reuniu Cortes, e se realizaram grandes
> festas, como Vossa Mercê terá ouvido. Pois, nesse tempo, estava eu na minha
> prosperidade e no auge de toda a boa fortuna.
> (*Do que de hoje em diante me aconteça, avisarei a Vossa Mercê*) (ibidem, p.105)

O narrador exercita também uma linguagem irônica, invocando constantemente o nome de Deus, fazendo referências ao texto bíblico e invertendo
os seus principais preceitos: "Quando eu tinha oito anos, acusaram meu pai
de certas sangrias malfeitas nos sacos que ali traziam para moer, pelo que foi
preso, confessou e não negou, sendo por esse motivo, perseguido pela justiça.
Confio em Deus que ele esteja na glória, pois o Evangelho os chama bem-
-aventurados" (ibidem, p.33). Assim, a obra realiza uma relação intertextual
e paródica, desencadeada a partir do nome bíblico do protagonista, fazendo
contrastar a abnegação e a fé inabaláveis do Lázaro do texto sagrado com a
trajetória picaresca representada no texto profano da ficção, que livra o personagem do sofrimento e da dor provocada por sua fome crônica, fazendo-o
ascender socialmente ao preço da perda da honra. Num trajeto existencial
ficcional, que é o projeto da forma do romance, o livro retrata o simulacro

334 SÉRGIO VICENTE MOTTA

da alteridade histórica, com os fios da História e da ficção reencontrando o traçado primordial da raiz mítica na paródia do profeta cristão. Depois das *Confissões* de Santo Agostinho, fazendo uma ponte pela forma confessional e memorialística, a narrativa escrita em prosa encontra em *Lazarillo de Tormes* o contraexemplo paródico e de carnavalização dos arquétipos cristãos, fazendo desse entreposto de percurso o porto a partir do qual a intertextualidade da mitologia cristã rumou, pelo barco do romance e de outras formas narrativas, para as praias paradisíacas da representação idealista, ou para o inferno que o sentimento de culpa ou do "pecado" gerou nas terras da representação realista.

A árvore da narrativa e a alegoria do "bem" e do "mal"

> *"Depois de examiná-la, de revirá-la, de ver como nunca vira a sua redondez e sua cor escarlate – então devagar, deu-lhe uma mordida. E, oh, Deus, como se fosse a maçã proibida do paraíso, mas que ela agora já conhecesse o bem, e não só o mal como antes."*
> Clarice Lispector

No Gênesis, depois da origem do céu e da terra, "o Senhor criou todas as plantas do campo, antes que elas tivessem saído da terra", e "todas as ervas da terra antes que elas tivessem arrebentado", porque "ainda o Senhor não tinha feito chover sobre a terra, nem havia ainda homem que a cultivasse, mas da terra saía uma fonte de água, que lhe regava toda a superfície". Depois, "formou o Senhor Deus ao homem do limo da terra, e assoprou sobre o seu rosto um assopro de vida; e recebeu o homem, alma e vida". Estava criado o paraíso ("o Senhor Deus tinha plantado ao princípio um paraíso, ou jardim delicioso, no qual pôs o homem"), com "a árvore da vida no meio" e com "a árvore da ciência do bem e do mal". Deus colocou o homem no "paraíso das delícias" e, de uma de suas costelas, formou a mulher ("Eis aqui o osso de meus ossos e a carne da minha carne"), dizendo: "Por isso deixará o homem a seu pai e a sua mãe, e se unirá a sua mulher: e serão dois numa mesma carne" (Gênesis, 2). Completa-se a primeira cena de um quadro mitológico cujas paisagem e povoamento confluem para um plano de harmonia entre o mundo divino e humano, com o coroamento de uma união amorosa sacralizada numa unidade idealista, configurando, no conjunto, um tesouro de situações e imagens emblemáticas que funcionam como arquétipos literários.

A cena seguinte abre-se com o surgimento do pecado: manipulada pela serpente ("porque Deus sabe que tanto que vós comerdes desse fruto, se abrirão vossos olhos; e vós sereis como uns deuses conhecendo o bem e o mal"), Eva come do fruto da árvore proibida, que estava no meio do paraíso, incitando Adão a também fazê-lo. Da unidade anterior, insurgem agora o duplo e a tragicidade do triângulo amoroso. À serpente, além da primeira condenação ("tu andarás de rojo sobre o teu ventre, e comerás terra todos os dias da tua vida"), é imposto o espelho da duplicidade: "Eu porei inimizades entre ti e a mulher; entre a tua posteridade e a dela. Ela te pisará a cabeça e tu procurarás mordê-la ao calcanhar". À mulher, que é o "outro" nessa imagem, foi imposta a pena do parto, outra duplicidade gerada pela intermediação da dor: "Eu multiplicarei os trabalhos dos teus partos. Tu parirás teus filhos em dor, e estarás debaixo do poder de teu marido, e ele te dominará". Ao terceiro ("a terra será maldita por causa da tua obra: tu tirarás dela o teu sustento à força do trabalho") são aplicados a pena e o castigo do trabalho, concluindo-se o círculo da criação da unidade idealista da vida e o início do percurso da queda, com a expulsão do paraíso gerando o circuito trágico da morte da representação realista: "Tu comerás o teu pão no suor do teu rosto, até que te tornes na terra, de que foste formado. Porque tu és pó, e em pó te hás de formar" (Gênesis, 3).

O quadro bíblico reconstruído em duas de suas cenas primordiais tem por função simbolizar a entrada do mito judaico-cristão nos domínios da narrativa, substituindo a mitologia pagã que, por sua vez, tomou o lugar do mito sacro e dos rituais de fertilidade da memória da tradição. A nova fonte arquetípica de referência da narrativa estrutura a jornada do homem entre o Gênesis e o Apocalipse, primeiro e último livros da *Bíblia*, demarcando um percurso cíclico entre um nascimento ou a vida do Jardim do Éden e uma morte que constitui um renascer, na Cidade de Deus, a Nova Jerusalém. Esse traçado apocalíptico, que gira da vida para a morte, e da morte para a vida renascida pela ressurreição, formaliza um percurso emblemático desenvolvido "entre a vida da perfeição sem morte no Jardim do Éden seguida pela expulsão e sujeição à morte", nas palavras de Scholes & Kellogg (1977).

A estrutura geral do quadro bíblico é reproduzida, em escala menor, nas duas cenas do paraíso. A primeira parte (a criação da "vida da perfeição sem morte") associa-se aos sentidos das imagens apocalípticas da teoria de Frye, enquanto o seu desdobramento ("a expulsão do paraíso e sujeição à morte") dá entrada aos sentidos das imagens demoníacas. No deslocamento do mito para a ficção, as imagens arquetípicas da primeira cena convergem para a representação do ideal, da mesma maneira que o núcleo demoníaco da segunda indica os rumos da representação do real. As cenas reconstituídas giram em torno da construção alegórica do "bem" e do "mal". Se, nesse processo, é possível desentranhar as imagens arquetípicas que têm uma relação de analogia com as imagens ficcionais, a árvore da narrativa, ao incorporar, na produção dos seus novos frutos, a semente mitológica do cristianismo, carrega, também, a alegorização mítica do "bem" e do "mal" para os seus dois principais paradigmas de representação, reelaborando-os como formas de projeções do ideal ou do real.

O episódio bíblico referido pode ser dividido em três partes principais: a criação do paraíso, o pecado original e a expulsão. Se a primeira parte se caracteriza pela alegorização arquetípica do "bem" no mito cristão, as duas outras partes, a da tensão e a do efeito do desequilíbrio da tensão, constroem a alegoria do "pecado" ou do "mal". Essas cenas podem ser reencontradas,

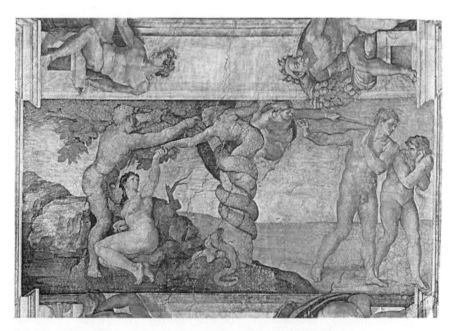

Figura 1   Michelangelo, *A tentação de Adão* e a *Expulsão do Jardim do Paraíso*.

entre outros quadros da História da Arte, nos afrescos da Capela Sistina, com o gênio de Michelangelo representando "A tentação de Adão" e a "Expulsão do Jardim do Paraíso", na reprodução, aqui, efetuada. A recriação, na pintura, do motivo bíblico visualiza o núcleo tensivo do episódio paradisíaco, mostrando por meio de imagens o resíduo arquetípico que a literatura narrativa verbalizou em recriações variadas, fazendo brotar da essência desse fragmento mítico as direções principais da articulação do ideal e do real. A cena da pintura, dividida ao meio por uma espécie de coluna, faz subir do plano inferior do reino da mineralidade a linha vertical da alegoria da "Árvore do Bem e do Mal", cujo tronco serve de suporte à espiral da metamorfose da animalidade em uma figura humana feminina. Do baixo para o alto, no ponto mais complexo e de tensão do quadro, a coluna abre um de seus arcos em direção ao lado do "bem", com a extensão do galho e das folhas da árvore ligando o braço da imagem metamorfoseada, ou duplicada, aos braços das figuras humanas, mas ainda sacralizadas, que parecem deixar-se elevar pela sedução do desejo de um sonho. No outro lado, o arco constrói-se pela indicação da figura mítica do anjo, fazendo da espada a extensão da curvatura de seu braço, que impulsiona as duas figuras míticas em direção à queda trágica prefigurada como o destino da vida humana.

No movimento desses dois arcos, estabelecidos pelas relações de temporalidade e espacialidade da pintura, representam-se as imagens arquetípicas do "bem" e do "mal", que a narrativa vai trabalhar como um ponto de partida alegórico para representar o movimento e o sentido dos caminhos do ideal e do real. No arco do ideal vê-se o movimento de ascensão, configurando a estrutura de um sonho de união, movido pelo impulso do desejo. No arco descendente do real, representa-se o pesadelo da queda em direção ao palco das experiências humanas, com o homem carregando o peso da culpa e da infelicidade, com a sua transformação em vítima pela experiência do conhecimento. Tendo ao centro a alegoria da experiência transformadora representada pelo "pecado original", o quadro ajuda a fixar a passagem arquetípica de um momento de inocência para o seu desdobramento na culpa da experiência, que a narrativa, no deslocamento do sagrado para o profano, alegoriza como dois modos de representar uma visão idealista da vida, ou como uma matriz do simulacro do real.

Voltando ao texto sagrado, no núcleo da primeira cena, "o lugar das delícias", destaca-se a atuação do "Criador", com as criaturas completando a moldura do quadro da harmonia paradisíaca, que tem por fecho, como numa história de amor idealista e sua correspondente "analogia da inocência", a celebração de uma união. Na cena intermediária, com a instauração do triângulo da tragicidade, há o processo de manipulação, que dá início ao sentido da direção da representação realista: a perda da inocência com o motivo da busca do conhecimento engendrando a "analogia da experiência". Como consequência, o último núcleo do episódio representa a expulsão do paraíso, dando início, com a atuação das "criaturas" em detrimento da "proibição" do "Criador", à queda demoníaca, na qual a representação realista coloca o homem para viver o sentido trágico de sua existência. Bem no centro do quadro, no núcleo de toda a tensão, situa-se, como no afresco de Michelangelo, a alegoria da "Árvore do Bem e do Mal". Justamente como elemento de passagem, da primeira para a terceira parte, figura o sentido da construção alegórica, na revelação de seu sentido proibido: o conhecimento do "bem" e do "mal". Por isso, o Criador, diante do feito de Adão, ou seja, diante do "conhecimento do bem e do mal" – como resultado do processo de manipulação da Eva, que, por sua vez, foi manipulada pela serpente –, expulsa-o do paraíso "para que não suceda que ele lance a mão, e tome do fruto da árvore da vida e coma dele, e viva eternamente" (Gênesis, 3-22). Na passagem alegórica da construção do "bem" e do "mal", com a desconstrução do seu sentido moral, o que fica muito claro é a delimitação dos dois lados da árvore: do lado do "bem", a "vida da perfeição sem morte", nas palavras precisas de Scholes & Kellogg, e, na passagem para o "mal", a "expulsão e sujeição à morte". Com a primeira alegoria profanada, a segunda permanece consagrada: a "árvore da vida", cujo fruto é a imortalidade, fica restrita aos deuses, cabendo à humanidade, como prêmio ou castigo, a vida ameaçada pela morte.

Com a instauração do arquétipo mítico do "mal", o mundo é dividido: do lado do "bem", o reino da vida, o mundo celestial, com a paisagem paradisíaca aproximando o Criador e as criaturas nos círculos integrativos (divino, humano, animal, vegetal e mineral) da celebração da união; do lado do "mal", o reino da morte, o mundo infernal, com a paisagem terrestre como palco trágico das rupturas e do rebaixamento humano para os círculos inferiores da animalidade, da vegetalidade e da mineralidade. Do episódio bíblico retratado, à semelhança do que vimos no estudo anterior do *Lazarillo de Tormes*, a parte alegórica da criação do paraíso, dentro da sua configuração idealista, rememora os livros de cavalaria e seus heróis modelares que, sob o domínio divino de uma focalização onisciente, configuram a expressão de uma representação do que acontece com a humanidade. A parte alegórica do "mal", com a instauração do inferno no palco terrestre, coloca a humanidade "existindo no que acontece", com a vertente realista fazendo o homem protagonizar a peregrinação de sua queda.

São essas as duas diferenças fundamentais que se extraem no rito de passagem do "bem" para o "mal": o quadro do paraíso bíblico configura a representação ideal da existência humana, enquanto o inferno, prenunciado pela expulsão do paraíso, coloca a humanidade em busca do conhecimento da existência. Essa busca do conhecimento, que é a razão maior da direção do realismo, gera, como no final do episódio bíblico, o despertar da consciência para a condição trágica da existência. No núcleo bíblico da criação do paraíso, Deus cria, à sua imagem e semelhança, o homem e a mulher como arquétipos da paternidade e da maternidade, configurando a projeção da alteridade numa unidade ideal: "Por isso deixará o homem a seu pai e a sua mãe, e se unirá à sua mulher: e serão dois numa mesma carne". Enquanto a alegoria idealista da existência (o "bem") projeta um modelo de duplicidade (Deus = homem; Pai e Mãe = homem e mulher) com o jogo da alteridade reduplicando unidades (humano = mítico), a alegoria realista da existência (o "mal") coloca em jogo a tensão da alteridade criando, por meio da dialética do "eu" e do "outro", a consciência trágica da condição humana.

Terminado o desenho da árvore, das raízes à origem da copa, com a entrada da forma do romance, concluímos o esboço de um quadro que vai da história antiga ao limiar da história moderna da narrativa. Com a análise do *Lazarillo de Tormes* demarcando, pela via embrionária do romance, a entrada da mitologia cristã na prosa ficcional, o desenho das ramificações principais da árvore atingiu um ponto a partir do qual as diversas formas, em diferentes rumos, imprimiram, com seus enredos inventivos, uma prodigiosa copa de folhas e frutos. Assim, ao último enquadramento, a alegoria bíblica da "Árvore do Bem e do Mal", sobrepõem-se os polos da representação idealista e realista, a partir dos quais a narrativa passou a gerar seus quadros ficcionais. Esse último retrato da árvore será feito com o auxílio da pintura, que lhe fornecerá o cenário da paisagem em que se dramatiza o duelo do bem e do mal, ou da representação do ideal e do real, por meio das relações das imagens, dos movimentos das linhas e do jogo das cores, configurando uma alegoria paradisíaca ou os labirintos de uma forma de expressão demoníaca.

340 SÉRGIO VICENTE MOTTA

É isso o que ilustra os volantes esquerdo (*O paraíso terreno*) e direito (*O inferno*) do tríptico de Hieronymus Bosch, que tem como centro a síntese que nomeia todo o quadro: *O jardim das delícias*.

A árvore da narrativa no "Jardim das delícias"

> *"Demon est deus inversus?"*
> Schelling

Com o romance formalizado e posto diante do espelho da mimese, há um avanço na narrativa, sem dúvida nenhuma, para o descortinamento dos processos mentais, labirínticos e íntimos dos personagens. Entre as formas primitivas de narrativas e a forma moderna do romance, no caminho do mítico ao mimético, de uma caracterização retórica e externa a uma representação psicológica e interna do personagem, muitas águas rolaram no rio da narrativa que corre por baixo da ponte que une essas formas. Uma travessia como a que foi feita, rápida e genérica, aponta a fragilidade da ponte, mas a maneira como Scholes & Kellogg (1977) conduzem o estudo evolutivo do personagem, que nos serviu de base, não deixa de dotá-la de um suporte funcional: a oposição entre a exterioridade e a interioridade do personagem.

Para oferecer a essa ponte um pouco mais de solidez, os críticos se valem das amarras de um argumento original, desentranhado numa relação comparativa com a história da pintura, referente à transição que se verificou de uma representação bidimensional para a criação da ilusão de profundidade da terceira dimensão. Por essa linha de pensamento, segundo os autores, "a teoria que manda olhar diretamente para o interior da mente e dramatizar ou analisar pensamentos em lugar de palavras e ações parece surgir bastante tarde na maioria das literaturas", a exemplo das sagas, que "evitavam-na com tamanho cuidado que se chega quase a sentir um tabu contra ela" (Scholes & Kellogg, 1977, p.122). Tais observações permitem a conclusão do raciocínio original: "Mas é bem possível que a técnica dessa apresentação simplesmente não estivesse disponível aos narradores primitivos, assim como a perspectiva não estava disponível aos pintores antes da Renascença" (ibidem, p.122). No paralelo estabelecido com a pintura, podemos dar continuidade ao raciocínio e sugerir a seguinte relação: se a perspectiva renascentista proporciona à pintura a sua grande conquista na representação ou na criação da ilusão da terceira dimensão, o ponto de vista da testemunha ocular dota a narrativa de seu mecanismo gerador da ilusão da realidade. Na pintura, enquanto o "ponto de fuga" é um ponto de partida na construção técnica da perspectiva, que, depois de estruturar o desenho, se apaga para dar lugar à projeção da espacialidade das formas, dos volumes e cores, na narrativa ficcional, a ilusão da realidade teve que se ancorar no ponto de vista da testemunha ocular, expor e superar as limitações dessa técnica e se apropriar da maquinaria da onisciência para arquitetar as suas bases de verossimilhança e de plausibilidade. Na árvore artística da narrativa, nenhuma forma incorporou e refletiu tão bem a dinâmica desse processo quanto a nova forma do romance.

No lugar de explorarmos o amplo e complexo universo das técnicas da focalização engendradas pelo romance, retomaremos os aspectos da exterioridade e interioridade para demonstrar o movimento desse fenômeno na pintura, a partir de seu funcionamento na literatura. O quadro de Bosch, *O jardim das delícias*, realiza uma espécie de "traduções visuais de charadas e metáforas verbais" provenientes de "doutrinas eclesiásticas", da "linguagem" e dos "costumes populares de seu tempo", o fim da Idade Média e início do Renascimento (Bosing, 1991, p.8). Ao compor esse universo alegórico, por meio da linguagem da pintura, Bosch rememora o episódio bíblico da criação do paraíso em seus três núcleos estruturais – a criação, o pecado original e a expulsão –, recriando, de um lado, a atmosfera harmônica de uma representação idealista regida pela integração de seus planos divino, humano, vegetal, animal e mineral, que contrasta, no lado oposto, com a encenação do "pecado original". Depois de passar pela mediação das "delícias" do centro do tríptico, a terceira parte do quadro apresenta uma configuração "realista", reduplicando e fragmentando o motivo do "pecado original" numa concepção pré-surrealista para imolar o homem num rito de sacrifícios, em que os mesmos planos da composição (o universo divino, humano, animal, vegetal e mineral) explodem numa visão fantasmagórica, revelando uma série de mecanismos de perversão. Assim, focalizaremos, nas partes laterais do quadro, as cenas iniciais e finais do episódio bíblico analisado, para ilustrarmos, nos dois painéis, pontos em comum com as estratégias narrativas utilizadas nas representações apocalípticas e demoníacas do ideal e do real.

Mobilizando a oposição básica da exterioridade e da interioridade, nota-se, no volante da esquerda, a configuração de uma paisagem apocalíptica compondo, com suas imagens oníricas e suas relações de equilíbrio, um sentido idealista, enquanto no quadro da direita, numa paisagem demoníaca, o sonho transforma-se em pesadelo, com a proliferação das imagens decaídas formando um sombrio retrato do inferno terrestre alegorizando um panorama da humanidade pecadora. Entre o céu, representado pela paisagem idílica e paradisíaca, e o inferno, representado pelas cenas de tortura e promiscuidade terrenas, as duas partes laterais do tríptico lembram procedimentos formais com que a narrativa fabrica os seus efeitos de sentidos numa representação idealista ou realista. É por meio desse instrumental da linguagem da narrativa que iremos ilustrar, nos dois painéis laterais do tríptico, a movimentação de técnicas ficcionais de representação, por meio das quais a narrativa cria as suas paisagens e imagens com uma direção apocalíptica ou demoníaca.

Com base na "autoridade" do texto sagrado e mítico, a enunciação do quadro à esquerda, *O paraíso terreno*, recria, nas imagens e nos mecanismos da linguagem da pintura, cenas de criação do paraíso bíblico, com destaque à fonte central, por onde jorra a água, antes da chuva, irrigando "as plantas e ervas da terra, antes que elas tivessem arrebentado" da terra, e à cena em que o Senhor apresenta a Adão a sua futura companheira. Pela projeção afastada e pela caracterização externa das imagens, pode-se dizer que há no quadro focalizado uma espécie de enunciação "divina", em que o criador-pintor, ao representar a criação bíblica do paraíso, representa o ato divino da criação, por meio da qual o Criador ritualizou a apresentação e união de suas criaturas. Na alegoria profana da pintura, por meio de seu sentido idealista, o pintor revive o ato divino da criação, reproduzindo parte do conteúdo mítico e sagrado com as formas de expressão de sua arte. Por recriar o mito bíblico na paisagem da pintura, a enunciação do criador-pintor, à imagem e semelhança do criador divino, investe-se do mesmo poder de criação, caracterizando-se como uma "enunciação absoluta". Não só por reproduzir o ato sagrado da criação, mas justamente por investir-se desse poder, o pintor-criador pode criar outras formas de animais e de elementos naturais, dotando a cena de nova disposição e arranjo na forma de organizá-la e de povoá-la.

A pintura lembra o "outro" (a fonte bíblica), conservando e transformando alguns estereótipos no processo de transcriação, assim como rompe com aspectos da convenção da pintura da época para conquistar a sua originalidade e se impor como criação. Deixando de lado tais aspectos, que abririam um caminho para a análise específica da pintura, para concentrarmos nas

Figura 2   Hieronymus Bosch, *Paraíso* e *Inferno*.

analogias entre o episódio bíblico e a sua representação na pintura, veremos como a "enunciação divina", pressuposta na representação idealista, movimenta as relações de personagens, espaço e tempo de uma maneira semelhante àquela vista na literatura. Respeitando a simultaneidade da pintura em relação ao caráter sequencial da narrativa, não falaremos, no quadro, em enredo, mas faremos a transposição das relações de temporalidade e de espacialidade, projetando as ideias de movimento e de sentido incorporadas nos termos *mythos e diánoia*. Assim, a configuração do *mythos*, no primeiro quadro, por meio do movimento da temporalidade e dos sentidos das imagens, lembra a estrutura do "desejo" de um sonho, em oposição ao pesadelo que se representa no outro quadro: *O inferno*.

O caráter externo e a disposição das imagens no primeiro quadro retratam, na representação de *O paraíso terreno*, uma cena apocalíptica, lembrando a atmosfera onírica, o equilíbrio e a luminosidade de uma paisagem idílica. A espacialidade, formalizada por figuras do reino divino, humano, animal, vegetal e mineral, embora prefigura algumas poucas relações de

Figura 3   Hieronymus Bosch, *O jardim das delícias*.

tensão e de disforia, não chega a romper o domínio da harmonia, que reina na integração de todos os patamares de imagens. Assim, na parte inferior do quadro, com um pouco mais de sombra e de profundidade nas águas escuras do lago, os animais encenam um princípio de "caçada", constituindo a parte mais "realista" da paisagem. Acima, a cena totaliza uma visão paradisíaca, com os personagens humanos colados à relva e à terra, numa posição entre a horizontalidade e a verticalidade, distinguindo-se da figura divina que, em linha reta, cria uma relação de verticalidade com a fonte do centro da paisagem. A gestualidade de tais imagens reconstitui o movimento ritualístico da criação mítica, encenando, por meio da apresentação da figura humana feminina à masculina, uma celebração amorosa. Como um forte componente idealista, a cena, por meio da sobrelevação mítica, realiza o processo narrativo de identificação da figura humana à divina: na forma humana, Adão e Eva representam o sentido heroico que os eleva a uma dimensão mítica. No centro e acima da figura divina posta-se a imagem alegórica da "fonte da vida", cujas formas desencadeiam o movimento geral do quadro, com a direção de suas linhas impulsionando o olhar, primeiro, para os círculos concêntricos que, em seguida, apontam e caminham para o céu da paisagem glacial. O movimento de baixo para o alto, resultante também do contraste entre o escuro e o claro, é determinado pelo impulso de circularidade formado a partir do "olho" da fonte d'água e da curvatura do lago cristalino, delimitado, embaixo, pelo recorte das copas das árvores e, acima, pelo relevo da relva, tendo a sua continuidade na integração circular dos animais, para subir, depois, em direção ao céu, seguindo o voo dos pássaros.

O movimento de ascensão do primeiro quadro contrasta com o movimento de queda do segundo. O equilíbrio, a harmonia, a luminosidade e a focalização externa da primeira paisagem dão lugar à tensão, à violência das relações e ao aspecto trágico do segundo quadro. Sobre o motivo do castigo do primeiro pecado, o volante representando *O inferno* lembra a estrutura de um um sonho transformando-se em pesadelo, com os movimentos de temporalidade e os sentidos das imagens encarnando, num misto de prazer e tortura, a condição trágica da existência. O movimento de queda é imposto, primeiro, pelo escuro da parte superior, cujos clarões das explosões vão desenhando as linhas sinuosas do percurso labiríntico formado pelo ar, pelo fogo, pela água e pela terra, respectivamente. Por essas linhas de perdição, a presença mítica manifesta-se, primeiro, como uma força demoníaca atuando por trás das explosões, dado o aspecto sobre-humano e cósmico da sua dimensão e, depois, na orquestração do cenário dramático expondo o sacrifício da dor numa espécie de rito de expiação.

O palco da representação realista ou demoníaca é o homem devassado na sua intimidade e privacidade cujo sentido trágico da queda ganha forma e força simbólicas na metamorfose do seu corpo com o animal, o vegetal e o mineral. Mais do que o processo de metamorfose gerado, a força realista desse quadro está na escavação e na penetração da focalização no interior dos corpos e das imagens. Aqui, a relação entre o "eu" e o "outro" não é a da idealização de uma união formando uma unidade, mas de ruptura, ou do pesadelo, em que o "outro" é a sombra ou a extensão trágica do "eu". Nesse jogo de espelhos, o "eu" e o "outro" conhecem-se na intimidade, mas, como duas forças de um processo dialético, unem e se repelem na dinâmica do duelo da duplicidade. Por isso, a relação de identificação metafórica do primeiro quadro é trocada, agora, por um processo metonímico, em que a relação de contiguidade entre formas e substâncias diferentes, além da materialização da metamorfose, representa a duplicidade da convivência trágica. Os inúmeros fios metonímicos configuram os pontos de tortura com que são costuradas, na rede imagística do quadro, todas as vítimas dessa "caçada".

A lança metonímica, movimentando uma lente irônica, perpassa todos os corpos, perfura as suas carcaças e dilacera a interioridade devassada com a penetração de outros corpos e órgãos, testemunhando, nos detalhes dos gestos e dos atos, o castigo como pena do pecado cometido, na promiscuidade da paisagem, que consagra um ritual satânico de prazer e morte. A visão metonímica que fura a exterioridade e invade a interioridade, além de esmiuçar os detalhes e multifacetar as imagens, torna-se um mecanismo de estruturação, juntando os fragmentos estilhaçados em núcleos metafóricos de significação. Uma aventura por esses detalhes requer um trabalho de "bricolagem", próprio da representação realista, que exercita o seu labirinto de perdição no corte do fragmento, mas deixa no índice do detalhe as pistas para a armação do seu tabuleiro de significação. No quadro, sob o comando do motivo da luxúria, como consequência do "pecado original", o caos dos fragmentos de um universo extremamente povoado de imagens ganha núcleos de sentidos na montagem da composição dos demais pecados capitais. Nesse percurso da luxúria, em que o desdobramento do pecado original funciona como um caleidoscópio produzindo, em suas combinações, os demais pecados capitais, pode-se dizer que o motivo do "pecado" é também organizado a partir da tortura e da persuasão do poder encantatório da música.

O nosso propósito não é montar as várias faces dos dados e dos detalhes das imagens em núcleos de significação, mas o de chamar a atenção para o mecanismo do "lance de dados" da estrutura realista. Assim, a explosão metonímica no quadro cria a teia de uma trama, em que cada criatura se estilhaça e se enlaça nos fios da rede de perdição cujos vãos se abrem em feridas, mas se tecem fechando as possibilidades de saída e de vida de seus personagens. Como em uma narrativa trágica, o homem perde o controle de sua vida, para viver às cegas o destino imposto por uma força superior, no enredamento de um labirinto demoníaco. Aí, nota-se a presença perversa do fio mítico. Aprisionados e torturados nas armadilhas de seus próprios corpos, os personagens do quadro deixam-se submeter a um poder maior, que os cerca e os invade, deixando-os sem reação. A visão parcial e fragmentária do drama da existência individual faz desses personagens os prisioneiros e as vítimas da rede metonímica da estrutura demoníaca do realismo. Nessa estrutura, o drama da dor e do sofrimento ganha intensidade na costura que dá formalização estética ao plano do que acontece na matéria representada, artisticamente trabalhada, seja da pintura, seja da literatura.

Em traços rápidos, os contrastes entre os dois quadros lembram, dos procedimentos narrativos dos paradigmas do ideal e do real, primeiro, uma focalização externa do aspecto público e heroico dos personagens contra uma focalização interna, metonímica, dos aspectos privados e anti-heroicos dos personagens do segundo quadro. A paisagem luminosa do primeiro, encenando uma história sagrada, ao mesmo tempo que projeta no paraíso terrestre uma imagem apocalíptica, os seus movimentos em direção ao alto ilustram o percurso narrativo de ascensão do plano humano para a dimensão lendária e mítica. No quadro realista, o escuro configura a representação de um pesadelo, com o fogo iluminando um percurso de decadência humana, na sua atuação como "pecadora" ou vítima no drama da existência. O corpo humano passa a ser o palco de sua própria tragédia, o que pode ser visto nas imagens de mutilação, despedaçamento, e nas metamorfoses dos corpos decadentes na matéria e forma dos planos animal, vegetal e mineral. Nesse sentido, o segundo quadro, em relação à alegoria da "fonte da vida" do centro do primeiro, constrói no seu centro a imagem emblemática do "homem-árvore", formalizando um arquétipo imagístico da fonte em que bebeu a arte surrealista.

Na passagem de um quadro para o outro, o sonho transmuta-se em pesadelo, o céu transforma-se num inferno, a luminosidade do dia torna-se a noite sombria; enfim, o alto, o externo e o público decaem para a representação do mundo de baixo, interno e privado. A integridade e a unidade das imagens metamorfoseiam-se nas imagens de despedaçamento e mutilação, com o mecanismo da duplicidade projetando o espelho dialético do "eu" e do "outro". O percurso ideal de celebração da união entre os seres dá lugar ao percurso realista da escavação da angústia e do sofrimento dentro dos seres. O cenário da projeção da vida, do amor e da redenção, é trocado pelo palco da morte, da violência, da volúpia e da luxúria. Enfim, o arquétipo mítico do "bem", que se projeta no paradigma do ideal, contracena com o mundo do "mal", que a narrativa incorporou e traduziu, com os seus meios específicos, na representação do real. Entre o "céu" e o "inferno", sobre a metáfora da "Árvore do Bem e do Mal", Bosch criou a sua alegoria do "fruto do bem e do mal", contribuindo para se formar, no repertório da história da pintura, o seu *O jardim das delícias*. A narrativa, incorporando os mesmos arquétipos míticos, também comeu do mesmo fruto e ergueu a sua árvore no "jardim das delícias" gerado entre os polos dos paradigmas do ideal e do real. No centro desse jardim, no alto da copa da árvore, estão os frutos da representação externa do ideal e da representação interna do real e, entre eles, os mais tentadores, aqueles que extraem os seus sabores da mistura agridoce da doçura da castidade de suas cascas com o amargo da polpa pecadora. Nesse "jardim das delícias", que o artista narrativo não para de reinventar, o leitor tem um parque de paisagens para passear, uma árvore de formas específicas para espelhar os seus desejos ou angústias, e os frutos criativos para saciar a fome do seu conhecimento ou, apenas, para se deliciar.

O declínio do mito

Seguindo a pista dos fios mítico, mimético e ficcional, que despontaram nas raízes da árvore, uniram-se na formação do tronco, separaram-se nos ramos da história e da ficção, mas se aproximaram no percurso artístico da narrativa com o impulso "romântico" idealizando a ficção grega e o "mimético" realizando a verossimilhança realista, queremos caracterizar, no romance, o reencontro das três perspectivas. Nessa forma, sem se apagar totalmente, o fio mítico sofre um declínio, ou se recolhe, estrategicamente, para dar efusão à trilha mimética que dá continuidade à aventura da narrativa de se deslocar em direção à vida e à representação do homem comum. Acompanhando a alternância dos paradigmas, o fio mítico, apagado ou realçado, é o eixo de progressão da narrativa, fazendo girar a intercalação de um momento idealista, caracterizado pela primazia do impulso "romântico", com o retorno de uma focalização realista destacando o impulso "mimético". Na roda da narrativa, esse movimento deságua no século XIX com o estabelecimento das estéticas romântica e realista. Mantendo-se a condução do fio mítico, uma parte da produção de Alencar representa, na vertente do impulso "romântico", um processo de recriação da história pela ângulo imaginativo da idealização. Contrapondo-se a Alencar, Machado, pelo corte do "mimético", faz do mítico um elemento subliminar, destacando a ironia de um mecanismo de desconstrução no seu projeto de ficcionalização da história.

Demonstrando como a evolução da narrativa tem afinidades com a história da pintura, o quadro *A queda de Ícaro*, de cerca de 1558, ilustra, na transição em que se encontrava a pintura, as caracterizações que gestavam o embrião da forma do romance. O quadro, na oposição entre o divino e o humano, encena a ligação distanciada entre a forma épica, alegorizada na queda de Ícaro, e o romance, seu substituto, que assume o primeiro plano da arte, abrindo o seu caminho mimético pelo motivo do trabalho e das vicissitudes do cotidiano. Enquanto o heroico se debate, no fim da queda e no início de um virtual afogamento, o desprezo humano que lhe dá as costas prepara, na gradação bucólica do pastor, na concentração do pescador e no lavor do agricultor, os rumos do romance que, na mobilização do seu pro-

Figura 4   Pieter Bruegel, *A queda de Ícaro*.

cesso irônico, atrairá o homem para "afogá-lo" num enredamento perverso do cotidiano.

A vida pública e heroica de Ícaro, transformada no voo trágico pelo castigo de sua presunção, desafiando a natureza, o cosmos e Deus, é retratada com a mesma ironia com que serão castigados aqueles que presenciam esse momento de transição. No amadurecimento do romance, o homem, invadido na vida privada, perderá esse êxtase de comunhão com a natureza para cair no labirinto futuro do inferno da vida que lhe espera. Os sulcos do arado, no primeiro plano, indicam o redemoinho de um caminho labiríntico que o ingênuo trabalhador (vítima) prepara. Mas, da mesma maneira que o olhar, a direção e o impulso do animal atraem o agricultor para o reino decaído da vegetalidade e da mineralidade de uma tragédia futura, o olhar contemplativo e vago do bucólico pastor pode indicar um corte representativo, com o idealismo apresentando-se como uma proposta alternativa de alegorização ficcional.

Pieter Bruegel, o Velho, ironiza o tema dos caminhos do céu e do inferno, preponderante no fim da Idade Média, trazendo o camponês e a composição da paisagem ao primeiro plano da pintura. A visão distanciada, do alto, com princípios da perspectiva, tratamento de cores e superposição de planos, apesar do estoicismo prevalecente, é um indicativo da prepotência das leis do cosmos e da natureza agindo sobre a obediência do homem, que o romance exploraria como a interferência mítica de uma força estranha conduzindo o destino da humanidade. Sobre esse princípio, o quadro constrói, na desobediência de Ícaro, a pena do castigo de ter desafiado os poderes divinos e a força da natureza: Dédalo fabrica com penas, cordas e cera as asas para si e para seu filho, recomendando a Ícaro para que não se aproximasse demasiadamente do sol. O herói, no desafio de sua pretensão, depara com o derretimento do engenho fabricado em substituição aos meios mágicos e sobrenaturais, encenando o processo alegórico do corte que representa os limites do poder humano. Esse homem, desvestido do lendário, deverá, com as marcas do tempo, do trabalho e do castigo, vestir a pele anti-heroica do futuro personagem que viverá as pequenas tragédias do cotidiano. No mesmo tempo que o romance está vivendo a sua gestação, Bruegel utiliza-se da referência mítica para indicar, no seu percurso de queda, o antropocentrismo dos caminhos futuros da pintura. Da mesma maneira, o *Lazarillo de Tormes* traz no título da obra o componente mitológico (na paródia ao Lázaro bíblico) da nova aventura que a narrativa viverá, representando, num processo irônico e de queda do sagrado, a ascensão do homem para o plano profano da arte ficcional explorar a sua dor. Em síntese, o quadro de Bruegel, na alegoria da pintura, ilustra a trajetória que a narrativa empreendeu no caminho percorrido entre a forma épica e o início do romance, demonstrando, na queda da influência do mítico e do heroico, a abertura de uma nova navegação pelas águas e pelo rico território da cultura popular.

Concluiremos o desenho da árvore genealógica das principais formas narrativas com o seu esboço gráfico. Alegorizada na "Árvore da Vida e do Bem e do Mal", a árvore da narrativa foi plantada, no paraíso mítico, no meio do "Jardim do Éden". Depois o homem a humanizou, com seus prazeres e pecados, e a deslocou para o "jardim das delícias", no território da arte. Agora, na última parte, iremos trazê-la para uma paisagem mais próxima, na nossa literatura, acoplando ao seu corpo de árvore-mãe um galho bem brasileiro: "Ramos e Rosa". Antes, porém, de chegarmos ao sol e ao céu do nosso sertão, com uma abordagem comparativa entre aspectos da ficção de Graciliano Ramos e Guimarães Rosa, vamos empreender essa travessia por meio de uma imagem mineira da poesia de Carlos Drummond de Andrade (1967, p.54): (*Boitempo*):

Cisma

ESTE PÉ de café, um só, na tarde fina,
e a sombra que ele faz, uma sombra menina
entre pingos vermelhos.
Sentado, vejo o mundo
abrir e reabrir o seu leque de imagens.
Que riqueza, viver no tempo e fora dele.
Eis desce lentamente o tronco e me comtempla,
a embeber-se no meu e no sonho geral,
extasiada escultura, uma cobra-coral.

Esboço da árvore genealógica das principais formas narrativas: das origens ao nascimento do romance

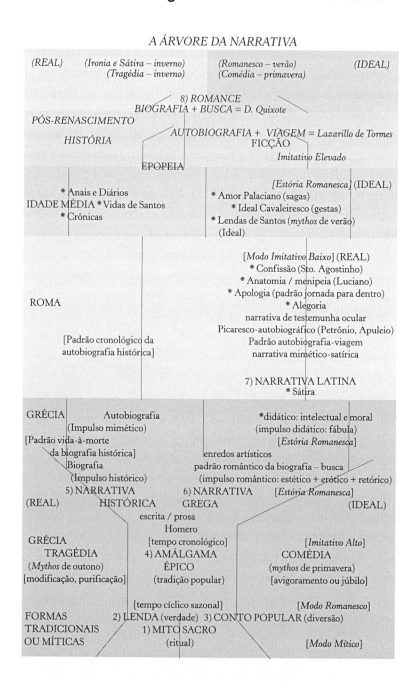

DA SAGRAÇÃO DA DIFERENÇA AO REENCONTRO DO MODELO
A ÁRVORE DA NARRATIVA NO JARDIM DAS NOSSAS LETRAS: RAMOS E ROSA

> *"Dia virá que as pedras serão plantas, as plantas animais, os animais homens e os homens deuses."*
> "Uma senhora", Machado de Assis

1
GRACILIANO RAMOS
A REINVENÇÃO DO REAL
(OS SETE CÍRCULOS DO INFERNO: A CONSTRUÇÃO DE *VIDAS SECAS*)

> *"a terra irradia como um Sol escuro."*
> Os sertões, Euclides da Cunha.

O despotismo da água entre os despotismos das secas

> *"Falo somente do que falo*
> *do seco e de suas paisagens,*
> *Nordestes, debaixo de um sol"*[1]
> João Cabral de Melo Neto

O livro *Vidas secas*, de Graciliano Ramos, publicado em 1938, configura-se, dentro do conjunto da obra do autor e em relação à série literária do ciclo regionalista em que se destacou, como uma obra singular, porque, nos dois

---

1 Esses versos pertencem ao poema denominado "Graciliano Ramos", de João Cabral de Melo Neto. Composto por oito estrofes, que formam, no conjunto, quatro blocos simétricos, com um par de estrofes de quatro versos em cada um, o poema constrói, a partir da estrutura reiterativa com que inicia cada bloco – "Falo somente"... – , um quadro de referências interligando instâncias fundamentais do universo da produção literária: a *matéria artística* ("Falo somente com o que falo"); o *assunto* ("Falo somente do que falo"); os *personagens* ("Falo somente por quem falo"), e os *leitores* ("Falo somente para quem falo"). Essa disposição estrutural justifica a relação do poema com o livro *Vidas secas*, possibilitando ao mesmo tempo um intercâmbio com a presente análise no sentido de enriquecê-la, já que ela se refere ou se apoia, subliminarmente, nos quatro andaimes da produção literária: a matéria artística (a palavra); a referência principal do drama (assunto); o universo da representação (personagens) e o polo da recepção (leitores). Assim, os versos iniciais do segundo bloco do poema, correspondentes ao assunto do livro, abrem a análise em forma de epígrafe, cuja continuidade tem a seguinte

casos, a sua realização "realista" (ou neo-realista, na classificação mais comum) aponta para um tipo de representação "mimética" cujos refinamento e síntese, alcançados pela resolução dos processos construtivos, extrapolam a moldura do contexto estético e do recorte da realidade histórica em que se inscreve. Assim, sobressaído da paisagem histórica e estética de seu tempo, o livro conquistou outras paragens, atingindo o patamar da atemporalidade e da universalidade que somente o seleto grupo das obras-primas consegue galgar, agenciando a dinâmica das referências locais à congruência das leis ficcionais: as forças mobilizadoras das potencialidades simbólicas de uma obra. Superando um tipo de representação mimética, apoiada no real, e atingindo uma resolução estética firmada no jogo interno das relações simbólicas, o livro *Vidas secas*, antes de ser visto no plano de sua autonomia artística, pode servir de exemplo para a montagem de dois contrapontos críticos interligados pela questão da representação mimética, que continua sendo permeada, se não sustentada, por uma constelação simbólica.

O primeiro contraponto origina-se no contexto da historiografia literária brasileira, que situa, nas palavras de Alfredo Bosi (1994, p.388), a ficção dos decênios de 30 e de 40, do século XX, como "a era do romance brasileiro". Nesse contexto, emoldurado pelos fatores histórico, social e econômico, fluíram novos estilos ficcionais "marcados pela rudeza, pela captação direta dos fatos, enfim por uma retomada do naturalismo, bastante funcional no plano da narração-documento que então prevalecia" (ibidem, p.389). Na continuidade da montagem do quadro historiográfico, Bosi opõe e desqualifica o *"realismo absoluto"* do século anterior ("um modelo ingênuo e um limite da velha concepção mimética de arte que uma norma efetiva de criação literária") para caracterizar o "realismo crítico" desse romance novo, que "precisou passar pelo crivo de interpretações da vida e da história para conseguir dar um sentido aos seus enredos e às suas personagens", de onde emerge a obra de Graciliano Ramos: "Assim, ao realismo 'científico' e 'impessoal' do século XIX preferiram os nossos romancistas de 30 uma *visão crítica das relações sociais*" (ibidem, p.389).

---

composição: "ali do mais quente vinagre: / que reduz tudo ao espinhaço, / cresta o simplesmente folhagem, / folha prolixa, folharada, / onde possa esconder-se a fraude" (Melo Neto, 1994, p.311). Os versos dos outros três blocos serão referidos, posteriormente, acompanhando o andamento da análise.

Se o novo realismo substitui o "cientificismo" do momento anterior para se valer do suporte da crítica social, infiltrando-se nos grotões e fendas da matéria regionalista, o crítico reconhece no romance focalizado um certo distanciamento da realidade ("a paisagem capta-se menos por descrições miúdas que por uma série de tomadas cortantes; e a natureza interessa ao romancista só enquanto propõe o momento da realidade hostil"), tornando falsa a nota de regionalismo dada a uma obra em tudo universal. Aqui, surge o segundo contraponto. Em razão da construção desse universalismo, outros ingredientes entram na composição do romance: estruturação, cortes e montagens cinematográficos; fiação de uma sintaxe paratática; vocabulário essencial, imagético e plástico; a maquinaria do silêncio fabricando emoção na "bolandeira" do discurso indireto livre; enfim, os recursos ficcionais que convertem "a miséria da não linguagem" dos personagens num drama de linguagem (Sant'ana, 1975, p.178). Drama irônico, diga-se, pois se o drama se instala com a erupção do diálogo, no livro, o diálogo é sufocado numa interiorização dramática: uma espécie de mutismo dotando de voz a consciência. Quanto mais essa consciência se expande, mais se fecham os canais comunicantes das palavras, brotando, em seu lugar, a tensão do silêncio trazendo a emoção à flor da pele. Tudo isso acontece não na paisagem seca e agreste do Nordeste, mas no palco da linguagem, o lugar em que se dá a concretude da representação literária.

O cenário desse palco, entretanto, deixa entrever, numa obra instigantemente associada aos aspectos da realidade, os bastidores descarnados de um universo simbólico estruturalizante. Nele pulsam os sentidos das "imagens demoníacas", que podem ser vivificadas com o intuito de se confirmar a asserção de Northrop Frye, quando diz que a literatura irônica mais recente e próxima do realismo ainda mantém um padrão mítico, mesmo que, em regra, seja o demoníaco. O drama dos retirantes em *Vidas secas* é cíclico, segue a rota das mudanças, que por sua vez seguem o giro cíclico da natureza, em busca de chuva ou água, conduzindo-os ao eterno aprisionamento na constante rotação dentro da ordem natural. Ao contrário do que se poderia pensar que os deuses estariam em desuso no contexto de uma representação mimética, tal aprisionamento revela a presença de uma divindade demoníaca personificada nos poderes da natureza, juntamente com a maquinaria de uma estrutura trágica e irônica: essa última, ao matar por alguns instantes a sede do desejo; aquela, por fazer renascer constantemente o senso trágico das privações e misérias indesejáveis, colocando a roda da fortuna dos retirantes nas engrenagens de um fado inescrutável e onipotente. Como reagir? Só há uma possibilidade: "A arte é uma astúcia do espírito humano, para fraudar o mau Demiurgo das suas vítimas, para ironizar a criação malograda", lembra o crítico Otto Maria Carpeaux (1978, p.30). Essa é a proposta da arte de Graciliano Ramos.[2]

O despotismo da água

O círculo maior do inferno natural representado no livro compõe o arco externo da sua estrutura de composição, formada por dois ciclos extremados de seca: a "Mudança" do início e a "Fuga" do fim, intermediados, no meio da narrativa, pelas águas do "Inverno", justamente no sétimo dos treze capítulos. A partir desse olho d'água e sopro de frio, os capítulos da primeira com os da segunda metade do livro desenham sete círculos concêntricos, na ligação do primeiro com o último, do segundo com o penúltimo e, assim, respectivamente, num movimento duplamente simétrico: de fora para dentro, ou da seca (sol) para a chuva (água), formando uma ligação mais explícita entre os capítulos, por meio do drama existencial de Fabiano; de dentro para fora, ou da água para a seca cíclica, formando uma ligação concêntrica menos explícita, escondida nos dramas particulares dos demais personagens. No miolo figura o ciclo do "Inverno"; em torno dele expandem-se os círculos do "inferno" de cada um dos figurantes e do todo da família. De dentro para fora, na expansão dos círculos, a imagem do inferno cresce e envolve a roda da narrativa, cujo movimento básico é o eterno retorno: morte/renascimento/morte. O sentido da imagem do inferno (*diánoia*) forma-se com a integração do movimento cíclico da narrativa (*mythos*). Movimento e imagem unem-se na rotatória do enredo e na forma simbólica do círculo: a "bandoleira".

---

2 Diz Carpeaux (1978, p.26), em outra passagem, indicando a ideia de inferno no livro, que queremos realçar: "Com efeito, o material desse classicista é bem estranho: é o mundo interior; as mais das vezes, o mundo infernal. Lá, as almas são caçadas por um turbilhão demoníaco de angústias, como as almas no vestíbulo do Inferno de Dante...".

Em torno dessas semântica e sintaxe mínimas, formando o desenho abstrato do livro, podem-se recompor as linhas básicas de um percurso simbólico, tendendo para as relações miméticas e figurativas. Nesse itinerário de dentro para fora, o capítulo "Inverno" é o núcleo da narrativa, por ser o mais afastado do sol. Nas suas relações internas, o capítulo referido constrói-se de dentro para fora, armando um jogo que vai do fogo para a água, na relação que se dá entre o interior e o exterior da casa, reiterando o movimento estrutural de um plano mais simbólico (dentro), para a instauração de uma configuração mimética (fora). No centro de todo o processo, os dois primeiros parágrafos do capítulo "Inverno" constroem a oposição espacial dentro/fora, condutora das relações que vão do fogo (quente) para a água (frio), indicando, depois, a volta, cada vez mais causticante do sol e da seca, reduplicando, num circuito menor (de dentro para fora), a estrutura maior do livro, que caminha de fora para dentro:

> A FAMÍLIA estava reunida em torno do fogo, Fabiano sentado no pilão, sinha Vitória de pernas cruzadas, as coxas servindo de travesseiros aos filhos. A cachorra Baleia, com o traseiro no chão e o resto do corpo levantado, olhava as brasas que se cobriam de cinza.
>
> Estava um frio medonho, as goteiras pingavam lá fora, o vento sacudia os ramos das catingueiras, e o barulho do rio era como um trovão distante. (Ramos, 1982, p.63)

A relação entre o fogo e a água forma a tensão fundamental da narrativa. Nas faíscas do primeiro cintila a simbologia do sonho, que é uma aversão ao pesadelo, enquanto a água da chuva embala o desejo, e por ela escorrem as aspirações nunca concretizadas. Como aversão ao pesadelo, no mundo demoníaco, o fogo surge sob a forma de "auto de fé" e, nesse mundo de calvário, a água é identificada com a "água da morte", ou o "sangue derramado" (Frye, 1973a, p.151). Nessa visão pessimista da condição humana, se a seca é a imagem aterradora, sentida num pesadelo constante, fazendo da natureza, com suas cores de fogo, a imagem de um inferno sempre presente, a chuva surge, ameaçadora, completando a cadeia cíclica, não como um ponto de conforto, mas com o seu grito de terror ecoando na caixa acústica da natureza para anunciar o "despotismo de água" – o seu tempo de reinado entre a duração de dois ciclos de fogo. Tudo se passa no quadro expressionista desse capítulo central:

Não havia o perigo da seca imediata, que aterrorizara a família durante meses. A catinga amarelecera, avermelhara-se, o gado principiara a emagrecer e horríveis visões de pesadelo tinham agitado o sono das pessoas. De repente um traço ligeiro rasgara o céu para os lados da cabeceira do rio, outros surgiram mais claros, o trovão roncara perto, na escuridão da meia-noite rolaram nuvens cor de sangue [...] Mas aquela brutalidade findara de chofre, a chuva caíra, a cabeça da cheia aparecera arrastando os troncos e animais mortos. (Ramos, 1982, p.65)

O quadro apresenta o antes e o agora, fundindo as várias marcações temporais num presente espacial, imagético e plástico. É esse o movimento principal da narrativa: as imagens pulsam, bruxuleiam, materializam-se num gesto rápido, no ritmo mínimo de um fio narrativo. No limite, tem-se uma dança de imagens em busca de um ritmo: a espacialidade e o seu sentido sendo confirmados pela temporalidade e sintaxe do *mythos*. Fabiano é o condutor do processo: alimenta o fogo, e o faiscamento desse, em círculos, iconiza a construção imagética demoníaca, que reflete, nos círculos da luz do fogo e da estrutura narrativa, um enredamento mínimo – o tópico da sobrevivência no inferno da existência.

O ponto de origem está no gesto ritualístico de esfregar as mãos: "Fabiano esfregou as mãos satisfeito e empurrou os tições com a ponta da alpercata" (ibidem, p.63). O gesto de fé gera o fogo aparentemente acolhedor, mas ironicamente sacrificante, visto que o seu círculo desintegra a família, desenhando, no jogo das variações visuais (claro/escuro) e sensoriais (quente/frio), o seu despedaçamento (*sparagmós*):

As brasas estalaram, a cinza caiu, um círculo de luz espalhou-se em redor da trempe de pedras, clareando vagamente os pés do vaqueiro, os joelhos da mulher e os meninos deitados. De quando em quando estes se mexiam, porque o lume era fraco e apenas aquecia pedaços deles. Outros pedaços esfriavam recebendo o ar que entrava pelas rachaduras das paredes e pelas gretas da janela. Por isso não podiam dormir. (ibidem)

A variação da luz refletida nas partes dos corpos dos personagens, num movimento cortante, de baixo para cima, ao mesmo tempo que revela o desconforto físico, impede o sono. E o sonho, não realizado num estado de dormência, passa a concretizar-se no sofrimento da vigília, nos fragmentos de conversa. Os fragmentos, como o jogo de luz, vagam, serpenteiam em busca de um enredamento, mas não totalizam um enredo: apresentam fiapos dele. Como ocorre na obra toda, os fragmentos de conversa, refletindo o processo fragmentário da estrutura de composição, relevam uma dança de imagens buscando a sustentação de um enredo mínimo, ou seja, a espacialidade moldando-se num tênue fio de temporalidade. Esse movimento, visto do contexto menor dos fragmentos de conversa para a estrutura fragmentária maior do processo de composição do livro, entronca-se na observação genérica, mas pertinente, de Otto Maria Carpeaux (1978, p.32): "O herói de Graciliano Ramos é o sertanejo desarraigado, levado do mundo primitivo, imóvel, para o mundo do movimento". É nesse caminho do imóvel para o movimento que a narrativa revela o seu sentido mais profundo, reproduzindo o ritual da formulação de um enredo, que une o sentido e a estaticidade das imagens à sintaxe da temporalidade :

> Quando iam pegando no sono, arrepiavam-se, tinham precisão de virar-se, chegavam-se à trempe e ouviam a conversa dos pais. Não era propriamente conversa: eram frases soltas, espaçadas, com repetições e incongruências. Às vezes uma interjeição gutural dava energia ao discurso ambíguo. Na verdade nenhum deles prestava atenção às palavras do outro: iam exibindo as imagens que lhes vinham ao espírito, e as imagens sucediam-se, deformavam-se, não havia meio de dominá-las. Como os recursos de expressão eram minguados, tentavam remediar a deficiência falando alto. (Ramos, 1982, p.63-4)

O gesto ritualístico de Fabiano, ao esfregar reiteradamente as mãos, acopla dois sentidos: um, gerador do fogo (*"fiat lux"*); o outro, irônico, faz Fabiano passar de agente doador à vítima sacrifical (*pharmakós*). Ao gerar o fogo, produz-se a imagem do inferno, cujos anéis formam o calvário, ou o caminho do enredo em que a família protagoniza o seu rito de sacrifício. O encontro entre a imagem e o enredo – aquela que se revela, mas não se deixa dominar; esse que se esconde na precariedade linguística, mas revela o seu despedaçamento – forma o cerne do processo, a união da *diánoia* e do *mythos*. Nessa união encarna-se a estrutura mítica. O enredo (calvário) e o seu sentido (imagem do inferno) reduzem-se às matrizes arquetípicas do *ritual* e do *sonho*, conforme estabelece a teoria de Frye e confirmam as palavras de Carpeaux (1978, p.31), caracterizando o "mundo empastado e nevoento, noturno, onde os romances de Graciliano Ramos se passam: no sonho. Os hiatos nas recordações, a carga de acontecimentos insignificantes com fortes afetos inexplicáveis, eis a própria 'técnica do sonho', no dizer de Freud". Constituindo a identificação do ritual e do sonho, o *mito* explica-os e os comunica, dando sentido ao ritual e narração ao sonho. O sonho figurativizado na imagem demoníaca é a aversão ao pesadelo: o indesejável inferno. O ritual, que nasce no gesto de esfregar as mãos, constitui a gênese dos fragmentos de conversa. Nesses fragmentos cintilam os fiapos de enredo em que se alojam os arquétipos da própria história dos figurantes: do fogo para a água e da água para o fogo; da seca para a chuva e da chuva para a seca cíclica. Ao crescer e presentificar-se, a imagem do inferno já é o ritual em movimento, a narração e o seu sentido, o enredo e a sua imagem fundamental soldados, formando, nos seus círculos anelados, a sintaxe e a temporalidade de um enredo que é a metáfora de um inferno existencial – a peregrinação dos retirantes nas voltas que a natureza dá entre um ciclo de seca e outro:

> Fabiano tornou a esfregar as mãos e iniciou uma história bastante confusa, mas como só estavam iluminadas as alpercatas dele, o gesto passou despercebido. O menino mais velho abriu os ouvidos, atento. Se pudesse ver o rosto do pai, compreenderia talvez uma parte da narração, mas assim no escuro a dificuldade era grande [...] Fabiano [...] suspendeu a tagarelice, pôs-se de quatro pés e soprou os carvões, enchendo muito as bochechas [...] O círculo de luz aumentou, agora as figuras surgiam na sombra, vermelhas. Fabiano, visível da barriga para baixo, ia-se tornando indistinto daí para cima, era um negrume que vagos clarões cortavam. Desse negrume saiu novamente a parolagem mastigada. (Ramos, 1982, p.64-5)

Do lado de fora, a chuva castiga a casa, descarnando-a e expondo a sua ossatura: "Mas voltariam quando as águas baixassem, tirariam do barreiro terra para vestir o esqueleto da casa" (ibidem, p.66). No interior da casa, o esqueleto do enredo revela-se à luz do fogo, na expansão dos seus círculos, nos arremedos e remendos de conversa. Na relação entre o externo e o interno, a narrativa expõe os elementos mínimos com que tece a arquitetura concisa de sua simbolização: do lado de fora, a "água" e a "terra" (barro); do lado de dentro, o "fogo" e o "ar" (sopro). Nessa interação, a narrativa costura, do lado de fora, o motivo arquetípico do "trabalho", expondo, na tensão da relação crítica entre o homem e a natureza, a situação de vítima da condição humana diante do "despotismo" de uma força demoníaca. Dentro da casa, no gesto ritualístico de esfregar as mãos e soprar os carvões, despertando as labaredas entre as pedras, Fabiano rememora o motivo da "criação", encarnando o arquétipo da "gênese" como a outra "ideia estrutural do modo imitativo baixo", na concepção de Frye. Tal ideia constrói-se no processo ritualístico de gerar o fogo, com esse recuperando, num plano mítico, a fala que procura, em vão, a criação de um enredo mínimo. O enredo que não se organiza numa tentativa de fala constrói-se na relação fragmentária entre os demais capítulos do livro, formando os círculos complementares de uma imagem do "inferno". No desenho dessa imagem geral, ao contrário do que se dá no capítulo do centro, o "fogo" (seca/sol) e a "terra" vão gerar os caminhos de peregrinação da família, enquanto a "água" e o "ar" (sopro/fala/céu) vão esboçar o sonho de "fuga" da engrenagem demoníaca.

Enquanto lá fora a relação entre o homem e a natureza mostra, com o "despotismo das águas", apenas um ciclo da cadeia demoníaca, que se completa no giro de uma seca a outra, dentro da casa, a relação entre o externo (o "outro") e o interno (o "eu") intensifica o drama realista do "eu" que se vê impedido de se expressar, como vítima de um sistema desumano nas relações sociais. Privado da faculdade da linguagem, Fabiano tenta articular um fio da sua história, dentro de um drama em que a História o coloca nos seus círculos periféricos. Se, lá fora, os ciclos demoníacos da natureza colocam Fabiano e sua família numa cadeia de peregrinações constantes, movimentando o padrão narrativo do motivo da "viagem", dentro da casa, no capítulo central do livro, descarna-se o outro motivo arquetípico de uma representação realista: a "história de um escritor" recriada em terceira pessoa, com a protagonização de uma família vivendo o drama de não poder contar a sua própria história, porque lhe falta o sopro e o sonho da palavra: "Fabiano contava façanhas. Começara moderadamente, mas excitara-se pouco a pouco e agora via os acontecimentos com exagero e otimismo, estava convencido de que praticara feitos notáveis" (Ramos, 1982, p.66). Assim, nessa leitura de dentro para fora, chega-se à moldura principal do livro: a fuga do pesadelo da seca revelando o motivo da viagem, e a esperança do sonho da fuga para o sul, com o desejo de se atravessar a linha do horizonte e traçar os planos de uma outra vida.

Entre o sonho que se tece por meio do desejo da chuva (água) e da fala (ar), e o pesadelo que se concretiza na terra e na seca (fogo), a narrativa realiza um enredo mínimo, reduzido a uma relação essencial entre o fogo e a água, colocando Fabiano e sua família em busca de um fio de discurso, que não chega a formar um "discurso-rio", mas que rememora, dialeticamente, o motivo realista de uma "história de escritor", tramada, de maneira original, numa narrativa em terceira pessoa. Graciliano Ramos, no conjunto de sua obra, sempre destacou, no seu processo de composição, o traço realista envolvendo o motivo de uma história de escritor. Em *Vidas secas*, apoiado na questão da oralidade, o autor não realiza o recurso metalinguístico recorrente em seus livros de movimentar os sentidos do processo de escritura do próprio livro, porque, nesse caso, o drama maior representado é a dificuldade dos personagens atarem os fragmentos de suas falas num fio de narratividade, dramaticamente cortado pelo insulamento em que se encontram condenados, como vítimas do atraso de uma realidade sociocultural oral.

Ao extrapolar as amarras do regionalismo e de um tipo de realismo crítico e social, *Vidas secas* permanece como realização estética, por operar uma das mais complexas e simbólicas sínteses de uma representação artística do real. Num caso de extrema ironia, trata-se de uma narrativa de viagem, porque, ao negar a Fabiano a posse e a fixação na terra, o personagem e sua família são condenados a peregrinar pelos círculos dos ciclos da natureza. Só que as mesmas garras da ironia que lhe negam a terra e o condenam a uma estrutura de viagem negam-lhe também a voz, impedindo o desenvolvimento do padrão autobiográfico. Nesse caso, o motivo realista do "retrato de um escritor" dá-se pelo avesso: a forma é afirmada, dialeticamente, pela sua negação. Impossibilitada a estrutura autobiográfica, o relato biográfico dá projeção ao narrador, que empresta a sua voz ao Fabiano, pela técnica do discurso indireto livre, mas lhe cobra o alto preço pelo trabalho de explorar e iluminar os desvãos de sua consciência, negando-lhe a possibilidade de expressão. Assim, o drama desenvolve-se dentro da consciência, aprisionando a forma do "retrato de um escritor", que só se exterioriza pelo avesso, na voz do outro ou do narrador. Na voz do narrador ganha corpo a tragédia sociocultural de um brasileiro impossibilitado de contar a sua própria história, não só porque vive à margem da História, mas porque sobrevive à margem de si mesmo, no trágico dilema de ter consciência, com o impedimento de expressá-la. Nesse sentido, *Vidas secas* representa um salto para dentro de uma realidade agrária brasileira, dramatizando, no oco de um homem esvaziado de linguagem, o pesadelo de uma metamorfose na condição de não homem: o preço da sua condição humana.

No interior do capítulo "Inverno", no centro da narrativa, o jogo de luz e sombra reúne e, ao mesmo tempo, fragmenta a família, reproduzindo o processo de composição do livro. Nesse jogo de escritura expressionista, à medida que se concretiza a forma básica do círculo de fogo, como o avesso labiríntico da estrada reta do caminho apocalíptico, a narrativa segue, metonimicamente, no circuito desses círculos, a rota da vida dos figurantes, desfiando as suas preocupações existenciais. Por esses caminhos de sentido do texto, seguindo o desenho dos fragmentos metonímicos, surgem os grandes círculos metafóricos, em que se alojam os temas básicos da obra. O fogo, reunindo a família, gera, nos círculos de luz, o despedaçamento simbólico dos personagens. Tais pedaços metonímicos, reunidos em torno dos fragmentos de conversa de Fabiano, reduplicam as partes da narrativa reproduzidas nos nomes dos capítulos da primeira metade do livro: "Fabiano", "Sinha Vitória", "O menino mais novo", "O menino mais velho". Cada um desses capítulos gira em torno de um motivo específico, que pode ser desentranhado no rito do fogo e na dança dos seus círculos, gerados no miolo da narrativa.

A partir dos círculos da imagem do fogo, os fragmentos metonímicos do enredo são iluminados, revelando as metáforas temáticas do livro. O gesto ritualístico de Fabiano alimenta a tensão fundamental do texto, calcada na oposição entre os sonhos desejáveis, mas irrealizáveis, e o sonho-pesadelo, que é o inferno concreto de suas vidas: "Fabiano estava contente e esfregava as mãos [...] Fabiano, seguro, baseado nas informações dos mais velhos, narrava uma briga de que saíra vencedor. A briga era sonho, mas Fabiano acreditava nela" (Ramos, 1982, p.67). Passado o instante de euforia, em que os traumas das derrotas são projetados como vitórias ("Relatava um fuzuê terrível, esquecia as pancadas e a prisão, sentia-se capaz de atos importantes"), volta o pesadelo constante.

Dentro do quadro sombrio descrito, cada um dos figurantes vê, num instante de iluminação e no relato fragmentado de Fabiano, a projeção de seu drama mais profundo, pois, na mesma ordem em que os personagens se reúnem em torno do fogo, dos gestos e da fala de Fabiano, o livro reúne os seus capítulos iniciais, juntando os conflitos existenciais do grupo de figurantes. Da mesma maneira que se situa no centro da roda, Fabiano inicia o circuito da dança dos capítulos, emprestando o seu nome ao segundo, e movimentando a derrota da briga com o soldado amarelo, no terceiro, cujo motivo é recontado, vitoriosamente, no centro da roda de fogo: "Se a seca chegasse, ele abandonaria mulher e filhos, coseria a facadas o soldado amarelo, depois mataria o juiz, o promotor e o delegado" (ibidem, p.67). Ao lado de Fabiano, Sinha Vitória desempenha a tarefa de "sustentar as labaredas [...] atiçando o fogo com o cabo da quenga de coco", como um desdobramento do seu trabalho doméstico, visto no quarto capítulo e ao longo da narrativa, mas com a função simbólica de manter a ligação da família, por representar o único vínculo de comunicação, associado à sua característica de ter "uma ponta de língua a mais". Na continuidade da roda é a vez de o menino mais novo ocupar o seu espaço físico, revelando a sua ligação com o pai, cujos traços temáticos são desenvolvidos no quinto capítulo. Mais distante na roda, mas ocupando o capítulo mais próximo do centro da narrativa, o menino mais velho, ligado às problemáticas existenciais da mãe, é o que está mais perto do enigma do livro: a configuração da imagem do inferno como o retrato do drama de suas existências.

Como representação de um mundo demoníaco, espelhado na *analogia da experiência*, na concepção de Frye (1973a, p.155), a obra apresenta-se como uma realização das ideias estruturais das imagens demoníacas flagradas num universo imitativo baixo: "a gênese e o trabalho". Ambas nascem, metonimicamente, das mãos. A "gênese" remete ao plano da criação, simbolizado no gesto ritualístico de gerar o fogo e, com ele, o inferno da história das personagens, cuja mola essencial é o problema da comunicação, revelado na precariedade linguística dos figurantes, impedindo que a história seja por eles contada, para ser, figurativa e gestualmente, por eles representada. O tema do "trabalho", também nascente na metonímia das mãos, desencadeia as analogias decorrentes da representação de personagens e situações típicas, percorrendo as esferas socioeconômicas do dominado e dos dominantes, por meio dos círculos do poder: o trabalhador sem terra, retirante, subjugado e expoliado pelos poderes constituídos – os donos da terra, do comércio e da justiça, representados nas figuras simbólicas do latifundiário, do comerciante, do soldado e do governo.

Os dois temas – o da gênese e o do trabalho – cruzam-se pelos veios da narrativa, mas entroncam-se no ponto gerador de tudo, na conversa de Fabiano à roda do fogo, diretamente ligados aos dois meninos: "Os meninos, sentindo frio numa banda e calor na outra, não podiam dormir e escutavam as lorotas do pai. Começaram a discutir em voz baixa uma passagem obscura da narrativa" (Ramos, 1982, p.67). A discordância leva Fabiano a recontar a passagem obscura, tentando iluminá-la: "Depois moderou-se, repisou o trecho incompreensível utilizando palavras diferentes" (ibidem, p.68). Os meninos espelham-se no reflexo dessa nova iluminação. O mais novo, ligado ao tema do trabalho, vê nas palmas da mão do pai a projeção do seu futuro: "O menino mais novo bateu palmas, olhou as mãos de Fabiano, que se agitavam por cima das labaredas, escuras e vermelhas. As costas ficavam na sombra, mas as palmas estavam iluminadas e cor de sangue. Era como se Fabiano tivesse esfolado um animal" (ibidem). O menino mais velho, descontente com a troca de palavras, ligado à temática da criação da própria narrativa, reflete sobre o destino da história contada por Fabiano, empobrecida na nova versão. Ao colocar o herói num plano mais humano e contraditório, Fabiano frustra o sonho do menino, cujo desejo é uma fabulação menos pessimista do que o pesadelo de suas realidades:

> O menino mais velho estava descontente. Não podendo perceber as feições do pai, cerrava os olhos para entendê-lo bem. Mas surgira uma dúvida. Fabiano modificara a história — e isto reduzia-lhe a verossimilhança. Um desencanto. Estirou-se e bocejou. Teria sido melhor a repetição das palavras. Altercaria com o irmão procurando interpretá-las. Brigaria por causa das palavras — e a sua convicção encorparia. Fabiano devia tê-las repetido. Não. Aparecera uma variante, o herói tinha-se tornado humano e contraditório. (ibidem, p.68)

Como o texto central do livro apresenta a família reunida circularmente, o seu desdobramento, operando o desmembramento do conjunto, também é cíclico. Ao dar continuidade à vida das partes dos figurantes, nos capítulos específicos com os seus nomes, o texto central termina focalizando a cachorra Baleia, também contemplada com um capítulo, na segunda parte do livro, completando o enredamento dessa teia labiríntica. Do centro para o contorno dos círculos da narrativa, o capítulo "Inverno" apresenta uma trajetória do todo (a família reunida) para as suas partes iluminadas. As partes das figuras ganham corpo nos capítulos com os seus nomes. Tais capítulos, nesse jogo de espelho, juntam-se, compondo o quadro geral da narrativa. Completando o jogo de estruturação, se o percurso do capítulo "Inverno" vai do desmembramento humano para o animal, o fecho do mesmo, focalizando a cachorra Baleia, reúne todos os figurantes num plano de existência comum, em que o homem está muito próximo do animal e o animal muito próximo do humano. Com o fogo apagado, os carvões e as cinzas retirados, o capítulo termina dando vez à cachorra Baleia de embalar o seu sono num sonho tão humano quanto aqueles por meio dos quais os figurantes tentam fugir de seus pesadelos constantes:

> Varrido o chão com vassourinha, escorregaria entre as pedras, enroscar-se-ia, adormeceria no calor, sentindo o cheiro das cabras molhadas e ouvindo rumores desconhecidos, o tique-taque das pitangueiras, a cantiga dos sapos, o sopro do rio cheio. Bichos miúdos e sem dono iriam visitá-la. (ibidem, p.70)

O despotismo da seca

Na rota de leitura escolhida, de dentro para fora, ou do centro do livro e do capítulo "Inverno", formando o primeiro círculo em torno do qual se ligam os outros capítulos, as imagens que aí pulsam, à medida que completam os seus sentidos no redemoinho do enredo, constroem o percurso temático da narrativa. Dando continuidade ao motivo da criação, o capítulo mais próximo do centro é "O menino mais velho", iniciador da imagem do inferno destacada anteriormente. O drama íntimo do menino é a questão da linguagem, os mistérios das palavras com as quais poderia expandir o circuito de sua existência para além da serra, do lado de "lá" do campo visível e concreto de sua experiência de vida, que acaba sempre recortando o mesmo universo: seja pelo insulamento de um vocabulário restrito, diretamente associado com o mundo natural próximo e palpável, seja pela representação desse universo miniaturizado na criação de suas criaturas de barro. O conflito do menino localiza-se na justa distância que a arbitrariedade do signo linguístico abre na sua relação entre o significante e o significado, ou no espaço que separa as suas vivências mais instintivas e intuitivas do poder simbólico das palavras. Por isso, a distância amplia-se à medida que a palavra se afasta da associação imediata com o mundo natural e concreto para aprofundar-se nas escavações da subjetividade, ou das áreas simbólicas e mais abstratas da língua e do pensamento: "Como não sabia falar direito, o menino balbuciava expressões complicadas, repetia as sílabas, imitava os berros dos animais, o barulho do vento, o som dos galhos que rangiam na catinga, roçando-se" (Ramos, 1982, p.59). Dentro desse universo da linguagem e do pensamento, se a primeira restringe a experiência do menino à imitação dos sons da vida natural, como consequência, o pensamento não alcança o mistério da simbologia de uma palavra que os rodeia, cujo sentido, ironicamente, não se deixa revelar: "Agora tinha tido a ideia de aprender uma palavra, com certeza importante porque figurava na conversa de sinha Terta" (ibidem). Nessa palavra reside a chave do mistério. Mais do que corporificar o conflito linguístico, ela traz o sentido simbólico do inferno para o plano rasteiro da vida dos figurantes que, por não conseguirem romper as linhas já traçadas de seus círculos existenciais, acabam circunscritos e atados aos anéis de uma cadeia demoníaca:

> Ia decorá-la e transmiti-la ao irmão e à cachorra. Baleia permaneceria indiferente, mas o irmão se admiraria, invejoso.
> – Inferno, inferno.
> Não acreditava que um nome tão bonito servisse para designar coisa ruim. (ibidem, p.60)

Motivado pela sonoridade da palavra ("A culpada era sinha Terta, que na véspera, depois de curar com reza a espinhela de Fabiano, soltara uma palavra esquisita, chiando, o canudo do cachimbo preso nas gengivas banguelas"), o menino frustra-se com a incapacidade da mãe em concretizar em significado as expectativas despertadas pelo significante: "Por isso, rezingara, esperando que ela fizesse o inferno transformar-se" (ibidem, p.56). O dilema do menino, numa situação de secura e precariedade linguística, reverte-se, no contexto do livro, pela maestria do narrador, na comunicação de um drama intenso de calor humano. O seu conflito, no plano da arte, reveste-se numa questão intrínseca à representação literária: transformar o signo verbal, convencional e arbitrário, num signo motivado; fazer a palavra virar coisa; enfim, singularizar o signo profanado e desgastado da comunicação pragmática no contexto ritualístico da arte: "Ele tinha querido que a palavra virasse coisa e ficara desapontado quando a mãe se referira a um lugar ruim, com espetos e fogueiras" (ibidem).

A frustração manifestada no nível das personagens é resolvida num plano maior, na instância da narração e da estruturação do romance, negando ironicamente a iconização do inferno no nível de aspiração dos figurantes, para que eles a vivenciem, plenamente, num nível simbólico, no plano geral da obra. Graciliano Ramos faz o inferno transformar-se. A sua arte rompe as barreiras da língua, da temática regional, para encontrar-se, num outro patamar, com as grandes obras da literatura, que souberam transformar em infernos simbólicos os dramas reais de seus países. Nesse ponto mais alto, os dramas humano e linguístico convertem-se no espaço dramático para onde confluem todas as forças de um texto que se propõe artístico e vira arte: o drama da consciência de linguagem. Essa é a força maior do livro: o drama que é para ser representado converte, ele próprio, na representação de um drama da linguagem literária. Diante da mimetização da realidade, o autor encontra uma solução simbólica, intensificando os raios de sentido dessa realidade, enfeixando-os no construto da "bolandeira" de um inferno construído. A obra transforma-se num inferno e, no calor desse fogo produtor de significação, a realidade surge recriada no plano simbólico da palavra.

O inferno não visto no ângulo restrito das visões dos personagens manifesta-se nas imagens de seus desejos. Assim, o terceiro círculo é formado pelo drama íntimo do menino mais novo, no capítulo quinto, que tem por título o seu nome: "A IDEIA surgiu-lhe na tarde em que Fabiano botou os arreios na égua alazã e entrou a amansá-la. Não era propriamente ideia: era o desejo vago de realizar qualquer ação notável que espantasse o irmão e a cachorra Baleia" (ibidem, p.47). A cena principal do capítulo constrói, índice após índice, a projeção do pai na vida do filho, formando a armadilha de seu destino: "Fabiano lhe causava grande admiração" (ibidem). Como num transe hipnótico, o menino é atraído pelas formas circulares das imagens labirínticas: "as abas do chapéu [...] faziam-lhe um círculo enorme em torno da cabeça"; "Fabiano [...] saltou na sela [...] e foi um redemoinho na catinga"; "a égua começou a pular [...] como se tivesse o diabo no corpo" (ibidem). Depois, é a sua vez de repetir a cena trágico-irônica, como um desdobramento infantil do destino paterno:

> e o projeto nasceu [...] a égua alazã e o bode misturavam-se, ele e o pai misturavam-se também [...] Aí o bode se avizinhou e meteu o focinho na água. O menino despenhou-se da ribanceira, escanchou-se no espinhaço dele [...] Ficou ali estatelado, quietinho, um zunzum nos ouvidos, percebendo vagamente que escapara sem honra da aventura; (ibidem, p.49-51)

Pai e filho formam o mesmo retrato em dois tempos. O retrato fixa, por meio da temática do trabalho, uma cadeia de subserviência, no plano humano, aos donos do poder, e, no plano da natureza, uma dependência constante às suas leis cíclicas. Assim como há, no território das relações humanas, um núcleo gerativo de sentido, formado a partir da oposição inferioridade/superioridade, mobilizando as regras de um jogo de dominação, há, também, no plano da intermediação dos figurantes com o espaço do mundo natural, um movimento expresso pelas relações entre a horizontalidade e a verticalidade, intensificando o mecanismo diabólico e cíclico das derrotas permanentes. Nesse sentido, é constante, na representação de Fabiano, um olhar para cima, em direção a um sonho esperançoso, embora passageiro, porque o mundo celestial se apresenta sempre com suas formas em mutação, contrastando com o olhar de um pesadelo permanente, voltado para baixo, que encontra um inferno aderente, aberto na crueza da realidade da terra. O gesto do menino após a queda, reduplicando o pai, perpetua o círculo vicioso:

> Levantou os olhos tímidos. A lua tinha aparecido, engrossava, acompanhada por uma estrelinha quase invisível. Àquela hora os periquitos descansavam na vazante, nas touceiras secas de milho. Se possuísse um daqueles periquitos, seria feliz.
>
> Baixou a cabeça, tornou a olhar a poça escura que o gado esvaziara. Uns riachos miúdos marejavam na areia como artérias abertas de animais. Recordou-se das cabras abatidas a mão de pilão, penduradas de cabeça para baixo num caibro do copiar, sangrando. (ibidem, p.52)

O quarto círculo do inferno localiza-se no quarto capítulo do livro: "Sinha Vitória". O motivo recorrente é a alimentação do fogo: "ACOCORADA junto às pedras que serviam de trempe, a saia de ramagens entalada entre as coxas, sinha Vitória soprava o fogo" (ibidem, p.39). O seu desejo permanente é uma cama igual a de seu Tomás da bolandeira: "Outra vez sinha Vitória pôs-se a sonhar com a cama de lastro de couro. Mas o sonho se ligava à recordação do papagaio, e foi-lhe preciso um grande esforço para isolar o objeto de seu desejo" (ibidem, p.44). O vínculo aproximativo com o papagaio, intensificado pelo fato irônico de ter sido obrigada a matá-lo, faz que Sinha Vitória carregue a penitência da culpa na memória, como uma espécie de pena permanente, avivada pela lembrança da semelhança física: "Olhou os pés novamente. Pobre do louro" (ibidem, p.43). É nesse jogo recorrente entre o interno e o externo, movimentado pela técnica do discurso indireto livre, que a sua atuação gera no livro o foco maior de consciência e de esperança. Trata-se de um ponto frágil, uma espécie de farol vacilante, como as labaredas do fogo que mantém acesas, iluminando uma rota possível, nem sempre segura, em direção à água, na fuga constante da seca e do sol.

O jogo do interno e do externo, funcionando como a mola que desperta a consciência da dor no espaço interior da personagem, é uma espécie de reduplicação menor de um mecanismo construído pela situação estratégica do espaço físico. Atuando dentro da casa, mas com um olhar voltado para fora, Sinha Vitória, em oposição a Fabiano, que se movimenta no espaço aberto da natureza, acompanha de perto o drama familiar, apontando a única via de abertura na cadeia demoníaca em que estão enredados. Encarnando a clássica expressão de Bachelard, "a mulher é a casa", a personagem assegura a união interna da família, representando, ao mesmo tempo, uma janela de esperança. Por ter "uma ponta de língua", Sinha Vitória é o parâmetro de uma visão um pouco mais aguçada, refletida no nível de suas aspirações e no grau de instrução, por meio dos quais Fabiano percebe que é roubado nas prestações de contas. As imagens metafóricas que dão consistência a esse jogo são a água e o fogo: "Isto lhe sugeriu duas imagens quase simultâneas, que se confundiram e neutralizaram: panelas e bebedouros" [...] "De repente as duas ideias voltaram: o bebedouro secava, a panela não tinha sido temperada" (Ramos, 1982, p.42). No dilema existencial de alimentar a família (fogo) e vislumbrar uma possibilidade de sobrevivência (água), quebrando o cerco da seca cíclica, ela aponta a saída da rota dos retirantes da seca para o início da rota da migração para o sul:

> As palavras de sinha Vitória encantavam-no. Iriam para diante, alcançariam uma terra desconhecida. Fabiano estava contente e acreditava nessa terra, porque não sabia como ela era nem onde era. Repetia docilmente as palavras de sinha Vitória, as palavras que sinha Vitória murmurava porque tinha confiança nele. E andavam para o sul, metidos naquele sonho. (ibidem, p.126)

Na continuidade do desenho dos círculos formados pela junção dos capútulos da primeira com a segunda metade do livro, a partir do miolo da narrativa, o que se nota com relação aos três primeiros anéis de capítulos, ligando o sexto ao oitavo, o quinto ao nono e o quarto ao décimo, é um tipo de estruturação menos amarrada, se comparada com aquela que se evidencia entre o conjunto formado pelos três capítulos iniciais e finais da obra.

Mesmo apresentando uma ligação mais afrouxada nas suas relações temáticas, os capítulos sexto, quinto e quarto, ao concentrarem os seus motivos principais nos dramas particulares dos figurantes, acabam encontrando um elo relacional com os capítulos indicados na segunda parte, caracterizados por uma focalização mais generalizada, dramatizando situações voltadas ao conjunto da família. Assim, o motivo principal revelado no capítulo sexto, "O menino mais velho", girando em torno da palavra "inferno", pode ser resgatado no seu complemento, de uma maneira inversa, no capítulo oitavo, denominado "Festa". Nesse capítulo, enquanto cada um dos figurantes vê no espaço estranho da cidade o reflexo do seu próprio drama, o menino mais velho encontra nos mistérios das imagens da igreja a correspondência do enigma da palavra inferno que o persegue:

> Sim, com certeza as preciosidades que se exibiam nos altares da igreja e nas prateleiras das lojas tinham nomes. Puseram-se a discutir a questão intrincada. Como podiam os homens guardar tantas palavras? Era impossível, ninguém conservaria tão grande soma de conhecimentos. Livres dos nomes, as coisas ficavam distantes, misteriosas. Não tinham sido feitas por gente. (ibidem, p.84)

O capítulo cinco, "O menino mais novo", forma o seu par com o nono, "Baleia", dentro da cadeia temática do trabalho, que une Fabiano e a cachorra nos espaços das vaquejadas, enlaçando nesses fios de contiguidade a projeção da vida do menino. Por ser o capítulo que deu origem à obra, "Baleia"[3] concentra a ideia central de sacrifício, a partir da qual o autor engendrou o núcleo básico dos personagens com os sentidos trágico e irônico de suas penitências. Para esse grupo de personagens, a ameaça da morte é uma preocupação constante, pois o destino é implacável, determinando toda a sua ira numa irônica simetria: por serem os animais tão próximos dos figurantes e integrados à família, coube à Sinha Vitória matar o papagaio e a Fabiano desferir os chumbos que apagaram de vez a consciência e o "humanismo" da cachorra Baleia. Na continuidade das linhas dessa simetria, da mesma forma

---

3 Em carta ao amigo Condé, Graciliano (apud Sant'Ana, 1975, p.166-7) explica a origem do livro: "No começo de 1937 utilizei num conto a lembrança de um cachorro sacrificado na Maniçoba, interior de Pernambuco, há muitos anos. Transformei o velho Pedro Ferro, meu avô, no vaqueiro Fabiano; minha avó tomou a figura de sinhá Vitória, meus tios pequenos, machos e fêmeas, reduziram-se a dois meninos".

como vemos a consciência da cachorra Baleia apagar-se no seu último sonho, o menino verá a ironia do destino preparar para o seu futuro as mesmas armadilhas com que o presente faz da vida de Fabiano um pesadelo constante:

> Baleia encostava a cabecinha fatigada na pedra. A pedra estava fria, certamente sinha Vitória tinha deixado o fogo apagar-se muito cedo.
> Baleia queria dormir. Acordaria feliz, num mundo cheio de preás. E lamberia as mãos de Fabiano, um Fabiano enorme. As crianças se espojariam com ela, rolariam com ela num pátio enorme, num chiqueiro enorme. O mundo ficaria todo cheio de preás, gordos, enormes. (ibidem, p.91)

A inversão irônica como uma base relacional despontada na ligação dos capítulos mais centrais reafirma-se no quarto círculo, formado pela junção dos capítulos "Sinha Vitória" e "Contas". No percurso de leitura adotado, à medida que se caminha para os círculos periféricos da narrativa, tal procedimento irônico se intensifica, afirmando-se como o recurso mais importante de construção e ligação entre os capítulos. Na parte que estamos focalizando, o acerto de contas entre Fabiano e o dono da terra é sempre um ritual de inversão. Sinha Vitória faz os cálculos da partilha, por meio dos quais Fabiano percebe que é explorado e obrigado a aceitar as contas do patrão: "No dia seguinte Fabiano voltou à cidade, mas ao fechar o negócio notou que as operações de sinha Vitória, como de costume, diferiam das do patrão. Reclamou e obteve a explicação habiatual: a diferença era proveniente de juros" (ibidem, p.93).

Na junção dos três capítulos iniciais com os correspondentes finais, o jogo de inversão é mais concreto: amarra tematicamente os últimos três círculos, tendo como eixo a figura de Fabiano. O terceiro capítulo, "Cadeia", coloca o personagem no espaço hostil da cidade, configurando uma estrutura social demoníaca, que tem, num polo, a vítima sacrifical, individualizada e dominada e, no outro, a força do grupo dominador. A partir dessa oposição básica, desencadeia-se a relação esclarecedora da fragilidade do personagem diante de uma teia de armadilhas demoníacas. O jogo da perdição constrói a sua simbologia na intermediação da água e do fogo: "Aí certificou-se novamente de que o querosene estava batizado e decidiu beber uma pinga, pois sentia calor" [...] "Ia jurar que a cachaça tinha água. Por que seria que seu Inácio botava água em tudo?" (ibidem, p.26). Do fogo, Fabiano é atraído para o jogo, a partir do qual a rede labiríntica estende os fios temáticos da falta de comunicação para as relações de obediência e autoritarismo: "Levantou-se e caminhou atrás do amarelo que era autoridade e mandava. Fabiano sempre havia obedecido. Tinha muque e substância, mas pensava pouco, desejava pouco e obedecia" (ibidem, p.27). O jogo acaba na injusta prisão: "Tinham-no realmente surrado e prendido" (ibidem, p.30). No espaço do calabouço, o fogo volta a atuar, intensificando o sentido de inferno do cárcere ("Havia ali um bêbado tresvariando em voz alta e alguns homens agachados em redor de um fogo que enchia o cárcere de fumaça"), mas é o fogo interior que faísca os lampejos da revolta impotente diante da prisão injusta: "E havia também aquele fogo-corredor que ia e vinha no espírito dele" [...] "E doía-lhe a cabeça toda, parecia-lhe que tinha nos miolos uma panela fervendo" (ibidem, p.37). Os sentimentos de impotência e injustiça são os desencadeadores do verdadeiro espaço labiríntico aberto nos corredores da consciência. Latejando diante da impossibilidade de uma revolta concreta, tais sentimentos são despertados, mas travados pela dificuldade de comunicação: "Nunca vira uma escola. Por isso não conseguia defender-se, botar as coisas nos seus lugares. O demônio daquela história entrava-lhe na cabeça e saía. Era para um cristão endoidecer" (ibidem, p.36).

A prisão vivida na cidade, na verdade, é um elo metonímico da metáfora maior, a cadeia, que é o espaço da sua própria existência: "Agora Fabiano conseguia arranjar as ideias. O que o segurava era a família. Vivia preso como um novilho amarrado ao mourão, suportando ferro quente. Se não fosse isso, um soldado amarelo não lhe pisava o pé não" (ibidem, p.37). Dentro dessa cadeia, que forma também a teia da estrutura narrativa, o complemento desse capítulo, "O soldado amarelo", na segunda parte do livro, propicia a inversão irônica dada pelo encontro de Fabiano, no espaço do campo, com o soldado perdido. O núcleo desencadeador dos principais fios de significação do capítulo é formado por dois movimentos contrastantes: um rápido, instintivo e inconsciente; o outro lento, racional e consciente. Fabiano procurava a égua ruça e sua cria, pela caatinga, abrindo caminho por entre a vegetação espinhosa com o facão. Deteve-se diante da aparição do soldado. Inicia-se a cena cinematográfica tramada na contradição dos dois movimentos: "Como o impulso que moveu o braço de Fabiano foi muito forte, o gesto que ele fez teria sido bastante para um homicídio se outro impulso não lhe dirigisse o braço em sentido contrário" (ibidem, p.100). No travamento da ação, a superioridade inicial de Fabiano começa a desmoronar-se com a infiltração e o peso da intervenção temporal: "A lâmina parou de chofre, junto à cabeça do intruso, bem em cima do boné vermelho" (ibidem). Aliado aos traços dos dois movimentos, o texto amplia as suas colorações simbólicas. O gesto rápido se congela. Uma gradação semântica materializa-se no movimento do pensamento: o soldado amarelo, de "inimigo", passa a ser considerado um "homem". À medida que o soldado cresce, inflado pelo seu significado de "autoridade", Fabiano se vê diminuído pela força do sentimento de inferioridade. Entre o gesto paralisado e o movimento do pensamento, a cabeça do soldado não é cortada, enquanto a de Fabiano é metaforicamente fragmentada no choque que se instaura entre a revolta e a submissão:

> A princípio o vaqueiro não compreendeu nada. Viu apenas que estava ali um inimigo. De repente notou que aquilo era um homem e, coisa mais grave, uma autoridade. Sentiu um choque violento, deteve-se, o braço ficou irresoluto, bambo, inclinando-se para um lado e para outro. (ibidem, p.100)

Toda a cena do reencontro de Fabiano com o soldado amarelo é arquitetada em tomadas visuais, mas regida por um compasso de temporalidade, responsável pelo movimento que escava o material bruto e instintivo do inconsciente para fazer aflorar um instante de consciência. Na cena referida, Fabiano lastima a rapidez do acontecimento, ignorando que a sua perdição se dá justamente no prolongamento do fato, nos desvãos do pensamento: "Ignorava os movimentos que fazia na sela. Alguma coisa o empurrava para a direita ou para a esquerda. Era essa coisa que ia partindo a cabeça do amarelo. Se ela tivesse demorado um minuto, Fabiano seria um cabra valente. Não demorara" (ibidem). Enquanto o conflito é construído externamente, no plano visual ("O soldado, magrinho, enfezadinho, tremia [...] Fabiano pregou nele os olhos ensanguentados, meteu o facão na bainha. Podia matá-lo com as unhas [...] O rosto de Fabiano contraía-se, medonho, mais feio que um focinho"), a derrota vai sendo traçada, ironicamente, no espaço interior, com o desenrolar dos fios da temporalidade: "Desejava ficar cego outra vez. Impossível readquirir aquele instante de inconsciência. Repetia que a arma era desnecessária, mas tinha a certeza de que não conseguiria utilizá-la – e apenas queria enganar-se" (ibidem, p.101). O conflito maior, portanto, revela-se na consciência do personagem, com o movimento da temporalidade trazendo o drama para o espaço interior. No espelho da memória Fabiano vê, em fragmentos, uma sucessão de derrotas. No presente, o fio do passado que desencadeara a situação (o salto da reiúna da autoridade em cima da alpercata do paisano) desponta na sua outra extremidade: "Arruinado, um caco. Não sentira a transformação, mas estava-se acabando" (ibidem, p.106). Do seu despedaçamento, exposto nos fragmentos da temporalidade, começa a inversão irônica no plano da espacialidade, por meio da junção dos pedaços de imagens recompondo a figura enorme do soldado: "Grudando-se à catingueira, o soldado apresentava apenas um braço, uma perna e um pedaço da cara, mas esta banda de homem começava a crescer aos olhos do vaqueiro. E a outra parte, a que estava escondida, devia ser maior" (ibidem, p.102). Terminado o mosaico planejado pela disposição dos sentidos da espacialidade, mas composto pela consciência do rebaixamento gerado nas relações de temporalidade, o final da cena reafirma a patética situação da condição de derrotado do vaqueiro, com a sua eterna submissão diante da autoridade e da vida:

> Afastou-se, inquieto. Vendo-o acanalhado e ordeiro, o soldado ganhou coragem, avançou, pisou firme, perguntou o caminho. E Fabiano tirou o chapéu de couro.
> – Governo é governo.
> Tirou o chapéu de couro, curvou-se e ensinou o caminho ao soldado amarelo. (ibidem, p.107)

O capítulo dois, "Fabiano", materializa o desenho do segundo círculo, expondo o drama íntimo do personagem, que é o seu inferno existencial, dentro de uma cadeia imutável: "Esses movimentos eram inúteis, mas o vaqueiro, o pai do vaqueiro, o avô e outros antepassados mais antigos haviam-se acostumado a percorrer veredas, afastando o mato com as mãos. E os filhos já começavam a reproduzir o gesto hereditário" (ibidem, p.17). Por agregar à sua volta os demais membros da família, Fabiano é a figura principal, e o seu drama gira em torno da consciência do rebaixamento. Um monólogo seco e pungente mostra, por meio da comparação entre o humano e o animal, os graus da sua degradação, que é, numa relação inversamente proporcional, contrabalançada por um movimento de elevação do animal a um plano humano: "– Fabiano, você é um homem, exclamou em voz alta" [...] "– Você é um bicho, Fabiano". [...] "– Você é um bicho, Baleia" (ibidem, p.19). O movimento trágico da queda, depois de nivelar o homem e o animal, continua, perfurando a linha da terra: "Era como se na sua vida houvesse aparecido um buraco" (ibidem, p.20). Abaixo da terra abre-se a cratera em que se enjaulam "os bichos do subterrâneo",[4] na metáfora utilizada por Antonio Candido (1992, p.24) para definir os personagens de Graciliano Ramos: "Estava escondido no mato como tatu. Duro, lerdo como tatu. Mas um dia sairia da toca, andaria com a cabeça levantada, seria homem". O movimento descendente é irônico, porque à medida que Fabiano desliza por essa linha a sua degradação, puxando com ele a família, o movimento esgota-se num ponto desejável de estaticidade, mas que é, na verdade, o fundo do fosso de sua perdição. Nesse ponto a degradação amplia-se, tingida por outras cores e vestida com novas formas, na composição do espectro humano metamorfoseado em animal, vegetal e mineral:

> Agora Fabiano era vaqueiro, e ninguém o tiraria dali. Aparecera como um bicho, entocara-se como um bicho, mas criara raízes, estava plantado. Olhou as quipás, os mandacarus e os xiquexiques. Era mais forte que tudo isso, era como as catingueiras e as baraúnas. Ele, sinha Vitória, os dois filhos e a cachorra Baleia estavam agarrados à terra. (Ramos, 1982, p.19)

Além do processo de metamorfose desenhando a simbologia da degradação, no trecho referido entronca-se o choque da ideia de uma estaticidade

---

4 O ensaio "Os bichos do subterrâneo", de 1961, segundo o autor, deve ser considerado complemento de "Ficção e confissão", de 1955. Juntando os dois estudos, pode-se dizer que a díade pressuposta no título "Ficção e confissão", resolvida no achado crítico de um percurso efetuado pela obra de Graciliano Ramos – "houve nele uma rotação de atitude literária, tendo a necessidade de inventar cedido o passo, em certo momento, à necessidade de depor" – ganha, com o outro ensaio, a estrutura de uma equação triádica, em que a variação evolutiva dos romances permanece unida, por meio de um terceiro elemento invariante, justamente a condição "subterrânea" de seus personagens. Assim, o trajeto da "ficção" (obras escritas em 1ª pessoa como *Caetés, São Bernardo, Angústia* e em 3ª pessoa, *Vidas secas* e os contos de *Insônia*) para a "confissão" (as obras autobiográficas: *Infância* e *Memórias do cárcere*), além de marcar a constatação verídica de que Graciliano não se repetia tecnicamente – "para ele uma experiência literária efetuada era uma experiência humana superada" –, descreve um processo dialético, bem ao gosto do crítico, solucionando a tese ("ficção") e a antítese ("confissão") na síntese da expressão: "bichos do subterrâneo". Já o cunho da expressão provém da linguagem dostoiévskiana: "Homem subterrâneo, a nossa parte reprimida, que opõe a sua irredutível, por vezes tenebrosa singularidade, ao equilíbrio padronizado do ser social" (cf. Candido, 1971, p.95-118, e 1992, p.71-91).

desejável com uma dinamicidade indesejável, brotando, do conflito, o movimento irônico maior do livro. De um lado há uma força interior, o desejo de se fixar à terra para aí esboçar um projeto de sobrevivência e de vida; de outro, concorrem duas forças poderosas num jogo irônico de mutação: uma natural, pressionando a família junto à terra para depois expulsá-la com os seus ciclos de seca; a outra social, arrancando-a da terra, negando-lhe a posse da mesma. Da tensão e do movimento irônico desse jogo nascem os traços principais do drama mais profundo de Fabiano: "Entristeceu. Considerar-se plantado em terra alheia! Engano. A sina dele era correr mundo, andar para cima e para baixo, à toa, como judeu errante. Um vagabundo empurrado pela seca" (ibidem, p.19).

Enquanto o movimento de cima para baixo dá a Fabiano a consciência de seu drama ("Não, provavelmente não seria homem: seria aquilo mesmo a vida inteira, cabra, governado pelos brancos, quase uma rês na fazenda alheia"), a única possibilidade de mudança a aclarar a sua consciência é pensar na educação dos meninos, justamente o fio temático que liga o capítulo dois ao doze, "O mundo coberto de penas". Trata-se, também, de um capítulo estruturado por um movimento de cima para baixo, com a invasão das arribações tecendo a dramaticidade da situação na percepção da ameaça da seca vista de baixo para cima:

> O MULUNGU do bebedouro cobria-se de arribações. Mau sinal, provavelmente o sertão ia pegar fogo. Vinham em bandos, arranchavam-se nas árvores da beira do rio, descansavam, bebiam e, como em redor não havia comida, seguiam viagem para o sul. O casal agoniado sonhava desgraças. O sol chupava os poços, e aquelas excomungadas levavam o resto da água, queriam matar o gado. (ibidem, p.108)

Cego pela ameaça da seca, Fabiano não consegue acompanhar o pensamento visionário de Sinha Vitória, expresso numa espécie de enigma, conforme indica a última frase da citação. Julgando que a mulher estivesse "tresvariando", demora para atar o cordão do raciocínio metonímico ao significado da metáfora da morte, que começa a esboçar-se: "A frase dela tornou ao espírito de Fabiano e logo a significação apareceu" (ibidem, p.109). Primeiro, é torturante acompanhar a lentidão do pensamento de Fabiano: "As arribações bebiam a água. Bem. O gado curtia a sede e morria. Muito bem. As arribações matavam o gado. Estava certo. Matutando, a gente via que era assim, mas sinha Vitória largava tiradas embaraçosas" (ibidem). Depois, encantado com a decifração e a esperteza da mulher ("Uma pessoa como aquela valia ouro. Tinha ideias, sim senhor, tinha muita coisa no miolo. Nas situações difíceis encontrava saída. Então! Descobrir que as arribações matavam o gado! E matavam"), Fabiano não alcança a extensão do raciocínio profético, visto que o mesmo se dá num plano metafórico, como resultante da junção dos índices metonímicos. É uma decifração que cabe ao leitor, nessa obra toda tramada de fragmentos, formando contínuas "rosáceas" metafóricas, como nesse capítulo em que as pétalas de penas formam as flores da vegetação: "Àquela hora o mulungu do bebedouro, sem folhas e sem flores, uma garrancharia pelada, enfeitava-se de penas" (ibidem).

Na construção ambígua do título do capítulo – "O mundo coberto de penas" –, o índice metonímico ("penas") costura a tessitura da metáfora sombria: "o mundo coberto". Ligando uma ponta a outra do título, as "penas" da ameaça, como as pétalas da rosácea demoníaca construída pelo livro, formam a metáfora do enigma: atacado pelas aves, Fabiano não percebe que o inimigo (o "outro") é o espelho dele mesmo. Nessa simbologia, Fabiano e sua família são as próprias aves. Seres híbridos como a palavra "arribação": substantivo derivado do verbo "arribar", formando um deverbal, ou um nome em cujo peito se abrem as asas da ação. Enquanto preparam a "viagem para o sul", as arribações indicam a mesma rota migratória que Sinha Vitória apontará no final da narrativa, encerrando um ciclo metafórico (o da dependência da natureza), para iniciar a abertura de outro, como prisioneiros da cadeia humana imposta pelo poder social. Como as aves que se dirigem para o sul, mas retornam por serem prisioneiras dos ciclos da natureza, quando não são abatidas no trajeto, pela presença metonímica do fogo desencadeando a metáfora da "arma" ou da "armadilha" na engrenagem da sociedade humana, a família de Fabiano terá um destino incerto: o eterno retorno ou o purgatório da migração. Com tais sentidos despontados, a ironia do capítulo amplia-se à medida que Fabiano mata, para a sobrevivência na próxima viagem, as arribações que desenham o círculo de sua próxima aventura:

> Tencionou aproveitá-los como alimento na viagem próxima [...] Aqueles malditos bichos é que lhe faziam medo. Procurou esquecê-los. Mas como poderia esquecê-los se estavam ali, voando-lhe em torno da cabeça, agitando-se na lama, empoleirados nos galhos, espalhados no chão, mortos? (ibidem, p.112)

O ENGENHO DA NARRATIVA E SUA ÁRVORE GENEALÓGICA   381

Novamente o movimento exterior, pela intermediação do fogo, começa a queimar-lhe a consciência: "Era o diabo daquela espingarda que lhe trazia a imagem da cadelinha. A espingarda, sem dúvida" (ibidem, p.109). O gesto exterior, maquinal e impotente ("Novo tiro, novas quedas, mas isto não deu nenhum prazer a Fabiano"), engendra a maquinaria do pensamento: "Diabo. Esforçava-se para esquecer uma infelicidade, e vinham outras infelicidades. Não queria lembrar-se do patrão nem do soldado amarelo. Mas lembrava-se, com desespero, enroscando-se como uma cascavel assanhada" (ibidem, p.111). Sozinho, num mundo coberto de penas, Fabiano vê passar pelo pensamento a imagem de todo o pesadelo vivido e o que se prefigura no futuro próximo: "Aqui as ideias de Fabiano atrapalharam-se: a cachorra misturou-se com as arribações, que não se distinguiam da seca. Ele, a mulher e os dois meninos seriam comidos. Sinha Vitória tinha razão: era atilada e percebia as coisas de longe" (ibidem, p.114). O farol da mulher é o indicativo da fuga da seca cíclica que se aproxima: "Precisava consultar sinha Vitória, combinar a viagem, livrar-se das arribações, explicar-se, convencer-se de que não praticara injustiça matando a cachorra. Necessário abandonar aqueles lugares amaldiçoados. Sinha Vitória pensaria como ele" (ibidem, p.115).

Assim, fecha-se o capítulo doze com a chave que movimenta a estrutura do livro: uma narrativa de viagem. Só que o motivo da viagem posto a serviço de uma composição de extrema carga dramática, concentrada na síntese de uma simbologia realista, conseguindo atingir um alto teor estético com poucos recursos, entre os mais representativos do paradigma da linguagem do gênero narrativo: a estruturação de um enredo trágico, alimentado por um princípio mítico e irônico. O princípio mítico é responsável pela estrutura cíclica, que se apoia, formalmente, no movimento da natureza, no período entre duas secas e, metaforicamente, no mecanismo do eterno retorno associado à sina das aves de arribação. Não bastando a ironia acoplada à tragicidade desse princípio de circularidade, o movimento de queda e de rebaixamento, na sua continuidade, rompe com a estrutura fechada do eterno retorno, fazendo a narrativa terminar com a abertura de um novo ciclo. Desgarrados da cadeia mítica demoníaca, os figurantes do romance partem para uma vida incerta nos círculos migratórios de uma sociedade capitalista. Nesse ponto, o motivo da viagem ganha o contorno irônico e um sentido político-social, passando a configurar uma espécie de castigo: uma pena imposta às vítimas pelas suas condições de excluídos e despossuídos de terra. Ou seja, o motivo da viagem é retirado da tradição da narrativa para retratar a peregrinação dos retirantes nordestinos, projetando, assim, um tema social localizado, mas que continua atualizado. Dessa maneira, o motivo da viagem, levando às últimas consequências o drama da miséria de uma família errante, consegue fazer de um tema local uma fonte de emoção universal.

O primeiro e o último capítulos, "Mudança" e "Fuga", fecham ou abrem, dependendo da óptica de leitura, o sétimo círculo da narrativa: a dramática chegada à fazenda, e a saída, reiniciando a peregrinação comandada pela seca. Por ser a abertura da narrativa, no primeiro capítulo proliferam as relações tensivas e as constelações temáticas agregadas em torno de um inferno existencial: o mundo do pesadelo (do bode expiatório, do cativeiro, da dor e do sofrimento) comandado por um sentimento trágico e irônico. No plano mítico, o mundo demoníado é personificado nos poderes da natureza, diante de um quadro agrário, atrasado tecnologicamente. Nesse quadro, pintado com as imagens da *analogia da experiência*, a sociedade humana demoníaca faz da família de retirantes a sua *vítima sacrifical*, condenada a buscar a sobrevivência vagando em terras alheias. Explorada pelas relações de trabalho, o tormento da família ganha dimensões dramáticas no confronto com o outro polo social, sediado na cidade, cuja tensão, além das pressões nos jogos de poder, é agravada pela falta de comunicação. Os figurantes do quadro comportam-se como metonímias da paisagem natural: misturados às cores, plantam-se como vegetais, movem-se como animais numa terra desolada, fazendo os mundos humano, vegetal, animal e mineral integrarem-se numa mesma unidade metafórica: *Vidas secas*.

No campo, a família é prisioneira da natureza; na cidade, é vítima do rebaixamento e do grau de animalidade que a sociedade lhe impôs. Ela é a própria "bolandeira" da metáfora maior do texto: um instrumento, uma peça da engrenagem social, fazendo a roda dessa engrenagem girar à custa dos volteios da sua roda da fortuna. A família, representada na figura maior de Fabiano, é uma "bolandeira" como o livro o é na engrenagem de seus capítulos circulares, fazendo da rota da família o giro que impulsiona a roda demoníaca dessa engrenagem social: "Caminhando, movia-se como uma coisa, para bem dizer não se diferençava muito da bolandeira de seu Tomás" [...] "E ele, Fabiano, era como a bolandeira. Não sabia porquê, mas era" (ibidem, p.14-15).

No primeiro capítulo, a rota da viagem segue sempre o caminho de um rio seco: "Os infelizes tinham caminhado o dia inteiro, estavam cansados e famintos. Ordinariamente andavam pouco, mas como haviam repousado bastante na areia do rio seco, a viagem progredira bem três léguas" (ibidem, p.9). O menino mais velho, prevendo a entrada da família no primeiro círculo do inferno, dificulta-lhe a caminhada: "– Anda, condenado do diabo, gritou-lhe o pai" (ibidem). Abre-se o motivo do *pharmakós* e, com ele, os arquétipos da tragédia e da ironia: o inocente torna-se culpado, num mundo em que as injustiças estão seladas como parte inevitável da existência:

> – Anda, excomungado.
> O pirralho não se mexeu, e Fabiano desejou matá-lo. Tinha o coração grosso, queria responsabilizar alguém pela sua desgraça. A seca aparecia-lhe como um fato necessário – e a obstinação da criança irritava-o. Certamente esse obstáculo miúdo não era culpado, mas dificultava a marcha, e o vaqueiro precisava chegar, não sabia onde. (ibidem, p.10)

A marcha humana, aparentemente sem rumo, é guiada pelos rumos impostos pela natureza: "Tinham deixado os caminhos, cheios de espinho e seixos, fazia horas que pisavam a margem do rio, a lama seca e rachada que escaldava os pés" (ibidem). Sinha Vitória constitui o ponto tênue de uma única orientação possível: "estirou o beiço indicando vagamente uma direção e afirmou com alguns sons guturais que estavam perto" (ibidem). Nessa passagem instalam-se os índices principais dos dramas dos figurantes. Fabiano alterna momentos de cólera e submissão; sinha Vitória representa o único fio de comunicação e o menino mais velho prefigura toda a dimensão do drama aberto num palco entre o céu e o inferno, representando a irônica condição dos inocentes que se tornam vítimas, numa situação de condenados: "Aí a cólera desapareceu e Fabiano teve pena. Impossível abandonar o anjinho aos bichos do mato [...] Sinha Vitória aprovou esse arranjo, lançou de novo a interjeição gutural, designou os juazeiros invisíveis" (ibidem). A caminhada continua, marcada pelo silêncio, mas obedecendo aos desígnios de um destino implacável: "E a viagem prosseguiu, mais lenta, mais arrastada, num silêncio grande" (ibidem).

A tensão entre vida e morte, a mais profunda do texto, começa a aflorar-se no drama corrente da subsistência dos retirantes. Nesse drama, entre as imagens passageiras do devaneio, irrompe a ironia da permanência do pesadelo: "Sinha Vitória [...] pensava em acontecimentos que não se relacionavam: festas de casamento, vaquejadas, novenas, tudo numa confusão" (ibidem, p.11). O pesadelo é o mecanismo irônico que a representação realista utiliza como forma de despertar em seus personagens a consciência da realidade: "Despertara-a um grito áspero, vira de perto a realidade e o papagaio, que andava furioso, com os pés apalhetados, numa atitude ridícula. Resolvera de supetão aproveitá-lo como alimento e justificara-se declarando a si mesma que ele era mudo e inútil" (ibidem). Ao sacrificar a vítima com quem se identifica, Sinha Vitória desencadeia o rito do despedaçamento do corpo sacrifical, um prenúncio do rito que eles mesmos vão representar, metaforicamente, nos seus capítulos específicos. Pelo grau de aproximação entre os figurantes humanos e animais, a cena adquire maior crueza: "Baleia jantara os pés, a cabeça, os ossos do amigo, e não guardava lembrança disto" (ibidem, p.11).

Os figurantes chegam à fazenda. O quadro descritivo releva a imagem ampliada do abandono e do deserto: "Estavam no pátio de uma fazenda sem vida. O curral deserto, o chiqueiro das cabras arruinados e também deserto, a casa do vaqueiro fechada, tudo anunciava abandono. Certamente o gado se finara e os moradores tinham fugido" (ibidem, p.12). No fundo infinito do quadro, os figurantes, diminuídos, preparam-se para viver a grandeza de seus dramas: "Miudinhos, perdidos no deserto queimado, os fugitivos agarraram-se, somaram as suas desgraças e pavores" (ibidem, p.13). Nesse drama de vida e morte, o cenário da fazenda propicia um novo alento até a chegada da nova seca. A cachorra Baleia providencia o alimento e a família une-se no desejo comum de sobreviver:

> O menino mais velho esfregou as pálpebras, afastando pedaços de sonho. Sinha Vitória beijava o focinho de Baleia, e como o focinho estava ensanguentado, lambia o sangue e tirava proveito do beijo.
> Aquilo era caça bem mesquinha, mas adiaria a morte do grupo. E Fabiano queria viver. (ibidem ,p.14)

Da fuga da seca em direção à água, puxando o fio narrativo mínimo da morte à ressurreição, surgem os símbolos estruturadores do enredo – a água e o fogo: "Chegou. Pôs a cuia no chão, escorou-a com pedras, matou a sede da família. Em seguida acocorou-se, remexeu o aió, tirou o fuzil, acendeu as raízes de macambira, soprou-as, inchando as bochechas cavadas" (ibidem, p.15). A sobreposição do fogo sobre a água indica que o embate entre a vida e a morte sempre estará pendendo para a vitória da segunda: "Uma labareda tremeu, elevou-se, tingiu-lhe o rosto queimado, a barba ruiva, os olhos azuis. Minutos depois o preá torcia-se e chiava no espeto de alecrim" (ibidem). Em torno do fogo e da água, o drama formaliza-se: a água representa o sonho passageiro; o fogo, o pesadelo permanente. Nesse sentido, o drama instala-se como uma espécie de paródia demoníaca a qualquer possibilidade de renascimento ou de vida, tensionando um conflito entre o céu e o inferno: no alto, configura-se o desejo do sonho; embaixo, afirma-se o pesadelo da realidade. A narração dá consistência ao conflito: os acontecimentos narrados no pretérito perfeito ganham a força de um presente existencial, marcando a rota cíclica dos personagens pressionados contra a horizontalidade e a realidade da terra – o inferno em que se espelha a vivência de um pesadelo. Contrastando com a dura realidade do pesadelo há uma possibilidade remota de melhoramento, projetada pelo desejo de um sonho expresso na verticalidade do gesto de se olhar para o céu. O jogo entre a horizontalidade e a verticalidade, pondo em evidência o conflito entre o pesadelo e o sonho, é marcado, discursivamente, pela oposição dos tempos verbais. O pesadelo narrado no pretérito perfeito contrasta com os sonhos projetados no futuro do pretérito: "A fazenda renasceria – e ele, Fabiano, seria o vaqueiro, para bem dizer seria dono daquele mundo" (ibidem, p.16).

As principais relações temáticas despontadas no primeiro capítulo, destacando-se entre elas o conflito social intermediado pela relação do trabalho, que opõe o dominado ("vaqueiro") e o dominante (o "dono" da fazenda), atestam a consumação do pesadelo como uma marca já impressa pela temporalidade pretérita, mas que vem pontuada pelo desejo de uma mudança improvável da situação, expressa no futuro do pretérito. Assim, todo o jogo entre a realidade e o sonho é amarrado, discursivamente, por uma técnica de narração evidenciando os fatos mais próximos à terra e à realidade da seca (fogo), em contraste com o desejo irônico de um sonho (água/chuva) inatingível, afastado pela distância espacial do céu e pela temporalidade de um futuro imprevisível: "Uma ressurreição. As cores da saúde voltariam à cara triste de sinha Vitória. Os meninos se espojariam na terra fofa do chiqueiro das cabras. Chocalhos tilintariam pelos arredores. A catinga ficaria verde" (ibidem).

Completando a estratégia discursiva, a ironia intensifica-se com um movimento constante entre o céu e a terra. O olhar para o céu encontra sempre um mundo em mutação, denunciando o instante fugidio de uma alegria passageira: "Uma, duas, três, quatro, havia muitas estrelas, havia mais de cinco estrelas no céu. O poente cobria-se de cirros – e uma alegria doida enchia o coração de Fabiano" (ibidem, p.14). Todo o movimento para o alto acaba na frustração do gesto de se olhar para o chão, ou para os pés, como uma maneira de se deparar com a realidade da vida infernal: "Pensou na família, sentiu fome" (ibidem). Embora narrado no pretérito, e associado às formas verbais introspectivas como "pensou", "lembrou", o movimento do olhar para baixo produz o efeito de um presente existencial imutável e sem esperanças, em contraste com o desejo de mudança, que não se realizará, porque, além de estar no alto, não deixa de se transformar. Esse desejo, no alto, que não se deixa dominar com a imobilização de uma imagem é transformado em pesadelo, no baixo, pelo movimento introspectivo, que faz o passado presentificar-se e petrificar-se em imagens imobilizadas. Tal mecanismo, mais uma vez, reitera o princípio estrutural do livro, com o movimento da temporalidade buscando, constantemente, o céu e a terra, mas com a presentificação de uma imagem fixada pela espacialidade da terra, metaforizada num inferno existencial e regida pela simbologia do fogo e da seca.

O primeiro capítulo, por conter as fagulhas temáticas que depois ganham corpo na estrutura da obra, e por representar um deslocamento em direção ao espaço nuclear da narrativa – a fazenda –, em torno do qual giram os outros capítulos, contém em si os traços menores do roteiro maior, formando o trajeto do enredo cíclico. A ligação estrutural entre o primeiro e o último capítulos constitui a amarra fundamental do fio narrativo, cujo esqueleto forma o desenho abstrato do *mythos*: mudança/seca/sol, no início; água/chuva, no meio; sol/seca/fuga, no final. O preenchimento do esqueleto da narrativa é feito pela imagem do inferno, cujo sentido se instaura com o movimento do *mythos*. Imagem e enredo, nesse giro cíclico, formalizam o núcleo temático do romance. Dos temas que se afloram, o problema da comunicação é o principal, por localizar-se no ponto crítico da tensão que oprime constantemente os figurantes: a natureza e a sociedade; um polo que atrai e o outro que os expulsa. Desses dois polos partem os temas gerais do romance: do lado da natureza, a seca, a miséria, a vida errante e a reificação dos personagens projetada na paisagem vegetal, animal e mineral num quadro de vidas secas; do lado humano, a alienação social condenando os figurantes, despossuídos de terra, poder e instrução, a vagarem pelas camadas subterrâneas da vida.

Entre a penitência imposta pela seca cíclica da natureza e a miséria existencial imposta pela barreira das relações humanas posta-se, no miolo do conflito, a carência de comunicação. Nesse sentido, os "infelizes" do início da narrativa, mais do que seguir os rumos de um rio seco, buscam na trajetória dos demais capítulos o enredamento de uma sintaxe, numa tentativa de ultrapassar o plano da sobrevivência para instaurar um nível mínimo de existência e dignidade humanas. Esse desejo não se realiza na leitura dos doze primeiros capítulos, pois, seguindo-se esse roteiro, segue-se a rota da vida dos personagens, o que equivale a seguir a rota de um mesmo rio seco, traçada nas linhas de um outro discurso: um poema de João Cabral de Melo Neto. Por esse prisma, há uma correspondência entre os dois textos, que formam, um em prosa e o outro em verso, dois "Rios sem discurso".

"Rios sem discurso"

O poema de João Cabral de Melo Neto (1994, p.350-1), a partir do título, "Rios sem discurso", trabalha, paralelamente, em termos da teoria semiótica greimasiana, com duas isotopias figurativas principais: a *água* e a *palavra*. Analisando o poema, Diana Luz Pessoa de Barros (1988, p.127) explicita, por meio da figura da *água* e suas características no texto – "não a parada, estancada no poço, mas a enfrasada no curso ou no discurso do rio" –, a isotopia temática da "história dos rios do Nordeste, interrompidos pela seca e em luta contínua para se refazerem". Na leitura figurativa da *palavra*, segundo a autora, "encontra-se o fazer discursivo, o tomar a palavra para com ela adquirir voz e constituir, com muitas dificuldades, o discurso" (ibidem). O percurso das duas figuras no poema, girando em torno das dificuldades de um reatamento, tanto para um rio seco como para um fazer discursivo, de certa maneira, apresenta-se, também, no livro *Vidas secas*. Pode-se dizer que a primeira metade da narrativa, metaforizando-se os figurantes na imagem do rio seco caminham, movidos pelo destino da mudança, lembra, nos seus primeiros sete capítulos, as situações apresentadas nas três partes da primeira estrofe do poema, representando-se as dificuldades de um rio, cuja seca cortou-lhe a sintaxe "e o fio de água por que ele discorria". Da mesma maneira, as partes da segunda estrofe do poema associam-se à segunda metade do livro, quando o problema central da comunicação desencadeia a isotopia do combate à seca, por meio da "voz" da "sentença rio do discurso único". Mais do que mostrar uma certa correspondência entre o poema e a narrativa, o objetivo da comparação é relevar no texto de Graciliano Ramos a ocorrência do desencadeamento da isotopia do combate à seca, com a voz do discurso de Sinha Vitória mudando os rumos da narrativa. Terminando com a abertura de um novo ciclo, a narrativa apresenta, em forma de sonho e num final imprevisível, mesmo que aparentemente, a única "vitória" dos seus protagonistas.

O poema é dividido em duas estrofes de doze versos, sendo cada uma delas estruturada em três cortes ou quadras, também compostas de versos entrecortados. A primeira estrofe do poema, nas suas três partes estruturais, lembra três momentos da primeira metade do livro, do capítulo inicial ao sétimo, o meio da narrativa. Nesse percurso, as personagens da narrativa apresentam-se em três situações distintas: focalizadas em grupo, no primeiro capítulo; individualmente, do segundo ao sexto, nos nomes de cada capítulo; novamente juntos, no sétimo. Nesse metade do percurso, os figurantes estão sempre unidos no drama comum de suas misérias, mas desunidos pelo travamento ou secura da comunicação.

Fazendo corresponder a primeira quadra do poema – o lugar em que se desponta a figura de um rio entrecortado – ao primeiro momento da narrativa, quando a trajetória da família segue a rota de um rio seco, pode-se ver nas imagens de despedaçamento veiculadas no poema aspectos do drama existencial da família: como um rio seco vitimado pela seca, a família, com a dificuldade de se manter unida, luta para vencer um trajeto a ser percorrido. Metaforizando-se a trajetória da "mudança" na imagem de um rio seco, assiste-se ao traçado de um deslocamento, com os figurantes esgotando as últimas forças vitais em busca da sobrevivência ou da água, numa tentativa desesperada para se reatar um fio do "discurso-rio" que, em última análise, é o fio da narrativa:

> Quando um rio corta, corta-se de vez
> o discurso-rio de água que ele fazia;
> cortado, a água se quebra em pedaços,
> em poços de água, em água paralítica.

A situação de intransitividade da família provoca o seu despedaçamento, iconizando, na quebra dos capítulos dois, três, quatro, cinco e seis, o insulamento de cada personagem no "poço dela mesma". Como "palavras-dicionárias" representando "poças" estancadas de vida, e como paradigmas de uma realidade social, tais personagens formam um triste e irônico arquipélago de figurantes aprisionados nos seus próprios capítulos, dentro do "inferno" de uma estrutura demoníaca:

> Em situação de poço, a água equivale
> a uma palavra em situação dicionária:
> isolada, estanque no poço dela mesma,
> e porque assim estanque, estancada;

Como consequência do insulamento referido, entre outros temas mais aparentes, o mutismo das personagens acaba elevando o problema da comunicação a um plano maior, não só por se colocar no centro da representação da condição humana dessas personagens, diante da miséria do contexto socioeconômico, mas, principalmente, por estar ligado aos mais expressivos recursos formais apresentados pelo texto em termos de elaboração discursiva e estrutural. A ruptura da comunicação materializa-se na quebra da linearidade do enredo, mostrando-se constantemente no truncamento e nos cortes das frases, o que lembra o final da primeira parte do poema:

> e mais: porque assim estancada, muda,
> e muda porque com nenhuma comunica,
> porque cortou-se a sintaxe desse rio,
> o fio de água por que ele discorria.

De palavras isoladas nos seus próprios capítulos, como a palavra cortada da sintaxe do seu rio no final da primeira estrofe do poema, os figurantes da narrativa chegam ao término da primeira parte do livro reunidos. Mas tal esforço de conjunção significa apenas uma aproximação física, marcada por um distanciamento na comunicação. É o que se verifica no meio do romance, no capítulo "Inverno", com a apresentação da família reunida em torno do fogo, tentando articular, sem sucesso, os fios das sintaxes de suas vidas. Nesse capítulo, estruturado pela relação espacial entre o interno e o externo, embora fragmentário, o desfibramento de um discurso é a tábua de salvação das personagens, que nela se agarram como uma forma de resistência à ameaça externa, o "despotismo das águas", que chega em forma de "outra linguagem", como aquela representada no miolo da segunda estrofe do poema:

[...] Salvo a grandiloquência de uma cheia
lhe impondo interina outra linguagem,
um rio precisa de muita água em fios
para que todos os poços se enfrasem:

A busca do "enfrasamento" referido parece caracterizar as etapas finais do romance e do poema. Na sua segunda parte, a narrativa apresenta os figurantes tentando recompor, em vão, os liames de seu "discurso-rio". Vitimada pela seca, como um rio, a família de retirantes depara com a realidade cada vez mais difícil de reatar um projeto de vida. Na metáfora do rio, figurativizada nos versos iniciais da segunda estrofe do poema, espelha-se o mesmo dilema das "vidas secas" representadas pelos figurantes do romance:

O curso de um rio, seu discurso-rio,
chega raramente a se reatar de vez;
um rio precisa de muito fio de água
para refazer o fio antigo que o fez.

Apesar das diferenças entre uma tragédia humana (a da família) e outra mineral (a do rio) estarem aplainadas por um núcleo comum explorando as vítimas de uma grande seca, é o final do poema e o último capítulo da narrativa que selam o encontro maior das duas obras, quando a isotopia da comunicação emerge como o fio temático mais expressivo. A "voz" que se ergue no poema, como a forma de se engendrar o "discurso único" de combate à seca, ecoa na fala de Sinha Vitória, por meio da qual o romance ganha uma abertura no enredo, e os figurantes, pela primeira vez, vislumbram a possibilidade de viver um destino por eles escolhido. Ainda que ilusório, por vir modulado pela incerteza e pela ironia, tal destino é traçado no discurso de suas próprias vozes, como encerra o poema:

[...] se reatando, de um para outro poço,
em frases curtas, então frase e frase,
até a sentença-rio do discurso único
em que se tem voz a seca ele combate.

O último capítulo do livro caminha na direção da voz apontada no poema. Ele retrata a fuga dos figurantes, num quadro lento, marcado pelas reminiscências da vida que se deixou. Inicialmente, há o desejo de não se empreender a mudança: "E Fabiano resistia, pedindo a Deus um milagre" (Ramos, 1982, p.116). Mas o destino é demoníaco e é ele quem mobiliza as ações: "quando a fazenda se despovoou, viu que tudo estava perdido, combinou viagem com a mulher" [...] "Só lhe restava jogar-se ao mundo, como negro fugido" (ibidem). De certeza, só há uma vaga direção: "Desceram a ladeira, atravessaram o rio seco, tomaram rumo para o sul" (ibidem). Aceitando-se a metáfora do "rio seco" como uma figura da trajetória da família, no último capítulo, à maneira do poema, os retirantes buscam reatar a "sentença-rio do discurso único" como a única possibilidade de fugir da seca cícilica.

À medida que os personagens se afastam da fazenda, vão relendo, nos marcos do afastamento, os fragmentos do passado, com os índices metonímicos do espaço despertando o tempo da memória. Os fragmentos espaciais são fortes, pois eles estão ligados ao desejo de permanência: "Arrastara-se até ali na incerteza de que aquilo fosse realmente mudança" [...] "A verdade é que não queria afastar-se da fazenda" (ibidem, p.117). Porém, a semente da ironia começa a despontar-se, plantando o pesadelo do conflito: "Podia continuar a viver num cemitério?" (ibidem). Entre o desejo de permanecer e o poder da natureza que os impele à mudança, vence o segundo. A necessidade da fuga impõe-se ("Precisava fugir daquela vegetação inimiga") e o querer da família esvai-se diante de uma força mais poderosa, reatando o comando de seus destinos: "Afastaram-se rápidos, como se alguém os tangesse" (ibidem, p.118). Totalmente dominados, os retirantes são conduzidos à nova aventura: "Dobrando o cotovelo da estrada, Fabiano sentia distanciar-se um pouco dos lugares onde tinha vivido alguns anos; o patrão, o soldado amarelo e a cachorra Baleia esmoreceram no seu espírito" (ibidem, p.120).

Novamente presos aos cordames dos ciclos da natureza, só lhes resta uma saída, enquanto estão "coisificados" nas suas condições de "rios secos", completando uma paisagem agreste: reatar um fio de voz, "perfurando a terra" para "achar escape", como diria Carlos Drummond de Andrade (1967, p.154), no poema "Áporo". Essa é a saída apresentada pelo texto como a causa essencial da mudança da rota da natureza para a entrada da família na dependência mais forte do jugo da roda demoníaca da sociedade: a saída para o sul, como um destino próprio, ou como metáfora do destino das arribações. Todo esse processo é construído pela intermediação simbólica da linguagem artística. Embora o livro termine em aberto, com a possibilidade de o sonho da família vir a tornar-se uma nova armadilha, o dado mais importante a ser registrado é que, entre a rota da natureza e a viagem para o sul há, nesse desvio, a vontade do grupo expressa no desejo de suas vozes. Mesmo sendo o desejo quimérico de um sonho, é a expressão de suas próprias vozes e a impressão de um novo caminho para o enredo – que ainda não deixa de ser um sonho, mantendo a sua estrutura mítica.

Diante do novo dilema – "Que fazer, exauto, / em país bloqueado, / enlace de noite / raiz e minério?" –, como na continuidade do poema de Drummond, "eis que o labirinto" [...] "presto se desata", com o sopro da voz de Sinha Vitória: "Reanimou-se, tentou libertar-se dos pensamentos tristes e conversar com o marido por monossílabos". [...] "Indispensável ouvir qualquer som" (Ramos, 1982, p.119). A necessidade da conversa intensifica-se: "Sinha Vitória precisava falar. Se ficasse calada, seria como um pé de mandacaru, secando, morrendo" (ibidem). Descobre que a "voz" é o único meio de superar sua condição degradada, para reconquistar um plano humano: "Queria enganar-se, gritar, dizer que era forte, e a quentura medonha, as árvores transformadas em garranchos, a imobilidade e o silêncio não valiam nada" (ibidem).

A frase de Sinha Vitória, enfim proclamada, mas sob a forma de discurso indireto livre, surge como um enigma: "Falou do passado, confundiu-o com o futuro. Não poderia voltar a ser o que já tinham sido?" (ibidem). Inicialmente, dada a incompreensão de Fabiano, a frase serve apenas de alento: "Sinha Vitória fez a pergunta, Fabiano matutou e andou bem meia légua sem sentir" (ibidem). Na sequência, com o estranhamento de seu entrelaçado, entre uma temporalidade passada e outra futura, juntando também duas referências espaciais distantes e opostas, a frase é repetida – "Sinha Vitória insistiu. Não seria bom tornarem a viver como tinham vivido, muito longe?" (ibidem). Da dúvida despertada, o significado converte-se em conflito: "Talvez fosse, talvez não fosse. Cochicharam uma conversa longa e entrecortada, cheia de mal-entendidos e repetições. Viver como tinham vivido, numa casinha protegida pela bolandeira de seu Tomás" (ibidem, p.120). Enquanto a frase desencadeia o ritmo da andança, a conversa começa a instaurar a mudança do roteiro: "Por que haveriam de ser sempre desgraçados, fugindo do mato como bichos? Com certeza existiam no mundo coisas extraordinárias. Podiam viver escondidos, como bichos? Fabiano respondeu que não podiam" (ibidem, p.121). Daí em diante, o discurso da narrativa segue o roteiro esboçado pela consciência de Sinha Vitória, por meio da voz emprestada pelo narrador: "Agora desejava saber que iriam fazer os filhos quando crescessem" (ibidem, p.122).

A mudança de rota e de vida converte o desejo da família em certeza: "Fixar-se-iam muito longe, adotariam costumes diferentes" (ibidem). A certeza do desejo é transformada em sonho, e esse torna-se o fio a ser seguido pela narrativa: "Fabiano ouviu os sonhos da mulher, deslumbrado" (ibidem). A família prepara-se para fugir da rota do sol, caracterizada pelo pesadelo, para empreender a rota do sul, em busca do sonho, que poderá configurar um novo pesadelo. O sonho-enredo instaurado, como o pesadelo anterior, também é estruturado pela simbiose da água e do fogo: "Os meninos deitaram-se e pegaram no sono. Sinha Vitória pediu a binga ao companheiro e acendeu o cachimbo. Fabiano preparou um cigarro. Por enquanto estavam sossegados" (ibidem, p.124). Mas, por ser um sonho, a água é a esperança, superpondo-se à figura do fogo: "O bebedouro indeciso tornara-se realidade. Voltaram a cochichar projetos, as fumaças do cigarro e do cachimbo misturaram-se" (ibidem).

Fechando o último círculo da narrativa, o pesadelo de Fabiano cede a vez ao sonho de Sinha Vitória. Embalados por esse sonho, os figurantes deixam a rota do sol e empreendem, de vez, a rota da água e do sul, com a esperança dos fios de seus discursos concretizarem o novo desejo: "Fabiano achou-se leve, pisou rijo e encaminhou-se ao bebedouro. Chegariam lá antes da noite, beberiam, descansariam, continuariam a viagem com o luar" (ibidem, p.125). O desejo, ainda mesclado de dúvidas, é impulsionado pela "voz" de um discurso, cuja força encobre o próprio sol: "Tudo isso era duvidoso, mas adquiria consistência. E a conversa recomeçou, enquanto o sol descambava" (ibidem). É essa conversa que forma o traço essencial da mudança do roteiro. A família desgarra-se do destino imposto pela natureza e empreende um projeto próprio, cujas linhas convergem para desaguar num canal mais complexo e traiçoeiro, formado pela barreira da sociedade: "Pouco a pouco uma vida nova, ainda confusa, se foi esboçando" (ibidem, p.126). Toda a incerteza do sonho vem expressa com a temporalidade da dúvida revelada na mudança discursiva: "Acomodar-se-iam num sítio pequeno, o que seria difícil a Fabiano, criado solto no mato. Cultivariam um pedaço de terra. Mudar-se-iam depois para uma cidade, e os meninos frequentariam escolas, seriam diferentes deles" (ibidem). Apesar da dúvida, o projeto ganha consistência e forma, acomodando-se no gesto de um ritual: "Sinha Vitória esquentava-se. Fabiano ria, tinha desejo de esfregar as mãos agarradas à boca do saco e à coronha da espingarda de pederneira" (ibidem).

De uma estrutura de pesadelo, a narrativa termina com uma abertura para o plano onírico: "E andavam para o sul, metidos naquele sonho. Uma cidade grande, cheia de pessoas fortes. Os meninos em escolas, aprendendo coisas difíceis e necessárias. Eles dois velhinhos acabando-se como uns cachorros, inúteis, acabando-se como Baleia" (ibidem). De trágico, o livro caminha para um desfecho irônico, pois essa abertura significa o esboço do elo inicial de uma nova cadeia: "Que iriam fazer? Retardaram-se, temerosos. Chegariam a uma terra desconhecida e civilizada, ficariam presos nela" (ibidem). No debate da crítica suscitado por esse final, entre uma abertura otimista e um fechamento pessimista, deve-se acrescentar, de concreto, que a obra se transmuta de uma estrutura genérica de pesadelo, armada nos círculos cíclicos do sol e da seca, para uma abertura onírica, não chegando a configurar uma reviravolta apocalíptica. A abertura estrutural, embasada na temporalidade do futuro do pretérito, indica apenas uma mudança de rota: o mundo infernal da natureza dá lugar ao poder demoníaco da sociedade. Ao ceder o seu lugar, a natureza está também se aliando ao poder de uma estrutura social, pois a família se dirige para uma nova armadilha, podendo, mais tarde, regressar, seguindo o ciclo das arribações.

O arranjo estrutural da narrativa, comandado por um processo de mudança cíclica, ao trocar a rota do sol para empreender a rota do sul, não desfaz um percurso trágico: apenas o intensifica, esgotando-se o sofrimento de um pesadelo para se gerar o alento de um novo sonho, numa armadilha preparada pela estratégia da ironia. A mudança estrutural do enredo, dos ciclos da natureza para o círculo das relações sociais, continua dentro da moldura de um processo migratório, movido pelo motivo da viagem. Por isso, a estrutura do enredo, ao permutar a disforia do pesadelo pela euforia do sonho, continua o seu movimento circular, não confirmando o apagamento de uma estrutura trágica. Ao contrário, a tragicidade solidifica-se, aliando-se às amarras de uma abertura irônica. O narrador, ao assumir a última voz do discurso da narrativa, dá ao livro um tom profético: "E o sertão mandaria para a cidade homens fortes, brutos como Fabiano, sinha Vitória e os dois meninos" (ibidem, p.126). A ficção, com suas leis próprias, armada sobre uma estrutura simbólica, faz da arte um grito de alerta em cujo eco se propagam a gravidade e a indiferença de uma realidade social. Maior que a realidade, aquilo que ficou como possibilidade na arte do discurso da ficção, a realidade brasileira vivenciou no problema da migração.

"Romance telúrico: o drama da dor humana na tortura da paisagem"

Antonio Candido (1992, p.14), analisando na obra de Graciliano Ramos a relação entre o contista e o romancista, recorre ao estudo da estrutura de *Vidas secas*, caracterizando-a como "um gênero intermediário entre romance e livro de contos". Mostrando esse processo de intermediação, o autor explica que o livro é "constituído por cenas e episódios mais ou menos isolados, alguns dos quais foram efetivamente publicados como contos; mas são na maior parte por tal forma solidários, que só no contexto adquirem sentido pleno" (ibidem, p.44). Essa ligação aparentemente desconexa, mas, na verdade, subordinada a um pensamento unificador, justifica o nome de romance – "embora, na qualificação excelente de Rubem Braga, *romance desmontável*" (ibidem, p.45). Analisando o sistema de funcionamento dessa *estrutura desmontável*, o crítico constrói uma imagem pictórica:

> A sua estrutura de pequenos quadros justapostos lembra certos polípticos medievais, onde a vida de um bem-aventurado ou os fastos de um herói se organizam em unidade bastante livre: dispensado o nexo rigoroso da sequência, vemos aqui um nascimento; em seguida, uma caçada, logo uma batalha e, finalmente, a extrema-unção, presidida por um santo, com a assistência dos anjos. Igualmente sumárias e eloquentes são as pequenas telas encaixilhadas de Graciliano Ramos, em que nos é dado, ora este, ora aquele passo do calvário dos personagens. (ibidem)

Retomando a expressão "romance em rosácea", de Benjamim Crémieux, usada a propósito da obra *Em busca do tempo perdido*, Antonio Candido diz que em *Vidas secas*, com outro sentido e maior propriedade, ela se justifica, "contanto que imaginemos uma rosácea simples e nítida, em que as cenas se disponham com ordenada simplicidade" (ibidem, p.46). Assim, o autor revela como se dá a montagem da estrutura perfeita do quadro narrativo, destacando, ainda, um elo composicional primitivo: "Políptico ou rosácea – qualquer coisa de mítico e primitivo, cuja cena final venha encontrar a do princípio: Fabiano, retirando pela caatinga, abandona a fazenda que animou por algum tempo" (ibidem).

Além do sistema de "telas encaixilhadas", montando uma composição à maneira de "polípticos medievais", ou "rosáceas", invertendo-se a representação apocalíptica de um herói "bem-aventurado" para os passos demoníacos "do calvário dos personagens", Antonio Candido mostra como a estrutura do romance, em terceira pessoa e suprimindo o diálogo, solda, no mesmo fluxo, o mundo interior e o mundo exterior numa *perspectiva recíproca*" (ibidem, p.46). Essa reciprocidade, formando uma espécie de jogo de duplicidade na relação entre o "eu" e o "outro", acaba, nas palavras do crítico, iluminando as personagens pelo acontecimento e este por aquelas, nivelados que são por um denominador comum – o meio físico. Depois, complementa: "Essas iluminuras de Livro de Horas (áspero livro em que Deus é substituído pela fatalidade e pelo desespero) constituem na verdade um romance telúrico, uma decorrência da paisagem, entroncando-se na geografia humana" (ibidem, p.46-7). Definindo *Vidas secas* como um "romance telúrico", cujo drama é o do "entrosamento da dor humana na tortura da paisagem", por meio de uma *estrutura desmontável*, a análise do ensaísta revela os princípios de uma composição plástico-literária, cíclica e mítica:

> *Vidas secas* começa por uma fuga e acaba com outra. Decorre entre duas situações idênticas, de tal modo que o fim, encontrando o princípio, fecha a ação num círculo. Entre a seca e as águas, a vida do sertanejo se organiza, do berço à sepultura, a modo do retorno perpétuo. Como os animais atrelados ao moinho, Fabiano voltará sempre sobre os passos, sufocado pelo meio. Daí a sua psicologia rudimentar de forçado. Como está n'*Os Sertões*: *O círculo estreito da atividade remorou-lhe o aperfeiçoamento psíquico.* (ibidem, p.47-8)

Na comparação com *Os sertões*, o crítico diz que se Euclides da Cunha soube exprimir "faíscas de epopeia", Graciliano soube transpor "o ritmo mesológico para a própria estrutura narrativa", fazendo do "determinismo" das "misérias diárias" uma "representação literária do eterno retorno" (ibidem, p.48). Nesse círculo estrutura-se o romance. Trata-se de uma narrativa de viagem, trágica e irônica, montada a partir dos seguintes componentes simbólicos: o eterno retorno da ameaça da morte incutido nos ciclos de seca e na imagem demoníaca de sete círculos de fogo. Com esse movimento e imagem principais, a narrativa define-se como gênero: romance. Ao fazer do "filete da escavação interior" uma técnica de "vínculo entre a inconsciência da natureza e a frouxa consciência das pessoas" (ibidem, p.87), como diz Antonio Candido, o romance aproxima-se da pintura, quando essa resolveu o problema da relação entre o sujeito e a realidade, por meio da expressão da "consciência do real", o elemento propulsor das estéticas impressionista e expressionista.

Lúcia Miguel Pereira, em 1938, perguntava no *Boletim de Ariel* sobre o gênero de *Vidas secas*: "Será um romance? É antes uma série de quadros, de gravuras em madeira, talhadas com precisão e firmeza" (apud Candido, 1992, p.103). Se havia alguma dúvida sobre o gênero na pergunta, a afirmativa da resposta abria uma porta para a crítica, deixando implícita uma ligação do romance ao sistema plástico-visual, pelo viés do expressionismo. Nessa estética, "a imagem não se liberta da matéria, mas se imprime sobre ela, num ato de força, revelando-se na escassez parcimoniosa do signo, na rigidez e angulosidade das linhas, nas marcas visíveis das fibras de madeira", segundo Giulio Carlos Argan (1992, p.240). Além das gravuras em madeira, a prática expressionista de aprisionar a imagem à matéria ocorre, também, na pintura, com a imagem ligando-se "à pasta densa e recoberta da tinta a óleo" (ibidem). Segundo o mesmo crítico, tal prática manifesta-se, ainda, "na ausência de matizes", e "na violência brutal das cores", completando-se, na escultura, quando a imagem "forma uma unidade com o bloco compacto da madeira talhada com a goiva ou da pedra lascada a marteladas" (ibidem). Da mesma maneira que na gravura, escultura e pintura, a prática expressionista referida manifesta-se em *Vidas secas*, com as palavras talhando, na aridez de um léxico penetrante, a consciência dos figurantes em imagens contínuas ou "transes periódicos em que se entorce o homem esmagado pela paisagem e pelos outros homens", no dizer de Antonio Candido. Nesse sentido, o crítico prefigurou um caráter plástico-expressionista na narrativa, insistindo, também, na sua raiz primitivista:

SÉRGIO VICENTE MOTTA

> Fabiano é um esmagado, pelos homens e pela natureza; mas o seu íntimo de primitivo é puro [...] O que há nele são os mecanismos da associação e da participação; quando muito, o resíduo indigerido da atividade quotidiana. É, portanto, mais que simples, primitivo; e o livro, mais tosco do que puro [...] Pois no primitivo, na criança e no animal a vida interior obedece outras leis, que o autor procura desvendar: não se opõe ao ato, mas nele se entrosa, imediatamente. Daí a pureza do livro, o impacto direto e comovente, não dispersado por qualquer artificioso refinamento. (Candido, 1992, p.45-6)

O processo de aprisionamento da imagem à matéria artística, antes do aprofundamento do percurso expressionista no livro, pode ser ilustrado na estrutura espiralada de esmagamento das personagens manifestada na narrativa. Tal mecanismo, porém, por estar latente no paradigma da representação realista, é recorrente na estrutura das obras literárias que intensificam a exploração de uma espécie de realismo artístico, aprofundando as relações de seu simbolismo. De uma maneira geral, tal simbolismo é formado pelos elos de uma cadeia demoníaca: os planos divino, humano, animal, vegetal e mineral, intermediados pelas relações simbólicas do fogo, do ar, da terra e da água. Na estruturação de um enredo realista com tendência expressionista, os seus movimentos, como uma força atribuída à temporalidade, buscam aprisionar a figura humana às imagens construídas pela materialidade dos níveis referidos, como o resultado do trabalho da espacialidade. Fundindo o movimento, ou a sintaxe da temporalidade, às imagens degradadas do ser humano, plasmadas pela espacialidade junto à materialidade dos níveis animal, vegetal e mineral, a representação realista na literatura procede de maneira semelhante àquela manifestada na escultura e na pintura expressionistas.

O mesmo ato de força, que se vê nas artes plásticas, manifesta-se na literatura expressionista quando essa imprime as imagens distorcidas e agoniadas da figura humana na matéria que lhe serve de "substância de expressão": os níveis animal, vegetal e mineral. Plasmando a imagem humana e seu tormento interior numa "substância de expressão" degradada, a técnica literária expressionista aprisiona a sua imagem à matéria de sua arte. Primeiro, soldando essa imagem a uma "substância de expressão" (os traços de animalidade, vegetalidade e mineralidade), para poder, depois, metamorfozeá-la na sua "forma de expressão": a figura humana talhada à imagem e semelhança de sua forma de degradação, por meio dos traços e da materialidade dos níveis referidos. Unindo a "substância" à uma "forma de expressão", nos termos de Hjelmslev, a representação realista, como na escultura, gravura e pintura espressionistas, funde uma imagem humana a uma materialidade não humana, para gerar uma forma de expressão distorcida pela gravidade da realidade do inferno da vida.

Em *Vidas secas*, o círculo mítico, representado pela natureza, e o círculo social, representado pelo poder das relações humanas, formam as duas forças tirânicas que aprisionam a família de retirantes a uma cadeia demoníaca. Como vítimas do drama representado, os figurantes da família são pressionados à terra, e a ela equiparados. Num movimento de fora para dentro, mais impressionista que expressionista, primeiro, os figurantes e a terra são igualados, com os contornos humanos misturando-se às manchas de animalidade, vegetalidade e mineralidade. Fundidos à paisagem, por meio do jogo de alteridade, ou da relação de duplicidade com essas imagens, os figurantes deformados são informados da gravidade de suas realidades. A "consciência do real", num movimento contrário, de dentro para fora, já é uma marca do trabalho expressionista aprofundando o drama no espaço interior, revelando um mecanismo de desespero e revolta, sem deixá-los extravazar.

Duas forças simbólicas concorrem para intensificar o drama do conflito interior: a água e o fogo. A primeira, intermediada pela terra; o segundo, interligado com o ar. A água é simbolicamente associada ao sangue, e a terra, imagisticamente, aos corpos dos figurantes. A água, como o sangue para o corpo, é vital para a terra ressecada. Faltando à terra, a água seca, também, a vida dos corpos, fundindo o corpo sem sangue e a terra sem água na mesma imagem: *vidas secas*. O drama, agravado pela falta da água, é originado pela ação do sol. A falta d'água seca a terra, e a terra seca mata a vida dos figurantes, metaforicamente comparados à terra. Como a falta d'água é consequência da ação do sol, o causador da tragédia é o sol, desencadeando "o drama da dor humana na tortura da paisagem". Assim, num movimento de origem externa, o sol seca a água, a falta d'água seca a terra e a vida dos figurantes. Mas, penetrando no palco do espaço interior das personagens, a ação do sol, num movimento de dentro para fora, como um fogo interior, provoca o despertar da consciência do sofrimento e da dor. Essa consciência do real, gerada no interior da personagem pela opressão das forças exteriores, é o mecanisno que está na origem da representação expressionista.

Fazer o mecanismo descrito cavar um labirinto no espaço interior, com a ação do fogo iluminando e queimando a consciência, é uma técnica literária expressionista para se explorar a intensidade da tortura de um sofrimento debatendo-se nas paredes de um mundo interior. Mas, alimentar a ação desse fogo interior, sem deixar explodir a caldeira da consciência, é o recurso irônico mais cruel que o expressionismo literário atinge como forma de representação, negando às suas vítimas a exteriorização de suas revoltas. É o que acontece em *Vidas secas*: um movimento irônico instaura a consciência e a revolta em seus figurantes, levando às últimas consequências a intervenção simbólica de um fogo interior, que não se extravaza, pela falta do ar que o levaria ao mundo exterior. A falta do ar, do sopro, da voz, da comunicação, é a tragédia maior que a técnica expressionista, manifestada em *Vidas secas*, alimentada com a ação de um fogo interior, negando o ar da fala que o levaria para o exterior. Assim, a técnica expressionista atinge um dos seus pontos mais fortes de dramatização, com a ação irônica do fogo e do ar negando às suas vítimas a despressurização da caldeira pela dificuldade de expressão. Trata-se de uma radicalização do expressionismo pelo corte irônico da negação da expressão.

A consciência do real: impressionismo e expressionismo

A estrutura simbólica realçada em *Vidas secas*, figurativizada em sete círculos concêntricos, procurou acrescentar a uma visão mimética da obra, comum e aparente, uma outra mais abstrata, tramada na simbologia do realismo artístico, funcionando como uma espécie de suporte da perenidade do texto.[5] Trata-se de uma "mimese-ficcional", não sustentada pela imitação direta do real, mas resultante de uma projeção indireta das leis ficcionais no movimento de uma estrutura social real, com um tipo de construção artística encontrando a pulsação escondida no ritmo disperso do real. O procedimento

---

5 Antonio Candido (1992, p.105), com base no estudo de Lúcia Miguel Pereira, realça os seguintes aspectos no romance: "a sua estrutura descontínua; a força com que transcende o realismo descritivo, para desvendar o universo mental de criaturas cujo silêncio ou inabilidade verbal leva o narrador a inventar para elas um expressivo universo interior, por meio do discurso indireto; a superação do regionalismo e da literatura empenhada, devido a uma capacidade de generalização que engloba e transcende estas dimensões e, explorando-as mais fundo do que os seus contemporâneos, consegue exprimir a *vida em potencial*". Em outra passagem, conclui: "O resultado é uma criação em sentido pleno, como se o narrador fosse, não um intérprete mimético, mas alguém que institui a humanidade de seres que a sociedade põe à margem, empurrando-os para as fronteiras da animalidade" (ibidem, p.106).

seguido releva a construção da narrativa, fazendo de sua estrutura um dos recursos formais de maior importância, o que não lhe permitiu depender, para sobreviver, somente de uma referencialidade histórico-social explícita, ou do tom regionalista como dado estético-cultural. Intensificando-se a oposição entre uma visão mimética referencialista e outro tipo de *mimese*, mais artística, simbólica e abstrata, pode-se ressaltar, na obra, um tratamento discursivo envolvendo técnicas impressionistas e expressionistas. A identificação das duas técnicas dá mais consistência à oposição levantada entre um tipo de imitação direta e um tipo de recriação ficcional do real, permitindo localizar os efeitos resultantes de uma resolução mais abstrata, com um tipo de realismo artístico sobrepondo-se a um mimetismo explícito.

Na pintura, segundo Giulio Carlo Argan (1992, p.227), "Impressionismo e Expressionismo são duas estéticas realistas, sendo que a segunda se coloca como antítese da primeira, mas a pressupõe". Para o crítico, literalmente *expressão* é o contrário de *impressão*. "A impressão é um movimento do exterior para o interior: é a realidade (objeto) que se imprime na consciência (sujeito)". Situada num outro polo, "a expressão é um movimento inverso, do interior para o exterior: é o sujeito que por si imprime o objeto. É a posição oposta à de Cézanne, assumida por Van Gogh" (ibidem). Na obra desses dois artistas, o crítico aponta dois rumos dissonantes, mas concordantes num plano profundo: *a consciência do real*.

O impressionismo, do ponto em que surgiu, como ruptura e superação das poéticas clássica e romântica, buscando uma relação de imediaticidade com o real, intermediada com os meios exclusivos da pintura, abriu os caminhos para a pesquisa artística moderna. Constituiu-se, com Cézanne, o grau mais alto do qual derivam as grandes correntes artísticas do início do século XX. A obra desse pintor elevou a sensação visual a um plano de pesquisa estrutural, que é um processo do pensamento, realizando o que Argan denomina *impressionismo integral*. Para Argan (1992, p.110), Cézanne compreendeu que do impressionismo deveria nascer um novo classicismo "dedicado a formar uma imagem nova e concreta do mundo, a qual, porém, não mais deveria ser buscada na realidade exterior, mas na consciência". Unindo realidade e consciência, a operação pictórica, com Cézanne, deixa de reproduzir a sensação visual para produzi-la como organização e estrutura, como uma espécie de consciência em ação, fazendo da impressão sensorial fugidia um pensamento concreto. Assim expressa o crítico:

a pintura de Cézanne [...] não parte de uma concepção espacial *a priori*, o espaço não é uma abstração, é uma construção da consciência, ou melhor, o construir-se da consciência através da experiência viva da realidade (a sensação). O pintor, portanto, representa não a realidade *como ela é*, nem como a vemos sob o variado impulso dos sentimentos, mas a realidade *na consciência* ou o equilíbrio absoluto, finalmente alcançado, entre a totalidade do mundo e a totalidade do eu, entre a infinita variedade das aparências e a unidade formal do espaço--consciência. O Impressionismo integral não é, pois, senão um Classicismo integral. (ibidem, p.113)

Van Gogh, colocando-se ao lado dos deserdados e vítimas, trabalhadores e camponeses, vai fazer uma pintura ética: "O *fazer* ético do homem contra o *fazer* mecânico da máquina" (Argan, 1992, p.124). Se Cézanne se dedica a "investigar a estrutura da sensação, pretendendo provar com fatos que a sensação não é uma matéria bruta oferecida à consciência, mas é consciência que, em sua plenitude, faz-se existência", Van Gogh vai opor à pesquisa cognitiva, ao classicismo total, o seu romantismo extremado, nas palavras do crítico. "Por isso, se a pintura de Cézanne se encontra nas raízes do Cubismo, como proposta de uma nova estrutura de percepção, a pintura de Van Gogh, por sua vez, encontra-se nas raízes do Expressionismo, como proposta de uma arte-ação" (ibidem, p.125). Van Gogh, seguindo ainda as palavras do crítico, enfrenta a realidade não para contemplá-la, mas para apropriar-se dela, vivê-la por dentro: "O que Van Gogh quer é uma pintura verdadeira até o absurdo, viva até o paroxismo, até o delírio e a morte" (ibidem). Nesse enfrentamento da realidade surge o sentido trágico de sua obra:

> Van Gogh aprendeu com os impressionistas tudo o que diz respeito às influências recíprocas entre as cores, mas tais relações o interessam não como correspondências visuais, e sim como relações de força (atração, tensão, repulsão) no interior do quadro. Em virtude dessas relações e contrastes de forças, a imagem tende a se deformar, a se distorcer, a se lacerar; pela aproximação estridente das cores, pelo desenvolvimento descontínuo dos contornos, pelo ritmo cerrado das pinceladas, que transformam o quadro numa composição de signos animados por uma vitalidade febril e convulsa. A matéria pictórica adquire uma existência autônoma, exasperada, quase insuportável; o quadro não representa: é. (ibidem)

Das duas linhas divergentes surge como elemento comum, na arte dos dois pintores, "a *decomposição* da aparência natural, ou dos 'motivos', para pôr em evidência o processo de agregação, a estrutura da imagem pintada" (ibidem, p.232). Continua Argan: "com efeito, eles pintam com pinceladas destacadas, nítidas, dispostas com certa ordem ou ritmo, que dão a ideia da matéria concreta, da cor e construção *material* da imagem" (ibidem). Quando o expressionismo se concretiza na arte dos *fauves*, é porque está, justamente, dirigindo-se à pesquisa dessa ordem ou ritmo referidos: à "ordem intelectual da consciência", apontada em Cézanne, e "ao ritmo profundo da existência traduzida em gestos", como se verificou em Van Gogh. Indícios dessas ordens rítmicas impressionista e expressionista podem ser levantados na estrutura de *Vidas secas*, em seus dois movimentos principais: de fora para dentro e de dentro para fora. Nesse sentido, o romance também é uma obra que trabalha o processo de afloramento da consciência do real. Constitui uma estrutura autônoma, valendo-se dos elementos próprios da linguagem da ficção para elaborar a construção de uma realidade em si mesma, com uma estrutura independente das leis de mediatização com o real, como a verossimilhança e a coerência psicológica dos personagens.

Um quadro impressionista na textura ficcional

Uma construção impressionista, seguindo o movimento da estrutura da narrativa, de fora para dentro, é o que se esboça no início do primeiro capítulo, a partir da abertura plástica do cenário, cujo jogo articulado dos vocábulos produz a "impressão" da atmosfera em que o drama vai realizar--se: "a planície vermelhada os juazeiros alargavam duas manchas verdes" (p.9). Os substantivos formam a construção imagética do quadro, propondo na própria tensão da horizontalidade e verticalidade (planície/juazeiros) a resolução do espaço pictórico: "manchas". Destituído o contorno dos objetos com o empaste encorpado da massa pictórica (manchas), as cores dos adjetivos (avermelhada/verdes), à maneira de Cézanne, operam a distinção consciente da sensação. Como refere Argan (1992, p.113), analisando a obra de Cézanne: "os tons quentes dos objetos iluminados se apresentam mesclados aos tons frios da atmosfera". É por isso que o pintor dizia, conforme a transcrição do crítico:

> A natureza, para nós homens, está antes na profundidade do que na superfície, e daí a necessidade de introduzir em nossas vibrações luminosas, representadas pelos vermelhos e amarelos, uma quantidade suficiente de tons azulados para dar a sensação de atmosfera. (ibidem)

Na frase de abertura do livro, a partir da distinção dos tons quente e frio, opera-se uma síntese, combinando-se os tons com o ritmo construtivo das pinceladas: "alargavam". Substantivos, adjetivos e verbo, mais do que uma estrutura frasal, compõem o processo de uma estrutura de efeito pictórico. Nessa estrutura, formando um tecido cromático, o texto indicia o tecer de um sentido entre as vibrações luminosas das cores quentes da seca e a atmosfera das cores frias da chuva; entre a consciência de um pesadelo vivido na horizontalidade da terra (planície) e um sonho desejado na verticalidade do céu (juazeiros). Uma consciência estrutural trabalhada nas filigranas da frase, que se estende, depois, num jogo de vozes discursivas, opondo a maestria do narrador à afasia dos personagens. Com os recursos de sua arte, Graciliano Ramos pinta um quadro tramado em duas temporalidades, provocando uma tensão semelhante àquela instaurada pela oposição entre as cores quentes e frias, numa paleta impressionista. O autor constrói uma consciência em seus personagens, vivida na temporalidade concreta do pretérito imperfeito, a coordenada estrutural em que se amarram os fatos ligados à planície, à terra, à seca, e às vibrações das cores quentes de um pesadelo. Como Cézanne, para gerar a "sensação da atmosfera", contrasta as vibrações luminosas dos vermelhos e amarelos com a temporalidade hipotética do futuro do pretérito, ligada à atmosfera das cores frias, à chuva, ao céu, ao renascimento da vegetação, representando o plano do sonho. Opondo as cores quentes da narração no passado às cores frias do futuro do pretérito, o escritor capta a impressão de um tempo presente: o momento.

Com um verbo (alargavam), três substantivos (planície, juazeiros, manchas) e dois adjetivos (avermelhada, verdes), Graciliano faz corresponder, na literatura, o trabalho das pinceladas na pintura impressionista, gerando um ritmo e uma textura de formas e cores, em que se veem as marcas do trabalho na montagem das imagens, mas cujas partes totalizam um corpo impossível de ser dissociado. Ao pintar a sua paisagem com essas palavras precisas e funcionais, Graciliano Ramos consegue um efeito plástico, revelando, ao mesmo tempo, a forma de conquista do espaço pictórico: os contornos das figuras são apagados (alargavam) para as imagens surgirem plasmadas na massa plástica de tinta (manchas) e de cores (avermelhada, verdes).

A partir dessa frase, tramada pelas coordenadas da horizontalidade e da verticalidade, no jogo dos tons quentes e frios, o espaço do cenário, no ritmo de pinceladas largas, constrói-se como consciência, à medida que os figurantes, existencialmente "infelizes" e plasticamente "manchas", "alargam" os seus passos rumo à consciência de seus dramas, no ritmo da "sensação" adquirida com a experiência viva da realidade. Os dramas vão ser vividos nos casulos dos capítulos, que, no conjunto da estrutura da obra, vista de fora para dentro, ganham uma configuração cubista: articulados e ao mesmo tempo condensados em uma concisa geometria. Enquanto no ritmo da sensação trágica acumulada pela experiência da realidade se esboça o tratamento impressionista, o desabamento da tragédia, com a incorporação da consciência do real na interioridade das personagens, inicia o movimento expressionista. Assim, o primeiro movimento, que desperta a consciência do real, caracteriza-se como impressionista e caminha, *grosso modo*, do primeiro ao sexto capítulos. A partir do sétimo, com a consciência introjetada em cada um dos viventes, eles passam a dramatizá-la, em lances isolados e coletivamente, de uma forma estética mais próxima ao que a pintura de estilo realista nomeou de expressionista. Em todo caso, a sensação dessa experiência viva da realidade, vivida de fora para dentro ou de dentro para fora, é gerada pelos efeitos do tratamento retórico da espacialidade e da temporalidade. Vale dizer, uma consciência artística que gera um efeito plástico.

Além da abertura do cenário, a frase inicial, com a sua peculiaridade plástica, tramada com a montagem de um jogo imagético, cromático, espacial e rítmico, indicia as linhas gerais de estruturação da narrativa. No seu plano geral, tendo por base a relação de seu movimento (*mythos*) e imagem (*diánoia*) principais, a narrativa busca a construção de um sentido demoníaco, trágico e irônico, impulsionado por uma estrutura mítica de pesadelo (planície avermelhada) e sonho (manchas verdes).

A relação dos substantivos "planície" e "juazeiros" gera, simultaneamente, um mecanismo associativo de montagem imagética e um outro, dissociativo, de decomposição das imagens, cuja síntese resulta no processo figurativo já apontado: "manchas". Como as manchas não se separam das cores, mas são por elas realizadas, à medida que o plano pictórico também se concretiza, com as cores e manchas conquistando e definindo as relações espaciais, os substantivos e adjetivos, no tecido do texto, desempenham a organização que na pintura vai da sensação visual à sua estruturação. Como o ponto de consciência dessas relações tensivas, reunindo-as em um ritmo estrutural, que lhe dá movimento e vida, está o fazer pictórico-literário representado pelo verbo: "alargavam". Das pinceladas rítmicas do verbo, imprimindo a materialidade das tintas e o contraste das cores, surge o cenário plástico.

A partir da estrutura do cenário inicial, o livro monta, aos poucos, um quadro maior, com as conquistas das relações espaciais determinando o movimento de inter-relação temporal. Essa implicação e outras relações decorrentes da estrutura da frase de abertura podem ser apontadas, mostrando-se como a opção inicial por um tipo de representação realista impressionista estabelece toda uma coerência no tratamento artístico da matéria literária. Conforme já foi indicado, a oposição entre a horizontalidade e a verticalidade indica o eixo estrutural em que se move toda a narrativa. Os seus figurantes, presos nessa paisagem, vivem o drama indicado em suas cores: o pesadelo da "planície avermelhada" e a busca de um sonho de sobrevivência, apresentado no alto, como indicam os juazeiros e suas cores verdes. As personagens, apresentando-se com os contornos indefinidos de figurantes, são verdadeiras "manchas" comandadas pelo ritmo e cores da estrutura da paisagem. Nesse sentido, a andança dos "infelizes", no primeiro capítulo, é uma forma de movimentar a estrutura do cenário inicial, com os figurantes partindo da planície avermelhada e conquistando as sombras dos juazeiros. No primeiro capítulo, da mesma maneira que o impressionismo na pintura gera a construção de um espaço-consciência, o texto cria, no percurso da mudança da família, a conquista de um espaço determinando a consciência de uma temporalidade de sofrimento. Aquilo que se vê na primeira frase, como construção do espaço da paisagem, nota-se, depois, no movimento das personagens, com o espaço comandando as relações de temporalidade.

O procedimento plástico-literário adotado no início do livro tem, ainda, outras características do impressionismo. Esse tipo de pintura não recobre os seus volumes plásticos a partir de contornos predeterminados. Ao contrário, constrói massas e volumes por meio da cor, fazendo que o espaço resultante ganhe corpo e ritmo no movimento das pinceladas largas e precisas. Da mesma maneira, no tecido inicial do texto literário, as coordenadas temporais – aquilo que seria um ponto de partida na ficção convencional, como o contorno das figuras na pintura mimética – desaparecem da aparência textual, para surgirem, estrategicamente, como resultante dos efeitos espaciais construídos pela articulação de substantivos (massas), adjetivos (cores) e verbos (pinceladas). Tal procedimento pode ser visto no desenvolvimento da sequência inicial, em que os figurantes se movimentam na paisagem, e as imagens dessa paisagem aproximam-se e recuam, como uma forma de indicar o deslocamento espacial e, na sua cadência, o ritmo do desenvolvimento temporal. O deslocamento dos figurantes é dado por cortes ou largas pinceladas conquistando o espaço da paisagem. Ao ser conquistado, o espaço revela, no seu deslocamento, o movimento temporal. É o que se pode ver numa das frases em que a paisagem se movimenta no lugar das personagens, mas tal movimento é marcado a partir do ponto de vista dessas mesmas personagens: "A folhagem dos juazeiros apareceu longe, através dos galhos pelados da catinga rala" (Ramos, 1982, p.9).

Entre a frase de abertura e a última citada, fechando o primeiro parágrafo, inicia-se o deslocamento das personagens, com a projeção espacial determinando a progressão temporal: "Os juazeiros aproximaram-se, recuaram, sumiram-se" (ibidem). Eduardo Peñuela Cañizal (1969, p.85-102), analisando essas relações, demonstra como a integração dos "planos espaciotemporais" concorre para uma espécie de "consagração do instante". Como não dispomos de espaço para explorarmos uma análise microtextal, o leitor poderá acompanhar, em outro estudo de Cañizal (1978), o processo de geração da ambiguidade discursiva do romance. A remissão a esse estudo, porém, faz--se necessária, pelo fato de o ensaísta ter captado o fundamental processo de transformação do sonho em pesadelo, que se verifica na ambiguidade do termo "sombras", costurado na paisagem inicial da narrativa. A distinção que o crítico estabelece entre um valor "prático" de "vida" e um valor "mítico" de "morte", na expressão "sombras dos juazeiros", servirá para demonstrarmos no percurso inicial do livro, até a conquista das "sombras", um trajeto impressionista, que se converterá, depois, num "ensombramento" expressionista. O processo discursivo impressionista de construção do primeiro capítulo aponta um movimento de fora para dentro, formando um dos sentidos básicos da estrutura macrotextual. O outro movimento, de dentro para fora, expressionista, será apontado, posteriormente, realizando o encontro dos dois eixos principais de rotação do romance.

No último estudo referido, desmontando aspectos da ambiguidade discursiva em *Vidas secas*, Eduardo Peñuela Cañizal (1978) movimenta a oposição entre a transparência do verbo "ver", ligado à personagem Sinha Vitória, e a opacidade do verbo "dizer", do lado da voz do enunciador. No jogo discursivo, os dois verbos associam-se ao vocábulo "sombra", instaurando duas dimensões: uma "prática", configurando traços de sentido construídos segundo as propriedades exteriores do mundo percebido, do lado da personagem; outra "mítica", com traços de sentido elaborados a partir de ideias interiores, que o homem usa para modelar o mundo circundante, do lado do narrador. Assim, a possibilidade de "vida", que Sinha Vitória vê nas sombras dos juazeiros, na mudança inicial do livro, transforma-se no valor mítico de "morte", no dizer do narrador, no corpo e no final do romance:

> Se, considerando a regra apontada, o leitor ou narratário atribui à *sombra-dita* o valor mítico de *morte*, a fábula prática vivida pelas personagens se reveste de inesperadas significações, já que, além dos conflitos referenciais que ela expressa — a vida de uns camponeses desamparados física e socialmente –, ela adquire significados provenientes de um conflito motivado pela interferência sutil de uma fábula mítica que mina seus significados cosmológicos, abalando, consequentemente, a verossimilhança de sua representação. Dessa perspectiva, o narratário *vê* Sinha Vitória acomodando as crianças na proteção da sombra de um juazeiro e *escuta* ou *entende*, em seu relacionamento com o *dizer* do narrador mítico, que Sinha Vitória acomoda as crianças no *domínio sombrio da morte* [...] Compreende-se, assim, o poder de ruptura que se encerra no poético e a poesia violenta de uma das imagens finais de *Vidas Secas: O vaqueiro ensombrava-se com a ideia de que se dirigia a terras onde talvez não houvesse gado para tratar.* (Peñuela Cañizal, 1978, p.51-2)

No calvário da mudança do início da narrativa, seguindo a rota do rio seco, os figurantes têm como guia a imagem dos juazeiros: "As manchas dos juazeiros tornaram a aparecer" (Ramos, 1982, p.12). No deslocamento espacial imprimem-se as marcas profundas do drama existencial da família, cujos fragmentos compõem as imagens permanentes no tempo da memória: a impressão faz-se duração. O espaço revelado no trajeto da mudança mostra o percurso de uma trajetória, enquanto a temporalidade que se oculta na exterioridade da paisagem se interioriza, gravando na memória a duração trágica das partes de uma existência. Assim, quando os figurantes chegam à fazenda, a proteção passageira dos juazeiros indica apenas uma configuração transitória: o desenho espacial de uma parte do quadro do drama. A

O ENGENHO DA NARRATIVA E SUA ÁRVORE GENEALÓGICA **409**

mobilização do espaço é consequência de uma temporalidade imutável. Dessa maneira, revela-se um outro mecanismo irônico da narrativa: a espacialidade, destacada por conduzir a ação e sobrepor-se a uma temporalidade explícita é, na verdade, comandada por uma força temporal implícita, que junta o passado e o futuro no efeito de um presente sempre trágico. É esse efeito temporal que propicia a interiorização do drama.

Movido pelo "ensombramento" iterativo de uma temporalidade mítica, o ciclo das secas, a transitoriedade da espacialidade é fruto de uma temporalidade imutável, perpetuada no giro trágico de seu eterno retorno. Trata-se do giro funesto de uma mesma engrenagem: a temporalidade tirânica da natureza condenando as personagens a uma vida errante no palco de uma mesma paisagem, formada por uma "planície avermelhada" e as "manchas verdes" dos juazeiros. Por meio de um recurso espacial, com um tratamento plástico e visual, movimentando o cenário no lugar das personagens, o autor reafirma, na arte literária, a importância do componente temporal. *Vidas secas* é uma obra que coloca as suas vítimas na tortura de uma paisagem comandada por uma armadilha trágica da temporalidade. Com a sobreposição do deslocamento espacial apagando as marcas do desenvolvimento do tempo, o autor dilui a temporalidade mimética, datada e fragmentada, para resgatar uma temporalidade mítica, conforme a sua circularidade prefigurou o formato primitivo de um enredo narrativo.

Na continuidade da viagem, como foi antecipado, o movimento das personagens completa a percurso da chegada, como uma espécie de animação que a narrativa realiza no quadro impressionista do cenário inicial: "Deixaram a margem do rio, acompanharam a cerca, subiram uma ladeira, chegaram aos juazeiros. Fazia tempo que não viam sombra" (ibidem, p.12). Apenas instalados, os figurantes já começam a perceber na transmutação da palavra "sombra" a transitoriedade do desejo e a perenidade do pesadelo, a inconstância de um aceno de vida com a constância da ameaça da morte, a pintura de um quadro que se inicia no ritmo das notas impressionistas e intensifica-se, depois, na tensão sombria de uma estrutura expressionista. O quadro imediato à chegada da família à fazenda e aos juazeiros pressagia a transformação, que vai ocorrer de fato na segunda metade do enredo:

uma sombra passava por cima do monte. Tocou o braço da mulher, apontou o céu, ficaram os dois algum tempo aguentando a claridade do sol. Enxugaram as

lágrimas, foram agachar-se perto dos filhos, suspirando, conservaram-se enco-
lhidos, temendo que a nuvem tivesse desfeito, vencida pelo azul terrível, aquele
azul que deslumbrava e endoidecia a gente.

Entrava dia e saía dia. As noites cobriam a terra de chofre. A tampa anilada
baixava, escurecia, quebrada apenas pelas vermelhidões do poente. (ibidem, p.13)

O traço temporal externo e mimético (a duração da caminhada) é suplantado pelo tempo da natureza (de valor interno e mítico), que impõe à família
a duração da sensação trágica. A luminosidade impressionista interceptada
pela palavra "sombra", na oposição indicada no trecho citado, em consonância com a estrutura trágica do livro, indicia a inversão irônica que a narrativa
operacionalizará: a euforia passageira do desejo na permanente ameaça do
pesadelo. Se, no momento, os figurantes desejam a sombra, "temendo que
a nuvem tivesse desfeito, vencida pelo azul terrível", no giro trágico do romance, "aquele azul que deslumbrava e endoidecia" marca o fechamento de
um quadro impressionista e inaugura outro, muito mais terrível e sombrio,
com características expressionistas. De fato, quebrando as "vermelhidões do
poente", de dentro para fora, um aspecto sombrio invadirá o universo das
personagens, transformando a claridade do mundo externo num pesadelo
escuro, vivido no drama de suas angústias e aflições. Assim, a narrativa permuta uma forma de apreensão do real por uma outra maneira de expressão
do real. Troca-se uma técnica inicial impressionista por uma forma de tragicidade expressionista.

Um quadro expressionista na estrutura ficcional

No giro estrutural do livro, de fora para dentro, acompanhando o anel
do círculo periférico formado pela "mudança" do primeiro capítulo e a
"fuga" do último, o cenário final apresentado já não é mais a luminosidade
impressionista, mas a atmosfera metamorfozeada dessa luminosidade nos
tons sombrios e aterrorizantes de um drama expressionista: "Antes de olhar
o céu, já sabia que ele estava negro num lado, cor de sangue no outro, e
ia tornar-se profundamente azul. Estremeceu como se descobrisse uma coisa
muito ruim" (ibidem, p.118). Nesse trajeto, seguindo-se o curso da estrutura
espiralada, a narrativa permuta um mecanismo de apreensão da realidade, em

que essa se projeta na consciência do sujeito ("A luz aumentou e espalhou-se na campina. Só aí principiou a viagem"), por um outro tipo de enfrentamento da realidade, como uma forma de subjetivá-la: "A lembrança das aves medonhas, que ameaçavam com os bicos pontudos os olhos das criaturas vivas, horrorizou Fabiano" (ibidem, p.124). O processo de subjetivação, fruto da interferência de uma pressão externa sobre o sujeito, traz como consequência o conflito entre o "eu" e o "outro". No caso, a pressão exercida sobre Fabiano é a volta da seca, objetivada na presença ameaçadora das aves, desencadeando o conflito interior. Subjetivando o conflito, a primeira reação do sujeito é a revolta:

> – Pestes.
> Voavam sempre, não se podia saber donde vinha tanto urubu. (ibidem, p.124)

A sequência do quadro narrativo que se começou a esboçar lembra o universo contorcido da pintura de Van Gogh. O quadro traz em cena o mesmo enfrentamento do sujeito em relação à sua realidade. Essa realidade, para Van Gogh, já não é a que se "contempla para conhecê-la", mas a que se enfrenta, "vivendo-a por dentro, sentindo-a como um limite que se impõe, da qual não pode se libertar senão tomando-a, apropriando-se dela" (Argan, 1992, p.125). Analisando como o pintor enfrenta essa realidade, Argan diz que Van Gogh antecipa o pensamento dos existencialistas e parece refletir: "a realidade (o senhor Roulin ou o café de Arles, os trigais, os girassóis) é *outra* em relação a mim, mas sem o *outro* eu não teria consciência de ser eu mesmo, eu não seria" (ibidem, p.125). Situado na fissura aberta pelo conflito entre o "eu" e o "outro", ou entre o sujeito e a realidade, emerge o sentido trágico da pintura de Van Gogh, nas palavras de Argan (1992, p.127):

> É trágico ver a realidade e ver-se na realidade com uma evidência tão clara e peremptória. É trágico reconhecer nosso limite no limite das coisas e não poder libertar-se dele. É trágico, frente à realidade, não poder contemplá-la, mas ter de agir, e agir com paixão e fúria: lutar para impedir que sua existência domine e destrua a nossa.

Quando Van Gogh retrata a tragicidade de uma realidade manifestada numa figura humana (o senhor Roulin), numa paisagem urbana (o café de

Arles), ou por meio dos elementos da natureza (os trigais, os girassóis), toda a convulsão dessa exterioridade surge da tensão provocada por um estado de espírito emocional. Na dialética do "eu" e do "outro", lutando para que a realidade não domine e destrua a sua existência, o pintor encontra o mecanismo de afloração da consciência: "quanto mais o *outro* é *outro*, diferente, incomunicante, tanto mais *eu* sou *eu*, tanto melhor descubro minha identidade, o sentido-não-sentido de meu estar-no-mundo" (ibidem, p.125). Por isso, completa Argan: "E tanto mais o mundo manifesta à consciência aterrorizada sua própria descontinuidade e fragmentariedade" (ibidem).

Voltando ao texto literário, o fragmento citado vai desencadear um quadro narrativo em que a "realidade" da seca e de sua expressão metonímica, os urubus, compõe um quadro de enfrentamento entre o "eu" e o "outro", que lembra uma composição expressionista: a força da representação de um recorte do mundo natural desencadeando um efeito profundo no interior do sentimento humano, o seu efeito trágico. Trata-se do difícil limite da tensão trágica, a partir da qual o "eu" se reconhece no espelho do "outro", mas, ao reconhecer-se, o "eu" já é prisioneiro do limite desse "outro". Nas palavras de Argan: "É trágico reconhecer nosso limite no limite das coisas e não poder libertar-se dele" (ibidem, p.127). Esse aprisionamento do "eu" nas garras de uma "realidade" que funciona como o "outro" é o ponto que une um artifício da pintura expressionista à realidade trágica da cena analisada a seguir, protagonizada por Fabiano.

Nesse cenário, vamos reencontrar Fabiano vivendo mais um drama da sua existência: a luta contra os urubus no enfrentamento de uma nova seca. O terror das aves aliado ao furor com que a natureza se apresenta nas suas formas retorcidas e circulares reflete a tragicidade de uma convulsão externa despertando um estado de angústia e desespero interno. A pressão de fora para dentro converte-se na reação de um movimento contrário. Na relação do interior para o exterior, o sujeito toma consciência da força de uma realidade ampliada em suas formas e tons, gerando, nesse confronto, a tragicidade de uma luta desigual:

> Olhou as sombras movediças que enchiam a campina. Talvez estivessem fazendo círculos em redor do pobre cavalo esmorecido num canto de cerca. Os olhos de Fabiano se umedeceram. Coitado do cavalo. Estava magro, pelado, faminto, e arredondava uns olhos que pareciam de gente.

O ENGENHO DA NARRATIVA E SUA ÁRVORE GENEALÓGICA 413

– Pestes.

O que indignava Fabiano era o costume que os miseráveis tinham de atirar bicadas aos olhos de criaturas que já não se podiam defender. Ergueu-se, assustado, como se os bichos tivessem descido do céu azul e andassem ali perto, num voo baixo, fazendo curvas cada vez menores em torno de seu corpo, de sinha Vitória e dos meninos. (Ramos, 1982, p.124-5)

No cenário transcrito, com o desenvolvimento do motivo trágico da volta da seca, figurativizado no voo dos urubus, ocorre, primeiro, a apreensão do dado externo do real: "Olhou as sombras movediças". Com a percepção da hostilidade do real ocorre a transfiguração da paisagem, com o voo dos urubus metaforizando a mutação das formas ("sombras movediças"), por meio do contorcionismo de um movimento plástico, que invade e domina o espaço do cenário: "que enchiam a campina". Com a opressão do mundo externo, a interiorização do motivo trágico ganha uma dimensão psicológica: "Talvez estivessem fazendo círculos em redor do pobre cavalo esmorecido num canto da cerca". A subjetivação do conflito amplia a tragicidade da cena, com o mesmo fator agressivo agindo em corpos e lugares diferentes, à medida que a ameaça próxima e concreta sentida por Fabiano se estende ao sofrimento do cavalo de fábrica, que ficara distante na fazenda. A ameaça externa sofrida pelo cavalo é transfigurada no sofrimento de Fabiano.

A construção plástica do efeito trágico do drama dá-se com o movimento e a agressividade das formas do "outro" ("fazendo círculos em redor") em oposição ao estado psicológico de impotência do "eu", gerado pela estaticidade e fragilidade do cavalo: "Talvez estivessem fazendo círculos em redor do pobre cavalo esmorecido num canto de cerca". O que a construção visual da cena realiza metonimicamente ("sombras movediças fazendo círculos em redor), a frase citada realiza metaforicamente, iconizando o conteúdo num plano de expressão que aprisiona o substantivo no círculo formado por dois adjetivos disfóricos: "pobre cavalo esmorecido".

O dado externo do real, subjetivado e estruturado numa forma de expressão pictórico-literária, desperta a consciência do sujeito, que passa a enfrentar a desumanidade dessa realidade com o sentimento de justiça da sua visão ética: "Os olhos de Fabiano umedeceram. Coitado do cavalo". O animal e o humano ficam num mesmo plano, unidos pelos laços do sofrimento: "Estava magro, pelado, faminto, e arredondava uns olhos que pareciam de gente".

414 SÉRGIO VICENTE MOTTA

A palavra "olhos", unindo o bicho e o homem, parece ser o instrumento por meio do qual se dá a percepção do trágico e a via que o conduz a defrontar--se com uma consciência ética. É o que ocorre no fragmento seguinte, com a agressividade percebida pela visão operacionalizando uma reação interior em defesa da causa dos fracos e oprimidos: "O que indignava Fabiano era o costume que os miseráveis tinham de atirar bicadas aos olhos de criaturas que já não se podiam defender". É totalmente expressionista a forma de reação do sujeito em relação ao real, ou o seu enfrentamento do real, cujas formas circulares e concêntricas desenham o sentido patético e impotente de uma existência.[6] Nessas circunstâncias encontram-se Fabiano e sua família, com o movimento das formas da natureza configurando os círculos de força de um aprisionamento cósmico: "Ergueu-se, assustado, como se os bichos tivessem descido do céu azul e andassen ali perto, num voo baixo, fazendo curvas cada vez menores em torno de seu corpo, de Sinha Vitória e dos meninos".

As "curvas cada vez menores" pressionando Fabiano e sua família, nesse contexto, refletem o desenho maior da estrutura do livro, cujos capítulos, aos pares, fecham os círculos envolvendo o grupo de personagens, sempre na mesma ordem: Fabiano, Sinha Vitória e os meninos. No centro do livro, com a família reunida em torno do fogo, como foi visto, destaca-se o quadro expressionista pintado com as cores do encontro do despotismo da água com o pesadelo da seca. Na dinâmica desse movimento chega, primeiro, a violência da cheia e, com o seu despotismo, a duração trágica da permanência da seca, no tempo da memória. Unindo a água e o fogo (sol), nessa relação entre uma espacialidade externa despertando uma temporalidade interna, pode-se mostrar o cenário em que se constrói um quadro expressionista, no centro da narrativa, iniciando um movimento inverso de construção: de dentro para fora.

---

6 Embora o assunto esteja em pauta há algum tempo, é o caso de lembrarmos, nesse momento, os versos do terceiro bloco do poema de João Cabral (1994, p.311), aproveitando a motivação desencadeada pela proximidade das palavras "gavião", do poema, e "urubu", da narrativa, para inserir no universo da poesia de Cabral a contextualização do drama vivido por Fabiano, cujas formas de opressão, telúrica e social, são agravadas pela impossibilidade de reação e comunicação, necessitando do apoio artístico de quem lhe pode dar voz: "Falo somente por quem falo: / por quem existe nesses climas / condicionados pelo sol, / pelo gavião e outras rapinas: / e onde estão os solos inertes / de tantas condições caatinga / em que só cabe cultivar / o que é sinônimo da míngua".

O ENGENHO DA NARRATIVA E SUA ÁRVORE GENEALÓGICA   **415**

A descrição da chegada das águas na construção de um trecho da narrativa cria um efeito visual semelhante ao da pintura expressionista, quando essa estética, na mão dos pintores *fauves*, "para além da síntese realizada por Cézanne", teve que "solucionar o dualismo entre sensação (cor) e construção (a forma plástica, o volume, o espaço), potencializando a construtividade intrínseca da cor", segundo os esclarecimentos de Argan (1992, p.229). No trecho referido, a sensação da violência da chuva é dada, antes, pela luminosidade das cores que invadem o cenário. Numa rápida gradação, as cores movimentam-se, aproximam-se, intensificam-se, determinando, no choque dos clareamentos dos tons de luz, um bailado macabro de formas retilíneas: "De repente um traço ligeiro rasgara o céu para os lados da cabeceira do rio, outros surgiram mais claros, o trovão roncara perto, na escuridão da meia--noite rolaram nuvens cor de sangue" (Ramos, 1982, p.65). Acrescida da sonoridade grave do trovão, a construção plástica da frase contrasta a dança da luminosidade com o fundo negro do cenário, gerando uma imagem dinâmica, cuja contorção é dada pelas noções de forma, volume e espacialidade reunidas na vivacidade da cor resultante: "Na escuridão da meia-noite rolaram nuvens cor de sangue". A violência da cor dominante, sem matizes, gera a imagem sanguínea e, com ela, o significado aterrorizante da chuva.

A imagem do cenário é acrescida, ainda, do procedimento expressionista de se operar a deformação da realidade presente com uma intencionalidade e subjetividade na maneira de abordá-la. Tal processo acaba por objetivar essa realidade, identificando-a "com uma matéria resistente ou relutante", segundo as palavras de Argan: "A ventania arrancara sucupiras e imburanas, houvera relâmpagos em demasia – e sinha Vitória se escondera na camarinha com os filhos, tapando as orelhas, enrolando-se nas cobertas" (Ramos, 1982, p.65). A deformação junta-se à técnica da fragmentação, e ambas instauram a estética da fealdade: "Mas aquela brutalidade findara de chofre, a chuva caíra, a cabeça da cheia aparecera arrastando troncos e animais mortos" (ibidem). O feio resultante dessa imagem não é senão o belo decaído e degradado. Como diz Argan (1992, p.240), "o expressionismo, como a primeira poética do feio, conserva seu caráter ideal, mas sob o signo negativo do demoníaco". É a mesma forma que Graciliano Ramos utiliza para retratar a condição humana decaída de Fabiano e sua família. Nesse ponto, seguindo ainda as palavras de Argan, a obra do escritor brasileiro é expressionista, pelo fato de o autor acreditar e sua obra mostrar que:

somente a arte, como trabalho criativo, poderá realizar o milagre de reconverter em *belo* o que a sociedade perverteu em feio. Daí o tema ético fundamental da poética expressionista: a arte não é apenas dissensão da ordem social constituída, mas também vontade e empenho de transformá-la. É, portanto, um dever social, uma tarefa a cumprir. (ibidem, p.241)

Como a chuva é passageira e localiza-se no miolo da estrutura de composição da narrativa, a seca que a circunda é constante, corporificando a imagem demoníaca com os seus círculos de fogo. Por ser uma imagem durativa, o inferno da seca extrapola a espacialidade externa e cósmica da natureza para instalar-se na interioridade da consciência das personagens, fazendo desse espaço interior uma caldeira de conflitos, alimentado pelo braseiro da temporalidade da memória: "A catinga amarelecera, avermelhara-se, o gado principiara a emagrecer e horríveis visões de pesadelo tinham agitado o sono das pessoas" (Ramos, 1982, p.65). Com o deslocamento da espacialidade, a temporalidade, apesar de ser movida pelo reflexo de incidentes circunstanciais, ganha uma duração permanente, espelhada em toda uma existência de resignação. No trajeto do deslocamento do espaço exterior para o mundo interior, o drama instala-se na consciência das personagens com a força da poética expressionista. *O grito*, de Edvard Munch, parece ser a correspondência visual daquilo que se processa, por meio do signo verbal, na dimensão dessas consciências conflitivas, buscando desesperadamente uma possibilidade de expressão. Se, na obra de Munch, "o ritmo das linhas longas e ondulantes parece levar o eco do grito a todos os cantos do quadro, fazendo da terra e do céu como que uma gigantesca caixa de ressonância do medo" (Janson, 1992, p.657), na narrativa, o grito é o limite de um desespero. Mais trágico do que na pintura, na narrativa o grito não se extravaza, fazendo reverberar na caixa acústica da consciência o sentido dramático da impotência. Aquilo que não se dá, no plano das personagens, como possibilidade de expressão, realiza-se, no planejamento do livro, como uma forma possível de representação. Utilizando a técnica do discurso indireto livre, a narrativa processa a passagem de um tipo de realismo que capta as impressões do real, para uma forma de realismo que cria uma dramaticidade do real. Por meio desse processo, a narrativa transforma a falta de voz das personagens num recurso de interiorização, ampliando não só o gesto do desespero, mas fazendo desse gesto um grito impotente, abafado no mesmo labirinto com que se moldou a forma dessa consciência.

Na narrativa, o grito impotente, não encontrando ressonância, é constrangedor. Primeiro, pelo receio de ser ouvido: "Lançava o desafio numa fala atrapalhada, com o vago receio de ser ouvido. Ninguém apareceu" (Ramos, 1982, p.78). Depois, por perceber-se que o grito, menos que um brado de revolta, é a expressão de um estado de espírito, em que a subjetividade recalcada é objetivada pela imaginação: "E Fabiano roncou alto, gritou que eram todos uns frouxos, uns capados, sim senhor. Depois de muitos berros, supôs que havia ali perto homens escondidos, com medo dele" (ibidem). Mas o grito terrível, aquele que se volta para a consciência da própria impotência, é mais revoltante, pois é permanente, e faz ressoar a contingência de uma condição humana. Esse é o grito sem voz, o grito-calado, que mexe com a consciência do leitor:[7]

> Sentiu vontade de gritar, de anunciar muito alto que eles não prestavam para nada [...] Fabiano queria berrar para a cidade inteira, afirmar ao doutor juiz de direito, ao delegado, a seu vigário e aos cobradores da prefeitura que ali dentro ninguém prestava para nada. Ele, os homens acocorados, o bêbado, a mulher das pulgas, tudo era uma lástima, só servia para aguentar facão. Era o que ele queria dizer. (ibidem, p.37)

A imagem de um labirinto criada pela narrativa como forma de aprisionamento do grito de suas personagens é resultante de um movimento estrutural, instaurado de dentro para fora, como complemento de uma construção impressionista inicial. Seguindo-se o giro do redemoinho invertido, procuramos fixar nessa imagem demoníaca um movimento estrutural menos explícito, mas potencialmente mais dramático, cujo desenho deixa as marcas de um procedimento expressionista. Do centro do redemoinho, no giro de dentro para fora, espelha-se uma outra forma de organização do drama narrativo, instalado de modo mais agudo na interioridade da consciência das personagens. Tais personagens, impossibilitadas de exteriorizarem

---

7 O leitor, sintonizado com a arte do texto, sente secar na própria garganta o grito de revolta gerado pela inventividade artística da narrativa, restando-lhe somente o conforto de poder ver a sua voz tomar forma no sopro da voz de outro artista: "Falo somente para quem falo; / quem padece sono de morto / e precisa um despertador / acre, como o sol sobre o olho: / que é quando o sol é estridente, / a contrapelo, imperioso, / e bate nas pálpebras como / se bate numa porta a socos" (Melo Neto, 1994, p.311).

os seus conflitos, passam a vivenciá-los, com a técnica do discurso indireto livre fazendo reverberar na acústica de suas consciências o eco do grito de seus fantasmas. Por isso, em última análise, o livro é a expressão de um grito mudo: o grito calado na voz que engole seco.[8] Um grito travado no silêncio da impossibilidade de a voz tornar-se ação e comunicação. Dessa maneira, a secura da comunicação, aprisionada na consciência das personagens, explode em artifício e arte na enunciação do narrador.[9] Tudo isso é construído numa paisagem de *vidas secas*, pintada com as cores vivas de um vocabulário conciso, plástico, essencial. Uma narrativa arquitetada pela invenção e arte de um construtor de um mundo e de uma vida agrestes, servindo-se da matéria da palavra, como o faz um outro engenheiro, também do agreste, que o define, matematicamente, na precisão geométrica de sua poesia:

> Falo somente com o que falo:
> com as mesmas vinte palavras
> girando ao redor do sol...[10]

Do sol ao céu: uma travessia pelo sertão

> *"Narrar a necessidade é perfazer a forma do ciclo."*
> Alfredo Bosi

Calados pela tragédia existencial, os personagens de *Vidas secas* encontram a sua identidade nos símbolos da alteridade: o mundo animal, vegetal e mineral. Nesses reinos, eles se reconhecem e se solidarizam porque, afastados do círculo humano que os brutaliza, a ficção os aproxima e, ironicamente, os "humaniza" nos seus círculos de degradação. Nesse sentido, como na série famosa de Van Gogh, "os girassóis", Graciliano Ramos metaforiza seus figurantes, Fabiano, Sinha Vitória e os dois meninos, submetidos à tirania

---

8 "Romance mudo como um filme de Carlitos", nas palavras de Lúcia Miguel Pereira (apud Candido, 1992, p.104).

9 É a arte do romancista que "transforma esta vida real em sonho – pois do sonho, afinal se acorda" (Carpeaux, 1978, p.33).

10 "que as limpa do que não é faca: / de toda uma crosta viscosa, / resto de janta abaianada, / que fica na lâmina e cega / seu gosto da cicatriz clara" (Melo Neto, 1994, p.311).

do movimento cíclico da seca e, por isso, condenados a uma vida errante pela dependência heliotrópica, em quatro girassóis. A vida que o pintor gerou na expressividade de suas naturezas-mortas, Graciliano Ramos, num movimento inverso e com o artifício de sua arte, vai transformá-la num quadro de *vidas secas*. Assim, as naturezas-mortas do pintor e as vidas secas do escritor, por meio de recursos expressionistas, encontram-se nas mesmas imagens dramáticas: girassóis.

Dentro da paisagem literária brasileira, Graciliano Ramos pinta na sua paisagem amarela uma tragédia da seca contrastando com o azul de uma vaga esperança de sonho. Nesse jogo de cores, o escritor pintou a paisagem nordestina para colocar em cena o drama de Fabiano, que tem as mesmas cores da paisagem: "vermelho, queimado, tinha os olhos azuis, a barba e os cabelos ruivos" (Ramos, 1982, p.18). Num mundo amarelo, enfrentando o "soldado amarelo", buscando "uma ressurreição de garranchos e folhas secas", Fabiano vive, com sua família de "quatro girassóis", um drama amarelo. Esse drama expressionista figurativiza-se no sol regional e no inferno universal da ficção. Por isso, iniciando com um movimento impressionista e aprofundando, depois, com procedimentos expressionistas, o realismo artístico de um "drama humano na tortura da paisagem", Graciliano Ramos pinta um quadro real com o calor do amarelo e a simbologia de um inferno existencial. Mais do que um "realismo crítico" é esse realismo artístico, tramado na simbologia do mito, com a imagem demoníaca do inferno, que procuramos relevar em *Vidas secas*.

Na mesma obra de Graciliano Ramos, Alfredo Bosi (1988), no ensaio "Céu, inferno", analisa a "proximidade da mente do sertanejo em relação ao tema", e a "distância do foco narrativo em relação à consciência da personagem", para extrair, dessa combinação, o fulcro do "realismo crítico" do autor (ibidem, p.11). O ensaísta intervém na fenda aberta "entre a consciência narradora, que sustém a história, e a matéria narrável, sertaneja", para buscar a origem de "um pensamento desencantado, que figura o cotidiano do pobre em um ritmo pendular: da chuva à seca, da folga à carência, do bem-estar à depressão, voltando sempre do último estado ao primeiro" (ibidem). Do contraste entre a consciência desse "pensamento desencantado" do narrador e a "voz da inconsciência" tecida na fala e nos devaneios das personagens resulta a síntese do trabalho do escritor: um "historiador da angústia" só se encontrando "à vontade com a mente do pobre no nível de um saber que é, afinal, a consciência comum àqueles que perceberam o caráter incontornável de classe da sociedade onde vivem" (ibidem, p.15).

Apesar de irmanar-se ao sertanejo pela consciência do problema das diferenças de classe, Graciliano Ramos não partilha com suas personagens, que vivem no âmago da condição humilhada e ofendida, a transmutação das carências do cotidiano em fantasias compensadoras, diz Bosi. Para o ensaísta, "o traçado de sonho, desejo e realidade (que viria a ser a substância de tantas histórias sertanejas de Guimarães Rosa) não alcança modos de sobreviver" na obra de Graciliano, pois "a fantasia padece um duro confronto com a cara irredutível do real" (ibidem, p.19). Assim, analisando o distanciamento entre o narrador e personagens, Alfredo Bosi encontra a chave do realismo crítico do autor de *Vidas secas*: "o narrador conhece por dentro as restrições e os entraves da vida rústica nordestina, tanto que sabe dar às folgas simbólicas dos retirantes o seu verdadeiro nome de ilusórias consolações" (ibidem, p.20). Em nome dessas ilusórias consolações, "a educação sertaneja, tal como Graciliano a mostra em *Infância* e em *Vidas secas*, não pode prescindir do inferno, pois é um aprendizado brutal de que é preciso temer o outro, a Natureza, o acaso" (ibidem). Depois, conclui o crítico: "O cotidiano deve conformar-se com as leis da gravidade, leis de determinação natural e social que cortam as asas à fantasia e constrangem a mente a preparar-se para sofrer o ciclo imperioso da escassez" (ibidem).

Para aclarar melhor, pelo contraste, a mediação ideológica que Graciliano Ramos realiza em seu texto, Alfredo Bosi estabelece um confronto com a perspectiva de Guimarães Rosa apreendida em alguns de seus contos breves. Como os narradores dos dois escritores, em geral, configuram "situações de necessidade" (seus personagens vivem "uma economia de sobrevivência", o "universo da pobreza" é o espaço comum de suas narrativas, e as paisagens diferentes do agreste nordestino e do mundo mineiro se aproximam pelos "traços fundamentais da cultura rústica brasileira"), o crítico busca no centro de seus textos, como marca diferencial, a determinação de *perspectivas* divergentes, concentrando nesse conceito o mesmo "papel ativo de formas simbólicas" com que atuou nas artes plásticas da Renascença (ibidem, p.21). Para o ensaísta, há em Guimarães Rosa uma "superposição de pontos de vista" fazendo que "a exuberância barroca" e "o seu aparente dispersar-se na floresta de imagens e dos sons induzem à suspeita de que ele teria evitado a perspectiva clássica, que vê do centro e do alto as determinações centrais da matéria narrada" (ibidem, p.22). Ao distanciamento de Graciliano opõe-se a aproximação de Guimarães Rosa. Por isso, quando o próprio Graciliano observava a respeito dos textos ainda inéditos de *Sagarana*, que o "doloroso interesse de surpreender a realidade nos mais leves pormenores induz o autor a certa dissipação naturalista", ele estava caracterizando, de certa maneira, "um prosador virtuosista que se dá de corpo e alma às sensações do mundo e às impressões de suas criaturas" (ibidem, p.22). Assim fazendo, conclui Bosi, Guimarães Rosa "espalha-se a si mesmo pelo reino dos seres e dos signos, perdendo-se gostosamente no múltiplo sem pretender alcançar uma visada unitária e crítica do real" (ibidem).

Crença e descrença. O que permanece em comum entre o narrador onisciente de *Vidas secas* e a mente do vaqueiro Fabiano é, segundo Bosi, a desconfiança em relação à palavra dos poderosos, ou um *espírito de negação* voltado contra a fala do opressor. No restante, predomina a certeza das diferenças. Já em Guimarães Rosa, "o que o cinge à cultura popular é um fio unido de crenças: não só um conteúdo formado de imagens e afetos, mas, principalmente, um modo de ver os homens e o destino" (ibidem). Dessa oposição, o crítico levanta a seguinte hipótese: "*separando* Graciliano da matéria sertaneja está a mediação ideológica do determinismo; *aproximando* Guimarães Rosa do seu mundo mineiro está a mediação da religiosidade popular" (ibidem). Enquanto Graciliano narra a sua "história de necessidades", os contos de Guimarães, por meio de "processos de suplência afetiva e simbólica", fazem as suas criaturas conhecerem "a passagem para o reino da liberdade" (ibidem, p.23).

A narrativa de Guimarães Rosa, moderna e experimental pela ousadia das soluções formais, "realiza, com as artimanhas da linguagem, uma nova tradução do pensamento arcaico-popular" (ibidem). O insólito e o mágico, que soldam passagens entre extremos, nos seus contos, "obedecem, no cerne, a modos de ver próprios da imaginação rústica", diz Bosi. Por isso, "a ordem do transcendente abre horizontes sem fim e, no devir da fantasia, alguma coisa sempre pode acontecer" (ibidem). Carência e suplência, novamente, estão no centro das divergências dos dois escritores em relação à imaginação rústica do sertanejo. Os retirantes de *Vidas secas* sonham, mas Graciliano não se permite sonhar com eles, enquanto nas *estórias* de Rosa "os viventes sonham, e o narrador segue-os de perto e de dentro, confiante em que um dia desejo e ventura poderão dar-se as mãos", pois os "relances poéticos e expressivos resgatam situações de pura necessidade e produzem um ato de suplência simbólica na cadeia dos acontecimentos" (ibidem, p.25). Uma carência diabólica contrapõe-se a uma "suplência simbólica", pode-se dizer, completando o raciocínio de Bosi.

Em oposição ao pesadelo dos figurantes de Graciliano, visto da perspectiva do centro e do alto, os sonhos das criaturas de Guimarães são acompanhados de perto, dentro de ângulos propícios, que captam a passagem de um estado de falta para um estado de plenitude, continua o ensaísta. Por isso, a sua narrativa curta, principalmente nas Primeiras estórias, move-se entre um estado inicial de "falta e angústia", terminando com o acesso à felicidade alcançada pela "plenitude e comunhão". Num mesmo espaço de risco movem-se tanto os retirantes de Graciliano quanto os moradores de Guimarães Rosa, diz Bosi, mas "o narrador mineiro se compraz em habitar o momento grato em que a privação se satisfaz e as portas do Céu se entreabrem para o pobre, o doente, o bicho, o louco" (ibidem, p.30). Nas palavras do crítico, "o contador de histórias quer estar junto com a mente do sertanejo na hora mesma em que a felicidade ganha um rosto" (ibidem). Nesse "tempo vivo, nessa passagem tão desejada, é que se constitui o foco narrativo de suas histórias" (ibidem).

Enfrentando o mesmo obstáculo que o mundo impõe, de fora, ao sujeito, as criaturas de Graciliano e Guimarães reagem de maneiras diferentes. Aquilo que em Graciliano se firma como "um antagonismo pétreo entre o sertão hostil e o sertanejo hostilizado", nas palavras do crítico "recebe das mãos de Guimarães Rosa um tratamento animista pelo qual a própria fisionomia da necessidade exterior vira meio de cumprir a necessidade interior, que é o desejo de felicidade" (ibidem, p.32). Em Guimarães, "entre o peso da matéria, natural ou social, e a graça da comunhão alcançada, não há um salto mágico, mas um movimento que sai das entranhas das criaturas" (ibidem). Trata-se de um impulso para o céu em oposição à queda do realismo para o inferno. O impulso para o céu que se dá nos contos de Guimarães Rosa frustra-se na obra de Graciliano Ramos, "que aprendeu da sua gente antes os desenganos certos da vida que as incertas esperanças da fortuna" (ibidem). Por isso, Alfredo Bosi termina o seu ensaio em duas perspectivas: "Graciliano Ramos, do céu desejado para o inferno real; Guimarães Rosa, o caminho inverso. Céu inferno céu inferno céu inferno... a cantiga de roda sabe o que o povo sofre e o que o povo espera" (ibidem).

Por meio do processo de mediação do narrador e a matéria narrada, pelas veredas da cantiga de roda e da religiosidade, Alfredo Bosi aproxima Graciliano Ramos e Guimarães Rosa, traçando um caminho "do inferno ao céu por um atalho da cultura popular". Por caminhos diferentes, pelo viés do mítico e do simbólico, caminhando pelo processo de invenção artística da narrativa, também estamos criando uma ponte entre o "inferno" e o "céu", por meio de obras dos mesmos autores, numa travessia pelo sertão. Retrabalhando os mesmos arquétipos, figurativizados no "sol" e no "céu" do sertão, o que pretendemos é demonstrar a projeção de um galho bastante singular da árvore da narrativa, em suas vertentes realista e idealista, na paisagem literária brasileira.

2
GUIMARÃES ROSA
A REINVENÇÃO DO IDEAL

"O real e válido, na árvore,
é a reta que vai para cima."
"Desenredo", Guimarães Rosa

Um projeto narrativo inscrito na tradição do círculo mítico

"Para poder ser feiticeiro da palavra, para estudar a
alquimia do sangue do coração humano, é preciso provir
do sertão."
Guimarães Rosa

No projeto poético de Guimarães Rosa, a palavra *estória*, se já circundava o universo da sua obra, com o título do livro de 1962, *Primeiras estórias*, ganha o centro a partir do qual passou a girar a rotação de seus textos curtos, cumprindo os desígnios de uma trajetória rumo à concisão e à riqueza adormecida nos mistérios das palavras, conforme declaração do autor:

> Hoje, um dicionário é ao mesmo tempo a melhor antologia lírica. Cada palavra é, segundo sua essência, um poema. Pense só em sua gênese. No dia em que completar cem anos publicarei, um livro, meu romance mais importante: um dicionário. Talvez um pouco antes. E este fará as vezes de minha autobiografia (Lorenz, 1991, p.89)[1]

---

1 Utilizaremos o texto "Diálogo com Guimarães Rosa", entrevista dada a Günter Lorenz, como um apoio teórico à direção crítica seguida por este estudo. Diante da escassez de depoimentos

Infelizmente, o dicionário de Guimarães Rosa não pôde vir à luz, mas a palavra *estória*, por ele singularizada, ganhou inscrição nos dicionários e adquiriu, na sua obra, a força de um salto transcendente, que remete aos tempos primevos da literatura, quando a narrativa ganhava corpo e fantasia na voz da oralidade: *Primeiras estórias*. No livro posterior, *Tutameia: terceiras estórias* (1967), lá estava, de volta, a palavra no título e figurando no centro de uma teorização do conto, emergindo na primeira frase do primeiro parágrafo do primeiro prefácio: "A estória não quer ser História. A estória, em rigor, deve ser contra a história. A estória, às vezes, quer-se um pouco parecida à anedota" (Rosa, 1979, p.3). Opondo-se ao cunho de verdade incrustado no termo "história" e trocando-se o formalismo da escrita pelo sabor do som da oralidade, a palavra *estória*, para além do que pode parecer mais uma invencionice de um virtuoso neologista, levanta um fio que perpassa o longo território da história da narrativa, atingindo a primordialidade de um gênero: a origem da *estória de ficção*.

Os reflexos da singularização da palavra *estória* levam-nos, por um lado, a uma raiz histórico-biográfica, que remete à infância do autor, denunciando a aproximação com o mundo a partir do qual se forjou o imaginário da sua ficção: "nós, os homens do sertão, somos fabulistas por natureza. Está no nosso sangue narrar estórias. Eu trazia sempre os ouvidos atentos, escutava tudo o que podia e comecei a transformar em lenda o ambiente que me rodeava" (apud Lorenz, 1991, p.69). Vista por outro prisma, a palavra funciona como uma trilha que deságua numa vereda arquetípica, fonte e ancestralidade da tradição de um gênero literário – a narrativa de ficção curta, em prosa, oral, que o seu ofício passou a revisitar, por meio da palavra escrita. A origem dessa narrativa está na *estória romanesca*, o modo literário sistematizado por Northrop Frye para ilustrar, na história evolutiva da ficção, a passagem do *mito* em *lenda* e *conto popular*, as formas que fixaram um herói típico, "cujas ações são maravilhosas, mas que em si mesmo é identificado como um ser humano", de onde emerge o *conto de fadas* como uma recriação posterior.

---

do autor, esse "diálogo" torna-se uma das fontes mais importantes de iluminação dos traços gerais da poética do autor, notabilizada pelo valor estético acrescido do caráter interno de teorização de um projeto poético.

Da conjunção das duas vertentes apontadas surgem, primeiro, um fabulista, aquele que tem em mira os espelhos-d'água dos oásis-veredas do sertão; depois, as suas criações, as *estórias* que perfuram a superfície do espelho e desenham uma travessia rumo às estruturas primevas de um gênero artístico. O conjunto formaliza a união dos reflexos externos, tomados como ponto de partida, aos padrões internos, oriundos do mergulho na profundidade dos moldes de uma tradição literária. Eleitos como pontos de chegada, os dois aspectos são soldados num só corpo: o texto ficcional curto, uma das marcas da segunda fase do escritor.

A rota desse percurso revela o itinerário de um projeto poético: a incursão da literatura numa viagem pelos caminhos da literatura. Nesse sentido, a sua obra expõe as marcas de uma consciência artística que não se perde no emaranhado dos caminhos temáticos, mas faz do enovelamento dos dados socioculturais regionais (o mundo do sertão) uma ponte em busca das trilhas mais antigas da tradição de uma arte: a origem conformadora onde pulsam as matrizes formais e reinam os ancestrais arquetípicos que dão ossatura e alma aos fantasmas que emergem para povoar as novas criações. Assim, o mundo do *sertão* transfigura-se num novo ser: *ser / tão...* somente linguagem. Essa tradução do sertão em linguagem literária reencontra os arquétipos da tradição:

> Eu, quando escrevo um livro, vou fazendo como se o estivesse "traduzindo", de algum *original*, existente alhures, no mundo astral ou no "plano das ideias", dos arquétipos, por exemplo. Nunca sei se estou acertando ou falhando, nessa "tradução". Assim, quando me "re"-traduzem para outro idioma, nunca sei, também, em casos de divergência, se não foi o Tradutor quem, de fato, acertou, restabelecendo a verdade do "original ideal", que eu desvirtuara... (apud Lorenz, 1991, p.63-4)

Guimarães Rosa parte do motivo regional. Mergulha em suas gentes e paisagens para extrair, por dentro dessa comunhão, uma visão onírica como modo de reconstrução do universo sertanejo. O motivo literário, colhido no rico repertório da cultura regional, embebido das leis da religiosidade popular, é transcriado no quadro de magia que rege o imaginário ficcional. Reconstruído no traço de uma geometria circular, o motivo regional prende--se ao ritmo dessa moldura para multifacetar os signos que rememoram os sonhos dos deserdados, que têm como única arma uma mente desbloqueada.

Assim, as narrativas curtas de Guimarães Rosa, iluminadas por uma pulsação lírica, são povoadas de signos que reinventam o primitivismo, a pureza e a beleza latentes num pensamento regido pela imaginação. Por esse princípio inventivo, o autor realiza um tipo de costrução artística que estilhaça os contornos do naturalismo, empreendendo uma resolução literariamente abstrata. Valendo-se desse abstracionismo, o escritor encontra um meio de se entranhar na alma de suas criaturas, para com elas comungar o mel do mito e do maravilhoso, no retorno ao reino primordial da magia da linguagem ficcional. É o que acontece no conto "Sequência", de *Primeiras estórias*: "o mel do maravilhoso, vindo a tais horas de estórias, o anel dos maravilhados" (Rosa, 1981, p.60).

Desentranhar alguns desses arquétipos que se materializam na *estória* e na figura principal do conto "A menina de lá", do mesmo livro, é um dos objetivos deste texto para tentarmos demonstrar a consistência do projeto apresentado. Um outro objetivo, como decorrência do anterior, procura estabelecer um paralelismo com o texto analisado de Graciliano Ramos para ilustrarmos, nos reflexos de um prisma invertido, o processo de construção de uma estrutura idealista. Completando a viagem da Menina de lá ao círculo mítico da tradição, convidaremos também mais três menininhas do univer-so das criaturas de Guimarães Rosa, formando uma ciranda infantil numa cantiga de rodas, em que os transes dos rodopios possibilitam o trânsito da travessia do sertão à tradição.

"A menina de lá": a transição da tradição nas cores do arco-íris

"O idioma é a única porta para o infinito."
Guimarães Rosa

O conto remete-nos ao universo da cultura popular brasileira, lembrando as tantas histórias de santos que povoam o imaginário do homem do interior do sertão. Por essa via de leitura, o texto inscreve-se na aura de religiosidade que aproxima essas pessoas, encurtando o escuro das distâncias e os isola-mentos dos lugares com as chamas vivas das histórias trágicas de crianças santificadas. Nesse caminho, indicando o início da travessia, tais *estórias* puxam o fio da memória, povoam a solidão e o ermo das paisagens com vida transcendental. Transformadas em núcleos ficcionais míticos, tanto as *estórias* como as suas criaturas tornam-se fontes em que a literatura bebe para alimentar a substância da narrativa de ficção, num percurso de transplantação dos motivos da oralidade em prosa escrita.

O enredo do conto é simples. No ermo do sertão, numa paisagem insólita, nasce a menina "miúda, cabeçudota e com olhos enormes". A personagem convive com adultos: Pai, Mãe e Tiantônia. Ao contrário da maioria das crianças, "com seus nem quatro anos, não incomodava ninguém, e nem se fazia notada, a não ser pela sua perfeita calma, imobilidade e silêncios". O seu grande enigma reside no modo de falar: "Ninguém entende muita coisa que ela fala. Seria mesmo seu tanto tolinha?". O maior desejo era visitar os parentes já mortos, e a mais surpreendente de suas atitudes acontece quando começa a fazer milagres: "O que ela queria, que falava, súbito acontecia". De repente, Nhinhinha adoeceu e morreu. Seu último desejo – "um caixãozinho cor-de-rosa, com enfeites verdes brilhantes" – foi atendido pela mãe, "pelo milagre o de sua filhinha em glória, santa Nhinhinha" (Rosa, 1981, p.17-21).

Nas palvras de Paulo Rónai (1981, p.XXVII),

[...] Nhinhinha, "um tanto parada", crescida no isolamento da roça, é, por isso, isenta da visão convencional dos fenômenos, vislumbra-lhes os segredos em acenos que, para a testemunha culta, são manifestações elementares de lirismo, e, para os parentes simplórios, emanações de santidade. Brejeirinha, seu oposto na vivacidade da inteligência, mas sua parenta no frescor da imaginação associativa, encontra tanto divertimento nas palavras como nos objetos, utilizando umas e outros como brinquedos. (Poder-se iam ver nas duas meninas as encarnações da poesia popular e da erudita.)

Seguindo as vertentes das veredas do popular e da oralidade, procuraremos caminhar em direção à linguagem de Guimarães Rosa, com o intuito de nos aproximarmos de sua poética, à maneira como propõe Barthes (1970, p.162): "A literatura é tão somente uma *linguagem*, isto é, um sistema de signos: seu ser não está em sua mensagem, mas nesse *sistema*". Aprendiz de feiticeira, a personagem, tal como o autor, empreende uma viagem, por meio do veículo da palavra, em busca do gênero dos contos de fada. Nesse reino impera o lirismo da simplicidade infantil, um dos ingredientes no unguento da prosa de ficção do autor. Revolvendo o caldeirão de sua prosa poética, tentaremos demonstrar como o mago, operando a alquimia da palavra, chega ao cozimento de sua poção literária, em cujo tempero se enfuma a magia da modernidade trabalhada no feitiço da metalinguagem.

No trajeto em que a matéria bruta é carreada para o burilamento da forma, o tema transubstancia-se em motivos e esses em estrutura ficcional, gerando um percurso em que os dados da tradição oral popular são metamorfoseados em espectros lendários da tradição literária erudita. Durante o rito de passagem, a paisagem regional dá lugar a uma outra, universal, tecida com os recursos próprios da linguagem artística da ficção. Como resultado, emerge uma paisagem de signos, sobre a qual é construída a versão brasileira de uma das mais inusitadas moradas da ficção: "Sua casa ficava para trás da Serra do Mim, quase no meio de um brejo de água limpa, lugar chamado o Temor--de-Deus" (Rosa, 1981, p.17).

O estranho cenário que situa a *estória* aponta as pilastras principais sobre as quais o conto é construído, mostrando, no seu trabalho de engenharia, alguns movimentos do processo de criação e da poética do autor, cujos indícios também estão presentes na moldura de abertura dessa paisagem ficcional. A *estória* inicia-se com a "sugestão do maravilhoso" arquitetada pelo desafio de um paradoxo, cujo entendimento, na visão de Alfredo Bosi (1988, p.26), passa pela projeção do inconsciente ("atrás da Serra do Mim"), "o espaço em que se fundem e se anulam as contradições", como o que faz jorrar a "água cristalina no pântano", no insólito sítio de nome "O Temor-de-Deus", envolvido com o misticismo de "uma aura religiosa". Os três aspectos implicados na singularização da paisagem (o inconsciente, o paradoxo e a religiosidade) permitem a exploração de alguns mecanismos relacionados à poética do autor: a magia do maravilhoso, os mistérios da linguagem da poesia e a religião da arte.

No primeiro aspecto, pela manifestação do inconsciente, dá-se a abertura do universo onírico que desencadeia o processo de alegorização do "eu" (uma projeção do autor) no "outro" (as suas criaturas puras e deserdadas), por meio do qual duas almas se unem e comungam, na travessia do idioma à poesia, um mesmo ideal: "Minha língua [...] é a arma com a qual defendo a dignidade do homem" (apud Lorenz, 1991, p.87). Esse universo de encantamento deságua na questão denominada pelo autor "álgebra mágica" (um processo diferente do "realismo mágico", por ser "indeterminado e, portanto, mais exato"), com que arma o "esqueleto algébrico" de suas "anedotas de abstração", conforme teorizou o conto no primeiro prefácio de *Tutameia* e declarou na entrevista a Günter Lorenz (1981, p.89): "A poesia é também uma irmã tão incompreensível da magia...".

A questão do paradoxo é o indício de um dos procedimentos que fazem do tratamento da matéria bruta, desgastada pelo uso cotidiano, o burilamento da transmutação em linguagem poética. Ligando o aspecto anterior da intervenção do inconsciente, manifestado no alto da "Serra do Mim", à descida da expressão paradoxal ("um brejo de água limpa"), nessa paisagem de montanhas mineiras, percebemos a preocupação do autor em descer à fonte límpida do reino das palavras, para surpreendê-las no estado primordial que lhes devolve a condição poética da pureza: "O idioma é a única porta para o infinito, mas infelizmente está oculto sob montanhas de cinzas" (apud Lorenz, 1981, p.83). Nesse mergulho, o fator subjetivo transfigura-se na objetividade da exatidão da arte, que só a linguagem poética alcança plenamente: "Os paradoxos existem para que ainda se possa exprimir algo para o qual não existem palavras", diz Guimarães na mesma entrevista, antes de completar o seu pensamento, citando Goethe: "Poesia é a linguagem do indizível" (ibidem).

No terceiro aspecto, os procedimentos de criação e linguagem confluem para a instauração da atmosfera da paisagem, com a aura da religião tingindo a sugestão do maravilhoso. Por esse processo, Guimarães transforma os mecanismos da religiosidade popular nas transcendências da linguagem ficcional. A arte e a religião, para Guimarães, são próximas: "credo e poética são uma mesma coisa" (ibidem, p.74). Nesse sentido, "a religião é um assunto poético e a poesia se origina da modificação de realidades linguísticas". Dessa forma, continua o autor, "pode acontecer que uma pessoa forme palavras e na realidade esteja criando religiões. Cristo é um bom exemplo disso" (ibidem, p.92). Mas a religião da sua poesia está a serviço da arte e da dignidade humana:

> Meditanto sobre a palavra ele [o escritor] se descobre a si mesmo. Com isto repete o processo da criação. Disseram-me que isto era blasfemo, mas eu sustento o contrário. Sim! a língua dá ao escritor a possibilidade de servir a Deus corrigindo-o, de servir ao homem e de vencer o diabo, inimigo de Deus e do homem. A impiedade e a desumanidade podem ser reconhecidas na língua. Quem se sente responsável pela palavra ajuda o homem a vencer o mal. (ibidem, p.84)

Enquanto indícios do processo de criação do autor e do funcionamento de sua poética, os três aspectos levantados serão explorados no decorrer da análise. Realçados numa proposta de leitura, tais aspectos podem ser vistos como manifestações metafóricas da construção do próprio texto, sugerindo um caminho de investigação, que adotaremos como forma de estruturação da análise. Assim, as indicações metafóricas, ligando-se como os elos de uma corrente, conduzem a três patamares de construção textual, por meio dos quais recuperaremos alguns traços da poética do autor: a enunciação deflagrando a opção pela prosa poética; a metamorfose da matéria verbal no signo artístico; a intermediação da religião com a arte, desencadeando a magia do maravilhoso. A primeira metáfora correlaciona-se à estrutura e tessitura do texto ficcional, situando as falas da personagem ("Sua casa") entre as focalizações de terceira e primeira pessoas do narrador, metaforizado, respectivamente, no afastamento da palavra "Serra" e na aproximação do pronome "Mim": "Sua casa ficava para trás da Serra do Mim". A segunda metáfora relaciona-se ao signo literário, a matéria-prima da ficção, e está alojada no paradoxo: "quase no meio de um brejo de água limpa". A terceira, resultante do entrelaçamento do signo com o tecido do texto, remete ao universo ideológico de direção externa, que permeia os mistérios da decifração textual: "lugar chamado O Temor-de-Deus". As sugestões metafóricas correlacionam-se aos três momentos principais do conto, tomando-se o processo enunciativo como o fio condutor e organizador das demais instâncias narrativas: a primeira explicita-se "quase" no miolo do texto, no quinto parágrafo, por meio de uma focalização em primeira pessoa, cuja função principal é mostrar o *saber*[2] da personagem; a segunda espalha os seus indícios no primeiro bloco do conto, entre o primeiro e o quarto parágrafos, revelando o *fazer* da menininha. Como resultante das duas modalizações, a terceira metáfora contextualiza-se na parte final do conto, do sexto ao décimo quinto parágrafos, suscitando aspectos relacionados às suas leituras possíveis, numa focalização que retoma as características de terceira pessoa, concentrando-se no *poder* da personagem. Com a competência (*saber* e *poder*) desencadeando o desempenho (*fazer*), o conto possibilita a realização do sonho (*querer*) da

---

2 Os termos destacados fazem parte do modelo canônico do *nível narrativo*, situado entre a *estrutura fundamental* e o *nível discursivo*, no percurso gerativo de sentido postulado pela *teoria semiótica greimasiana*.

menininha, que é encontrar os "seus parentes já mortos". No embalo desse sonho, o autor articula a transição para a tradição no engenho de seu projeto ficcional: "Tudo para mim é viagem de volta", como diz no conto "Antiperipleia", das *Terceiras estórias* (Rosa, 1979, p.13).

Prosa poética

> *"Descobri que a poesia profissional, tal como se deve manejá-la na elaboração de poemas, pode ser a morte da poesia verdadeira. Por isso, retornei à 'saga', à lenda, ao conto simples, pois quem escreve estes assuntos é a vida e não a lei das regras chamadas poéticas."*
> Guimarães Rosa

A primeira metáfora está ligada ao aspecto da enunciação. A narração em terceira pessoa e no pretérito imperfeito que abre o conto e lhe serve de sustentação, ao apresentar os acontecimentos e sequências principais do enredo, é substituída, num determinado momento, por outra focalização, em primeira pessoa e no presente, gerando entre elas uma relação aparentemente de oposição, mas na verdade complementar, porque o distanciamento da primeira é preenchido com a aproximação da segunda, fazendo do narrador um personagem participante. A entrada dessa focalização dá-se no final do quarto parágrafo – "E Nhinhinha gostava de mim" –, recuperando o índice expresso no topônimo "Serra do Mim", na frase de abertura do conto.

Ao atualizar-se no texto, o enunciador-personagem dialoga com a menininha, desfazendo o bloqueio que impede os outros personagens adentrarem o seu mundo. Essa focalização toma conta do quinto parágrafo, fazendo do mesmo uma sequência narrativa de estrutura dialógica – contrariando os demais, marcados por um nível precário de aproximação e comunicação entre os personagens –, em que as duas vozes travam um combate medido em graus de poeticidade. Investido nesse papel, quando o personagem inicia o seu dever de narrador, ele o faz com uma certa nuança poética ("Ela apreciava o casacão da noite"), que é imediatamente superada pelo imprevisto e colorido de uma única palavra da menininha (*"Cheiinhas!"*), fazendo piscar no céu as estrelas que ainda estavam na frase a ser completada por aquele: "–olhava as estrelas, deléveis, sobre-humanas" (Rosa, 1981, p.18). O parágrafo todo desenvolve-se em torno da disputa poética entre os dois, tendo como motivo principal o recorte inusitado que a menina faz do mundo, alinhavando-o pelo estranhamento das soluções inventivas que perpassam as suas falas destacadas em negrito.

O desdobramento do parágrafo, formando um bloco singular no corpo do conto, com a enunciação presentificada no jogo das vozes em primeira pessoa, leva-nos ao terreno da representação viva do desempenho poético da personagem. A estrutura do diálogo inicia-se com o pronunciamento do narrador ("Conversávamos, agora"), cujas frases reconstituem, no presente, um quadro cênico, em que a intercalação das falas apresenta o mundo imaginário da menininha traduzido em expressões poéticas. Nessa rede dialógica, com uma amarração sintática aparentemente desconexa, as duas vozes entram em sintonia e acabam por se encontrarem na comunhão do reino simbólico da poesia. Aqui as amarras se esgarçam, os liames espaçotemporais rompem-se, formando um novo desenho no tecido textual bordado com fios de sinestesias.

A cena desenrola-se no espaço aberto da natureza. É noite. E o escuro da atmosfera criada pela intervenção do narrador é iluminado pelas palavras da menininha, que tem na vogal "i" o seu facho de luz, o poder de fazer nascer, dar vida: *fiat lux*. Quando o narrador diz: "Ela apreciava o casacão da noite", imediatamente surge a palavra **"Cheiinhas!"** iconizando o aparecimento das estrelas consteladas. O narrador prossegue e revela, só depois, que ela se refere às estrelas: "olhava as estrelas, deléveis, sobre-humanas". A seguir, vem o dom de nomear, o poder divino do poeta: "Chamava-as de **'estrelinhas pia--pia'**. Repetia: – **'Tudo nascendo!'** – essa sua exclamação dileta, em muitas ocasiões, com o desferir de um sorriso" (ibidem, p.18). Ligada à palavra anterior, a expressão "estrelinhas pia-pia" intensifica o brilho das estrelas, cintila o céu com um movimento iterativo reforçado pelo tremeluzir da vogal "i", numa demonstração concreta da transformação do ato de nomear na mágica da criação. O complemento do voo poético é feito internamente, por meio de um traço sinestésico, em que o visual do "pisca-pisca" é incorporado, subliminarmente, na onomatopeia do pio do pássaro, em cujas asas o voo termina, lá embaixo, no final do parágrafo: **"O passarinho desapareceu de cantar..."**.

Reforçando a marca eufórica da altura, o assunto dominante é a natureza: "E o ar. Dizia que o ar estava com cheiro de lembrança. – "*A gente não vê quando o vento se acaba...*" (ibidem, p.18). Num movimento de descensão, chega-se à terra: "Estava no quintal, vestidinha de amarelo. O que falava, às vezes era comum, a gente é que ouvia exagerado: – '*Alturas de urubuir...*' Não, dissera só: – '**...altura de urubu não ir**'" (ibidem). O voo poético une céu e terra: "O dedinho chegava quase no céu". O encurtamento da distância dá-se, visualmente, na contiguidade do amarelo do vestido com as luzes das estrelas. Mas, num sentido invertido, esse encurtamento faz-se, também, pelo sombrio do escuro das asas do urubu que, no impulso da poesia, pode ganhar as alturas pela força da composição icônica acoplando o substantivo ao verbo. Ou, também, descer, no peso da ampliação da frase decomposta – "**altura de urubu não ir**" –, que remete para a terra e para a própria condição da ave que se nutre de detritos. No confronto das cores das duas expressões, o jogo de luz e sombra desenha a metáfora da condição do escritor de compor e decompor palavras, ampliando e reduzindo distâncias, na sua tarefa de transformar a matéria verbal em signo poético, criando, assim, o mundo suprarreal da ficção. A travessia para esse mundo mítico, o "lá", em que se metamorfoseia o mundo natural, começa a ser tecida pelo agouro do voo do urubu, cuja queda se liga, pela metonímia da cor, à palavra "jabuticaba", que metaforiza o desejo da morte na maneira como aparece envolvida em uma fórmula mágica: "Lembrou-se de: – 'Jabuticaba de vem-me-ver...' Suspirava, depois: – '**Eu quero ir lá.**' – **Aonde?** – '**Não sei.**'" (ibidem, p.18). A fusão das cores negras, passando pelo processo de animização instaurado na frase de encantamento, ao mesmo tempo que prenuncia um fim funesto, pressagia uma possibilidade de revertimento dos fatos, pela magia dos poderes sobrenaturais. É o que acontecerá com a sombra (negro / escuro) dando lugar à luz (estrelas / amarelo), no processo de transformação da morte em uma vida renascida, cumprindo-se a professia e o sonho da menininha.

Num corte relacional com o livro *Vidas secas*, o fragmento analisado apresenta a faísca que acende o pavio ritualístico do sonho: a luz da vogal "i" do nome "Nhinhinha" ilumina o céu ("*Cheiinhas!*"), povoando-o de estrelas e movimento: "*estrelinhas pia-pia*". O gesto iterativo ganha ideia de progressão: "*Tudo nascendo!*". Ao contrário de Fabiano, o sonho da menina realiza-se, opondo também céu e terra ("*... altura de urubu não ir*"), só que negando o inferno para afirmar a altura: "*Alturas de urubuir*". Enquanto Fabiano é prisioneiro do voo dos urubus, Nhinhinha é livre para conduzir a direção do enredo de sua *estória* com a mesma liberdade com que manipula e domina as palavras: "*Jabuticaba de vem-me-ver...*"; "*Eu quero ir para lá*"... O seu sonho (*mythos*) começa a ganhar sentido (*diánoia*) na imagem que se formará no céu: "E o ar. Dizia que o ar estava com cheiro de lembrança. – "*A gente não vê quando o vento se acaba...*" (ibidem).

A sequência do parágrafo leva-nos ao momento em que o personagem-narrador e o leitor encontram-se no ponto maior de aproximação com o mundo de Nhinhinha, quando é revelado, por meio do seu *fazer*, o segredo do seu *saber*: brincar com as palavras, dar-lhes novos arranjos e, com isso, nomear, e, ao nomear, criar o universo da ficção. A brincadeira com os sons vizinhos, sempre no plano da oralidade, dirige-nos ao mundo encantado da poetisa / bruxinha: "Aí, observou: – **'O passarinho desapareceu de cantar...'**" (ibidem). Na sucessividade da *estória*, "de fato, o passarinho tinha estado cantando, e, no escorregar do tempo", diz o narrador, "eu pensava que não estivesse ouvindo; agora, ele se interrompera. "Eu disse: – A avezinha". De por diante, Nhinhinha passou a chamar o sabiá de **'Senhora Vizinha...'**" (ibidem). Nesse fragmento, o processo metonímico de associação dos fonemas da oralidade, generalizados na expressão comum e não marcada ("A avezinha"), recria a singularidade do nomeado: aquilo que é fixado pela escrita, com as marcas de nome próprio, pronome de tratamento e letras maiúsculas (**"Senhora Vizinha"**). Em mais um instante de demonstração poética, metaforiza-se, na sutileza de um detalhe, a resolução maior operada pelo conto: a transformação do motivo regional e do substrato oral na construção "vizinha" de uma prosa escrita, erudita e universal.

Após o instante de comunhão com a personagem, acompanhando o *fazer* de Nhinhinha e vislumbrando o seu *saber*, o narrador amedronta-se ao ouvir o firme propósito do *querer* da menina: o pacto com a poesia, por meio da visita aos parentes mortos, em que se dá a passagem do "cá" para o "lá":

> E tinha respostas mais longas: – "*Eeu? Tou fazendo saudade.*" Outra hora, falava-se de parentes já mortos, ela riu: – "*Vou visitar eles...*" Ralhei, dei conselhos, disse que ela estava com a lua. Olhou-me, zombaz, seus olhos muito perspectivos: – "*Ele te xurugou?*" Nunca mais vi Nhinhinha. (ibidem, p.18-19)

A reação do personagem-narrador à maneira das demais personagens adultas do texto custa-lhe a expulsão do mundo mágico de Nhinhinha. A vingança é feita na sentença de sua lei, com a frase enigmática estilhaçando o "grau zero" de comunicação para preencher-se de potencialidades semânticas: *"Ele te xurugou?"*. Apesar do pronome oblíquo, das marcas morfológicas do verbo (terceira pessoa do singular e o pretérito perfeito fechando a comunicação no seu aspecto perfectivo), é o significante que impera na mensagem hieroglificamente cifrada, cujo significado, além do suporte da disforia, atinge um elevado grau de ambiguidade. Expulso do paraíso, pois quis fazer da "jabuticaba" o fruto do pecado da árvore do bem e do mal, o personagem-narrador passa a caminhar, no texto, pela superficialidade da isotopia ideológico-religiosa, por não querer permanecer na profundidade do mítico: "Sei, porém, que foi por aí que ela começou a fazer milagres" (ibidem, p.19). O narrador, nesse momento crucial, como o filho do pai que construiu uma canoa para permanecer no meio do rio, não teve a coragem para o mergulho da morte que faz ressurgir o mítico, preferindo ficar "com as bagagens da vida", sem conhecer a "terceira margem do rio".[3] Esse narrador-personagem, já incutido da culpa do pecado, não soube compreender profundamente o salto que as personagens mais radicais de Guimarães realizam, modelando-se na visão do homem místico encarnado no mito do sertão: "No sertão, o homem é o *eu* que ainda não encontrou o *tu*; por isso ali os anjos ou o diabo ainda manuseiam a língua. O sertanejo [...] perdeu a inocência no dia da criação e não conheceu ainda a força que produz o pecado original" (apud Lorenz, 1981, p.86).

O jogo lúdico da parte central do texto é interrompido com a tensão da ruptura do diálogo, deflagrando-se o afastamento do narrador, que acaba tendo a sua voz diluída pela reintegração gradativa da terceira pessoa. Ressaltada a complementariedade das duas vozes enunciativas que costuram o corpo geral do texto, a verdadeira tensão entre elas resolve-se no meio das mesmas, ou melhor, "quase no meio", entre a enunciação aproximativa de primeira pessoa, instaurada pelo pronome "Mim", e a voz distanciada da terceira pessoa, indiciada na palavra "Serra", na justa abertura em que se inserem as falas destacadas de Nhinhinha. Os discursos diretos da personagem emergem, na nova topografia do texto, relevados por essa tensão discursiva, de "trás" de uma narração com características da prosa e, ao mesmo

---

3 Referimo-nos a um dos momentos cruciais do enredo do conto "A terceira margem do rio", que também faz parte do livro *Primeiras estórias*.

438 SÉRGIO VICENTE MOTTA

tempo, próxima do lirismo da poesia, afirmando-se como uma terceira via de expressão, identificada como *prosa-poética*. Nos interstícios desse jogo enunciativo instala-se o discurso poético da menininha e a paisagem completa-se na metáfora-texto que localiza e emoldura a sua verdadeira moradia: "Sua casa ficava para trás da Serra do Mim".

O signo poético

> *"quero voltar cada dia à origem da língua, lá onde a palavra ainda está nas entranhas da alma, para poder lhe dar luz segundo a minha imagem."*
> Guimarães Rosa

Localizada a casa, passaremos a investigar a matéria sobre a qual ergue a sua estacaria de palafita: os signos. O caminho para esse conhecimento passa por um terreno pantanoso sugerido na expressão "brejo de água limpa", lugar em que se aloja a segunda metáfora. Guimarães Rosa, falando a Günter Lorenz sobre o seu processo de criação e linguagem, dá uma explicação que pode ser a chave do que se oculta no paradoxo da expressão citada:

> Primeiro, há meu método que implica a utilização de cada palavra como se ela tivesse acabado de nascer, para limpá-la das impurezas da linguagem cotidiana e reduzi-la a seu sentido original. Por isso, e este é o segundo elemento, eu incluo em minha dicção certas particularidades dialéticas de minha região, que são linguagem literária e ainda têm sua marca original, não estão desgastadas e quase sempre são de uma grande sabedoria linguística. (apud Lorenz, 1981, p.81)

Do turvamento semântico da palavra "brejo" para o processo de limpeza em que se depura o termo "água", surge, no meio da expressão, a palavra cristalina e revitalizada em nova simbologia poética, explicitando o mecanismo de se despir o signo da poeira denotativa impregnada pelo uso e o modo de ampliar os seus raios de sentidos em novos contextos conotativos. No ritual de depuração, o vocábulo "água", nesse seu primeiro aparecimento no texto, recupera um valor simbólico de nascimento, vida e criação, que é o próprio tratamento poético dado pela menininha às palavras com as quais recorta e expressa o seu mundo. Entretanto, o contágio do mau uso delas (lembrando, mas transcendendo as contaminações por meio das águas sujas e da precariedade sanitária a que estão sujeitas tantas famílias pobres do interior do Brasil) reverte-se no efeito contrário de destruição poética, como acontece na explicação mais plausível da causa da morte da menina, na segunda vez em que a palavra é contextualizada, quase no final do conto: "E, vai, Nhinhinha adoeceu e morreu. Diz-se que da má água desses ares" (Rosa, 1981, p.20). O processo de depuração evidenciado no plano da linguagem está correlacionado ao ritual de morte que se realizará na estrutura do enredo. Sendo a "má água" a causa da morte, a menina renascerá no vapor "desses ares", no seu rito de travessia para o mundo dos "parentes já mortos", subindo da terra ao céu, da mesma maneira que a palavra "água" se depura no paradoxo das impurezas do pântano.

Colocada a menininha no quadro de uma vida breve cortada por uma morte repentina, o tempo e o espaço dela são preenchidos com a função de se recriar o mundo pelo ângulo da poesia. Assim, a primeira parte da sua *estória* pode ser recomposta, em rápidas pinceladas, da seguinte maneira. O enunciador em terceira pessoa, depois da frase emblemática da moldura do conto, fornece os atributos principais das personagens. De um lado, os adultos, Pai e Mãe, nomeados pelos laços de parentesco com a menina, caracterizam-se, respectivamente, por um *fazer pragmático*[4] e por um *ser* marcado de intensa religiosidade: "O Pai, pequeno sitiante, lidava com vacas e arroz; a Mãe, urucuiana, nunca tirava o terço da mão, mesmo quando matando galinhas ou passando descompostura em alguém" (ibidem, p.17). Do outro, a menina, referida anaforicamente no título, opõe-se ao referencial adulto por ter um nome ("Maria") simples e ao mesmo tempo simbólico, trabalhado na palavra-montagem "Nhinhinha", que recupera o termo "menina", aumentando a ambiguidade com a presença eufórica do sema afetivo do diminutivo opondo-se à forte nasalização. À singularidade do nome são acrescidas as particularidades físicas, com destaque para a cabeça e os olhos em contrapo-

---

4 O termo *pragmático*, na teoria semiótica greimasiana, serve de referente interno ao termo *cognitivo* (hierarquicamente superior), e os dois remetem a diferentes formas de articulação do *fazer* e do *saber* dos sujeitos narrativos. No projeto poético de Guimarães Rosa, quando se ressalta a projeção do ideal, como no caso dos contos aqui analisados, a oposição entre uma *dimensão pragmática* e outra *cognitiva* do *fazer* ou do *saber* do sujeito é sempre latente, corporificando-se num instrumento valioso de análise para se aproximar da estrutura profunda do texto (cf. Greimas, s. d., p. 52-3; 343-4).

sição ao tamanho do corpo: "E ela, menininha, por nome Maria, Nhinhinha dita, nascera já muito para miúda, cabeçudota e olhos enormes" (ibidem).

O segundo parágrafo encarrega-se de ampliar o processo de caracterização da personagem, revelando que, por ter "olhos enormes", é no seu modo de "ver" o mundo que está a origem do estranhamento, singularizado no modo de "dizer" ou "falar" com que o expressa. Partindo do pressuposto de que a personagem rompe também com a previsibilidade de um paradigma infantil ("Não que parecesse olhar ou enxergar de propósito. Parava quieta, não queria bruxas de pano, brinquedo nenhum, sempre sentadinha onde se achasse, pouco se mexia"), a sua calma, quase imobilidade e o desinteresse por brinquedos comuns indiciam que ela inventa o seu próprio brinquedo pois, ao não querer "bruxas de pano", torna-se, aos poucos, uma bruxinha viva, cujo feitiço maior é o seu poder de manipulação das palavras. De fato, a fala do Pai revela o segredo da filha: "– Ninguém entende muita coisa que ela fala..." – dizia o Pai, com certo espanto" (ibidem). O não entendimento de sua fala dá-se "menos pela estranhez das palavras" do que "pelo esquisito do juízo ou enfeitado do sentido", numa referência explícita ao seu trabalho com a palavra, relacionando o plano de expressão ao de conteúdo. A partir desse ponto, o texto afirma uma linha isotópica voltada para a expressão de um mundo em que impera uma lógica própria (a do "seu passarinho-verde pensamento"), articulada nos liames de um véu de pureza e de magia, compondo um universo infantil "enfeitado" e traduzido poeticamente. É esse recorte da realidade, emoldurado entre o "ver" e o "dizer", que a menininha utiliza como ponte para extrapolar a dimensão pragmática da vida e entrar no terreno sem fronteiras do mundo mítico da poesia: "Só a pura vida", na sua expressão recorrente.

A simbiose entre forma e conteúdo, expressa na inter-relação das palavras referidas, constitui o primeiro passo para se reconhecer o fazer poético da menininha, cuja revelação se dá no índice de intransitividade expresso no complemento da palavra-enígma **"xurugou?"**: "e, vai ver, quem e o quê, jamais se saberia". (ibidem). Nesse momento, estamos adentrando o território da poesia ou da arte literária, quando a nossa reação automática de associar aos signos as lembranças imediatas da comunicação começa a chocar-se com a barreira da impermeabilidade do referente. O processo continua com o colorido de suas frases salpicadas enfeitando o texto: "com riso imprevisto: – **'Tatu não vê a lua...'** – ela falasse" (ibidem). Formando um verdadeiro canteiro poético, tais frases ganham coerência textual no fragmento do fim do segundo parágrafo, composto de motivos narrativos nucleares, que nos levam à essência mítica ou à primordialidade das *estórias*, o lugar em que as matrizes narrativas se apresentam "abstratamente descarnadas":[5]

> Ou referia estórias, absurdas, vagas, tudo muito curto: da abelha que se voou para uma nuvem; de uma porção de meninas e meninos sentados a uma mesa de doces, comprida, comprida, por tempo que nem se acabava; ou da precisão de se fazer lista das coisas todas que no dia por dia a gente vem perdendo. Só a pura vida. (ibidem)

A palavra que puxa a linha isotópica desse mergulho "abstrato" às formas primordiais do "mito" e do "conto folclórico" é o verbo "falar" ("ela falasse" / "ou referia estórias"), semente da oralidade em que pulsa o sopro que dá vida à própria arte narrativa. Esse verbo representa a entrada mágica para o plano literário mais profundo das reminiscências arquetípicas, indicando a via que conduz às matrizes e fontes ficcionais alojadas na memória da tradição de um gênero. Nesse caso, trata-se da *estória romanesca*, o gênero cujas "imagens apocalípticas são apropriadas ao modo mítico", por corresponderem a um "mundo idealizado", formando uma representação literária que funciona como a "contrapartida humana do mundo apocalíptico" do simbologismo religioso (Frye, 1973a, p.152).

Contrapondo-se essas constelações significativas de imagens, que desenham o céu apocalíptico da *analogia da inocência*, com o mergulho telúrico com que se escavou o inferno demoníaco da *analogia da experiência* em *Vidas secas*, pode-se, na conjunção dos dois exemplos, mostrar como a narrativa

---

5 Analisando o poema "Maçã", de Manuel Bandeira, Davi Arrigucci (1990, p.27) evoca as maçãs *pobres e poéticas* de Cézanne, instituindo a *natureza-morta* como um gênero pictórico em que se exprimem os princípios formais da pintura, realçando-se os seus traços estruturais abstratos. Invertendo a situação, as palavras do ensaísta cabem aqui, aproximando a qualidade da natureza-morta à essencialidade do "mito" e do "conto folclórico", cujos motivos temáticos que colorem o fragmento textual de Guimarães Rosa evocam arquetipicamente: "Tal como no mito e no conto folclórico, formas descarnadas e abstratas de narrativa, também na natureza-morta se evidenciariam os princípios estruturais da arte, espécie de fonte arquetípica a que retornam sempre os artistas quando, buscando a renovação, se desviam da verossimilhança realista, do efeito ilusório de acercamento à realidade sensível, para descobrir a convenção artística num nível mais fundo de abstração".

moderna, nas suas duas variantes principais – uma tendência para a romantização e outra para o realismo –, foi buscar no passado mítico as matrizes de suas reinvenções.

Quando Fabiano se vê como um prisioneiro da seca ("Olhou a catinga amarela, que o poente avermelhava. Se a seca chegasse, não ficaria planta verde. Arrepiou-se."), amarrado ao giro de seu retorno trágico ("Chegaria, naturalmente. Sempre tinha sido assim, desde que ele se entendera. E antes de se entender, antes de nascer, sucedera o mesmo – anos bons misturados com anos ruins."), mas lutando para vencê-la ("Era uma sorte ruim, mas Fabiano desejava brigar com ela, sentir-se com força para brigar com ela e vencê-la. Não queria morrer."), o pesadelo de seu destino revela-se na impossibilidade de se quebrar os círculos da natureza, os quais impedem a sua elevação para marcarem o domínio certeiro da queda: "Não queria morrer. Estava escondido no mato como tatu. Duro, lerdo como tatu. Mas um dia sairia da toca, andaria com a cabeça levantada, seria homem" (Ramos, 1982, p.24). Essa situação trágica e sem saída, em que o homem é afastado da sociedade humana para decair, integrando-se a uma sociedade de "bichos", forma um elo perfeito que se liga, contrapontisticamente, ao mundo ideal de Nhinhinha. Esse mundo, revirando o direito (real) pelo avesso (ideal), não é telúrico, mas celestial. Não é de afastamento, mas de integração: a menininha afasta-se da sociedade humana para reencontrar-se com os parentes já mortos, sobrenaturais. Não é de morte; é de vida: o seu desejo de morrer significa um renascer apocalíptico. Não é um mundo de privações, mas de realizações: a seca não é uma ameaça; ao contrário, é o motivo de inspiração para a água trazer a certeza da chuva e, com ela, a tavessia do arco-íris. Não é um mundo trágico; ao contrário, é a tragédia convertendo-se, ironicamente, em felicidade. É, sim, um mundo de luz e de elevação, em que o escuro e o subterrâneo são combatidos: **"Tatu não vê a lua..."**. Nesse contexto comparativo, se a frase da menininha não fosse talhada para ilustrar a invenção de sua lógica poética e do contexto imaginativo em que está inserida, poderia refletir, pelo reverso da ironia, a condição do Fabiano no enredo de sua narrativa demoníaca.

A lógica da menininha (claríssima como a luz da palavra lua ilumina o tatu no escuro em que se isola) rege, por meio da oposição entre o céu e o inferno, o microuniverso das imagens do fragmento narrativo, movimentando os arquétipos do ideal. Esse mundo, libertado do peso histórico, entra, deliberadamente, no plano lendário do universo ficcional: "Ou referia

O ENGENHO DA NARRATIVA E SUA ÁRVORE GENEALÓGICA **443**

estórias, absurdas, vagas, tudo muito curto". Trata-se de um mundo em que prevalecem a altura e a leveza do voo de seus habitantes, como a "da abelha que se voou para uma nuvem", compondo um panorama em que a comunhão entre as pessoas se eterniza na visão infantil de um tempo e de um espaço sem fronteiras: "uma porção de meninas e meninos sentados a uma mesa de doces, comprida, comprida, por tempo que nem se acabava". Esse mundo que adota "a ideologia do conto de fadas com suas normas de justiça e de expiação", deslocado para o universo das relações humanas, nega o lucro da ganância, reinstalando o ganho paradoxal que provém da perda. O ganho de um passado mítico do qual a própria narrativa se vale para reinventar a sua sobrevivência e nela imprimir a sua permanência: "ou da precisão de se fazer lista das coisas todas que no dia por dia a gente vem perdendo". Enfim, trata-se do mundo da pureza, da verdade e da beleza. A perfeição do ideal traçada no arabesco da pena de Guimarães Rosa: "Só a pura vida".

O terceiro parágrafo reafirma e sobreleva a linha de leitura destacada anteriormente: a arte caminhando em direção à vida e sobrepondo-se a ela. O estranhamento das características físicas da menina amplia-se nos seus gestos e comportamento: "Em geral, porém, Nhinhinha, com seus nem quatro anos, não incomodava ninguém, e não se fazia notada, a não ser pela perfeita calma, imobilidade e silêncios. Nem parecia gostar ou desgostar especialmente de coisa ou pessoa nenhuma" (Rosa, 1981, p.17). O gesto é ritualístico, mostrando na escolha e deglutição dos alimentos, que vão do animal ao vegetal, como a cotidianidade é enlaçada pelo trabalho da organização artística. No seu viver está o seu *fazer*: "Botavam para ela a comida, ela continuava sentada, o prato de folha no colo, comia logo a carne ou o ovo, os torresmos, o do que fosse mais gostoso e atraente, ia consumindo depois o resto, feijão, angu, ou arroz, abóbora, com artística lentidão" (ibidem). Porém, o ponto mais alto do parágrafo é a explicitação do próprio *fazer*:

> De vê-la tão perpétua e imperturbada, a gente se assustava de repente. – "Nhinhinha, que é que você está fazendo? – perguntava-se. E ela respondia, alongada, sorrida, moduladamente: – **"Eu ... to-u ... fa-a-zendo"**. Fazia vácuos. Seria mesmo seu tanto tolinha? (ibidem, p.18)

Nesse momento há um entrecruzar de linhas em que o leitor pode tomar duas direções. Uma explícita, indicada pela disforia isotópica da "tolice", da loucura, enfim, da "anormalidade" aparente em que, na pressa, alguns leitores classificam um grande número de personagens de Guimarães Rosa. A outra, sutil, engastada no fio interno da arte, que rompe a sutileza sugerida, explodindo na frase enigmática: **"Eu ... to-u ... fa-a-zendo"**. Trata-se do mesmo mecanismo de intransitividade despontado anteriormente e que, agora, se mostra por inteiro. No verbo "fazer" concretiza-se o *fazer* da menininha. É o processo paradoxal de instauração do signo poético, fechando-se, primeiro, na aparente intransponibilidade da barreira intransitiva para poder, depois, fazer brotar as possibilidades conotativas que se instalam na correnteza da ambiguidade. Rompendo-se com a transitividade do verbo, a mensagem da menina volta para si mesma, num exemplo vivo de função poética. Perdendo o "pé"[6] da automação semântica, o leitor reencontra o sentido da frase na sua visualização. Só assim percebe que as palavras estão decompostas, podendo juntar, na síntese desse achado poético, o que vinha sendo dado, esparsamente, por índices, como exemplos do estranhamento da vida e do *fazer* da personagem: decompor, juntar; enfim, brincar com as palavras, à medida que "não queria bruxas de pano, brinquedo nenhum", para realizar o seu modo de dizer ou expressar o mundo.

Ao fechar o primeiro bloco do texto, o quarto parágrafo operacionaliza uma mudança estratégica do narrador, desviando o relato para chamar a atenção sobre um distanciamento entre os mundos da infância e dos adultos, invertendo, magistralmente, uma visão de tolerância, postura e tratamento por parte da criança, em relação ao comportamento dos pais:

---

6 O que Guimarães Rosa denominou como o seu método de trabalhar a palavra equivale ao processo de *limpeza da situação verbal* teorizado por Valéry, que no conto pode ser exemplificado na intransitividade hieroglífica da expressão **"xurugou"**, ou na ponte da última mensagem, em que o leitor é convidado a se divertir, dançando na fragilidade de sua transparência para acabar no mergulho da opacidade: "Cada palavra, cada uma das palavras que os permitem atravessar tão rapidamente o espaço de um pensamento e acompanhar o impulso da ideia que constrói, por si mesma, sua expressão, parece-me uma destas pranchas leves que jogamos sobre uma vala ou sobre uma fenda na montanha e que suportam a passagem de um homem em movimento rápido. Mas que ele passe sem pesar, que passe sem se deter – e, principalmente, que não se divirta dançando sobre a prancha fina para testar a resistência! [...] A ponte frágil imediatamente oscila ou rompe-se, e tudo se vai nas profundezas. Consultem sua experiência; e constatarão que só compreendemos os outros, e que só compreendemos a nós mesmos, graças à *velocidade de nossa passagem pelas palavras*. Não se deve de forma alguma oprimi-las, sob o risco de se ver o discurso mais claro decompor-se em enigmas, em ilusões mais ou menos eruditas" (Valéry, 1991, p.203).

O ENGENHO DA NARRATIVA E SUA ÁRVORE GENEALÓGICA   445

Nada a intimidava. Ouvia o Pai querendo que a Mãe coasse um café forte, e comentava, se sorrindo: – **"Menino pidão ... Menino pidão ..."** Costumava também dirigir-se à mãe desse jeito: – **"Menina grande ... Menina grande ..."** Com isso Pai e Mãe davam de zangar-se. Em vão. Nhinhinha murmurava só: – **"Deixa ... Deixa ..."** – suasibilíssima, inábil como uma flor. (ibidem, p.18)

No comentário conclusivo do narrador a respeito do comportamento estranho da menina, expresso no belo neologismo ("suasibilíssima") e na comparação ("inábil como uma flor"), notamos os traços cada vez mais fortes da alegoria do lirismo que ela representa, negando o domínio do mundo adulto e a corrente linear dos acontecimentos: "O mesmo dizia quando vinham chamá-la para qualquer novidade, dessas de entusiasmar adultos e crianças. Não se importava com os acontecimentos. Tranquila, mas viçosa em saúde" (ibidem). Por ter revelado o *fazer* da menininha, o narrador, em nova estratégia, oculta a revelação do *saber* da mesma, deixando a tarefa para o bloco central já analisado, em que ele próprio contracena com a menina: "Ninguém tinha real poder sobre ela, não se *sabiam* [grifo nosso] suas preferências. Como puni-la? E, bater-lhe, não ousassem; nem havia motivo. Mas, o respeito que tinha por Mãe e Pai, parecia mais uma engraçada espécie de tolerância" (ibidem). De terceira pessoa, a enunciação presentifica-se na incorporação da primeira pessoa: "E Nhinhinha gostava de mim" (ibidem).

A mudança de focalização é um recurso muito utilizado nos contos de Guimarães Rosa, como uma forma de o narrador aproximar ou se afastar do fato narrado, gerando uma multiplicidade de pontos de vistas dentro do mesmo quadro narrativo. Nesse conto, a estratégia do narrador de contracenar com a personagem durante uma demonstração de competência poética mostra que a narração em primeira pessoa e no presente é uma forma de destacar o universo lírico da personagem como uma fonte de valor intrínseco à arte do autor, em oposição aos valores externos com que uma visão mais distanciada mescla a pureza da arte com sentidos metafísicos ou práticos da vida. Por isso, o quinto parágrafo, conforme demonstramos, constitui o ponto mais próximo de uma perspectiva narrativa, do qual partem os discursos diretos da menininha e as linhas de fuga do distanciamento da narração. Do entrelaçamento dessas perspectivas, o autor tece o bordado em prosa-poética de seu tecido ficcional.

Assim, da plataforma do quinto parágrafo, podemos armar uma ponte direta para os parágrafos seis e sete, o momento em que se dá o afastamento da focalização em primeira para a reintegração da terceira pessoa, com a finalidade de se relatar os fatos envolvendo os prodígios da menina. Trata-se de uma sequência narrativa chave no conto, por potencializar duas linhas de leituras principais: uma que se revela a partir da palavra "milagres", outra que se esconde na esguelha da palavra "feitiço". As duas palavras tensionam e potencializam duas direções: uma, *mística*, impregnada pela aura de milagre que veste os feitos e os prodígios da personagem, num ambiente carregado de fé e religiosidade: "A mãe, que a olhava com estarrecida fé, sarou-se então, num minuto."; a outra, sub-reptícia, entra por um veio *mítico*, perfura as brumas da religião, passa pelo chão pantanoso da paisagem e vai encontrar nos motivos arquetípicos dos contos de fadas os seus cristais d'água: **"Está trabalhando um feitiço..."**. Ambas as leituras são modalizadas pelo *querer* da personagem e estão estruturadas no paralelismo de duas frases: – **"Eu queria o sapo vir aqui"**; – **"Eu queria uma pamonhinha de goiabada..."**. O enigma resolve-se e, ao mesmo tempo, sustenta-se numa terceira: "O que ela queria, que falava, súbito acontecia" (ibidem, p.19).

O verbo "falar" é o desencadeador das duas isotopias. Enquanto a mãe, doente, desejava que "Nhinhinha lhe falasse a cura", a personagem, ironicamente, fecha-se no seu mundo bordado por outros valores: "queria muito pouco, e sempre as coisas levianas e descuidosas, o que não põe nem quita" (ibidem). Concentrada no seu mistério, o "falar" engloba o seu *saber* e *poder*: isto é, fazer o signo virar coisa. Nesse momento, os motivos lendários dispersos, como "sapo", "rã brejeira", "rã verdíssima", "beijo", "uma dona", "pãezinhos de goiabada", arquitetam uma estrutura paródica aos contos infantis, cuja diferença básica está na substituição do objeto mágico daqueles, a varinha de condão funcionando como o elemento modalizador do *poder*, pela concentração da magia na própria força das palavras, o que vem expresso na iconização do verbo **"fa-a-zer"**.

Aquilo que se dá como frustração a "O menino mais velho", de *Vidas secas*, que queria ver a palavra "inferno" transformar-se, é o próprio *fazer* artístico da Nhinhinha, cujo poder é a magia de fazer a palavra virar coisa. Se o drama do menino sem nome é o debater-se no isolamento da incomunicabilidade ("O pequeno sentou-se, acomodou nas pernas a cabeça da cachorra, pôs-se a contar-lhe baixinho uma história"), desprovido do instrumento

O ENGENHO DA NARRATIVA E SUA ÁRVORE GENEALÓGICA **447**

da palavra ("Tinha um vocabulário quase tão minguado como o papagaio que morrera no tempo da seca. Valia-se, pois, de exclamações e de gestos, e Baleia respondia com o rabo, com a língua, com movimentos fáceis de entender"), qualquer outra forma de expressão atualizada, no agreste de sua paisagem, não encontra recepção: "Sentiu-se fraco e desamparado, olhou os braços magros, os dedos finos, pôs-se a fazer no chão desenhos misteriosos" (Ramos, 1982, p.61). Por sua vez, Nhinhinha, com o poder da luz de seu nome, tem no encantamento das palavras e no "verduroso" apocalíptico de seu mundo a varinha vivificadora da magia:[7]

> Nem Mãe nem Pai acharam logo a maravilha, repentina. Mas Tiantônia. Parece que foi de manhã. Nhinhinha, só, sentada, olhando o nada diante das pessoas: – **"Eu queria o sapo vir aqui."** Se bem a ouviram, pensaram fosse um patranhar, o de seus disparates, de sempre. Tiantônia, por vezo, acenou-lhe com o dedo. Mas, aí, reto, aos pulinhos, o ser entrava na sala, para os pés de Nhinhinha — e não o sapo de papo, mas bela rã brejeira, vinda do verduroso, a rã verdíssima. Visita dessas jamais acontecera. E ela riu: – **"Está trabalhando um feitiço ..."** Os outros se pasmaram; silenciaram demais. (Rosa, 1981, p.19)

Não negando o inferno, que é o aparato do qual se valeu Graciliano Ramos para estruturar, num diabólico circuito de fogo, um drama com a *analogia da experiência*, mas com ele dialetizando,[8] Guimarães Rosa cria, à sua imagem e semelhança de "feiticeiro da palavra", uma bruxinha que, trabalhando os seus feitiços, ergue uma nova catedral de purificação, resgatando, mineiramente, a tradição nos motivos arquetípicos dos contos de fada:

---

7 Lembrando o famoso diálogo de Platão, como "bruxa" da linguagem, Nhinhinha encarna a magia de Crátilo, acreditando que cada palavra é capaz de representar, com seus sons, o próprio objeto que designa, *enquanto o Menino Mais Velho, despossuído do encantamento dessa magia, quer também projetar em Crátilo o seu desejo. Mas, a estrutura demoníaca de seu destino aproxima-o da condição de Hermógenes, em que a distância entre o som e o sentido condena-lhe a vivenciar, na abertura desse abismo, o drama obscuro de sua falta de linguagem* (cf. Platão, 1974, p.508-52).

8 Na entrevista a Günter Lorenz (1991, p.73), o escritor diz, citando Mallarmé: *"Au fond, je suis un solitaire*, eu também digo; mas como não sou Mallarmé, isto significa para mim a felicidade. Apenas na solidão pode-se descobrir que o diabo não existe. E isto significa o infinito da felicidade. Esta é a minha mística".

Dias depois, com o mesmo sossego: – **"Eu queria uma pamonhinha de goiabada ..."** – sussurrou; e nem bem meia hora, chegou uma dona, de longe, que trazia os pãezinhos da goiabada enrolada na palha. Aquilo, quem entendia? Nem os outros prodígios, que vieram se seguindo. O que ela queria, que falava, súbito acontecia. (Rosa, 1981, p.19)

Recuperando os motivos das "estórias curtas" e "vagas" do início, os dois fragmentos narrativos reproduzem, num desenvolvimento ainda desconexo, a articulação do pensamento mágico infantil, configurando dois núcleos parodísticos dos contos de fada, que têm na *estória romanesca* o seu ancestral arquetípico. Daí a representação de um universo povoado de criaturas emblemáticas que lembram as fadas, as bruxas, os príncipes, as princesas, os santos, as pessoas bondosas, a fartura de alimentos e doces, recriando a atmosfera do mundo idealizado da *analogia da inocência*. A força maior desse quadro, constituindo o miolo da *estória* da menina, reside num jogo que tem por finalidade a burla da fidelidade ao real. De um lado, situa-se tudo aquilo que é recoberto pela névoa da isotopia ideológico-religiosa dos "milagres"; de outro, aquilo que é desvelado, por baixo desse véu, pelo universo da arte. São duas maneiras diferentes de se instituir a insídia do real: a arquitetura do simulacro pela lei mágica da metamorfose.[9] As metamorfoses dos prodígios são regidas pela fé, enquanto o encantamento das proezas realizadas pela menininha situa-se no lado da magia, o lugar em que a arte exercita o seu número de prestidigitação, fazendo as palavras romperem a relação com o mundo das coisas para instaurar o mundo da imaginação. Como nesse mundo

---

9 O processo encantatório das fórmulas mágicas desencadeado, anteriormente, na expressão **"Jabuticaba de vem-me-ver"**, realiza-se, agora, por completo, na "fala que faz acontecer", no ponto íntimo do encontro entre o som e o sentido, em cuja indissolubilidade residem a alma do fazer artístico e o seu valor poético que, nas palavras de Valéry (1991, p.214), explicam os prodígios da menininha:

[...] "E, contudo, a tarefa do poeta é nos dar a sensação de união íntima entre a palavra e o espírito.

É preciso considerar que este é um resultado exatamente maravilhoso. Digo maravilhoso, embora não seja excessivamente raro. Digo maravilhoso no sentido que damos a esse termo quando pensamos nos prestígios e nos prodígios da antiga magia. Não se deve esquecer que a forma poética foi, durante séculos, destinada ao serviço dos encantamentos. Aqueles que se entregavam a essas estranhas operações deviam necessariamente acreditar no poder da palavra e muito mais na eficácia do som dessa palavra do que em seu significado. As fórmulas mágicas frequentemente são privadas de sentido; mas não se pensava que sua força dependesse de seu conteúdo intelectual".

o ideal sobrepõe-se ao real, o pragmático dá lugar ao cognitivo, fazendo a arte tangenciar a esfera da religião somente para se demarcar um limite entre os dois terrenos, pois onde a religião para, a magia da arte inicia a sua travessia para o infinito:

> Só que queria muito pouco, e sempre as coisas levianas e descuidosas, o que não põe nem quita. Assim, quando a Mãe adoeceu de dores, que eram de nenhum remédio, não houve fazer com que Nhinhinha lhe falasse a cura. Sorria apenas, segredando seu – **"Deixa ... Deixa ..."** – não a podiam despersuadir. Mas veio, vagarosa, abraçou a Mãe e a beijou, quentinha. A mãe, que a olhava com estarrecida fé, sarou-se então, num minuto. Souberam que ela tinha também outros modos. (ibidem, p.19)

Arte, magia e religião

> *"O escritor, o bom escritor, é um arquiteto*
> *da alma."*
> Guimarães Rosa

A parte final do conto está relacionada ao terceiro núcleo da frase inicial do texto, ligando-se ao nome do espaço em que a casa da menina se localiza: "lugar chamado o Temor-de-Deus". Se a palavra "casa" pode funcionar como o abrigo ou metáfora do seu "texto", e a sua localização pode ligar--se ao processo de criação do signo literário, essa terceira referência parece relacionar-se ao problema da leitura, ou melhor, com as duas principais direções de leituras que o texto apresenta: uma, na superfície, mística, diretamente vinculada à religião; a outra, desentranhada por baixo do terreno religioso, desgarrada dos fios da fé e amarrada a um plano mítico inerente ao universo literário.

Embora o topônimo, no seu estranhamento, indicia um afastamento religioso ("Temor-de-Deus"), contrário ao que parece ser um sentimento de reverência ou respeito (temor a Deus) impregnado pela religiosidade da mãe e pela aura mística dos "milagres", a solução do conto conduz para a leitura fácil de se explicar pela fé a tragédia que não se atina com a razão. Nesse sentido, a morte repentina da menina, provocada pelo seu firme propósito de ir visitar os parentes já mortos, é coroada com a sua santificação.

Para Guimarães Rosa, o fio que separa a arte da religião é tênue e, nesse conto, o limite entre os dois terrenos é demarcado pelo ponto mágico que, ao mover-se, por um lado, impulsionado pela fé, conduz à religião e, por outro, com o sopro da poesia, caminha para o mundo da arte ou da literatura. Entrando por essa vereda da poesia, no âmago de seu ser modificador de realidades linguísticas, é que a leitura mítica emerge, potencializada pela palavra "chuva", disparando o mecanismo mágico embutido nos vocábulos "bruxa" e "feitiço", em oposição às palavras "santa" e "milagres", da perspectiva religiosa. Assim, após o relato dos prodígios da menina, o conto sobreleva uma tensão, na sua estrutura profunda, que vinha pulsando, desde o início, na oposição já levantada entre uma visão pragmática da vida, por parte dos personagens adultos, e um *fazer cognitivo* depreendido nas ações de Nhinhinha. Na fenda que se abre entre os interesses do mundo adulto (disperso por natureza, pois o Pai é guiado por interesses concretos e utilitários, enquanto a Mãe e Tiantônia os recobrem com uma aura de religiosidade) e a visão do mundo infantil, unívoca e descompromissada, coloca-se, primeiro, a questão do ocultamento do *poder* da menininha:

> Decidiram de guardar segredo. Não viessem ali os curiosos, gente maldosa e interesseira, com escândalos. Ou os padres, o bispo, quisessem tomar conta da menina, levá-la para sério convento. Ninguém, nem os parentes de mais perto, devia saber. Também, o Pai, Tiantônia e a Mãe, nem queriam versar conversas, sentiam um medo extraordinário da coisa. Achavam ilusão. (Rosa, 1981, p.19)

Depois, as tentativas de manipulação para se canalizar o poder da personagem nos ângulos da visão interesseira dos adultos:

> O que ao Pai, aos poucos, pegava a aborrecer, era que de tudo não se tirasse o sensato proveito. Veio a seca, maior, até o brejo ameaçava de se estorricar. Experimentaram pedir a Nhinhinha que quisesse a chuva. – **"Mas, não pode, ué ..."** – ela sacudiu a cabecinha. Instaram-na: que, se não, se acabava tudo, o leite, o arroz, a carne, os doces, frutas, o melado. – **"Deixa ... Deixa ..."** – se sorria, repousada, chegou a fechar os olhos, ao insistirem, no súbito adormecer das andorinhas. (ibidem, p.19-20)

Na verdade, o que transpõe o abismo entre os dois tipos de pensamentos é a anulação dos valores do mundo adulto para a concretização da visão infantil, unindo os dois polos numa ponte de simplicidade e pureza, por onde a vida empreende a travessia para o poético e, esse, na outra margem da vida, abre-se na flor simbólica da arte. O interessante é que, num contexto de seca, para lembrar novamente o livro de Graciliano Ramos, a chuva só se realiza, agora, por força do *querer* soberano da menininha, que tem nele embutido o *saber* e o *poder*, as fontes modalizadoras do seu *fazer*: "Daí a duas semanas quis: queria o arco-íris. Choveu. E logo aparecia o arco-da-velha, sobressaído em verde e vermelho – que era mais um vivo cor-de-rosa" (ibidem, p.20).

Na ponte do arco-íris, a menininha faz a sua travessia para o espaço simbólico da linguagem literária. Nesse espaço verdejante da conotação entende-se o desvio da sua lógica poética, que tem no encontro da água da chuva (o seu *querer*) com a luz por ela representada (o seu *poder*) a criação da figura lírica do arco-da-velha. O arco-íris representa a passagem que permite o deslocamento para o "lá", possibilitando a realização de sua visita aos parentes já mortos. Com a entrada da luz e das cores do arco-íris, a menininha extasia-se com a natureza renascida: "Nhinhinha se alegrou, fora do sério, à tarde do dia, com a refrescação. Fez o que nunca se lhe vira, pular e correr por casa e quintal. – 'Adivinhou passarinho verde?' – Pai e Mãe se perguntavam. Esses, os passarinhos, cantavam, deputados de um reino" (ibidem,). A quebra do encantamento, porém, dá-se com a volta para o lado de cá do abismo, quando a vida quebra a aura da poesia e novamente permeia as brumas da religião:

> Mas houve que, a certo momento, Tiantônia repreendesse a menina, muito brava, muito forte, sem usos, até a Mãe e o Pai não entenderam aquilo, não gostaram. E Nhinhinha, branda, tornou a ficar sentadinha, inalterada que nem se sonhasse, ainda mais imóvel, com seu passarinho-verde pensamento. Pai e Mãe cochichavam, contentes: que, quando ela crescesse e tomasse juízo, ia poder ajudar muito a eles, conforme à Providência decerto prazia que fosse. (ibidem)

A expectativa dos pais com relação ao futuro da filha é frustrada. As duas linhas de leituras mais explícitas sugeridas pelo conto – uma tendendo para a anormalidade da personagem ("que, quando ela crescesse e tomasse juízo"); a outra, para a esfera da religiosidade ("conforme a Providência decerto prazia que fosse") – interrompem-se abruptamente, e o curso da narrativa dá andamento ao desfecho. De repente, o leitor depara com o parágrafo mais curto do texto e se surpreende com a morte da personagem: "E, vai, Nhinhinha adoeceu e morreu. Diz-se que da má água desses ares. Todos os vivos atos se passam longe demais" (ibidem). Enquanto a morte repentina, no nível referencial do relato, choca pela exposição direta do fato dramático, o estranhamento maior dá-se na frase vizinha, no vaticínio de uma voz que comenta a causa da morte: "Todos os vivos atos se passam longe demais". A frase apenas tange as duas leituras anteriores – anormalidade e religiosidade –, pois a sua grande força é mergulhar fundo na ambiguidade da expressão "má água desses ares", o que canaliza a leitura para o nível simbólico da metáfora. Nesse terreno entende-se a transmutação da morte em vida ("Todos os vivos atos"), porque é o território mítico de um tempo e um espaço sem fronteiras ("se passam longe demais"). É o território da arte que vinha fluindo por um lençol submerso do conto, minando aos poucos as camadas das leituras mais evidentes e superficiais e, agora, irrompe-se na fonte da qual brota a palavra "água".

Se podemos ler na palavra "água" uma metáfora do signo literário, como foi visto na expressão "brejo de água limpa", é bem provável que o enigma da causa da morte da menina esteja segredado nos mistérios das próprias palavras. O adjetivo "má", da voz coletiva que explica a causa da morte, reflete, além de um problema regional de saneamento básico, o universo supersticioso e místico das personagens adultas. Mas o adjetivo acaba refratado na ambiguidade da palavra "água". Assim, a morte pode ser lida como causada pela "má água", ou pelas "más estórias" dos enunciadores de primeira e terceira pessoas, sempre envoltas em uma nebulosidade de paranormalidade e misticismo, conforme fica evidenciado no dêitico "desses ares". Ao passo que, na esfera da oralidade que dá contorno ao conto, a expressão pode ser lida como a palavra "mágoa", a revolta da menina por nunca ter sido completamente entendida. Nesse contexto, que é a travessia do próprio conto, parte-se do impulso da oralidade, com o relato impregnado dos fatos da vida, para o motivo regional transubstancializar-se em realização literária. Pelo prisma das leis internas do texto, explica-se que a morte é a realização do *objeto-valor* da menina, desencadeado pela modalização do seu *querer*: visitar os parentes já mortos.

Localizado no espaço simbólico das frases em negrito da menininha, o seu *objeto-valor* converte a morte em vida, por meio da lógica que rege as breves narrativas salpicadas pelo corpo do texto: **"Tudo nascendo!"**. Na mágica

O ENGENHO DA NARRATIVA E SUA ÁRVORE GENEALÓGICA **453**

do universo poético, assim como o signo literário deixa as máculas do "brejo" para renascer da "água limpa", a "má água" da morte purifica-se na chuva que faz nascer o arco-íris, formando o desenho da ponte para a travessia mítica. Esse caminho é descrito, no conto, no próprio percurso da palavra "água". Da expressão inicial, "brejo de água limpa" (em que se espelha a metamorfose do signo linguístico em signo artístico), à oralidade da voz coletiva, que explica a causa da morte ("má água desses ares"), no meio do caminho, a palavra evapora e reaparece sob forma de "chuva", fazendo renascer, do encontro da água com a luz, uma outra possibilidade de vida cristalizada na imagem do "arco-íris". Transpassada pela luz da criação, a palavra "água" não é mais "morte", nem "chuva". Ela transforma-se no suporte textual em que o arco-íris derrama as suas cores, metaforizando a passagem para o firmamento da poesia, o espaço da linguagem literária em que Nhinhinha vai estabelecer a sua nova moradia, para além do "cá" das brumas da religião e do misticismo, para alcançar a perenidade mítica do "lá ": "Todos os vivos atos se passam longe demais".

Depois da abertura da janela parodística, construída na *casa-texto* da menininha, para a paisagem simbólica dos contos de fada, o conto retrocede e a focalização de terceira pessoa fecha-o, na sua última parte, numa espécie de compartimento sagrado, um oratório em que a isotopia dominante da religiosidade conduz, tanto a leitura como o desfecho, para o altar em que é beatificada a "Santa Nhinhinha". Se, por um lado, a resolução dada ao desfecho por via do misticismo cria um patamar de segurança para os parentes da personagem e para o próprio leitor, por outro, o aspecto mítico esmorece, e a *casa-texto*, sem a presença da menininha e, portanto, de sua poesia, abala-se com o eco das lembranças de suas falas, ruindo "por metade". Tal fato é prenunciado no verbo que abre o parágrafo e dá sequência ao texto:

> Desabado aquele feito, houve muitas diversas dores, de todos, dos de casa: um de repente enorme. A Mãe, o Pai e Tianônia davam conta de que era a mesma coisa que se cada um deles tivesse morrido por metade. E mais para repassar o coração, de se ver quando a Mãe desfiava o terço, mas em vez das ave-marias podendo só gemer aquilo de – **"Menina grande ... Menina grande ..."** – com toda ferocidade. (Rosa, 1981, p.20)

O parágrafo seguinte explica o último pedido de Nhinhinha, reiterando o fato de que o seu *querer* (o que "tinha falado") fatalmente realizar-se-ia, só

454 SÉRGIO VICENTE MOTTA

que pelo viés de sua lógica, com a metonímia das cores do caixãozinho tecendo a metaforização da vida segredada na imagem do arco-íris:

> Agora, precisavam de mandar recado, ao arraial, para fazerem o caixão e aprontarem o enterro, com acompanhamento de virgens e anjos. Aí, Tiantônia tomou coragem, carecia de contar: que, naquele dia, do arco-íris da chuva, do passarinho, Nhinhinha tinha falado despropositado desatino, por isso com ela ralhara. O que fora: que queria um caixãozinho cor-de-rosa, com enfeites verdes brilhantes... A agouraria! Agora, era para se encomendar o caixãozinho assim, sua vontade? (ibidem, p.20-1)

Nos dois últimos parágrafos, a divergência entre o Pai e a Mãe atesta, contrariando as palavras do primeiro e realizando a vontade da segunda, o último desejo da menina. Longe de ajudá-la a "morrer", na verdade, os pais propiciam a imortalidade da menina, que permanece no sonho expresso nas cores de sua poesia: "O Pai, em bruscas lágrimas, esbravejou: que não! Ah, que, se consentisse nisso, era como tomar culpa, estar ajudando ainda a Nhinhinha a morrer..." (ibidem, p.21). No fim vence a arte, mesmo que a sua travessia tenha que furar os bloqueios da vida, vestir o manto sagrado da religião, fingir-se num funeral para tingir a morte de vida e realizar a sua consagração. De prodígio a prodígio, a *estória* da menininha sai da esfera regional, transforma-se numa "história de santo" e aporta no "lá", as passagens mágicas e míticas dos contos de fadas:

> A Mãe queria, ela começou a discutir com o Pai. Mas, no mais choro, se serenou – o sorriso tão bom, tão grande – suspensão num pensamento: que não era preciso encomendar, nem explicar, pois havia de sair bem assim, do jeito, cor-de-rosa com verdes funebrilhos, porque era, tinha de ser! – pelo milagre, o de sua filhinha em glória, Santa Nhinhinha. (ibidem, p.21)

Unidas por laços metonímicos, as duas figuras exemplares de cada situação formam o fecho metafórico das duas leituras: o caixãozinho, com seu emblema de morte, conduz a matéria para a terra e o espírito para a vida celestial e mística; enquanto o arco-íris forma a ponte arquetípica que perfura o céu literário para fazer a menina encontrar os seus parentes já mortos, num renascimento apocalíptico. Nesse ponto não há morte, só vida. A personagem permanece viva após a travessia – "era mais um vivo cor-de-rosa" – num tempo e numa espacialidade míticos, situados no interior do sistema literário. "Lá", ela eterniza-se, com o seu modo de falar ou de fazer poesia, ao lado de seus parentes já mortos, como as demais personagens consagradas na tradição do universo romanesco, do qual a literatura infantil é uma projeção.

Linguagem: uma porta para o infinito

> *"Provavelmente, eu seja como meu irmão Riobaldo.*
> *Pois o diabo pode ser vencido simplesmente, porque*
> *existe o homem, a travessia para a solidão, que equivale*
> *ao infinito."*
> Guimarães Rosa

A sobreposição de uma leitura simbólica emergente, situada num plano mítico, a uma leitura direcionada na superfície textual, como a da resolução mística, é sustentada pela aproximação inusitada das duas figuras com que o conto encaminha o seu desfecho. O "caixãozinho", de símbolo da morte, transveste-se em sinal de vida, na metamorfose operada na palavra-montagem "funebrilhos". Tingido de cores claras e de vida ("cor-de-rosa com verdes"), o caixãozinho, numa relação metonímica, liga-se ao arco-íris. Os dois encontram-se num campo de coloração similar, formando o espaço de dois ritos de passagem – um passeio pelos "campos do Senhor" e outro pelos campos da poesia –, em que o caixãozinho, vestido nas cores do arco-íris, desfaz-se de seu espectro de morte e reveste-se nas cores da vida: "o arco-da-velha, sobressaído em verde e vermelho – que era mais um vivo cor-de-rosa". Nesse encontro metafórico, tecido pelos liames metonímicos, a vivacidade e o brilho da luz do arco-íris dotam o caixãozinho da ambiguidade que faz da morte o surgimento da vida. Mais que isso, a figura lírica do mundo encantado dos contos de fada, o arco-íris, sobressai no texto como a verdadeira ponte de travessia da morte para a vida, não só porque o caixãozinho nela se metaforiza, mas porque ele significa o "milagre" fácil para a beatificação de Nhinhinha, ao passo que o conto, sutilmente, mas desde o início, indicava uma direção paralela àquela que encaminhava a leitura para o estreitamento da resolução mística: "lugar chamado o Temor-de-Deus".

A conclusão a que se chegou, nesse momento, parece dar força à dedução proposta de que a expressão "lugar chamado o Temor-de-Deus", internamente, é um simulacro metafórico do segredamento dos problemas de leitura do texto. Assim, quando se declina a leitura mística para valorizar a mítica, estamos assistindo ao mesmo deslocamento pelo qual passou a história da narrativa, na visão de Frye, de um momento metaforicamente associado à religião (o *modo mítico*, em que a menininha, é aclamada "Santa"), para o modo imediatamente contíguo da *estória romanesca*, em que a personagem, via a inversão dos "milagres" em "feitiços", reconstrói um mundo menos *metaforicamente* ligado à religião, mas *analogicamente* próximo dele. No deslocamento do mito em direção ao humano, representa-se uma forma de passagem da religião para a concretização da arte. Com a morte do "caixãozinho", no sentido que o seu destino é para baixo da terra, e a sobreposição da figura do arco-íris, no sentido contrário de elevação, luz, travessia e vida, decreta-se a superação do místico para o nascimento do mito. Nesse plano a religião dá lugar à ficção e a *estória* da menina é também uma paródia de uma "história de santo".

Estabelecido o quadro apocalíptico em que o conto se retrata, seguindo-se a pista da leitura segredada na expressão "lugar chamado o Temor-de-Deus", parece que a outra metáfora, a da *casa-texto* de Nhinhinha, também ganha os traços comprobatórios de sua pertinência, pois é justamente no destaque das falas da personagem, nos fragmentos de sua *prosa-poética*, que esse quadro ganha consistência e vida. O seu mundo é o da "concórdia universal" ou do "amor", expresso na chave da *analogia da inocência* (Frye, 1973a, p.145). Essa chave abre o tesouro das suas *estórias* curtas, povoadas por criaturas infantis, sempre protegidas por figuras idosas e bondosas. No seu reino de contos de fada, enfeitado pela leveza do voo dos pássaros e abelhas, tudo é regido pela lei do encantamento e da magia.

Se essa vereda literária é construída pela terceira via da enunciação de Nhinhinha, entre as narrações de terceira e primeira pessoas, compondo um universo sobrenatural habitado por fadas ou bruxinhas, com o equilíbrio de personagens humanas idosas e infantis, numa paisagem contornada por uma vegetação paradisíaca (*locus amoenus*), evitando os animais rasteiros para sobrelevar o voo dos insetos e das aves, a parte principal do quadro, o seu maior enigma, reserva-se à reconstrução do mundo mineral. Nesse mundo liga-se a metáfora do meio da frase inicial do texto, motivando a metamorfose do signo poético: "brejo de água limpa". Por meio do paradoxo assiste-se à transmutação do signo desgastado (morte) na sua purificação literária (vida), da mesma maneira que o movimento do enredo faz do reino mineral (má água) o caminho para a realização do *sonho* de Nhinhinha. Assim como a palavra "água", localizada entre "brejo" e "limpa", evapora e reaparece em forma de "chuva" cristalizada na luz do arco-íris, o trajeto de morte para a vida, no desejo expresso nas falas da menina, metamorfoseia-se no rito de passagem da terra para o céu, opondo ao sentido de morte da *água* o significado de vida embutido no brilho e na luz do arco-íris.

O simbolismo poético apocalíptico "habitualmente põe o fogo exatamente acima da vida do homem", e "a água exatamente abaixo dela", associando "o fogo a um mundo espiritual ou angélico, a meio-termo entre o humano e o divino" (Frye, 1973a, p.146-7). É o que acontece no itinerário da morte ao renascimento da menininha. Por meio da simbologia da água e da luz, a personagem sai do mundo aquoso da paisagem em que se localiza a sua casa, passa pelo mistério que envolve a sua morte, com o enredo adequando seu movimento à imagem apocalíptica do arco-íris, fazendo de seus traços de luz a ponte e a porta de entrada para o universo da literatura em que vivem os ancestrais arquetípicos da personagem e da própria narrativa que a recria. A travessia se dá por meio da incidência da luz nas gotículas de água remanescentes da chuva, concretizando-se ao concretizar o belo desenho da figura do "arco-da-velha".

Os riscos desse trajeto levam à síntese da narrativa: o seu arcabouço abstrato e mítico. Nesse sentido, o conto perfaz a estrutura mítica de um sonho desejável, formando uma configuração apocalíptica. O movimento de seu enredo é o da morte para a vida e firma-se na imagem lírica do arco-íris. O movimento e a imagem do sonho da menina configuram o tópico do eterno retorno, que é a fonte mítica do seu renascimento, assim como esse tópico literário é uma das fontes em que a narrativa busca o seu eterno rejuvenescimento, num trabalho de Sísifo, tentando constantemente a sua reinvenção.

Ao armar-se abstratamente numa estrutura mítica de morte e renascimento, para lembrar mais uma vez o movimento invertido de *Vidas secas*, o conto descreve um trajeto do *irônico e trágico* para o *romanesco e cômico*, no sentido em que a personagem, revirando o desfecho num final feliz, é afastada do plano familiar, mas reintegrada à sua "sociedade dos poetas mortos". A travessia da menininha e de sua narrativa é feita, simbolicamente, na curva e nas cores do arco-íris, cuja tensão entre os polos quente e frio tem a sua resolução na neutralidade dos tons claros, liricamente vivificados no brilho da luz: "E logo aparecia o arco-da-velha, sobressaído em verde e verme-lho – que era mais um vivo cor-de-rosa". Com uma mesma paleta, mas optando pela inversão (vermelho/verde), *Vidas secas* inicia a coloração de sua paisagem árida pelo predomínio tórrido das cores quentes: "a planície avermelhada os juazeiros alargavam duas manchas verdes". A partir daí, o seu percurso impressionista, de fora para dentro, pontuando manchas frias na sua coloração quente, chega ao miolo gélido das chuvas e inicia a volta de seu movimento trágico, refazendo um percurso pictórico expressionista, em que a claridade da paisagem vai sendo obscurecida para dar lugar ao ensombra-mento do drama interior dos personagens. Nesse ponto forma-se o encontro radical das duas perspectivas narrativas: Fabiano e sua família caminham da claridade para o escuro, enquanto Nhinhinha tem em seu próprio nome o pincel mágico do brilho da luz.

A curva do movimento estrutural do conto, refletida na imagem do arco-íris, possibilita à menininha e sua *estória* desenharem no firmamento da poesia um arco de sete cores, formando a ponte que atravessa o céu da literatura para encontrar, no lado de "lá", ao pé do arco-íris, o "pote de ouro" em que se aloja a tradição dos contos de fada. Mais do que uma alegoria da poesia lírica, Nhinhinha e suas *estórias* curtas personificam uma trajetória da literatura de Guimarães Rosa, que tem no *arquétipo da metamorfose* o dom de transformar a oralidade em escrita, o regional em universal, e a religião em arte. A arte, por sua vez, englobando a literatura moderna e comportando-se como uma ponte dessa literatura, tem o dom de metamorfosear-se na morte para encontrar a reinvenção de sua vida.[10]

O processo alegórico que o conto arquiteta sustenta-se no trajeto descrito entre a morte e a vida, envolvendo nesse percurso três elementos principais: a palavra, a personagem Nhinhinha e a narrativa por ela representada. Todos

---

10 Nas palavras de Barthes (1970, p.28), esse é o processo pelo qual a literatura se descobre como linguagem, começando a sentir-se dupla: "ao mesmo tempo objeto e olhar sobre esse objeto, fala e fala dessa fala, literatura-objeto e mataliteratura". Definindo os últimos cem anos como o da pergunta: *Que é a Literatura?*, na resposta do crítico está a decifração do enígma: "a literatura finge destruir-se como linguagem-objeto sem se destruir como metalinguagem, e onde a procura de uma metalinguagem se define em última instância como uma nova linguagem-objeto, daí decorre que nossa literatura é há vinte anos um jogo perigoso com sua própria morte, isto é, um modo de vivê-la: ela é como aquela heroína raciciana que morre de se conhecer mais vive de se procurar".

partem de uma motivação externa, o dado bruto do sertão metaforizado na palavra "brejo". No percurso de transcendência da morte para a vida ("limpa"), a "água" purifica-se no encontro com a luz, metaforizada no brilho da vogal "i" do nome Nhinhinha, que no desenho do "arco" presentifica-se na palavra "íris". O "arco-íris", como a metáfora globalizante de todo o processo, é resultante da palavra purificada (chuva), do efeito do trabalho poético com a palavra (Nhinhinha), formando a equivalência visual daquilo que é escrito no lirismo da prosa-poética – o efeito final da transformação da palavra (água) pelo agente transformador: a luz de Nhinhinha ou do escritor.

A triangulação representada pelo trabalho com a palavra (água), que se reflete no próprio *fazer* da menininha (luz) e se complementa na trajetória da *estória* (o desenho do arco-da-velha), assemelha-se à formação do fenômeno natural do arco-íris. A construção de um arco-íris com a linguagem da ficção, além do indicativo da pintura que a magia da prosa poética do autor realiza, alegoriza o processo de transcendência que é a marca poética de seu projeto literário. Nesse projeto, o arco-íris da prosa poética é a via de expressão que possibilita o dado regional do sertão cristalizar-se na luz universal do reino da literatura. A forma e as cores desse arco desenham a ponte de uma poética que transita do "cá" para o "lá", metamorfoseando-se o real em ideal, o irônico em romanesco, o místico no mítico e a morte em vida literária. Nessa travessia, dá-se a passagem da morte da vida para o renascimento da arte. Com a luz e o brilho[11] da "terceira margem" da prosa poética, Guimarães Rosa encontrou uma maneira de envolver e resgatar o lirismo de uma poética dos tempos primordiais. No estilo de sua poética, esse lirismo ganha o circuito mítico do eterno retorno.

Nhinhinha é o centro de todo o processo: é a bruxinha que transforma as palavras, faz a palavra virar coisa, constrói o arco-íris da prosa poética e, por isso, é também um pouco do seu criador. Como sua criatura, a personagem

---

11 Na prosa poética de Nhinhinha, por extensão vê-se o trabalho de inteligência do escritor no processo de criação poética, cujo "brilho" Paul Valéry (1991, p.225), no ensaio "Poesia e pensamento abstrato", metaforizou na seguinte imagem: "Todas as coisas preciosas que se encontram na terra, o ouro, os diamantes, as pedras que serão lapidadas estão disseminadas, semeadas, avarentemente escondidas em uma quantidade de rocha ou de areia, onde o acaso às vezes faz com que as retira da noite maciça em que dormiam, que as monta, modifica, organiza os enfeites. Esses fragmentos de metal engastados em uma matéria disforme, esses cristais de aparência esquisita devem adquirir todo seu brilho através do trabalho inteligente. É um trabalho dessa natureza que realiza o verdadeiro poeta".

alegoriza uma parte da poética de Guimarães Rosa, no sentido que dá concretude e perenidade aos motivos efêmeros da vida, como a oralidade, o regional e a religião, perpetuando-os na metamorfose da arte. Essa é justamente a força da alegoria, que encena numa situação específica uma representação mais abrangente, formando uma espécie de coluna de sustentação que eterniza a narrativa dentro de seu contexto simbólico. Sem ela a *estória* exaure e escorre para o esquecimento.

Se Nhinhinha morresse, levaria com ela uma parte do segredo da poética de Guimarães Rosa, pois as palavras do escritor espelham o *fazer* de Nhinhinha:

> Meu lema é: a linguagem e a vida são uma coisa só. Quem não fizer do idioma o espelho de sua personalidade não vive; e como a vida é uma corrente contínua, a linguagem também deve evoluir constantemente. Isto significa que, como escritor, devo me prestar contas de cada palavra e considerar cada palavra o tempo necessário até ela ser novamente vida. O idioma é a única porta para o infinito, mas infelizmente está oculto sob montanhas de cinzas. Daí resulta que tenha de limpá-lo, e como é a expressão da vida, sou eu o responsável por ele, pelo que devo constantemente *umsorgen* ["cuidar dele"]. (apud Lorenz, 1991, p.83)

No *fazer* de Nhinhinha espelham-se as palavras do escritor:

> Escrever é um processo químico; o escritor deve ser um alquimista. Naturalmente, pode explodir no ar. A alquimia do escrever precisa de sangue do coração. Não estão certos, quando me comparam com Joyce. Ele era um homem cerebral, não um alquimista. Para poder ser feiticeiro da palavra, para estudar a alquimia do sangue do coração humano, é preciso provir do sertão. (ibidem, p.85)

A carne faz-se verbo

> *"Somente renovando a língua*
> *é que se pode renovar o mundo."*
> Guimarães Rosa

No texto "O pensamento lógico/mágico em 'A menina de lá'", Ivete Lara Camargos Walty (1979) enquadra, num processo analítico coerente, ao mesmo tempo lúcido e lúdico, os principais achados poéticos do conto em duas

O ENGENHO DA NARRATIVA E SUA ÁRVORE GENEALÓGICA **461**

séries opostas: o "mundo mágico"/o "mundo lógico"; o "não senso"/o "senso-comum". Dispostas em diagramas, as duas séries entroncam-se num terceiro quadro, estabelecendo uma relação entre "Nhinhinha" e o "Poeta", a partir da qual exploraremos os traços de um trajeto alegórico. O terceiro diagrama, ilustrando e concluindo o ensaio, estabelece uma equivalência entre a cadeia de vocábulos que caracteriza a personagem ("verbo-palavra-dizer") e a série que retrata o poeta ("carne-vida-viver"), metaforizando, por meio da fórmula bíblica ("o verbo faz-se carne"), a conjunção das duas figuras num processo similar de criação. Assim, a ensaísta aproxima-se de dois aspectos essenciais do universo rosiano: a encarnação alegórica do criador em suas criaturas, por meio da comunhão de um pensamento ou de uma lógica mágico-infantil; feita a aproximação, particularidades do processo criativo do autor são refletidas no espelho mágico da atuação de suas criações.

Apesar de correta, vista por outro ângulo, a conclusão da autora sobre a projeção alegórica como uma marca constante na poética de Guimarães Rosa pode ser rediscutida. No conto "A menina de lá" realiza-se a transição simbólica aludida, mas invertidamente, mudando-se os termos da fórmula bíblica: da "carne" ao "verbo". Tal inversão ocorre no movimento estrutural do conto e aparece, metaforicamente, na passagem que evidencia o *fazer* da menininha nos atos cotidianos. Com as marcas de um ritual, a personagem come, primeiro, "a carne", "o do que fosse mais gostoso e atraente", para consumir, depois, os alimentos (na gradação do animal para o vegetal) "com artística lentidão", metamorfoseando a referência externa e pragmática da vida e da linguagem num processo cognitivo de criação.

Lembrando Oswald de Andrade, a "antropofagia" da menininha devora o processo bíblico, subvertendo a sua fórmula: da carne faz-se o verbo. Nesse sentido, parodística ou literariamente, ela repete o poder divino da criação: "O que ela queria, que falava, súbito acontecia". Esse poder evidencia-se na frase-síntese em que o verbo no gerúndio reflete, na forma e no conteúdo, o descarnamento da matéria para revelar a essência do processo, por meio do qual emerge, epifanicamente, o poder mágico da criação: **"Eu... to-u... fa-a-zendo"**. Ao repetir o processo sagrado da escritura, a criatura reflete na sua imagem e gesto, "mítica" ou "anagogicamente", a imagem e o gesto de seu criador. Nessa esfera mítica, Frye (1973a, p.123) situa a "crítica anagógica", exemplificando-a por meio de quartetos de Eliot, "em que as palavras do poeta se situam no contexto do Verbo encarnado", e numa carta de Rilke, "na qual ele fala da função do poeta como reveladora de uma perspectiva da realidade semelhante à de um anjo, pois contém todo o tempo e espaço: o anjo é cego e olha para dentro de si mesmo". Embora situado nessa esfera, podemos dizer que o anjo de Guimarães Rosa não é anjo, é uma bruxinha; ela não é cega, tem olhos enormes; olha para dentro de si mesma e também para dentro das palavras para transformar o mundo; a menininha viaja para dentro da história da literatura, assim como o seu autor refaz essa viagem histórica por meio da estrutura de suas "primeiras estórias".

Antonio Candido (1971), ao demarcar a questão do "avesso" como eixo estrutural da obra-síntese de Guimarães Rosa, *Grande sertão: veredas*, mostra na "dialética extremamente viva" do livro como o "irreal" recobre o "real", elevando-o num plano mágico, simbólico e metafísico. Assim, revela um princípio de duplicidade, que se estende pelas demais obras, além de situar no romance mais duas constantes na esfera de criação do autor. Uma delas remete a um ponto específico da história evolutiva da ficção, demonstrando que em *Grande sertão: veredas*, "sobre o fato concreto e verificável da jagunçagem, elabora-se um romance de Cavalaria, e a unidade profunda do livro se realiza quando a ação lendária se articula com o espaço mágico" (ibidem, 129). A outra, decorrente da primeira, embasa a recriação ficcional no princípio estrutural e originário da ficção: o rito e o mito. Depois de inventariar os padrões medievais que armam a carreira do narrador Riobaldo, coroando-a com um ritual de iniciação e o consequente sacrifício com que ele chega ao comando da chefia, o crítico conclui: "com este último traço nos encontramos em presença não apenas de elementos medievais, mas de certas constantes mais profundas, que estão por baixo das lendas e práticas da Cavalaria e vão tocar no lençol do mito e do rito" (ibidem, p.131).

Os três princípios da poética rosiana levantados por Antonio Candido são concretizados no conto "A menina de lá". O desenho da curva do enredo figurativizado no arco-íris descreve a travessia do "cá" para o "lá", indicando como o "modo irônico" mais próximo do realismo curva-se na reinvenção do "modo romanesco", essencialmente mágico e sobrenatural. Nesse retorno para um plano lendário e primordial da literatura, o conto conforma-se nos mecanismos dos mitos, realizando a passagem do "real" para o "ideal" no rito da morte para a ressurreição apocalíptica. A questão do "avesso" desdobra-se no problema já abordado do "duplo", diferenciando-se a relação trágica entre o "eu" e o "outro" da direção realista e a unificação de *personas* que move a projeção idealista. Nesse jogo de espelhos, mostramos um processo enunciativo reduplicando uma focalização de terceira e outra em primeira pessoa. Da mesma maneira como a personagem principal, ao desvelar no seu *fazer* o fazer poético de um escritor, e ao espelhar no seu desejo o desejo de se situar ao lado dos seus parentes primordiais, reduplica o projeto poético do autor. A duplicação do "eu" em outros "eus" é uma das marcas estruturais do livro *Primeiras estórias*. O primeiro conto do livro e o último amarram-se pela experiência gradativa do mesmo personagem com o simbólico e com o real. O conto do meio, "Espelho", reduplica o "eu" do personagem central, assim como espelha a ligação planejada das duas partes do livro. "Nhinhinha", a personificação da criação oral, terá como contraponto, na conclusão do trabalho, "Brejeirinha", do conto "Partida do audaz navegante", seu par na personificação da escrita.

A vida de "cá" e o mundo de "lá": o circuito de travessias entre o real e o ideal

O circuito traçado pela linha ascensional da narrativa, segundo a visão de Frye, perfaz um itinerário que vai do ponto mais abstrato até a literatura atingir o grau máximo de verossimilhança naturalista, quando se dá o retorno em direção à sua origem mítica. O desenho desse percurso, numa analogia com a pintura, caminha da origem geométrica e estilizada dos desenhos primitivos até o ponto mais alto da representação convincente, quando o problema da ilusão na arte, sintetizado na expressão figurativa, desencadeia o reingresso das relações abstratas. Nessa analogia, a literatura parte, no modo mitológico, do período "mais abstrato e convencionalizado", para chegar, com o naturalismo, no seu ponto máximo de ilusão representativa, que o modo "irônico ou satírico" converte em abstrações por meio do humor e de um olhar retrospectivo. Quando o arco da pintura começa a retroceder, a literatura, fechando a analogia, faz dessa descida ao "inferno" uma forma de atingir o "céu", ou a independência de sua origem abstrata e mítica. Nessa trajetória da pintura, em que se reflete a história da ficção, retrata-se, também, um movimento fundamental no projeto poético de Guimarães Rosa.

Se a ascensão da narrativa é marcada pelo "deslocamento do mito numa direção humana", o seu percurso de retorno, impulsionado pelo valor simbólico de um renascimento apocalíptico, indica a reintegração da experiência humana ao universo mítico. Esse processo realiza-se no conto "A menina de lá", com os fios simbólicos das palavras "bruxa" e "feitiço" tramando a transcendência do advérbio "lá".

O ponto de partida do conto localiza-se no "modo irônico", próximo da margem de "cá" de uma situação realista, em que o herói parece "inferior em poder e inteligência a nós mesmos, de modo que temos a sensação de olhar de cima uma cena de malogro ou absurdez" (Frye, 1973a, p.40). Sob essa aparência inicial olhamos as desproporções físicas da menininha; notamos a postura contrária à de uma criança "normal", estranhamos o seu comportamento, flagramos o contraste de seu mundo com o do universo adulto e, no julgamento apressado, condenamos: "Seria mesmo seu tanto tolinha?". Quando começa a operar-se a reversão dos fatos ("Ninguém tinha real poder sobre ela, não se sabiam suas preferências"), justamente numa inversão de valores entre o mundo infantil e o adulto, o *fazer* da menina (as suas ações maravilhosas e sobrenaturais) passa a superar, ironicamente, em "poder" e "inteligência", os limites humanos delineadores dos demais personagens. É o início da travessia que, impulsionada pelo jogo de inversão do parecer ("milagres", "santa") em ser ("feitiços", "bruxinha"), leva a personagem ao encontro de seus parentes ancestrais. Com a menininha buscando o seu "tempo perdido", a narrativa, por meio de uma estrutura paródica, realiza uma viagem pelos motivos dos *contos de fadas,* deslizando até o outro lado do arco-íris, o lugar ("lá") em que reinam as estruturas primevas dos *contos populares* e *lendas,* na porta de entrada para o universo mítico.

O arco que o conto descreve no giro do modo irônico ao modo mítico configura o percurso de retorno empreendido pela própria ficção, nas voltas de sua história evolutiva. Para se demonstrar a consistência do projeto poético de Guimarães Rosa, dentro desse sistema literário, estabeleceremos um paralelo entre o conto analisado com um texto que faz a rota de um caminho contrário. Indo do "lá" para o "cá", esse "duplo" da "Menina de lá" converte o ideal em real, trazendo o plano lendário para um contexto irônico e próximo das contingências da vida. Na junção dos traçados dessas duas realizações literárias formaliza-se o desenho emblemático do círculo percorrido pela história da narrativa ficcional.

O conto denomina-se "Fita verde no cabelo" (Rosa, 1985) e prenuncia um passeio pela contiguidade de dois parques, que o subtítulo "(Nova velha estória)" evidencia com a intenção paródica do mergulho às estruturas ficcionais antigas. No laço de uma mesma fita, o texto amarra uma *estória* lendária com o nó de uma resolução realista, ligando as extremidades de duas gerações (a neta e a avó) num rito de passagem da inocência à analogia da experiência. Essa travessia da vida para a morte, unindo duas temporalidades na "continuidade dos parques", faz-se pelo caminho da linguagem.

A abertura do conto, com uma indeterminação espacial ("Havia uma aldeia em algum lugar"), desencadeia o impulso lendário, que é bruscamente brecado com o relativismo da dimensão do espaço ("nem maior nem menor"), gerando o contraste entre um andamento lendário e o contraponto realista. Nesse ritmo tensivo, a artimanha do neologismo dá o tom da narração: "com velhos e velhas que velhavam, homens e mulheres que esperavam, e meninos e meninas que nasciam e cresciam". A cadência gerada pelo ritmo e pela rima é desacelerada pela singularização do conteúdo desautomatizado, mas surpreendentemente pragmático, atraindo o leitor a um jogo de afastamento e de aproximação, que quebra a aura do "era uma vez" e a cristalização dos estereótipos lendários dos contos infantis. Esse mecanismo gera um efeito de pragmatismo que reforça a oposição espacial com o movimento temporal: o passado ("lá") da *estória* de "Chapeuzinho vermelho" e o presente (o "cá") da "nova velha estória". Costurando, agora, pelo "avesso", a magia dos contos de fadas é surpreendida pelo pragmatismo de uma ideologia recontextualizada, indiciando uma travessia do ideal para o real: "Daí, que, indo, no atravessar o bosque, viu só os lenhadores, que por lá lenhavam; mas o lobo nenhum, desconhecido nem peludo. Pois os lenhadores tinham exterminado o lobo" (Rosa, 1985, p.81).

Antes da travessia, a menina é singularizada e eleita pela margem de inocência que a separa do mundo de "cá": "Todos com juízo, suficientemente, menos uma meninazinha, a que por enquanto" (ibidem, p.81). Nessa parada temporal prepara-se o destino da provação, tendo como suporte o motivo tradicional da obediência: "Sua mãe mandara-a, com um cesto e um pote, à avó, que a amava, a uma outra a quase igualzinha aldeia" (ibidem). A partida do reino lendário é marcada pela caracterização da inocência da personagem: "Aquela, um dia, saiu de lá com uma fita verde inventada no cabelo". A metáfora da ingenuidade é devidamente emoldurada na indeterminação espácio-temporal: "Fita-Verde partiu, sobre logo, ela a linda, tudo era uma vez" (ibidem).

O deslocamento espacial é o rito de passagem – o "atravessar o bosque" –, que se dá no meio do percurso entre as duas aldeias, separadas pela imprevisibilidade do "quase": "uma outra e quase igualzinha aldeia". Essa duplicidade é ainda idealista, ligada pela fiação de uma espacialidade e uma temporalidade míticas: "A aldeia e a casa esperando-a acolá, depois daquele moinho, que a gente pensa que vê, e das horas que a gente não vê que não são" (ibidem). Mas o jogo do duplo, na costura entre o avesso e o direito do "lá" para o "cá", começa a manifestar-se para instaurar a tensão da ruptura realista. Nesse momento, a travessia já indicia a existência de duas pontes paralelas construídas pela via da linguagem. Assim, contrastando com o "atravessar" pragmático pelo bosque "desencantado", surge o destaque do caminhar inocente da menininha com o grifo da musicalidade: – "V*ou à vovó, com cesto e pote, e a fita verde no cabelo, o tanto que a mamãe me mandou*" (ibidem, p.81).

Do contraste entre as duas pontes ou margens emerge a estrutura paródica – o meio do caminho –, estabelecendo as diferenças entre a "velha" e a "nova estória". Assim, ao percurso conhecido da *estória* antiga, de levar alimentos (doação), já preenchido de leituras e quase saturado na sua esfera significativa, contrapõe-se o percurso novo, de busca ou de aquisição, potencialmente esvaziado e aberto para uma nova significação: "O pote continha um doce em calda, e o cesto estava vazio, que para buscar framboesas" (ibidem). A inversão da estrutura narrativa do passado na recriação do presente desencadeia o jogo irônico entre o *ser* e o *parecer*, fazendo que a travessia "realista" referida anteriormente fique encoberta pelo transe surrealista do plano imaginativo que mobiliza o rito de iniciação. Nessa outra inversão, tomando "o caminho de cá, louco e longo", a menininha, uma espécie de "Alice" no "país do realismo", viaja com o impulso do *parecer* em direção ao *ser*, realizando a travessia por um bosque de motivos e signos "ensandecidos", que frustrará o gesto antigo de doar alimento por meio do encontro cruel com a realidade da morte:

> E ela mesma resolveu escolher tomar este caminho de cá, louco e longo, e não o outro, encurtoso. Saiu, atrás de suas asas ligeiras, sua sombra também vindo-lhe correndo, em pós. Divertia-se com ver as avelãs do chão não voarem, com inalcançar essas borboletas nunca em buquê nem em botão, e com ignorar se cada uma em seu lugar as plebeiínhas flores, princesinhas e icomuns, quando a gente tanto por elas passa. Vinha sobejadamente. (ibidem, p.81)

O ENGENHO DA NARRATIVA E SUA ÁRVORE GENEALÓGICA **467**

Entrando na margem de cá ("Demorou, para dar com a avó em casa, que assim lhe respondeu, quando ela, toque, toque, bateu: – *Quem é?*"), inicia-se a estrutura de diálogo: "– *Sou eu... –* e Fita-Verde descansou a voz. – *Sou sua linda netinha, com cesto e pote, com a fita verde no cabelo, que a mamãe me mandou*". O diálogo prepara a transformação da inocência para a consciência, com a menina atravessando uma porta mágica pelo lado contrário para entrar na realidade da vida: "Vai, a avó, difícil disse: – *Puxa o ferrolho de pau da porta, entra e abre. Deus te abençoe*" (ibidem, p.82). No lugar da espaço aberto e natural do mundo mítico, a menina passa a conhecer um pouco do inferno da vida humana ("A avó estava na cama, rebuçada e só. Devia, para falar agagado e fraco e rouco, assim, de ter apanhado um ruim defluxo") com a sua temporalidade implacável: – *Depõe o pote e o cesto na arca, e vem para perto de mim, enquanto e tempo*" (ibidem). Dentro do inferno do cotidiano, a personagem está preparada para a consumação do rito em que foi enredada: "Mas agora Fita-Verde se espantava, além de entristecer-se de ver que perdera em caminho sua grande fita verde no cabelo atada; e estava suada, com enorme fome de almoço" (ibidem).

A parte final do conto, no presente, realiza o diálogo da vida com a morte. O lobo do mundo lendário, exterminado pela ação predatória do homem, converte-se na metáfora concreta do medo da morte. Nessa trajetória, a menina perde a sua inocência – "sua grande fita verde no cabelo atada" – para encontrar a verdade da condição humana. A ficção, por sua vez, no trabalho poético de Guimarães Rosa, ganha a possibilidade de buscar, nos intrincados caminhos de seu próprio sistema, a conversão do dado imaginário distante na expiação de uma experiência humana próxima e terrível:

> Ela perguntou:
> – "*Vovózinha, que braços tão magros, os seus, e que mãos tão trementes!*"
> – "*É porque não vou poder nunca mais te abraçar, minha neta...*" – a avó murmurou.
> – "*Vovózinha, mas que lábios, aí, tão arroxeados!*"
> – "*É porque não vou nunca mais poder te beijar, minha neta...*" – a avó suspirou.
> – '*Vovózinha, e que olhos tão fundos e parados, nesse rosto encovado, pálido?*'
> – '*É porque já não te estou vendo, nunca mais, minha netinha...*' – a avó ainda gemeu.
> Fita-Verde mais se assustou, como se fosse ter juízo pela primeira vez.

Gritou: – *"Vovózinha, eu tenho medo do Lobo!"*

Mas a avó não estava mais lá, sendo que demasiado ausente, a não ser pelo frio, triste e tão repentino corpo.

Descrevendo uma rota do lá para o cá, o giro desse texto junta-se ao da "Menina de lá", completando um círculo em que se espelha a história da arrativa, num percurso que vai do *modo mítico* ao *irônico* e, desse, ao reingresso às estruturas abstratas de sua origem. O projeto de Guimarães Rosa, ao inscrever-se nas mesmas linhas do sistema artístico que elegeu para as suas criações, só comprova a sua consistência e consciência. O seu universo artístico é o eterno representar, só interrompido naquele momento difícil em que a vida tem que se separar da arte. Momento difícil, ainda mais porque a sua arte é uma forma de fazer a vida revelar-se: "Só uma maneira de interromper, só a maneira da sair – do fio, do rio, da roda, do representar sem fim". ("Pirlimpsique", Rosa, 1981, p.41). Da mesma maneira que seus contos e seus personagens, comporta-se o próprio autor: "E fechou-se-lhe a estrada em círculo" ("João Porém, o criador de perus", Rosa, 1979, p.76).

Uma ciranda de meninas

> *"Quem inventou o formado, quem por tão primeiro*
> *descobriu o vulto de ideias das estórias?"*
> "Uma estória de amor", Guimarães Rosa

Atando a fita verde ao arco-íris da travessia da Menina de lá, alegorizamos o círculo da evolução e do retorno da narrativa. Nessa ciranda de menininhas, podemos incluir as participações de "Maria Euzinha" e de "Brejeirinha", ampliando a roda e movimentando os versos da cantiga popular: "vamos dar a meia volta, volta e meia vamos dar". A personagem Maria Euzinha, do conto "Tresaventuras", do livro *Terceiras estórias*, além de dar continuidade ao processo de alegorização do autor em suas criaturas, representando, numa cadeia de desdobramento, um retrato triádico que se completa no quádruplo da projeção do autor, caracteriza, na sua narrativa, o movimento da "meia volta" da cirandinha. Brejeirinha, outro *alter ego* infantil do escritor, inventando um percurso de "volta e meia" e formando um par com a Menininha de lá, é a poetisa da escrita que traz de volta as *Primeiras estórias*, dentro do projeto poético do autor que trabalha com o número ímpar nos títulos dos livros das ficções menores para formar a unidade dos pares entre as *estórias* (*Primeiras estórias*) ou no desdobramento interno das mesmas (*Terceiras estórias*).

Guimarães Rosa, nos seus contos, parte da matéria bruta regional (o sertão), basicamente das cantigas, das lendas, do folclore e do plano místico da religião, para empreender a travessia da linguagem que aporta na esfera mítica do eterno retorno. Como vimos no conto "A menina de lá", a condução da narrativa é feita a partir do contorno religioso, realizando o plano de transcendência pelos "milagres" que santificam a menina, no final. Paralelamente a esse percurso, pelas oposições entre o místico e o mítico e entre os "milagres" e os "feitiços", desdobrando a "santa" em uma "bruxinha", o conto realiza o mergulho interno pelo universo da literatura, desencadeando a leitura paródica aos contos de fadas. Nessa travessia, o autor transporta o dado regional oral em motivo literário universal, ligando o popular e o erudito pela transformação do mecanismo religioso (milagres) no procedimento mágico da palavra. Essa é a operação de correspondência entre a cultura popular e erudita, formando uma das sínteses do processo poético de Guimarães: transformar o procedimento religioso de fé mística no mecanismo dos mitos, cujo movimento realiza o processo mágico das palavras e de transcendências das invenções narrativas, ressaltando o efeito de uma "fé poética".

Trocando-se o contorno religioso pelo traço da lenda ou do conto folclórico, como é o caso do conto "Tresaventuras", a magia que está embutida na resolução lendária, substituindo a explicação científica ou racional, é transportada para a magia literária com que a ficção realiza a mesma travessia para o mecanismo dos mitos de seu repertório erudito. Por esse caminho regional, religioso, lendário e folclórico, Guimarães Rosa aporta nas raízes do gênero narrativo, recuperando o fio místico do mito sacro, o efeito de verossimilhança da lenda e a primordialidade ficcional do conto popular e folclórico. A análise do conto "Tresaventuras" (Rosa, 1979), ilustrando uma das possibilidades de movimento da ciranda, demonstrará, no seu movimento de travessia pela linguagem, o desdobramento do folclore encontrando o eco das reminiscências arquetípicas do veio mítico encarnado no plano erudito da literatura.

A epígrafe do conto já indica o retorno ao jardim paradisíaco da infância da literatura: "*... no não perdido, no além-passado...*". Para recuperar o "vulto das ideias das estórias", o texto propõe, a partir do título, um caminho tripartite ou de "três aventuras", em que o numeral arábico dará lugar ao prefixo "trans", de "movimento para além de", transpassando as aventuras para o plano da transcendência mítica. Nesse processo de transgressão, o numeral cardinal é desdobrado em frações ("Sua presença não dominava 1/1.000 do ambiente"), recuperando, nessa tensão entre a palavra e o número, a influência arábica que ronda o livro e está presente num dos nomes da menina: "Djim", substantivo dicionarizado como o "nome dado pelos árabes a entidades, benfazejas ou maléficas, superiores aos homens e inferiores aos anjos".[12]

Esse processo de fracionamento, que multiplica o conto em três aventuras, recorta a personagem num retrato de três figuras: "Dja + Iaí + Maria". Como o conto dribla o três e transforma-se numa quarta aventura debitada à decifração do leitor, a unidade idealista dos pares transfigura o retrato no acabamento do quádruplo: a "Maria Euzinha" transformada no "eu" do escritor.

Movimentando o motivo recorrente que se desentranha no conto "Desenredo" ("Ele queria apenas os arquétipos, platonizava", Rosa, 1979, p.39), a menininha, situada no espaço ("Terra de arroz") e no tempo ("Tendo ali vestígios de pré-idade?") da alegoria platônica, representa a essência do mundo das ideias: "Ficava no intato mundo das ideiazinhas ainda". Menor que as anteriores ("Só a tratavam de Dja ou Iaí, menininha, de babar em travesseiro"), a menina vive o estado do sonho prefigurado no interior da caverna: "Esquivava o movimento em torno, gente e perturbação, o bramido do lar – *Eu não sei o quê*. Suspirinhos". Assim, terá que passar pelo rito invertido da luz e da sombra, pois, ao atravessar a porta que a leva ao mundo exterior, a sombra do real desencadeará a "meia volta" do retorno ao plano ideal do mundo interior.

No projeto de passagem da inocência para a experiência, a personagem desdobra-se em várias duplicações como a que está indicada nos olhos que

---

12 Uma primeira abordagem da interação dessas meninas foi feita por Benedito Nunes (1969) no texto "O amor na obra de Guimarães Rosa", do livro *O dorso do tigre*. Vera Novis (1989) realiza um profundo estudo da intertextualidade dos contos das *Terceiras estórias*, no livro *Tutameia: engenho e arte*, e Irene Gilberto Simões (s. d., p.81) retrata, no livro *Guimarães Rosa: as paragens mágicas*, aspectos da ciranda que estamos retomando, apontando, aliás, esse parentesco árabe no nome da personagem.

lembram os da boneca Emília: "A menina, mão na boca, manhosos olhos de tinta clara, as pupilas bem pingadas". O desdobramento se completa na pluralidade dos nomes com que deverá percorrer as provas do rito de iniciação: "De ser, se inventava: – 'Maria Euzinha'... – voz menor que uma trova, os cabelos cacho, cacho" (Rosa, 1979, p.174). Esse ser que se inventa em outros seres ("cachinhos de ouro", como os da fábula e do arrozal), e que sabia rezar entusiasmada e recordar o que valia", guarda no segredo da multiplicidade de personalidades os arquétipos (Narizinho? Alice ou o coelho do *País das maravilhas?*) das personagens infantis: "Via-se e vivia de desusado modo, inquieta como um nariz de coelhinho, feliz feito narina que hábil dedo esgravata" (ibidem).

Opondo-se ao mundo adulto e ao agitar-se da "realidade", a menina permanece na esfera do sonho, embalada pela essência das ideias da caverna: "–*Dó de mim, meu sono?'* – gostava, destriste, de recuar do acordado". Mas, ao sair da sombra para dirigir-se à luz da realidade, no lugar de encontrar a "cópia das ideias" ("Antes e antes, queria o arrozal, o grande verde com luz, depois amarelo ondeante, o ar que lá"), ela encontrará o avesso do ideal, desencadeando-se a "meia volta" do retorno ao plano onírico das lembranças: "Um arrozal é sempre belo. Sonhava-o lembrado, de trazer admiração, de admirar amor" (ibidem). Por acreditar que "lá", no arrozal, reside o espaço mítico do seu mundo encantado e sonhado, a interferência do real estabelecerá a ruptura do seu percurso, com a volta evitando a perda da inocência e afirmando a permanência na crença do mundo puro das ideias.

Instaurando o *querer* ("queria o arrozal") e o *objeto* de desejo da menininha ("o ar que lá") surge o conflito entre uma visão idealista e realista da vida, alicerçado, na narrativa, na oposição entre o ponto de vista infantil e do adulto a respeito do mesmo espaço: o arrozal. Nesse contraste, a perspectiva pragmática do adulto desenha o espaço perigoso e sombrio do mundo desconhecido e proibitivo: "Lá não me levavam: longe de casa, terra baixa e molhada, do mato onde árvores se assombram – ralhavam-lhe; e perigos, o brejo em brenha – vento e nada, no ir a ver...". Na percepção cognitiva da menina, o arrozal representa o mundo encantado da luz e do alto, o espaço mítico e mágico "relembrado" em seus sonhos: "Não dava fé; não o coração. Segredava-se, da caixeta de uma sabedoria: o arrozal lindo, por cima do mundo, no miolo da luz – o relembramento". Formalizado o projeto narrativo (*querer, saber* e *poder*), o desempenho (*fazer*) da personagem institui a transgressão da travessia, em que o encontro com a "realidade" da vida não caracterizará o "pecado do fruto proibido", pois o seu retorno "sem culpa" ao mundo paradisíaco das ideias preservará o estado idealista da inocência: "Tapava os olhos com três dedos – unhas pintadas de mentirinhas brancas – as faces de furta-flor. Precisava de ir, sem limites. Não cedia desse desejo, de quem me dera. Opunha o de-cor de si, fervor sem miudeio, contra tintim de tintim"(ibidem, p.174).

Recuperando aspectos de significação do título da obra (*Tutameia*:[13] "tuta e meia", "quase nada", "pouco dinheiro"), a oposição entre a aparência ou o "falso" valor ("tintim de tintim") e a essencialidade das pequenas coisas ("o de-cor de si, fervor sem miudeio") abre o espaço para as *terceiras estórias*: a travessia da experiência (o sombrio pesadelo) para se resgatar o simulacro em que se aloja o idealismo do mundo das ideias (o dourado ou luminoso do sonho). Da indicação triádica do título, passando pelo gesto dos "três dedos", a travessia estrutura-se no ritual de provação constituído por três etapas. Cada uma das provas estabelecidas pelo irmão, como representante da perspectiva pragmática e proibitiva do adulto, é negada pela contrapartida de uma "reza" apocalíptica, funcionando como um rito de defesa da menina:

> – "*O ror ...*" – falava o irmão, da parte do mundo trabalhoso. Tinha de ali agitar os pássaros, mixordiosos, que tudo espevitam, a tremeter-se, faziam o demônio. Pior, o vira-bosta. Nem se davam do espantalho...
> Dja fechava-se sob o instante: careta por laranja azeda. Negava ver. Todo negava o espantalho — de amordaçar os passarinhos, que eram só do céu, seus alicercinhos. Rezava aquilo. O passarinho que vem, que vem, para se pousar no ninho, parece que abrevia até o tamanho das asas... Devia fazer o ninho no bolso velho do espantalho!
> – "*A água é feia, quente, choca, dá febre, com lodo de meio palmo...*"
> Mas: – "*Não me, não!*" – ela repetia, no descer dos cílios, ao narizinho de rebeldias. Renegava. Reza-e-rezava. A água fria, clara, dada da luz, viva igual à sede da gente... Até o sol nela se refrescava.

---

13 No glossário encerrando o prefácio "Sobre a escova e a dúvida", as nuanças principais do termo *Tutameia* são apresentadas da seguinte maneira: "nonada, baga, ninha, inânias, ossos de borboleta, quiquiriqui, tuta e meia, mexinflória, chorumela, nica, quase nada, *meia omnia*" (Rosa, 1979, p.166).

O ENGENHO DA NARRATIVA E SUA ÁRVORE GENEALÓGICA   **473**

– *"Tem o jararacuçu, a urutu-boi ..."* – que picavam. O sapo, mansinho de morte, a cobra chupava-o com os olhos, enfeitiço: e bote e nhaque...
Iaí psiquepiscava. Arrenegava. Apagava aquilo: avêstoso, antojo. Sapos, cobras, rãs, eram para ser de enfeite, de paz, sem amalucamentos, do modo são, figuradio. E ria que rezava. (ibidem, p.175)

A primeira provação, destacada, como as demais, pelo itálico e o travessão, gira em torno do motivo realista do "trabalho", em que a "analogia da experiência" apresenta a ligação do mundo com o "demônio", associando esse sentido à imagem do "espantalho". Negando a fala do irmão (horror?) e a figura demoníaca, a menina propõe a comunhão no reino da natureza, devolvendo, com o aconchego do bolso do espantalho e a abertura celestial, a liberdade aos pássaros. A segunda prova nega a "água" suja da doença (a que matou Nhinhinha?), convertendo, passo a passo, os adjetivos disfóricos da morte no renascimento da vida. Se, nessa negação, a menina personifica, pelo físico, a "Narizinho", refazendo o feio pela proposta do belo, na terceira, reencarnando a mitológica Psiquê, como uma alegoria da alma, ela transforma a guerra dos animais peçonhentos e mortais no avesso da alegria da vida regida pela "paz".

Rompido o cerco das provações, a personagem dá o primeiro passo da travessia, acreditando que o mundo exterior é a projeção da alma ou da "caverna" interior: "Sempre a ver, rever em ideia o arrozal, inquietinha, dada à doença de crescer" (ibidem, p.175). Decidida ("– 'Hei-de, hei-de, que vou!' – agora mesmo e logo, enquanto o gato se lambia"), a menina sai, guiada pela luz da manhã e seu ideal de "benfazeja" da parte árabe do nome ("Dja"), mas antecedida da companhia de "Iaí", numa inversão do sufixo de diminutivo da linguagem indígena (i-a' i-ai = pequeno) para uma posição de prefixo, indicando, nessa relação entre o geral e o particular, a abertura para o impulso lendário do folclore regional: "Saíra o dia, a lápis vermelho – pipocas de liberdade. Soltou-se Iaí, Dja, de rompida, à manhã belfazeja, quando o gato se englobava" (ibidem). Apesar de tentada a viver a "doença do crescer", a travessia do bosque transmuta uma armadilha naturalista em uma travessia mágica e idealista. Guiado pelos pássaros, o percurso de ida preserva a inocência, não deixando perder a "fita verde no cabelo" atada:

Sus, passou a grande abóboda amarela, os sisudos porcos, os cajus, nus, o pato do bico chato, o pato com a peninha no bico, a flor que parecia flor, outras flores que para cima pulavam, as plantas idiotas, o cão, seus dislates. Virou para um lado, para outro, para o outro — lépida, indecisa, decisa. Tomou direitidão. Vinha um vento vividinho, ela era mimo adejo de ir com intento.

Os pássaros? Na fina pressa, não os via, o passarinho cala-se por astúcia e arte. Trabalhavam catando o de comer, não tinham folga para festejo. Fingiam que não a abençoavam? (ibidem)

O centro da travessia, uma recorrência na obra do autor, passa pela simbologia da "água" e pelo mecanismo do paradoxo (sujo/limpo) que purifica os seres e a linguagem: "E eis que a água!" A poça de água cor de doce de leite, grossa, suja, mas nela seu rosto limpo límpido se formava. A água era a mãe-d'água" (ibidem, p.176). O espelho-d'água em que se depura o rosto da menina reflete a figura lendária da "mãe-d'água". Nesse desdobramento folclórico, a travessia da linguagem capta a imagem distante do arquétipo mítico erudito: Narciso. A travessia da margem regional para o plano universal faz-se pela via da "terceira margem" ou pela ponte da linguagem, num verdadeiro exercício mágico: "Aqui o caminho revira – no chão florinhas em frol – dali a estrada vê a montanha" (ibidem). No "revirar" do caminho, a linguagem revira a palavra flor ("frol"), ligando o gesto anterior do espelhamento na água ao nascimento posterior da flor. Trocando-se a ordem de duas letras da palavra, o autor consegue o movimento metonímico que dá nascimento à lenda (a morte de Narciso gera a flor), reproduzindo o gesto da lenda, que metaforiza na "flor" a permanência do mito. No achado poético de uma resolução metafórica, presentifica-se um dos termos da comparação (Narciso) pela mediação ou transformação da linguagem ("frol"). O movimento gráfico e fonológico dessa proeza poética realiza o raro processo de metaforização verbal com um termo da comparação ausente. A aproximação do distante e ausente (a lenda de Narciso) faz-se pela magia da iconização: "florinhas em frol".

Na travessia pelo ritual da linguagem, o desdobramento da criação ficcional na figura lendária da "mãe-d'água" acaba numa triangulação mítica. Entre a lenda (regional) e o mítico (universal) depura-se o rosto "limpo límpido" da criatura ficcional. Depois de formar o retrato triádico, desfaz-se o par inicial e, pela motivação do lendário, Iaí protagoniza o encontro com a cena trágica da morte e da realidade da vida: "Iaí pegou do ar um chamado: de ninguém, mais veloz que uma voz, ziguezagues de pensamento. Olhou para trás, não-sei-por-quê, à indominada surpresa, de pôr prontos olhos" (ibidem, p.176). A cena realista, indiciada pelo caminho labiríntico ("zigue-zagues"), põe em movimento, no palco rasteiro da terra, as mesmas imagens que Iaí / Psiquê paralisara ou "apagara" na terceira provação: "O mal-assombro! Uma cobra, grande, com um sapo na boca, entrebuchado... os dois, marrons, da cor da terra. O sapo quase já todo engolido, aos porpuxos: só se via dele a traseirinha com uma perna espichada para trás..." (ibidem). A ação de desfazer o círculo da morte cabe ao outro "eu" da menina, "Dja" (o corpo em relação à alma?), que tem o dom "benfazejo" de converter a morte em vida no jogo constante entre o bem e o mal:

> Dja tornou sobre si, de trabuz, por pau ou pedra, cuspiu na cobra. Atirou-lhe uma pedrada paleolítica, veloz como o amor. Aquilo desconcebeu-se. O círculo abrupto, o deslance: a cobra largara o sapo, e fugia-se assaz, às moitas folhuscas, lefe-lefe-lhepte, como mais as boas cobras fazem. De outro lado, o sapo, na relvagem, a rojo se safando, só até com pouquinho pontinho de sangue, sobrevivo. O sapo tinha pedido socorro? Sapos rezam também – por força, hão-de! O sapo rezara. (ibidem)

Separada em corpo e alma (Dja e Iaí) para encenar a duplicação realista (o "eu" e o "outro"), depois de libertar o sapo da cobra, a menina é reintegrada na unidade idealista ("Djaiaí"), reestabelecendo o par formado pela "benfazejazinha": a entidade árabe com o sufixo indígena. Na junção do físico com o espírito (Iaí = "de-cor" + Dja = "ação"), a menina recompõe o "coração" que, ainda palpitando pela violência da cena anterior, ouve o chamamento da mãe: "Djaiaí, sustou-se e palpou-se – só a violência do coração bater. A mãe, de lá gritando, brava ralhava" (ibidem). O corte da cena estabelece a ruptura com o mal, com o real e com a morte, provocando o retorno da "meia volta" para casa: "Volveu. Travestia o garbo tímido, já de perninhas para casa" (ibidem). O retorno impede a conclusão do percurso (sair de casa, atravessar o bosque e chegar ao arrozal), mas preserva a integridade da paisagem sonhada: "E o arrozal não chegara a ver, lugar tão vistoso: neblinuvens. – 'A bela coisa' – mais e mais, se disse, de devoção, maiormente instruída" (ibidem). Assim, o movimento da narrativa, estruturado no percurso que vai do "sonhado" para o "acordado" e, desse, para o "relembrado", não atinge a etapa final, com a tragédia do pesadelo provocando o retorno ao estado onírico das ideias intactas. Dessa maneira, preserva-se o "relembramento" na esfera ingênua do sonho, ou no mundo platônico das ideias.

Em casa, no confronto com a zombaria do irmão, que representa a visão do adulto e, por isso, a duplicação realista do "eu" e do "outro", a menina dá o troco de sua lição, invertendo uma *sanção* negativa em positiva, pelo desmascaramento do irmão (anti-herói) e o mascaramento do "eu" (herói) nos pares nobres do universo lendário e mítico: "Disse ao irmão, que só zombava: – '*Você não é você, e eu queria falar com você ...*' – Maria Euzinha" (ibidem). Na oposição entre o "ele" ("você não é você") e o "eu" (pelos outros "eus" eu sou mais "eu"), a menina termina a sua *estória* sem as aspas do início e completando a formação harmoniosa de seu nome: "– Maria Euzinha". No nome "Maria", com a projeção do narrador, dá-se a integração alegórica do autor ("Euzinha"), unindo a criatura e o criador nesse universo do sonho que abre o espaço da "terceira margem" para a criação de *estórias*, que são fechadas com a chave de ouro da alegria: "Ia dali a pouco adormecer – '*Devagar, meu sono ...*' – dona em mãozinha de chave dourada, entre os gradis de ouro da alegria" (ibidem).

De mãos dadas e alternando-se no início do conto, os dois nomes da menina ("Dja ou Iaí") partem para o ritual da travessia. Nas provações, "Dja" encarrega-se de negar o "espantalho", enquanto "Iaí" arrenega "o jararacuçu, a urutu-boi", desdobrando a unidade em corpo (Dja = Narizinho) e alma (Iaí = Psiquê). Reintegrada no par ("Iaí, Dja"), a menina atravessa o bosque, multiplicando-se, no espelho d'água, na entidade lendária ("mãe-d'água") e mítica ("Narciso"). Com o corte da cena realista, "Iaí" (alma) pressente o chamamento, enquanto "Dja" (corpo) executa a ação do desenlace da morte, restabelecendo o equilíbrio idealista. Reintegrada na unidade do nome ("Djaiaí"), no final, a menina dá a "meia volta" do retorno para casa, preservando a ideia "relembrada" do arrozal. Pelo desmascaramento do "outro" (o irmão), a personagem reencontra a harmonia de sua identidade no par que aproxima o "eu" de uma entidade cristã ("Maria Euzinha"), por meio do qual o criador projeta-se no processo da criação: "Euzinha".

Pelo mecanismo fracionário indiciado no início, os nomes da menina refratam-se num amplo leque binário que liga, pelo polo do "Dja", o oriental, o universal, o externo e o físico ao ocidental, ao nacional, ao interno e psíquico do lado de "Iaí". Esse processo de duplicação gera a intermediação de um outro elemento, sedimentando o jogo binário na estrutura ternária que rege

O ENGENHO DA NARRATIVA E SUA ÁRVORE GENEALÓGICA   **477**

o conto: unindo o corpo e a alma do par formado por "Dja" e "Iaí" surge, pelo desdobramento físico, a imagem de "Narizinho" e, no espelhamento do espírito, o arquétipo de "Psiquê". O desdobramento lendário do "eu" em "mãe-d'água" termina no vértice mítico de "Narciso". A integração cristã do "eu" em "Maria", desencadeada pelo recorrência e variação da palavra "reza", possibilita a projeção alegórica do criador ("Euzinha") e de sua "fé poética". Nesse processo "sagrado" de "multiplicação" dos pães" (arrozal), espelha--se o mecanismo mágico e poético de multiplicação dos "eus", com que o criador estabelece uma estrutura triádica para a abertura do espaço lírico de integração de suas criaturas (personagens) e de suas criações (*estórias*). Assim como entre as *primeiras* e as *terceiras estórias* realiza-se o processo idealista de integração entre as personagens e as narrativas, a reduplicação do dois termina numa harmonia quaternária: uma "quarta" *estória* atravessando a "tresaventura". Nessa quarta *estória*, por meio dos pares e triângulos explícitos (Dja, Iaí e mãe d'água) revela-se os pares e as triangulações implícitos (Narizinho, Psiquê e Narciso). No par escondido entre o corpo e a alma desvela-se a presença de Narizinho e Psiquê, enquanto o par formado pelo jogo entre o ficcional ("eu") e o lendário (mãe d'água) deságua no nascimento mítico de Narciso. O triângulo ficcional, lendário e mítico dá entrada ao quádruplo do criador que, reduplicando o "eu" no lendário, completa o arquétipo de Narciso com o "eu" do escritor. Nessa quarta via de travessia revela-se um pouco do processo de criação poética do autor que, por sua vez, reflete os percursos internos de sua aventura pelas "veredas" da literatura.

"Eu sei por que é que o ovo se parece com um espeto!"

> "*O caracol sai ao arrebol.*"
> "Sobre a escova e a dúvida", Guimarães Rosa

O título desse item conclusivo é a incógnita que forma a equação do conto "Partida do audaz navegante" (Rosa, 1981). Enquanto no estudo anterior desenvolvemos uma abordagem que propiciasse a transcrição integral do texto, privilegiando os detalhes nos passos da estrutura composicional, estabeleceremos, agora, um corte para destacarmos o movimento circular de uma "volta e meia", seguindo o verso da cantiga. No giro desse movimento proporemos uma decifração do enigma, fixando-nos no "esqueleto algébrico" da "anedota de abstração", conforme Guimarães Rosa concebe uma *estória* ficcional e explica aspectos do seu processo inventivo no prefácio "Aletria e hermenêutica" das *Terceiras estórias* (Rosa, 1979, p.3). Funcionando como a conclusão do livro, o paradoxo do "ovo" e do "espeto" liga o fim ao início do estudo, à medida que alegoriza a história da narrativa, que se concebeu cíclica, mas encontrou a sua forma de manifestação na contiguidade da linha.

O conto estrutura-se entre dois momentos de chuva, relevando a paragem aberta pelo intervalo da estiagem. A sua primeira margem é formada pelo espaço interno da casa: "Meia-manhã chuvosa entre verdes: o fúfio fino borrifo, e a gente fica quase presos, alojados, na cozinha ou na casa, no centro de muitas lamas" (Rosa, 1981, p.100). A roda instituída pelo "fogo familiar" da cozinha constela as personagens principais: a mãe ("Mamãe, a mais bela, a melhor"), as três filhas ("Suas meninas dos olhos brincavam com bonecas. Ciganinha, Pele e Brejeirinha – elas brotavam num galho") e o menino ("Só o Zito, este, era de fora; só primo"). Apesar do controle da mãe, uma espécie de fada adulta, a rotação do conto é determinada pela movimentação de Brejeirinha: "Da Brejeirinha, menor, muito mais. Porque Brejeirinha, às vezes, formava muitas artes" (ibidem).

Funcionando como um desencadeador de isotopias, a palavras "artes" alavanca as duas vias principais de leituras: a da "brejeirice" da menina, que é suplantada pelo fazer artístico da "poetista". Por esse viés metalinguístico, puxando os motivos da alfabetização e da escrita, Brejeirinha forma a alegoria do par lírico com sua parenta menor e representante da oralidade, a Menina de lá. A partir do paralelismo gerado pela ambiguidade da palavra "artes", o conto desenvolve uma série de relações paralelas formadas entre os pares de personagens da *estória*.

Pele e Brejeirinha, enlaçadas pelo conflito entre o misticismo da primeira e a crença literária da segunda, encenam um duelo à parte. Além das peraltices e brincadeiras, Brejeirinha "ocupa-se com uma caixa de fósforos", enquanto Pele, num fazer pragmático, junta, mecanicamente, o ingrediente da superstição e da reza ao suspiro que está batendo para o bolo preparado pela mãe: "Decerto, porém, Pele rezara os dez responsos a Santo Antônio, tão quanto batia os ovos. Porque estourou manso o milagre" (ibidem, p.103). Numa guerra de palavras, desencadeada pela pergunta insólita de Brejeirinha, o vocábulo "ler" ocupa o centro do conflito: "– *Sem saber o amor, a gente pode ler os romances grandes?*". Provocada pela irmã sobre o fato de saber ou não ler, Brejeirinha responde: "– *É, hein? Você não sabe ler nem o catecismo...*". Em seguida argumenta: "– *Engraçada!... Pois eu li as 35 palavras no rótulo da caixa de fósforos...*". Depois vence o duelo pelo "milagre" da resolução artística que uma *estória* inventada pode desempenhar: "Pele levantou a colher: – '*Você é uma analfabetinha aldaz'. – 'Falsa a beatinha é tu!*' – Brejeirinha se malcriou. – '*Por que você inventa essa história de tolice, boba, boba?*' – e Ciganinha se feria em zanga. – '*Porque depois pode ficar bonito, uê!*'" (ibidem, p.102).

A interferência de Ciganinha, nesse conflito explícito, desencadeia um novo par relacional. Antes, porém, é preciso remexer na guerrinha estabelecida para se desentranhar um sentido escondido: da mesma maneira que o milagre dos "responsos" gera a consistência do suspiro do bolo, a magia da palavra representa a "colher" que opera o "milagre" da transformação literária. No amálgama dos ingredientes místico e mítico, o "ovo" que está sendo batido para o bolo entra em correspondência com o *leitmotiv* de Brejeirinha, deslocando o conflito para o plano das invenções da poetisa que, ao compor as suas *estórias*, acaba formalizando uma "receita" literária: "*Eu sei porque é que o ovo se parece com um espeto!*". O seu "bolo" ou produto artístico ganhará consistência no intervalo da chuva, com os ingredientes regionais e o sopro poético da invenção construindo o navio do "audaz navegante", por meio do qual se alegoriza um processo de construção de mais uma *estória* de amor.

Da mesma maneira que Ciganinha se aproxima das "artes" de Brejeirinha, Zito, o seu parceiro romântico, é instigado pela menina a participar de seu mundo mágico: "Porque gostava, poetista, de importar desses sérios nomes, que lampejam longo clarão no escuro de nossa ignorância" (ibidem, p.101). Nesse par amoroso é que reside o conflito fundamental da narrativa. Os dois estão separados, e a interferência de Brejeirinha produzirá a reconciliação, ao mesmo tempo que a sua intervenção artística formaliza o caminho da reinvenção de uma *estória* de amor. No desenvolvimento desse projeto narrativo, Brejeirinha, que sabe ler mas não tem uma experiência amorosa, deverá buscar um *saber* sobre o amor para preencher o desejo de reconciliação de Ciganinha, que tem o saber amoroso, mas falta-lhe a "sabedoria" da leitura dos romances: "Ciganinha lia um livro: para ler ela não precisava virar página" (ibidem).

No jogo imaginativo da ficção dentro da ficção, o intervalo que se abre entre o universo dos "livros" ("romances") e o plano da "realidade" das personagens forma o espaço de atuação de Brejeirinha, que operacionaliza a ligação mágica entre os arquétipos da literatura erudita com as invenções de suas *estórias* orais. Ao dar vida aos motivos literários da escrita pelo mecanismo dos ingredientes de seu universo, a menininha realiza os sonhos e carências das criaturas no plano das personagens. No intervalo entre a "gramática" da ficção adormecida no repertório da literatura e as invenções das falas sem coersão da poetisa, representa-se a sintaxe que movimenta as *estórias* de Guimarães Rosa, com a alquimia da matéria oral e regional operando o "milagre" da transcendência universal.

A ligação entre os dois universos é indicada na manifestação da norma culta do título ("audaz"), que a atualização das falas da menina transforma na *estória* do "aldaz navegante". O fio desse motivo literário (uma aventura marítima buscando uma *estória* de amor) revela o esqueleto algébrico do projeto narrativo: ligar o longe e o perto das *estórias* pela magia da interação entre o particular e pequeno (o rio) e o geral e extenso (o mar). Para montar essa equação "aquática", o autor vale-se da incógnita do "ovo" e do "espeto", chegando à resolução do problema da navegação literária pelo "farol" do fogo do fósforo.

A incógnita surge ligada à briga entre Ciganinha e Zito, em que a ameaça do último de ir-se embora desencadeia o percurso da solução do problema: "Brejeirinha pulou, por pirueta. – '*Eu sei porque é que o ovo se parece com um espeto!*' –; ela vivia em álgebra. Mas não ia contar a ninguém" (ibidem). Montado o enigma, o seu segredo está ligado ao "ser" da menininha ("Brejeirinha é assim, não de siso débil; seus segredos são sem acabar"), da mesma maneira que a decifração exige a investigação de seus passos e pensamentos: "Tem porém infimículas inquietações: – '*Eu hoje estou com a cabeça muito quente ...*' – isto, por não querer estudar" (ibidem). Ao expressar o que não quer (estudar), Brejeirinha revela o seu *querer* (o meio) para atingir o fim (conhecer os segredos do amor): "Então, ajunta: – '*Eu vou saber geografia*'. Ou: '*Eu queria saber o amor*' ..." (ibidem). Assim, monta-se a estrutura do projeto narrativo: o *querer* (saber geografia), o *saber* (saber o amor) e o *fazer*: realizar uma *estória* de amor (objeto) com o *valor* particular de reconciliação e o sentido geral de união entre o regional e o universal, com a volta ao mundo ligando a "partida do audaz navegante" à chegada do "aldaz navegante".

O ENGENHO DA NARRATIVA E SUA ÁRVORE GENEALÓGICA   481

Ainda de manhã, "debaixo de chuva que chuva", Zito, "controversioso – culposo, sonhava ir-se embora, teatral", quando a menininha ("Mas Brejeirinha tinha o dom de apreender as tenuidades: delas apropriava-se e refletia-as em si – a coisa das coisas e a pessoa das pessoas.") começa a montar a sua *estória*: *"– Zito, você podia ser o pirata inglório marujo, num navio muito intacto, para longe, lo-õ-onge no mar, navegante que o nunca-mais, de todos?"* (ibidem, p.102). Funcionando como o fator de transformação da narrativa, a proposta de Brejeirinha repercute em todos os figurantes: "Zito sorri, feito um ar forte. Ciganinha estremecera, e segurou com mais dedos o livro, hesitada. Mamãe dera a Pele a terrina, para ela bater os ovos" (ibidem). A versão "negativa" da *estória*, contada dentro de casa, sob o peso da chuva, é a projeção sombria da separação de uma partida sem volta, que terá a sua contrapartida luminosa encenada no intervalo da chuva, na recriação sucessiva desse motivo prototípico:

> Mas Brejeirinha punha mão em rosto, agora ela mesma empolgada, não detendo em si o jacto de contar: – **"O Aldaz Navegante, que foi descobrir os outros lugares valetudinário. Ele foi um navio, também, falcatruas. Foi de sozinho. Os lugares eram longe, e o mar. O Aldaz Navegante estava com saudade, antes, da mãe dele, dos irmãos, do pai. Ele não chorava. Ele precisava respectivo de ir. Disse:** – "Vocês vão se esquecer muito de mim?" **O navio dele, chegou o dia de ir. O Aldaz Navegante ficou batendo o lenço branco, extrínseco, dentro do indo-se embora do navio. O navio foi saindo do perto para o longe, mas o Aldaz Navegante não dava as costas para a gente, para trás. A gente também inclusive batia os lenços brancos. Por fim, não tinha mais navio para se ver, só tinha o resto de mar. Então, um pensou e disse:** – "Ele vai descobrir os lugares, que nós não vamos nunca descobrir..." **Então e então, outro disse:** – "Ele vai descobrir os lugares, depois ele nunca vai voltar..." **Então, mais, outro pensou, esférico, e disse:** – "Ele deve de ter, então, a alguma raiva de nós, dentro dele, sem saber..." **Então, todos choraram, muitíssimos, e voltaram tristes para casa, para jantar...** (ibidem)

O corte da estiagem, no momento em que "estoura o milagre" do suspiro ("O céu tornava a azul?"), divide a narrativa ao meio, fazendo que as varetas encobertas da primeira parte armem, no percurso de ida até o riacho, o arco estrutural de um guarda-chuva. O corte no processo natural da chuva gera uma singularização temporal, preparando o espaço mágico das transformações narrativas. Nesse espaço forma-se o palco da segunda parte do conto, caracterizando a "meia volta" que se acrescenta ao giro "esférico" do "aldaz navegante": "Se a gente se virava, via-se a casa, branquinha com a lista verde-azul, a mais pequenina e linda, de todas, todas" (ibidem, p.103).

A abertura da estiagem impulsiona as ações "benfazejas" da mãe e da filha: "a dela era uma voz de vogais doçuras". Enquanto a mãe, a fada maior, sai para visitar "a mulher doente do colono Zé Pavio", Brejeirinha, a fada menor, acende o pavio de sua *estória* de reconciliação: "Então, pediu-me a licença de ir espiar o riachinho cheio" (ibidem, p.103). O par formado pela "profetisa" e a "poetisa" acaba reduplicando os demais arranjos da narrativa, pois o conflito de crenças aproxima Pele e Brejeirinha, ao mesmo tempo que a briga amorosa junta Zito e Ciganinha: "A ir lá, o caminho primeiro subia, subvexo, a ladeirinha do combro, colinola. Tão mesmo assim, os dois guarda-chuvas. Num – avante – Brejeirinha e Pele. Debaixo do outro, Zito e Ciganinha" (ibidem). Sob a proteção dos guarda-chuvas (um desdobramento imagético da alegoria do "ovo" e do "espeto"), os pares caminham para a resolução dos conflitos, pois o arco idealista já está armado com a permissão do passeio ("Mamãe deixava, elas não eram mais meninas de agarra-a-saia"), foi preparado com as devidas recomendações ("não se esquecerem de não chegar perto das águas perigosas"), tem a proteção do mais velho ("Se o Zito não seria, próprio, essa pessoa de acompanhar, um meiozinho-homem, leal de responsabilidades?") e é coroado com a bênção da mãe: "– *Vão com Deus!* – Mamãe disse, profetisa, com aquela voz voável. Ela falava, e choviam era bátegas de bênçãos. A gentezinha separou-se" (ibidem).

Sob o véu idealista, o transcurso do passeio indicia, com as "falas" e "artes" da Brejeirinha, opondo-se ao comportamento silencioso dos namorados, o rumo da narrativa: "No transcenso da colineta, Zito e Ciganinha calavam-se, muito às tortas, nos comovidos não falares. Sim, já se estavam em pé de paz, fazendo sua experiência de felicidade; para eles, o passeio era um fato sentimental" (ibidem). Como o par romântico é o beneficiário da *estória* de Brejeirinha, a elaboração da mesma começa a unir, pelo caminho, os ingredientes necessários para a "receita" literária. Primeiro, a matéria: "*o bovino – altas rodelas de esterco cogumeleiro*". Depois, o impulso da provocação determinando o esqueleto que forma o padrão da biografia-busca de uma *estória* de amor: "Pele ainda ralhou: – *Você vai buscar um audaz navegante?*" (ibidem, p.104). No lugar da "terrina" dos suspiros, o espaço literário é o riachinho: "O que queria, aqui, era a pequena angra, onde o riachinho faz foz". Brejeirinha não quer o "rio grossoso", nem o mar: "Porém, o fervor daquilo impunha-lhe recordações, Brejeirinha não gostando do mar: – *O mar não tem desenho. O vento não deixa. O tamanho...*" (ibidem). Com o suporte da geografia dos detalhes do riachinho e com o movimento do bater das águas, Brejeirinha trabalha o seu "bolo" literário povoando o rio de "peixes" e "jacarés" imaginários, negando, numa relação implícita, os habitantes do mar (**"Zito, tubarão é** desvairado, **ou é** explícito **ou** demagogo?"), ao mesmo tempo que desqualifica, explicitamente, a falta de imaginação da irmã: "Falou que aquela, ali, no rio, em frente, era a Ilhazinha dos Jacarés. – **'Você já viu jacaré lá?'** – caçoava Pele. – **'Não. Mas você também nunca viu o jacaré-não-estar-lá. Você vê a ilha, só. Então, o jacaré pode estar ou não estar...'**" (ibidem).

Com o "bolo" preparado, inicia-se o "cozimento" com o fogo da imaginação trazendo o longínquo "vulto de ideia das estórias" para perto, no jogo de transformação em que a recriação ficcional encontra a sua identidade na "originalidade" do passado. Por isso, como "não mais chuviscava" e "o dia estava muito recitado", Brejeirinha aproveita o afastamento de Pele e convida Ciganinha e Zito para ouvirem a nova versão de sua *estória* inventada:

> – **"O Aldaz Navegante não gostava de mar! Ele tinha assim mesmo de Partir? Ele amava uma moça, magra. Mas o mar veio, em vento, e levou o navio dele, com ele dentro, escrutínio. O Aldaz Navegante não podia nada, só o mar, danado de ao redor, preliminar. O Aldaz Navegante se lembrava muito da moça. O amor é original...**" (ibidem, p.105)

Estabelecido o contato com o espelho do passado, o motivo do afastamento dos amantes, desencadeado pela tragicidade do mar, reverte-se, na terra, na aproximação dos namorados: "Ciganinha e Zito sorriram. Riram juntos" (ibidem). O impulso dessa aproximação traz de volta a incrédula irmã, cuja provocação (**"– Nossa! O assunto ainda não parou? –** era Pele voltada, numa porção de flores se escudando") motiva a continuidade do processo inventivo da *estória* do "aldaz navegante": "Brejeirinha careteou um '**ah!**' e quis que continou" (ibidem). O giro do retorno à "singularidade" do passado terá como desdobramento a transformação no presente, por meio da qual Pele também passará a viajar na aventura da ficção:

484 SÉRGIO VICENTE MOTTA

– "Envém a tripulação... Então, não. Depois, choveu, choveu. O mar se encheu, o esquema, amestrador... O Aldaz Navegante não tinha caminho para correr e fugir, perante, e o navio espedaçado. O navio perambolava... Ele, com medo, intacto, quase não tinha tempo de tornar a pensar demais na moça que amava, circunspectos. Ele só a prevaricar... O amor é singular..." (ibidem)

No passo dado para a embarcação na *estória* (**"Envém a tripulação"**) representa-se a entrada dos figurantes da reinvenção no "navio" literário do passado. Da mesma maneira, o despedaçamento do navio arquetípico ilustra o processo de desconstrução dos motivos eruditos para a reconstrução das *estórias* orais. Nesse processo, Guimarães Rosa apresenta o seu movimento criativo, amalgamando o "esquema amestrador" à variação regional, por meio de um projeto poético que converte o mundo sombrio da tragédia na iluminação lírica de uma *estória* de integração. A conversão da tristeza em alegria, ou da fé religiosa em poesia, faz-se pelo ritual de transformação operado no terreno da linguagem, ou pelos caminhos de travessia por dentro das *estórias* recriadas. Por isso, a oposição entre Pele (que é religiosa e está entrando na *estória*) e Brejeirinha impulsiona o desdobramento final da narrativa. Nesse jogo representa-se aquilo que é externo e interno na narrativa. Por isso, a intervenção de Pele, com o irônico e irritante "**E daí?**", ao mesmo tempo que busca a plausibilidade e a coerência externa no fechamento da *estória*, quer ver a Brejeirinha perder-se na vertigem dramática do redemoinho de sua criação:

– E daí?
– "A moça estava paralela, lá, longe, sozinha, ficada, inclusive, eles dois estavam nas duas pontinhas da saudade... O amor, isto é... O Aldaz Navegante, o perigo era total, titular... não tinha salvação... O Aldaz... O Aldaz..." (ibidem)

A salvação de Brejeirinha e da sua *estória* dá-se pela solução mágica do final feliz, que recupera, pela "luz do farol", a imagem lírica do "fósforo" apresentada no início do conto. Por esse percurso, que vai do externo da caixa, passando pela travessia das "35 palavras do rótulo", chega-se ao segredo que estava guardado na potencialidade do risco do fósforo. Ao acender, com o fósforo, a luz do farol, a menininha revela a "varinha mágica" com que o autor resolve as aparentes incongruências dispersas pelos meandros de suas *estórias*. Na iluminação desse mesmo "pavio", o caminho da perdição trágica ("– **Sim. E agora? E daí?** – Pele intimava-a".) transforma-se na rota que leva ao encontro da solução feliz: "– **Ai? Então... então... Vou fazer explicação! Pronto. Então, ele acendou a luz do mar. E pronto. Ele estava combinado com o homem do farol... Pronto. E..."** (ibidem, p.105). A reta traçada no caminho d'água para a luz (fogo) provoca o questionamento de Pele ("– **Na-ão. Não vale! Não pode inventar personagem novo, no fim da estória, fu!**"), ao mesmo tempo que essa "iluminação súbita" opera o processo epifânico de integração da personagem na continuidade da invenção: "**E – olha o seu 'aldaz navegante', ali. É aquele..."** (ibidem).

A partir da quinta versão da *estória*, o longe aporta na margem do regional. No processo criativo que envolve sete etapas, as duas últimas fases encadearão o giro da "volta ao mundo" pelo rio que nasce no sertão e deságua no mar em que navega a tripulação do passado literário. O encontro do "lá" (mar) com o "cá" (rio) passa pela intermediação do "farol", fazendo que a imagem esférica do mundo cruze com a verticalidade do farol e do fósforo, o que dá nova concretude à alegoria do "ovo" e do "espeto". Nessa instância alegórica, o "navio" e o "aldaz navegante" metaforizam-se, respectivamente, no "esterco bovino" e no "cogumelo", e a *estória* passa a ser recriada com os componentes regionais. Na passagem da "invenção" para a "encenação", o paradoxo que une o circular ao retilíneo formaliza-se no jogo imagético do novo "navio" ou da "estória" em que todos embarcam:

> Olhou-se. Era: aquele-a coisa vacum, atamanhada, embatumada, semi-ressequida, obra pastoril no chão de limugem, e às pontas dos capins-chato, deixado. Sobre sua eminência, crescera um cogumelo de haste fina e flexuosa, muito longa: o chapeuzinho branco, lá em cima, petulante se bamboleava. O embate e orla da água, enchente, já o atingiam, quase. (ibidem, p.106)

Com a natureza fornecendo a imagem do paradoxo que sustenta o conto há uma integração do mundo natural com o da imaginação. A união da terra com a água da enchente funciona como o plano mineral sobre o qual são superpostas as camadas dos reinos animal ("obra pastoril") e vegetal (o cogumelo). Nessas camadas de elevação, a alegoria construída com materiais regionais adquire a forma esférica da base, completa-se com a haste do cogumelo, formando o "bolo" (texto) literário que ganha vida com o "pavio"

486 SÉRGIO VICENTE MOTTA

(luz) da criação. Com o "bolo" montado pelas camadas superpostas dos três reinos, chega o momento de confeitá-lo: "Brejeirinha fez careta. Mas, nisso, o ramilhete de Pele se desmanchou, caindo no chão umas flores. – **'Ah! Pois é, é mesmo!'** – e Brejeirinha saltava e agia, rápida no valer-se das ocasiões" (ibidem).

A sexta parte da confecção da *estória* reúne uma série de relações. Correspondendo ao "suspiro" do bolo inicial, as flores colhidas por Pele funcionam como o elemento básico da cobertura do novo bolo, substituindo o açúcar pelo arranjo artístico das formas e cores fornecidas pelos ingredientes naturais. No gesto de doação de Pele com a integração da criatividade de Brejeirinha, o bolo alcança a dimensão da transformação poética: a expressão destacada **"Ah! Pois é, é mesmo!"**. Essa expressão, pela sua semelhança e função na *estória*, retoma o enigma da busca da poesia que move a travessia de Grivo na novela "Cara-de-bronze", lembrando a fala do vaqueiro Adino ("Aí, Zé, opa!"), que segreda, no seu significado disfarçado no anagrama a chave das *estórias* de Guimarães Rosa: "a poesia!" (cf. Rosa, 1978, p.126). Nesse sentido, a sexta etapa do processo criativo representa, na articulação do projeto inventivo do autor, a busca da essencialidade da poesia pela via dos movimentos da prosa. Esse processo de transformação é ilustrado pelo *fazer* artístico de Brejeirinha, que opera a magia da integração de todas as personagens:

> Apanhara aquelas florinhas amarelas-josés-moleques, douradinhas e margaridinhas – e veio espetá-las no concroo do objeto. **'Hoje não tem nenhuma flor azul?'**– ainda indagou. A risada foi de todos, Ciganinha e Zito bateram palmas. – **'Pronto. É o Aldaz Navegante...'** — e Brejeirinha crivava-o de mais coisas-folhas de bambu, raminhos, gravetos. Já aquela matéria, o 'bovino', se transformava. (Rosa, 1981, p.106)

O navio construído a partir dos fenômenos da natureza (chuva, enchente) e com seus materiais (cogumelo, flores) parece desafiá-la: "Deu-se, aí, porém, longe rumor: um trovão arrasta seus trastes. Brejeirinha teme demais os trovões. Vem para perto de Zito e Ciganinha. E de Pele" (ibidem). Nessa manifestação da natureza, que originará o impulso para o navio navegar, ao contrário de um índice trágico, pode-se ver um processo mais abrangente de integração do regional ao plano simbólico de uma dimensão cosmológica, pelo trabalho da intermediação da linguagem e pela força da criatividade ficcional. A título de curiosidade, há uma expressão popular que, aliada à imagem do excremento bovino e seu cogumelo, pode ter motivado o engendramento do conto: "esterco-de-trovão".[14] Por esse ângulo de visão, da mesma maneira que na expressão regional, o ronco do trovão desencadeia a renovação da alegoria construída, que passa a ser traduzida em linguagem como a sexta versão da *estória*. Depois da interferência de Pele ("**Então? A estória não vai mais? Mixou?**"), Brejeirinha reapresenta a narrativa oral com o acabamento da escrita:

> – "**Então, pronto. Vou tornar a começar. O Aldaz Navegante, ele amava a moça, recomeçado. Pronto. Ele, de repente, se envergonhou de ter medo, deu um valor, desassustado. Deu um pulo onipotente... Agarrou, de longe, a moça, em seus abraços... Então, pronto. O mar foi que se aparvolhou-se. Arres! O Aldaz Navegante, pronto. Agora, acabou-se, mesmo: eu escrevi – 'Fim'!**". (ibidem)

Na travessia da oralidade à escrita opera-se a transformação do movimento trágico na resolução idealista de uma *estória* de amor. No impulso dessa magia, o "objeto" de linguagem inicia o seu percurso de navegação: "De fato, a água já se acerca do 'Aldaz Navegante', seu primeiro chofre golpeava-o. – '**Ele vai para o mar?**' – perguntava, ansiosa, Brejeirinha" (ibidem). Enquanto isso, na terra, o desdobramento alegórico amarra o último nó da reconciliação: "Segredando-se, Ciganinha e Zito se consideram, nas pontinhas da realidade. – **Hoje está tão bonito, não é? Tudo, todos, tão bem, a gente alegre... Eu gosto deste tempo...**" (ibidem). Completando a fala de Zito, Ciganinha responde: "E: – **Se Deus quiser, eu venho... E: — Zito, você era capaz de fazer como o Audaz Navegante? Ir descobrir os outros lugares? E: – Ele foi, porque os outros lugares são mais bonitos, quem sabe?...** (ibidem). A conclusão da *estória* dá-se com o arremate do narrador: "Eles se disseram, assim eles dois, coisas grandes em palavras pequenas, ti a

---

14 No *Novo Dicionário de Língua Portuguesa*, de Aurélio Buarque de Holanda Ferreira, encontra-se: **Esterco de Trovão**. *S.m.Br., AL*. Entre os matutos, a mica ou malacacheta, a qual, após as trovoadas acompanhadas de aguaceiros, lavada pelas águas do enxurro e rebrilhando ao sol, dá a impressão de haver sido recém-depositada no solo.

mim, me a ti, e tanto. Contudo, e felizes, alguma outra coisa se agitava neles, confusa-assim-rosa-amor-espinhos-saudade" (ibidem, p.107).

Os núcleos de *estórias* sintetizados na expressão "rosa-amor-espinhos--saudade" estão no centro da poética rosiana. As pontas dos "espinhos" e da "saudade" entram como os aspectos tensivos na configuração de sua "poesia", que gira em torno de uma *estória* de amor: "rosa-amor". Nessas *estórias*, o autor projeta o seu processo criativo nas "artes" de suas criaturas, que buscam, na integração do regional com o universal, uma aventura por dentro dos caminhos da literatura. Essa aventura descreve o percurso do perto (rio) para o longe (mar), em que o regional se desdobra nos "outros lugares mais bonitos" que são as paragens arquetípicas em que vivem os parentes ancestrais da grande família da literatura ficcional. Nessa viagem, Brejeirinha, como o *alter ego* do autor, reencarna o passado mítico, representando o dom arquetípico do lendário Cupido. Buscando a magia do componente temporal do princípio da forma romanesca, Guimarães Rosa reencontra o caminho do mito e projeta a sua invenção ficcional no plano lendário dos contos de fadas. Na alegoria do Cupido, o autor se vale da representação infantil para tecer uma *estória* de amor integrando o seu processo de criação à sabedoria entesourada na tradição.

Numa viagem semelhante à da Menina de lá, que morre para reencontrar os seus parentes já mortos, a última sequência narrativa do conto movimenta a partida do "Aldaz Navegante", trocando-se a ponte do arco-íris pela via marítima da "circunavegação" que levará, por meio da alegoria da invenção literária, "o recado" composto na margem de um rio brasileiro, nascente na "terrestreidade" do sertão: "Mas, o 'Aldaz Navegante', agora a água se apressa, no vir e ir, seu espumitar chega-lhe já re-em-redor, começando a ensopação. Ei-lo circunavegável, conquanto em firme terrestreidade: o chão ainda o amarrava de romper e partir" (ibidem, p.107). Ao desprender-se do chão, o invento ganha os últimos arranjos, no trabalho conjunto de todas as mãos: "Brejeirinha aumenta-lhe os adornos. Até Ciganinha e Zito pegam a ajudar. E Pele. Ele é outro, colorido, estrambótico, folhas, flores" (ibidem). Quando o navio fica pronto para partir e "descobrir os outros lugares", como no conto "A menina de lá", as demais personagens, embora sejam crianças, assustam-se diante da proposta mais radical de Brejeirinha de mergulhar da ficção à "terceira margem" do mítico: "**– Ele vai descobrir os outros lugares... – Não, Brejeirinha, não brinca com coisas sérias! – Uê? O quê?**"

(ibidem). Temendo o pacto da morte com o "cá", que desencadeia o renascimento poético na margem mítica do "lá", a situação é contornada com a proposta do "recado", por meio da qual o "navio" fará a sua viagem "circunavegável" e os personagens permanecerão na margem do "cá", formalizando, na volta do navio e na meia volta da casa até o riacho, o transcurso da "volta e meia" composto pelo recado e o arco do conto: "Então, Ciganinha, cismosa, propõe: '**Vamos mandar, por ele, um recado?**' Enviar, por ora, uma coisa, para o mar" (ibidem).

Aceita a proposta de Ciganinha, com o complemento criativo de Brejeirinha, cada um dos personagens sela o seu contrato como participante do recado marítimo, que reduplica, numa dimensão menor, o motivo desenvolvido na novela "O Recado do Morro". Assim, metonimicamente, por meio dos objetos de doação, os personagens partem com o "Aldaz Navegante" na aventura da ficção que leva ao redescobrimento dos lugares míticos: "Isso todos querem. Zito põe uma moeda. Ciganinha, um grampo. Pele, um chicle. Brejeirinha — um cuspinho; é o 'seu estilo" (ibidem). Com o "cuspinho" de Brejeirinha, uma paródia sutil ao sopro divino da criação, entra em cena o último componente do processo inventivo da construção ficcional: o estilo.

Na sétima etapa da criação, a *estória* é recontada como uma maneira de reencontrar o seu "formado" ancestral, por meio do "estilo" e da "estética" da prosa poética e da recriação regional: "E a estória? Haverá, ainda, tempo para recontar a verdadeira estória?" (ibidem). Nesse reencontro com a tradição das *primeiras estórias* acende-se o farol da velinha, que ilumina o acabamento da criação:

> – "**Agora, eu sei. O Aldaz Navegante não foi sozinho; pronto! Mas ele embarcou com a moça que ele amavam-se, entraram no navio, estricto. E pronto. O mar foi indo com eles, estético. Eles iam sem sozinhos, no navio, que ficando cada vez mais bonito, mais bonito, o navio... pronto: e virou vaga-lumes...**". (ibidem)

A "partida" do "Aldaz Navegante" é marcada pelo "apito" da intervenção do trovão: "Pronto. O trovão, terrível, este em céus e terra, invencível. Carregou" (ibidem). Unindo céu e terra, o trovão repercute no interior da menina, com o seu corte "partindo" o "bolo", na última etapa da "festa" de confraternização: "Brejeirinha e o trovão se engasgam" (ibidem). Nesse rito de comunhão, Brejeirinha, numa espécie de "vertigem", faz a travessia do "perto para o longe", experimentando a revelação da epifania, por meio da qual viaja e descobre os outros lugares do reino do "Aldaz Navegante": "Ela iria cair num abismo 'intacto' – o vão do trovão?" (ibidem). Caindo no "abismo", o seu transe une a sétima etapa da criação à "verdadeira estória" em que berça "o amor original". Nesse rito de passagem, mais do que enviar um "recado", a menininha "viaja" e transfigura-se na audaciosa criatura do "Aldaz Navegante", reencontrando-o pelo círculo da reinvenção que transforma o medo inicial na coragem da aventura final. Para trazê-la de volta do "transe" e do reino longínquo, é necessária a intervenção da fada-mãe: "Nurka latiu, em seu socorro. Ciganinha, e Pele e Zito, também, vêm para a amparar. Antes, porém, outra, fada, inesperada, surgia, ali, de contraflor" (ibidem). Com o retorno ao mundo de "cá" da ficção, todos compartilham da alegria da partida do "Aldaz Navegante":

> – **"Mamãe!"**
> Deitou-se-lhe ao pescoço. Mamãe aparava-lhe a cabecinha, como um esquilo pega uma noz.
> Brejeirinha riu sem til. E, Pele:
> – **"Olha! Agora! Lá se vai o 'Aldaz Navegante'!"**
> – **"Ei!"**
> – **"Ah!"**
> O Aldaz! Ele partia. Oscilado, só se dançandoando, espumas e águas o levavam, ao Aldaz Navegante, para sempre, viabundo, abaixo, abaixo. Suas folhagens, suas flores e o airoso cogumelo, comprido, que uma gota orvalha, uma gotinha, que perluz-no pináculo de uma trampa seca de vaca. (ibidem, p.108)

Ao terminar com a imagem que integra as suas relações fundamentais, o conto opera o "milagre" de transformar uma matéria disfórica ("uma trampa seca de vaca") num processo gradativo de elaboração lírica ("suas folhagens, suas flores e o airoso cogumelo"), por meio do qual se reconstrói a aventura de uma *estória* de amor. A "gota orvalhada que perluz-no pináculo" sintetiza o mecanismo simbólico da intermediação da "água" e da "luz", que une a terra ao céu ("ar") e liga o "rio" ao "mar", fazendo a literatura viajar do "perto para o longe", o processo pelo qual a ficção reencontra a rota do lendário e do mítico. No paradoxo do "esférico" e do "comprido" alegoriza-se o processo de construção ficcional em que a contiguidade da linha retorna ao "ovo" de sua conformação ancestral. Assim, o conto termina com a revelação epifânica da menininha, que compreende o enigma da ficção:

> Brejeirinha se comove também. No descomover-se, porém, é que diz: – **"Mamãe, agora eu sei, mais: que o ovo só se parece, mesmo, é com um espeto!"**
> De novo a chuva dá.
> De modo que se abriram, asados, os guarda-chuvas. (ibidem, p.108)

Ao embarcar na aventura do "Aldaz Navegante", a menininha realiza os seus desejos ("Eu vou saber geografia"; "Eu queria saber o amor...") e responde a sua própria pergunta ("Sem saber o amor, a gente pode ler os romances grandes?"), descobrindo que pela navegação de alguns motivos líricos, no movimento das águas da literatura, chega-se ao porto "amestrador" dos "grandes romances". Esse foi o caminho adotado pelo escritor na rota de seu projeto poético: os contos da última fase potencializam os grandes problemas do universo da literatura. Por isso, da mesma maneira que o autor se projeta em sua criatura, queremos fazer do enigma de Brejeirinha o caminho de retorno ao início do estudo, partilhando do momento epifânico que revela o segredo do dilema da narrativa: disfarçar-se na extensão da linha, para movimentar o caminho do eterno retorno ao ninho do mito, em que berça o ovo que a concebeu e gestou o curso de sua evolução. Partindo desse ovo, a narrativa modelou uma trajetória de invenção, cuja continuidade é percebida nos mecanismos inventivos dos projetos modernos de reinvenção.

O "ovo da serpente" e a parábola da mangueira

> *"A cobra se concebe curva"*
> "Sobre a escova e a dúvida", Guimarães Rosa

A alegoria do "ovo" e do "espeto" retratando uma das características fundamentais da narrativa, que apoia o processo sequencial e o movimento temporal de seu corpo na reta da linha, mas ancora a sua vitalidade na alma ou na circularidade do mito, é retomada, de certa maneira, no segundo segmento do prefácio "Sobre a escova e a dúvida", das *Terceiras estórias* (Rosa, 1979). Na sua configuração híbrida de ficção, como componente dos contos da primeira leitura, e de teorização, na proposta cíclica de releitura indexada pelo autor no final da obra, o segmento, dentro da ordem das questões abarcadas pelas sete partes do prefácio que integra, gira em torno do percurso essencial da narrativa, ou seja, de ter sido gerada a partir de uma semente mítica, mantendo, nos frutos pendentes de sua árvore genealógica, os traços originários da matriz prototípica.

O movimento que liga o "ovo" mítico do ponto de partida à evolução pela qual se sistematizou o processo de funcionamento do sistema artístico da narrativa é metaforizado na epígrafe, num paralelo entre a ciência e a arte: "A matemática não pôde progredir, até que os hindus inventassem o zero". Da mesma maneira que o "zero" desempenha uma função essencial na ordem e grandeza do sistema numérico, a narrativa equaciona os vestígios da vida no "ovo" mítico que a engendrou, e a partir do qual traçou os caminhos de sua evolução como um sistema representativo que tem por função criar um simulacro da vida real. Por isso, dando continuidade à linha mestra do conjunto do prefácio, que gira em torno do fenômeno da "suspensão da realidade", o segmento destacado privilegia o caminho do atalho que conduz às relações internas da lógica ficcional, descrevendo um percurso de descarnamento do externo como a maneira de empreender o eterno retorno ao mecanismo do mito e à sua configuração circular: "Meu duvidar é da realidade sensível aparente – talvez só um escamoteio das percepções" (ibidem, p.148).

Ao contrário dos demais contos analisados, em que o narrador se desdobra em focalizações de terceira e primeira pessoas, afastando-se ou falando pelas próprias personagens, traduzindo-lhes o pensamento poético quando esse não vem expresso nas frases singulares, variando os ângulos em uma simultaneidade de pontos de fuga distintos na perspectiva, o texto em pauta concentra-se na focalização de primeira pessoa, fazendo do sincretismo entre narrador e personagem uma mediação mais direta da projeção do autor. Como uma regra nos "prefácios", o "eu" ficcionalizado é também uma parte do crítico que discute o seu processo de criação, sem o disfarce do jogo anagramático com que o autor mascara os pseudônimos gerados a partir do próprio nome. Como uma parte do criador que se espelha em suas criaturas e "ficcionaliza" o seu processo criativo, esse "eu", posicionado na humildade do aprendiz, projeta-se na imagem de sabedoria do "outro", um dos seus mestres, alegorizando, pela via da ficção, um diálogo filosófico acerca da essência da representação.

O ENGENHO DA NARRATIVA E SUA ÁRVORE GENEALÓGICA   493

O diálogo, ficcionalizando os próprios movimentos da linguagem da ficção, ganha a complexidade de um discurso metafórico, ao mesmo tempo "sagrado" e alegórico, que pode ser definido como uma espécie de "parábola da mangueira". Esse discurso parabólico reata a alegoria da árvore com que sistematizamos o caminho formal da narrativa, fechando, nesse momento, e com a climatização tropical da mangueira, o círculo que nos leva de volta ao início do trabalho. No giro desse círculo, também retomamos a metáfora emblemática da árvore utilizada por Antonio Candido, referida na introdução, que reverbera, aqui, até pela semelhança do nome do personagem que atua no texto da ficção: "o mestre, tio Cândido".

Duvidando do real, mas movido pela "percepção" que capta o tremeluzir da "vida", o "eu" da ficção expõe o método do criador: "Porém, procuro cumprir. Deveres de fundamento da vida, empírico modo, ensina: disciplina e paciência". Depois revela as crenças que ligam o teorizador e o inventor: "Acredito ainda em outras coisas, no boi, por exemplo, mamífero voador, não terrestre. Meu mestre foi, em certo sentido, o tio Cândido" (ibidem, p.148). Espelhando-se no mestre ("parente meu em espírito e misteriousanças"), e projetando-se em sua crença "sagrada" ("aceitava Deus – como ideal"), o "eu" da ficção inicia a viagem que leva à "crença poética" do autor, desenvolvida nas entrelinhas da parábola literária: "Tinha fé – e uma mangueira. Árvore particular, sua, da gente" (ibidem).

Da mesma maneira que alteramos o paisagismo do "Jardim das Musas" para redesenhar o esboço formal da árvore da narrativa, o narrador, para desenraizar a "mangueira" do real e plantá-la no terreno literário, traça o círculo da moldura representativa acrescentando ao discurso um tom ficcional: "Tio Cândido aprisionara-a, num cercado de varas, de meio acre, sozinha ela lá, vistosa, bem cuidada: qual bela mulher que passa, no desejo de perfumada perpetuidade" (ibidem). Singularizada no espaço recortado pela pena ficcional e alimentada pela indeterminação temporal, a alegoria encontra a fertilidade do crescimento metafórico que transforma o perfil naturalista num objeto de linguagem: "Contemplava-lhe, nas horas de desânimo ou aperto, o tronco duradouramente duro, o verde-escuro quase assustador da frondosa copa, construída" (ibidem, p.149).

Num percurso semelhante ao da alegoria da árvore da narrativa, cuja direção formal repercute no processo de identificação ou filiação de seus frutos, a construção da árvore-musa, acompanhando a direção do motivo da "suspensão de julgamento", canaliza as principais relações de sentidos para o alto da copa, ligando o ciclo natural da produção ao fruto metafórico da criação: "Por entre o lustro agudo das folhas, desde novembro a janeiro pojavam as mangas coração de boi, livremente no ar balançando-se" (ibidem). Ao deixar de ser colhido pelas pessoas ("Devoravam-nas os sabiás e os morcegos, por astutas crendices temendo as pessoas colhê-las"), o fruto da manga rompe a dimensão pragmática da vida, adquirindo, com a aura das superstições e crendices, a simbolização de um mistério. Nessa condição de linguagem, o signo adquire valor literário e a função de um enigma a ser decifrado. Dessa maneira, o nome do fruto recupera a sugestão regional e mágica do início do texto ("boi", "mamífero voador") e faz do termo "coração" o início da travessia do motivo lírico para o centro do processo de criação de uma *estória* ficcional que, apesar da variação imposta pelos recursos inventivos, encontra a pulsação ancestral das *estórias* do repertório erudito no corpo formador do gênero literário.

Assumindo, agora, a condição de "prefácio", o texto não reinventa uma *estória* ficcional, mas procura alegorizar o processo que liga a árvore formal aos frutos gerados por ela. Assim, a parábola formaliza-se com o enigma proposto pelo mestre: "Dizia o que dizia, apontava à árvore: – *Quantas mangas perfaz uma mangueira, enquanto vive?* – isto, apenas" (ibidem). A resolução, valendo-se do recurso numérico indicado na epígrafe, primeiro desveste a cadeia quantitativa da produção, mostrando a importância da manutenção de um mecanismo de identificação que subjuz no processo reprodutivo: "Mais, qualquer manga em si traz, em caroço, o maquinismo de outra, mangueira igualzinha, do obrigado tamanho e formato. Milhões, bis, tris, lá sei, haja números para o Infinito" (ibidem). O primeiro movimento caracteriza um aspecto que a obra do autor representa e exemplifica: a sua reinvenção (fruto) "traz em si" o "caroço" ou "o maquinismo" da história do gênero ficcional (a árvore). Assim como uma manga tem o dom de reproduzir uma mangueira, a segunda parte da resposta movimenta o percurso cíclico da história da narrativa: "E cada mangueira dessas, e por diante, para diante, as corações-de-boi, sempre total ovo e cálculo, semente, polpas, sua carne de prosseguir, terebentinas" (ibidem). Decifrado o enigma da narrativa, que tem como centro a "semente", o "caroço" ou o "ovo" da circularidade mítica, o aprendiz não é devorado pela esfinge: "Tio Cândido olhava-a valentemente, visse Deus a nu, vulto. A mangueira, e nós, circunsequentes.

Via os peitos da Esfinge". Assim, passa a definir o seu próprio caminho, no segundo desafio proposto pelo mestre: "Daí, um dia, deu-me incumbência: – *Tem-se de redigir um abreviado de tudo*" (ibidem).

A resposta final fecha o enigma em que se disfarça o corpo da narrativa: "Ando a ver. O caracol sai ao arrebol. A cobra se concebe curva" (ibidem). Ao redigir o seu "abreviado de tudo", Guimarães Rosa repete o processo da criação divina ("visse Deus a nu, vulto"), fazendo do serpenteamento de sua prosa poética uma forma de reconfigurar a "semente" ou o "ovo" do mito, que gestou e engendrou as conquistas da arte narrativa. Na alegoria do "ovo" e do "espeto", ligando a circularidade (em que se concebe) à linearidade (com que se expressa), a imagem de uma cobra ("uróboro") sintetiza o percurso autofágico com que a narrativa se alimenta e se representa na essência de seu enigma. Semente, caroço, ovo, caracol e cobra são algumas imagens arquetípicas, por meio das quais as *estórias* configuram a circularidade do *mythos*, para reconfigurar a forma prototípica do mito. Nesse sentido, como a trajetória de Guimarães Rosa, que foi abreviando a sua prosa para a forma mais curta do conto, ligando a modernidade à tradição, a definição de Cortázar (1974, p.149) para o "conto" recupera a imagem da própria ficção:

Pouco a pouco, em textos originais ou mediante traduções, vamos acumulando quase que rancorosamente uma enorme quantidade de contos do passado e do presente, e chega o dia em que podemos fazer um balanço, tentar uma aproximação apreciadora a esse gênero de tão difícil definição, tão esquivo nos seus múltiplos e antagônicos aspectos, e, em última análise, tão secreto e voltado para si mesmo, caracol da linguagem, irmão misterioso da poesia em outra dimensão do tempo literário.

Como diria Guimarães Rosa: "E pôs-se a fábula em ata" ("Desenredo", Rosa, 1979, p.40).

Referências Bibliográficas

ALENCAR, J. *O guarani*. 12.ed. São Paulo: Ática, 1986.

ALMEIDA, M. A. *Memórias de um sargento de milícias*. Ed. crítica de Cecília de Lara. Rio de Janeiro: Livros Técnicos e Científicos, 1978.

ANDRADE, M. de. *Amar, verbo intransitivo*: idílio. 10.ed. Belo Horizonte: Itatiaia, 1982.

_____. *Macunaíma: o herói sem nenhum caráter*. Brasília, DF: CNPQ, 1988.

APULEIO, L. *O asno de ouro*. Trad. Ruth Guimarães. São Paulo: Cultrix, 1963.

ARGAN, G. C. *Arte moderna: do Iluminismo aos movimentos contemporâneos*. Trad. Denise Bottmann e Federico Carotti. São Paulo: Companhia das Letras, 1992.

ARISTÓTELES. *Poética*. Trad. Eudoro de Souza. Porto Alegre: Globo, 1966.

ARRIGUCCI JÚNIOR, D. *Humildade, paixão e morte*: a poesia de Manuel Bandeira. São Paulo: Companhia das Letras, 1990.

AUERBACH, E. *Mimesis*: a representação da realidade na literatura ocidental. São Paulo: Perspectiva, 1976.

BACHELARD, G. *A poética do espaço*. Trad. Antônio da Costa Leal e Lídia do Valle Santos Leal. Rio de Janeiro: Livraria Eldorado Tijuca, s.d.

BAKHTIN, M. *Questões de literatura e de estética*: a teoria do romance. Trad. Aurora Fornoni Bemardini et al. São Paulo; Unesp/Hucitec, 1988.

_____. *Estética da criação verbal*. Trad. Maria Emestina Galvão Gomes Pereira. São Paulo: Martins Fontes, 1992.

BARBOSA, J. A. Leitura de José de Alencar. In: ALENCAR, J. *O guarani*. 12.ed. São Paulo: Ática, 1986. p.3-8.

_____. A volúpia lasciva do nada. *Revista da USP*, v.1, p.107-120, 1989.

BARROS, D. L. P. *Teoria do discurso*: fundamentos semióticos. São Paulo: Atual, 1988.

BARTHES, R. *Crítica e verdade*. Trad. Leyla Perrone-Moisés. São Paulo: Perspectiva, 1970.

BAUDELAIRE, C. O pintor da vida moderna. In: _____. *A modernidade de Baudelaire*. Trad. Suely Cassai. Rio de Janeiro: Paz e terra, 1988. p.159-212.

BIZZARRI, E. J. *Guimarães Rosa:* correspondência com seu tradutor italiano Edoardo Bizzarri. 2.ed. São Paulo: T. A. Queiroz; Instituto Cultural Ítalo--Brasileiro, 1980.

BOCACCIO. *Decamerão*. Trad. Torrieri Guimarães. São Paulo: Abril Cultural. 1970.

BOOTH, W. C. *A retórica da ficção*. Trad. Maria Teresa H. Guerreiro. Lisboa: Arcádia, 1980.

BORGES, J. L. *Obras completas*. Buenos Aires: Emecé, 1974.

BOSI, A. *Céu, inferno*: ensaios de crítica literária e ideológica. São Paulo: Ática, 1988.

_____. *História concisa da literatura brasileira*. 32.ed. São Paulo: Cultrix, 1994.

BOSING, W. *Hieronymus Bosch: entre o céu e o inferno*. Köln: Benedikt Taschen, 1991.

CAMPOS, A. Transertões. *Folha de S.Paulo,* São Paulo, 3 nov. 1996. Mais!, p.6.

CAMPOS, H. de. Notas à margem de uma análise de Pessoa. In: JAKOBSON, R. *Linguística. Poética. Cinema*. São Paulo: Perspectiva, 1970. p.195-294.

CANDIDO, A. *Tese e antítese*. 2.ed. São Paulo: Companhia Editora Nacional, 1971.

_____. *Formação da literatura brasileira*: momentos decisivos. 6.ed. Belo Horizonte: Itatiaia, 1981. 2v., v.l.

_____. *Ficção e confissão*: ensaios sobre Graciliano Ramos. Rio de Janeiro: Ed. 34, 1992.

_____. Dialética da malandragem. In: _____. *O discurso e a cidade*. São Paulo: Duas Cidades, 1993.

CARPEAUX, O. M. Visão de Graciliano Ramos. In: _____. *Graciliano Ramos*. 2.ed. Rio de Janeiro: Civilização Brasileira, 1978. p.25-33.

CINTRA, I. A. Discurso polifônico em *Vidas secas*. *Revista de Letras,* v.33. p.91-8, 1993.

CORTÁZAR, J. *Valise de cronópio*. Trad. Davi Arrigucci Jr. e João Alexandre Barbosa. São Paulo: Perspectiva, 1974.

COSTA, L. M. *A poética de Aristóteles*: mimese e verossimilhança. São Paulo: Ática, 1992.

CURTIUS, E. R. *Literatura europeia e idade média latina*. Trad. Teodoro Cabral, Paulo Rónai. São Paulo: Hucitec; Edusp, 1996.

DIAS, G. Leito de folhas verdes. In: CASTELLO, J. A.; CANDIDO, A. *Presença da literatura brasileira*: das origens ao romantismo. 6.ed. São Paulo: Difusão Europeia do Livro, 1974. p.265-66.

DOSTOIÉVSKI, F. M. *Obra completa*. Trad. Natália Nunes e Oscar Mendes. Rio de Janeiro: Aguilar, 1963.

DRUMMOND DE ANDRADE. C. *Obras completas*. Rio de Janeiro: Aguilar, 1967.

DUBOIS, J. et al. *Retórica geral*. Trad. Carlos Felipe Moisés, Duílio Colombini e Elenir de Barros. São Paulo: Cultrix; Ed. da USP, 1974.

ECO, U. *Seis passeios pelos bosques da ficção*. Trad. Hildegard Feist. São Paulo: Companhia das Letras, 1994.

EIKHENBAUM, B. Sobre a teoria da prosa. In: _____. et al. *Teoria da literatura*: formalistas russos. Trad. Ana Mariza Ribeiro Filipouski et al. Porto Alegre: Globo, 1971. p.157-68.

FIORIN, J. L. *Elementos de análise do discurso*. São Paulo: Contexto; Edusp, 1989.

FORSTER, E. M. *Aspectos do romance*. Trad. Maria Helena Martins. Porto Alegre: Globo, 1969.

FRYE, N. *Anatomia da crítica*. Trad. Péricles Eugênio da Silva Ramos. São Paulo: Cultrix, 1973a.

_____. *O caminho crítico*: um ensaio sobre o contexto social da crítica literária. Trad. Antônio Amoni Prado. São Paulo: Perspectiva, 1973b.

GALVÃO, W. N. O impossível retorno. In: _____. *Mitológica rosiana*. São Paulo: Ática, 1978. p.13-35.

GENETTE, G. *Figuras*. São Paulo: Perspectiva, 1972.

GILBERTO SIMÕES, I. *Guimarães Rosa: as paragens mágicas*. São Paulo: Perspectiva, s.d.

GONÇALVES, A. J. *Transição e permanência*. Miró/João Cabral: da tela ao texto. São Paulo: Iluminuras, 1989.

GONZÁLES, M. M. Introdução. In: *Lazarillo de Tormes*. Trad. Pedro Câncio da Silva. São Paulo: Página Aberta, 1992.

GREIMAS, A. J. *Dicionário de semiótica*. Trad. Alceu Dias Lima et al. São Paulo: Cultrix, s.d.

GUAL, C. G. *Los orígenes de la novela*. Madrid: Istmo, 1972.

HOMERO. *Odisseia*. Trad. Carlos Alberto Nunes. Rio de Janeiro: Edições de Ouro. 1970.

JAKOBSON, R. *Linguística. Poética. Cinema*. São Paulo: Perspectiva, 1970.

_____. Do realismo artístico. In: _____. et al. *Teoria da literatura*: formalistas russos. Trad. Ana Mariza Ribeiro Filipouski et al. Porto Alegre: Globo, 1971. p.119-27.

JANSON, H. W. *História da arte*. Trad. J. A. Ferreira de Almeida e Maria M. R. Santos. 5.ed. São Paulo: Martins Fontes, 1992.

JOLLES, A. *Formas simples*. Trad. Álvaro Cabral. São Paulo: Cultrix, 1976.

KAFKA, F. *A metamorfose*. Trad. Modesto Carone. 11.ed. São Paulo: Brasiliense, 1991.

LAZARILLO *de Tormes*. Trad. Pedro Câncio da Silva. São Paulo: Página Aberta, 1992.

LIMA, L. C. *Estruturalismo e teoria da literatura*: introdução às problemáticas estética e sistêmica. 2.ed. Petrópolis: Vozes, 1973.

LISPECTOR, C. *Para não esquecer*: crônicas. São Paulo: Ática, 1984.

————. *A paixão segundo GH*. Brasília, DF: CNPQ, 1988.

LOPES, E. *A palavra e os dias*: ensaios sobre a teoria e a prática da literatura. São Paulo: Unesp/Unicamp, 1993.

LOPES, O.; SARAIVA, A. J. *História da literatura portuguesa*. 7.ed. Porto: Porto Editora, 1973.

LOPEZ, T. P. A. Uma difícil conjugação. In: ANDRADE, M. *Amar, verbo intransitivo*: idílio. 10.ed. Belo Horizonte: Itatiaia, 1982. p.9-44.

LORENZ, G. Diálogo com Guimarães Rosa. In: *Guimarães Rosa*. 2ª. ed. Rio de Janeiro: Civilização Brasileira, 1991. p. 62-97.

LOTMAN, I. *A estrutura do texto artístico*. Trad. Maria do Carmo Vieira Raposo e Alberto Raposo. Lisboa: Editorial Estampa, 1978.

MACEDO, J. M. *A moreninha*. São Paulo: Ática, 1973.

MACHADO DE ASSIS, J. M. *Obra completa*. Rio de Janeiro: Nova Aguilar, 1986. 3v.

MELETÍNSKI, E. M. *Os arquétipos literários*. Trad. Aurora Fornoni Bernardini, Homero Freitas de Andrade, Arlete Cavaliere. São Paulo: Ateliê Editorial, 1998.

MELO NETO, J. C. *A educação pela pedra*. Rio de Janeiro: Editora do Autor, 1966.

————. *Antologia poética*. Rio de Janeiro: Sabiá, 1967.

————. *Obra completa*. Rio de Janeiro: Nova Aguilar, 1994.

MERQUIOR, J. G. Gênero e estilo nas *Memórias póstumas de Brás Cubas*. Colóquio/Letras, v.8, p.12-20, 1972.

NOVIS, V. *Tutameia*: engenho e arte. São Paulo: Perspectiva; USP, 1989.

NUNES, B. *O dorso do tigre*. São Paulo: Perspectiva, 1969.

PAIVA, M. H. N. *Contribuição para uma estilística da ironia*. Lisboa: Centro de Estudos Filológicos, 1961.

PAZ, O. *A outra voz*. Trad. Wladir Dupont. São Paulo: Siciliano, 1993.

PEÑUELA CAÑIZAL, E. *Duas leituras semióticas*: Graciliano Ramos e Miguel Angel Asturias. São Paulo: Perspectiva; Secretaria da Cultura. Ciência e Tecnologia do Estado de São Paulo, 1978.

PESSOA, F. *Obra poética*. Rio de Janeiro: Nova Aguilar, 1972.

PETRÔNIO. *Satyricon*. Trad. Paulo Leminski. São Paulo: Brasiliense, 1985.

POE, E. A. *Ficção completa, poesia & ensaios*. Rio de Janeiro: Nova Aguilar, 1981.

POUND, E. *ABC da literatura*. Trad. Augusto de Campos e José Paulo Paes. São Paulo: Cultrix, 1970.

PROPP, V. *As raízes históricas do conto maravilhoso*. Trad. Rosemary Costhek Abílio, Paulo Bezerra. São Paulo: Martins Fontes, 2002.

RAMOS, G. *Angústia*. Rio, São Paulo: Record, 1979.

———. *Vidas secas*. 48.ed. Rio de Janeiro, São Paulo: Record, 1982.

RICOEUR, P. *A metáfora viva*. Trad. Joaquim Torres Costa e António M. Magalhães. Porto: Rés-Editora, 1983.

———. *Tempo e narrativa*. Trad. Constança Marcondes César. Campinas: Papirus, 1994. 2v., v.1.

RÓNAI, P. *Encontros com o Brasil*. Rio de Janeiro: Ministério da Educação e Cultura, Instituto Nacional do Livro, 1958.

ROSA, J. G. Cara-de-Bronze. In: ———. *No urubuquaquá, no pinhém*. 6.ed. Rio de Janeiro: J. Olympio, 1978. p.73-128.

———. *Tutameia*: terceiras estórias. 5.ed. Rio de Janeiro: J. Olympio, 1979.

———. *Primeiras estórias*. 12.ed. Rio de Janeiro: J. Olympio, 1981.

———. *Ave, palavra*. 3.ed. Rio de Janeiro: Nova Fronteira, 1985.

SÁ REGO, E. J. S. *O calundu e a panaceia*: Machado de Assis, a sátira menipeia e a tradição luciânica. Rio de Janeiro: Forense Universitária, 1989.

SANT'ANA, A. R. *Análise estrutural de romances brasileiros*. 3.ed. Petrópolis: Vozes, 1975.

SCHOLES, R.; KELLOGG, R. *A natureza da narrativa*. Trad. Gert Meyer. São Paulo: McGraw-Hill do Brasil, 1977.

SCHWARZ, R. Complexo, moderno, nacional e negativo. In: ———. *Que horas são?*: ensaios. São Paulo: Companhia das Letras, 1987. p.115-25.

SILVA, V. M. T. *A metamorfose nos contos de Lygia Fagundes Telles*. Rio de Janeiro: Presença, 1985.

SOUZA, E. Introdução. In: APULEIO, L. *O burro de ouro*. Lisboa: Editorial Estampa, 1978.

SPALDING, T. O. *Dicionário da mitologia greco-latina*. Belo Horizonte: Itatiaia, 1965.

TELLES, L. F. *Antes do baile verde*. Rio de Janeiro: Bloch Editores, 1970.

TOMACHEVSKI. Temática. In: TOMACHEVSKI et al. *Teoria da literatura*: formalistas russos. Trad. Ana Mariza Ribeiro Filipouski et al. Porto Alegre: Globo, 1971. p.169-204.

VALÉRY, P. *Variedades*. Trad. Mariza Martins de Siqueira. São Paulo: Iluminuras, 1991.

VERÍSSIMO, J. *Estudos de literatura brasileira*. 2.ed. Belo Horizonte: Itatiaia; Edusp, 1976-1977. 6v, v.1.

WALTY, I. L. C. O pensamento lógico/mágico em "A menina de lá". *Suplemento Literário de Minas Gerais*, v.661, p.6-7, 1979.

ZUMTHOR, P. *A letra e a voz*: a "literatura" medieval. Trad. Amalio Pinheiro, Jerusa Pires Ferreira. São Paulo: Companhia das Letras, 1993.

SOBRE O LIVRO

Formato: 16 x 23 cm
Mancha: 27,7 x 44,9 paicas
Tipologia: Horley Old Style 10,5/14
Papel: Off-set 75 g/m² (miolo)
Cartão Supremo 250 g/m² (capa)
1ª edição: 2006
1ª reimpressão: 2012

EQUIPE DE REALIZAÇÃO

Coordenação Geral
Marcos Keith Takahashi
Kelly Rodrigues dos Santos (Atualização Ortográfica)
Casa de Ideias (Diagramação)

Impressão e acabamento